T0188324

Jules Verne nació en Nantes en 1828. Estudió leyes en París y allí conoció a Victor Hugo y a Alexandre Dumas padre, y más adelante a su hijo. Bajo la influencia de Edgar Allan Poe —que leyó en las traducciones de Baudelaire— empezó a interesarse por la escritura y la ciencia ficción. En 1857 se casó con Honorine de Viane, una joven viuda madre de dos hijos. Ejerció de corredor de bolsa hasta la publicación, con gran éxito, de *Cinco semanas en globo* (1863), a la que seguirían obras como *Viaje al centro de la Tierra* (1864); *Veinte mil leguas de viaje submarino* (1869); *La vuelta al mundo en ochenta días* (1872), basada en el viaje del americano George Francis Train (1829-1904); *La isla misteriosa* (1874), y *La casa de vapor* (1880). Compartió editor con Balzac y George Sand. A lo largo de su vida realizó muchos viajes que le sirvieron de inspiración para algunas de sus novelas, como su visita a Estados Unidos o sus travesías a bordo de su propia embarcación. Murió en 1905.

Simone Vierne (1932-2016) fue una de las más aclamadas voces en el estudio de la obra de Jules Verne en Francia. Impartió cursos de narrativa a lo largo de toda su trayectoria, ostentó eméritamente la cátedra de literatura francesa de la Universidad Stendhal de Grenoble y fue directora honoraria del Centre de recherche sur l'imaginaire.

Antoni Pascual (1941-2001) dedicó buena parte de su vida al estudio de los clásicos de la literatura. Además de impartir conferencias y cursos tradujo varias obras y cultivó los géneros del ensayo y la biografía.

JULES VERNE

Veinte mil leguas de viaje submarino

Introducción de
SIMONE VIERNE

Traducción de
ANTONI PASCUAL

PENGUIN CLÁSICOS

Papel certificado por el Forest Stewardship Council®

Penguin
Random House
Grupo Editorial

Título original: *Vingt mille lieues sous les mers*

Primera edición: julio de 2016
Novena reimpresión: enero de 2024

PENGUIN, el logo de Penguin y la imagen comercial asociada son marcas registradas
de Penguin Books Limited y se utilizan bajo licencia.

© 2013, 2016 Penguin Random House Grupo Editorial, S. A. U.
Travessera de Gràcia, 47-49. 08021 Barcelona
© Herederos de Antoni Pascual, por la traducción
© 1977, Editions Flammarion, París, por la introducción y la cronología
© 2016, Jofre Homedes, por la traducción de la introducción y la cronología
Diseño de la cubierta: Penguin Random House Grupo Editorial
Ilustración de la cubierta: © Justin Mezzell

Printed in Spain – Impreso en España

ISBN: 978-84-9105-255-5
Depósito legal: B-9.024-2016

Compuesto en Comptex & Ass., S. L.

Impreso en Liberdúplex
Sant Llorenç d'Hortons (Barcelona)

PG 5 2 5 5 B

Índice

INTRODUCCIÓN

En la novela *Sélinonte ou la chambre impériale*, de Camille Bourniquel (Seuil, 1970), el protagonista evoca la casa donde pasó su juventud, la de su tío Gast, en Nashville, y lo que recuerda con mayor viveza es el armonio del salón: «Si alguna vez, a miles de kilómetros, evocaba la imagen de su tío, era con los rasgos de una especie de capitán Nemo, que en el fondo de los mares soñaba frente al órgano del *Nautilus*». Es un ejemplo entre muchos. A partir de 1870, el capitán Nemo y su *Nautilus* adquirieron para varias generaciones una vida propia que, más allá de lo puramente novelesco, los integró en nuestro imaginario común como si hubieran existido de verdad. Hay ciertos episodios que han quedado grabados en nuestra mente: la lucha contra el pulpo, el entierro bajo el mar, la Atlántida iluminada por el volcán submarino... El propio título, que en el original tiene la sonoridad de un hexámetro (a Jules Verne se le había ocurrido, entre otros, *Vint-cinq mille lieues sous les mers*, mucho menos musical), con la abertura del sonido final tras las nasales, unidas por las líquidas fluidas, da un primer impulso a las ensoñaciones primordiales de los elementos. Se trata, sin embargo, de la narración de una aventura presentada como real, y que, siguiendo el principio de todas las novelas de Jules Verne (estipulado por contrato con su editorial, Hetzel), debía presentar de una forma atractiva aspectos de la ciencia a los adolescentes de 1869. Así lo habían logrado las cinco novelas anteriores, que también pretendían contar «historias ciertas».

No obstante, se nos presenta una primera diferencia: la génesis de este libro es mucho más compleja que la de los anteriores, y cubre un período más largo (solo *La isla misteriosa* tendrá una gestación más prolongada). Las cartas de Jules Verne a su editor, Hetzel, especialmente numerosas, permiten seguir desde bastante cerca la creación de la novela. En 1865, el autor empieza a reflexionar acerca de lo que él llama un *Voyage sous les eaux*. Según un artículo de Adolphe Brisson en *Le Temps*, del 29 de diciembre de 1897, el escritor explicó al periodista, que había ido a visitarlo, su deuda con George Sand en uno de sus mayores éxitos, *Veinte mil leguas de viaje submarino*, y le mostró una carta de la novelista. Es cierto que existe una nota de George Sand dirigida a Jules Verne donde le agradece el envío de dos libros (según George Lubin, *Viaje al centro de la Tierra*, y probablemente *De la Tierra a la Luna*), y añade: «Espero que nos lleve usted pronto a las profundidades marinas, y haga usted viajar a sus personajes en esos aparatos para buzos que puede permitirse perfeccionar su ciencia y su imaginación» (25 de julio de 1865, datación de Georges Lubin). Considerando esta carta, de la que no nos consta ningún desmentido, se podría pensar que George Sand, cuyo editor (y amigo) era también Hetzel, conoció a través de este último el proyecto de Jules Verne, máxime cuando este tenía por costumbre hablar con su editor de sus futuras novelas (y cuando esta nota está fechada el mismo año que Verne empezó a trabajar en la novela que nos ocupa). También es verdad que, en cierto modo, después de la exploración por el aire (*Cinco semanas en globo*), el viaje al centro de la Tierra, a la Luna y la travesía por mar (pero sobre su superficie) alrededor del mundo de *Los hijos del capitán Grant*, imaginar un viaje bajo el agua respondía a una doble lógica en el pensamiento de Jules Verne: la del proyecto didáctico, cuyo objetivo era desplegar los conocimientos de la época sobre los fondos submarinos, cosa que lleva al escritor a pasear *in situ* al protagonista (como había hecho a bordo de un globo, por ejemplo); y la de lo imaginario, ya que así los cuatro elementos primordiales, como habría dicho Bachelard, se turnan como motores de la invención (considerando que el fuego se combina en proporción variable con los otros tres). Desde este punto de vista es muy posible que a la imaginación de George Sand, tras haber coincidido ya con la de Jules Verne (*Viaje al centro de la Tierra* y *Laura*), se le despertase una nueva intuición. En todo caso, Verne pensó en ella al escribir la novela, y en concreto, sin duda, en los pasajes en que Nemo ensalza la libertad:

Le Crotoy, 1867

Ahora bien, habrá que cuidar mucho el estilo. Ciertos pasajes requerirían la elocuencia de madame Sand, o de un buen señor a quien conozco.[1]

Sea como fuere, a partir de 1865, durante las vacaciones en Chantenay, cerca de Nantes (y del mar), la creación del libro se dividió en tres fases. Primero el autor «piensa mucho» en el *Voyage sous les eaux*, y departe con su hermano Paul, oficial de marina, sobre «la mecánica necesaria para la expedición». Muy pronto, sin embargo, lo absorbe por completo una larga obra didáctica, la *Géographie illustrée de la France et de ses colonies*, y hasta 1867 no reanuda de verdad la redacción de la novela. Entusiasmado por sus hallazgos («¡Ah, qué hermoso tema, mi querido Hetzel, qué hermoso tema!»), su cerebro «explota [...] después de quince meses de abstinencia», dedicados a la redacción de la *Géographie*. De hecho habla de «reescribir», pero es sabido que Verne redactaba de corrido una primera versión a lápiz a partir de la cual, a continuación, «reescribía» con pluma la segunda. A mi juicio, la genialidad que dio un vuelco al sentido total de la novela debe situarse al principio de ese período:

1. El propio Hetzel.

Se me ha ocurrido una buena idea, que deriva del propio tema. Es necesario que el desconocido no tenga relación alguna con la humanidad, de la que se ha separado. Ya no está sobre la tierra. Prescinde de ella. Le basta con el mar, pero este debe proveerle de todo, ropa y alimentos incluidos. Jamás pone los pies en un continente. Si desaparecieran los continentes y las islas bajo un nuevo diluvio, él seguiría como si tal cosa.

La exploración puramente mecánica adquiere de repente un aura de leyenda, aunque también implica encendidas discusiones con el editor: de alguna manera hay que justificar al lector esta separación absoluta con el mundo, este odio a la sociedad. Jules Verne empieza por buscar una razón histórica verosímil: muy afectado por la cuestión polaca, como todos sus contemporáneos, propone atribuir esta nacionalidad a su protagonista. Insiste varias veces sobre las ventajas de esta decisión, acumulando de forma paulatina las desgracias que habrían podido cebarse con un noble polaco proscrito por los rusos, que explicarían su odio y su misantropía. Esta solución, como indica una carta, fue desechada por el editor por «razones puramente comerciales»: Hetzel tenía acuerdos con Rusia, y las obras de Jules Verne se traducían al ruso. Aun así, como reitera el autor en 1869, es la única opción que justifica el ataque del submarino al acorazado de dos puentes. A su vez, rechaza de plano a un Nemo antiesclavista que persigue a los negreros, solución que le parece demasiado política:

Le Crotoy, viernes, 1869

No quiero hacer política, porque no se me da bien y porque no tiene nada que ver con el tema.

De esta solución quedarán, sin embargo, algunos rastros, como en el episodio en que el capitán acude en ayuda de los insurgentes de Creta. En cuanto a concebir la lucha de Nemo contra «un adversario quimérico, tan misterioso como él», otra propuesta de Hetzel, «lo reduce a un simple duelo entre dos individuos, empequeñeciendo sobremanera el asunto». Verne, por lo tanto, prefiere guardar silencio sobre la causa del odio, al igual que sobre todo lo relacionado con la existencia del personaje y su nacionalidad. Considera que cualquier otra solución mermaría su distinción, como repite en varias ocasiones. Incluso se mostró dispuesto a cambiar el desenlace —el episodio del barco hundido—, que contrariaba visiblemente a Hetzel, quien pensaba, es cierto, en su público adolescente... y en sus padres. No obstante, Verne lo mantuvo, insistiendo en que Nemo, lejos de «matar por matar», se limitaba a responder a un ataque. Conservó también el episodio del *maelström*, donde, por consejo de Hetzel, cuidó mucho la verosimilitud. Para alcanzarla, el *Nautilus* tuvo primero que navegar por mares muy concurridos: «Es la plaza de la bolsa de París. Hay que rehacerlo. No se tiene que saber dónde está», conviene Jules Verne, quien se entusiasma por su perspicacia y lo expresa prodigando exclamaciones al final de sus cartas («¡Ah, querido Hetzel, si errara este libro nunca me consolaría! Nunca he tenido mejor sujeto entre las manos»), pero también con la insólita resistencia que opone a las propuestas de Hetzel, como cuando se niega en redondo a rehacer «a un compañero, cosa de la que soy del todo incapaz, ya que llevo dos años conviviendo con él y no sabría verlo de ninguna otra manera».

Estas discusiones se produjeron durante la tercera fase de la creación. Mientras empezaba a publicarse la primera parte en el *Magasin d'Éducation et de Récréation* (a partir del 20 de marzo de 1869, a razón de dos capítulos por quincena), el escritor trabajaba en la segunda, al tiempo que redactaba *Alrededor de la Luna*, desde la que a veces, afirma, le costaba descender de nuevo bajo el agua. Produce siempre un gran asombro ver desplegarse de un modo paralelo el proceso verniano de creación en dos ámbitos tan dispares. Aunque ¿de veras lo son? Porque tan imaginario es el viaje bajo el mar como en torno al «astro de las noches». Y además son bien conocidos, sobre todo desde Bachelard y Eliade, los vínculos entre estos dos espacios míticos, la madre mar y el astro de la muerte y la resurrección.

No cabe duda de que Verne surte el viaje submarino con gran lujo de detalles reales, de la misma manera que había atiborrado al lector con toda suerte de cálculos cuando envió su obús a la Luna, hecho que repetiría para justificar la «satelización» de ese obús en la novela siguiente. Él mismo dice, en referencia a *Veinte mil leguas*, que «se trata de hacer verosímil lo muy inverosímil». Por eso la aventura es narrada en primera persona por un personaje grave, aunque de nombre un poco extraño, Aronnax,[2] profesor suplente en el Museo de Historia Natural de París y respetado autor de *Los misterios de las grandes profundidades submarinas*, obra que encontrará réplica tanto en los descubrimientos de Nemo —que pretende confiárselos a una «botella en el mar» cuando muera— como en el relato de lo que de verdad presencia Aronnax bajo el agua, es decir, la novela de Jules Verne. Es esta última la narración que necesita ser autentificada, y Aronnax-Verne lo sabe muy bien: «Aquella expedición extraordinaria, sobrenatural, inverosímil, que, aun narrada fielmente en este relato, no dejará de suscitar la incredulidad de algunos» (pp. 70-71). Y lo remacha en el último capítulo:

He releído la narración que he ido escribiendo de nuestras aventuras. Es exacta. No se ha omitido ningún hecho, no

2. En los grabados, Aronnax tiene las facciones de Jules Verne, y Nemo las de Hetzel. Una vez concluida la obra, Verne se percató de que por su carácter Nemo se parecía al coronel Charras. Este gran militar, héroe de la conquista de Argelia, era también un republicano convencido. No solo vio perjudicada su carrera bajo Luis Felipe a causa del valor con que se reafirmó en sus opiniones, sino que fue detenido durante el golpe de estado del 2 de diciembre. Expulsado de los altos rangos del ejército (lo cual lo redujo a una vida muy humilde), se exilió primero en Bruselas y después en Suiza, rechazando cualquier compromiso que le hubiera permitido regresar a Francia. Falleció en Basilea en 1865. Su funeral dio pie a una gran manifestación republicana, en la que participaron muchos amigos de Hetzel.

se ha exagerado ningún detalle. Es el relato fiel de esta inverosímil expedición bajo un elemento inaccesible para el hombre de hoy, pero cuyas rutas hará algún día libres el progreso.

¿Me creerán? No lo sé. Después de todo, poco importa. Lo que puedo afirmar ahora es mi derecho a hablar de esos mares bajo los cuales he recorrido veinte mil leguas en menos de diez meses; de esa vuelta al mundo submarino. (p. 535)

«Historiador de cosas en apariencia imposibles y que, sin embargo, son reales, indiscutibles» (p. 382, refiriéndose a la Atlántida), Aronnax, como con frecuencia Verne, ofrece el propio texto como garantía de la veracidad de los hechos. En su relato, el novelista se esfuerza por prodigarse en referencias a la realidad: acumulación de fechas en el primer capítulo, los nombres de los barcos que se han encontrado con el monstruo, los nombres de los barcos naufragados (con fechas y lugares en términos marinos) y la descripción del *Abraham Lincoln*, el barco que le da caza y cuyos aspectos mecánicos se exponen con el mismo esmero y complacencia que más tarde los del *Nautilus*, lo que le confiere a este último una especie de sello de autenticidad. Toda la traza científica de la obra constituye también un aval de su veracidad, con lo redundante de las clasificaciones sistemáticas (pero exactas) de Consejo: cada cierto tiempo se nos endosa una enumeración, extraída siempre de Cuvier, de los habitantes de las aguas, al igual que de la vegetación o de la formación de los fondos marinos. También son «reales» tanto los lugares visitados o vistos en la superficie como el itinerario que sigue el *Nautilus*, que para darle un grado mayor de verosimilitud es dibujado en dos mapas adjuntos en la edición original. También el argumento, siguiendo en esta línea, ofrece garantías de realidad: la rebelión de Creta, la guerra de Secesión, el recuerdo del episodio del *Vengador* (narrado con respeto y precisión por el capitán en las pp. 515-516), el de los galeones de la bahía de Vigo (p. 371), etc. En este último caso debe recordarse que en 1869, tras las investigaciones del ingeniero Bazin, se constituyó una sociedad para la recuperación de su tesoro. El lector de la época era muy sensible a todo este aparato «realista» y científico. Si a nosotros, gracias a las películas del capitán Cousteau y otros, nos parece normal lo que presenciaban Aronnax, Consejo y Ned Land a través del gran ojo de buey de cristal del *Nautilus*, el lector de 1869 debía aceptar el juego y subir a bordo de esa máquina imposible, por mucho que Fulton ya hubiera construido un pequeño *Nautilus*, y que Verne hubiera podido conocer los ensayos de Petit en la bahía del Somme (donde tenía su segunda residencia) o los del ingeniero Conseil («Consejo», en español), cuyo nombre toma prestado para uno de sus personajes.[3] Para hacer «creíble» su aparato submarino, desgrana con exactitud sus dimensiones, su organización interna, los detalles de la estructura metálica y la disposición de los «apartamentos» del capitán. Las ilustraciones de Neuville subrayan la impresión de realidad. Hay que añadir que a los lectores contemporáneos la silueta del *Nautilus* nos resulta muy creíble. Aun así, y a pesar de que las máquinas accionan mecanismos del todo verosímiles, lo que las mueve es una fuerza que en la época aún resultaba misteriosa o que, en todo caso, aún no se dominaba por completo: la electricidad. Ninguna otra forma de energía de las que se usaban por aquel entonces habría podido, técnicamente, propulsar el submarino. Recurrir a una fuerza casi mágica (en 1895, en *La isla de hélice*, Verne define como el «alma del universo») implica, sin embargo, extrañas distorsiones en el discurso del realismo. Así, podemos admirar en la edición original diversas ilustraciones que representan máquinas «realistas» (incluso la forma de los grifos se ajusta al estilo de la época), mientras el texto adjunto reconoce su derrota con toda natu-

3. En 1866, en Tréport, Verne trabó amistad con Jacques-François Conseil, un inventor que desde 1838 investigaba acerca de la viabilidad de una nave submarina. En 1858 hizo ensayos en Tréport y París con un ingenio de forma elíptica cuyo peso era de tres toneladas. A falta de incentivos, en 1865 publicó un opúsculo, *Bateau de sauvetage, dit le Pilote*, en el que defendía su invento con denuedo. Verne y Conseil mantuvieron una abundante correspondencia, hoy desaparecida (véase D. Compère, «Conseil», *Bulletin de la Société Jules Verne*, n.º 19, 1971).

ralidad. Al positivista Aronnax, sorprendido por semejante empleo de la electricidad, le responde el capitán Nemo:

> Hasta el presente, la potencia dinámica de la electricidad es muy reducida y solo ha sido posible producir con ella fuerzas muy pequeñas...
> —[...] mi electricidad no es como la de todo el mundo... Permítame que no sea más explícito respecto de este punto. (p. 144)

Acto seguido, para poner remedio a esta infracción de la verosimilitud, asistimos a una demostración totalmente correcta, e irrefutable en el plano científico, de cómo se produce la electricidad.

No por ello el *Nautilus* deja de ser un artefacto prodigioso. Los esfuerzos de Jules Verne por hacerlo «posible» tienen sobre todo el efecto de permitir que nuestra imaginación se embarque en él sin recelos —sin que proteste la razón, y la bloquee—, de tal modo que, como en la mayoría de las novelas del autor, las aventuras que se presentan como reales poseen en el fondo una dimensión muy distinta, y adquieren, como búsqueda, una cualidad espiritual. Aronnax sale desde el primer momento a luchar contra un monstruo, como todos los héroes míticos. El afable profesor sufre de pronto una mística exaltación:

> Tres segundos después de haber leído el citado mensaje del honorable secretario de Marina [que lo invita a participar en la expedición del *Abraham Lincoln*], comprendí yo, por fin, que mi verdadera vocación, el único objeto de mi vida, no podía ser otra que perseguir a aquel monstruo inquietante y librar al mundo de él. (p. 66)

Esta vocación, esta llamada, se ve confirmada por el hecho de que Aronnax se encuentre por azar en Nueva York, donde ha regresado, con voluntad de descansar de una expedición muy apacible en Alaska. Por si fuera poco, sube a bordo del *Abraham Lincoln* en el último momento: «Así pues, de haberme retrasado solo un cuarto de hora, o menos aún, la fragata hubiera zarpado sin mí» (p. 70). Aunque la meta a la que se llega sea distinta a la prevista, no resulta menos simbólica. La novela termina con las siguientes frases: «Por eso, a la pregunta planteada hace seis mil años por el *Eclesiastés*: "¿Quién ha podido sondear jamás las profundidades del abismo?", hay dos hombres, y solo dos en todo el mundo, que ahora tienen el privilegio de responder: el capitán Nemo y yo» p. 536).

La ciencia se ha convertido en conocimiento, y Aronnax ha experimentado una verdadera iniciación. Arrancado (en el sentido literal que le confiere la aventura) al mundo profano, y confinado en un espacio cerrado, lugar de paso en el que radica un sueño artificial (que nos recuerda inevitablemente a la cámara de reflexión y a la bebida del olvido masónicas), vive a continuación lo que él mismo describe al final de la novela como una «existencia extranatural» (p. 536). Una y otra vez se repite la palabra «maravilloso» ante espectáculos que no solo están reservados a Nemo y al propio Aronnax (puesto que Consejo y Ned son meros comparsas, insensibles al valor profundo de lo que se les presenta), sino que poseen un sentido simbólico. En los bosques submarinos de la isla Crespo, por poner un ejemplo, está todo «al revés», todo transgrede las normas del mundo terrestre (profano), en señal de que el submarino es el mundo de lo sagrado. Este mismo significado poseen los tesoros (la perla, o el oro de la bahía de Vigo); el «punto supremo» del avistamiento de la Atlántida, magnífica escena en la que se conjugan el agua y el fuego para hacer aun más mágico este regreso a los orígenes («Caminaba exactamente por el mismo lugar por donde habían caminado los contemporáneos del primer hombre», p. 386); y el otro «punto supremo», el Polo Sur, tierra inviolada que responde a esos otros puntos de las novelas anteriores: el Polo Norte conquistado por Hatteras y el centro de la Tierra al que se acerca Axel. En cuanto al arribo al Polo Sur, el recuerdo de Poe (que se cita aquí más tarde, p. 528) y de

La narración de Arthur Gordon Pym es tan manifiesto que cuando Verne escribió una continuación de la obra del estadounidense en *La esfinge de los hielos* hizo referencia a ese episodio de *Veinte mil leguas* en una nota situada al final del capítulo X de la segunda parte, donde lo presenta como un hecho real: el Polo Sur que el protagonista de *La esfinge de los hielos* tan solo ha podido vislumbrar, lo pisará, afirma, otra persona el 21 de marzo de 1868. Tras resumir la aproximación, concluye lo siguiente: «Tomó posesión de aquel continente en su propio nombre y desplegó un pabellón con la estameña bordada con una N de oro. Frente a él, en mar abierta, flotaba un navío que se llamaba *Nautilus*, y cuyo capitán era el capitán Nemo».[4]

La dificultad de llegar a este punto se asemeja a los «pasajes imposibles», como el de las Simplégades, que encontramos en muchas leyendas iniciáticas, de las que se hace eco, de forma manifiesta, el aplastamiento del submarino durante el viaje de vuelta. Por otra parte, la toma de posesión del polo se sitúa en la corriente de las apropiaciones mágicas del mundo que tienen lugar en las iniciaciones, y que convierten esta vuelta al globo, si bien incompleta, en algo más que el cómodo marco de una exposición de la ciencia de la época: quien acceda por esta vía al conocimiento del cosmos del que forma parte es verdaderamente un iniciado. El regreso de Aronnax al mundo profano, su renacer, se produce cuando este conocimiento ya es completo. El peligro de acomodarse a ese mundo está muy presente en Aronnax. Aparece repetida muchas veces la imagen de la concha en la que vegeta el molusco, incluso en sueños: «Soñaba —no escoge uno sus sueños...—, soñaba, digo, que mi existencia se reducía a la vida vegetativa de un simple molusco; me parecía que aquella gruta [dentro del volcán de la isla donde se encuentra el *Nautilus*] formaba la doble valva de mi concha...» (p. 399). Tan feliz está con su vida en el *Nautilus*, que comenta: «Como auténticos caracoles, nos

4. Traducción de Javier Torrente, en Jules Verne, *La esfinge de los hielos*, Madrid, Anaya, 1992, p. 288. *(N. del T.)*

estábamos habituando a nuestra concha... Y puedo afirmar que es sumamente fácil convertirse en un perfecto caracol» (p. 260).

Es significativo que esta situación nunca sea aceptada por Ned Land, el profano Ned, cuyo apellido significa «tierra». El iniciado, sin embargo, debe ser expulsado como Jonás del vientre de la ballena para predicar la palabra sagrada. Aronnax tiene que aceptar emerger del feliz vientre del *Nautilus* para transmitir lo que ignoran los hombres: la ciencia de los fondos marinos y el secreto de Nemo, símbolos de lo incognoscible a los que solo tienen permitido aproximarse unos pocos elegidos, por medios «extranaturales», usando el término del propio Aronnax.

El renacimiento, tan peligroso y brutal como el acceso, se materializa en el incidente del *maelström* y la lancha, arrancada del flanco del *Nautilus*. La pérdida ritual de la conciencia es el paso previo al regreso al mundo profano, ya que el espacio sagrado del mar posee un doble valor, benéfico y maléfico, como todos los elementos sacros. Aunque acceda sin quejas a que se penetre en él, aunque alimente y vista a sus fieles, de vez en cuando recuerda que es también poder de muerte (y espacio de muerte, como lugar de iniciación). Su lecho está sembrado de carcasas, las de los barcos que ha sepultado, o devorado. Para los protagonistas representa ante todo un principio de asfixia y de aplastamiento en los incidentes del regreso bajo el banco de hielo y del pulpo. En el primer caso el mar se endurece y aprisiona al *Nautilus*, mientras los pasajeros se ven privados de aire en poco tiempo (Aronnax se desmaya, lo que representa una forma de muerte). En el segundo, el pulpo, o más bien el calamar gigante, salido de *Los trabajadores del mar* de Victor Hugo, a quien homenajea Jules Verne en el capítulo XIX de la segunda parte (p.495), resulta un monstruo marino aún más mortífero que el tiburón, peligroso este último tan solo si se sale del *Nautilus*, y, en términos imaginarios, mucho más terrorífico. Sabemos hoy que Verne y Hugo fueron muy injustos con este animal, menos maltratado por la Antigüedad que por nosotros. El pulpo es una de esas criaturas fabulosas cuya relación se nos proporciona en los primeros capítulos (pero en referencia al *Nautilus*) y que se repite en el momento de la aparición, al otro lado del ojo de buey, del monstruo. Alrededor de él se multiplican los recuerdos míticos: Jules Verne habla de «la cabellera de las Furias», e insiste en el «capricho de la naturaleza» que resulta este molusco con pico de pájaro, que cambia de color y tiene tres corazones, cuyos brazos recuerdan serpientes, que desprende un fuerte olor de almizcle y que es capaz de cegar a sus adversarios con un chorro de líquido negruzco. Por otra parte, mediante el abrazo mortal, el pulpo retoma el motivo de la asfixia en el banco de hielo.

La criatura, sin embargo, responde también a otra concepción del monstruo, la del propio *Nautilus*, hijo supremo (mecánico) del mar. Al principio de la novela es presentado como un monstruo marino, un misterioso y peligroso animal, un narval o «unicornio de mar», según el especialista Aronnax. Hasta el momento de su identificación exacta encontramos en el texto en francés treinta y cuatro veces la palabra «monstruo» o «monstruos»; treinta y dos las de «narval» o «unicornio de mar» (presentado como un animal raro y monstruoso, con toda la carga legendaria del término «unicornio»); veintitrés veces nombres de la categoría de los cetáceos (animales monstruosos, también ellos); diez las palabras «animal» o «ser» acompañadas de un calificativo como sobrenatural, fantástico, fenomenal; en cinco ocasiones se habla (con algo de ironía, todo hay que decirlo) de una serpiente de mar; en tres de un kraken; y en una de un leviatán. Señalemos, de paso, que más tarde (1901) Jules Verne escribió *Las historias de Jean-Marie Cabidoulin*, que en francia también se publicó con el título *La Serpent de mer*, una especie de *Moby Dick* (hasta 1941 no se dio a conocer esta novela en Francia). Todo el preludio a la navegación submarina se sitúa, mediante un hábil suspense, bajo el signo del misterio y la invocación de Edipo y la Esfinge (p. 127). A la posibilidad de una embarcación que la permita se alude una sola vez (p. 60), y de manera muy indirecta, refutándola de inmediato, alegando las posibilidades técnicas de 1868. Se descarta que un aparato pueda moverse tan deprisa, llegar tan lejos y tener tanta fuerza. Y, sin embargo, cuando Aronnax no tiene más remedio que reconocer su error, clama en los siguientes términos:

> El animal, el monstruo, el fenómeno de la naturaleza que había intrigado al mundo de la ciencia, que había alborotado y trastornado la imaginación de los marinos de los dos hemisferios, era... —había que rendirse a la evidencia— era un fenómeno mucho más asombroso: un fenómeno fabricado por la mano del hombre.
>
> Descubrir la existencia del ser más fabuloso, del más mítico de los monstruos, no me hubiera producido tamaña sorpresa. Fácil es aceptar algo prodigioso salido de las manos del Creador. Pero toparse de repente, ante los propios ojos, con un imposible como obra misteriosa de las manos humanas... ¿no es para confundir a la razón? (p. 103)

Pese a revelarse un aparato mecánico, el *Nautilus* no ha perdido su condición «mitológica». El nombre de la embarcación, sin ir más lejos, se corresponde con el de unos animales marinos que, como recuerda Jules Verne, reciben todavía el nombre de «argonautas» (p. 285); el propio Consejo, poco dado a las metáforas, señala, al observar cómo acompañan estos animales al submarino, que ofrecen una imagen fidedigna de cómo se comporta el capitán con respecto a su artefacto. También la divisa de este último, *Mobilis in mobili*, lo vincula al mar (p. 347).[5] Ya demostró Gilbert Durand que «el pez es el símbolo del continente redoblado, del animal que es como una muñeca rusa», y rehabilita los «instintos primordiales» de la deglución, hecho redundante, ya que el mar contiene al pez, que contiene a su vez a los protagonistas. Esta noción

---

5. Señalemos, a modo de anécdota, que en las primeras ediciones de la novela, Jules Verne cometió un error ortográfico (pero corriente) del latín al escribir «Mobilis in mobile», y que más adelante se olvidó de corregirlo al explicar que la misma divisa está grabada en el cofre del tesoro (segunda parte, cap. VI, p. 347), así como en el índice (título del cap. VIII de la primera parte).

está vinculada a la feminidad maternal, así como a la luna (La novela está enmarcada por otras dos que trataban sobre este último astro). Por mucho que afirme el autor, en el capítulo VII de la primera parte, que «están lejos los tiempos en que los Jonás se refugiaban en el vientre de las ballenas» (p. 102), eso mismo es lo que ocurre. El *Nautilus* es una ballena mítica, un monstruo sagrado, salvador y destructor, según el código *fascinans et tremendum* de lo divino, «arca sagrada», en palabras de Verne cuando narra el episodio en que la nave rechaza a los salvajes que pretenden invadirla, cosa que hace hasta cierto punto por sí sola, esto es, por su naturaleza eléctrica (mágica).

No obstante, el *Nautilus* es al mismo tiempo un lugar de regresión y un vientre feliz, como ha demostrado Roland Barthes. Cuando Jules Verne decide que Nemo viva exclusivamente en el mar, dentro de su embarcación, «situación "absoluta" [que] dará mucho relieve a la obra», especifica: «Y créame si le digo que su *arca* estará un poco mejor aposentada que la de Noé». La constelación de imágenes que rodean al *Nautilus* es, por lo tanto, muy completa y compleja. Su autor «soñó», en el sentido bachelardiano de la palabra, con gran felicidad, este barco que tal vez, como pensaba Jean Bornecque, sirviera de modelo al «Barco ebrio», que se convierte, en efecto, en submarino.[6] Sin duda para el poeta es más intensa la obsesión por la muerte, pero también es cierto que Nemo, ya que no Aronnax, es un personaje que ha «llorado demasiado», a quien desconsuelan cada vez más los amaneceres, y que al final entrega su barco a la locura del *maelström* y a la muerte. Este «querido encierro» (Barthes) es una tentación peligrosa: el iniciado Nemo, resuelto a ovillarse hasta su estado

6. Considero poco menos que seguro que también el comedor de Des Esseintes (Huysmans, *A contrapelo*), cuyas ventanas son sustituidas por peceras, tiene el mismo estilo que el de Nemo. Se trata, al igual que en el caso de este último, de un espacio de retiro esquizofrénico, con la diferencia de que Nemo, héroe romántico, se encuentra a gusto en él, mientras que Des Esseintes, héroe decadente, no encuentra el lugar de predilección de su alma atormentada.

fetal y no salir nunca de él, como sí Aronnax, pone fin así a la aventura antes de su desenlace. El lector, mientras tanto, se beneficia de la cómoda postura de quien participa en los peligros con la seguridad de superarlos, lo cual constituye una apacible lectura, que no causaría excesiva angustia a los adolescentes a quienes, de hecho, estaba destinada la novela. Por lo demás, las exigencias de la narración de aventuras y el peso de las imágenes míticas exigen un desenlace que rompa con la tentación esquizofrénica del refugio absoluto.

Vemos, pues, que la polivalente imagen del *Nautilus* encaja mucho mejor en la categoría de los símbolos que en la de las «premoniciones científicas» de Jules Verne. Se integra en el mito del héroe, del que es emanación, instrumento y servidor («la niña de mis ojos», dice el capitán, p. 156) por ser «inteligente, audaz e invulnerable» (p. 321). El señor del barco, el capitán Nemo, creador de un monstruo y asimilado como tal al Creador de todas las cosas (véase la cita de la p. 22), es además un Ulises moderno; en el contexto cultural de la época, su nombre es una referencia evidente,[7] aunque lo justifique el deseo del propio capitán de no ser ya «nadie» para el mundo. Ahora bien, aunque Nemo recorra los mares su intención no es alcanzar ninguna Ítaca. Lo que desea es vivir total y exclusivamente en el elemento sagrado y maternal, el mar, la matriz de donde «todo [me] viene [...] de la misma manera que un día todo ha de volver a él» (p. 132). En ese verdadero canto al mar que entona al final del capítulo X, ensalza con lirismo (pese a la frialdad del personaje) su grandeza y sus recursos. Lo que más aprecia es el símbolo de libertad absoluta, imposible para el hombre en cualquier otra circunstancia. El mar convierte a Nemo en un ser ajeno a la humanidad (así lo dice en varias ocasiones Aronnax), pero también lo sitúa por encima de ella. Podría, si quisiera, ser el amo del mundo. Más tarde, en otra novela, un inventor de un ingenio monstruoso, en este caso para lo aéreo, sucumbirá a la tentación

7. Es conocido que en el canto IX de la *Odisea*, Ulises, preso en la cueva del Cíclope, responde a este último que su nombre es Nadie.

(Robur, en *Dueño del mundo*, 1904). En cambio, Nemo prefiere vivir al margen de la sociedad, a la que odia, si bien con notables excepciones: Aronnax, los insurgentes y los oprimidos de cualquier nacionalidad. Estas excepciones permiten despertar la simpatía del lector, como pedía Hetzel, contrariado por los excesos de pasión del capitán, pero también aportan su sentido etimológico, por decirlo de alguna manera, a la palabra «héroe»: medio hombre, medio dios. Y también iniciado, en mayor grado que Aronnax, con quien desempeña los papeles de guía y sacerdote que desvela los secretos, por muy resuelto que esté a no permitir que se los transmita a nadie más. A este respecto, Nemo no supera la fase de muerte iniciática junto a la comunidad creada por él, a la que otorga un ritual y un idioma incomprensibles para los profanos (en este sentido, Jules Verne inventa unas cuantas palabras que repiten los personajes cada mañana). Vive tan fuera del tiempo como del mundo; tanto es así que para él los grandes artistas carecen de edad, y todos los músicos son «contemporáneos de Orfeo» (p. 138). No es, con todo, un personaje estático. Aronnax saca a relucir un oscurecimiento, un agravamiento de la desesperación. Nemo no puede evitar caer en la tentación romántica de desafiar a lo sagrado, que tan bien ha dominado con su ingenio submarino; algo por lo demás inevitable, en la medida en que se niega a transmitir sus secretos a los hombres. Desafía a Dios en la escena en que «parecía aspirar [en sus ojos] el alma de la tempestad», manteniendo el *Nautilus* en la superficie y permaneciendo «inconmovible [...] en la plataforma». «Se hubiera dicho que el capitán Nemo pretendía caer fulminado por un rayo, buscando una muerte digna de él» (p. 506). Cosa que hará también Robur, en su caso con éxito. Si Nemo es el «genio del mar» (p. 380), es también el «arcángel del odio» (p. 526), y suplanta a Dios en lo que a impartir justicia se refiere. Ello implica, sin embargo, un delito grave. Al final sale victorioso lo sagrado, y el mar engulle al *Nautilus* y su dueño. De este desenlace habla Jules Verne con entusiasmo, inspirándose de nuevo, de un modo muy visible, en Edgar Allan Poe:

Por lo que respecta al final, la deriva por mares desconocidos, la llegada al *maelström*, sin que sospechen nada Aronnax ni sus acompañantes, su idea de quedarse cuando oyen la siniestra palabra, la lancha que se los lleva a su pesar... ¡Será soberbio, sí, soberbio!

¡Y luego el misterio, el eterno misterio acerca del *Nautilus* y su comandante!

Pero me estoy exaltando a la par que escribo.

El novelista quiere mostrar que el destino del capitán es «extraño», pero «también sublime», y en ese sentido las preguntas del final del último capítulo no resultan solo un hábil recurso para generar un postrer suspense que en vez de concluir el relato lo «abra», y eludir así dar respuesta a las cuestiones que se pregunta el lector sobre el misterioso capitán, sino que otorgan al protagonista su talla sobrenatural.

Y sin embargo, en respuesta al deseo que formula Aronnax (y los lectores, qué duda cabe), el capitán reaparecerá para contestar a esas preguntas. Casi puede afirmarse que cuando Jules Verne puso el punto final a *Veinte mil leguas* no lo tenía planeado. Sin embargo, al retomar un antiguo proyecto (anterior a la novela que nos ocupa) y emprender la redacción de *La isla misteriosa*, se le ocurrió la genial idea de ampliar y estructurar su «robinsonada» situando en lo más profundo de la isla, dentro de una gruta submarina, al *Nautilus* y su capitán. Fiel a su misantropía, Nemo no se deja ver, excepto en el momento en que lo decide él mismo, el momento supremo de su agonía. El papel que desempeña para los demás protagonistas de la aventura es el de providencia, hasta el punto de que uno de ellos considera que le sentarían muy bien los rasgos de las inocentes representaciones de Dios de las iglesias. Hasta el ponderado y científico Cyrus Smith se ve obligado a reconocer que Nemo posee poderes superiores a los del resto de seres humanos. A pesar de todo, en su lecho de muerte Jules Verne lo dota al fin de una nacionalidad y una historia (se intuye la presión de Hetzel, y la de los lectores). El novelista lo resuelve con habilidad, y no solo en el plano de la política (comercial) internacional: Nemo es identificado como el príncipe indio Dakkar. Tiene, pues, motivos para odiar a los ingleses y hundir sus barcos, aunque solo cuando es atacado por ellos. Esta vuelta a la anodina realidad queda compensada por todo lo que puede tener de fabuloso la India. Lo principal, no obstante, es que la obra adquiere un tono trágico, ya que la muerte de Nemo es un auténtico «crepúsculo del dios». Ya no sabe si está en lo cierto o se equivoca, y a pesar del perdón que le otorga la humanidad por boca de Cyrus Smith, a pesar de su reconciliación con los hombres, o al menos con los que ha podido ver actuando en la isla, tenemos la impresión de que su conducta con ellos ha sido la misma que con Aronnax, y por el mismo motivo: porque formaban una comunidad excepcional. De hecho, los únicos secretos que puede transmitirles son también los más humanos, los de la bahía de Vigo, mientras el *Nautilus*, atrapado en la cueva, se convierte en su tumba para toda la eternidad. Para Jules Verne, por otro lado, era muy importante que el *Nautilus* fuera la tumba de Nemo, y no lo utilizaran los náufragos para poner fin a su exilio.

A estas imágenes tan bellas del capitán en su agonía superpone el lector las de la primera parte, cuando aquel toca el órgano del *Nautilus*, pero solo las teclas negras (p. 244); o cuando, terminado el mortífero ataque al acorazado de dos puentes, se sume en un éxtasis que anula todos sus sentidos; volvemos a ver cómo hinca su bandera en el Polo Sur y proclama su amor insobornable a la libertad. El color de la enseña no debe inducirnos a pensar que Jules Verne dotó a su personaje de algún mensaje político más o menos anarquista (aunque mucho más tarde Kaw-Dyer, que sí se proclama como tal, herede muchos rasgos de Nemo: en esta novela póstuma, *Los náufragos del Jonathan* (1909), intervino el hijo de Jules Verne, Michel; además, la utopía de Kaw-Dyer fracasa, y acaba su vida a solas en la isla del faro del «fin del mundo»). Toda su correspondencia da testimonio de que no era partidario de esta ideología. Su amor por la libertad era más general y visceral, más personal e inconsciente. En ese sentido, Nemo encarna un ideal exaltado de libertad absoluta, con la tragedia de la soledad que entraña. En 1857 ya cantaba Baudelaire: «¡Hombre libre, siempre amarás el mar!». Ni siquiera en el fondo de los mares, sin embargo, seguirá siendo libre Nemo: en mayo de 1977 se procedió al reparto de los mares y de sus riquezas entre los países durante una conferencia internacional sobre «los derechos del mar».

SIMONE VIERNE
1977

CRONOLOGÍA

1828   El 8 de febrero nace en Nantes Jules Verne, hijo de
        Pierre Verne, procurador de la ciudad, y Sophie
        Allotte de la Fuye. Su querido hermano Paul nace
        en 1829 y posteriormente sus tres hermanas. La
        ascendencia de Jules es lionesa por parte de padre
        y angevina por parte de madre (aunque también
        tiene un lejano antepasado escocés, arquero). Su
        abuelo y su bisabuelo también habían pertenecido
        al mundo judicial. Su tío Chateaubourg, pintor, está
        casado con la hermana mayor de Chateaubriand,
        parentesco que le abrirá a Verne algunos salones de
        París.

1833-46 Asiste a la institución de la señora Sambin, viuda de
        un capitán de altura desaparecido en el mar, cuyo
        regreso todavía espera, y más tarde a la escuela
        Saint-Stanislas, el seminario menor de Saint-Dona-
        tien y el Lycée Royal. Es buen alumno. A partir de
        1840 reside con sus padres en la isla Feydeau, el vie-
        jo barrio de los armadores, cerca de los muelles y el
        puerto.

1839   Desde Chantenay, cerca de Nantes, donde la familia
        posee una segunda residencia, se fuga en un barco

29

del servicio postal, el *Coralie*, con rumbo a las Indias. Su padre le da alcance en Paimboeuf.

1846   Obtiene sin dificultades el bachillerato, y para complacer a su padre, cuyo deseo es legarle su bufete, acepta cursar la carrera de derecho. Su hermano Paul será oficial de marina.

1847   En abril viaja a París para presentarse a los exámenes de derecho, sobre todo porque su familia desea alejarlo de Nantes, donde se ha casado su prima, Caroline Tronson, de quien llevaba mucho tiempo enamorado. Aprueba los exámenes de primer año de derecho.

1848   Su padre le permite continuar sus estudios en París, donde vive con modestia en el número 24 de la rue de l'Ancienne Comédie. Gracias a su tío Chateaubourg accede a diversos salones literarios y políticos, en especial los de las señoras Jomini, Mariani y Barrère. Traba amistad con Alexandre Dumas. A partir de entonces se siente mucho más atraído por la literatura, sobre todo el teatro, que por el derecho.

1849   Se licencia en derecho. Ya ha escrito tragedias en cinco actos y algunos vodeviles.

1850   El 21 de junio logra que se estrene *Pailles rompues*, comedia en un acto, gracias a la ayuda de Dumas hijo, quien en 1849 ha inaugurado el Théâtre Historique. Se representan doce funciones, con las que gana quince francos. Traba amistad con el músico Hignard, también de Nantes, para quien escribe un libreto, *La mille et deuxième nuit*. Es el principio de una larga colaboración. Se niega a regresar a su ciudad natal.

1851   El 21 de noviembre Édouard Seveste inaugura el Théâtre Lyrique, del que Verne se convierte en secretario, muy mal pagado, si es que cobra. Se vuelve asiduo del salón musical del pianista Talexy, y publica su primer artículo en *Musée des familles* con el apoyo de su director, Pitre-Chevalier: «Un drama en México». Se trata a todos los efectos de un relato. Traba amistad con François Arago, viajero y hermano del astrónomo, y gracias a él conoce a exploradores y científicos.

1852   Publica otro relato en la misma revista, «Martín Paz», y el libreto de una ópera cómica de Hignard, *Les compagnons de la Marjolaine*. Se niega definitivamente a suceder a su padre: «¡La literatura ante todo!».

1853   Inicia su colaboración con Wallut en comedias de escaso éxito.

1854   Fracasa en su proyecto de casarse con Laurence Janmare. Su padre cede su bufete. La muerte de Seveste libera a Verne de un trabajo que no le interesa. Publica un relato fantástico en *Musée des familles*: «El maestro Zacarías». Empiezan las neuralgias faciales que le aquejarán hasta el final de su vida.

1855   Publica «Una invernada entre los hielos» en *Musée des familles*, el relato que mejor anuncia sus futuras obras. Se interpreta en el Gymnase, con el apoyo de Dumas hijo, *Les heureux du jour*, una comedia más satírica que las anteriores.

1856   En la boda de un amigo en Amiens conoce a Honorine de Viane, viuda y con dos hijas, cuyo hermano es agente de bolsa; piensa que él puede ganarse así la vida. Pese a algunas reticencias, su padre le presta el dinero necesario para adquirir una participación en la agencia Eggly de París, sobre todo cuando Jules le manifiesta su intención de casarse con la joven viuda.

1857   El 10 de enero tiene lugar una boda muy sencilla. Trabaja de forma regular, pero obtiene pocos ingresos. El matrimonio vive en París y cambia a menudo de vivienda, siempre modesta.

1859   Gracias al padre de Hignard, agente de una naviera, que les regala los billetes, los dos amigos viajan por Escocia, país del que Verne quedará enamorado para siempre. Se casa su hermano Paul, tras dejar su puesto de oficial de marina.

1861   Viaja por Noruega y Escandinavia, gracias de nuevo a Hignard, quien lo acompaña. Durante su ausencia nace su único hijo, Michel.

1862   Dumas hijo, probablemente el primer lector del manuscrito de una novela titulada en ese momento *Voyage en ballon* (inspirada en el interés general por el globo aerostático, «el más ligero que el aire», así como en el hecho de haber conocido a Nadar, defensor a ultranza de ese medio de transporte), contacta a Verne con el novelista Brichet, quien le presenta a su vez al editor P.-J. Hetzel. Nacido en 1814, librero, editor y escritor, miembro del Partido Republicano, jefe del gabinete de Asuntos Exteriores para Lamartine en 1848 y miembro más tarde del ministerio de Cavaignac, Hetzel se exilia en 1852, vuelve a París gracias a la amnistía y revive la editorial fundada por él mismo en 1843, con el doble propósito de comercializar ediciones baratas de grandes escritores (Hugo, Sand, etc.) y literatura específicamente juvenil. Da algunos consejos a Verne y le pide que le

traiga otra vez el manuscrito en quince días. Finalmente es aceptada como *Cinco semanas en globo*, y
Hetzel se hace con la colaboración del escritor para
la revista juvenil que está preparando, *Magasin illustré d'éducation et de récréation*. El contrato estipula
la entrega de tres libros al año, a razón de 1.925
francos por volumen (algunas novelas ocupan dos
tomos). Verne tiene la esperanza de vivir por fin de
su pluma, algo que siempre agradecerá al editor, amén
de sus consejos y correcciones. Prepara un artículo
sobre Poe, a quien lee desde 1861.

1863   Sale a la venta *Cinco semanas en globo*, cuyo éxito
entre los adultos se beneficia de la construcción del
globo de Nadar, *Le Géant*, que efectúa su primer
vuelo el 4 de octubre. Verne es uno de los dos cen-
sores de la Société d'encouragement pour la loco-
motion aérienne au moyen d'appareils plus lourds
que l'air, cuya sede se encuentra cerca del estudio de
Nadar. La aeronave, o el artefacto «más pesado que
el aire», no aparecerá en su obra hasta mucho más
tarde, en *Robur el conquistador*. Elogia los proyectos de Nadar en un artículo para *Musée des familles*,
«A propos du Géant».

1864   Cierra un nuevo contrato con Hetzel para el segundo título, dos volúmenes en los que lleva trabajando
desde 1863 y que al principio se titulaban *Les ang-
lais au pôle nord* y *Le désert de glace*. En mayo de 1866,
fecha de su publicación en tomo, el título general
será *Aventuras del capitán Hatteras*. Es la primera
novela que se incluye en el lanzamiento del *Magasin illustré d'éducation et de récréation* de Hetzel,
donde aparece por entregas (más largas que las de
folletín). Publica en *Musée des familles* una novela
histórica, *El conde de Chanteleine* (escrita entre
1852 y 1861), y el artículo elogioso sobre Edgar

Allan Poe. Escribe *Viaje al centro de la Tierra*, enviada a la imprenta en agosto y publicada en un volumen el 25 de noviembre. Se establece en Auteuil en una casa con todas las comodidades, y liquida, aunque con gran dificultad, su cargo de agente de bolsa.

1865   A partir de septiembre publica por entregas *De la Tierra a la Luna* en el *Journal des débats*. Presenta en *Musée des familles* la novela *Los forzadores del bloqueo*, que trata sobre la guerra de Secesión (y sobre el uso del cañón, base para el proyecto de los militares retirados del Gun-Club). Trabaja en *Grant* y le habla a Hetzel de un Robinson con el que sueña superar a sus predecesores. Las pocas páginas que ha escrito son rechazadas con bastante dureza por Hetzel. Verne abandona el proyecto provisionalmente, aunque lo retomará en *La isla misteriosa*. Un nuevo contrato le reportará hasta tres mil francos por volumen. Se reúne con su hermano en Burdeos, haciendo en barco tanto el viaje de ida como el de regreso, y vive una tormenta que lo deja fascinado. Anuncia la preparación de un *Voyage sous les eaux*, cuyo primer volumen ya estará planeado en enero de 1866 (es el futuro *Veinte mil leguas de viaje submarino*).

1866   Se instala en Crotoy, aunque con un *pied-à-terre* en París. En este puerto del Somme, bastante próximo a Amiens, ha estado ya de vacaciones. Aborda la continuación para Hetzel de la *Géographie illustrée de la France et de ses colonies*, empezada por Lavallée.

1867   Acaba la *Géographie*. Entre marzo y abril viaja a Estados Unidos a bordo del *Great Eastern*; visita Nueva York y las cataratas del Niágara. Hay muy mala mar en la ida. El relato del viaje, proyectado ya en aquel entonces, acabará siendo *Una ciudad flotante* (1871). En mayo empieza a publicarse *Los hijos del capitán Grant*. Trabaja en el *Voyage sous les eaux*, cuyo manuscrito entrega a Hetzel en agosto, y da pie a muchas discusiones. Prepara al mismo tiempo *Alrededor de la Luna*.

1868   Empieza la *Historia de los grandes viajes y los grandes viajeros* y reescribe el segundo volumen de *Voyage sous les eaux*. Viaja a Londres. Compra su primer barco, el *Saint-Michel I*.

1869   Envía el manuscrito de *Alrededor de la Luna*, cuyos cálculos han sido revisados por Henri Garcet, primo y colaborador de Bertrand, secretario perpetuo de la Académie des Sciences (ya hizo lo propio en *De la Tierra a la Luna*). Todos estos manuscritos y galeradas van y vienen de Verne a Hetzel, que los corrige o sugiere modificaciones. *Veinte mil leguas de viaje submarino* se publica en marzo en el *Magasin*, «fraccionado», para gran disgusto del autor, mientras que *Alrededor de la Luna* lo hace en el *Journal des débats*. Se instala en Crotoy, alquila un *pied-à-terre* en Amiens y se desprende de la casa de Auteuil.

1870   Aparece en un solo volumen *Alrededor de la Luna*. Publica *El descubrimiento de la Tierra*, primer tomo de la *Historia de los grandes viajes*. En agosto, a propuesta de Ferdinand de Lesseps, y con la ayuda de un crítico influyente, Weiss, recibe la cruz de la Legión de Honor en uno de los últimos actos del gobierno de Napoleón III. Vuelve a trabajar en el Robinson. En mayo envía las pruebas de *Una ciudad flotante*. Remonta el Sena en el *Saint-Michel I*, la resistente embarcación de pesca reacondicionada que compró dos años antes. Durante la guerra es guardia nacional en Crotoy y se lamenta por la falta de armas, mientras su mujer se refugia en Amiens con sus hijos.

1871   Visita tres veces París, y se muestra horrorizado por la Comuna. Durante el viaje de junio, con la ciudad en manos de los versalleses, la situación le lleva a plantearse un retorno a la bolsa. Interrumpe *La isla misteriosa* en espera de hablar sobre ella con Hetzel. Trabaja en una antigua novela, *El Chancellor*, que Hetzel le pide que suavice. También le enseña lo que acabará siendo *Aventuras de tres rusos y tres ingleses*, novela sobre la medición del meridiano inspirada en los estudios de François Arago. Empieza *El país de las pieles*. Publica *Una ciudad flotante* y *Aventuras de tres rusos y tres ingleses*. Hetzel pasa por dificultades económicas, y le debe dinero. Aun así firman un nuevo contrato que permite a Verne reducir a dos los volúmenes anuales y cobrar mil francos al mes. El 3 de noviembre muere su padre.

1872   Publica *El doctor Ox* en *Musée des familles*. Termina *El país de las pieles* y prepara *La vuelta al mundo en ochenta días*. En primavera asiste conmocionado a una ejecución. Decide instalarse definitivamente en Amiens, donde vive la familia de su esposa. Ingresa en la Académie d'Amiens. *Los Viajes extraordinarios* son premiados por la Académie Française. *La vuelta al mundo en ochenta días*, publicada por entregas en *Le Temps*, triunfa por todo lo alto, con apuestas entre los lectores. La edición en un solo volumen será la de mayor tirada hasta ese momento (108.000 ejemplares).

1873   Se interpreta en la Porte Saint-Martin una antigua obra suya escrita en colaboración con Wallut, *Un neveu d'Amérique*. Viaja por primera vez en globo en Amiens, en el *Météore* de Godard, durante veinticuatro minutos. El relato de su experiencia es publicado en un opúsculo por Jeunet, en Amiens.

1874   Acaba con d'Ennery la adaptación teatral de *La vuelta al mundo en ochenta días*, que se interpreta en la Porte Saint-Martin. En septiembre publica *La isla misteriosa* en el *Magasin*. Su hijo Michel, por cuya conducta lleva ya mucho tiempo preocupado, ingresa en la clínica del doctor Blanche, y después en una institución de rehabilitación. Empieza *Le courrier du czar*, el futuro *Miguel Strogoff*, que narra los últimos sucesos en Rusia (la conquista de Jiva en 1873). Compra el *Saint-Michel II*.

1875   Trabaja en *Miguel Strogoff*, releído por algunos diplomáticos (para evitar posibles incidentes, ya que sus obras se traducen al ruso) y por Turguéniev. Enviado a Nantes para que estudie en el Lycée, Michel lleva una vida de despilfarro y se rodea de malas compañías. En febrero publica *El Chancellor*. Su discurso en la Académie d'Amiens, *Amiens en l'an 2000*, es publicado con el título «Una ciudad ideal», por la imprenta Jeunet de Amiens. Es objeto de una demanda por parte de Pont-Jest, quien le acusa de haberlo plagiado en *Viaje al centro de la Tierra*.

1876   Botadura de su segundo barco, el *Saint-Michel II*. Se vende en las librerías *La isla misteriosa*. Mientras corrige *Miguel Strogoff* trabaja en *Hector Servadac* (que todavía se titula *Le monde solaire*), novela que revisa con Hetzel, del 5 al 10 de abril, en París. En sus cartas también habla de *Las Indias negras* y de *Héros de quinze ans* (que será *Un capitán de quince años*).

1877   Gracias a los ingresos que le reporta la *Historia de los grandes viajes y los grandes viajeros*, ya terminada, compra el yate a vela y vapor *Saint-Michel III* por 55.000 francos (veintiocho metros de eslora, motor de cien caballos y con capacidad para doce personas). El 2 de abril tiene lugar el gran baile de disfraces en Amiens, durante el que Nadar sale del obús lunar; la mujer de Verne, muy enferma, no puede asistir. Publica *Hector Servadac* y *Las Indias negras*. A finales de año recibe el manuscrito de Grousset *L'Héritier de Langevol* (que acabará siendo *Los quinientos millones de la Begun*). Hetzel le pide que lo use para una novela. A instancias de Dumas hijo, Verne se plantea ingresar en la Académie Française, pero le decepciona la acogida a su candidatura.

1878   Junto con su hermano Paul y su sobrino Gaston, el hijo de Hetzel y los hijos del abogado Raoul Duval, emprenden un crucero en el *Saint-Michel III* que les llevará por Lisboa, Tánger, Gibraltar y Argel. Michel, «encarcelado por corrección paterna», se embarca el 4 de febrero en Burdeos como aprendiz de piloto, en un viaje de poca severidad del que guardará un buen recuerdo. Verne es dolorosamente consciente de no haber sabido educar a su hijo adolescente. Trabaja en reestructurar el manuscrito de Grousset, y planea *L'Assassiné volontaire* (que será *Las tribulaciones de un chino en China*) y *La casa de vapor*. Se publica *Un capitán de quince años*. Se estrena en el Théâtre des Variétés *El doctor Ox*, con música de Offenbach, ópera bufa adaptada por Gille. Conoce en Nantes a un joven Aristide Briand, que aún está cursando los estudios secundarios.

1879   Contra todo pronóstico, su mujer acaba por recuperarse. Su hijo Michel desea emanciparse para contraer matrimonio con una actriz lírica del teatro municipal. Contrae deudas. Su padre lo expulsa de casa, pero sin interrumpir su manutención, y haciendo que lo vigilen las autoridades. Publica *Las tribulaciones de un chino en China*, primero por entregas en *Le Temps*, y a finales de año en un solo volumen. También aparecen en el mismo formato *Los quinientos millones de la Begun* y *Los amotinados de la Bounty*.

1880   Viaja con Paul, un hijo de este último y R. Godefroy de Rotterdam a Kiel y Copenhague, y después, con el hijo de Hetzel y Raoul Duval, a Irlanda, Escocia y Noruega. Se estrena en el Odéon *Miguel Strogoff*, adaptado por d'Ennery. Michel, que ha raptado a la actriz del teatro municipal, hace públicas sus amonestaciones. Pese a no estar de acuerdo con la boda, su padre le manda una pensión. Pronto estallan las desavenencias conyugales. Verne publica *La casa de vapor* (julio y noviembre) y *Les voyageurs du XIXe siècle*. Trabaja en *La jangada*, inspirada sin duda en sus relaciones con el conde de París y el de Eu, cuya esposa era la regente de Brasil.

1881   Publica *La jangada*, seguida por la relación del viaje a Rotterdam por Paul Verne. Empieza a escribir *Escuela de robinsones* y *El rayo verde*. Relee *De París a Jerusalén* de Chateaubriand, «como cada año».

1882   Se muda a otra casa más grande de Amiens (rue Charles Dubois). Publica *Escuela de robinsones* y *El rayo verde*. Trabaja en *Kerabán el testarudo*. En noviembre se estrena en la Porte Saint-Martin *Voyage à travers l'impossible*, obra escrita en colaboración con d'Ennery.

1883   Michel rapta a una joven pianista (menor de edad) mientras su padre acoge a su esposa en su casa.

Once meses después de tener su primer hijo con la joven, Michel es padre por segunda vez. Su mujer acepta el divorcio, y él se casa con Jeanne, quien logra estabilizarlo y obligarlo a trabajar. Desempeña varios oficios, con la frecuente ayuda económica de su padre. Nace su tercer hijo. Se publica en un solo volumen *Kerabán el testarudo*, pero fracasa en el teatro. Jules Verne vuelve a trabajar en un argumento de Grousset (*La estrella del Sur*) y en *El archipiélago en llamas*, alegando que es su deseo escribir una novela histórica sobre la guerra de Grecia. Su novela es marítima y geográfica (*L'Archipel grec*). Anuncia que a finales de año trabajará en un *Monte-Cristo* (el futuro *Matías Sandorf*).

1884   El 15 de mayo emprende un gran periplo por el Mediterráneo, en el que por una vez lo acompaña su mujer, al menos a partir de Orán; Honorine, que sufre las travesías en barco, viaja de Bona a Túnez en tren con su marido (aunque entonces la vía férrea estaba inacabada). El bey le obsequia con una suntuosa recepción. Tras una tormenta en las costas de Malta, Verne renuncia a proseguir el viaje y regresa en tren con Honorine. Lo recibe el Papa en audiencia privada. Lo visita el archiduque de Austria, Luis Salvador, que está realizando estudios oceanográficos en las Baleares. Termina *Matías Sandorf*, y publica *La estrella del Sur* y *El archipiélago en llamas*. Aparece un relato fantástico en *Le Figaro Illustré*, «Frritt-Flacc», que en 1886 queda completado en *Un billete de lotería*.

1885   Nuevo baile de disfraces en Amiens, «el gran albergue de la vuelta al mundo». Publica *Matías Sandorf*, primero por entregas en *Le Temps*. Aparece en el *Magasin* una novela firmada por A. Laurie (Grousset) y Verne, *El náufrago del Cynthia*. Trabaja en una fantasía sobre el artefacto «más pesado que el aire», la futura *Robur el conquistador*. Mantiene muchas discusiones con Hetzel, aunque también le envía la copia del primer volumen de *La dernière esclave* (después *Norte contra Sur*); corrige *Un billete de lotería* y *El camino de Francia*. Aparece *Robur el conquistador* en el *Journal des débats*.

1886   Publica en un solo volumen *Un billete de lotería* y *Robur el conquistador*. El 15 de febrero vende el *Saint-Michel III* al príncipe de Montenegro, pues su mantenimiento resulta demasiado costoso. El 10 de marzo, en una crisis de locura, su sobrino Gaston (primogénito de su hermano Paul, auditor en el consejo de Estado) dispara contra él, creyéndose perseguido por unos enemigos. Gaston es ingresado, y pasará el resto de su vida en varias instituciones. A Jules no pueden extraerle la bala del pie, y queda lisiado. Solo puede dar unos cuantos paseos en octubre, y en diciembre vuelven a prohibirle por un tiempo que camine. El 17 de marzo muere Hetzel. A su pesar, Verne no puede asistir al funeral, celebrado en Montecarlo. Se cree que por estas fechas también muere una mujer amada con gran discreción por Verne, la cual vivía en Asnières, y de la que solo se conoce el nombre: señora Duchesne.

1887   L.-J. Hetzel, hijo del editor, ocupa su lugar. Se publican *El camino de Francia* y *Norte contra Sur*. En noviembre viaja en una gira de conferencias por Bélgica y Holanda. Lee en ellas, curiosamente, un cuento de gran carga simbólica, «La familia Ratón». Se reconcilia con su hijo; poco después muere la madre del escritor.

1888   Publica *Dos años de vacaciones* y *El secreto de Maston*. Para esta última novela, Badoureau, ingeniero de minas y matemático, le cede por 2.500 francos los cálculos que había realizado para enderezar el eje de la Tierra (el estudio figura al final de la novela). Inicia una larga e intensa relación afectiva con su nuera. Pone su nombre a la protagonista de la novela en la que trabaja, *Familia sin nombre*. Prepara *Voyage à reculons* (que será *César Cascabel*). Sale elegido en el consejo municipal dentro de una lista socialista radical, pero en realidad solo se ocupará de lo artístico. Se le debe la construcción del circo municipal de Amiens. Aparece en *Le Forum* de Nueva York *La jornada de un periodista americano en 2889*, firmada con su nombre, pero escrita (en inglés) por su hijo Michel y publicada en francés primero en las *Mémoires de l'Académie d'Amiens*, en 1889, y luego en *Ayer y mañana*.

1889   Publica *Familia sin nombre*. Escribe *El castillo de los Cárpatos* y empieza *Mistress Branican*.

1890   Publica *César Cascabel*. Propone *Ayer y mañana*, una colección de relatos, que aparecerá póstumamente. Trabaja en la adaptación teatral de *Las tribulaciones de un chino en China*. Sufre de numerosos problemas de salud (desgaste de las encías, lavados de estómago). Publica «La familia Ratón» en el número de Navidad de *Le Figaro Illustré*.

1891   Publica *Mistress Branican*. Trabaja en *El castillo de los Cárpatos* (artículo de Élisée Reclus). Para entonces ya ha terminado *Claudio Bombarnac*.

1892   Publica en un solo volumen *El castillo de los Cárpatos*, y *Claudio Bombarnac* por entregas en *Le Soleil*. Trabaja en *Aventuras de un niño irlandés*. Los negocios no van bien para Michel y su padre subsana sus deudas. Es nombrado presidente de la Académie d'Amiens y sigue muy dedicado a los asuntos municipales.

1893   Escribe *La isla de hélice*, y le pide a su hermano que revise los detalles técnicos. Acaba el primer volumen de las *Maravillosas aventuras de Antifer*. Disminuye su éxito (y sus ingresos). La crítica guarda silencio acerca de sus dos últimas novelas.

1894   Publica las *Maravillosas aventuras de Antifer*. En agosto facilita la lista de los próximos volúmenes, de los que ya están terminados tres, aunque no aparecerán en el orden indicado.

1895   Publica *La isla de hélice*. Trabaja en *Ante la bandera*. Queda muy afectado por la muerte de Dumas hijo.

1896   Dedica *Clovis Dardentor* a sus nietos, y acelera su publicación. La de *Ante la bandera* provoca una demanda del químico Turpin (inventor, en 1885, de la melinita), quien lo acusa, no sin razón, de haberlo representado en el personaje de Roch. El juicio, de cuya defensa se encarga Raymond Poincaré, lo gana Verne el año siguiente. Se entusiasma por la «esfinge antártica» (*La esfinge de los hielos*), «contrapartida del capitán Hatteras», cuyo punto de inicio es la novela de Poe *La narración de Arthur Gordon Pym*. Considera que ha ido «infinitamente más lejos».

1897   Publica *La esfinge de los hielos*. Envía a su editor el manuscrito de *El soberbio Orinoco*, listo desde 1894. Su salud es precaria (calambres, lavados de estómago, régimen estricto). Muere su hermano Paul.

1898   Publica *El soberbio Orinoco*. En julio, L.-J. Hetzel recibe el volumen titulado *El testamento de un ex-*

céntrico, del que Verne ya le había hablado «en tiempos». También se plantea escribir una continuación de *El Robinson suizo de Wyss (Segunda patria)*.

1899   Publica *El testamento de un excéntrico*. Corrige la «novela suiza». Dice haberse «zambullido en las minas del Klondike» (en *El volcán de oro*, póstuma). Pese a su postura contraria a Dreyfus, ve con buenos ojos la revisión de su condena. Por fin empieza a tener éxito su hijo (favorable a Dreyfus), primero como gestor de la Exposición Universal de 1900 y después en la prospección minera.

1900   Publica *Segunda patria*. Vuelve a instalarse en la casa del boulevard Langueville, más pequeña, de la que sale cada vez menos. Trabaja en *Le grande forêt (El pueblo aéreo)* y anuncia *Le serpent de mer (Las historias de Jean-Marie Cabidoulin)*. Pierde progresivamente la visión a causa de cataratas.

1901   Publica *El pueblo aéreo* y *Las historias de Jean-Marie Cabidoulin*. Trabaja en *Los hermanos Kip*, basada en la historia real de los hermanos Rorique, 1893.

1902   Publica *Los hermanos Kip*. Discute por el título de *Dueño del mundo*, y envía el manuscrito del primer volumen de *Los piratas del Halifax*.

1903   Publica *Los piratas del Halifax* (la incorporación de las Antillas danesas a los Estados Unidos era un tema candente). Trabaja en las pruebas de *Un drama en Livonia*, lista desde 1894.

1904   Publica *Dueño del mundo* y *Un drama en Livonia*. Anuncia el envío del manuscrito de *El secreto de Wilhelm Storitz* y de *La invasión del mar*.

1905   El 17 de febrero sufre una crisis diabética. Fallece el día 24 de ese mismo mes a las diez de la mañana, rodeado por toda su familia. Después de su muerte se publican *La invasión del mar* y *El faro del fin del mundo*. También deseaba que apareciese antes de su muerte, justo después de *La invasión del mar*, *El secreto de Wilhelm Storitz*.

1906   *El volcán de oro.*

1907   *La agencia Thompson y Cía.*

1908   *La caza del meteoro* y *El piloto del Danubio.*

1909   *Los náufragos del Jonathan*, publicado por entregas en *Le Journal.*

1910   *El secreto de Wilhelm Storitz*; *Ayer y mañana* («La familia Ratón», «El señor Re-sostenido y la señorita Mi-bemol», «El destino de Juan Morenas», «El humbug», «La jornada de un periodista americano en 2889» y «El eterno Adán»).

1920   *La impresionante aventura de la misión Barsac*, publicado por Hachette, que compró el fondo Hetzel.

Veinte mil leguas de viaje submarino

PRIMERA PARTE

I

Un escollo fugitivo

El año de 1866 quedó marcado en los anales por un suceso extraño, un fenómeno inexplicado e inexplicable que sin duda no habrá olvidado nadie. El hecho emocionó particularmente a la gente de mar, por no hablar aquí de los rumores que corrieron en las ciudades portuarias y excitaron la imaginación de los de tierra adentro. Los negociantes, armadores, capitanes de barco, patrones y contramaestres de Europa y de América, los oficiales de las marinas de guerra de todos los países y, tras ellos, los gobiernos de los respectivos Estados en los dos continentes, mostraron su viva preocupación por el asunto.

En efecto, desde hacía algún tiempo varios buques venían encontrándose en el mar con «una cosa enorme», un objeto largo, fusiforme, fosforescente a veces, infinitamente mayor y más veloz que una ballena.

Los hechos relativos a estas apariciones, consignados en los diferentes libros de a bordo, concordaban con bastante exactitud respecto de la estructura del objeto o del ser en cuestión, la asombrosa velocidad de sus movimientos, la sorprendente potencia de su locomoción, la peculiar vida de que parecía dotado. Si se trataba de un cetáceo, su volumen era mucho mayor que el de cualquiera de los clasificados por la ciencia hasta entonces. Ni Cuvier, ni Lacépède, ni los señores Duméril o de Quatrefages hubieran admitido jamás la existencia de semejante monstruo... salvo que lo hubieran visto, lo que se dice visto, con sus mismísimos y doctísimos ojos.

Promediando las observaciones realizadas en ocasiones diversas —y rechazando tanto las evaluaciones tímidas, que atribuían a dicho objeto una longitud de doscientos pies,* como las claramente exageradas que le asignaban una milla de anchura por casi tres de longitud—, se podía afirmar, pese a todo, que aquel fenomenal ser rebasaba con mucho todas las dimensiones admitidas hasta la fecha por los ictiólogos... si es que acaso existía, naturalmente.

Pero existía, sin duda; se trataba de un hecho indiscutible. Así, por esa atracción por lo maravilloso que anida en el cerebro de los hombres, fácil es comprender la emoción que causó en todo el mundo aquella aparición sobrenatural. Ni cabía tampoco la posibilidad de relegarla al orden de la fábula.

Sucedió que el 20 de julio de 1866 el vapor *Governor Higginson,* de la Calcutta and Burnach Steam Navigation Company, se encontró con aquella mole moviente a cinco millas al este de las costas de Australia. El capitán Baker creyó inicialmente que tenía frente a sí un escollo desconocido. Se disponía incluso a determinar su posición exacta cuando dos columnas de agua, proyectadas por el inexplicable objeto, se alzaron silbando por el aire hasta una altura de ciento cincuenta pies. Por consiguiente, a menos de admitir que el tal escollo se viera sacudido por las expansiones intermitentes de un géiser, el *Governor Higginson* se las había lisa y llanamente con un mamífero acuático, desconocido hasta el presente, que expulsaba por sus espiráculos columnas de agua mezclada con aire y vapor.

Un hecho semejante fue observado, asimismo, el 23 de julio de ese año, en los mares del Pacífico, por el *Cristóbal Colón,* de la West India and Pacific Steam Navigation Company. Había que suponer, por consiguiente, que aquel extraordinario cetáceo podía desplazarse de un lugar a otro a una velocidad sor-

---

* Unos 60 metros. El pie inglés equivale a 30,40 centímetros.

prendente, pues que, con solo tres días de intervalo, el *Governor Higginson* y el *Cristóbal Colón* habían registrado su presencia en dos puntos del mapa separados por una distancia de más de setecientas millas marinas.

Quince días después, a más de dos mil leguas de allí, el *Helvetia*, de la Compagnie Nationale, y el *Shannon*, del Royal Mail, que navegaban en sentido contrario por la zona del Atlántico comprendida entre Estados Unidos y Europa se advertían mutuamente de la presencia del monstruo a los 42° 15' de latitud norte y 60° 35' de longitud al oeste del meridiano de Greenwich. En esta observación simultánea se creyó poder evaluar la longitud mínima del mamífero en más de 350 pies ingleses, dado que el *Shannon* y el *Helvetia*, pese a medir sus buenos cien metros desde la roda hasta el codaste, parecían menores que él. Ahora bien, las ballenas de mayor tamaño —las que frecuentan la zona de las Aleutianas, el Kulammak y el Umgullick— jamás han excedido una longitud de 56 metros, si acaso han llegado a alcanzarla alguna vez.

La llegada de estos informes uno tras otro, nuevas observaciones realizadas a bordo del transatlántico *Le Pereire*, un abordaje entre el *Etna*, de la línea Iseman, y el monstruo, un acta levantada por los oficiales de la fragata francesa *Normandie*, y un informe particularmente concienzudo obtenido por el Estado Mayor del comodoro Fitz-James, a bordo del *Lord Clyde*, conmocionaron profundamente a la opinión pública. En los países frívolos se tomó a broma la cosa, pero los serios y prácticos —Inglaterra, Estados Unidos, Alemania— se sintieron vivamente preocupados.

En las grandes ciudades de todo el mundo el monstruo se puso de moda: se le dedicaron canciones en los cafés, la prensa lo cubrió de ridículo, y no faltó quien lo llevara a las tablas de los teatros. Los periodistas se despacharon a gusto. A falta de otros temas, los diarios prestaron sus páginas a todos los seres imaginarios y gigantescos: desde la terrible Moby Dick, la ballena blanca de las regiones hiperbóreas, hasta el descomunal kraken, cuyos tentáculos son capaces de abarcar un casco de quinientas toneladas y hundirlo en los abismos del océano.

Incluso salían a relucir los testimonios más antiguos: las opiniones de Aristóteles y de Plinio, que admitían la existencia de tales monstruos; se recordaban las narraciones noruegas del obispo Pontoppidan, los relatos de Paul Heggede y, cómo no, los informes facilitados por Harrington —de cuya buena fe no puede caber la menor duda— que afirmaba haber visto en 1857, hallándose a bordo del *Castillan,* aquella enorme serpiente que hasta entonces solo había frecuentado los mares del antiguo *Constitutionnel.*

Se desató entonces la interminable polémica entre los crédulos y los incrédulos en todas las revistas científicas y sociedades eruditas. El tema del monstruo enardeció los ánimos. En el curso de aquella memorable campaña se enfrentaron los periodistas «científicos» con los «imaginativos», derramando unos y otros oleadas de tinta. Y algunos llegaron incluso a verter dos o tres gotas de su sangre, pues del asunto de la serpiente de mar descendieron a las más ofensivas personalizaciones.

Durante seis meses la guerra prosiguió con signo alterno. A los artículos de fondo del Instituto Geográfico de Brasil, de la Real Academia de las Ciencias berlinesa, de la Asociación Británica y del Instituto Smithsoniano de Washington; a las discusiones de *The Indian Archipelago,* del *Cosmos* del abate Moigno, de las *Mittheilungen* de Petermann; a las crónicas científicas de las grandes revistas de Francia y del extranjero... la prensa popular replicaba inmediatamente con un inagotable caudal de palabras. Sus inspirados hombres, parodiando una frase de Linneo que citaban repetidamente los adversarios del monstruo, sostenían que «la Naturaleza no hace tontos»[*] y conjuraban a sus contemporáneos a que no desmintieran con su actitud crédula ese principio. Porque tonto sería quien admitiera la existencia de los krakens, de las serpientes de mar, de las Moby Dick y de otros monstruos semejantes en-

---

[*] Juego de palabras. La frase de Linnes «la Naturaleza no hace saltos». Ahora bien, en francés *saut* (salto) y *sot* (tonto) suenan del mismo modo. *(N. del T.)*

gendrados por marineros delirantes. Por último, en un artículo publicado en cierta revista satírica muy temida, el más mimado de sus redactores, dispuesto a darle la puntilla al monstruo, lo citó —como Hipólito—, le clavó una estocada mortal y lo descabelló a la primera entre las carcajadas unánimes del respetable. El ingenio había derrotado a la ciencia.

En el curso de los primeros meses del año 1867, el tema parecía enterrado. Nada indicaba que debiera replantearse. Hasta que, de improviso, llegaron al conocimiento del público nuevos acontecimientos. Y no se trataba ya de un problema científico que resolver, sino, más bien, de un peligro real y serio que había que evitar. La cuestión tomó un cariz absolutamente distinto. El monstruo pasó de nuevo a ser islote, roca, escollo; pero un escollo fugitivo, indeterminable, huidizo.

El día 5 de marzo de 1867, el *Moravian*, de la Montreal Ocean Company, chocó durante la noche por estribor con una roca que ningún mapa localizaba en aquel punto, a los 27° 30' de latitud norte y los 72° 15' de longitud oeste. Con el impulso combinado del viento y de sus cuatrocientos caballos de vapor, navegaba entonces a una velocidad de trece nudos. Y, a no ser por la excelente calidad de su casco, que impidió que se le abriera una gran vía de agua de resultas del choque, es indudable que el *Moravian* se hubiera ido a pique con los 237 pasajeros que transportaba desde Canadá.

El accidente se había producido hacia las cinco de la madrugada, cuando empezaba a despuntar el día. Los oficiales del cuarto de guardia acudieron rápidamente a popa. Examinaron meticulosamente el océano. Y nada vieron, a excepción de un fuerte remolino que rompía las aguas a una distancia de tres cables, como si allí las capas líquidas hubieran sido golpeadas violentamente. Se determinó exactamente la posición del navío, y el *Moravian* siguió su ruta sin daños aparentes. ¿Había chocado con una roca submarina? ¿O se trataría más bien de los enormes restos de algún naufragio? No hubo forma de saberlo. Pero cuando fue llevado al dique seco y sometido a examen se advirtió que una parte de la quilla había sufrido un gran destrozo.

Pese a su extrema gravedad, aquel accidente, como tantos otros, quizá se hubiera olvidado. Pero tres semanas más tarde se reprodujo otro semejante en circunstancias parecidas. Solo que, en este caso, por la nacionalidad del navío víctima del nuevo abordaje y por la reputación de la compañía armadora, el suceso tuvo una inmensa resonancia.

De todos es conocido el nombre del célebre armador inglés Cunard. Este inteligente industrial fundó en 1840 un servicio postal entre Liverpool y Halifax, con tres barcos de madera y ruedas de cuatrocientos caballos de potencia y un registro bruto de 1.162 toneladas. Ocho años después, el material de la compañía se incrementaba con cuatro nuevos buques de seiscientos cincuenta caballos de vapor y 1.820 toneladas de registro; y dos años más tarde contaba con otros dos buques de mayores potencia y tonelaje. En 1853 la compañía Cunard, que acababa de ver renovado su privilegio de transporte de correo, incorporó a su flota, uno tras otro, el *Arabia*, el *Persia*, el *China*, el *Scotia*, el *Java* y el *Rusia*, barcos todos ellos de magnífica andadura y los mayores que, después del *Great Eastern*, hubieran surcado jamás los mares. Así pues, en 1867 la Cunard era propietaria de doce navíos, de los cuales ocho eran de ruedas y cuatro de hélice.

Si me entretengo en estos pormenores es al objeto de que quede bien clara cuál es la importancia de esta compañía de transportes marítimos, conocida en todo el mundo por su inteligente gestión. Ninguna empresa de navegación transoceánica ha sido dirigida con tanta habilidad; ningún negocio se ha visto coronado con mayor éxito. En el curso de los últimos veintiséis años, los barcos de la Cunard han atravesado dos mil veces el Atlántico, y jamás se ha cancelado un viaje, jamás hubo un retraso, jamás se perdieron ni una carta, ni un hombre, ni un navío. No es extraño, pues, que los pasajeros muestren su preferencia por la Cunard, más que por ninguna otra compañía —y ello a pesar de la poderosa competencia que le hacen los barcos franceses—, tal como se deduce de la estadística que puede establecerse a partir de los documentos oficiales de los últimos años. Así las cosas, a nadie extrañaría la resonancia que alcanzó el accidente sufrido por uno de sus más hermosos *steamers*.

El 13 de abril de 1867, con mar en calma y brisa manejable, el *Scotia* se hallaba a los 15° 12' de longitud oeste y 45° 37' de latitud norte. Sus mil caballos de vapor lo impulsaban a una velocidad de 13,43 nudos. Las ruedas batían el mar con regularidad perfecta. Su calado era de 6,7 metros y desplazaba 6.624 metros cúbicos.

A las cuatro horas y diecisiete minutos de la tarde, cuando los pasajeros se hallaban reunidos en el gran salón para el *lunch*, se dejó sentir en el casco del *Scotia* un golpe —no demasiado fuerte— por la aleta de popa, un poco más atrás de la rueda de babor.

No era que el *Scotia* hubiera chocado contra algo, sino, más bien, que algo había chocado contra él, algo más parecido a un instrumento cortante o perforante que a un objeto contundente. Tan leve había parecido el abordaje, que nadie se hubiera inquietado por él a bordo, de no mediar los gritos de los marineros de la sala de máquinas, que subieron al puente exclamando:

—¡Nos hundimos! ¡Nos hundimos!

En un primer momento, entre los pasajeros cundió el pánico; pero el capitán Anderson se apresuró a tranquilizarlos. En cualquier caso, el peligro no podía ser inminente, ya que el *Scotia*, dividido como estaba en siete compartimientos por mamparos estancos, debía ser capaz de superar con éxito una vía de agua.

El capitán Anderson bajó de inmediato a la cala. Pudo ver que, en efecto, el mar había anegado el quinto compartimiento y que, a juzgar por la rapidez con que subía el nivel del agua, el boquete abierto era de consideración. Por fortuna no era aquel el compartimiento de las calderas; de serlo, se hubieran apagado al instante.

Al punto el capitán Anderson ordenó que pararan las máquinas, y uno de los marineros se sumergió para reconocer los daños. Instantes después se comprobaba la existencia de un boquete de dos metros de anchura bajo la línea de flotación del *steamer*. Era del todo imposible taponar semejante vía de agua, así que el *Scotia* se vio forzado a proseguir su viaje como pudo, con sus ruedas medio hundidas en el agua. Se encontraba entonces a trescientas millas del cabo Clear. Pero finalmente pudo llegar a las dársenas de la compañía en Liverpool, aunque con un retraso de tres días que causó en tierra una viva inquietud.

Pusieron el barco en el dique seco y los ingenieros procedieron a examinarlo. No podían dar crédito a lo que veían sus ojos: dos metros y medio por debajo de la línea de flotación se abría un perfecto boquete, en forma de triángulo isósceles. La línea de fractura de la chapa era asombrosamente regular y nítida, como si hubiesen hecho el agujero con un gigantesco sacabocados. La herramienta capaz de perforarlo debía de tener un temple extraordinario, porque para atravesar de aquel modo una chapa de cuatro centímetros tuvo que ser aplicada con prodigiosa fuerza, y luego debió retroceder inmediatamente por sí misma, con un movimiento en verdad inexplicable.

Tal era la naturaleza del hecho, que tuvo la virtud de apasionar de nuevo a la opinión pública. Y desde aquel preciso instante se le endosaron al monstruo todos los siniestros marítimos que no habían tenido una causa determinada. El fantástico animal cargó con la responsabilidad de todos aquellos naufragios, cuyo número es, por desgracia, muy alto. Porque, en efecto, de los tres mil navíos que el Bureau Veritas registra al año como perdidos, entre los de vapor y de vela, no menos de doscientos son incluidos en la lista por falta de noticias, suponiéndose perdidos vidas y bienes.

Justa o injustamente, pues, se acusó al «monstruo» de su desaparición y, por su causa, las comunicaciones entre los continentes se consideraron cada día más peligrosas; hasta que el clamor popular exigió categóricamente que a cualquier precio las rutas del mar liberaran a aquel formidable cetáceo.

II

PRO Y CONTRA

Por la época en que ocurrieron estos hechos me encontraba yo en Estados Unidos, de regreso de una exploración científica por las inhóspitas tierras de Nebraska. El gobierno francés me había agregado a dicha expedición en mi calidad de profesor suplente en el Museo de Historia Natural de París. Así que llegué a Nueva York a finales de marzo, tras mis seis meses de estancia en Nebraska, cargado de preciosas colecciones. Tenía previsto regresar a Francia en los primeros días de mayo. Y dedicaba, pues, aquel compás de espera a clasificar mis tesoros mineralógicos, botánicos y zoológicos. En ello estaba ocupado cuando ocurrió el incidente del *Scotia*.

Ya estaba por entonces al tanto de aquella candente cuestión. ¿Cómo no estarlo? Había leído y releído todos los periódicos americanos y europeos, bien es verdad que sin ningún provecho. Aquel misterio me intrigaba. Y en la imposibilidad de llegar a formarme una opinión sobre el asunto, no sabía a qué carta apostar. Lo que ya estaba fuera de toda discusión era que allí había «algo»; la llaga del *Scotia* estaba allí, a disposición de cualquier incrédulo que deseara meter su dedo en ella.

A mi llegada a Nueva York la cuestión estaba al rojo vivo. La hipótesis del islote flotante, del escollo fugitivo, bien que defendida aún por individuos de pocas luces, había sido abandonada por completo. Porque, o el tal escollo escondía en sus entrañas una poderosa máquina, o de otra forma era imposible que pudiera desplazarse con una rapidez tan prodigiosa.

El mismo argumento de su veloz desplazamiento valía para desechar las teorías acerca de un casco a la deriva o de un enorme resto de algún naufragio.

Quedaban únicamente en pie dos soluciones posibles, cada una de las cuales daba origen a un clan bien definido de partidarios: de un lado estaban quienes optaban por un monstruo de fuerza colosal; de otro los que creían a pies juntillas que se trataba de un barco «submarino», de extraordinaria potencia motriz.

Pero esta última suposición, irreprochable por cierto, no pudo resistir las investigaciones que se realizaron a uno y otro lado del Atlántico. Que un simple particular tuviera a su disposición semejante artilugio mecánico era poco verosímil. Porque ¿dónde y cuándo lo habría construido? ¿Y cómo habría logrado mantener en secreto su construcción?

Una máquina destructora como aquella solo podía estar en manos de algún gobierno, y hasta era muy posible que, en estos desastrosos tiempos en que el hombre se afana por construir armas cada vez más mortíferas, alguna nación estuviera probando tan poderoso ingenio bélico, manteniéndolo en secreto. Después de los fusiles, los torpedos; después de los torpedos, los arietes submarinos, luego... quizá el hombre ponga fin a esa carrera. Por lo menos así lo espero.

Pero la hipótesis de un arma secreta se desmoronó también ante las firmes protestas de los gobiernos. Y como se trataba de un asunto de interés general, puesto que afectaba gravemente a las comunicaciones transoceánicas, no cabía poner en duda la sinceridad de aquellas protestas de inocencia. Además, ¿cómo iba a pasar inadvertida a los ojos del público la construcción de aquella nave submarina? Guardar el secreto en tales circunstancias es muy difícil para un particular, y del todo imposible para una nación sometida en todos sus actos al obstinado espionaje de las potencias rivales.

Así pues, tras las indagaciones realizadas en Inglaterra, en Francia, en Rusia, en Prusia, en España, en Italia, en Estados

Unidos, y hasta en la propia Turquía, hubo que descartar también la hipótesis de una nave submarina tipo Monitor.

La idea de un monstruo volvió a ponerse a flote, a despecho de las continuas bromas con que era acogida por la prensa de segunda fila. Y ya en dicha línea, la imaginación de la gente se dejó llevar pronto por las ficciones más absurdas de una ictiología fantástica.

A mi llegada a Nueva York, algunas personas me habían hecho el honor de solicitar mi opinión sobre el tema. Yo había publicado en Francia una obra en cuarto, en dos tomos, que llevaba por título *Los misterios de las grandes profundidades submarinas*. Este libro, particularmente apreciado en los medios científicos, me acreditaba como especialista en ese oscuro capítulo de la historia natural. Pidieron que me definiera. Y mientras me fue posible negar la realidad del hecho, me atrincheré en una postura rotundamente escéptica. Pero pronto, ante la evidencia, no tuve más remedio que comprometerme y emitir un juicio. Hasta que un buen día el *New York Herald* conminó «al honorable Pierre Aronnax, profesor del Museo de París», a que diera su parecer, cualquiera que fuese.

Me decidí a pasar el mal trago. Y puesto que no me estaba permitido callar, hablé. Examiné el tema en todas sus facetas, política y científicamente, en un extenso artículo que apareció en el número del 30 de abril, del que resumo aquí las principales ideas.

«Por consiguiente —decía, después de haber considerado una por una las diversas hipótesis y volviendo a la única que no había rechazado—, hemos de admitir forzosamente la existencia de un animal marino dotado de una fuerza descomunal.

»Nada sabemos de las grandes profundidades del océano. Nuestras sondas no han sido capaces de alcanzarlas. ¿Qué sucede en aquellos apartados abismos? ¿Qué seres habitan y pueden habitar a doce o quince millas por debajo de la superficie de las aguas? ¿Cómo será el organismo de esos animales? Apenas si podemos conjeturarlo.

»Sin embargo, la solución del problema que se me ha planteado podría darse en forma de dilema:

»O conocemos todas las variedades de seres que pueblan nuestro planeta, o no las conocemos.

»Si no las conocemos todas, es decir, si la naturaleza nos esconde todavía algunos secretos en ictiología, bien lógico parece admitir la existencia de especies y aun de géneros de cetáceos o peces de una organización esencialmente «abisal», que habiten en los niveles inaccesibles a la sonda y que, por cualquier circunstancia fortuita, por un capricho o por una fantasía, si se quiere, se vean impulsados esporádicamente hacia el nivel superior del océano.

»Pero si, por el contrario, conocemos todas las especies vivientes, habrá que buscar al animal en cuestión entre los seres marinos ya clasificados, en cuyo caso yo estaría dispuesto a admitir la existencia de un narval gigante.

»El narval común, también llamado unicornio de mar, llega a alcanzar una longitud de sesenta pies. Multipliquemos por cinco, por diez incluso, ese tamaño, atribuyamos a ese cetáceo una fuerza proporcional a sus dimensiones y unas defensas igualmente grandes: ahí tenemos nuestro animal. Tendrá las proporciones determinadas por los oficiales del *Shannon*, el instrumento requerido para perforar el *Scotia*, la fuerza necesaria para dañar el casco de un *steamer*.

»El narval, en efecto, está armado de una especie de espada de marfil, de una alabarda, como la llaman algunos naturalistas. Es su diente principal y tiene la dureza del acero. Algunos de estos dientes han podido encontrarse como implantados en el cuerpo de las ballenas, a las que el narval ataca siempre con éxito. Otros han sido arrancados, con no pequeño esfuerzo, de los fondos de algunas embarcaciones, que habían sido atravesados por ellos de lado a lado, como cuando se perfora un tonel con una broca. El museo de la Facultad de Medicina de París conserva una de esas defensas, que mide ¡dos metros veinticinco centímetros de longitud y cuarenta y ocho centímetros de anchura en su base!

»Pues bien, supongamos un arma diez veces más fuerte,

un animal diez veces mayor. Hagamos que se lance a una velocidad de veinte millas por hora. Bastará que multipliquemos su masa por su velocidad: ahí está la fuerza capaz de ocasionar una catástrofe como las que hemos visto.

»Por consiguiente, a la espera de informaciones más completas, yo me inclinaría a aventurar que se trata de un unicornio de mar de dimensiones colosales, armado, no ya de una alabarda, sino de un auténtico espolón, como las fragatas acorazadas o los *rams* de guerra, a los que se asemejaría por su masa y potencia motriz.

»Así se explicaría este inexplicable fenómeno... a menos que, a pesar de lo que se ha vislumbrado, visto, dicho y repetido, no haya nada de nada, ¡que bien pudiera ser todavía!»

Estas últimas palabras eran una cobardía por mi parte. Pero con ellas trataba de proteger, hasta cierto punto, mi dignidad de profesor y no exponerme a la irrisión de los americanos, maestros en el arte de ridiculizar a uno, cuando se lo proponen. Me había reservado una escapatoria, por si acaso. Pero, en el fondo, admitía la existencia del monstruo.

Mi artículo fue discutido apasionadamente, lo que le dio una gran resonancia. Tuvo la virtud de atraer a un buen número de partidarios. La solución que proponía, por otra parte, dejaba campo libre a la imaginación, y el espíritu humano gusta de imaginar grandiosos seres sobrenaturales. De hecho, el mar es precisamente el marco incomparable, el solo medio en el que tales seres gigantescos —comparados con los cuales los animales terrestres, los elefantes o los rinocerontes, parecen enanos— pueden nacer y desarrollarse. Las masas líquidas albergan las mayores especies conocidas de mamíferos y quizá esconden moluscos de tamaño incomparable, crustáceos cuya sola vista causaría terror... como pudieran ser langostas de cien metros o cangrejos de doscientas toneladas de peso. ¿Por qué no? En las antiguas eras geológicas, los animales que poblaban la Tierra —tanto los cuadrúpedos o cuadrumanos, como las aves o los reptiles— parecían diseñados a escala gigante. El Creador los vació en moldes colosales, que el tiempo ha ido haciendo paulatinamente menores. ¿No sería posible que el mar, en sus desconocidas profundidades, hubiera conservado amplios especímenes de la vida de otros tiempos, ese mar que no cambia frente a las incesantes mutaciones de la superficie terrestre? ¿No sería posible que escondiera en su seno las últimas variedades de aquellas especies titánicas, siendo así que para el mar los años son siglos y los siglos, milenios?

Pero me estoy dejando llevar por fantasías que no me corresponde ya alentar. Dejemos estas quimeras que el tiempo transformó para mí en realidades terribles. El caso es que se creó esta corriente de opinión en torno a la naturaleza del fenómeno y que la gente admitió, con rara unanimidad, que se trataba de un ser prodigioso que no tenía nada en común con las fabulosas serpientes de mar.

Hubo quienes no vieron en esto más que un problema científico aún no resuelto; pero otros, más prácticos —sobre todo americanos e ingleses—, insistieron en que había que librar al océano de aquel monstruo temible, para devolver la seguridad a las comunicaciones transoceánicas. Las revistas industriales y comerciales, principalmente, abordaron la cuestión bajo este prisma. La *Shipping and Mercantile Gazette*, el *Lloyd*, el *Paquebot*, la *Revue maritime et coloniale*, y la totalidad de los periódicos vinculados a las compañías de seguros —que, por cierto, amenazaban con elevar la tasa de las primas— se manifestaron en este sentido.

Secundando a la opinión pública, Estados Unidos fue el primero en pronunciarse. Y así, en Nueva York se hicieron los preparativos para una expedición destinada a perseguir al narval. Se dispuso que una fragata de avance rápido, el *Abraham Lincoln*, estuviera en condiciones de hacerse a la mar lo antes posible. Y en los arsenales se dio toda clase de facilidades al comandante Farragut, que se hizo cargo de activar los preparativos para aparejar la nave.

Como sucede siempre en estos casos, desde el instante mismo en que se decidió iniciar la persecución, el monstruo dejó de dar señales de vida. Ni una noticia, ni un avistamiento en dos meses. Como si el unicornio de mar estuviera al tanto de lo que se tramaba en su contra. ¡Se había hablado tanto de ello, incluso por el cable transatlántico! Los chistosos insinuaban que aquel astuto bicho había detenido algún telegrama a su paso por el cable submarino, y que jugaba con esta ventaja.

En resumen, que aquella fragata aparejada para un largo periplo y dotada de formidables artes de pesca estaba lista para partir, pero no se sabía hacia dónde enviarla. La impaciencia iba en aumento cuando, el día 3 de julio, se supo que un *steamer* de la línea de San Francisco a Shanghai había vuelto a ver al animal, tres semanas atrás, en las aguas del Pacífico norte.

La noticia produjo un ramalazo de emoción. Al comandante Farragut no se le concedieron ni veinticuatro horas de respiro. Ya estaban a bordo los víveres y los pañoles rebosaban carbón. Los hombres de la tripulación se hallaban cada uno en su puesto. No había más que encender las calderas, que se calentaran ¡y en marcha! Jamás se le hubiera disculpado ni medio día de retraso. Y el propio comandante Farragut no deseaba otra cosa que partir.

Tres horas antes de que el *Abraham Lincoln* zarpara de los muelles de Brooklyn, me llegó una carta redactada en los siguientes términos:

> *Al señor Aronnax,*
> *Profesor del Museo de París*
> *Hotel de la Quinta Avenida*
> *Nueva York*

Señor:

Si desea usted sumarse a la expedición del *Abraham Lincoln*, el gobierno de la Unión verá con agrado que Francia esté representada por usted en esta empresa. El comandante Farragut tiene un camarote a su disposición.

La saluda cordialmente,

J. B. Hobson,
secretario de Marina

III

Como guste el señor

Tres segundos antes de que me llegara la carta del señor J. B. Hobson, tenía yo tanta idea de lanzarme en persecución del narval como de embarcarme en una expedición para descubrir el paso del Noroeste. Tres segundos después de haber leído el citado mensaje del honorable secretario de Marina, comprendí yo, por fin, que mi verdadera vocación, el único objeto de mi vida, no podía ser otra que perseguir a aquel monstruo inquietante y librar al mundo de él.

Verdad era que acababa de regresar de un penoso viaje, que estaba fatigado y que necesitaba descansar. Me moría de ganas de volver a mi patria, de encontrarme nuevamente con mis amigos, de encerrarme en mi despachito del Jardín Botánico con mis preciosas y queridas colecciones... Pero nada logró retenerme. Olvidé todo, cansancio, amigos, colecciones... y acepté, sin pararme a pensarlo, la oferta del gobierno americano.

«¡Bueno! —pensaba—. Todos los caminos conducen a Europa. Y el narval será lo suficientemente gentil como para llevarme a las costas de Francia. Ese digno animal se dejará capturar en los mares de Europa —por darme gusto—, y yo pienso reportar al Museo de Historia Natural por lo menos medio metro de su espolón de marfil.»

Claro que, por el momento, tendría que buscar al narval en los mares del Pacífico norte... y para volver a Francia, eso era como tomar el camino de las antípodas.

—¡Consejo! —llamé, impaciente.

Consejo era mi criado. Un muchacho muy fiel, nacido en Flandes, que me acompañaba en todos mis viajes. Era un ser flemático por naturaleza, regular y ordenado por principio, activo por hábito, poco dado a sorprenderse por nada, muy mañoso y apto para toda clase de servicios. Yo sentía por él un gran aprecio, y él me lo devolvía con creces. Y a pesar de su nombre, jamás daba consejos... ni siquiera cuando no se los pedían.

A fuerza de tratar con los sabios de nuestro mundillo del Jardín Botánico, a Consejo se le había pegado algo de ciencia. En él tenía yo a un auténtico especialista, que dominaba a la perfección el arte de clasificar en la historia natural, capaz de recorrer con la agilidad de un acróbata toda la escala de los tipos, los grupos, las clases, las subclases, los órdenes, las familias, los géneros, los subgéneros, las especies y las variedades. Pero ahí se acababa toda su ciencia. Lo suyo era clasificar, y no sabía más. Y aunque conocía al dedillo la teoría de la clasificación, pienso que, en la práctica, no hubiera sido capaz de distinguir un cachalote de una ballena. Lo que no le impedía ser un muchacho digno y excelente.

Hasta entonces, desde hacía diez años, Consejo me había seguido adondequiera me empujara la ciencia. Jamás una palabra sobre si el viaje era largo o fatigoso. Jamás un reparo a la hora de hacer sus maletas para viajar a un país, ni a la China ni al Congo, por lejano que fuera. Iba a donde hubiera que ir, sin hacer preguntas. Gozaba, además, de una salud espléndida que desafiaba a todas las enfermedades; de unos músculos recios, sin nervios ni trazas de tenerlos... en lo moral, por supuesto.

Tenía él treinta años, y su edad era a la mía como quince es a veinte. Discúlpeme el lector que me valga de este circunloquio para decir que en aquel entonces acababa yo de cumplir los cuarenta.

En cuanto a sus defectos... Pues, sí, tenía uno, solamente uno. Ceremonioso como él solo, se dirigía a mí siempre en tercera persona, hasta el punto de resultar irritante.

—¡Consejo! —repetí, al tiempo que comenzaba a hacer a toda prisa mis preparativos para el viaje.

Siendo como era tan fiel, yo estaba convencido de que podría contar con él. De ordinario, ni siquiera le preguntaba si le venía bien acompañarme en mis viajes. Pero esta vez se trataba de una expedición que podía prolongarse indefinidamente, de una empresa no exenta de riesgos: perseguir a un animal capaz de echar a pique una fragata como si fuera un cascarón de nuez. ¡Aun para el hombre más impasible del mundo la cuestión invitaba a reflexionar! ¿Qué diría Consejo?

—¡Consejo! —llamé por tercera vez.

Ahí lo tenía ya.

—¿Me llamaba el señor? —dijo al entrar.

—Sí, muchacho. Prepara mis cosas y las tuyas. Partimos dentro de dos horas.

—Como guste el señor —respondió tranquilamente Consejo.

—No podemos perder ni un instante. Pon en mi maleta todos mis útiles de viaje, trajes, camisas, calcetines. Sin contarlos, pero los más que quepan. ¡Y date prisa!

—¿Y las colecciones del señor? —me recordó Consejo.

—Ya nos ocuparemos de ellas.

—¿Cómo? ¿Y los arquiterios, los hiracoterios, los oreodontos, los queropótamos y los demás esqueletos del señor...?

—Nos los guardarán en el hotel.

—¿Y el babirusa vivo del señor...?

—Ya le darán de comer en nuestra ausencia. Daré orden de que nos envíen a Francia nuestro pequeño zoológico.

—Entonces, ¿no regresamos a París? —preguntó Consejo.

—Sí..., claro... —respondí evasivamente—, pero dando un rodeo.

—El rodeo que disponga el señor.

—¡Oh! ¡No será nada! Un camino algo menos directo; eso es. Navegaremos a bordo del *Abraham Lincoln.*

—Como guste el señor —respondió tranquilamente Consejo.

—Tú ya sabes, muchacho... Se trata del monstruo, del dichoso narval. ¡Vamos a librar a los mares de ese bicho! El autor de una obra en cuarto y en dos volúmenes acerca de *Los misterios de las grandes profundidades submarinas* tiene la obligación moral de embarcar con el comandante Farragut. Misión gloriosa, sí... aunque también arriesgada. No es posible saber adónde nos conducirá. ¡Son tan caprichosos esos animales! ¡Pero iremos a donde sea! El comandante no es persona que dé su brazo a torcer ante el peligro.

—Yo haré lo que haga el señor —repuso Consejo.

—¡Piénsatelo bien! No quiero ocultarte nada. Es uno de esos viajes de los que no siempre se vuelve.

—Como guste el señor.

Un cuarto de hora después nuestros baúles estaban listos. Consejo los había hecho en un abrir y cerrar de ojos, y yo estaba seguro de que no faltaba nada, porque aquel muchacho clasificaba tan bien las camisas y los trajes como los pájaros o los mamíferos.

El ascensor del hotel nos dejó en el gran vestíbulo de la planta noble. Bajé a pie los pocos escalones que conducían a la planta baja y allí aboné mi cuenta, en el amplio mostrador de la recepción, siempre asediado por un numeroso gentío. Di orden de que me enviaran a París —Francia, precisé— mis fardos de animales disecados y plantas secas. Luego abrí un generoso crédito para la manutención del babirusa y, finalmente, con Consejo pisándome los talones, salté a un coche.

El vehículo —de los de a veinte francos el trayecto— bajó por Broadway hasta Union Square, siguió por la Cuarta Avenida hasta el cruce de Bowery Street, tomó Katrin Street y se detuvo en el *pier** treinta y cuatro. Allí, el transbordador de Katrin nos llevó, hombres, caballos y coche, hasta Brooklyn, la gran prolongación de Nueva York situada en la margen izquierda del río del Este. Y en pocos minutos enfilábamos el muelle junto al que estaba amarrado el *Abraham Lincoln*,

---

* Especie de muelle para este tipo de embarcaciones.

que vomitaba torrentes de humo negro por sus dos chimeneas.

Nuestro equipaje fue transportado inmediatamente al puente de la fragata. Yo me precipité a bordo y pregunté por el comandante Farragut. Uno de los marineros me condujo a la toldilla y allí me vi frente a un oficial de rostro amable, que me tendió la mano.

—El señor Pierre Aronnax, supongo —dijo.

—El mismo —respondí—. ¿El comandante Farragut?

—En persona. Bienvenido, profesor. Su camarote le aguarda.

Lo saludé y, dejando al comandante ocupado en sus preparativos para zarpar, rogué que me condujeran al camarote que tenía reservado.

El *Abraham Lincoln* había sido elegido con acierto y estaba perfectamente aparejado para su nuevo destino. Era una fragata rápida, dotada de dispositivos de recalentamiento que le permitían elevar a siete atmósferas su presión de vapor. Merced a ello, el *Abraham Lincoln* alcanzaba una velocidad media de 18,3 millas por hora, velocidad considerable pero, con todo, insuficiente para competir con el gigantesco cetáceo.

El interior de la fragata no desmerecía de sus cualidades náuticas. Me complació sumamente mi camarote, que estaba situado a popa y daba a la sala de la oficialidad.

—¡Aquí estaremos bien! —dije a Consejo.

—Si el señor me permite decirlo —respondió Consejo—, tan bien como un cangrejo ermitaño en la concha de una caracola.

Dejé a Consejo ocupado en la tarea de apilar convenientemente nuestros baúles y subí otra vez al puente para asistir a los preparativos de la partida.

En aquel momento el comandante Farragut daba la orden de largar las últimas amarras que retenían el *Abraham Lincoln* en el muelle de Brooklyn. Así pues, de haberme retrasado solo un cuarto de hora, o menos aún, la fragata hubiera zarpado sin mí y me habría perdido aquella expedición extraordinaria, sobrenatural, inverosímil, que, aun narrada fielmente en este relato, no dejará de suscitar la incredulidad de algunos.

Pero el comandante Farragut no quería perder ni un día ni una hora para alcanzar los mares en que acababa de ser señalada la presencia del animal. Mandó llamar a su jefe de máquinas.

—¿Tenemos suficiente presión? —le preguntó.

—Sí, señor —contestó el jefe de máquinas.

—*Go ahead!* —gritó el comandante Farragut.

A esta orden, transmitida a la máquina mediante dispositivos de aire comprimido, los maquinistas accionaron la rueda de la puesta en marcha. Silbó el vapor al precipitarse por las correderas entreabiertas. Gimieron los largos pistones horizontales e impulsaron las bielas del árbol. Las aletas de la hélice batieron las aguas con rapidez creciente y el *Abraham Lincoln* avanzó majestuosamente en medio de un centenar de *ferry-boats* y de *tenders** repletos de espectadores, que le daban escolta.

Los muelles de Brooklyn y toda la parte de Nueva York que se extiende por el río del Este se hallaban cubiertos de curiosos. Tres hurras sucesivos estallaron de quinientos mil pechos. Miles de pañuelos se agitaron por encima de la compacta multitud y saludaron al *Abraham Lincoln* hasta su llegada a las aguas del Hudson, en la punta de aquella alargada península que forma la ciudad de Nueva York.

Siguiendo por el lado de New Jersey, la admirable y poblada margen derecha del río, la fragata pasó entre los fuertes, que le enviaron un saludo con las salvas de sus cañones más potentes. El *Abraham Lincoln* respondió arriando e izando por tres veces el pabellón americano, cuyas treinta y nueve estrellas resplandecían en la verga del palo de mesana. Luego, cambiando su rumbo para enfilar el canal balizado que se curva en la bahía interior formada por la punta de Sandy Hook, costeó aquella lengua arenosa, desde donde miles de espectadores la aclamaron de nuevo.

---

* Pequeñas embarcaciones a vapor, que asisten a los grandes *steamers*.

El cortejo de *boats* y de *tenders* acompañaba todavía a la fragata. Solo se dispersó cuando alcanzaron la altura del *lightboat* que señala con sus dos luces la entrada de los estrechos de Nueva York.

Daban en aquel momento las tres. El práctico descendió en su lancha y alcanzó la pequeña goleta que le aguardaba a sotavento. Se atizaron las calderas; la hélice batió más rápidamente las olas. La fragata orilló la costa baja y amarilla de Long Island y, a las ocho de la tarde, después de haber perdido por el noroeste los faros de Fire Island, se lanzó a todo vapor por las oscuras aguas del Atlántico.

IV

NED LAND

El comandante Farragut era un buen marino, digno de la fragata que comandaba. Su nave y él eran una sola cosa. Y él, su
alma. Su espíritu no albergaba ninguna duda respecto a la
cuestión del cetáceo y no permitía que a bordo de su barco
pusiera nadie en tela de juicio la existencia del animal. Creía
en ella como creen en la existencia de Leviatán algunas buenas
mujeres: era una cuestión de fe, no de razón. El monstruo
existía, y él iba a librar al mar de esa amenaza; lo había jurado.
El hombre era una especie de caballero de Rodas, un nuevo
Diosdado de Gozón, que marchaba al encuentro del dragón
que asolaba su isla. O el comandante Farragut daba muerte al
narval, o el narval se la daría al comandante Farragut. No cabía término medio.

Los oficiales de a bordo eran del mismo parecer que su superior. Había que oírles hablar, aquilatar, discutir, calcular las
diversas probabilidades de un encuentro... verlos sondear la
vasta extensión del océano... Más de uno se imponía a sí mismo
un cuarto voluntario de guardia en las crucetas de juanete, trabajo que se le habría hecho insoportable en cualquier otra circunstancia. Durante las horas en las que el sol describía su arco diurno, la arboladura de la nave aparecía llena de marineros, ¡como
si las planchas del puente les quemaran los pies y solo hallaran
alivio encaramándose! Y, sin embargo, el *Abraham Lincoln* no
surcaba todavía con su quilla las aguas sospechosas del Pacífico.

La tripulación no deseaba más que una sola cosa: encontrar al narval, arponearlo, izarlo a bordo, despedazarlo. Todos vigilaban el mar con escrupulosa atención. Además, el comandante Farragut hablaba de una cierta suma de dos mil dólares destinada a quien avistara el animal, ya se tratara de un grumete o de un marinero, de un maquinista o de un oficial. No es de extrañar, pues, que andaran todos con los ojos alerta a bordo del *Abraham Lincoln*.

Por lo que a mí respecta, no iba a la zaga de los demás y no cedía a nadie la parte que me correspondía en las observaciones diarias. Nuestra fragata debería haberse llamado *Argos;* le sobraban razones para ello. Consejo era el único entre todos nosotros que se mostraba indiferente respecto de la cuestión que nos apasionaba, y su actitud era la nota discordante en el entusiasmo unánime a bordo.

Ya dije antes que el comandante Farragut se había esmerado en dotar a su nave de los aparejos adecuados para pescar el gigantesco cetáceo. No hubiera estado mejor provisto un ballenero. Contábamos con todos los artilugios conocidos: desde el arpón manual hasta los dardos erizados o los proyectiles explosivos que se podían lanzar mediante diversos tipos de armas de fuego. Montado en el castillo de proa llevábamos un cañón muy perfeccionado que se cargaba por la culata; era muy angosto de ánima y grueso de paredes. Aquel valioso instrumento de procedencia americana —cuyo prototipo iba a ser presentado en la Exposición Universal de 1867— era capaz de lanzar, como la cosa más natural del mundo, un proyectil de cuatro kilos a una distancia de dieciséis kilómetros.

Al *Abraham Lincoln no* le faltaba, pues, ningún medio de destrucción. Pero además contaba con algo mejor. Contaba con Ned Land, el rey de los arponeros.

Ned Land había nacido en Canadá. Su destreza era poco común, y no tenía rival en su peligroso oficio. Temple y puntería, valor y audacia, todas en grado superlativo, eran sus principales cualidades. Tendrían que ser la propia peste, o la astucia hecha cetáceo, la ballena o el cachalote capaces de evitar su arponazo.

Andaba Ned Land por la cuarentena. Era un hombre alto —de más de seis pies ingleses—, fornido, de aspecto serio y poco comunicativo, violento en ocasiones y pronto a encolerizarse si le llevaban la contraria. Llamaba la atención su persona y, sobre todo, la fuerza de su mirada, que acentuaba de un modo singular su fisonomía.

Pienso que el comandante Farragut había actuado cuerdamente al enrolar a aquel hombre en su tripulación, pues por su vista y por su brazo valía él tanto como todos los demás juntos. Tan solo se me ocurre compararlo con un potente telescopio que fuera al propio tiempo un cañón siempre listo para disparar.

Quien dice canadiense dice francés; así que, por poco comunicativo que fuera Ned Land, he de reconocer que me cobró cierto afecto. Sin duda le atraía mi nacionalidad. Se le brindaba la oportunidad de hablar —y a mí la de escuchar— la vieja lengua de Rabelais, que todavía se emplea en algunas provincias canadienses. La familia del arponero era originaria de Quebec y sus antepasados eran ya audaces pescadores en la época en que Quebec pertenecía a Francia.

Poco a poco Ned le fue tomando gusto a la conversación. A mí me agradaba oírle explicar sus aventuras en los mares polares. La narración de sus hazañas pesqueras y sus luchas adquiría en sus labios una fuerza poética espontánea. A veces su relato adoptaba forma como de epopeya, y yo creía hallarme ante un Homero canadiense que cantara la *Ilíada* de las regiones hiperbóreas.

Confieso que mi descripción de aquel audaz compañero brota de todo cuanto ahora sé de él, más que de mi primera impresión. Porque nos hemos convertido en viejos amigos, unidos por esa inalterable amistad que nace y se cimenta en los peligros más terribles. ¡Mi buen Ned! ¡Desearía vivir cien años más solo por prolongar en ellos tu recuerdo!

Pues bien, ¿cuál era la opinión de Ned Land con respecto al monstruo marino? Confieso que a él no le convencía lo del narval y que quizá era la única persona a bordo que no participaba del sentir general. Evitaba, incluso, sacar a relucir el tema, por lo que un día me sentí en la obligación de sondearle.

Era el 30 de julio, es decir, habían transcurrido tres semanas desde nuestra partida. Un atardecer espléndido. Nuestra fragata se encontraba a la altura del cabo Blanco, treinta millas a sotavento de las costas de Patagonia. Habíamos rebasado el trópico de Capricornio, y el estrecho de Magallanes se abría a menos de setecientas millas al sur. Antes de ocho días, el *Abraham Lincoln* surcaría las aguas del Pacífico.

Sentados bajo la toldilla de popa, Ned Land y yo charlábamos de temas diversos, mientras contemplábamos ese misterioso mar cuyas profundidades son todavía inaccesibles a la mirada humana. Me las arreglé para que la conversación derivara con naturalidad hacia el tema del unicornio gigante, y examiné las diversas posibilidades de éxito o fracaso de nuestra expedición. Luego, al ver que Ned me dejaba hablar sin intervenir apenas, le pinché más directamente.

—¿Cómo puedes, Ned, cómo puedes dudar de la existencia del cetáceo que perseguimos? —le pregunté—. ¿Tienes alguna razón particular para mostrarte tan escéptico?

El arponero me miró unos momentos antes de responder; luego, con un ademán que era habitual en él, se dio una palmada en su ancha frente, cerró los ojos como para concentrarse, y dijo al fin:

—Tal vez, señor Aronnax, tal vez.

—Pero Ned... Un hombre como tú, ballenero de oficio, familiarizado con los grandes mamíferos marinos y a cuya imaginación no le debe de costar ningún esfuerzo aceptar la hipótesis de cetáceos enormes, ¡debería ser el último en dudar de su existencia, dadas las circunstancias!

—Ahí se equivoca usted, profesor —repuso Ned—. Pase que el vulgo crea en cometas extraordinarios que cruzan el espacio, en la existencia de monstruos antediluvianos en el interior de la Tierra, pero ni el astrónomo ni el geólogo admitirán semejantes quimeras. Lo mismo sucede con el ballenero. He perseguido a muchos cetáceos, he arponeado un buen número de ellos y he matado bastantes; pero, por poderosos que fueran o por grandes que tuvieran sus defensas, ni con ellas ni con sus coletazos hubieran sido jamás capaces de hacer mella en las planchas de hierro de un *steamer*.

—Sin embargo, Ned, se sabe de barcos cuyo casco ha sido atravesado, de parte a parte por el diente del narval...

—Barcos de madera... puede ser —respondió el canadiense—. Aunque jamás lo he visto; ni eso siquiera. Por lo tanto, hasta que se pruebe lo contrario, niego que las ballenas, los cachalotes o los narvales sean capaces de causar esos daños.

—¡Pero Ned...!

—No, profesor, no. Será lo que usted quiera, menos eso. ¿Un pulpo gigantesco, quizá?

—Mucho menos, Ned. El pulpo no es más que un molusco, y ese mismo nombre alude a la escasa consistencia de sus carnes. Aunque midiera quinientos pies de longitud, el pulpo no se incluye entre los vertebrados y, por consiguiente, es absolutamente inofensivo para barcos como el *Scotia* o el *Abraham Lincoln*. Hay que reducir a meras fábulas las proezas que se cuentan de los krakens o de otros monstruos de ese tipo.

—Entonces, señor naturalista —replicó Ned Land con un acentuado tono de ironía—, ¿insiste usted en admitir la existencia de un enorme cetáceo?

—Sí, Ned, insisto. Y mi convicción se funda en la lógica de los hechos. Creo en la existencia de un mamífero, de un vertebrado de constitución poderosísima, semejante a las ballenas, los cachalotes o los delfines, y dotado de una defensa córnea de extraordinaria fuerza de penetración.

—Hum... —murmuró el arponero, y sacudió la cabeza con aires de no querer dar su brazo a torcer.

—Advierte, amigo mío —insistí—, que si existe semejante animal, si habita en las profundidades del océano, si frecuenta las capas líquidas situadas a algunas millas por debajo de la superficie de las aguas, su organismo deberá tener, necesariamente, una solidez incomparable.

—¿Y por qué esa constitución tan poderosa? —preguntó Ned.

—Porque se requiere una fuerza incalculable para mantenerse en las capas profundas del mar y resistir la presión de sus aguas.

—¿De veras? —dijo Ned, mirándome con un guiño de desconfianza.

—De veras. Y puedo demostrártelo fácilmente con algunas cifras.

—¡Oh! ¡Con cifras! —replicó Ned—. Con los números puede demostrarse cualquier cosa.

—En los negocios sí, Ned, pero no en matemáticas. Escucha. Admitamos que la presión de una atmósfera equivale a la presión de una columna de agua de 32 pies de altura. En realidad, la columna de agua tendría que ser algo más pequeña, porque hay que tener en cuenta que la densidad del agua de mar es superior a la del agua dulce... Pues bien, Ned, cuando uno se sumerge, su cuerpo experimenta la presión de una atmósfera por cada 32 pies de agua que tenga por encima; o, lo que es igual, cada diez metros de profundidad, un kilogramo por centímetro cuadrado de su superficie. Así, a 320 pies bajo el nivel del mar, la presión será de diez atmósferas, a 3.200 pies, cien... y de mil atmósferas cuando se encuentre a 32.000 pies de profundidad. Eso es como decir que si pudieras alcanzar esta profundidad en el océano, cada centímetro cuadrado de la superficie de tu cuerpo soportaría una presión de una tonelada. Y ahora, Ned, ¿sabes cuántos centímetros cuadrados tiene la superficie de tu cuerpo?

—No tengo la más remota idea, señor Aronnax.

—Pues unos diecisiete mil.

—¿Tantos?

—Y como en realidad la presión atmosférica es algo superior al peso de un kilogramo por centímetro cuadrado, tus diecisiete mil centímetros cuadrados soportan ahora mismo una presión de diecisiete mil quinientos sesenta y ocho kilogramos.

—¿Sin que yo me dé cuenta?

—Sin que te des cuenta. Y si semejante presión no te aplasta es porque el aire penetra en el interior de tu cuerpo con la misma presión. Se da un equilibrio perfecto entre tu presión interna y la externa, por lo cual se neutralizan ambas y puedes soportarlas sin esfuerzo. Pero en el agua es distinto.

—Sí, comprendo —respondió Ned, ahora ya más atento—, porque el agua me rodea, pero no me penetra.

—Precisamente, Ned. Por consiguiente, a 32 pies por debajo de la superficie del mar, soportarías una presión de diecisiete mil quinientos sesenta y ocho kilogramos; a 320 pies, diez veces más, es decir, ciento setenta y cinco mil seiscientos ochenta kilogramos; a los 3.200 pies, otras diez veces más, o sea, un millón setecientos cincuenta y seis mil ochocientos kilogramos; y otras diez veces más a los 32.000 pies, lo que supondría diecisiete millones quinientos sesenta y ocho mil kilogramos. Nada, que quedarías aplastado, como si te sacaran de entre las planchas de una prensa hidráulica.

—¡Diablos! —exclamó Ned.

—Por lo tanto, mi querido arponero, si hay vertebrados en esas grandes profundidades (que midan varios cientos de metros de longitud y sean proporcionadamente gruesos, en suma, con una superficie corporal de varios millones de centímetros cuadrados), la presión que deben soportar allá abajo deberá calcularse en miles de millones de kilogramos. ¡Imagina, pues, qué resistencia deberá tener su osamenta y lo poderoso que habrá de ser su organismo, si tiene que resistir semejantes presiones!

—Tendrán que estar hechos de planchas de acero de ocho pulgadas, como las fragatas acorazadas —respondió Ned Land.

—Dices bien, Ned. E imagina los daños que puede producir semejante masa, lanzada con la velocidad de un tren expreso contra el casco de un buque.

—Sí... Ciertamente... Quizá —concedió el canadiense, impresionado por las cifras, pero sin rendirse todavía a los razonamientos.

—¿Qué? ¿Te he convencido?

—Me ha convencido usted de una cosa, profesor: de que si tales animales existen y viven en el fondo del mar, tendrán que ser necesariamente tan fuertes como usted dice.

—Pero si no existen, mi testarudo arponero, ¿cómo explicas tú el accidente del *Scotia*?

—Pues porque... —dijo Ned, vacilando.

—¡Sigue!

—¡Pues porque... no es verdad! —replicó el canadiense, repitiendo sin saberlo una respuesta célebre de Arago.

Pero esta respuesta demostraba la obstinación del arponero y no otra cosa. Aquel día no quise insistir más. Si algo había que no se podía poner en duda, eso era el accidente sufrido por el *Scotia*. Tan cierto era el agujero, que había sido preciso taparlo, y no se me ocurre que la existencia de un agujero pueda ser demostrada de una forma más categórica. Ahora bien, el agujero no se hizo solo; y puesto que no había sido producido por rocas submarinas ni por artilugios que navegaran bajo la superficie del mar, tenía que deberse forzosamente al órgano perforador de algún animal.

En mi opinión, y por todas las razones antes expuestas, dicho animal pertenecía al tronco de los vertebrados, a la clase de los mamíferos, al grupo de los pisciformes y, finalmente, al orden de los cetáceos: En cuanto a la familia en que debía figurar —ballena, cachalote o delfín—, en cuanto al género que le correspondía, y mucho más la especie... eran cuestiones que habría que elucidar más adelante. Para resolverlas, habría que hacer la disección de aquel desconocido monstruo; y para ello, sería menester capturarlo. Para capturarlo era preciso arponearlo —lo cual era cosa de Ned Land—; para arponearlo, verlo —ahí es donde intervenía la tripulación—; y para verlo, dar con él... lo que implicaba una buena dosis de azar.

V

¡A LA AVENTURA!

Durante cierto tiempo el viaje del *Abraham Lincoln* discurrió sin ningún incidente digno de mención. Con todo, se nos deparó la oportunidad de comprobar la asombrosa habilidad de Ned Land y de ver hasta qué punto debíamos confiar en él.

El día 30 de junio, a la altura de las Malvinas, nuestra fragata tomó contacto con unos balleneros americanos que nos manifestaron no saber nada del narval. Pero uno de ellos, el capitán del *Monroe*, al saber que Ned Land se encontraba a bordo del *Abraham Lincoln*, solicitó su ayuda para capturar una ballena que acababa de avistar. El comandante Farragut, deseoso de ver en acción a Ned Land, le autorizó a transbordar al *Monroe*. Y la suerte le fue tan propicia a nuestro canadiense, que en lugar de una ballena arponeó dos en la misma salida, hiriendo a la primera en el corazón y dando caza a la otra tras perseguirla durante unos minutos.

Decididamente, si el monstruo tenía que vérselas alguna vez con el arpón de Ned Land, yo no me atrevería a apostar por el monstruo.

La fragata bordeó la costa sudoriental de América a una velocidad prodigiosa. El 3 de julio nos vimos ante la embocadura del estrecho de Magallanes, a la altura del cabo de las Vírgenes. Pero el comandante Farragut no quiso aventurarse por aquel sinuoso paso y maniobró para doblar el cabo de Hornos.

La tripulación aprobó unánimemente su decisión. Y es que, en efecto, ¿había alguna probabilidad de tropezar con el narval en el estrecho? Bastantes marineros afirmaban que el monstruo no podía pasar por aquellas angosturas, ¡que estaba demasiado gordo para eso!

El 6 de julio, hacia las tres de la tarde, el *Abraham Lincoln,* pasando a quince millas al sur, dobló aquel islote solitario, aquella roca perdida en el extremo del continente americano a la que unos marinos holandeses bautizaron antaño con el nombre de su ciudad natal: el cabo de Hornos. Pusimos rumbo al noroeste, y al día si guiente la hélice de la fragata batió por fin las aguas del Pacífico.

—¡Ojo avizor! ¡Ojo avizor! —repetían una y otra vez los marineros del *Abraham Lincoln.*

Y abrían los ojos desmesuradamente. Los ojos y los anteojos no se daban un instante de reposo, un poco deslumbrados, ciertamente, por la perspectiva de los dos mil dólares. Noche y día se observaba la superficie del océano, y los nictálopes jugaban con ventaja para ganar la prima, pues su capacidad de ver en la oscuridad aumentaba sus posibilidades en un cincuenta por ciento.

Aunque a mí apenas me tentaba el señuelo del dinero, no era yo, ciertamente, de los menos atentos. Apenas si abandonaba el puente del navío, indiferente al sol o a la lluvia, salvo para dedicar unos pocos minutos a las comidas y unas pocas horas al sueño. Reclinado unas veces sobre el empalletado del castillo de proa, apoyado otras a popa en la batayola, mis ojos devoraban ávidamente el surco algodonoso que trazaba nuestro barco en el mar, hasta perderlo de vista. ¡Cuántas veces compartí la emoción de los oficiales y de los tripulantes, cuando alguna ballena caprichosa elevaba su lomo negruzco por encima de las olas! En un instante el puente de la fragata se llenaba de gente. Las escotillas vomitaban un torrente de marineros y de oficiales. Todos observaban los movimientos del cetáceo, con el corazón anhelante, con la mirada turbia. Y yo miraba, miraba hasta que me ardían las pestañas, hasta quedarme ciego, mientras que Consejo, flemático como siempre, me repetía en tono suave:

—Si el señor tuviera la bondad de no abrir tan desmesuradamente los ojos, el señor vería mucho mejor.

Pero nos emocionábamos en vano. El *Abraham Lincoln*
modificaba su rumbo y ponía proa hacia el animal avistado
—una simple ballena o un vulgar cachalote—, que desaparecía pronto, acompañado de un concierto de imprecaciones.

El tiempo, empero, se nos seguía mostrando propicio. Las
etapas del viaje se iban cubriendo en condiciones inmejorables.
Nos hallábamos en plena estación austral, una época desapaci-
ble, pues en aquella zona el mes de julio es como el enero
europeo. Pero el mar estaba en calma y permitía que nuestras
observaciones abarcaran fácilmente una extensa área.

Ned Land continuaba dando muestras de la más irreduc-
tible incredulidad; hasta el punto de que aparentaba no prestar
atención a la superficie del agua si no estaba de guardia... por
lo menos cuando no había ballenas a la vista. Y eso que su por-
tentosa visión nos habría reportado grandes servicios. Pero
aquel testarudo canadiense se pasaba las tres cuartas partes
del día leyendo o durmiendo en su camarote. Le eché en cara
cien veces su indiferencia.

—¡Bah! —me replicaba—. Ahí no hay nada. Y aunque lo
hubiera, ¿qué posibilidades tenemos de avistarlo? ¿Acaso no
marchamos absolutamente al buen tuntún? Afirman haber
visto a ese bicho ilocalizable en los mares del Pacífico norte...
Bien, estoy dispuesto a admitirlo. Pero de entonces acá ya
han pasado dos meses, y por lo que sabemos del temperamento de vuestro narval, resulta que no le agrada enmohecerse
por mucho tiempo en los mismos parajes. Y está dotado de
una prodigiosa facilidad de desplazamiento... Pues bien, señor profesor, la naturaleza, y eso lo sabe usted mucho mejor
que yo, no se contradice a sí misma, así que no iba a dar a un
animal de suyo lento la facultad de moverse rápidamente, si
este no tuviera necesidad de utilizarla. Así que, si el bicho ese
existe, estará ya muy lejos.

La verdad es que yo no sabía qué responderle. Era evidente que caminábamos a ciegas. Pero ¿había otra forma? Por consiguiente, nuestras posibilidades eran también muy reducidas.

Con todo y con eso ninguno de nosotros dudaba del éxito, y hubiera sido difícil encontrar a bordo del barco a un solo marinero que se prestara a apostar en contra del narval y en contra de su próxima aparición.

El día 20 de julio atravesamos el trópico de Capricornio a 105° de longitud, y el 27 del mismo mes franqueamos el ecuador a caballo del meridiano 110. Tras determinar esta posición, la fragata tomó un rumbo más marcadamente al oeste y penetró en aguas del Pacífico central. El comandante Farragut juzgaba, con razón, que era preferible navegar por aguas profundas y alejarse de los continentes y de las islas, cuya proximidad parecía haber evitado siempre el monstruo, sin duda porque, como decía el contramaestre, allí no había suficiente agua para él. Pasó, pues, la fragata a la altura del archipiélago de Tuamotú, de las islas Marquesas y de las Hawai, y tras cortar el trópico de Cáncer por el meridiano 132, puso rumbo a los mares de China.

¡Por fin estábamos en el teatro de las últimas piruetas del monstruo! A bordo no vivíamos... y con eso está dicho todo. Los corazones palpitaban a un ritmo trepidante, que más tarde o más temprano tendría que traducirse en incurables aneurismas. Todos los tripulantes tenían los nervios a flor de piel, con una sobreexcitación imposible de describir. No comíamos, ya no dormíamos. Veinte veces al día, un error de apreciación o la ilusión óptica de un marinero encaramado en lo alto de las crucetas provocaban enormes desilusiones, y estas emociones, veinte veces repetidas, nos mantenían en un estado de tensión demasiado violento para no desencadenar una reacción.

Y, en efecto, la reacción no se hizo esperar. Durante tres meses, ¡tres meses en los que cada día nos pareció un siglo!, el *Abraham Lincoln* surcó todos los mares del Pacífico septentrional, persiguiendo todas las ballenas avistadas, cambiando bruscamente de rumbo, virando de improviso a uno y otro bordo, parándose de pronto, forzando o invirtiendo el vapor, una y otra vez, aun a riesgo de desajustar sus máquinas. De Japón a las costas americanas, no dejó un punto sin explorar.

Y... ¡nada! ¡Nada más que las olas desiertas e inmensas! ¡Nada que se pareciera a un narval gigantesco, ni a un islote submarino, ni a los restos de un naufragio, ni a un escollo fugitivo, ni a cualquier cosa de carácter sobrenatural, cualquiera que fuese!

Sucedió, pues, lo inevitable. Primero fue el desaliento, que se ganó los espíritus y abrió brecha a la incredulidad. Luego brotó otro sentimiento, mezcla de tres partes de vergüenza y siete partes de rabia. Se sentía uno estúpido por haberse dejado llevar por una quimera, pero sobre todo se sentía furioso. Las montañas de argumentos acumulados desde hacía un año se vinieron abajo... Y a nadie le importó ya otra cosa que resarcirse, a las horas de la comida o del sueño, del tiempo que había sacrificado tan estúpidamente.

Con la veleidad propia del espíritu humano, de un exceso se pasó a otro. Los defensores más ardientes de la empresa se transformaron fatalmente en sus más fogosos detractores. La reacción fue dominando el buque de abajo a arriba: desde el puesto de los pañoleros hasta la cámara de la oficialidad. Y a buen seguro que, de no haber sido por la personalísima testarudez del comandante Farragut, la fragata hubiera puesto definitivamente proa al sur.

Sin embargo, no cabía prolongar por más tiempo aquella inútil búsqueda. El *Abraham Lincoln* nada podía reprocharse, puesto que había hecho todo lo posible para salir airoso. Jamás una tripulación de la armada americana derrochó tanta paciencia y tanto celo. Ninguna responsabilidad tenía en el fracaso. Había llegado la hora del regreso.

Se le hizo al comandante una propuesta en este sentido. Pero él se mantuvo en sus trece. Los marineros no disimularon su descontento, de forma que se resintió el servicio. No es que quiera decir que hubo un motín a bordo, pero lo cierto es que, después de un razonable período de obstinación, el comandante Farragut, como un nuevo Colón, pidió un compás de espera de tres días. Si en el plazo de tres días el monstruo no daba señales de vida, el timonel daría tres vueltas de rueda y el *Abraham Lincoln* navegaría rumbo a los mares de Europa.

Esta promesa tuvo lugar el 2 de noviembre. Su primera consecuencia fue levantar la moral de la tripulación. Se observó con renovado interés el océano, pues todos deseaban darle ese último vistazo en que se resume luego el recuerdo. Los catalejos funcionaron febrilmente. Era como el supremo desafío al narval gigante. ¡Por poco razonable que fuera, no podría excusarse de acudir a semejante intimación de comparecencia!

Pasaron dos días. El *Abraham Lincoln* navegaba al mínimo de presión. Se recurría a mil artimañas para despertar la atención o estimular la apatía del animal, por si acaso se encontraba en aquellos parajes. Se ataron de la popa unas enormes piezas de tocino... de las que, a decir verdad, se aprovecharon en grande los tiburones. Cuando el *Abraham Lincoln* se ponía al pairo, sus botes se dispersaban a su alrededor en todas direcciones y no dejaban un solo punto del mar sin explorar. Pero cayó la tarde del 4 de noviembre sin que se hubiera desvelado aún aquel misterio submarino.

Al día siguiente, 5 de noviembre, a mediodía, expiraba el plazo de rigor. Una vez transcurrido, el comandante Farragut, fiel a su promesa, debía ordenar rumbo sudeste y abandonar definitivamente las aguas del Pacífico norte.

La fragata se encontraba entonces hacia los 31° 15' de latitud norte y los 136° 42' de longitud este. Las costas de Japón quedaban a sotavento, a menos de doscientas millas. Anochecía. Acababan de dar las ocho. Nubes espesas velaban el disco de la luna, a la sazón en cuarto creciente. El mar se ondulaba plácidamente bajo el codaste de la fragata.

En aquel momento estaba yo a proa, apoyado en el empalletado de estribor. A mi lado, Consejo tenía fijos los ojos en el mar. Los tripulantes, encaramados a los obenques, oteaban el horizonte, que se estrechaba y oscurecía poco a poco. Los oficiales utilizaban sus catalejos de noche para sondear aquella oscuridad cada vez más profunda. De cuando en cuando el sombrío océano destellaba cuando un rayo de luna se colaba entre dos nubes. Pero al instante el trazo luminoso se desvanecía en las tinieblas.

Fijándome en Consejo, comprobé que aquel excelente muchacho se sentía un tanto influenciado por el ambiente. Eso me pareció, por lo menos. Quizá, y por primera vez, sus nervios vibraban llevados de un sentimiento de curiosidad.

—Vamos, Consejo —le dije—, ahí tienes la última ocasión de embolsarte dos mil dólares.

—Permítame el señor que le diga que jamás he contado con esa recompensa —respondió Consejo—. Ya podía el gobierno de la Unión haber prometido cien mil dólares, que no hubiera perdido ni un centavo.

—Tienes razón, Consejo. Después de todo, es una necedad, y nos hemos metido en ella muy a la ligera. ¡Cuánto tiempo perdido! ¡Cuántas emociones inútiles! Hace ya seis meses que deberíamos haber regresado a Francia

—¡Al pisito del señor, al museo del señor! —replicó Consejo—. ¡Y yo ya habría clasificado los fósiles del señor! ¡Y el babirusa del señor estaría ya instalado en su jaula del Jardín Botánico y atraería a todos los curiosos de la capital!

—Dices bien, Consejo. Y eso sin tener en cuenta que muy probablemente se van a reír de nosotros.

—En efecto —respondió tranquilamente Consejo—. Me parece que se reirán del señor. Y... ¿debo decirlo?

—Di lo que sea, Consejo.

—¡Que el señor se lo habrá buscado!

—¡Hombre!

—Cuando se tiene el honor de ser un sabio como lo es el señor, no debe exponerse uno a...

Consejo no pudo terminar su cumplido. En el silencio general acababa de dejarse oír una voz. Era la voz de Ned Land, y Ned Land gritaba:

—¡Ohé! ¡La cosa en cuestión a sotavento, por el través!

VI

A TODO VAPOR

Al oír ese grito, la tripulación en masa se precipitó hacia el arponero: el comandante, los oficiales, contramaestres, marineros, grumetes... Hasta los mecánicos, que dejaron las máquinas, hasta los fogoneros, que abandonaron sus calderas. Se había dado orden de parar máquinas, y la fragata se deslizaba únicamente por el impulso adquirido.

La oscuridad era entonces profunda. Por buena que fuera la vista del canadiense, me preguntaba yo cómo habría podido ver algo y qué sería lo que había visto. Mi corazón parecía a punto de estallar.

Pero Ned Land no se había equivocado. Todos pudimos distinguir el objeto que él señalaba con la mano.

A dos cables de distancia del *Abraham Lincoln*, y por la borda de estribor, el mar aparecía como iluminado por debajo. No se trataba de un mero fenómeno de fosforescencia; era imposible confundirlo. A unas pocas toesas bajo la superficie de las aguas, el monstruo, sumergido, proyectaba aquel resplandor intensísimo e inexplicable que mencionaban en sus informes algunos capitanes. Aquella magnífica irradiación debía de proceder de un foco de gran potencia lumínica. La parte luminosa dibujaba en el mar un inmenso óvalo, muy alargado, en cuyo centro se condensaba un núcleo cegador de luz ardiente que se iba degradando progresivamente hacia el exterior.

—No es más que un conglomerado de moléculas fosforescentes —exclamó uno de los oficiales.

—No, señor —repliqué vivamente—. Ni los foládidos ni los sálpidos producen una luz tan potente. Ese brillo es de naturaleza esencialmente eléctrica... Además, ¡miren, miren! ¡Se mueve! ¡Va hacia delante, hacia atrás! ¡Viene contra nosotros!

Todos en la fragata prorrumpieron en un grito unánime.

—¡Silencio! —ordenó el comandante Farragut—. ¡Timón a barlovento, todo! ¡Atrás máquinas!

Las marineros corrieron al timón, los mecánicos a las máquinas. Se invirtieron estas inmediatamente y el *Abraham Lincoln,* escorando a babor, describió un semicírculo.

—¡Enderecen timón! ¡Avante máquinas! —volvió a gritar el comandante Farragut.

Sus órdenes fueron cumplidas al punto y la fragata se alejó rápidamente del foco luminoso.

Digo mal. Trató de alejarse, porque el misterioso animal fue tras ella, doblándola en velocidad.

Estábamos sin aliento. El estupor, aún más que el miedo, nos había dejado mudos e inmóviles. El animal nos rebasó como si tal cosa. Rodeó la fragata, que marchaba entonces a catorce nudos, y la envolvió en su manto eléctrico como en una nube de polvo luminoso. Luego se alejó unas dos o tres millas, dejando tras de sí una estela fosforescente comparable a las bocanadas de vapor que despide hacia atrás la locomotora de un tren expreso. De repente, desde los oscuros límites del horizonte, adonde había ido para tomar impulso, el monstruo se precipitó vertiginosamente contra el *Abraham Lincoln.* Pero al llegar a veinte pies de sus cintas se detuvo en seco y se apagó... Y no porque se sumergiera en las profundas aguas —pues su resplandor se hubiera degradado progresivamente—, sino de pronto, como si se le hubiera agotado de improviso la fuente de su brillante efluvio. Luego reapareció al otro lado del navío, sin que pudiéramos saber si lo había rodeado o si se había deslizado por debajo del casco. Parecía inminente una colisión, que hubiera sido fatal para nosotros.

Las maniobras de la fragata me tenían atónito. En vez de hacerle frente, huíamos; olvidábamos nuestro papel de perseguidores, para ser perseguidos. Se lo insinué así al comandante Farragut. Su rostro, tan imperturbable de ordinario, mostraba las huellas de un indescriptible asombro.

—Señor Aronnax —me respondió—, ignoro con qué ser espantoso hemos de vérnoslas y no quiero arriesgar imprudentemente mi barco en esta oscuridad. No es posible atacar lo que se desconoce, ni tampoco defenderse de ello. Aguardemos al día, que entonces se volverán las tornas.

—¿Tiene usted ya alguna idea acerca del animal, comandante?

—Desde luego. Se trata evidentemente de un gigantesco narval; de un narval eléctrico, además.

—Quizá sea tan difícil acercarse a él como a un gimnoto o a un pez torpedo —añadí.

—En efecto —respondió el comandante—. Y si está dotado de la capacidad de producir descargas fulminantes, es, a buen seguro, el animal más terrible que haya salido de las manos del Creador. Por eso he de extremar mis precauciones.

Toda la tripulación pasó la noche en vela; nadie pensó en dormir. Puesto que no podíamos competir en velocidad, el *Abraham Lincoln* había reducido su marcha al mínimo. Por su parte, el narval parecía imitar a la fragata y se dejaba mecer por las olas, como decidido a no abandonar el teatro de la lucha.

A medianoche, sin embargo, desapareció, o, para ser más exactos, «se apagó» como una gran luciérnaga. ¿Había escapado? Era de temer que así fuera, y es bien cierto que no lo deseábamos. Pero a la una menos siete minutos de la madrugada oímos un silbido ensordecedor, como el que produce una columna de agua al ser proyectada con extrema violencia.

El comandante Farragut, Ned Land y yo estábamos entonces en la toldilla, escudriñando ávidamente las profundas tinieblas.

—Habrá oído usted muchas veces el bramido de las ballenas, ¿verdad, Land? —preguntó el comandante.

—Muchas veces, señor. Pero jamás el de ballenas que me hayan hecho ganar dos mil dólares solo con verlas.

—Cierto. Tiene usted derecho a la recompensa. Pero dígame, ¿no es ese el ruido que hacen los cetáceos cuando expulsan el agua por sus orificios?

—El mismo, señor, solo que este es incomparablemente más fuerte. No hay error posible. Lo que tenemos ahí delante, en el mar, es un cetáceo. Si da usted su permiso, señor —añadió el arponero—, cuando amanezca le diré cuatro palabras.

—Eso será si él está de humor para escucharte, Ned —le respondí con cierto escepticismo.

—¡Que me pueda acercar yo a él a cuatro largos de arpón —replicó el canadiense—, y tendrá que escucharme!

—Pero para aproximarse tanto tendré que poner una lancha a su disposición, señor Land... —titubeó el comandante.

—Ciertamente, señor.

—¿Y no será eso arriesgar la vida de mis hombres?

—¡Y la mía también! —contestó simplemente el arponero.

Hacia las dos de la madrugada apareció de nuevo el foco luminoso, no menos intenso, a cinco millas por barlovento del *Abraham Lincoln*. A pesar de la distancia, a pesar del rumor del viento y del océano, podíamos oír claramente los formidables coletazos del animal e incluso su respiración jadeante. Cuando el enorme narval subía a respirar a la superficie del océano, era como si se acumulara el aire en sus pulmones, al igual que el vapor en los vastos cilindros de una máquina de dos mil caballos de potencia.

«Hum. ¡Menuda ballena será, si su fuerza es como la de todo un regimiento de caballería...!», pensé.

Nos mantuvimos alerta hasta el amanecer, disponiéndonos para el combate. A lo largo de las batayolas se dispusieron las artes de pesca. El segundo oficial dio orden de cargar esa especie de espingardas capaces de lanzar un arpón a una milla de distancia y las enormes escopetas de balas explosivas, que hieren mortalmente incluso a los animales más poderosos. Ned Land se contentó con aguzar su arpón, arma terrible en su mano.

A las seis comenzó a despuntar el alba, y con las primeras luces de la aurora desapareció el fulgor eléctrico del narval. A las siete era ya de día, pero una bruma matinal espesísima limitaba el horizonte visible y los mejores catalejos no conseguían penetrarla. Nos sentíamos decepcionados y furiosos.

Yo me encaramé a las crucetas del palo de mesana, imitando a algunos oficiales que habían subido a lo más alto de los mástiles.

A las ocho la bruma empezó a rolar pesadamente sobre las olas, elevándose poco a poco en grandes volutas. El horizonte se abría y se aclaraba a la vez.

De pronto, como ocurriera el día antes, la voz de Ned Land tronó:

—¡La cosa en cuestión por detrás, a babor!

Las miradas de todos confluyeron en el punto indicado.

Allí, como a una milla y media de la fragata, un alargado cuerpo negruzco emergía cosa de un metro por encima de las olas. Su cola, que se agitaba violentamente, producía un considerable oleaje. Jamás la cola de animal alguno batió las aguas con semejante fuerza. Un surco inmenso, de cegadora blancura, señalaba el paso del animal, cuya estela describía una curva muy abierta.

La fragata se aproximó al cetáceo y pude examinarlo sin ninguna clase de prejuicios. Los partes del *Shannon* y del *Helvetia* habían exagerado un poco sus dimensiones; yo calculé que no mediría más de doscientos cincuenta pies de largo. Su grosor me resultaba más difícil de apreciar; pero he de decir que el animal me pareció admirablemente proporcionado en sus tres dimensiones.

Mientras yo contemplaba aquel ser fenomenal, de sus espiráculos surgieron dos chorros de vapor y de agua, proyectados hasta una altura de unos cuarenta metros; ello hizo que me fijara en su tipo de respiración. Y deduje definitivamente que el animal pertenecía al tronco de los vertebrados, clase de los mamíferos, subclase de los monodelfos, grupo de los pisciformes, orden de los cetáceos, familia... Respecto a la familia no podía pronunciarme todavía. El orden de los cetáceos agrupa tres familias: las ballenas, los cachalotes y los delfines, y los narvales pertenecen a esta última. Cada una de estas familias se divide en diversos géneros, cada género en especies, cada especie en variedades. Me faltaban, pues, aún la variedad, la especie, el género y la familia, pero estaba seguro de que completaría mi clasificación con la ayuda del cielo y del comandante Farragut.

La tripulación aguardaba con impaciencia las órdenes de su jefe. Este, tras haber observado atentamente al animal, mandó llamar al oficial de máquinas, que se presentó al punto.

—¿Tenemos presión? —preguntó el comandante.

—Sí, señor —respondió el oficial.

—Bien. Aticen los fuegos, ¡y a todo vapor!

La orden fue acogida con tres vibrantes hurras. Había llegado el momento de luchar. Instantes después las dos chimeneas de la fragata vomitaban torrentes de humo negro, y el puente se estremecía con las vibraciones de las calderas.

El *Abraham Lincoln*, lanzado hacia delante por su potente hélice, puso directamente proa al animal. Este, indiferente, dejó que el barco se aproximara a medio cable de distancia; luego, sin molestarse en sumergirse, inició una discreta retirada, y se limitó a guardar las distancias.

Semejante persecución se prolongó por espacio de unos tres cuartos de hora, sin que la fragata le sacara al cetáceo siquiera un par de toesas. Era evidente que a ese paso no lo alcanzaría jamás.

El comandante Farragut retorcía con furia la espesa mata de pelo que se dejaba crecer bajo el mentón.

—¿Señor Land? —llamó.

El canadiense se presentó a sus órdenes.

—¿Qué, señor Land? —preguntó el comandante—. ¿Sigue en pie su consejo de botar las lanchas?

—No, señor —respondió Ned Land—, porque ese animal no se dejará capturar a menos que él mismo lo desee.

—Entonces, ¿qué hacemos?

—Forzar el vapor, si es posible, señor. Por mi parte, si da usted su permiso, naturalmente, iré a instalarme en los barbiquejos del bauprés y lo arponearé si se pone a mi alcance.

—Vaya usted, Ned —convino el comandante Farragaut. Y luego, dirigiéndose al oficial de máquinas, ordenó—: ¡Aumenten la presión!

Ned Land se colocó en su puesto. Los fogoneros avivaron el fuego. La hélice alcanzó las cuarenta y tres revoluciones por minuto y el vapor se coló por las válvulas. Por medio de la corredera se comprobó que el *Abraham Lincoln* navegaba a razón de 18,5 millas por hora.

Pero el maldito animal escapaba igualmente a una velocidad de 18,5 millas por hora.

Durante una hora más la fragata mantuvo esa velocidad, sin poder aproximarse ni una toesa más al monstruo; resultaba humillante para uno de los navíos más rápidos de la armada americana. La tripulación se sentía dominada por una cólera sorda. Los marineros maldecían al monstruo, que, por su parte, no se dignaba responderles. El comandante Farragut no se contentaba con mesarse la perilla, casi se la mordía.

De nuevo fue requerida la presencia del oficial de máquinas.

—¿Hemos alcanzado el máximo de presión? —le preguntó el comandante.

—Sí, señor —respondió el oficial.

—¿Y las válvulas están...?

—A seis atmósferas y media.

—Aumente a diez atmósferas.

He ahí una orden típicamente norteamericana, si alguna vez la hubo. Algo así hubiera dicho el capitán de un vapor del Mississippi que tratara de distanciarse de un competidor.

—Consejo —dije a mi buen criado, que estaba junto a mí—, ¿te das cuenta de que probablemente vamos a volar por los aires?

—Como guste el señor —me respondió Consejo.

Y debo confesar que en esta ocasión no me disgustaba correr aquel riesgo.

Se cargaron las válvulas para aumentar la presión. Los hogares recibieron nuevas paletadas de carbón y los ventiladores insuflaron en ellos torrentes de aire. La velocidad del *Abraham Lincoln* experimentó un notable incremento. Pero sus mástiles temblaban hasta la propia base, y los torbellinos de humo apenas si podían abrirse paso a través de las chimeneas, que resultaban demasiado angostas.

De nuevo se lanzó la corredera.

—¿Y bien, timonel? —preguntó el comandante Farragut.

—Diecinueve millas tres décimas, señor.

—¡Más carbón!

El jefe de máquinas obedeció. El manómetro marcó diez atmósferas. Pero el cetáceo debió de forzar también sus «calderas», pues alcanzó a su vez, sin inmutarse, las 19,3 millas por hora.

¡Qué persecución! No, me siento incapaz de describir la emoción que embargaba entonces todo mi ser. Ned Land estaba firme en su puesto, con el arpón en ristre. Varias veces, con todo, el animal dejó que le ganáramos terreno.

—¡Lo alcanzamos! ¡Lo alcanzamos! —gritaba entonces el canadiense.

Pero en el mismo instante en que se disponía a arponearlo, el cetáceo hurtaba el cuerpo a una velocidad que no me atrevería a estimar en menos de treinta nudos. Y aún se permitió el lujo de burlarse de la fragata, que navegaba a su velocidad máxima, ¡dando una vuelta en torno a ella! Un grito de rabia brotó de nuestros pechos.

A mediodía no estábamos más cerca del animal que cuando iniciamos la persecución, cuatro horas antes.

El comandante Farragut se decidió entonces a emplear métodos más directos.

—¡Ah! —dijo—. ¡Ese animal va más deprisa que el *Abraham Lincoln*! Pues bien, ¡veamos si es capaz de correr más que un proyectil cónico! ¡Contramaestre, envíe unos hombres al cañón de proa!

Cargaron y apuntaron inmediatamente el cañón del castillo de proa. Se hizo fuego, pero el proyectil pasó unos pies por encima del cetáceo, que se encontraba como a media milla de nosotros.

—¡Otro con mejor puntería! —gritó el comandante—. ¡Y quinientos dólares para quien consiga agujerear a esa bestia del demonio!

Un viejo artillero de barba gris —a quien todavía estoy viendo con sus ojos serenos y el rostro imperturbable— se acercó a la pieza, la puso en posición y apuntó largo rato. Se produjo una fuerte detonación, a la que se sumaron los hurras de los tripulantes.

El proyectil alcanzó su objetivo. Dio en el animal, pero de un modo raro: resbaló sobre su superficie redondeada y fue a perderse en el mar, dos millas más allá.

—¡Maldita sea! —dijo con rabia el viejo artillero—. ¡Ese miserable debe de llevar un blindaje de seis pulgadas, por lo menos!

—¡Maldición! —exclamó el comandante Farragut.

Reanudamos la caza. Y el comandante Farragut, inclinándose hacia mí, me dijo:

—¡Perseguiré a ese animal hasta que mi fragata estalle en mil pedazos!

—Sí —le contesté—, ¡y hará usted muy bien!

Era de esperar que el animal se agotaría y que no sería insensible a la fatiga como lo es una máquina de vapor. Pero de eso nada. Pasaron las horas sin que mostrara el más mínimo síntoma de cansancio.

En honor del *Abraham Lincoln*, he de hacer constar que luchó con una tenacidad infatigable. Calculo que en aquella infausta jornada del 6 de noviembre el barco recorrió no menos de quinientos kilómetros. Pero llegó la noche y envolvió en sus sombras el agitado océano.

Pensé entonces que aquello era el fin de nuestra expedición y que ya no volveríamos a ver a aquel fantástico animal. Me equivocaba.

A las diez horas y cincuenta minutos de la noche, a tres millas a barlovento de la fragata, vimos reaparecer el resplandor eléctrico, tan nítido, tan intenso como la noche antes.

El narval parecía inmóvil. ¿Estaría quizá fatigado al fin por tanto ajetreo, y dormía y se dejaba mecer por las olas? Era nuestra oportunidad, y el comandante Farragut decidió aprovecharla.

Dio las órdenes correspondientes. El *Abraham Lincoln* redujo velocidad y avanzó con prudencia para no despertar a su adversario. No es raro encontrar en pleno océano ballenas profundamente dormidas, que se atacan entonces con ventaja; a más de una había arponeado Ned Land durante su sueño. El canadiense volvió a tomar posiciones en los barbiquejos del bauprés.

La fragata se acercó sigilosamente, paró sus máquinas a dos cables del animal, y siguió avanzando gracias al impulso que llevaba. A bordo todos conteníamos la respiración. En el puente reinaba un profundo silencio. Estábamos a menos de cien pies del ardiente foco, cuyo brillo aumentaba hasta cegarnos.

En aquel momento me incliné sobre la batayola del castillo de proa y pude ver, por debajo de mí, a Ned Land, que se agarraba al bauprés con una mano y con la otra blandía su temible arpón. Apenas le separaban veinte pies del animal inmóvil.

De pronto, su brazo se distendió violentamente y el arpón salió despedido. Oí cómo resonó el arma al chocar con lo que parecía ser un cuerpo duro.

El resplandor eléctrico se extinguió de improviso, y dos enormes trombas de agua se abatieron sobre el puente de la fragata, por el que se precipitaron como un torrente, de delante hacia atrás, derribando a los hombres y rompiendo las trincas del maderamen.

Se produjo un espantoso encontronazo y, sin tiempo para agarrarme, salí despedido por encima de la batayola y me precipité en el mar.

VII

UN TIPO DE BALLENA DESCONOCIDO

Aunque aquella inesperada caída me cogió de sorpresa, no por ello perdí la plena conciencia de mis sensaciones.

Lo primero de todo, fui arrastrado hasta una profundidad de unos veinte pies. Nado bastante bien, aunque no pretendo compararme con Byron o Edgar Poe, que son unos maestros... Así que aquel chapuzón no me hizo perder la cabeza. Dos vigorosos taconazos me bastaron para alcanzar la superficie del mar.

Mi primer cuidado fue tratar de localizar la fragata. ¿Se habrían dado cuenta de mi desaparición? ¿Habría virado de bordo el *Abraham Lincoln*? ¿Se disponía el comandante Farragut a botar una lancha de salvamento? ¿Debía confiar en que me salvarían?

Las tinieblas eran profundas. Distinguí una masa negra que desaparecía hacia el este y vi perderse sus luces de posición en la lejanía. Era la fragata. Me sentí perdido.

—¡Auxilio! ¡Auxilio! —grité mientras nadaba hacia el *Abraham Lincoln* con todas las fuerzas que me prestaba la desesperación.

Me estorbaban las ropas. El agua me las pegaba al cuerpo, paralizando mis movimientos. ¡Me hundía! ¡Me ahogaba!

—¡Auxilio!

Fue lo último que dije. La boca se me llenó de agua. Luché, impotente, para no ser arrastrado al abismo...

De pronto una mano vigorosa me tomó por el traje, sentí

que me empujaban violentamente hacia la superficie y oí, sí, oí que alguien me decía al oído:

—Si el señor tiene la bondad de apoyarse en mi hombro, el señor podrá nadar más fácilmente.

Me agarré al brazo de mi fiel Consejo.

—¡Tú! —dije—. ¡Eres tú!

—Yo mismo, señor, para servirle —respondió Consejo.

—¿También a ti te hizo caer al mar ese choque? ¿Caímos juntos?

—¡Oh, no, señor! Pero como estoy al servicio del señor, me tomé la libertad de seguir al señor.

¡Y lo decía como la cosa más natural del mundo!

—¿Y la fragata? —pregunté.

—¡La fragata! —respondió Consejo, volviéndose de espaldas—. Pienso que el señor hará bien no confiando demasiado en ella...

—¿Cómo dices?

—Es que en el instante de lanzarme al mar oí gritar a los timoneles: «¡Se han partido la hélice y el timón!».

—¿Partidos?

—Sí. Hechos pedazos por el diente del monstruo. Creo que es la única avería que ha sufrido el *Abraham Lincoln*. Pero desgraciadamente para nosotros, el barco va a la deriva.

—Entonces, ¡estamos perdidos!

—Quizá —respondió tan tranquilo Consejo—. Sin embargo, todavía tenemos algunas horas por delante, ¡y en unas horas pueden ocurrir muchas cosas!

La imperturbable sangre fía de Consejo me levantó la moral. Nadé con más energía; pero estorbado por mis ropas, que me apretaban como chapas de plomo, encontraba sumamente difícil sostenerme. Consejo se dio cuenta.

—Permítame el señor que se las corte —dijo.

Y deslizando por entre mis ropas una navaja abierta, las rasgó de arriba abajo con decidido ademán. Luego me libró hábilmente de ellas, mientras que yo nadaba por los dos.

A mi vez le presté el mismo servicio a Consejo, y ambos continuamos «navegando» cerca el uno del otro.

Sin embargo nuestra terrible situación no había mejorado. Tal vez no habían advertido nuestra desaparición. Y aunque lo hubieran hecho, despojada la fragata de su timón, no podría regresar a sotavento en busca de nosotros. Solo podíamos contar con las embarcaciones auxiliares.

Consejo razonó fríamente esta hipótesis y trazó su plan en consonancia. ¡Asombroso carácter! Aquel flemático muchacho se encontraba a sus anchas.

Decidimos, pues, que como nuestra única posibilidad de salvación era ser recogidos por las lanchas del *Abraham Lincoln*, debíamos arreglárnoslas para poder aguardarlas durante el mayor tiempo posible. Resolví entonces que dividiéramos nuestras fuerzas, al objeto de no agotarlas simultáneamente, y esto fue lo que convinimos: mientras que uno de los dos haría el muerto —inmóvil sobre la espalda, con los brazos cruzados y las piernas extendidas—, el otro nadaría y lo iría empujando. Este papel de remolcador no debía durar más de diez minutos; luego nos relevaríamos. De esta forma podríamos mantenernos a flote durante algunas horas, y quizá hasta el amanecer.

Las probabilidades eran mínimas. ¡Pero bien arraigada está la esperanza en el corazón humano! Además, éramos dos. Ya sé que es difícil de creer, pero por más que me esforzara en destruir toda ilusión, por más que quisiera «desesperar», era incapaz de hacerlo.

La colisión de la fragata y el cetáceo se había producido hacia las once de la noche. Teníamos que contar, pues, con unas ocho horas nadando hasta la salida del sol. En rigor, era una operación factible, relevándonos. El mar no nos causaba problemas, pues estaba bastante en calma. De vez en cuando, trataba yo de perforar con la mirada las densas tinieblas, rotas solo por la fosforescencia que provocaban nuestros movimientos. Contemplaba las ondas luminosas que venían a quebrarse en mi mano, salpicada su superficie centelleante de manchas blanquecinas. Era como si estuviéramos sumergidos en un baño de mercurio.

Hacia la una de la madrugada se apoderó de mí una fatiga

extrema. Mis miembros se tornaron rígidos, agarrotados por violentos calambres. Consejo tuvo que sostenerme, de forma que cargó con todo el esfuerzo de mantenernos. Al poco rato noté que el pobre muchacho jadeaba; su respiración se hacía corta y forzada. Comprendí que no podría resistir mucho tiempo.

—¡Déjame! ¡Déjame! —le dije.

—Abandonar al señor... ¡Nunca! —respondió—. ¡Confío en que me ahogaré antes que el señor!

En aquel momento apareció la luna a través de los bordes de una gran nube que el viento arrastraba hacia el este. Bajo sus rayos centelleó la superficie del mar. Aquella luz beneficiosa reanimó nuestras fuerzas. Enderecé la cabeza y mis ojos registraron todos los puntos del horizonte. Divisé la fragata. Estaba a cinco millas de nosotros y no era más que un bulto negro, apenas discernible. ¡Pero ni un solo bote!

Quise gritar. ¿Para qué? ¡A semejante distancia...! El sonido se ahogó en mis hinchados labios. Consejo logró articular algunas palabras.

—¡Auxilio! ¡Auxilio! —le oí repetir.

Suspendimos un instante nuestros movimientos, para escuchar. Y quizá no fue más que uno de esos zumbidos que produce la sangre al agolparse en los tímpanos, pero me pareció que al grito de Consejo le respondía otro.

—¿Has oído? —murmuré.

—¡Sí! ¡Sí!

Y Consejo lanzó al espacio una nueva llamada de socorro.

Esta vez ya no cabía error. ¡Una voz humana respondió a la nuestra! ¿Sería la de algún otro infortunado, perdido en el océano inmenso, la de otra víctima de la colisión sufrida por el barco? ¿O un bote de la fragata desde el que nos llamaban en la sombra. Consejo hizo un esfuerzo supremo. Se apoyó en mi hombro, mientras yo sacaba fuerzas de flaqueza para sostenerlo, sacó medio cuerpo fuera del agua y volvió a caer, agotado.

—¿Qué has visto?

—He visto... —murmuró—, he visto... Pero no hablemos... ¡Guardemos todas nuestras fuerzas!

¿Qué es lo que habría visto? Entonces, sin saber por qué, me vino por primera vez a la memoria el recuerdo del monstruo. Y sin embargo, aquella voz... ¡Están lejos los tiempos en que los Jonás se refugiaban en el vientre de las ballenas!

Consejo, entretanto, seguía remolcándome. A veces levantaba la cabeza, miraba frente a sí, y lanzaba un grito de descubierta, al que respondía otra voz cada vez más cercana. Yo la oía apenas. Estaba exhausto. Mi mano no me ofrecía ya ningún punto de apoyo, perdida toda fuerza en mis dedos. Mi boca, convulsivamente abierta, se llenaba de agua salada. El frío se apoderaba de mí. Alcé la cabeza por última vez; luego, me hundí.

En aquel instante choqué contra algo duro. Me aferré a ello. Luego sentí que tiraban de mí, que me sacaban a la superficie, que mis pulmones expulsaban el aire contenido... Y me desmayé.

Sin embargo, no tardé en recobrar el sentido, gracias a unas vigorosas fricciones que tundían todo mi cuerpo. Entreabrí los ojos...

—¡Consejo! —murmuré.

—¿Ha llamado el señor? —respondió Consejo.

En aquel momento, bajo los últimos resplandores de la luna que bajaba hacia el horizonte, distinguí un rostro que no era el de Consejo y que reconocí enseguida.

—¡Ned! —exclamé.

—El mismo que viste y calza, señor, y que no deja que se le escape su premio —respondió el canadiense.

—¿Caíste al mar cuando chocó la fragata?

—Sí, profesor. Pero tuve más suerte que ustedes y conseguí hacer pie casi inmediatamente en un islote flotante.

—¿Un islote?

—O, para ser más exactos, en nuestro gigantesco narval.

—Explícate, Ned.

—No hay mucho que explicar... Solo que al fin he comprendido por qué mi arpón no consiguió herirlo, sino que se embotó en su piel.

—¿Por qué, Ned, por qué?

—¡Porque este bicho, profesor, está hecho de plancha de acero!

He de hacer aquí un alto para poner en orden mis ideas, reavivar mis recuerdos, medir mis afirmaciones.

Las últimas palabras del canadiense habían sido como un súbito aldabonazo en mi cerebro. Al punto me encaramé a lo más alto del ser o del objeto medio sumergido que nos servía de refugio. Probé a golpearlo con el pie. Se trataba, evidentemente, de un cuerpo duro, impenetrable, y no de esa sustancia blanda que constituye el cuerpo de los grandes mamíferos marinos.

Pero el tal cuerpo duro podía ser un caparazón óseo, semejante al de algunos animales antediluvianos... con lo que saldría del paso clasificando al monstruo entre los reptiles anfibios, tales como las tortugas o los aligátores.

¡Pues bien, no! El caparazón negruzco que me sostenía era liso, pulido, sin escamas. Producía, al ser golpeado, una sonoridad metálica y, por increíble que eso fuera, parecía... ¿qué digo?... ¡estaba formado de planchas metálicas atornilladas!

¡Ya no había duda! El animal, el monstruo, el fenómeno de la naturaleza que había intrigado al mundo de la ciencia, que había alborotado y trastornado la imaginación de los marinos de los dos hemisferios, era... —había que rendirse a la evidencia— era un fenómeno mucho más asombroso: un fenómeno fabricado por la mano del hombre.

Descubrir la existencia del ser más fabuloso, del más mítico de los monstruos, no me hubiera producido tamaña sorpresa. Fácil es aceptar algo prodigioso salido de las manos del Creador. Pero toparse de repente, ante los propios ojos, con un imposible como obra misteriosa de las manos humanas... ¿no es para confundir a la razón?

Sin embargo, la cosa estaba clara. Estábamos tumbados sobre la parte superior de una especie de barco submarino, que tenía —por lo que podía ver— la forma de un inmenso pez de acero. Ned Land ya había llegado a esta conclusión. Consejo y yo no pudimos por menos que suscribirla.

—Pero entonces —dije—, ¿este aparato tiene dentro un mecanismo de locomoción y una tripulación para maniobrarlo?

—Evidentemente —respondió el arponero—. Aunque en las tres horas que hace que estoy aquí, esta isla flotante no ha dado la más mínima señal de vida.

—¿No se ha movido?

—No, señor Aronnax. Se desplaza a merced de las olas, pero no hace ningún movimiento.

—Sin embargo, sabemos, sin ningún género de dudas, que está dotado de una gran velocidad. Por consiguiente, como para producir esa velocidad hace falta una máquina, y como para dirigir esa máquina hace falta un mecánico... la conclusión es que... ¡estamos salvados!

—Hum... —murmuró Ned Land con reticencia.

En aquel momento, y como para corroborar mi anterior argumentación, algo empezó a agitarse en la parte trasera de aquel extraño aparato, cuyo propulsor era evidentemente una hélice, y se puso en marcha. Tuvimos el tiempo justo de agarrarnos a la parte superior, que emergía alrededor de ochenta centímetros. Por suerte la velocidad no era excesiva.

—Mientras navegue horizontalmente —murmuró Ned Land—, no tengo nada que oponer. Pero si le da el capricho de sumergirse, ¡yo no daría dos dólares por mi piel!

Incluso menos, hubiera podido decir el canadiense... Urgía, pues, tomar contacto con los que iban dentro de aquella máquina, quienesquiera que fuesen. Busqué por toda la superficie una abertura, un papel, un ojo de buey, como se dice en lenguaje marítimo; pero las líneas de tornillos, sólidamente remachados en las junturas de las planchas, eran uniformes y claras.

Para colmo, la luna desapareció entonces, dejándonos una oscuridad profunda. Tendríamos que esperar a que fuera de día para soñar con procurarnos los medios para penetrar en el interior de aquella nave submarina.

Nuestra salvación estaba, pues, a merced del capricho de los misteriosos timoneles que gobernaban el aparato. Si se sumergían, no tendríamos forma de escapar a la muerte. Salvo en esta eventualidad, estaba yo seguro de que podríamos comunicarnos con ellos. Y, en efecto, a menos que produjesen ellos mismos el aire, tendrían que salir necesariamente de tiempo en tiempo a la superficie del océano, para renovar su provisión de moléculas respirables. Por consiguiente, tendría que haber una abertura que comunicara el interior de la nave con la atmósfera.

En cuanto a la esperanza de ser salvados por el comandante Farragut, teníamos que renunciar a ella por completo. Éramos arrastrados hacia el oeste y calculé que nuestra velocidad, relativamente moderada, alcanzaba los doce nudos. La hélice batía las olas con regularidad matemática, emergiendo a veces y levantando a gran altura masas de agua fosforescente.

Hacia las cuatro de la madrugada aumentó la velocidad del aparato. Con dificultad podíamos resistir aquella vertiginosa carrera, con nuestros rostros azotados de lleno por las olas. Por fortuna, Ned encontró bajo su mano una gran argolla sujeta a la parte superior del lomo de acero, y logramos agarrarnos a ella firmemente.

Así transcurrió aquella larga noche. No me es posible reconstruir todas mis impresiones, porque mis recuerdos son fragmentarios. Un solo detalle me viene a la memoria: en ocasiones, cuando la mar y el viento se calmaban, creía oír varias veces unos sonidos vagos, una especie de fugitiva armonía producida por acordes lejanos. ¿Cuál sería, pues, el misterio de aquella navegación submarina, que en vano el mundo entero trataba de explicar? ¿Qué seres habitaban en aquella extraña nave? ¿Qué artilugio mecánico le permitía desplazarse a tan prodigiosa velocidad?

Se hizo de día. La bruma matinal nos rodeaba, pero no tardó en disiparse. Me disponía a examinar a conciencia el casco, que en su parte superior formaba una especie de plataforma horizontal, cuando advertí que se hundía lentamente.

—¡Eh! ¡Maldita sea! —exclamó Ned Land, y comenzó a dar patadas, que resonaron sobre la plancha—. ¡Abridnos de una vez! ¡Sed más hospitalarios, marineros!

Pero era difícil hacerse oír entre el ensordecedor batir de la hélice. Por suerte, el movimiento de inmersión se detuvo.

De pronto, en el interior de la nave se produjo un violento ruido de herrajes. Levantaron una plancha metálica, apareció un hombre, que lanzó un extraño grito y retrocedió al punto.

Instantes después, ocho fornidos individuos, con el rostro tapado, salieron silenciosamente y nos obligaron a entrar en su formidable máquina.

VIII

MOBILIS IN MOBILE

Este rapto, brutal en su ejecución, se desarrolló con la velocidad del rayo. Ni mis compañeros ni yo habíamos tenido tiempo de reaccionar. Ignoro qué sentirían ellos al verse introducidos en aquella prisión flotante; por mi parte, la piel se me heló en un brusco estremecimiento. ¿Con quién teníamos que vérnoslas? Sin duda con un nuevo género de piratas que explotaban el mar a su manera.

Apenas se volvió a cerrar sobre mí el estrecho panel por donde habíamos entrado, me rodeó una profunda oscuridad. Mis ojos, saturados de la luz exterior, eran incapaces de ver nada. Noté que mis pies desnudos se apoyaban en los peldaños de una escala metálica. Ned Land y Consejo iban detrás de mí, fuertemente agarrados. Al llegar al pie de la escalera, una puerta se abrió y volvió a cerrarse enseguida tras nosotros, resonando con estrépito.

Estábamos solos. Pero ¿dónde? No podía decirlo; casi ni imaginarlo. Todo estaba negro, de un negro tan absoluto que, transcurridos unos minutos, mis ojos aún no habían conseguido captar ni uno de esos resplandores indeterminados que flotan en las noches más cerradas.

Ned Land, por su parte, furioso ante aquellos modales, daba rienda suelta a su indignación.

—¡Mil diablos! —exclamaba—. ¡Estos tipos son tan poco hospitalarios que parecen salvajes de la Caledonia! ¡Solo les falta ser antropófagos! Y no me extrañaría que lo fuesen. ¡Pero lo que es a mí no me van a comer sin que les diga cuatro cosas!

—Cálmate, amigo Ned, cálmate —respondió serenamente Consejo—. No te sulfures antes de tiempo. ¡Todavía no estamos en el asador!

—En el asador no —le replicó el canadiense—, pero en un horno, ¡a buen seguro que sí! Y bien negro. Por suerte, mi *bowie-knife** no se ha separado de mí, y no necesito luz para utilizarlo. Al primero de esos bandidos que me ponga una mano encima...

—No te irrites, Ned —le dije entonces al arponero—, y no nos comprometas con violencias inútiles. ¡Quién sabe si nos estarán escuchando! Mejor será que tratemos de saber dónde estamos.

Caminé a tientas. Después de dar cinco pasos, me encontré frente a una pared de hierro, formada por planchas atornilladas. Luego, al volverme, tropecé con una mesa de madera, junto a la cual había dispuestos algunos bancos. El piso de aquella prisión quedaba oculto bajo una espesa estera de lino, que amortiguaba el ruido de los pasos. En las paredes desnudas no se advertían huellas de ventanas ni puertas. Consejo se separó de mí, caminando en sentido contrario al mío, hasta que nos encontramos y volvimos al centro de aquella cámara, que mediría unos veinte pies de longitud por diez de anchura. Ned Land trató de tocar el techo para conocer la altura, pero a pesar de su gran estatura no lo consiguió.

Había transcurrido ya una media hora sin cambios en la situación, cuando de improviso nuestros ojos pasaron de la oscuridad extrema a la luz más violenta. Nuestra prisión se iluminó repentinamente, es decir, se llenó de una materia luminosa tan viva que en un primer momento me fue imposible soportar su fulgor. Por su blancura, por su intensidad, reconocí en ella la luminosidad eléctrica que producía en torno de la nave submarina como un magnífico fenómeno de fosforescencia. Había cerrado involuntariamente los ojos, y al volver a abrir-

---

* Cuchillo de largo filo que los estadounidenses llevan siempre encima.

los vi que la luz procedía de una semiesfera mate que se abombaba en el techo de la cabina.

—¡Menos mal! ¡Ya se ve algo! —exclamó Ned Land, que estaba en guardia cuchillo en mano.

—Sí, pero nuestra situación sigue siendo tan oscura como antes —respondí, jugando con la paradoja.

—Tómeselo con calma, señor —repuso el imperturbable Consejo.

La repentina iluminación de la cámara me había permitido examinarla en sus más mínimos detalles. Dentro no había nada más que la mesa y cinco banquetas. La puerta, invisible, debía de estar cerrada herméticamente. No se oía ningún ruido. Todo parecía muerto en el interior de aquella nave. ¿Navegaba? ¿Se mantenía en la superficie del océano? ¿Se hundía en sus profundidades? No había forma de adivinarlo.

Con todo, el globo luminoso no estaría encendido porque sí. Esperaba, pues, que no tardarían en presentarse los miembros de la tripulación. Cuando se quiere olvidar a los encarcelados, no se enciende la luz en su cárcel.

No me engañaba. Oímos un ruido de cerrojos, se abrió la puerta y entraron por ella dos hombres. El uno era bajo y fornido, ancho de hombros, robusto de miembros; su cabeza era poderosa, con los cabellos abundantes y negros, un espeso bigote y la mirada viva y penetrante. Toda su persona, en fin, llevaba el sello de esa vivacidad meridional que en Francia caracteriza a los provenzales. Diderot escribió, con razón, que la apariencia del hombre es metafórica; aquel hombrecillo era la viva prueba de ello. Uno presentía que en lenguaje habitual debía de prodigar las prosopopeyas, las metonimias y las hipálages. Sin embargo, jamás me vi en situación de comprobarlo, pues empleó siempre delante de mí un idioma singular y absolutamente incomprensible.

El otro desconocido merece una descripción más detallada. Un discípulo de Gratiolet o de Engel hubiera leído en su fisonomía como en un libro abierto. Reconocí, sin la menor vacilación, sus cualidades dominantes: la confianza en sí mismo, porque su cabeza se alzaba noblemente por encima del arco que formaban sus hombros y sus ojos negros miraban fríamente dominadores; la calma, porque su tez —más blanca que sonrosada— denunciaba su sangre fría; la energía, que la rápida contracción de los músculos de sus cejas delataba; y, finalmente, el valor, porque su profunda respiración denotaba una gran expansión vital.

Añadiré que era un hombre orgulloso, que su mirada, firme y serena, parecía reflejar pensamientos nobles, y que de todo el conjunto, de la concordancia entre lo expresado por las actitudes de su cuerpo y de su rostro, se deducía —según las leyes de la fisonomía— una indiscutible franqueza.

Me sentí «involuntariamente» tranquilizado por su presencia y auguré un buen resultado de nuestra entrevista.

Aquel personaje tendría entre treinta y cinco y cincuenta años; no sabría precisar más. Era de elevada estatura. Tenía la frente ancha, la nariz recta, la boca finamente dibujada y dientes magníficos. Sus manos eran finas, alargadas, eminentemente «psíquicas» —si se me permite utilizar esta expresión de la quironomía—, es decir, dignas de servir a un alma noble y apasionada. Era, en suma, el ser humano más admirable que jamás he visto. Un detalle curioso: tenía los ojos un poco separados, de forma que su mirada podía abarcar simultáneamente casi una cuarta parte del horizonte. Esta facultad —como más adelante comprobé— se complementaba, además, con una agudeza de visión superior incluso a la de Ned Land. Cuando el desconocido clavaba su vista en algún objeto, la línea de sus cejas se fruncía, sus grandes párpados se acercaban el uno al otro como para circunscribir la pupila y reducir así la extensión del campo visual... y entonces miraba. ¡Qué mirada la suya! ¡Cómo aumentaba los objetos empequeñecidos por la lejanía! ¡Cómo le penetraba a uno en el alma! ¡Cómo atravesaba las capas líquidas, tan opacas para nosotros, y cómo leía en lo más profundo del mar!

Los dos desconocidos llevaban la cabeza cubierta con unas boinas de piel de nutria marina y calzaban botas de marinero de piel de foca. Vestían ropas de un tejido especial, no entalladas, que permitían una gran libertad de movimientos.

El más alto —evidentemente el jefe— nos examinó con suma atención, pero sin pronunciar palabra. Luego, volviéndose hacia su compañero, dialogó con él en un idioma que no pude identificar. Era una lengua sonora, armoniosa, flexible, cuyas vocales parecían sometidas a una acentuación muy variada.

El otro contestó con un movimiento de cabeza y añadió dos o tres palabras del todo incomprensibles. Luego pareció interrogarme directamente con la mirada.

Le respondí, en buen francés, que no entendía su idioma; pero él no dio muestras de haberme comprendido, por lo que la situación se hizo embarazosa.

—Explíqueles el señor, de todos modos lo que nos ha ocurrido —me dijo Consejo—. ¡A lo mejor estos caballeros entenderán algunas palabras!

Empecé a relatar nuestras aventuras, articulando claramente cada sílaba, sin omitir un solo detalle. Dije quiénes éramos y qué éramos. Y finalmente hice la presentación en toda regla del profesor Aronnax, de su criado Consejo, y de Ned Land, maestro arponero.

El hombre de ojos dulces y serenos me escuchó pacientemente, cortésmente incluso, y con notable atención. Pero no advertí en su rostro el más mínimo indicio de que hubiera comprendido mi historia. Cuando acabé, no dijo ni una sola palabra.

Nos quedaba el recurso de hablar en inglés. Quizá lograríamos hacernos entender en esa lengua que es casi universal. Yo la conocía, al igual que el alemán, en grado suficiente para poder leerla de corrido, pero no para hablarla correctamente. Pero, en este caso, se trataba sobre todo de hacerse entender.

—Vamos, te toca a ti —le dije al arponero—. Es tu turno, amigo Land. Saca de tu capote el mejor inglés que jamás haya hablado un anglosajón, y procura tener mejor suerte que yo.

Ned no se hizo rogar y repitió desde el principio mi relato. Pude seguirlo bastante bien. El fondo fue idéntico, pero diferente la forma. Llevado de su carácter, el canadiense le echó vivacidad al asunto. Se quejó vehementemente de verse prisionero sin tener en cuenta el derecho de gentes, preguntó en virtud de qué ley se le retenía así, invocó el *habeas corpus*, amenazó con demandar a quienes lo tenían secuestrado indebidamente, se exasperó, gesticuló, gritó y, al final, dio a entender con un gesto muy expresivo que nos moríamos de hambre. Cosa que era bien cierta, aunque casi la hubiéramos olvidado.

Para su gran estupefacción, el arponero no pareció haber sido más inteligible que yo. Nuestros visitantes ni pestañearon siquiera. Era evidente que no comprendían la lengua de Arago ni la de Faraday.

Yo estaba absolutamente desconcertado. Tras haber agotado en vano nuestros recursos filológicos, no sabía ya qué partido tomar. Intervino entonces Consejo.

—Si el señor me da su permiso, contaré la cosa en alemán.

—Pero ¿cómo? ¿Tú sabes alemán? —exclamé yo.

—Como buen flamenco, si al señor no le molesta.

—¡Qué va a molestarme! ¡Al contrario! Adelante, muchacho.

Y Consejo, con su voz calmosa, narró por tercera vez las diversas peripecias de nuestra historia. Pero a pesar de los elegantes giros y de la bella entonación del narrador, tampoco el alemán obtuvo resultado alguno.

Dispuesto ya a todo, hice acopio de lo que recordaba de mis primeros estudios y me lancé a narrar nuestras aventuras en latín. Cicerón se hubiera tapado los oídos y me hubiera enviado a la cocina, pero a pesar de todo, salí del paso como pude. El mismo resultado negativo otra vez.

Fracasada definitivamente esta última tentativa, los dos desconocidos cruzaron algunas palabras en su incomprensible idioma y se retiraron sin ni siquiera obsequiarnos con uno de esos gestos tranquilizadores que son de curso común en cualquier país del mundo. La puerta volvió a cerrarse.

—¡Es una infamia! —exclamó Ned Land, estallando por vigésima vez—. ¡Menudos bribones! Se les habla en francés, en inglés, en alemán y en latín, ¡y ninguno de ellos tiene la elemental educación de contestar!

—Cálmate, Ned —le dije—. La cólera no nos llevará a ninguna parte.

—¿Pero se da usted cuenta, profesor de que podrían muy bien dejarnos morir de hambre en esta jaula de acero? —replicó nuestro irascible compañero.

—¡Bah! —dijo Consejo—. Si nos lo tomamos con filosofía, aún podremos resistir mucho tiempo.

—Amigos míos —intervine—, no hay que desesperar. Nos las hemos visto peores. Hacedme el favor de aguardar algún tiempo antes de formaros una opinión acerca del comandante y de la tripulación de esta nave.

—Mi opinión ya está formada —replicó Ned Land—. Son unos sinvergüenzas.

—¡Bien! ¿Y de qué país?

—¡Del país de los sinvergüenzas!

—Pero Ned... Ese país no figura todavía en el mapa. Aunque he de reconocer que no es fácil determinar la nacionalidad de esos dos desconocidos. No son ingleses, ni franceses, ni alemanes. Eso es todo lo que podemos decir. Sin embargo... yo me atrevería a asegurar que, tanto el comandante como su segundo, han nacido en un país templado. Hay algo de meridional en ambos. Pero su tipo físico no me permite decidir si se trata de españoles, turcos, árabes o indios. En cuanto a su lenguaje, me resulta del todo incomprensible.

—Esa es la pega de no saber todas las lenguas —comentó Consejo—, o la de que no exista más que un único idioma.

—¡De nada serviría! —respondió Ned Land—. ¿No ven ustedes que esos tipos tienen un idioma propio, un idioma que se han sacado de la manga para desesperar a las personas de bien que les piden algo de comer? Sin embargo, en todos los países del mundo, abrir la boca, mover las mandíbulas, dar bocados con los labios y con los dientes... ¿no son cosas que cualquiera entiende sin más? ¿Acaso no significan lo mismo en Quebec como en las Tuamotú, en París como en las antípodas? ¡Tengo hambre! ¡Denme de comer!

—¡Oh! —dijo Consejo—. ¡Algunas naturalezas son tan poco inteligentes...!

En el instante mismo en que decía estas palabras, se abrió

la puerta y entró un *steward*.* Nos traía ropas, chaquetas y pantalones de marino, hechas de un tejido que fui incapaz de identificar. Me apresuré a vestirme, y mis compañeros me imitaron.

En el entretanto, el *steward* —mudo, y quizá también sordo— había preparado la mesa para tres.

—Esto ya tiene cara y ojos —dijo Consejo—, y se presenta bien.

—¡Bah! —replicó el arponero, aún resentido—. ¿Y qué diablos quieres que coman aquí? ¡Hígado de tortuga, filete de tiburón, bistec de perro marino!

—¡Ya veremos! —dijo Consejo.

Las fuentes, cubiertas con sus tapaderas de plata, fueron colocadas simétricamente sobre el mantel. Nos sentamos a la mesa. Decididamente estábamos en tratos con gente civilizada, y de no ser por la luz eléctrica que inundaba la estancia, me hubiera creído en el comedor del hotel Adelphi, en Liverpool, o en el del Grand-Hôtel de París. Debo decir, con todo, que el pan y el vino brillaban por su ausencia. El agua estaba fría y era clara, pero era solo agua; a Ned Land no le hizo ninguna gracia. Entre los manjares que nos sirvieron, reconocí diversos pescados, exquisitamente dispuestos; pero respecto de algunos otros platos —por lo demás, excelentes— no pude pronunciarme; ni siquiera hubiera sabido decir a qué reino de la naturaleza, vegetal o animal, pertenecía su contenido. El servicio de mesa era elegante y de notable buen gusto. Cada pieza, cuchara, tenedor, cuchillo, plato, mostraba una inicial rodeada de una divisa. Exactamente así:

MOBILIS IN MOBILI

N

«¡Móvil en el elemento móvil!» Esta divisa se aplicaba justamente a aquella nave submarina, a condición de que la preposición «in» se tradujera como «dentro de», y no como «so-

* Camarero de un barco de pasaje.

bre». La letra «N» era, sin duda, la inicial del nombre del enigmático personaje que daba órdenes en el fondo de los mares.

Ned y Consejo no se planteaban tantas reflexiones. Comían a dos carrillos, y yo no tardé en imitarlos. Por mi parte, estaba ya algo más tranquilo con respecto a lo que nos aguardaba, y me parecía evidente que nuestros anfitriones no querían dejarnos morir de inanición.

Sin embargo, todo acaba aquí abajo, todo pasa, hasta el hambre de quienes han estado quince horas sin comer. Satisfecho nuestro apetito, se hizo sentir imperiosamente la necesidad del sueño. No podía ser menos, después de aquella noche interminable en que nos habíamos enfrentado a la muerte.

—Me quedaría dormido aquí mismo —dijo Consejo.

—¡Pues yo ya lo estoy! —respondió Ned Land.

Mis dos compañeros se echaron sobre la alfombra de la cámara, y al punto quedaron sumidos en un profundo sueño.

Yo, en cambio, cedí con menos facilidad a aquel violento deseo de dormir. ¡Demasiadas ideas se acumulaban en mi mente, demasiadas preguntas insolubles, demasiadas imágenes acudían en tropel y mantenían entreabiertos mis párpados! ¿Dónde estábamos? ¿Qué extraño poder nos conducía? Sentía —o, más bien, me parecía sentir— que la nave iba hundiéndose hacia las capas más recónditas del mar. Me asediaban violentas pesadillas. Y en aquellos misteriosos escondrijos creía yo entrever todo un mundo de animales desconocidos, de los que aquella nave submarina parecía uno más: ¡dotada de vida y de movimiento, y tan terrible como cualquiera de ellos! Luego se calmó mi cerebro, mis imágenes se fundieron en una vaga somnolencia y al poco rato me vi abatido por el sueño.

IX

LAS IRAS DE NED LAND

¿Cuánto duró aquel sueño? Lo ignoro. Pero debió de ser largo, porque reparó por completo nuestras fatigas. Fui el primero en despertarme. Mis compañeros dormían como leños, tumbados en su rincón, perfectamente inmóviles.

Me incorporé. El lecho había resultado algo duro, pero soportable. Y al punto sentí mi cabeza despejada, claros mis pensamientos. Comencé, pues, un nuevo y concienzudo examen de nuestra celda.

Nada había cambiado en ella. La prisión seguía siendo una prisión, y los presos, presos. El *steward*, con todo, había aprovechado nuestro sueño para retirar la mesa. No había un solo indicio de que nuestra situación fuera a cambiar en breve, y me pregunté seriamente si estaríamos condenados a vivir en aquella jaula por tiempo indefinido.

Esta perspectiva me pareció tanto más penosa cuanto que, aunque ya no me torturaban las ideas obsesivas de la víspera, tenía en el pecho una rara sensación de opresión. Respiraba con dificultad. El aire viciado me resultaba insuficiente. Aunque aquella cámara era amplia, era evidente que habíamos consumido en gran parte el oxígeno que contenía. En efecto: un hombre consume, en una hora, el oxígeno contenido en cien litros de aire; y al cabo de ese tiempo el aire se vuelve irrespirable, por contener una cantidad casi igual de anhídrido carbónico.

Era urgente, pues, renovar la atmósfera de nuestra prisión y también, sin duda, la atmósfera de la nave submarina.

Esto me planteaba un interrogante: ¿cómo procedería el capitán de aquella nave? ¿Obtenía el aire por procedimientos químicos, como por ejemplo liberando, mediante calor, el oxígeno contenido en el clorato potásico y absorbiendo el anhídrido carbónico con potasa cáustica? Si así fuera, debería mantener periódicos contactos con tierra, a fin de abastecerse de las materias necesarias para esa operación. ¿Se limitaba a almacenar aire a presión en depósitos adecuados y a disponer de él según las necesidades de la tripulación? Quizá. ¿O bien empleaba un procedimiento más cómodo, más económico y, consiguientemente, más probable, contentándose con salir a la superficie para renovar por veinticuatro horas su provisión de atmósfera, como el cetáceo que emerge de tiempo en tiempo para respirar? En todo caso, cualquiera que fuese el procedimiento empleado, me parecía prudente ponerlo en marcha sin tardanza.

Ya me veía yo obligado a multiplicar mis inspiraciones, buscando con ello extraer el escaso oxígeno que había en nuestra celda, cuando, de pronto, me sentí refrescado por una corriente de aire puro, lleno del aroma de las emanaciones salinas. ¡Era ciertamente la brisa del mar, vivificante, cargada de yodo! Abrí de par en par mi boca, y mis pulmones se saturaron de frescas moléculas. Al propio tiempo advertí un balanceo, un cabeceo de mediana amplitud, pero perfectamente determinable. La nave, el monstruo de acero, acababa de remontar hasta la superficie del océano para respirar como una gran ballena. No cabía duda: ese era el sistema de ventilación del navío.

Tras inundar con aquel aire puro mis pulmones, traté de localizar el conducto —el «aeroducto», si se quiere— por donde llegaba hasta nosotros aquel efluvio beneficioso, y no tardé en encontrarlo. Por encima de la puerta se abría un orificio de aireación: por él pasaba una corriente de aire fresco, que renovaba la atmósfera enrarecida de la celda.

Por ahí andaba yo con mis observaciones, cuando Ned y Consejo se despertaron casi al mismo tiempo por obra de aquella ventilación reanimadora. Se frotaron los ojos, se desperezaron y en un abrir y cerrar de ojos estuvieron en pie.

—¿Ha dormido bien el señor? —me preguntó Consejo con su cortesía habitual.

—Estupendamente, muchacho —respondí—. ¿Y tú, Ned?

—Como un tronco, profesor. Pero... ¿me equivoco o estamos respirando la brisa del mar?

Un marino no podía engañarse a ese respecto. Le expliqué, pues, lo ocurrido en los últimos minutos, mientras él aún dormía.

—¡Bien! —dijo—. Ahí está la explicación de aquella especie de bramidos que oíamos cuando el pretendido narval se encontraba a la vista del *Abraham Lincoln*...

—Así es, Ned: ¡era su respiración!

—Lo que quisiera yo saber ahora, pues no tengo ni idea, es la hora, profesor... ¿Será quizá la de la cena?

—¿La hora de la cena, mi buen arponero? Di mejor la del almuerzo, que hoy es ya otro día.

—O sea que hemos estado durmiendo veinticuatro horas —dijo Consejo.

—Eso creo —respondí.

—No seré yo quien le lleve la contraria —replicó Ned Land—. Pero, cena o almuerzo, que traiga lo que sea el *steward,* que lo recibiremos bien.

—Mejor que traiga las dos cosas —dijo Consejo.

—Justamente —respondió el canadiense—. Tenemos derecho a dos comidas y por mi parte haré honor a las dos.

—Bueno, Ned, esperemos un poco —respondí—. Es evidente que esos desconocidos no abrigan el propósito de dejar que nos muramos de hambre. Si así fuera, la cena de anoche carecería absolutamente de sentido.

—¡A menos que se propongan cebarnos! —replicó Ned.

—¡Vamos, vamos! —protesté— ¡No hemos caído en manos de caníbales!

—Una golondrina no hace verano —arguyó con seriedad el canadiense—. ¿Y si esos tipos no han probado carne fresca desde hace mucho tiempo...? Porque si así fuera, tres ciudadanos sanos y bien formados como el señor profesor, su criado y yo mismo...

—Descarta esas ideas, Ned —respondí al arponero—. Y sobre todo, no te fundes en ellas para tomarla contra nuestros anfitriones, porque eso no haría más que empeorar nuestra situación.

—El caso es que tengo un hambre de mil demonios —dijo el arponero— y que lo que sea, la cena o el almuerzo, se está retrasando.

—Mi buen Land —repliqué—, hay que acomodarse al reglamento de a bordo. Supongo que nuestro estómago adelanta con relación a la campana del jefe de cocina...

—¡Qué le vamos a hacer! ¡Lo pondremos en hora! —dijo tranquilamente Consejo.

—Tú eres así, amigo Consejo —repuso el impaciente canadiense—. ¡Poco gasto haces de bilis y de nervios! ¡Siempre tan tranquilo! Serías capaz de rezar la acción de gracias antes del *Benedicite*, y de morirte de hambre antes que quejarte.

—¿De qué me serviría? —preguntó Consejo.

—¡Pues te serviría para quejarte! ¡Y ya es algo! Porque si esos piratas (y que conste que digo piratas por respeto y para no contrariar al profesor, que no me deja llamarlos caníbales), si esos piratas se figuran que me van a tener encerrado en esta asfixiante jaula, sin que yo les enseñe todo el repertorio de tacos que luzco cuando me enfado, ¡están muy equivocados! Veamos, señor Aronnax, sea usted franco: ¿cree que nos tendrán mucho tiempo en esta caja de hierro?

—Si he de serte sincero, amigo Land, sé de esto lo mismo que tú.

—Pero ¿usted qué cree?

—Pienso que el azar nos ha hecho entrar en posesión de un importante secreto. Ahora bien, si la tripulación de este barco submarino tiene interés en mantener ese secreto, y si ese interés es más grave que la vida de tres hombres, veo muy comprometida nuestra existencia. En caso contrario, el monstruo que nos ha tragado nos devolverá, en la primera oportunidad, al mundo habitado por nuestros semejantes.

—A menos que nos enrole en su tripulación —dijo Consejo— y nos retenga aquí...

—Hasta el momento en que alguna fragata, más rápida o más diestra que el *Abraham Lincoln* —saltó Ned Land—, se apodere de este nido de corsarios y envíe a toda su tripulación, y a nosotros con ella, a dar la última boqueada en el extremo de su verga mayor.

—Bien pensado, Ned —repuse—. Pero que yo sepa, hasta ahora no nos han hecho ninguna proposición en este sentido. Es inútil, pues, que discutamos lo que haremos o dejaremos de hacer llegado el caso. Te lo repito: esperemos, aconsejémonos de las circunstancias y no hagamos nada, puesto que no hay nada a hacer.

—¡Al contrario, profesor! —replicó el arponero, que no quería dar su brazo a torcer—, hay que hacer algo.

—¿Y qué, Ned?

—Escapar.

—Fugarse de una prisión «terrestre» es, de ordinario, difícil, pero huir de una cárcel submarina me parece del todo impracticable.

—Vamos, amigo Ned, ¿qué respondes a la objeción del señor? —preguntó Consejo—. ¡No puedo creer que un americano llegue a encontrarse jamás sin algún recurso!

El arponero, visiblemente confundido, callaba. Una fuga, en las condiciones que nos había deparado el destino, era del todo imposible. Pero un canadiense es francés al cincuenta por ciento, y Ned Land lo demostró con su respuesta:

—Así pues, señor Aronnax —contestó tras unos segundos de reflexión—, ¿no adivina usted lo que deben hacer quienes no pueden escaparse de su cárcel?

—Pues no, amigo mío.

—Es muy sencillo: han de arreglárselas para permanecer en ella.

—¡Claro! —exclamó Consejo—. ¡Más vale estar dentro que encima o debajo de esta cárcel!

—Pero después de haber echado fuera a los carceleros, vigilantes y guardias —añadió Ned Land.

—¿Cómo? Ned, ¿en serio piensas apoderarte de este barco?

—Muy en serio —respondió el canadiense.

—¡Imposible!

—¿Por qué, señor? Pudiera presentarse una oportunidad, y no veo por qué causa íbamos a dejar de aprovecharla. Si a bordo de este trasto no hay más que una veintena de hombres, supongo que no serán capaces de hacer retroceder a dos franceses y un canadiense.

Valía más admitir la proposición del arponero que discutirla, así que me contenté con responderle:

—Dejemos que las cosas sigan su curso, Ned, y ya veremos. Pero hasta entonces, te ruego que contengas tu impaciencia. Nuestro único camino es la astucia, y no es dejándote llevar por la ira como podrás hacer que surjan circunstancias favorables. Prométeme, pues, que aceptarás la situación sin encolerizarte demasiado.

—Se lo prometo, profesor —respondió Ned Land, aunque su tono era poco tranquilizador—. De mi boca no saldrá ni una palabra violenta. Y aunque el servicio de mesa no se efectúe con la regularidad deseable, ni un solo gesto brutal me delatará.

—Te tomo la palabra, Ned —le dije al canadiense.

Dejamos la conversación y cada uno de nosotros se puso a reflexionar por su cuenta. Confieso que, por mi parte, y a pesar de la confianza del arponero, yo no me hacía ninguna ilusión. No creía en las circunstancias favorables que había mencionado el arponero. Para maniobrar con tanta seguridad coma lo hacía, el barco submarino exigía una tripulación numerosa; por lo tanto, en caso de lucha, tendríamos que vérnoslas con un enemigo demasiado fuerte. Por otra parte, antes que nada, era menester ser libres, y no lo éramos. No se me ocurría siquiera la forma de escapar de aquella celda de acero, tan herméticamente cerrada. Y si el extraño capitán de aquella nave tenía algún secreto que guardar, por pequeño que fuera —lo que me parecía por lo menos probable—, no iba a dejarnos actuar libremente a bordo. Entonces, ¿emplearía la violencia para librarse de nosotros, o nos abandonaría cualquier día en algún pedazo de tierra? Ese era el punto. Todas estas hipótesis me parecían sumamente posibles, y había que ser arponero para abrigar alguna esperanza de reconquistar la libertad perdida.

Noté, además, que las ideas de Ned Land se iban agriando con las reflexiones que se apoderaban de su mente. Oía ya gruñir en su gaznate cada vez más interjecciones y denuestos, y veía cargarse de amenazas sus ademanes. Se ponía en pie, daba vueltas como una fiera salvaje enjaulada, golpeaba las paredes con los pies y los puños. Por otra parte, el tiempo iba pasando y el hambre se dejaba sentir de un modo cruel sin que esta vez el *steward* diera señales de vida. Si realmente abrigaban buenas intenciones con respecto a nosotros, aquello era descuidar demasiado las consideraciones debidas a unos náufragos...

Ned Land, atormentado por los retortijones de su robusto estómago, se iba encalabrinando más y más; y a pesar de su promesa, temía yo de hecho una explosión cuando tuviera delante a alguno de los hombres del barco.

Todavía durante dos horas la ira de Ned Land fue en aumento. El canadiense llamaba, daba gritos, pero en vano. Los muros de acero eran sordos. Yo no lograba oír el menor ruido en el interior de la nave, que parecía muerta. No se movía, porque en tal caso yo habría notado, evidentemente, las vibraciones del casco impulsado por la hélice. Sumergida sin duda en los abismos del océano, ya no pertenecía a la tierra. Aquel triste silencio era espantoso.

En cuanto a nuestro abandono, a nuestro aislamiento en el fondo de aquel calabozo, no me atrevía a conjeturar cuál podría ser su duración. Poco a poco se iban difuminando las esperanzas que había concebido con ocasión de nuestra entrevista con el comandante de la nave. La dulzura de la mirada de aquel hombre, la expresión generosa de su fisonomía, la nobleza de su porte... todo se me borraba del recuerdo. Volvía a ver a aquel enigmático personaje tal como debía de ser: necesariamente despiadado, cruel. Me lo imaginaba ajeno a toda consideración humanitaria, inaccesible a cualquier sentimiento de piedad, implacable enemigo de sus semejantes, por quienes debería profesar un odio inextinguible...

Y un hombre así ¿iba, pues, a dejarnos morir de inanición, encerrados en aquel estrecho calabozo, expuestos a las horribles tentaciones que origina el hambre feroz? Este pavoroso pensamiento ganó en mi espíritu una terrible intensidad, y con la complicidad de la imaginación, me vi invadido de un insensato miedo. Consejo se mantenía tranquilo, Ned Land bramaba.

En aquel momento se oyó un ruido fuera. Sobre el piso metálico sonaron unos pasos. Alguien hurgó en las cerraduras, se abrió la puerta y apareció el *steward*.

Antes de que yo pudiera hacer nada por impedirlo, el canadiense se lanzó contra aquel desdichado, dio con él en tierra y le atenazó la garganta. Bajo su mano poderosa, el *steward* se ahogaba.

Ya Consejo trataba de librar de las manos del arponero a su medio asfixiada víctima e iba yo a unir mis esfuerzos a los suyos, cuando, súbitamente, me quedé inmóvil y de piedra al oír estas palabras en francés:

—¡Cálmese, señor Land, y usted, profesor, tenga la bondad de escucharme!

X

El hombre de las aguas

Quien así hablaba era el comandante de la nave.

Al oír estas palabras, Ned Land se levantó al punto. El *steward,* estrangulado casi, salió con paso vacilante de la celda, a una señal del capitán; y era tal la autoridad de este, que ni el más mínimo gesto delató el resentimiento que aquel hombre debía forzosamente de abrigar contra el canadiense. Consejo, interesado a pesar suyo, y yo, estupefacto, aguardábamos en silencio el desenlace de aquella escena.

Apoyado en una esquina de la mesa, con los brazos cruzados, el comandante nos observaba con profunda atención. ¿No se decidía a hablar? ¿Lamentaba las palabras que acababa de pronunciar en francés? Daba pie a pensarlo.

Después de unos instantes de un silencio que ninguno de nosotros pensaba interrumpir, habló con voz tranquila y penetrante.

—Señores —dijo—, hablo igualmente el francés, el inglés, el alemán y el latín. Hubiera podido, pues, responderles ya en nuestra primera entrevista, pero quise conocerles primero y luego reflexionar. Su cuádruple relato, absolutamente semejante en el fondo, me dio a conocer sus respectivas identidades. Sé, por lo tanto, que el azar ha traído a mi presencia al señor Pierre Aronnax, profesor de historia natural en el Museo de París, encargado de una misión científica en el extranjero; a Consejo, su criado, y a Ned Land, de origen canadiense, arponero a bordo de la fragata *Abraham Lincoln,* de la armada de los Estados Unidos de América.

Incliné la cabeza en un gesto de asentimiento. El comandante no preguntaba; así que tampoco requería respuesta. Aquel hombre se expresaba con absoluta soltura, sin ningún acento. Sus frases eran claras, sus palabras justas, notable su facilidad de elocución. Y sin embargo, yo no tenía la sensación de hallarme frente a un compatriota. Tras una breve pausa, siguió diciendo:

—Le parecerá a usted, sin duda, señor, que he tardado demasiado tiempo en hacerles esta segunda visita. La razón es que, una vez conocida su identidad, deseaba sopesar maduramente la decisión que tomaría acerca de ustedes. He dudado mucho. Las más enojosas circunstancias les han conducido a ustedes hasta un hombre que ha roto con la humanidad. Han venido a turbar mi existencia...

—Involuntariamente —dije.

—¿Involuntariamente? —respondió el desconocido, elevando un poco la voz—. ¿Acaso el *Abraham Lincoln* me está dando caza involuntariamente por todos los mares? ¿Acaso se embarcaron ustedes involuntariamente en esa fragata? ¿Acaso enviaron involuntariamente sus balas a rebotar sobre el casco de mi nave? Y usted, señor Land, ¿arrojó involuntariamente su arpón sobre nosotros?

Sorprendí en aquellas palabras una ira reprimida. Pero para todas aquellas recriminaciones tenía yo una respuesta obvia, y naturalmente, la aduje.

—Señor —dije—, sin duda ignora usted las discusiones que han tenido lugar en América y en Europa a propósito de este tema. Una serie de accidentes, provocados por colisiones con su nave submarina, han conmocionado a la opinión pública en los dos continentes. No voy a abrumarlo con las innumerables hipótesis que se han imaginado para explicar este inexplicable fenómeno, cuyo secreto solo usted guardaba. Pero sepa usted que al perseguirle por las remotas aguas del Pacífico, el *Abraham Lincoln* creía estar dando caza a algún poderoso monstruo marino, del que había que librar al océano a toda costa.

Una sonrisa afloró a los labios del comandante, atenuando su rigidez. Luego, en un tono más suave, respondió:

—Señor Aronnax, ¿se atrevería usted a afirmar que su fragata no habría perseguido y cañoneado a un barco submarino de la misma manera que a un monstruo?

Esta pregunta me hizo sentirme incómodo, porque ciertamente el comandante Farragut no habría dudado: habría creído que su deber le exigía destruirlo, tanto si era una nave como si se trataba de un narval gigantesco.

—Se hace usted cargo, pues —añadió el desconocido—, de que tengo derecho a tratarlos como a enemigos...

Por razones obvias, guardé silencio. ¿De qué sirve discutir una afirmación semejante, si la fuerza puede destruir las mejores argumentaciones?

—He estado mucho tiempo dándole vueltas —repitió el comandante—. Nada me obligaba a darles hospitalidad. Si la decisión iba a ser abandonarlos, no tenía ningún interés en volver a verlos. Haría que los colocasen nuevamente en la plataforma de la nave, donde ustedes se habían refugiado; me hundiría en el mar, y olvidaría que jamás existieron. ¿No estaba en mi derecho?

—En el derecho de un salvaje, quizá —respondí—, pero no en el de un hombre civilizado.

—Señor profesor —replicó vivamente el comandante—, ¡yo no soy lo que usted llama un hombre civilizado! Por razones que solo a mí me atañen, he roto con toda la sociedad: no me someto a sus leyes, y le insto a usted a que jamás las invoque delante de mí.

Dijo esto con claridad meridiana. Un relámpago de ira y de desdén había brillado en los ojos del desconocido. En la vida de aquel hombre creí entrever un terrible pasado: ¡no solo se mantenía al margen de las leyes humanas, sino que se había independizado de ellas y era libre en el sentido más riguroso de la palabra, era inalcanzable! ¿Quién iba a atreverse a perseguirlo en el fondo del mar, si hasta en la propia superficie desbarataba todas las intentonas contra él? ¿Qué barco sería capaz de resistir el impacto de aquel acorazado submarino? ¿Qué blindaje, por grueso que fuera, soportaría los golpes de su espolón? No había hombre capaz de exigirle cuenta de sus obras. Dios, si creía en Él, y su conciencia, si acaso la tenía, eran los únicos jueces de quienes pudiera depender.

Estas reflexiones cruzaron veloces por mi mente, en tanto que el extraño personaje callaba, absorto y como ensimismado en sus pensamientos. Lo consideré con un espanto entreverado de curiosidad, de un modo semejante a como Edipo debió de mirar a la Esfinge.

Después de un largo silencio, volvió a tomar la palabra el comandante.

—He vacilado, sí —dijo—, pero también pensé que mi propio interés podía conciliarse con esa piedad natural a la que todo ser humano tiene derecho. Permanecerán ustedes a bordo, ya que la fatalidad los ha traído aquí. Serán libres, y a cambio de esta libertad (relativa, evidentemente) solo les pondré una condición. Y me bastará su palabra de someterse a ella.

—Usted dirá, señor —respondí—. Supongo que esa condición será tal que pueda aceptarla un hombre honrado...

—En efecto, profesor. Y es esta: es posible que ciertos acontecimientos imprevistos me obliguen a confinarlos en sus camarotes durante algunas horas o por algunos días, según los casos. Como deseo no emplear jamás la violencia, espero de ustedes en tales circunstancias, más que en cualquiera otra, una obediencia pasiva. Al actuar así, asumo su responsabilidad y los libero de ella por completo, ya que me incumbe a mí impedirles ver lo que no debe ser visto. ¿Aceptan ustedes esta condición?

Por consiguiente, a bordo ocurrían cosas como mínimo singulares, que no debían ver quienes no estuvieran al margen de las leyes. Entre las sorpresas que me deparaba el porvenir, esta no debía de ser la menor.

—La aceptamos —respondí—. Solo que quisiera pedirle, señor, que me permitiera hacerle una pregunta, una sola.

—Usted dirá.

—¿Ha dicho que seremos libres a bordo?

—Por completo.

—Entonces desearía preguntarle qué entiende usted por esa libertad.

—Pues libertad de ir y venir, de ver, de observar incluso todo cuanto sucede aquí, salvo en contadas ocasiones. En otras palabras: la libertad de que disfrutamos nosotros mismos, mis compañeros y yo.

Era evidente que no nos entendíamos.

—Perdón, señor —repuse—, ¡pero esa libertad no es mucho mayor que la que tiene cualquier prisionero para recorrer su prisión! No puede bastarnos.

—Sin embargo, ¡tendrá que bastarles!

—¿Cómo? ¿Tendremos que renunciar para siempre a volver a ver nuestra patria, a nuestros amigos, a nuestros familiares?

—En efecto, señor. Pero la renuncia a cargar nuevamente con ese insoportable yugo de la tierra, al que los hombres llaman libertad, no es quizá tan penosa como se la imagina usted.

—Por ejemplo, ¡yo nunca le daré mi palabra de que no intentaré escapar! —exclamó Ned Land.

—Ni yo se la pido, señor Land —respondió fríamente el comandante.

—¡Abusa usted de nuestra situación! —dije, encolerizándome a pesar mío—. ¡Es una crueldad!

—No, señor, ¡es clemencia! Son ustedes mis prisioneros de guerra. Les conservo la vida, cuando me bastaría una sola palabra para hacer que volvieran a hundirlos en los abismos del océano. ¡Me han atacado! ¡Han venido a forzar un secreto que ningún ser humano debe penetrar, el secreto de toda mi existencia! ¿Piensan que voy a devolverlos a esa tierra que ha de seguir ignorando todo cuanto me concierne? ¡Nunca! Si los retengo aquí no es por ustedes, sino por preservarme a mí mismo.

Estas palabras indicaban por parte del comandante un claro prejuicio, contra el que no cabía argumentar.

—En suma —dije—, que nos da usted a elegir entre la vida o la muerte.

—Así de simple.

—Amigos míos —concluí—, si la cuestión se plantea de

esta forma, sobran los discursos. Pero que conste que no empeñamos nuestra palabra al comandante de esta nave.

—No la empeñan, señor, en efecto —respondió el desconocido.

Tras unos instantes, con voz más suave, prosiguió el hombre:

—Y ahora permítame completar lo que quiero decirle. Sé cómo es usted, señor Aronnax... Y de los tres va a ser usted, quizá, quien menos motivos tendrá para lamentarse del azar que le ha hecho compartir mi suerte. Entre los libros que utilizo para mis estudios favoritos, hallará usted su libro, el que publicó sobre las grandes profundidades submarinas. He leído muchas veces sus páginas. Su obra fue tan lejos como lo permitía la ciencia terrestre. Pero no lo sabe usted todo, no lo ha visto todo. Déjeme que le diga, profesor, que no lamentará el paso del tiempo a bordo de mi barco. Va a viajar usted al país de las maravillas. El asombro y la estupefacción serán probablemente los sentimientos habituales de su espíritu. No se hartará fácilmente del espectáculo que va a ofrecerse sin pausa ante sus ojos. Me dispongo a realizar una nueva vuelta al mundo submarino (quizá por última vez, ¿quién sabe?) para volver a ver todo cuanto he podido estudiar en el fondo de estos mares, tantas veces recorridos. Usted será mi compañero de estudios. A partir de hoy entra usted en un nuevo elemento, va a ver lo que ningún hombre ha visto todavía (porque ni yo ni mis hombres contamos ya), y gracias a mí, nuestro planeta va a confiarle sus últimos secretos.

No puedo negarlo: aquellas palabras del comandante me causaron un gran efecto. Me había cogido por mi punto flaco, y por un instante olvidé que la contemplación de aquellas cosas sublimes jamás podría compensar la pérdida de la libertad. Por otra parte, contaba yo con que el futuro solucionaría la cuestión más grave. Me limité, pues, a responder:

—Señor, aunque haya roto usted con la humanidad, quiero creer que no ha renegado de los sentimientos humanos. Somos unos náufragos, a quienes recogió usted bondadosamente a bordo de su nave. No lo olvidaremos. Por lo que a mí respecta, soy consciente de que, si el interés por la ciencia pudiera paliar incluso la necesidad de ser libre, las perspectivas que me ofrece nuestro encuentro me brindarían grandes compensaciones.

Pensé que el comandante iba a tenderme la mano para sellar así nuestro pacto. Pero no lo hizo, y lo sentí por él.

—Una última pregunta —dije, cuando me pareció que aquel ser inexplicable quería retirarse.

—Diga, profesor.

—¿Cómo debo llamarle?

—Señor —respondió el comandante—, para ustedes yo seré únicamente el capitán Nemo. Y sus compañeros y usted mismo no serán para mí más que los pasajeros del *Nautilus*.

El capitán Nemo dio una orden y al instante apareció un *steward*. Tras darle algunas órdenes en aquella extraña lengua que yo no era capaz de identificar, se volvió hacia el canadiense y hacia Consejo.

—La comida les está aguardando en su camarote —les dijo—. Tengan la bondad de seguir a este hombre.

—¡De mil amores! —respondió el arponero.

Consejo y él salieron por fin de aquella celda, en la que habíamos permanecido encerrados durante más de treinta horas.

—Y ahora, señor Aronnax, nuestro almuerzo está listo. Permítame que vaya delante de usted para indicarle el camino.

—A sus órdenes, capitán.

Seguí al capitán Nemo. Nada más franquear la puerta me encontré en una especie de pasillo, con iluminación eléctrica, que recordaba los corredores de un barco. Tras caminar por él como unos diez metros, se abrió ante mí una segunda puerta.

Entré entonces en un comedor, de decoración y mobiliario muy clásicos. En los dos extremos de la sala se alzaban dos grandes aparadores de roble, con motivos incrustados de ébano, en cuyas baldas de línea ondulada brillaban lozas, porcelanas y cristalerías de incalculable precio. Las fuentes resplandecían bajo la luz de un plafón luminoso, en el que unas delicadas pinturas tamizaban y suavizaban el fuerte resplandor.

En el centro de la sala había una mesa espléndidamente

servida. El capitán Nemo me señaló el lugar que me había destinado.

—Siéntese —me dijo—, y coma sin reparo, como si fuera esta su última comida y usted un condenado a morir de hambre.

El almuerzo se componía de una serie de platos de procedencia claramente marina y de otros manjares cuya naturaleza y origen yo no acertaba a determinar. Reconozco que eran excelentes, pero tenían un gusto peculiar al que no tardé en acostumbrarme. Todos aquellos alimentos me parecieron ricos en fósforo, de lo cual deduje que debían de proceder del mar.

El capitán Nemo me observaba. No le pregunté nada, pero él adivinó mis pensamientos y respondió por propia iniciativa a las cuestiones que me tenían en ascuas.

—Veo que la mayoría de estos alimentos son desconocidos para usted —me dijo—. No tema probarlos. Son sanos y nutritivos. Hace ya mucho tiempo que renuncié a los alimentos de la tierra, y no me va mal. Y mi tripulación, que es gente vigorosa, come lo mismo que yo.

—¿Así que todo esto procede del mar? —pregunté.

—Sí, profesor: el mar abastece todas mis necesidades. A veces echo mis redes al arrastre, y cuando las recojo casi se rompen de puro repletas. Otras veces salgo de caza en el seno de este elemento que parece inaccesible para el hombre, y levanto la pieza escondida en mis bosques submarinos. Mis rebaños, como los del viejo pastor de Neptuno, pacen sin temor en las inmensas praderas del océano. El mar es para mí como una vasta propiedad que exploto por mí mismo y en la que el Creador de todas las cosas deposita continuamente sus semillas.

Miré con cierto asombro al capitán, y repliqué:

—Comprendo perfectamente, señor, que sus redes puedan proporcionarle excelentes pescados para su mesa; ya no veo tan claro cómo es posible perseguir piezas de caza acuática en esos bosques submarinos... Pero lo que no entiendo en absoluto es que su menú incluya algunos platos de carne, por pocos que sean.

—Jamás empleo la carne de animales terrestres —respondió el capitán Nemo.

—Pero entonces, esto... —le dije señalando una fuente en la que todavía quedaban algunas lonchas de filete.

—Esto que a usted le parece carne, profesor, no es otra cosa que filete de tortuga marina. Y eso otro, que usted tomaría por un guisado de cerdo, son hígados de delfín. Mi cocinero es muy hábil preparando platos, y es insuperable en el arte de conservar los diversos frutos del océano. Pruébelos todos. Ahí tiene una conserva de holoturias que un malayo declararía sin rival en el mundo. O esa crema hecha con leche de cetáceo y con azúcar obtenido de los grandes fucus del mar del Norte. Y si no, permítame que le ofrezca unas mermeladas de anémonas, que nada tienen que envidiar a las de las frutas más sabrosas.

Yo iba picando de una y otra fuente, más por curiosidad que por apetito, mientras que el capitán Nemo me encandilaba con sus inverosímiles explicaciones.

—Y este mar, señor Aronnax —prosiguió—, no es únicamente para mí una fuente prodigiosa e inagotable de alimentos: no solo me nutre, sino que también me viste. Las telas que le cubren ahora han sido tejidas con el biso de determinadas conchas, se tiñeron con la púrpura de los antiguos y se matizaron con colorantes violeta que extraigo de las aplisias del Mediterráneo. Los perfumes que hallará usted en el baño de su camarote han sido destilados de plantas marinas. Su cama tiene el colchón relleno del zóster más delicado del océano. En adelante, una barba de ballena le servirá de pluma, y su tinta será la sustancia excretada por la jibia o el calamar. Todo me viene del mar, de la misma manera que un día todo ha de volver a él.

—Es usted un enamorado del mar, capitán.

—¡Sí, lo amo! ¡El mar lo es todo! Cubre las siete décimas partes de la superficie del globo terrestre. Su aliento es puro y sano. Es un desierto inmenso en el que el hombre jamás se encuentra solo, puesto que le rodea por todas partes el temblor de la vida. El mar no es otra cosa que el vehículo de una sobrenatural y prodigiosa existencia; es solo movimiento y amor; es el infinito vivo, como lo llamó uno de sus poetas. Y en efecto, profesor, la naturaleza se manifiesta en él a través de sus tres reinos: mineral, vegetal y animal. Este último está ampliamente representado aquí por los cuatro grupos de zoófitos, tres clases de artrópodos, cinco de moluscos, y tres de vertebrados: mamíferos, reptiles y las innumerables legiones de peces, que comprenden más de trece mil especies, de las que solo una décima parte vive en agua dulce. El mar es el gran almacén de la naturaleza. En cierto modo, la tierra comenzó por el mar, ¡y quién sabe si no habrá de tener también allí su fin! En él reina la suprema tranquilidad. Los déspotas no pueden poseerlo: en su superficie pueden aún ejercer sus derechos inicuos, pueden batirse, devorarse los unos a los otros, llevar hasta ella todos los horrores terrestres. Pero a treinta pies por debajo del nivel de las aguas, cesa su poder, se extingue su influencia, desaparece su fuerza. ¡Ah, señor Aronnax! ¡Venga, venga a vivir en el seno del mar! Solo aquí es posible lograr la independencia. ¡Aquí no reconozco a ningún señor! ¡Aquí soy libre!

De pronto, en mitad de aquella explosión de desbordante entusiasmo, el capitán Nemo calló. ¿Se había dejado llevar más allá de su habitual reserva? ¿Había hablado más de la cuenta? Durante unos minutos se paseó por la sala con aire muy agitado. Luego se calmaron sus nervios, su fisonomía recobró la frialdad acostumbrada y, volviéndose a mí, dijo:

—Ahora, profesor, si desea usted visitar el *Nautilus*, estoy a su disposición.

XI

El *Nautilus*

El capitán Nemo se puso en pie y yo le seguí. Se abrió una puerta doble, situada en la parte trasera de la sala, y entré por ella a una cámara de dimensiones idénticas a las de la que acababa de dejar.

Era una biblioteca. Los libros, muy numerosos y uniformemente encuadernados, aparecían alineados en los grandes estantes de unos muebles altos de palisandro negro con incrustaciones de cobre. Las estanterías seguían el contorno de la sala, y en su parte inferior llevaban incorporados unos anchos divanes, con tapicería acolchada de cuero marrón, de formas sumamente confortables. Había también unas mesitas-escritorio móviles, muy livianas, que se acercaban o retiraban a voluntad y permitían apoyar en ellas el libro que uno estaba leyendo. En el centro se hallaba una amplia mesa, cubierta de folletos, entre los que podían verse algunos periódicos atrasados. La luz eléctrica inundaba todo aquel armonioso conjunto, procedente de cuatro globos mates medio empotrados en las volutas del techo. Contemplé con verdadera admiración aquella sala tan ingeniosamente dispuesta, y no podía dar crédito a mis ojos.

—Capitán Nemo —le dije a mi anfitrión, que acababa de acomodarse en un diván—, esta biblioteca es digna de un palacio. Sinceramente me asombra pensar que todos estos libros le acompañan hasta lo más profundo de los mares.

—¿Dónde podría hallarse más soledad, mayor silencio,

profesor? —respondió el capitán Nemo—. ¿A que su despachito del museo no le brinda una tranquilidad tan completa?

—No, señor. Y debo añadir que, comparado con este, es bien pobre. Tendrá usted aquí seis o siete mil volúmenes...

—Doce mil, señor Aronnax. Son los únicos lazos que me atan a la tierra. Pero para mí se acabó el mundo el día en que mi *Nautilus* se sumergió por vez primera bajo las aguas. Aquel día compré los últimos libros, los últimos folletos, los últimos periódicos... y me hago la cuenta de que la humanidad no ha pensado ni ha escrito más desde entonces. No hace falta que le diga, profesor, que estos libros están a su disposición y que puede utilizarlos libremente.

Di las gracias al capitán Nemo y me acerqué a los estantes de la biblioteca. Abundaban los libros de ciencia, de moral y de literatura, escritos en todas las lenguas; pero no vi ni una sola obra de economía política, como si hubieran sido severamente proscritas de a bordo. Me llamó la atención que todos los libros estuvieran clasificados indistintamente, cualquiera que fuese el idioma en que estaban escritos; mezcla que probaba que el capitán del *Nautilus* estaba en condiciones de leer sin dificultad cualquier volumen tomado al azar.

Descubrí entre aquellos libros las obras maestras de los escritores de todos los tiempos, es decir, lo más bello que la humanidad ha creado a lo largo de la historia en poesía, novela y ciencia: de Homero a Victor Hugo, de Jenofonte a Michelet, de Rabelais a George Sand. Pero el principal fondo de aquella biblioteca lo constituían particularmente los libros de ciencia. Obras de mecánica, de balística, de hidrografía, de meteorología, de geografía, de geología, etcétera, ocupaban un lugar no menos importante que los tratados de historia natural, y comprendí que componían el principal objeto de estudio del capitán. Estaban allí las obras completas de Humboldt, de Arago..., los trabajos de Foucault, de Henri Sainte-Claire Deville, de Chasles, de Milne-Edwards, de Quatrefages, de Tyndall, de Faraday, de Berthelot, del padre Secchi, de Petermann, del comandante Maury, de Agassiz, etcétera, amén de las memorias de la Academia de Ciencias, los boletines de las diversas sociedades geográficas... y, en un buen lugar, los dos tomos que me habían valido, quizá, aquella acogida relativamente hospitalaria por parte del capitán Nemo. Entre las obras de Joseph Bertrand, descubrí su libro *Los fundadores de la astronomía*, que me brindó incluso un punto de referencia seguro. En efecto: como me constaba que había aparecido en el curso del año 1865, pude deducir que la instalación del *Nautilus* no se remontaba a una fecha anterior. Hacía, pues, tres años como máximo que el capitán Nemo había iniciado su existencia submarina. Confiaba en que otras obras, aún más recientes, me permitirían determinar exactamente la fecha, pero ya tendría tiempo de hacer esa pequeña investigación. Preferí entonces no retrasar más nuestro paseo a través de las maravillas del *Nautilus*.

—Le agradezco, capitán —le dije—, que haya puesto a mi disposición esta biblioteca. Hay tesoros de ciencia, de los que espero aprovecharme.

—Esta sala no es solo una biblioteca —dijo el capitán Nemo—, es también nuestro salón de fumar.

—¿Un salón de fumar? —exclamé sorprendido—. ¿Fuman ustedes a bordo?

—Ciertamente.

—Entonces, señor, he de pensar, por fuerza, que ha conservado usted algún contacto con La Habana.

—En absoluto —respondió el capitán—. Acepte este cigarro, señor Aronnax. No procede de La Habana, pero si usted entiende de habanos, le va a gustar.

Tomé el cigarro que me ofrecía. Su forma recordaba la de un londres, pero parecía fabricado con hojas de oro. Lo encendí en un braserillo de elegante pie de bronce, y aspiré las primeras bocanadas con la voluptuosidad de un fumador empedernido que hace dos días que no fuma.

—Es excelente —dije—, pero no es tabaco.

—No —respondió el capitán—. Este tabaco no viene de La Habana ni de Oriente. Es un tipo de alga, rica en nicotina, que el mar me proporciona con cierta parsimonia. ¿Echa usted de menos los londres, señor?

—Capitán, desde hoy los desprecio.

—Fume usted, pues, cuanto le plazca, sin preocuparse por la procedencia de estos cigarros. No llevan ni control de origen ni tasas, pero supongo que eso no los hace menos buenos.

—¡Todo lo contrario!

En aquel momento, el capitán Nemo abrió una puerta, frontera a la que habíamos utilizado para entrar en la biblioteca, y me hizo pasar a un salón inmenso e iluminado espléndidamente.

Era una gran habitación rectangular, de diez metros de longitud, seis de ancho y cinco de altura, con paneles que ocultaban las esquinas. Un plafón luminoso, decorado con leves arabescos, distribuía una suave claridad de día sobre las maravillosas obras de arte acumuladas en aquel museo. Porque se trataba de un verdadero museo, montado con atinado criterio y prodigalidad por alguien que había reunido allí todos los tesoros de la naturaleza y del arte, con ese artístico desorden que caracteriza al estudio de un pintor.

Una treintena de cuadros de grandes maestros, enmarcados todos igual y alternando con brillantes panoplias, adornaban aquellas paredes que vestían unos tapices de severo diseño. Vi allí lienzos de incalculable valor, muchos de los cuales había admirado yo antes en las colecciones particulares de Europa o en las exposiciones de pintura. Las diversas escuelas de los maestros antiguos estaban representadas por una Madona de Rafael, una Virgen de Leonardo da Vinci, una ninfa de Correggio, una mujer de Tiziano, una Adoración de Veronés, una Asunción de Murillo, un retrato de Holbein, un monje de Velázquez, un martirio de Ribera, una *kermesse* de Rubens, dos paisajes flamencos de Teniers, tres cuadritos de género de Gérard Dow, de Metsu, de Paul Potter, dos telas de Géricault y de Prud'hon, algunas marinas de Backhuysen y de Vernet... Entre las obras de la pintura moderna figuraban cuadros firmados por Delacroix, Ingres, Decamps, Troyon, Meissonier, Daubigny, etcétera. Y en los ángulos de aquel magnífico museo, sobre unos pedestales, aparecían algunas reproducciones a pequeña escala de estatuas de mármol o de bronce, copias de las más bellas obras de la Antigüedad. La sensación de continuo asombro que me había vaticinado el comandante del *Nautilus* comenzaba ya a apoderarse de mi espíritu.

—Profesor —dijo entonces aquel hombre tan extraño—, disculpe que lo reciba con tan escasa etiqueta y en medio del desorden que aquí reina.

—Señor —le respondí—, no es que trate de descubrir su identidad, pero ¿me permite que reconozca en usted a un artista?

—Un aficionado, a lo sumo. Hubo un tiempo en que me agradaba coleccionar estas obras bellas creadas por la mano del hombre. Las buscaba ávidamente, sin regatear esfuerzos ni pesquisas. Así logré reunir algunos objetos de gran valor. Son los últimos recuerdos que tengo de esa tierra ya muerta para mí. A mis ojos, los artistas que ustedes llaman modernos son tan viejos como los antiguos: tienen dos o tres mil años de existencia, y los confundo en mi espíritu. Los grandes maestros no tienen edad.

—¿Y estos músicos? —pregunté, señalando unas partituras de Weber, de Rossini, de Mozart, de Beethoven, de Haydn, de Meyerbeer, de Herold, de Wagner, de Auber, de Gounod y de otros muchos, esparcidas sobre un monumental órgano que ocupaba una de las paredes de la sala.

—Estos compositores —me respondió el capitán Nemo— son para mí contemporáneos de Orfeo, porque las diferencias cronológicas se borran en la memoria de los muertos... y yo estoy muerto, profesor, tan muerto como aquellos de sus amigos que reposan a seis pies bajo tierra.

El capitán Nemo calló y pareció perderse en un profundo ensueño. Lo observé con viva emoción, analizando en silencio las particularidades de su fisonomía. Acodado en el ángulo de una preciosa mesa de mosaico, el capitán Nemo parecía no verme: había olvidado mi presencia.

Respeté su ensimismamiento y continué pasando revista a las curiosidades que atesoraba aquel salón.

Junto a las obras de arte, las maravillas de la naturaleza ocupaban un lugar muy destacado. Se trataba, principalmente, de plantas, conchas y otras muestras de origen oceánico que debían de ser hallazgos personales del propio capitán. En mitad de la sala había un surtidor luminoso, cuyos chorros caían en una pila hecha de una valva de tridacna. Esta concha, tomada del mayor de los moluscos acéfalos, medía unos seis metros de circunferencia y tenía sus bordes delicadamente festoneados; era, pues, mayor que las hermosas valvas de tridacna donadas por la República de Venecia a Francisco I de Francia, y que aún pueden verse, como dos gigantescas pilas de agua bendita, en la iglesia de Saint-Sulpice de París.

En torno a aquella concha, dentro de elegantes vitrinas de armadura de bronce, aparecían clasificados y rotulados los más preciosos especímenes marinos que jamás haya tenido un naturalista ante sus ojos. Se comprenderá, pues, fácilmente mi entusiasmo al contemplarlos.

El tronco de los zoófitos ofrecía curiosísimas muestras de sus dos grupos de pólipos y equinodermos. En el primer grupo pude ver tubularios, medusas dispuestas en forma de abanico, suaves esponjas de Siria, isis de las Molucas, pennátulas, una admirable virgular de los mares de Noruega, diversos umbrelarios, alciónidos y una serie completa de madreporarios: esos curiosos pólipos que mi maestro Milne-Edwards ha clasificado tan sagazmente en diversas secciones —entre las cuales advertí adorables flabelinas, oculinas de la isla de Reunión..., el «carro de Neptuno» de las Antillas, soberbias variedades de corales...— y que cuando se congregan forman islas enteras, que acabarán convirtiéndose en continentes. Entre los equinodermos, notables por su envoltura espinosa, las asterias, las estrellas de mar, las pantacrinas, las comátulas, los asterínidos, los ursinos, las holoturias, etcétera, representaban una colección muy completa de los individuos de aquel grupo.

Un conquiliólogo algo emotivo se hubiera quedado boquiabierto, sin ningún género de dudas, ante otras vitrinas, más numerosas, en que se hallaban clasificados los especímenes del tronco de los moluscos. Vi allí una colección de valor incalculable y que me llevaría mucho tiempo describir íntegramente. Mencionaré, a título de ejemplo: el elegante martillo real del océano Indico, cuyas simétricas manchas blancas destacaban vivamente sobre un fondo rojo oscuro; un espóndilo imperial de vivos colores, completamente erizado de espinas, cuyo valor calculé en unos veinte mil francos; un martillo común de los mares de Nueva Holanda, nada fácil de conseguir; exóticas bucardas del Senegal —frágiles conchas blancas bivalvas que un soplo bastaría para disipar, como si fueran pompas de jabón—; diversas variedades de regaderas de Java: una especie de tubos calcáreos, festoneados de repliegues foliáceos, muy buscados por los coleccionistas... Luego, toda una gran colección de trocos: unos, de un amarillo verdoso, pescados en los mares de América; otros, de un pardo oxidado, que frecuentan los mares de Nueva Holanda; estos, procedentes del golfo de México, notables por su concha imbricada; aquellos, estelarios hallados en los mares australes; y entre aquellos otros, el más raro de todos: el magnífico espolón de Nueva Zelanda... Después, admirables telinas sulfurosas, preciosas especies de citereas y de venus, el cuadrante reticulado de las costas de Tranquebar, el zueco marmoleado de resplandeciente nácar, los loritos verdes de los mares de China, el cono casi desconocido del género *Coenodulli,* todas las variedades de porcelanas que sirven de moneda en la India y en África: la gloria del mar, por ejemplo, la concha más preciosa de las Indias orientales... Y finalmente littorinas, delfínulas, turritelas, jantinas, óvulas, volutas, olivas, mitras, cascos, púrpuras, buccinos, arpas, rocas, tritones, ceritas, husos, estrombos, pteróceros, patelas, hialas, cleódoras, conchas delicadas y frágiles que la ciencia ha bautizado con sus más bellos nombres.

Aparte, en compartimientos especiales, se desgranaban sartas de perlas de incomparable belleza, en las que el brillo de la luz eléctrica hacía centellear chispas de fuego: perlas verdes del haliótido iris, perlas rosadas extraídas de las pinnas del mar Rojo, perlas amarillas, azules, negras, curiosas secreciones de diversos moluscos de todos los océanos y de ciertos mejillones de los cursos fluviales nórdicos, y por último algunos ejemplares de incalculable precio, procedentes de las más raras ostras. Varias de ellas eran mayores que un huevo de paloma: valían lo mismo que aquella que el viajero Tavernier vendió por tres millones al sha de Persia, si no más, y superaban a aquella otra perla del imán de Mascate que hasta entonces tenía yo por única en el mundo.

Por consiguiente, evaluar aquella colección en dinero era prácticamente imposible. El capitán Nemo debía de haber derrochado millones para adquirir todos aquellos ejemplares. Y aun así, me estaba yo preguntando cuál sería su inagotable fuente de recursos, capaz de satisfacer sus sueños de coleccionista, cuando sus palabras interrumpieron el curso de mis pensamientos.

—Veo que está usted examinando mis conchas, profesor... Por fuerza tienen que atraer la atención de un naturalista; pero para mí tienen, además, un encanto especial porque las he cogido con mis propias manos, recorriendo para ello todos los mares del globo, sin olvidar ninguno.

—Lo comprendo, capitán, comprendo la alegría que debe de producir pasear entre tantas riquezas. Usted es uno de esos hombres afortunados que han podido reunir su tesoro por sí mismos. No hay museo en Europa que guarde una colección de muestras marinas semejante. Pero si dejo que se agote con ella toda mi capacidad de admiración, ¿qué me quedará para la nave que las alberga? No es que trate de meterme en lo que quiera usted mantener en secreto... Pero debo confesarle que el *Nautilus*, la fuerza motriz que lo anima, los instrumentos de navegación, el origen de su potencia son cosas que tienen en vilo mi curiosidad. En las paredes de esta sala veo instrumentos cuya finalidad ignoro. ¿Podría saber...?

—Ya le he dicho, señor Aronnax, que usted tendría completa libertad a bordo —me respondió el capitán Nemo—. Por consiguiente, no le está prohibido el acceso a parte alguna del *Nautilus*. Puede usted visitarlo detenidamente y será para mí un placer ser su cicerone.

—No sé cómo darle las gracias, señor, y no quisiera abusar de su amabilidad. Lo que ahora me intrigaba era la misión de todos esos instrumentos de física...

—Mire usted, profesor, esos mismos instrumentos se encuentran también en mi camarote, así que vayamos allá y le explicaré con sumo gusto para qué sirven. Pero pasemos antes por su camarote. Conviene que sepa cómo estará instalado a bordo del *Nautilus*.

Seguí al capitán Nemo, que, por una de las puertas practicadas en cada una de las falsas esquinas del salón, me hizo pasar a las crujías de la nave. Me condujo hacia proa, donde me hallé, no ya en un camarote, sino en una elegante habitación con cama, tocador y mobiliario diverso.

No pude menos que dar las gracias a mi anfitrión.

—Su camarote es contiguo al mío —me dijo, al tiempo que abría una puerta— y el mío comunica con el salón que acabamos de dejar.

Entré, pues, en el camarote del capitán. Tenía un aspecto austero, casi monacal: un catre metálico, una mesa de trabajo, algunos muebles para el aseo personal... Todo envuelto en una semipenumbra. Nada de comodidades. Solo lo estrictamente necesario.

El capitán Nemo me ofreció una silla.

—Siéntese, por favor —me dijo.

Tomé asiento, y él empezó a hablar en los siguientes términos:

XII

Todo por la electricidad

—Estos son, señor, los instrumentos que requiere el *Nautilus* para navegar —dijo el capitán Nemo, al tiempo que me mostraba una serie de aparatos que colgaban de las paredes de su camarote—. Los tengo siempre a la vista, tanto aquí como en el salón, porque me indican mi rumbo y mi posición exacta en mitad del océano. Algunos de ellos ya los conoce usted: el termómetro, por ejemplo, que mide la temperatura interior del *Nautilus*; el barómetro, que mide la presión atmosférica y predice los cambios de tiempo; el higrómetro, que marca el grado de humedad de la atmósfera; el *storm-glass*, cuya mezcla, cuando se descompone, anuncia la proximidad de las tempestades; la brújula, que dirige mi ruta; el sextante, que, midiendo la altura del sol, me permite conocer la latitud; los cronómetros, para calcular la longitud geográfica; y finalmente catalejos diurnos y nocturnos, que empleo para escrutar todos los puntos del horizonte cuando el *Nautilus* se remonta a la superficie de las aguas.

—En efecto, son los instrumentos usuales del navegante y conozco su uso. Pero veo aquí otros que responden, sin duda, a las peculiares necesidades del *Nautilus*. Este cuadrante, por ejemplo, con una aguja móvil, ¿no es un manómetro?

—Sí, lo es. Está en comunicación con el agua y me indica su presión exterior, lo que me permite conocer a qué profundidad se encuentra mi aparato.

—¿Y esta especie de sondas...?

—Son sondas termométricas, que miden la temperatura de las diversas capas del agua.

—¿Y qué me dice de estos otros instrumentos? No acierto a adivinar para qué sirven.

—Esto, profesor, requiere algunas explicaciones que con gusto le daré, si tiene la bondad de escucharme —dijo el capitán Nemo.

Guardó silencio por unos momentos.

—Hay un agente poderoso, obediente, rápido, manejable, que se adapta a cualquier uso y que desempeña un papel primordial en mi barco. Todo se hace por él. Me ilumina, me calienta, es el alma de mis aparatos mecánicos... Me estoy refiriendo a la electricidad.

—¡La electricidad! —exclamé con bastante sorpresa.

—En efecto.

—Pero capitán, esta nave posee una enorme rapidez de movimientos, que casa mal con los poderes propios de la electricidad. Hasta el presente, la potencia dinámica de la electricidad es muy reducida y solo ha sido posible producir con ella fuerzas muy pequeñas...

—Profesor —respondió el capitán Nemo—, mi electricidad no es como la de todo el mundo... Permítame que no sea más explícito respecto de este punto.

—No insistiré, señor, y me contentaré con manifestarle mi extrañeza ante semejantes resultados. Permítame, con todo, que le haga otra pregunta, y no me conteste si la juzga usted indiscreta. Pienso que los elementos que debe utilizar usted para producir esa maravillosa energía eléctrica deben de consumirse con suma rapidez. El cinc, por ejemplo, ¿cómo logra usted reemplazarlo, si no mantiene ninguna comunicación con tierra?

—Responderé a su pregunta, profesor —dijo el capitán Nemo—. Y ante todo, le señalaré que en el fondo de los mares hay yacimientos de cinc, de hierro, plata y oro que bien podrían ser explotados sin mayores problemas. Pero lo cierto es que no he recurrido para nada a esos metales de la tierra y que he preferido obtener del propio mar los medios para la producción de mi electricidad.

—¿Obtenerlos del mar?

—Sí, profesor. Y medios no me faltan. Por ejemplo, hubiera podido obtener una corriente eléctrica estableciendo un circuito entre hilos sumergidos a distinta profundidad, aprovechando la diferencia de temperaturas entre uno y otro. Pero preferí emplear un sistema más práctico.

—¿Sí...?

—Ya sabe usted cuál es la composición del agua marina... En mil gramos, novecientos sesenta y cinco son de agua pura, y alrededor de veintiséis y medio son de cloruro sódico; el resto son pequeñas cantidades de cloruros de magnesio y potasio, bromuro de magnesio, sulfato de magnesio, y sulfato y carbonato cálcicos. O sea, que hay una considerable proporción de cloruro sódico. Pues bien, es sodio lo que extraigo del agua de mar y con lo que compongo mis elementos.

—¿Sodio?

—En efecto. Mezclado con mercurio forma una amalgama que sustituye al cinc en los elementos de una pila de Bunsen. El mercurio no se consume nunca. Solo se gasta sodio, y el mar me abastece de él. Añadiré, además, que las pilas de sodio deben ser consideradas como las más enérgicas y que su fuerza electromotriz es el doble que la de las pilas de cinc.

—Bien, capitán. Ya me hago cargo de las excelencias del sodio, sobre todo en las condiciones en que se encuentra usted. En el mar hay sodio, de acuerdo. Pero tendrá usted que fabricarlo o, mejor dicho, extraerlo. ¿Cómo se las arregla? Evidentemente, sus pilas podrían servir para ello; pero, o mucho me equivoco, o el consumo de sodio requerido por los aparatos eléctricos superaría la cantidad extraída. En otras palabras, ¡para producirlo consumiría usted más sodio que el que conseguiría obtener!

—Por eso, profesor, no utilizo las pilas y lo obtengo sencillamente mediante el calor procedente de la combustión de carbón.

—De carbón... —insistí yo—, de un producto de la tierra.

—¿Por qué no del mar? —replicó el capitán Nemo.

—¿Acaso puede usted explotar minas submarinas de hulla?

—Espere a verlo, señor Aronnax. Solo le pido un poco de paciencia, ya que tiene tiempo de sobra para ser paciente. Recuerde simplemente lo que le digo: todo se lo debo al océano; de él obtengo la electricidad, y la electricidad proporciona al *Nautilus* el calor, la luz, el movimiento... En resumen: la vida.

—Pero no el aire que respira...

—¡Oh! Podría fabricar todo el aire que necesitara, pero sería un trabajo inútil, ya que subo a la superficie del mar cuando me place. Sin embargo, aun cuando la electricidad no me provee del aire respirable, sí que se encarga, al menos, de poner en marcha las poderosas bombas que lo almacenan en depósitos especiales, lo que en caso necesario me permite prolongar todo el tiempo que lo desee mi permanencia en las profundidades.

—Capitán, me rindo a la admiración—respondí—. Sin duda ha logrado usted descubrir lo que los hombres descubrirán algún día: el auténtico poder dinámico de la electricidad.

—Ignoro si los hombres llegarán a descubrirlo algún día —replicó fríamente el capitán Nemo—. En cualquier caso, usted ha visto ya la primera aplicación que le he dado a ese precioso agente: es su luz la que nos ilumina con una uniformidad y una continuidad de la que carece la del sol. Y fíjese en ese reloj: es eléctrico, y marcha con una regularidad que desafía a la de los mejores cronómetros. He dividido su esfera en veinticuatro horas, como la de los relojes italianos, porque para mí no existen ni la noche ni el día, ni el sol ni la luna, sino tan solo esta luz artificial que llevo tras de mí hasta el fondo del mar. Mire: en este momento son las diez de la mañana.

—Ya veo.

—Y aquí tiene otra aplicación de la electricidad. Ese indicador de ahí enfrente sirve para medir la velocidad del *Nautilus*. Un hilo eléctrico lo pone en comunicación con la hélice de la corredera, y su aguja me indica la marcha real del aparato. Vea: en este momento navegamos a una velocidad moderada de quince nudos.

—¡Es maravilloso, capitán! —respondí—. ¡Con razón ha decidido usted emplear esa fuerza, destinada a remplazar al viento, al agua y al vapor!

—Aún no hemos concluido, señor Aronnax —dijo el capitán Nemo al tiempo que se ponía en pie—. Si tiene usted la bondad de seguirme, visitaremos la sección de popa del *Nautilus*.

Conocía ya, en efecto, toda la sección anterior de aquella nave submarina, cuya disposición —yendo desde el centro del barco hacia el espolón de proa— era exactamente como sigue: el comedor, de cinco metros, separado de la biblioteca por un tabique estanco, es decir, que podía impedir herméticamente el paso del agua; la biblioteca, también de cinco metros de longitud; el gran salón de diez metros, separado del camarote del capitán por un nuevo tabique estanco; el citado camarote del capitán, de unos cinco metros; el mío, de dos metros y medio; y finalmente un depósito de aire de reserva, de siete metros y medio de longitud, que se prolongaba hasta la roda de la nave. En total, pues, treinta y cinco metros de longitud. Los tabiques estancos comunicaban uno y otro lado a través de puertas que podían cerrarse herméticamente merced a unos obturadores de caucho, con lo que se garantizaba la más completa seguridad a bordo del *Nautilus*, aun en el caso de que se declarara una vía de agua.

Seguí al capitán Nemo a través de las crujías de proa y llegué al centro del navío. Allí me encontré con una especie de pozo, abierto entre dos tabiques estancos. Una escala de hierro, atornillada a la pared, conducía al extremo superior del citado pozo. Le pregunté al capitán para qué servía.

—Lleva a la lancha —respondió.

—¿Cómo? ¿El *Nautilus* tiene una lancha? —pregunté, bastante sorprendido.

—Claro que sí. Una embarcación excelente, ligera e insumergible, que sirve tanto para el paseo como para la pesca.

—Pero para embarcarse en ella tendrá usted que salir a la superficie del mar...

—En absoluto. La lancha está adosada a la parte superior

del casco del *Nautilus* y ocupa un hueco especialmente diseñado para albergarla. Tiene un puente corrido, es completamente estanca, y la sujetan sólidos pernos. Esta escala conduce a una escotilla practicada en el casco del *Nautilus*, que coincide con otra semejante abierta en el costado de la lancha. Por esta doble abertura es por donde me introduzco en la embarcación. Mis hombres cierran la escotilla del *Nautilus*; yo cierro la otra, la de la lancha, mediante tornillos de presión; aflojo los pernos y la embarcación sube a la superficie del agua con una rapidez vertiginosa. Descorro entonces un panel del puente, cuidadosamente cerrado hasta ese momento, alzo el mástil, izo mi vela o tomo los remos, y navego.

—Pero ¿cómo regresa a bordo del *Nautilus*?

—Yo no vuelvo, señor Aronnax: es el *Nautilus* quien viene a buscarme.

—¿Cuando usted se lo ordena?

—Cuando se lo ordeno. Estoy unido a él por un cable eléctrico. Envío un telegrama, y ya está.

—¡En efecto! —exclamé, aturdido por tantas maravillas—. ¡Es sencillísimo!

Dejando atrás el hueco de la escalera que conducía a la plataforma superior, me vi ante un camarote de dos metros de longitud, en el que Consejo y Ned Land, encantados con su comida, tragaban como descosidos. Luego se abrió una puerta que daba a la cocina, de unos tres metros, situada entre las amplias despensas de la nave.

La electricidad, más energética y más obediente que el gas, tenía a su cargo todas las tareas culinarias. Los hilos eléctricos llegaban a los hornillos y comunicaban a unas esponjas de platino un calor que se distribuía y mantenía regularmente. Suministraban también calor a unos alambiques, donde por evaporación se obtenía un abastecimiento de excelente agua potable. Junto a la cocina había un cuarto de baño, bien equipado y confortable, de cuyos grifos manaba a voluntad agua fría o caliente.

Tras la cocina venía la sala de la tripulación, de cinco metros de largo. Pero su puerta estaba cerrada, por lo que no pude ver cómo estaba dispuesta... cosa que quizá me habría dado idea del número de hombres requeridos por el *Nautilus* para su maniobra.

En el fondo se alzaba un cuarto tabique estanco, que separaba este compartimiento de la tripulación de la sala de máquinas. Se abrió una puerta y me encontré en el lugar donde el capitán Nemo —sin lugar a dudas, un ingeniero de primerísima fila— había dispuesto los aparatos que permitían a su nave desplazarse.

Aquella sala de máquinas, brillantemente iluminada, no medía menos de veinte metros de longitud. Estaba, como es lógico, dividida en dos partes: la primera contenía los elementos productores de la electricidad, y la segunda los mecanismos que transmitían el movimiento a la hélice.

Al entrar me sorprendió el peculiar olor que inundaba aquel compartimiento. El capitán Nemo se dio cuenta de mi gesto.

—Son algunos desprendimientos de gases ocasionados por el empleo del sodio —me dijo—; pero no se trata más que de un pequeño inconveniente. Por otra parte, cada mañana purificamos la atmósfera de la nave, ventilándola de par en par.

No obstante, como fácilmente puede suponerse, todo mi interés estaba puesto en la maquinaria del *Nautilus*.

—Como puede usted ver —me dijo el capitán Nemo—, utilizo pilas de Bunsen, y no acumuladores Ruhmkorff, que no hubieran sido suficientes. Los elementos Bunsen no son muy numerosos, pero sí grandes y fuertes, lo que, en la práctica, es preferible. La energía eléctrica producida se dirige a la parte trasera de la nave, y allí, mediante electroimanes de grandes dimensiones, actúa sobre un complejo sistema de levas y engranajes que transmiten el movimiento al árbol de la hélice. Esta mide seis metros de diámetro, tiene un paso de siete metros y medio, y puede dar ciento veinte vueltas por segundo.

—Con lo que obtiene usted...

—Una velocidad de cincuenta millas por hora.

Había ahí un misterio, pero no insistí para que me lo aclarara. Porque ¿cómo podía actuar la electricidad con semejante potencia? ¿De dónde procedía esa fuerza casi ilimitada? ¿Disponía de una clase de bobinas nueva, que permitían obtener enormes diferencias de potencial? ¿O el secreto estaba en la transmisión, donde un desconocido* sistema de palancas era capaz de multiplicar esa fuerza casi hasta el infinito? Eso era lo que yo no alcanzaba a comprender.

—Capitán Nemo —dije—, he visto con mis propios ojos los resultados y no voy a tratar de explicármelos. Pude observar cómo maniobraba el *Nautilus* ante el *Abraham Lincoln*, así que sé a qué atenerme con respecto a su velocidad. Pero desplazarse no basta... ¡Hay que ver hacia dónde se va! ¡Y hay que tener la capacidad de dirigirse a derecha e izquierda, arriba y abajo! Más aún: ¿cómo alcanza su nave las grandes profundidades, donde se encuentra sometida a una presión creciente, del orden de varios centenares de atmósferas? ¿Y cómo puede remontarse luego a la superficie del océano? ¿Cómo puede, en fin, mantenerse en el nivel que le conviene? ¿Soy indiscreto haciéndole todas estas preguntas?

—De ninguna manera, profesor —me respondió el capitán tras un instante de vacilación—, ya que no abandonará usted jamás este barco submarino. Venga al salón. Ese va a ser nuestro auténtico cuarto de trabajo, y ahí aprenderá usted todo cuanto debe saber acerca del *Nautilus.*

---

* Precisamente hablamos hoy de un descubrimiento de este tipo, en el cual un nuevo sistema de palancas produce fuerzas formidables. ¿Habrá conocido el inventor al capitán Nemo?

XIII

ALGUNOS DATOS

Instantes después estábamos sentados en un diván del salón, con un cigarro entre los labios. El capitán puso ante mis ojos un plano en el que aparecían trazados la planta, el corte y la perspectiva del *Nautilus*. Luego inició su descripción en los siguientes términos:

—Aquí tiene, señor Aronnax, las diversas dimensiones del barco que le lleva. Es un cilindro muy alargado, con los extremos cónicos. Su forma es sensiblemente parecida a la de un cigarro, diseño ya adoptado en Londres para diversas construcciones navales del mismo tipo. La longitud de dicho cilindro, de extremo a extremo, es de setenta metros justos, y su bao mide ocho metros en el punto de mayor anchura. Sus proporciones no están, por consiguiente, en la relación de uno a diez, como las de sus rápidos *steamers*, pero sus líneas son lo suficientemente largas y su perfil es lo bastante acentuado para que el agua desplazada se deslice con facilidad y no oponga ningún obstáculo a su avance.

»Estas dos dimensiones le permiten conocer, mediante un sencillo cálculo, la superficie y el volumen del *Nautilus*. La primera es de 1.011,45 metros cuadrados; el volumen, 1.500,2 metros cúbicos, lo que equivale a decir que en plena inmersión desplaza o pesa 1.500 metros cúbicos o toneladas.

»Cuando tracé los planos de este barco destinado a una navegación submarina, quise que, en equilibrio en el agua, estuvieran sumergidas sus nueve décimas partes, y que solo una emergiera. Por consiguiente, en tales condiciones no debía desplazar más que las nueve décimas partes de su volumen, es decir, 1.356,48 metros cúbicos o, lo que es igual, no pesar más que ese mismo número de toneladas. Tuve, pues, que tener presente ese límite de peso y no rebasarlo a la hora de construirlo con las citadas dimensiones.

»El *Nautilus* se compone de dos cascos, uno interior y otro exterior, unidos entre sí por vigas en forma de T que dan al conjunto una rigidez extrema. En efecto, merced a esta disposición celular se comporta como un bloque, como si fuera macizo. Sus paredes no pueden ceder, ya que se adhieren la una a la otra por sí mismas y no por la presión de los remaches, y la homogeneidad de su construcción (debida al perfecto encaje de sus materiales) lo hace capaz de desafiar los temporales más violentos.

»Ambos cascos están fabricados con plancha de acero, cuya densidad con relación a la del agua es de siete a ocho décimas. El primero tiene un grosor no inferior a los cinco centímetros, y pesa 394,96 toneladas. La segunda envoltura, con la quilla (de cincuenta centímetros de altura y veinticinco de anchura, que por sí sola pesa ya 62 toneladas), las máquinas, el lastre, los diversos accesorios y acondicionamientos, los tabiques y los refuerzos interiores tienen un peso de 961,62 toneladas, que, sumadas a las 394,96 toneladas del casco exterior, dan el total exigido de 1.356,48 toneladas. ¿Me sigue usted?

—Perfectamente —respondí.

—Por consiguiente —prosiguió el capitán—, cuando el *Nautilus* se encuentra a flote en tales condiciones, emerge una décima parte de él. Ahora bien, si lo he dotado de unos depósitos con una capacidad igual a esa décima parte, es decir, aptos para contener 150,72 toneladas de agua de mar, y si los lleno de ella, como el barco desplazará (o pesará) entonces 1.507 toneladas, quedará sumergido por completo. Eso es exactamente lo que sucede, profesor. Los depósitos que le digo se encuentran en la parte inferior del *Nautilus*. Abro sus válvulas, se llenan, y el barco se hunde lentamente hasta quedar a flor de agua.

—Bien, capitán, pero llegamos al meollo de la dificultad. Que usted pueda hundirse a ras de la superficie del mar, lo comprendo. Pero ¿cómo es posible que se hunda más abajo, si por cada treinta pies que se sumerja, su nave submarina va a sufrir una atmósfera de presión y, consiguientemente, un empuje equivalente, de alrededor de un kilogramo por centímetro cuadrado?

—Así es, profesor.

—Pero entonces no veo cómo podrá usted dirigir el *Nautilus* hacia las capas profundas del mar, a menos que lo inunde por completo de agua...

—Mi querido profesor —replicó el capitán Nemo—, no hay que confundir la estática con la dinámica; de lo contrario, se expone uno a graves errores. Cuesta muy poco trabajo alcanzar las regiones profundas del océano, ya que los cuerpos tienen una tendencia natural a hundirse. Fíjese, por favor.

—Soy todo oídos, capitán.

—Cuando quise determinar el incremento de peso que tendría que dar al *Nautilus* para sumergirlo, la única cuestión que se planteaba era la de calcular la reducción que el volumen del agua de mar sufre a medida que sus capas se hacen más y más profundas.

—Evidentemente —admití.

—Ahora bien, si el agua no es absolutamente incompresible, lo cierto es que es muy poco compresible. En efecto, según los cálculos más recientes, la reducción del volumen que experimenta es tan solo de 436 diezmillonésimas por atmósfera, es decir, por cada treinta pies de profundidad. Si se trata, pues, de descender a mil metros, he de tener en cuenta, entonces, la reducción del volumen bajo una presión equivalente a la de una columna de agua de mil metros, es decir, bajo una presión de cien atmósferas. Esta reducción será de 436 cienmilésimas. Por consiguiente, deberé hacer que el peso del *Nautilus* aumente hasta ser de 1.513,77 toneladas, en vez de las 1.507,2 toneladas que antes le decía. En otras palabras: el aumento de peso bastará que sea de 6,57 toneladas.

—¿Nada más?

—Nada más, señor Aronnax. Puede usted verificar fácilmente este cálculo. Ahora bien, dispongo de depósitos suplementarios en los que puedo almacenar cien toneladas más de agua. Ellas me permiten bajar a profundidades muy considerables. Cuando deseo remontarme a la superficie y permanecer sumergido a ras de ella, me basta con vaciar esos depósitos suplementarios; y si vacío enteramente los principales, lograré, como decíamos, que el *Nautilus* emerja en una décima parte de su capacidad total.

A estos razonamientos, corroborados con cifras, no podía yo objetarles nada.

—Admito sus cálculos, capitán —respondí—, y sería una gran torpeza por mi parte discutirlos cuando la experiencia les sirve de diaria confirmación. Pero intuyo de hecho una dificultad real.

—¿Cuál, profesor?

—Cuando se halla usted a mil metros de profundidad, las paredes del *Nautilus* soportan una presión de cien atmósferas. Si entonces quiere usted vaciar los depósitos suplementarios para aligerar su barco y remontarse a la superficie, es menester que las bombas expulsoras venzan esa presión de cien atmósferas, que equivale a cien kilogramos por centímetro cuadrado. La potencia necesaria para ello...

—Solo puede ofrecérmela la electricidad —se apresuró a decir el capitán Nemo—. Le repito, señor, que el poder dinámico de mis máquinas es casi infinito. Las bombas del *Nautilus* tienen una fuerza prodigiosa; ya debió usted de verlo cuando sus columnas de agua se precipitaron como un torrente sobre el *Abraham Lincoln*... Además, solo me valgo de esos depósitos suplementarios cuando quiero alcanzar profundidades medias, de mil quinientos a dos mil metros. De hecho, cuando tengo el capricho de visitar las profundidades del océano, a dos o tres leguas bajo la superficie, recurro a maniobras más largas, pero no menos infalibles.

—¿Qué maniobras, capitán? —pregunté.

—Esto nos lleva naturalmente a explicarle cómo dirijo el *Nautilus*...

—Estoy impaciente por saberlo.

—Para gobernar este barco a estribor o a babor, es decir, para maniobrar en un plano horizontal, empleo un timón corriente, de ancho azafrán, fijo a la parte posterior del codaste, que es accionado mediante una rueda y unas poleas. Pero puedo igualmente dirigir el *Nautilus* hacia arriba o hacia abajo, en un plano vertical, por medio de dos planos inclinados móviles, fijos a los costados del barco por encima de su centro de flotación, que pueden adoptar cualquier posición y que son accionados desde el interior mediante potentes palancas. Si esos planos son mantenidos paralelos al barco, el *Nautilus* se mueve horizontalmente. Si se inclinan, el *Nautilus* sigue el ángulo de esa inclinación y bajo el empuje de su hélice se hunde diagonalmente o se remonta siguiendo también una diagonal, en ambos casos tan prolongada como me convenga. E incluso si quiero volver más rápido a la superficie, sujeto la hélice, y la presión de las aguas hace que el *Nautilus* suba en vertical, como un globo que, hinchado con hidrógeno, se eleva velozmente en el aire.

—¡Bravo, capitán!—exclamé—. Pero ¿cómo puede el timonel seguir, en el seno del agua, la ruta que usted le marca?

—El timonel se encuentra situado en una cabina acristalada, que sobresale en la parte superior del casco del *Nautilus*, protegida con vidrios lenticulares.

—¿Vidrios capaces de soportar tan enormes presiones?

—Perfectamente capaces. El cristal es frágil al choque, pero ofrece una considerable resistencia a la presión. En unos experimentos de pesca con luz eléctrica, realizados en los mares nórdicos en 1864, se ha comprobado que placas de este material, de solo siete milímetros de grosor, podían soportar una presión de dieciséis atmósferas, a la vez que permitían el paso de potentes radiaciones caloríficas que lo calentaban desigualmente. Ahora bien, los vidrios que yo empleo no miden menos de veintiún centímetros de espesor en su centro, es decir, son treinta veces más gruesos.

—Admito que así sea, capitán Nemo... Pero, en fin, para ver es preciso que la luz disipe las tinieblas, y no acabo de comprender cómo es posible que, en medio de la oscuridad de las aguas...

—Detrás de la cabina del timonel hay instalado un potente reflector eléctrico, cuyos rayos iluminan el mar hasta una media milla de distancia.

—¡Ah! ¡Magnífico, capitán, magnífico! ¡Ahora me explico esa fosforescencia del pretendido narval, que ha intrigado tanto a los científicos! Y a propósito, desearía preguntarle si el abordaje del *Nautilus* y el *Scotia*, que tuvo un eco considerable, fue fruto de un choque fortuito.

—Del todo fortuito, señor. Cuando el choque se produjo, yo navegaba a dos metros por debajo de la superficie del agua. Pude comprobar, por otra parte, que no había tenido consecuencias lamentables.

—En efecto, no las hubo. Pero ¿qué me dice de su encuentro con el *Abraham Lincoln*?

—Mi querido profesor... Lo siento porque se trata de uno de los mejores navíos de esa valiente armada americana, pero ¡me atacaban y tuve que defenderme! Me contenté, sin embargo, con ponerlo fuera de combate para que no pudiera hacerme daño... No le costará mucho arribar al puerto más próximo y reparar sus averías.

—¡Ah, comandante, qué barco tan maravilloso es su *Nautilus*! —exclamé con absoluta convicción.

—Sí, profesor —respondió auténticamente emocionado el capitán Nemo—. ¡Y lo quiero como a la niña de mis ojos! Si todo es peligro a bordo de cualquiera de sus naves expuestas a los riesgos del océano y si cuando uno se encuentra en el mar su primera impresión es la sensación de abismo, como ha dicho muy bien el holandés Jansen, bajo la superficie, a bordo del *Nautilus* el corazón humano ya no tiene nada que temer. No hay peligro de que el barco se deforme, porque el doble casco de este navío tiene la rigidez del hierro; no hay aparejos que se estropeen con el cabeceo o el balanceo del barco; no hay velas que pueda llevarse el viento ni calderas que pueda reventar el vapor; no hay que temer incendios, porque esta nave no es de madera, sino de hierro; jamás se quedará sin carbón, porque la mueve la electricidad; ni sufrirá el abordaje de otra nave, porque ninguna más que ella navega por las aguas profundas; ni habrá de desafiar las tempestades, porque a unos metros por debajo de la superficie encuentra la más absoluta tranquilidad. ¡Este, señor, este es el barco por excelencia! Y si es verdad eso de que el ingeniero tiene más confianza en la nave que su constructor, y el constructor más que el propio capitán, imagine usted, pues, hasta qué punto me confío yo a mi *Nautilus*, siendo como soy a la vez su capitán, su constructor y su ingeniero.

El capitán Nemo hablaba con una elocuencia arrebatadora. El fuego de su mirada, la pasión que traslucía su gesto lo transfiguraban. Sí, ¡amaba a su navío como un padre a su hijo!

Pero todo aquello daba pie a una pregunta, indiscreta quizá, que no fui capaz de resistirme a hacerle.

—Así pues, ¿es usted ingeniero, capitán?

—Sí, profesor —me respondió—. Estudié en Londres, en París y en Nueva York... cuando todavía era un habitante de los continentes de la tierra.

—Pero ¿cómo pudo usted construir en secreto este admirable *Nautilus*?

—Cada una de sus partes, señor Aronnax, me llegó de un punto diferente del globo, disimulando su auténtico destino. La quilla fue forjada en las famosas fundiciones francesas de Creusot; el árbol de la hélice en Pen y Compañía, de Londres; las planchas de acero de su casco en la casa Leard, de Liverpool; la hélice en Scott, de Glasgow. Los depósitos fueron fabricados por Cail y Compañía, de París; sus máquinas por Krupp, en Prusia; su espolón en los talleres de Motala, en Suecia; sus instrumentos de precisión en Hart Hermanos, de Nueva York, y así sucesivamente. Y cada uno de esos proveedores recibió mis planos bajo nombre distinto.

—Pero aun fabricadas así —insistí—, habrá hecho falta montar todas esas piezas, ajustarlas...

—En efecto, profesor. Yo tenía mis talleres en pleno océano, en un islote desierto. Allí, mis obreros, es decir, mis valientes camaradas, a los que yo mismo instruí y formé, y yo dimos cima al *Nautilus*. Luego, concluidos los trabajos, el fuego destruyó todas las huellas de nuestro paso por aquel islote... y hasta lo hubiera volado, de haber podido hacerlo.

—Imagino que el coste total de este buque habrá sido enorme, entonces. ¿No es así?

—Un barco de hierro, señor Aronnax, viene a costar unos mil ciento veinticinco francos por tonelada. Como el *Nautilus* desplaza mil quinientas, su coste se eleva a un millón seiscientos ochenta y siete mil francos, o sea, a unos dos millones, si incluimos su acondicionamiento interior, y a cuatro o cinco millones si contamos las obras de arte y las colecciones que hay en él.

—Una última pregunta, capitán Nemo.

—Diga usted, profesor.

—¿Es grande su fortuna?

—Soy infinitamente rico, señor. Podría pagar, sin inmutarme, los diez mil millones adeudados por Francia.

Observé fijamente al extraño personaje que me hablaba de tal modo. ¿Abusaba de mi credulidad? El tiempo se encargaría de sacarme de dudas.

XIV

EL RÍO NEGRO

La porción del globo terrestre ocupada por las aguas se eva-
lúa en 3.832.558 miriámetros cuadrados, es decir, algo más de
38 millones de hectáreas. Esta masa líquida tiene un volumen
de 2.250 millones de millas cúbicas, equivalente al de una esfera de un diámetro de sesenta leguas y cuyo peso sería de tres
quintillones de toneladas. Para dar una idea de lo que esta última cifra significa, hay que recordar que el quintillón es al
millar de millones como el millar de millones es a la unidad; es
decir, que hay tantos millares de millones en un quintillón,
como unidades en un millar de millones. Semejante masa líquida es, poco más o menos, la cantidad de agua que verterían
todos los ríos de la tierra a lo largo de cuarenta mil años.

Durante las épocas geológicas, al período del fuego sucedió el período del agua. En un primer momento, el océano
cubrió toda la superficie terrestre. Luego, poco a poco, en los
tiempos silúricos, aparecieron las cumbres de las montañas,
emergieron islas, desaparecieron cubiertas por diluvios parcia-
les, volvieron a emerger, se soldaron, formaron continentes y,
por último, las tierras quedaron configuradas geográficamente
tal y como hoy las vemos. La tierra firme y sólida había conquistado al elemento líquido 37.657.000 millas cuadradas, es
decir, 12.916 millones de hectáreas.*

---

* Aunque la correlación entre millas cuadradas y hectáreas no es correcta, se ha optado por mantener las cifras del original. (*N. de los E.*)

La configuración de los continentes permite dividir las aguas en cinco grandes partes: el océano Glacial Ártico, el océano Glacial Antártico, el océano Índico, el océano Atlántico y el océano Pacífico.

El océano Pacífico se extiende de norte a sur entre los dos círculos polares, y de oeste a este entre Asia y América en una extensión de ciento cuarenta y cinco grados de longitud. Es el más tranquilo de los mares: sus corrientes son vastas y lentas, sus mareas moderadas, sus lluvias copiosas. Tal era el océano que el destino me llamaba a recorrer en primer lugar, en las condiciones más extrañas.

—Profesor —me dijo el capitán Nemo—, si le parece, vamos a determinar exactamente nuestra posición, para fijar el punto de partida de este viaje. Falta un cuarto de hora para el mediodía. Voy a remontarme a la superficie.

El capitán pulsó tres veces un timbre eléctrico. Las bombas comenzaron a expulsar el agua de los depósitos; la aguja del manómetro, señalando las diferentes presiones, indicó el movimiento ascensional del *Nautilus*; luego se quedó quieta.

—Ya hemos llegado —dijo el capitán.

Me dirigí a la escalera central que conducía a la plataforma. Trepé por los escalones de metal y, a través de los paneles abiertos, llegué a la parte superior del *Nautilus*.

La plataforma emergía tan solo unos ochenta centímetros. Las partes trasera y delantera del *Nautilus* presentaban aquella disposición fusiforme que justificaba la comparación con un cigarro largo. Advertí que sus planchas de acero, ligeramente superpuestas, se parecían a las escamas que revisten el cuerpo de los grandes reptiles terrestres. Comprendí, pues, sin ningún esfuerzo, que a pesar de los mejores catalejos, siempre hubieran tomado el *Nautilus* por un animal marino.

Hacia el centro de la plataforma, medio empotrada en el casco del navío, la lancha formaba una pequeña elevación. Delante y detrás destacaban dos cabinas de paredes inclinadas, no demasiado altas, cerradas parcialmente por gruesos vidrios lenticulares: una destinada al timonel que dirigía el *Nautilus*;

la otra, a albergar el potente faro eléctrico que, con su brillo, iluminaba su ruta.

El mar estaba espléndido, el cielo sin una sola nube. La enorme nave apenas si acusaba las amplias ondulaciones del océano. Una ligera brisa de levante rizaba la superficie de las aguas. El horizonte, libre de brumas, se prestaba a realizar las mejores observaciones.

No había nada a la vista. Ni un escollo, ni un islote. Ni rastro del *Abraham Lincoln*. Solo la inmensidad desierta. Provisto de su sextante, el capitán Nemo tomó la altura del sol, que debía darle su latitud. Aguardó unos minutos a que el astro alcanzara su máxima altura sobre el horizonte. Mientras realizaba la observación, no temblaba ni uno solo de sus músculos: el instrumento no hubiera estado más inmóvil en una mano de mármol.

—Las doce —dijo—. Cuando usted guste, profesor. Lancé una última mirada a aquel mar, un poco amarillento en las inmediaciones de Japón, y bajé de nuevo a la gran sala.

Allí, el capitán fijó su posición y calculó cronométricamente su longitud, que comprobó con las observaciones precedentes de ángulos horarios.

Luego me dijo:

—Señor Aronnax, nos encontramos a 137° 15' de longitud oeste...

—¿Con referencia a qué meridiano? —pregunté vivamente, confiando en que la respuesta del capitán pudiera descubrirme su nacionalidad.

—Tengo a bordo diversos cronómetros, profesor, ajustados a los meridianos de París, de Greenwich y de Washington. Pero en su honor, utilizaré el de París.

Semejante respuesta no me aclaraba nada. Le agradecí su atención con un gesto, y el comandante prosiguió:

—A 137° 15' de longitud al oeste del meridiano de París, y a 30° 7' minutos de latitud norte, es decir, a unas trescientas millas de las costas japonesas. En el día de hoy, 8 de noviembre, a mediodía, comienza nuestro viaje de exploración submarina.

—¡Que Dios nos ampare! —respondí.

—Y ahora, profesor —añadió el capitán—, le dejo con sus estudios. He ordenado rumbo este-nordeste, a una profundidad de cincuenta metros. Aquí tiene usted cartas náuticas detalladas, donde podrá seguirlo. La sala está a su disposición. Permítame ahora que me retire.

El capitán Nemo se despidió, y yo quedé solo, absorto en mis pensamientos. Todos venían a parar en el comandante del *Nautilus*. ¿Llegaría yo a saber algún día cuál era la nacionalidad de aquel hombre extraño que se gloriaba de no tener ninguna? Ese odio que profesaba a la humanidad, ese odio que buscaba, quizá, terribles venganzas, ¿quién lo había provocado? ¿Era acaso uno de tantos sabios preteridos, uno de esos genios a quienes —como solía decir Consejo— «las penas les han arrancado la piel», un nuevo Galileo, por ejemplo, o bien uno de esos hombres de ciencia, como el americano Maury, que vieron rota su carrera por las revoluciones políticas? Aún no podía decirlo. A mí, a quien el destino acababa de introducir en su barco, poniendo mi vida en sus manos, me acogía fría pero hospitalariamente. Aunque jamás había estrechado la mano que yo le tendía. Ni tampoco me había alargado la suya.

Por espacio de una hora entera permanecí sumido en estas reflexiones, buscando sondear aquel misterio que tan vivamente me interesaba. Luego mis ojos se fijaron en el gran planisferio extendido sobre la mesa, y coloqué el extremo de mi dedo en el punto exacto en que se cruzaban la longitud y la latitud observadas.

El mar, como los continentes, tiene sus ríos. Son corrientes especiales, reconocibles por su temperatura o por su color. La más notable es la llamada «corriente del Golfo» o *Gulf Stream*. Los científicos han determinado, en el globo terráqueo, la dirección de cinco principales corrientes: una en el Atlántico norte; la segunda en el Atlántico sur; la tercera y la cuarta, en el Pacífico norte y sur respectivamente; y la quinta en el océano Índico sur. Parece incluso probable que en tiempos remotos existiera una sexta corriente al norte del actual océano Índico, cuando los mares Caspio y Aral, unidos a los grandes lagos de Asia, formaban una sola e idéntica cuenca marina.

Pues bien, por el punto señalado en el planisferio pasaba una de aquellas corrientes, el Kuro-Shivo de los japoneses, el Río Negro, que parte del golfo de Bengala, donde la calientan los rayos perpendiculares del sol de los trópicos, atraviesa el estrecho de Malaca, bordea las costas asiáticas y forma una gran curva en el Pacífico norte hasta las islas Aleutianas, transportando hasta tan lejano lugar troncos de alcanforeros y otros productos tropicales, donde el azul oscuro de sus aguas cálidas contrasta con el color más claro del océano. El rumbo del *Nautilus* seguía aquella corriente. La recorrí con la vista en el mapa, y mientras la veía perderse en la inmensidad del Pacífico, me sentía casi arrastrado por ella. En esto, Consejo y Ned Land aparecieron en la puerta del salón.

Mis dos valientes camaradas se quedaron de piedra al contemplar las maravillas acumuladas ante sus ojos.

—¿Dónde estamos? ¿Dónde estamos? —exclamó el canadiense—. ¿En el museo de Quebec?

—Di mejor en el palacio del Sommerard —replicó Consejo.

—Amigos míos —tercié yo, invitándolos a entrar—, no estáis en Canadá ni en Francia, sino precisamente a bordo del *Nautilus*, y a cincuenta metros bajo el nivel del mar.

—Tendré que creerlo por ser el señor quien lo dice —respondió Consejo—, pero, francamente, este salón asombraría al más pintado... incluso a alguien nacido en Flandes, como yo.

—Asómbrate, amigo mío, y observa, porque para un experto en clasificar especies como tú hay aquí tarea abundante.

Ninguna necesidad tenía de animar a Consejo. Inclinado sobre las vitrinas, mi querido muchacho murmuraba ya palabras de la jerga de los naturalistas: «clase de los gasterópodos, familia de los bucínidos, género de las porcelanas, variedades de las *Cypraea madagascariensis*, etcétera.

Mientras tanto, Ned Land, que tenía muy poco de conquiliólogo, me torpedeaba a preguntas acerca de mi entrevista con el capitán Nemo. ¿Había descubierto ya quién era, de dónde venía, adónde iba, a qué profundidades nos llevaba? Y mil preguntas más, sin darme apenas tiempo para responder.

Le hice partícipe de todo cuanto sabía o, mejor dicho, de todo lo que ignoraba, y a mi vez le pregunté qué había visto u oído por su parte.

—¡No he visto ni oído absolutamente nada! —respondió el canadiense—. Ni rastro de la tripulación. ¡A ver si van a ser también eléctricos los tripulantes...!

—¡Eléctricos!

—¡Que me aspen si no se siente uno tentado de creerlo! Pero dígame, señor Aronnax —dijo Ned Land, siempre con su idea fija—, ¿sabe usted cuántos hombres hay a bordo? ¿Diez, veinte, cincuenta, cien?

—No sabría qué decirte, Ned. Además, créeme, abandona por ahora la idea de apoderarte del *Nautilus* o de escapar de él. Este barco es una obra maestra de la ingeniería moderna, y me sabría muy mal no haberla visto. Muchos habría que aceptarían de buen grado nuestra suerte, aunque solo fuera por echar un vistazo a todas estas maravillas. Así que tranquilízate y tratemos de ver lo que sucede a nuestro alrededor.

—¡Que tratemos de ver...! —exclamó el arponero—. ¡Pero si no se ve nada, si jamás vamos a ver nada de esta cárcel de acero! Nos movemos y navegamos a ciegas...

Acababa de decir esto Ned Land, cuando de pronto se hizo la oscuridad, una oscuridad absoluta. El plafón luminoso se apagó, y tan repentinamente que mis ojos experimentaron una impresión dolorosa, análoga a la que produce el paso contrario, de las profundas tinieblas a la luz deslumbrante.

Nos habíamos quedado mudos, sin hacer el más mínimo movimiento, ignorando qué sorpresa, agradable o desagradable, nos aguardaba. Oímos como si corrieran algo, como si manipulasen unos paneles en los costados del *Nautilus*.

—¡Esto es el fin del fin! —dijo Ned Land.

—¡Por el orden de las hidromedusas! —murmuró Consejo.

De repente fue como si se hiciera de día a ambos lados del salón, a través de dos aberturas oblongas. Las masas líquidas aparecieron vivamente iluminadas por efluvios eléctricos. Dos placas de cristal nos separaban del mar. Me estremecí al pensar, en un primer momento, que aquella frágil pared pudiera quebrarse; pero estaba sujeta por fuertes armaduras de cobre, que le proporcionaban una resistencia casi infinita.

El mar era claramente visible en un radio de una milla alrededor del *Nautilus*. ¡Qué espectáculo! ¿Qué pluma podría describirlo? ¿Quién sería capaz de pintar los efectos de la luz a través de las capas transparentes, y la suavidad de sus sucesivas degradaciones, hasta las capas inferiores y superiores del océano?

Es conocida la transparencia del mar. Se sabe que su limpidez supera a la del agua de manantial, porque las sustancias minerales y orgánicas que lleva en suspensión contribuyen incluso a aumentarla. En algunas regiones del océano, como en las Antillas, el lecho arenoso se distingue con sorprendente claridad a través de ciento cuarenta y cinco metros de agua, y el poder de penetración de los rayos solares no parece detenerse más que a una profundidad de unos trescientos metros. Pero en aquel medio fluido que recorría el *Nautilus*, el resplandor eléctrico surgía del propio seno de las aguas. Aquellas no eran aguas luminosas: ¡eran luz líquida!

Si se admite la hipótesis de Erhemberg, que supone que en los fondos submarinos existe una iluminación fosforescente, la naturaleza debe de haber reservado para los habitantes del mar uno de sus espectáculos ciertamente más prodigiosos; lo constataba ahora al contemplar los infinitos juegos de aquella luz. A uno y otro lado disponía yo de una ventana abierta a aquellos abismos inexplorados. La oscuridad del salón hacía resaltar más la claridad exterior, y nosotros mirábamos hacia afuera como si aquel purísimo cristal se hubiera convertido en la pared transparente de un inmenso acuario.

El *Nautilus* daba la impresión de no moverse, porque faltaban puntos de referencia. A veces, sin embargo, veíamos pasar a nuestro lado, como escapando a toda velocidad, los surcos que su espolón trazaba en el agua.

Estábamos boquiabiertos, con los codos apoyados en el borde de aquellos ventanales, y ninguno de nosotros había roto todavía el silencio que imponía el asombro, cuando exclamó Consejo:

—¿No querías ver, Ned? ¡Pues ya ves, ya ves!

—¡Curioso, sí, francamente curioso! —murmuraba el canadiense, que, olvidado de sus proyectos de fuga y de sus iras, experimentaba una atracción irresistible—. ¡Valía la pena venir de tan lejos para admirar este espectáculo!

—¡Ah! —exclamé—. ¡Ahora comprendo la vida de este hombre! ¡Se ha creado un mundo aparte, que le reserva sus más asombrosas maravillas!

—Pero ¿y los peces? —observó el canadiense—. ¡No veo peces!

—¿Qué más te da, Ned? —contestó Consejo—. ¡Si no entiendes de peces!

—¡Cómo! ¡Un pescador como yo!

Y los dos amigos se enzarzaron en una discusión, porque los dos entendían de peces, pero cada uno de un modo muy distinto.

Todo el mundo sabe que los peces constituyen la cuarta y última clase del tronco de los vertebrados. Se les ha definido justamente como «vertebrados de circulación doble y sangre fría, que respiran por branquias y están destinados a vivir en el agua». Comprenden dos series distintas: la de los peces óseos, es decir, aquellos cuya espina dorsal está formada por vértebras óseas, y la de los peces cartilaginosos, es decir, aquellos que tienen una espina dorsal formada por vértebras cartilaginosas.

El canadiense es posible que conociera esta distinción fundamental, pero Consejo sabía muchísimo más de estas cuestiones. Y como Ned y él eran ya íntimos, el bueno de Consejo no podía consentir que su amigo fuera menos instruido que él. Así que empezó:

—Amigo Ned, tú te dedicas a matar peces, eres un pescador muy hábil. Has capturado muchísimos de estos interesantes animales. Pero apostaría a que no sabes clasificarlos.

—¡Claro que sé! —respondió seriamente el arponero—. Hay dos clases de peces: comestibles y no comestibles.

—Se nota que eres un amante de la buena mesa —respondió Consejo—. Pero dime, ¿sabes qué diferencia hay entre los peces óseos y los cartilaginosos?

—Me parece que sí, Consejo.

—¿Y sabes cómo se subdividen estos dos grandes grupos?

—No tengo ni idea —repuso el canadiense.

—Pues bien, amigo Ned, escucha y trata de grabártelo en la memoria. Los peces óseos se subdividen en seis órdenes: primero, los acantopterigios, cuya mandíbula superior es completa, móvil, y cuyas branquias tienen la forma de un peine. Este orden comprende quince familias, es decir, las tres cuartas partes de los peces conocidos. Ejemplo: la perca común.

—Bastante buena para comer —sentenció Ned Land.

—Segundo —continuó Consejo—: los abdominales, que tienen las aletas ventrales suspendidas bajo el abdomen y detrás de las pectorales, sin estar fijas a las espinas del lomo. Este orden se divide en cinco familias y se incluyen en él casi todos los peces de agua dulce. Ejemplos: la carpa, el lucio.

—¡Puah! —comentó el canadiense con un cierto desdén—. ¡Peces de agua dulce!

—Tercero —siguió Consejo—: los subranquiales, cuyas aletas ventrales están adosadas bajo las pectorales y suspendidas directamente de las espinas del lomo. Este orden comprende cuatro familias. Ejemplos: platijas, rodaballos, lenguados, etcétera.

—¡Excelente, excelente! —exclamó el arponero, empeñado en no considerar a los peces más que en su aspecto gastronómico.

—Cuarto: los ápodos —Consejo no parecía inmutarse—, con el cuerpo alargado, desprovistos de aletas ventrales y revestidos de una piel gruesa y a menudo viscosa; orden que solo incluye una familia. Ejemplos: la anguila, el gimnoto.

—¡Medianejo, medianejo! —comentó Ned Land.

—Quinto: los lofobranquios, que tienen las mandíbulas completas y libres, pero cuyas branquias forman como pequeños penachos, dispuestos por pares a lo largo de los arcos branquiales. Este orden cuenta también con una sola familia. Ejemplos: los hipocampos, los caballitos de mar.

—¡Malos de veras!

—Sexto y último: los plectognatos, cuyo hueso maxilar está soldado al lateral del intermaxilar que forma la mandíbula, y cuya arcada palatina encaja mediante una sutura con el cráneo, lo que la hace inmóvil. Este orden, que carece de auténticas aletas ventrales, se compone de dos familias. Ejemplos: el orbe y el pez luna.

—¡Pobre de quien pretenda cocinar algo de eso! —exclamó el canadiense.

—¿Lo has comprendido, Ned? —preguntó el docto Consejo.

—Ni jota, amigo. Pero, sigue, sigue, que es muy interesante.

—En cuanto a los peces cartilaginosos —prosiguió imperturbable Consejo—, solo incluyen tres órdenes.

—¡Tanto mejor! —dijo Ned.

—En primer lugar, los ciclóstomos. Tienen las mandíbulas soldadas en un anillo móvil, y sus branquias se abren por numerosos orificios. Este orden comprende una única familia. A él pertenece, por ejemplo, la lamprea.

—Hay que descubrirse ante ella —reconoció Ned Land.

—En segundo lugar, los selacios, con branquias semejantes a las de los ciclóstomos, pero con la mandíbula inferior móvil. Este orden, que es el más importante de la clase, comprende dos familias. Son ejemplos de él la raya y los escualos.

—¿Cómo? —exclamó Ned—. ¿Rayas y tiburones en el mismo orden? Vamos, vamos, amigo Consejo: en interés de las rayas, te aconsejo que no los metas juntos en la misma pecera.

—Y por último los esturiónidos, cuyas branquias están abiertas, como de ordinario, por una única hendidura, pero provista de un opérculo. En este orden se agrupan cuatro géneros, y su ejemplo más característico es el esturión.

—¡Ah, Consejo! Has reservado lo mejor para el final... Por lo menos, para mi gusto. ¿Y ya no hay más?

—No hay más. Pero fíjate que todo eso no es nada. Porque las familias se subdividen en géneros, en subgéneros, en especies, en variedades...

—Bueno, bueno, Consejo —dijo el arponero, volviendo

a inclinarse hacia el ventanal—: ahí tienes un montón de variedades.

—¡Oh! ¡Peces! —exclamó Consejo—. ¡Es como si estuviéramos delante de un acuario!

—No —intervine yo—, porque el acuario es solo una jaula, y esos peces son libres como pájaros.

—¡Vamos, Consejo, vamos! ¡Dinos sus nombres! —insistía Ned.

—¡Oh, no! Yo no soy capaz de hacerlo. Eso es cosa del señor.

Y, en efecto, aquel buen muchacho, clasificador empedernido, no era un naturalista, y dudo que hubiera sido capaz de distinguir un atún de un bonito. Era, en suma, lo contrario del canadiense, que reconocía sin vacilar todos aquellos peces.

—Un baliste —decía yo.

—Un baliste chino —completaba Ned Land.

—Género *Balistes,* familia de los esclerodermos, orden de los plectognatos —murmuraba Consejo.

Decididamente, entre los dos, Ned y Consejo hubieran compuesto un notable naturalista.

El canadiense no se había engañado. Un tropel de balistes, de cuerpo comprimido y piel áspera, armados con un aguijón en su aleta dorsal, se entretenían dando vueltas alrededor del *Nautilus* y agitaban las cuatro filas de espinas que erizaban cada lado de su cola. Nada más admirable que su piel, gris por encima, blanca por debajo, en la que brillan manchas doradas, destacando entre el oscuro vaivén de las aguas. Entre ellos se deslizaban ondulantes algunas rayas, como telas azotadas por el viento. Me llevé una gran alegría al distinguir una raya china, amarillenta en su parte superior, de color rosa pálido bajo el vientre; y dotada de tres aguijones tras los ojos: es una especie rara, cuya existencia incluso se ponía en duda en tiempos de Lacépède, ya que sus únicas noticias acerca de ella procedían de haberla visto representada en una colección de dibujos japoneses.

Durante dos horas, toda una tropa acuática dio escolta al *Nautilus.* En medio de sus juegos, de sus saltos, mientras rivalizaban en belleza, colorido y velocidad, logré distinguir al mero verde, al salmonete barberino, con su doble lista negra; al gobio eleotro, de aleta caudal redondeada, blanco y moteado de violeta en el dorso; al escombro japonés, admirable caballa de esos mares, de cuerpo azul y cabeza plateada... Vi también brillantes azurores, cuyo nombre alude ya a su magnífico color azul; esparos rayados, de aletas multicolores, amarillas y azules; esparos a franjas, caracterizados por una banda negra en su aleta caudal; esparos zonéforos, elegantemente ceñidos por sus seis bandas; aulóstonos o becadas de mar, con su boca aflautada, algunos de los cuales no medían menos de un metro; salamandras japonesas; murenas equídneas, largas serpientes de casi seis pies, de ojos pequeños y vivaces, y con la boca erizada de dientes...

Nuestra admiración no se daba el menor respiro. A cada exclamación de asombro sucedía otra, sin trazas de agotarse. Ned nombraba los peces, Consejo los clasificaba, y yo me extasiaba ante la vivacidad de sus movimientos y la belleza de sus formas. Nunca hasta entonces había tenido la oportunidad de sorprenderlos vivos y libres en su elemento natural.

No mencionaré todas las variedades de peces que desfilaron ante nuestros deslumbrados ojos; sería como dar la lista de todos cuantos habitan en los mares del Japón y de China. Venían a nosotros, más numerosos que bandadas de pájaros, atraídos sin duda por el resplandeciente foco de luz eléctrica.

De pronto, la luz volvió a brillar en el salón. Los paneles de acero volvieron a correrse y desapareció aquella fascinante visión. Pero siguió bullendo largo tiempo en mi mente, hasta el momento en que mis ojos se fijaron en los instrumentos colgados de las paredes. La brújula seguía indicando la dirección norte-nordeste, el manómetro marcaba una presión de cinco atmósferas, correspondiente a una profundidad de cincuenta metros, y la corredera eléctrica medía una velocidad de quince millas por hora.

Esperaba el regreso del capitán Nemo, pero no compareció. Eran ya las cinco.

Ned Land y Consejo regresaron a su camarote y yo me

volví al mío. Encontré allí la cena. Se componía de una sopa de tortuga, hecha de las más delicadas especies; de un mújol de blanquísima carne, a la molinera, cuyo hígado, preparado aparte, fue un delicioso bocado; y de filetes de holocanto-emperador, cuya carne me pareció más excelente aún que la del salmón.

Pasé la velada leyendo, escribiendo, pensando. Luego, como me iba venciendo el sueño, me tumbé en mi lecho de zóster y me dormí profundamente, mientras que el *Nautilus* se deslizaba a través de la rápida corriente del Río Negro.

XV

UNA INVITACIÓN POR CARTA

Al día siguiente, 9 de noviembre, no me desperté sino tras un largo sueño de doce horas. Como era su costumbre, Consejo vino para saber «cómo había pasado la noche el señor» y ofrecerme sus servicios. Había dejado a su amigo canadiense durmiendo como si no hubiera hecho otra cosa en su vida.

Dejé que el muchacho se explayase a sus anchas, pero sin responderle gran cosa. Estaba yo preocupado por la ausencia del capitán Nemo durante nuestra sesión de la víspera, y confiaba en volver a verle hoy.

Pronto me vi enfundado en mis ropas de biso. La naturaleza de este material provocó más de una vez las reflexiones de Consejo. Le expliqué que habían sido tejidas con los filamentos brillantes y sedosos que fijan a las rocas determinadas conchas muy abundantes en las costas del Mediterráneo. Tiempo atrás se hacían con ellos hermosas telas, medias, guantes, porque eran a la vez esponjosos y cálidos. La tripulación del *Nautilus* podía, pues, vestirse a buen precio, sin deber nada a los algodoneros, ni a las ovejas, ni a los gusanos de seda de la tierra.

Una vez vestido, me dirigí al gran salón. Estaba vacío.

Me enfrasqué en el estudio de los tesoros de conchas amontonados en las vitrinas. Curioseé también en amplios herbarios, llenos de las más raras plantas marinas que, aunque disecadas, conservaban sus admirables colores. Entre aquellos preciosos hidrófitos llamaron especialmente mi atención unas cladóstefas verticiladas, padinas-pavo real, caulerpas de hoja de viña, calitamnos graníferos, delicadas ceramias de color escarlata, agares dispuestos en abanico, acetábulos —semejantes a sombrerillos de setas muy deprimidos y que durante mucho tiempo fueron clasificados entre los zoófitos—, y finalmente una gran serie de fucos.

Transcurrió el día entero, sin que me viera honrado con la visita del capitán Nemo. Los paneles del salón no se abrieron. Quizá porque se trataba de evitar que nos empachásemos con tantas cosas bellas.

El rumbo del *Nautilus* se mantuvo este-nordeste; su velocidad, a doce nudos; su profundidad, entre cincuenta y sesenta metros.

Llegó el 10 de noviembre. El mismo abandono, la misma soledad. No vi a nadie de la tripulación. Ned y Consejo pasaron conmigo la mayor parte del día. Ambos se extrañaban de la inexplicable ausencia del capitán. ¿Estaría enfermo aquel hombre tan singular? ¿Tendría la intención de modificar sus planes con respecto a nosotros?

Bien es verdad que, como observó acertadamente Consejo, disfrutábamos de plena libertad y nos alimentaban delicada y abundantemente. Nuestro anfitrión respetaba al pie de la letra los términos del acuerdo. No teníamos ningún motivo de queja y, por otra parte, la singularidad misma de nuestro destino nos reservaba tan maravillosas compensaciones que ni al destino mismo podíamos reprocharle nada.

Aquel día comencé a escribir el diario de estas aventuras, que me ha permitido luego narrarlas con la más escrupulosa exactitud. Detalle curioso: lo escribí en un papel fabricado a partir de zóster marino.

Al alborear el 11 de noviembre, el aire fresco que se difundió por el interior del *Nautilus* me indicó que habíamos vuelto a la superficie del océano para renovar nuestra provisión de oxígeno. Me encaminé, pues, hacia la escalerilla y subí a la plataforma.

Eran las seis de la mañana. Hallé el cielo cubierto, y el mar gris, aunque en calma. Ni mar de fondo casi. Confiaba en encontrar allí al capitán Nemo. ¿Vendría? Pero solo vi al timonel, prisionero en su cabina de vidrio. Sentado en el saliente formado por el casco de la lancha, aspiré voluptuosamente las emanaciones salinas.

Poco a poco se disipó la bruma bajo la acción de los rayos solares. El astro radiante surgía desbordándose por el horizonte oriental. El mar se inflamó nada más sentir su mirada como un reguero de pólvora. Las nubes diseminadas en lo alto se colorearon de tonos vivos, de insospechados matices, y numerosas «lenguas de gato»* anunciaron viento para todo el día.

Aunque... ¡cómo iba a importarle el viento al *Nautilus*, si ni siquiera le causaban temor las tempestades!

Admiraba yo, pues, aquella alegre alborada, tan jovial, tan vivificante, cuando oí que alguien subía hacia la plataforma.

Me preparaba para saludar al capitán Nemo, pero fue su segundo quien apareció por la escotilla; ya lo conocía, por haberlo visto en la primera visita que nos hizo el capitán Nemo, a quien acompañaba entonces. El segundo dio unos pasos por la plataforma, sin dar muestras de advertir mi presencia. Con su potente catalejo ante los ojos, escrutó todos los puntos del horizonte con atención extrema. Realizado este examen, se acercó a la escotilla y pronunció una frase que voy a reproducir exactamente. Me ha quedado grabada, porque cada mañana se repitió en circunstancias idénticas. Sonaba así:

—Nautron respoc lorni virch.

Lo que ciertamente no sabría decir es su significado.

Dicho esto, el segundo bajó. Supuse que el *Nautilus* iba a reemprender su navegación submarina, así que me introduje yo también por la escotilla y, a través de las crujías del barco, regresé a mi camarote.

Así pasaron cinco días, sin que la situación variase. Cada mañana subía yo a la plataforma. La misma frase volvía a ser

* Pequeñas nubes blancas y ligeras, de bordes dentados.

pronunciada por el mismo individuo, pero el capitán Nemo no daba señales de vida.

Me había hecho ya a la idea de no volver a verlo, cuando, el 16 de noviembre, al regresar a mi camarote acompañado de Ned y de Consejo, encontré sobre la mesa un billete dirigido a mi atención.

Lo abrí con impaciencia. Estaba escrito con una letra limpia y clara, pero algo gótica, con reminiscencias de los tipos alemanes.

Se hallaba redactado en los siguientes términos:

> *Al profesor Aronnax, a bordo del Nautilus.*
> *16 de noviembre de 1867*
>
> El capitán Nemo invita al profesor Aronnax a una partida de caza que tendrá lugar mañana por la mañana en sus bosques de la isla Crespo. Confía en que nada impedirá la asistencia a ella del señor profesor, y verá con satisfacción que acuda acompañado de sus amigos.
>
> El comandante del *Nautilus*,
> CAPITÁN NEMO

—¡Una cacería! —exclamó Ned.

—¡Y en sus bosques de la isla Crespo! —añadió Consejo.

—¿Así que el individuo ese va alguna vez a tierra? —preguntó Ned.

—Me parece que está bien claro —dije, releyendo la carta.

—Pues, señores, hemos de aceptar —replicó el canadiense—. Una vez en tierra firme, ya nos espabilaremos para trazar un plan. Además, no me disgustaría hincar el diente a un buen trozo de venado fresco.

Sin tratar de conciliar la evidente contradicción entre el horror manifiesto del capitán Nemo hacia los continentes y las islas y su invitación a una cacería en el bosque, me contenté con responder:

—Veamos primero dónde está esa isla Crespo.

Consulté el planisferio y, hacia los 32° 40' de latitud norte y 167° 50' de longitud oeste, hallé un islote que fue descubierto en 1801 por el capitán Crespo, conocido como Roca de la Plata en las antiguas cartas marinas españolas. Nos hallábamos, pues, a unas mil ochocientas millas de nuestro punto de partida, y el rumbo del *Nautilus,* un poco modificado, lo llevaba hacia el sudeste.

Mostré a mis compañeros aquella roca minúscula perdida en el Pacífico norte.

—¡Pues si el capitán Nemo baja de cuando en cuando a tierra —les dije—, por lo menos escoge para ello islas absolutamente desiertas!

Ned Land hizo un gesto con la cabeza sin responder; luego Consejo y él me dejaron solo. Tras la cena, servida de nuevo por el silencioso e impasible *steward,* me fui a dormir un tanto preocupado.

Al día siguiente, 17 de noviembre, al despertarme, advertí que el *Nautilus* estaba completamente inmóvil. Me vestí despacio y pasé luego al gran salón.

El capitán Nemo se encontraba ya allí, aguardándome. Se levantó para saludarme y me preguntó si me parecía bien acompañarle.

Como no hizo ninguna alusión a su ausencia durante aquellos ocho días, tampoco yo me referí a ella, y le contesté simplemente que mis amigos y yo estábamos listos para seguirle.

—Sin embargo, señor —añadí—, voy a permitirme hacerle una pregunta.

—Usted dirá, señor Aronnax, y si me es posible tendré mucho gusto en responderle.

—Capitán, ¿cómo es que usted que ha roto toda relación con la tierra es propietario de unos bosques en la isla Crespo?

—Mi querido profesor —me respondió—, mis bosques no le piden al sol luz ni calor. No los frecuentan leones, ni tigres, ni panteras, ni ningún cuadrúpedo. Solo yo los conozco: crecen únicamente para mí. Y es que no se trata de bosques terrestres, sino de bosques submarinos.

—¡Bosques submarinos! —exclamé.

—Sí, profesor.

—¿Y me invita usted a ir a ellos?

—En efecto.

—¿Caminando?

—Y sin mojarse.

—¡Para cazar!

—Para cazar, sí.

—¿Fusil en mano?

—Fusil en mano.

Miré al comandante del *Nautilus* con un aire que no tenía nada de halagador para su persona.

«¡Decididamente está mal de la cabeza! —pensé—. Habrá sufrido una crisis durante estos ocho días y todavía le dura... ¡Lástima! ¡Lo prefería extraño a loco!»

Mi cara debía de expresar claramente mis pensamientos, pero el capitán Nemo se contentó con invitarme a que le siguiera, y fui tras él como hombre resignado a todo.

Llegamos al comedor, donde ya estaba servido el desayuno.

—Señor Aronnax —me dijo el capitán—, voy a rogarle que comparta mi desayuno sin cumplidos. Charlaremos entretanto. Porque, aunque le he prometido un paseo por el bosque, lo que no puedo hacer es prometerle que encontrará usted un restaurante en él... Desayune, pues, a ciencia y paciencia de que hoy cenará bastante más tarde que de costumbre.

No me hice rogar. El desayuno se componía de diversos pescados y de filetes de holoturias, excelentes zoófitos, acompañados de algas muy apetitosas, tales como la *Porphyria laciniata* y la *Laurentia primafetida*. Bebimos agua clara, a la que, siguiendo el ejemplo del capitán, añadí unas gotas de cierto licor fermentado, extraído —como hacen en Kamchatka— del alga conocida con el nombre de rodomenia palmeada.

El capitán Nemo empezó a comer en silencio. Luego, al cabo de un rato, me dijo:

—Profesor, profesor... Cuando le propuse que me acompañara de cacería por mis bosques de Crespo, pensó usted que yo incurría en contradicción con mis propios principios. Después, cuando le he dicho que se trataba de bosques submarinos, me ha tomado usted por loco. Nunca hay que juzgar a los hombres a la ligera.

—Pero capitán, yo... Créame que...

—Tenga la bondad de escucharme y verá usted si es justo acusarme de locura o de inconsecuencia.

—Le escucho.

—Usted sabe tan bien como yo, profesor, que el hombre puede vivir bajo el agua con tal de llevar consigo una provisión de aire respirable. En los trabajos submarinos, los operarios, vestidos con un traje impermeable y con la cabeza encerrada en una cápsula de metal, reciben el aire del exterior por medio de bombas impelentes y reguladores de escape.

—Así funcionan las escafandras, en efecto.

—Sí, pero en esas condiciones el hombre no es libre. Está ligado a la bomba que le suministra el aire mediante un tubo de caucho, que es para él como una cadena que lo ata a la tierra. Si debiéramos permanecer atados de esa forma al *Nautilus*, no podríamos ir muy lejos.

—Pero ¿cómo ser libres? —pregunté.

—Empleando el aparato Rouquayrol-Denayrouze. Es un invento de dos de sus compatriotas que yo he perfeccionado para mi uso. Él va a permitirle aventurarse en esas nuevas circunstancias fisiológicas, sin que su organismo sufra el más mínimo daño. Consta de un depósito de gruesa chapa, en el cual almaceno aire a una presión de cincuenta atmósferas, y que se fija a la espalda por medio de tirantes, como una mochila de soldado. Su parte superior forma una caja de la que el aire, mantenido por un mecanismo de fuelle, no puede escapar más que a presión normal. En el aparato Rouquayrol, tal como se emplea ordinariamente, de esta caja salen dos tubos de caucho, que desembocan en una especie de máscara que encierra la nariz y la boca del operario: uno sirve para introducir el aire inspirado, y el otro para dar salida al aire espirado; la lengua se encarga de cerrar uno u otro de acuerdo con las necesidades de la respiración. Pero como yo tengo que exponerme a presiones muy altas en el fondo del mar, he debido encerrar la cabeza en una esfera de cobre, como las escafandras; y a esta esfera es adonde llegan los dos tubos, inspirador y espirador.

—Comprendo, capitán. Pero el aire acumulado deberá gastarse muy rápidamente, y en cuanto el porcentaje de oxígeno baje por debajo del quince por ciento, se volverá irrespirable.

—Sin duda. Aunque ya le he dicho, señor Aronnax, que las bombas del *Nautilus* me permiten almacenarlo a alta presión, de forma que el depósito del aparato puede suministrar aire respirable por espacio de nueve o diez horas.

—Era mi última objeción —respondí—. Ahora ya solo me queda una pregunta, capitán: ¿cómo se las arregla para iluminar su camino por el fondo del océano?

—Con el aparato de Ruhmkorff, profesor. El respirador va sujeto a la espalda, y este otro a la cintura. Se compone de una pila Bursen activada, no con bicromato potásico, sino con sodio. Una bobina de inducción recoge la electricidad generada y la dirige hacia una linterna de diseño especial. En esa linterna hay un serpentín de vidrio que contiene solamente un residuo de gas carbónico. Cuando el aparato funciona, el gas se vuelve luminoso y proporciona una luz blanquecina y continua. Reconocerá usted, pues, que no me faltan medios para respirar ni para ver.

—Capitán Nemo, rebate usted mis objeciones de una forma tan contundente que ya no me atrevo a dudar. Y con todo, aunque me veo forzado a admitir los aparatos de Rouquayrol y Ruhmkorff, le ruego que me permita mantener mis reservas acerca de ese fusil con el que pretende usted armarme.

—Pero es que no se trata de un fusil de pólvora —respondió el capitán.

—¿De aire comprimido, quizá?

—Por supuesto. ¿Cómo quiere usted que fabrique pólvora a bordo, sin salitre, ni azufre, ni carbón?

—Para disparar bajo el agua —dije—, en un medio ochocientas cuarenta y cinco veces más denso que el aire, tendrá que vencer una resistencia considerable...

—Eso sería lo de menos. Hay algunos cañones, como los que, después de Fulton, han perfeccionado los ingleses Philippe Coles y Burley, el francés Furcy y el italiano Landi, que están provistos de un sistema especial de cierre y que pueden disparar en esas condiciones. Pero le repito: como carezco de pólvora, la he sustituido por el aire a elevada presión que las bombas del *Nautilus* me suministran en abundancia.

—¡Pero ese aire se gastará enseguida!

—Olvida usted que cuento con mi depósito Rouquayrol para remplazarlo. Basta con una espita adecuada. Por otra parte, señor Aronnax, ya comprobará por sí mismo que durante estas cacerías submarinas no se hace un gasto demasiado grande de aire ni de balas.

—A pesar de todo, pienso que en esa semioscuridad, y en un medio líquido tan denso en comparación con la atmósfera, los disparos no tendrán mucho alcance y difícilmente resultarán mortales. ¿Me equivoco?

—Se equivoca usted, profesor: con ese fusil son mortales todos los disparos; los animales caen fulminados aunque no se les dé de lleno.

—¿Cómo puede ser eso?

—Porque no se trata de balas corrientes. El fusil dispara unas pequeñas cápsulas de vidrio inventadas por el químico austríaco Leniebroek, una munición de la que estoy bien provisto. Esas cápsulas de vidrio, recubiertas de una armadura de acero y equilibradas con un fondo de plomo, son diminutas botellas de Leyden que contienen una potente carga eléctrica de alta tensión. Se descargan al más leve choque y el animal cae muerto, por grande que sea. Añadiré, además, que su calibre no es mayor del cuatro y que la carga de un fusil ordinario podría contener diez cápsulas.

—No tengo más que decir —respondí levantándome de la mesa—. Voy por mi fusil, capitán, y le seguiré a donde usted vaya.

El capitán Nemo me condujo hacia la parte de atrás del *Nautilus*. Al pasar por delante de la cabina de Ned y de Consejo, llamé a mis compañeros, que se apresuraron a seguirnos.

Luego llegamos a un compartimiento situado a proa, cerca del cuarto de máquinas, donde debíamos vestirnos con nuestras ropas de paseo.

XVI

UN PASEO POR LA LLANURA

Aquel compartimiento era, hablando con propiedad, el arsenal y el vestuario del *Nautilus*. Colgados de la pared, una docena de aparatos de escafandra aguardaban a los paseantes. Al verlos, Ned Land manifestó una evidente repugnancia a ponérselos.

—¡Pero Ned, los bosques de la isla Crespo son bosques submarinos! —le dije.

—¡Vaya! —exclamó el arponero, decepcionado al ver que se desvanecían sus sueños de comer carne fresca—. Y usted, profesor, ¿va usted a meterse dentro de eso?

—Es preciso.

—¡Allá usted, señor! —respondió Ned encogiéndose de hombros—. Por mi parte, no me meteré ahí a menos que me obliguen a hacerlo.

—Nadie va a obligarle, Ned —intervino el capitán Nemo.

—¿Y Consejo está dispuesto a arriesgarse? —quiso saber Ned.

—A donde vaya el señor allí iré yo —respondió Consejo.

A una llamada del capitán, dos hombres de la tripulación acudieron a ayudarnos en la tarea de vestirnos con aquellas pesadas ropas impermeables, hechas de caucho y sin costuras, preparadas para soportar grandes presiones. Podrían compararse a una armadura, blanda pero resistente a la vez. Consistían en un pantalón y una chaqueta que formaban una sola pieza.

El pantalón terminaba en unos gruesos zapatos, provistos de pesadas suelas de plomo. En cuanto al tejido de la chaqueta, estaba recubierto de laminillas de cobre que formaban como una coraza sobre el pecho y lo protegían contra la presión de las aguas, de manera que los pulmones pudieran funcionar libremente; las mangas terminaban en forma de suaves guantes ajustados, que permitían todos los movimientos de la mano.

Poco tenían que ver estas escafandras perfeccionadas con las ropas informes, los corseltes, los chaquetones, los trajes de buzo o los cofres submarinos inventados o imaginados en el siglo XVII.

Momentos después, el capitán Nemo, uno de sus compañeros —una especie de Hércules que debía de estar dotado de una fuerza prodigiosa—, Consejo y yo quedamos enfundados en nuestras respectivas escafandras. Solo nos faltaba introducir nuestras cabezas en su esfera metálica. Pero antes de proceder a esta operación, pedí permiso al capitán para examinar los fusiles que íbamos a llevar.

Uno de los hombres del *Nautilus* me presentó un fusil de diseño corriente, aunque su culata —hueca y de chapa de acero— era algo mayor de lo normal. Dicha culata servía como depósito para el aire comprimido, que salía por el tubo de metal cuando el gatillo accionaba una válvula. En la propia culata había también un hueco para los proyectiles, que contenía una veintena de balas eléctricas; de allí, por medio de un resorte, iban a colocarse automáticamente en el cañón del fusil. Tras un disparo, el arma quedaba lista para tirar de nuevo.

—Capitán —le dije—, esta arma es perfecta y de muy fácil manejo. Ya estoy deseando probarla. Pero ¿cómo vamos a llegar al fondo del mar?

—En estos momentos, profesor, el *Nautilus* se halla varado a diez metros de profundidad. No tenemos más que ponernos en marcha.

—¿Y cómo saldremos?

—Pronto lo verá.

El capitán Nemo introdujo su cabeza en el casco esférico. Consejo y yo le imitamos, no sin escuchar antes la irónica despedida del canadiense, que nos deseó «buena caza». La parte superior de nuestro traje terminaba en un collarete de cobre, al que debía atornillarse el casco metálico. Y este tenía tres agujeros, protegidos por gruesos vidrios, de forma que permitían ver en todas direcciones, con tan solo girar la cabeza en el interior de aquella esfera. Una vez colocada, los aparatos Rouquayrol que llevábamos a la espalda comenzaron a funcionar. Por mi parte puedo decir que respiraba perfectamente.

Con la lámpara Ruhmkorff sujeta a la cintura y el fusil en la mano, yo ya estaba a punto de marcha. Aunque, si he de ser sincero, encerrado en aquella pesada vestimenta y clavado al suelo por mis suelas de plomo, me hubiera sido imposible dar un solo paso. Pero el problema estaba previsto, porque sentí que me tomaban en volandas y me llevaban a un cuartito contiguo al vestuario. Allí fueron llevados también mis compañeros, de un modo semejante. Oí que se cerraba una puerta dotada de mecanismos de seguridad, y pronto nos rodeó una oscuridad impenetrable.

Al cabo de unos minutos llegó a mis oídos un agudo silbido. Una cierta sensación de frío empezó a subirme desde los pies hacia el pecho. Estaba claro que desde el interior de la nave, por medio de un grifo, se había dado entrada al agua exterior, que ahora inundaba la habitación y acabó por llenarla completamente. Entonces se abrió una segunda puerta, practicada en la pared lateral del *Nautilus*. La oscuridad se vio sustituida por una claridad incierta. Instantes después, nuestros pies descansaban en el fondo del mar.

Me resultaría imposible narrar las impresiones que experimenté durante aquel paseo bajo las aguas. ¡No hay palabras capaces de describir tantas maravillas! Si el pincel del artista se ve impotente para llevar al lienzo los particulares efectos del elemento líquido, ¿cómo va a reproducirlos la pluma del escritor?

El capitán Nemo caminaba delante de nosotros y su compañero nos seguía unos pasos por detrás. Consejo y yo íbamos uno al lado del otro, como si nuestros caparazones metálicos fueran a permitirnos intercambiar de cuando en cuando unas palabras. Yo no sentía ya la pesadez de mis ropas, de mis zapatos, de mi depósito de aire... ni siquiera el peso de aquella gruesa escafandra en la que mi cabeza se movía como el fruto de una almendra en su cáscara: todos esos objetos, sumergidos en el agua, perdían una parte de su peso igual al peso del líquido desplazado, lo que hacía que me congratulara de esa ley física enunciada por Arquímedes. Había dejado de ser una masa inerte y gozaba de una libertad de movimientos relativamente considerable.

La luz que iluminaba el fondo marino a unos treinta pies por debajo de la superficie del océano me sorprendió por su intensidad. Los rayos solares atravesaban fácilmente aquella masa líquida y disipaban su coloración. Podía distinguir con claridad cualquier objeto hasta una distancia de cien metros, más allá los fondos se matizaban con suaves degradaciones del azul ultramar, para azularse más en la lejanía y borrarse luego en medio de una vaga oscuridad. En verdad el agua que me rodeaba era como una especie de aire, más densa que la atmósfera terrestre, pero casi igualmente diáfana. Por encima de mí distinguía la tersa superficie del mar.

Caminábamos sobre un fondo de arena fina, compacta, que a diferencia de la arena de las playas carecía de las arrugas que marca en ella la acción del oleaje. Era como un esplendoroso tapiz en el que los rayos del sol se reflejaban con asombroso brillo: esa era la causa de aquella inmensa reverberación que penetraba todas las moléculas líquidas. ¿Se me tildará de exagerado si aseguro que a aquella profundidad de treinta pies podía ver como a la plena luz del día?

Durante un cuarto de hora mis pies se deslizaron sobre aquella arena ardiente, cubierta de un impalpable polvo de conchas. El casco del *Nautilus*, que se dibujaba cada vez más a lo lejos como un alargado escollo, iba perdiéndose de vista poco a poco; pero cuando la noche cayera en medio de las aguas, su fanal debería facilitar nuestro regreso a bordo, proyectando sus rayos luminosos con una nitidez perfecta. Se trataba de un efecto que difícilmente podía ser comprendido por quien no hubiera visto nada más que el blanco resplandor de las capas de luz de origen eléctrico en la tierra. En ella, el polvo que satura el aire les da la apariencia de una neblina luminosa; pero en el mar, y también bajo el mar, los resplandores eléctricos se transmiten con una incomparable pureza.

Seguíamos caminando por aquella vasta llanura de arena, que parecía ilimitada. Al avanzar, mi mano apartaba aquellas cortinas líquidas, que volvían a cerrarse tras de mí, al tiempo que la presión del agua borraba en un instante las huellas de mis pasos.

Pronto, como confusos bultos difuminados al principio en la lejanía, empezaron a aparecer ante mis ojos las formas de algunos objetos. Pude ver entonces unos magníficos primeros planos de rocas, tapizadas de bellísimos ejemplares de zoófitos, cuyo aspecto en aquel medio me causó una profunda impresión.

Eran las diez de la mañana. Los rayos del sol herían la superficie del mar en un ángulo bastante oblicuo, y al contacto con su luz —descompuesta por la refracción como a través de un prisma—, las flores, rocas, plántulas, conchas, pólipos adquirían en sus bordes todos los matices de los siete colores del espectro solar. Aquella superposición de colores era una maravilla, una auténtica fiesta para los ojos. ¡Un asombroso calidoscopio de tonos verdes, amarillos, naranjas, violetas, índigos, azules, la paleta indescriptible de un artista que se hubiera vuelto loco! ¡Cómo sentí entonces no poder intercambiar con Consejo las vivas sensaciones que invadían mi cerebro y rivalizar con él en interjecciones admirativas! ¡Qué lástima carecer de un sistema de signos convenidos para comunicar mis pensamientos, al igual que lo hacían el capitán Nemo y su compañero! A falta de algo mejor, tuve que contentarme con hablarme a mí mismo, con prorrumpir en mil exclamaciones dentro de la esfera de cobre que rodeaba mi cabeza, aun a riesgo quizá de derrochar, en palabras que no podían ser oídas, más aire del conveniente.

También Consejo se había quedado parado ante aquel espléndido espectáculo. Indudablemente, enfrentado a aquella variedad de zoófitos y de moluscos, el buen muchacho clasificaba, clasificaba sin descanso. En el suelo abundaban los pólipos y los equinodermos. Los isis variados, las cornularias que viven aisladas, las aglomeraciones de ocalinas vírgenes —a las que antes se daba el nombre de «coral blanco»—, las fungias erizadas y en forma de seta, las anémonas adheridas mediante su disco muscular... semejaban un parterre de flores en el que destacaban las porpitas con su collarete de tentáculos azulados, las estrellas de mar que formaban constelaciones en la arena, y los asterofitones verrugosos —finos encajes bordados por la mano de las náyades—, cuyos festones se mecían al impulso de las leves ondulaciones provocadas por nuestro paso. Experimentaba yo un profundo pesar cuando aplastaba con mis pies los brillantes ejemplares de moluscos que cubrían el suelo por millares: las pechinas concéntricas, los martillos, las donáceas —auténticas conchas saltadoras—, los trocos, los cascos rojos, los estrombos de ala de ángel, las afisias y tantos y tantos otros habitantes del inagotable océano. Pero no podíamos detenernos, y seguíamos nuestra marcha en tanto que por encima de nuestras cabezas se dejaban llevar por las aguas tropeles de fisalias —dejando que flotaran a la deriva los azules tentáculos—, medusas cuya umbrela opalina o suavemente rosada, festoneada de una franja azul, nos protegía de los rayos solares, y pelagias panópiras que en la oscuridad hubieran sembrado nuestro camino de resplandores fosforescentes.

Todo este mundo maravilloso entreví a lo largo de un cuarto de milla; apenas pude pararme a contemplarlo, pues si intentaba hacerlo, el capitán Nemo me hacía señas para que avanzara. Pronto cambió la naturaleza del suelo. A la llanura de arena le sucedió una capa de cieno viscoso —que los americanos llaman *oaze*— formada solo por conchas silíceas o calcáreas. Luego recorrimos una pradera de algas, de exuberante vegetación formada por plantas pelágicas aún no arrancadas por las aguas. Era como un césped denso y suave, capaz de rivalizar con las alfombras más mullidas tejidas por la mano del hombre. Pero a la vez que extendía su verdor a nuestros pies, aquella vegetación se desplegaba también por encima de nuestras cabezas: en la superficie de las aguas crecía como un dosel liviano de plantas marinas, de esas plantas que se clasifican en la gran familia de las algas, que agrupa más de dos mil especies conocidas. Veía flotar sobre mí largas cintas de fucos —los unos globulosos, tubulados los otros—, de laurencias, cladóstefas de sutil follaje, rodimenas palmeadas semejantes a abanicos de cactos. Pude observar que las plantas verdes se mantenían más próximas a la superficie, mientras que las rojas ocupaban una profundidad media y dejaban a los hidrófitos negros o marrones la tarea de formar los jardines y parterres en las zonas más profundas del océano.

Estas algas son, en verdad, un prodigio de la creación, una de las maravillas de la flora universal. A esta familia pertenecen a un tiempo los más pequeños y los mayores vegetales del planeta: en un espacio de cinco milímetros cuadrados se ha llegado a contar mil de estas diminutas plántulas, pero por otra parte se han recogido fucos que medían más de quinientos metros.

Había trascurrido ya como una hora y media desde nuestra salida del *Nautilus*. Era ya, pues, cerca del mediodía. Pude advertirlo por la perpendicularidad de los rayos solares, que ahora ya no se refractaban. La magia de los colores desapareció poco a poco y de nuestro firmamento se borraron los matices de la esmeralda y el zafiro. Caminábamos con un paso regular que hacía resonar el suelo con una intensidad extraña. Los más mínimos ruidos se transmitían a una velocidad a la que nuestros oídos no están acostumbrados en tierra. El agua, en efecto, es mejor vehículo para el sonido que el aire, y las ondas sonoras se propagan en ella a una velocidad cuatro veces mayor.

En aquel momento el fondo empezó a descender en una fuerte pendiente. La luz adquirió un tinte uniforme. Pronto alcanzamos una profundidad de cien metros. Nos encontrábamos sometidos a una presión de diez atmósferas, pero mi escafandra había sido dispuesta de tal modo que los efectos de aquella presión no se dejaban sentir. Noté únicamente cierta dificultad en mover las articulaciones de los dedos, pero incluso esta pequeña molestia desapareció al poco rato. En cuanto a la fatiga que hubiera podido esperar de un paseo de dos horas llevando un equipo al que no me encontraba habituado, era prácticamente nula. Favorecido por el agua, realizaba cualquier movimiento con una sorprendente facilidad.

Llegados a esa profundidad de cien metros, podía percibir aún los rayos del sol, pero muy débilmente. El intenso resplandor de antes se había transformado ahora en un crepúsculo rojizo, término medio entre el día y la noche. Con todo, aún veíamos lo suficiente para poder orientarnos, sin necesidad de poner en funcionamiento los aparatos Ruhmkorff.

Fue entonces cuando el capitán Nemo se detuvo. Aguardó a que me reuniera con él y me señaló con el dedo unas masas oscuras que se distinguían en la sombra a corta distancia.

«¡Los bosques de la isla de Crespo!», pensé. Y no me equivocaba.

XVII

Un bosque submarino

Por fin habíamos llegado al lindero del bosque, sin duda uno de los más bellos del inmenso dominio del capitán Nemo. Él lo consideraba suyo y se atribuía sobre él los mismos derechos que tenían los primeros hombres en la aurora del mundo. Por otro lado, ¿quién hubiera podido disputarle la posesión de esa propiedad submarina? ¿Qué otro pionero más audaz hubiera podido acercarse, con el hacha en la mano, a desbrozar aquellas espesuras umbrosas?

El citado bosque estaba formado por grandes plantas arborescentes. A poco de haber penetrado bajo sus amplias bóvedas, me sorprendió ante todo la singular disposición de su ramaje, como jamás lo había visto yo hasta entonces. Ninguna de las hierbas que tapizaban el suelo, ninguna de las ramas que brotaban de los arbustos se inclinaba, curvaba o se extendía en un plano horizontal: todas subían hacia la superficie del océano. Todos los filamentos, las cintas, por pequeñas que fuesen, crecían rectos como varillas de hierro. Los fucos y las lianas tenían un desarrollo rígido y perpendicular, impuesto por la densidad del elemento que los había producido. Estaban inmóviles, y cuando los apartaba con la mano, volvían enseguida a su posición primitiva. Era el reino de la verticalidad.

Pronto me acostumbré a esta curiosa característica, así como a la relativa oscuridad que nos rodeaba. El suelo del bosque estaba sembrado de bloques puntiagudos que era difícil evitar. La flora submarina me pareció bastante completa e incluso más rica de lo que hubiera podido serlo bajo las zonas árticas o tropicales, donde sus productos son menos numerosos. Pero durante unos minutos confundí involuntariamente los reinos entre sí, tomando zoófitos por hidrófitos, animales por plantas. ¿Y quién no se hubiera engañado? ¡La flora y la fauna se hallan tan cerca una de otra en ese mundo submarino!

Pude advertir que todas estas muestras del mundo vegetal se hallaban ancladas al suelo muy superficialmente. Desprovistas de raíces, indiferentes al cuerpo sólido que las soporta —ya se trate de la arena, una concha, un caparazón o un guijarro—, solo buscan en este un punto de apoyo, no sustancias vitales. Esas plantas marinas proceden de sí mismas y el principio de su existencia está en el agua que las sostiene y nutre. La mayoría de ellas tienen, en vez de hojas, laminillas de formas caprichosas, circunscritas a una limitada gama de colores que no comprende más que el rosa, el carmín, el verde, el oliváceo, el leonado y el marrón. Vi allí de nuevo, y esta vez ya no disecados como los ejemplares de la colección del *Nautilus*, las padinas desplegadas en forma de abanico —que parecían solicitar el soplo de la brisa—, ceramias de color escarlata, laminarias que extendían sus brotes nuevos comestibles, nereocisteas filiformes y ondulantes que se desarrollaban hasta una altura de quince metros, ramos de acetábulas cuyos tallos crecen por la copa, y muchas otras plantas pelágicas, todas desprovistas de flores. «Curiosa anomalía, extraño elemento en el que florece el reino animal y el vegetal no brinda flores», ha dicho un perspicaz naturalista.

Entre aquellos diversos arbustos, grandes como los árboles de las zonas templadas, y bajo su sombra húmeda, crecían apretados zarzales de flores vivientes, setos de zoófitos, sobre los cuales se abrían las meandrinas listadas con surcos sinuosos, las amarillentas cariofilas de transparentes tentáculos, las nubes de zoantoarios formando como un césped, y para completar la ilusión, peces-mosca que volaban de rama en rama, como un enjambre de colibríes; al propio tiempo, nuestros pasos hacían levantarse del fondo amarillos lepisacantos —de agudas escamas y erizada mandíbula—, dactilopteros y mono-centros, que alzaban el vuelo como una bandada de perdices.

Hacia la una el capitán indicó que nos detuviéramos. Agradecí aquel alto, y nos tendimos bajo un dosel de alarieas, cuyos largos filamentos lanosos se erguían como flechas.

Aquel instante de reposo fue una pura delicia. ¡Lástima que faltara el encanto de la conversación! Pero era imposible hablar, imposible responder. No pude hacer otra cosa que acercar mi voluminosa escafandra de cobre a la cabeza de Consejo. Y vi que los ojos del valiente muchacho brillaban de satisfacción, y como prueba de ello meneó la cabeza dentro de su caparazón con un gesto terriblemente cómico.

Después de cuatro horas paseando, me extrañó no sentir el aguijonazo del hambre. No sabría decir a qué disposición del estómago obedecía esto. Pero, en contrapartida, tenía unas ganas enormes de dormir, como les sucede a todos los nadadores. Así pues, mis ojos se cerraron pronto tras el grueso vidrio que los protegía, y al punto caí en una invencible somnolencia que solo el movimiento de la marcha había podido combatir hasta entonces. El capitán Nemo y su compañero, tendidos en aquel límpido lecho de cristal, se durmieron también dándonos el ejemplo.

No podría calcular el tiempo que permanecí sumergido en este sopor, pero cuando me desperté me pareció que el sol caía ya hacia el horizonte. El capitán Nemo estaba ya de pie y yo comenzaba a desperezar mis miembros cuando una inesperada aparición hizo que me incorporara bruscamente.

A unos pasos de mí se hallaba una monstruosa araña de mar, de un metro de altura, que me miraba con sus ojos extraviados como dispuesta a atacarme. Aunque mi traje submarino fuera lo suficientemente grueso como para defenderme de las mordeduras del animal, no pude evitar un movimiento de horror. Consejo y el marinero del *Nautilus* se despertaron en aquel momento. El capitán Nemo señaló a su compañero el repugnante crustáceo, que pronto fue abatido por un culatazo, mientras las horribles patas del monstruo se retorcían en convulsiones terribles.

Aquel encuentro me hizo pensar que otros animales más terribles aún debían de frecuentar aquellas profundidades oscuras y que mi escafandra no me protegería de sus ataques. Hasta entonces ni se me había ocurrido, pero en adelante decidí estar en guardia. Suponía, además, que aquel alto había señalado el fin de nuestro paseo. Pero me equivocaba, porque en lugar de regresar al *Nautilus*, el capitán Nemo prosiguió su audaz excursión.

El fondo marino seguía ganando profundidad y su pendiente, cada vez más acentuada, nos conducía progresivamente a las regiones abisales. Debían de ser las tres cuando alcanzamos un estrecho valle, excavado entre altas paredes cortadas a pico y cuyo suelo se hallaría a unos ciento cincuenta metros bajo la superficie. Gracias a la perfección de nuestro equipo, habíamos rebasado en más de noventa metros el límite que la naturaleza parecía haber impuesto hasta entonces al hombre en sus excursiones submarinas.

He dicho ciento cincuenta metros, aunque lo cierto es que no disponía de ningún instrumento que me permitiera medir esa distancia. Sabía, eso sí, que incluso en las aguas más límpidas los rayos del sol no pueden penetrar más allá de esa profundidad. Y en aquel momento la oscuridad era completa. Ningún objeto era visible a diez pasos. Caminaba, pues, a tientas, cuando de pronto vi brillar una luz blanca bastante viva. El capitán Nemo acababa de conectar su aparato eléctrico. Su compañero le imitó, y Consejo y yo seguimos su ejemplo. Accionando un tornillo establecí la comunicación entre la bobina y el serpentín de vidrio, y el mar, iluminado por nuestras cuatro linternas, se llenó de luz en un radio de veinticinco metros.

El capitán Nemo continuó adentrándose en las oscuras profundidades del bosque, cuyos arbustos iban haciéndose cada vez más escasos. Observé que la vida vegetal desaparecía más de prisa que la vida animal. Las plantas pelágicas abandonaban ya el suelo, árido para ellas, mientras que todavía pululaban en él zoófitos, artrópodos, moluscos y peces, un prodigioso número de animales.

Durante la marcha iba pensando yo que la luz de nuestros aparatos Ruhmkorff debía de atraer necesariamente a algunos habitantes de aquellas sombrías capas. Pero si se acercaron, se mantuvieron por lo menos a una distancia excesiva para los cazadores. Varias veces vi que el capitán Nemo se detenía y se acercaba el rifle a la mejilla; pero al cabo de unos instantes de apuntar, lo bajaba y reemprendía el camino.

Por fin, hacia las cuatro, finalizó aquella maravillosa excursión. Ante nosotros apareció un muro de soberbias rocas, una masa imponente de bloques gigantescos, amontonados unos sobre otros, un enorme acantilado de granito agujereado por grutas oscuras, pero que no ofrecía ninguna rampa practicable. Eran los cantiles de la isla de Crespo. Era la tierra.

El capitán Nemo se detuvo en seco. Un gesto suyo hizo que también nosotros interrumpiéramos la marcha y, por deseos que yo tuviera de franquear aquel murallón, hube de detenerme. Ahí acababan los dominios del capitán Nemo. No deseaba traspasarlos. Más allá se encontraba esa parte del globo terráqueo que sus pies no debían volver a pisar.

Iniciamos el regreso. El capitán Nemo se había situado otra vez a la cabeza de su pequeña tropa y avanzaba sin la menor vacilación. Me pareció ver que no seguíamos el mismo camino que a la ida y que regresábamos al *Nautilus* por una nueva ruta, más pendiente y penosa, por la que nos acercamos enseguida a la superficie del mar. Sin embargo, nuestro retorno a las capas superiores no fue tan rápido como para que produjera una súbita descompresión, cosa que hubiera podido provocar en nuestro organismo graves trastornos y aun determinar esas lesiones internas que a veces son fatales para los buzos. Pronto reapareció la luz, que fue aumentando progresivamente; y como el sol se hallaba ya casi en la línea del horizonte, la refracción de sus rayos volvió a dotar a los objetos más diversos de un anillo espectral.

Nos encontrábamos a diez metros de profundidad y caminábamos entre una nube de pececillos de las más diversas especies, más numerosos que los pájaros en el aire, y también más ágiles, pero hasta entonces no habíamos logrado descubrir ninguna pieza acuática digna de merecer un disparo de nuestros fusiles de caza.

En aquel momento vi que el capitán apoyaba rápidamente su arma en el hombro y que el cañón seguía un objeto móvil entre los arbustos. Disparó. Oí un débil silbido y un animal cayó fulminado a pocos pasos.

Se trataba de una magnífica nutria marina, una enhydra, el único cuadrúpedo que vive exclusivamente en el mar. Medía un metro cincuenta centímetros de largo, lo que la hacía singularmente valiosa. Su piel, de un marrón tostado en el lomo y plateada en el vientre, alcanzaría sin duda un elevado precio en los mercados rusos o chinos, donde son tan buscadas; la finura y el lustre de su pelo le aseguraban un valor mínimo de dos mil francos. Contemplé con admiración aquel curioso mamífero de cabeza redondeada, provista de pequeñas orejas, ojos circulares, blancos bigotes parecidos a los de un gato, pies palmeados y ungulados, y una espléndida cola peluda. Estos preciosos carniceros, hostigados y perseguidos por los cazadores, son cada día más escasos y se han refugiado principalmente en las regiones boreales del Pacífico, donde, sin embargo, es probable que su especie no tarde en extinguirse.

El compañero del capitán Nemo se adelantó a coger el animal, se lo echó al hombro y continuamos la marcha.

En la hora siguiente nuestros pasos nos encaminaron a través de una llanura de arena, que en ocasiones ascendía hasta unos dos metros por debajo de la superficie del agua. Nuestra imagen, entonces, nítidamente reflejada, aparecía dibujada por encima de nosotros, en sentido inverso, y contemplábamos una pequeña tropa idéntica a la nuestra que reproducía nuestros movimientos y nuestros gestos, que era por completo semejante a nosotros salvo en el pequeño detalle de que caminaba con la cabeza para abajo y los pies en el aire.

De cuando en cuando contemplaba el paso de densas nubes que se formaban y se desvanecían rápidamente. Era un efecto sorprendente. Pero reflexionando sobre él, comprendí que aquellas pretendidas nubes se debían, en realidad, al espesor variable de las largas olas de fondo; podía ver incluso el cabrilleo espumoso de su cresta al romperse y multiplicarse en las aguas. ¡Y hasta la sombra de los grandes pájaros que pasaban por encima de nuestras cabezas rozando velozmente la superficie del mar!

En una de esas ocasiones pude ser testigo de uno de los más certeros disparos que jamás hayan suscitado la admiración profunda de un cazador. Claramente visible, venía planeando hacia nosotros un enorme pájaro de gran envergadura. El compañero del capitán Nemo lo apuntó con su fusil y disparó cuando el ave pasó a unos pocos metros por encima de las olas. El pájaro se desplomó como herido por un rayo y su caída lo llevó al alcance del diestro cazador, que lo cobró sin dificultad. Era un bellísimo ejemplar de albatros, un admirable representante de las aves marinas.

Este pequeño incidente no había interrumpido nuestra marcha. Por espacio de otras dos horas seguimos caminando por llanuras arenosas o praderas de fucos, estas últimas bastante dificultosas para marchar por ellas. Francamente, yo no podía ya con mi alma, cuando distinguí un vago resplandor que, como a media milla de distancia, se abría paso en la oscuridad de las aguas. Era el fanal del *Nautilus*. En unos veinte minutos estaríamos de regreso a bordo y allí podría respirar a mis anchas, porque me daba la impresión de que mi depósito de aire no me suministraba ya más que una mezcla muy pobre en oxígeno. Pero no contaba yo con un inesperado encuentro que iba a retrasar nuestra llegada a la nave.

Me había rezagado como unos veinte pasos cuando vi que el capitán Nemo retrocedía bruscamente hacia mí. Con su mano vigorosa me hizo tenderme en el suelo, mientras su compañero obligaba a hacer lo propio a Consejo. En un primer instante no supe qué pensar de aquel súbito ataque, pero me tranquilizó ver que el capitán se tumbaba igualmente junto a mí y permanecía inmóvil.

Estaba, pues, tendido en el fondo, resguardado por un arbusto de fucos, cuando, al mirar hacia arriba, distinguí unas moles enormes que pasaban ruidosamente y despedían resplandores fosforescentes.

Se me heló la sangre en las venas. ¡Nos amenazaban unos formidables escualos! Se trataba de una pareja de tintoreras, terribles tiburones dotados de gigantesca cola, de ojos apagados y vidriosos, que dejan escapar cierta materia fosforescente a través de unos orificios que se abren en torno a su hocico. ¡Fieras monstruosas capaces de triturar a un hombre entre sus mandíbulas de acero! Ignoro si Consejo se entretuvo en clasificarlas; por mi parte puedo decir que contemplé su vientre plateado, su horrible boca erizada de dientes, desde un punto de vista muy poco científico: más como posible víctima que como naturalista.

Por suerte esos voraces animales tienen muy mala vista. Pasaron sin vernos, a pesar de que nos rozaron con sus aletas natatorias parduscas, y escapamos por milagro de aquel peligro, mayor a buen seguro que el de un encuentro con un tigre en plena jungla.

Media hora después, guiados por el reguero luminoso, alcanzamos el *Nautilus*. La compuerta exterior había quedado abierta y el capitán Nemo la cerró una vez que hubimos penetrado en la primera cámara. Luego oprimió un botón. Pude oír el ruido de las bombas funcionando en el interior de la nave, noté que el agua iba bajando de nivel a mi alrededor, y a los pocos minutos la cámara quedó completamente vacía. Se abrió entonces la compuerta interior y pasamos por ella al vestuario.

Allí nos ayudaron a despojarnos de nuestras escafandras, tarea nada fácil. Luego, agotado, muerto de hambre y rendido de sueño, me dirigí a mi camarote, todavía profundamente impresionado por las emociones de aquella sorprendente excursión por el fondo del mar.

XVIII

CUATRO MIL LEGUAS BAJO EL PACÍFICO

A la mañana siguiente, 18 de noviembre, me había recuperado
por completo de las fatigas de la víspera, así que subí a la plataforma en el momento en que el segundo del *Nautilus* pronunciaba su enigmática frase diaria. Se me ocurrió entonces
que posiblemente tenía relación con el estado de la mar o que
quizá significara algo así como: «No hay nada a la vista».

Y es que, en efecto, el océano aparecía desierto. Ni una vela
en el horizonte. Las alturas de la isla de Crespo habían desaparecido durante la noche. El mar, al absorber los colores del
prisma —a excepción de las radiaciones azules— los disper-
saba en todas direcciones y aparecía como revestido de un admirable tinte añil. En su ondulante superficie se marcaban con
regularidad anchas franjas tornasoladas.

Estaba yo admirando el magnífico aspecto del océano, cuando apareció el capitán Nemo. No dio muestras de advertir mi
presencia y comenzó su serie de observaciones astronómicas.
Concluidas estas, se dirigió hacia el alojamiento del fanal,
apoyó los codos en él y su mirada se perdió en la superficie de
las aguas.

Entretanto habían subido a la plataforma una veintena
de marineros del *Nautilus*, hombres todos ellos vigorosos y de
constitución fuerte. Acudían a retirar las redes de arrastre que
habían sido echadas durante la noche. Aquellos marinos pertenecían, evidentemente, a naciones distintas, aunque todos ellos

tenían un tipo europeo. Sin temor a equivocarme, reconocí entre ellos irlandeses, franceses, algunos eslavos y un griego o cretense. Por lo demás, eran hombres de pocas palabras y no empleaban entre sí más que aquel extraño idioma cuyo origen me resultaba imposible adivinar. Renuncié, pues, a dirigirme a ellos.

Halaron las redes a bordo. Eran como las barrederas que emplean en las costas normandas: amplias bolsas que se mantienen entreabiertas merced a una verga flotante y a una cadena que atraviesa las mallas inferiores. Al ser arrastradas por el fondo del océano sobre su armadura de hierro, estas bolsas lo barren y recogen al pasar todos sus productos. Aquel día recogieron curiosas muestras de aquellas aguas abundantes en pesca: lofias —también llamadas histriones por la comicidad de sus movimientos—, comersones negros dotados de antenas, balistes ondulados con sus cintillas rojas, tetrodontes u orbes —cuyo veneno es extremadamente insidioso—, algunas lampreas de color aceituna, macrorrincos cubiertos de escamas plateadas, triquiuros —cuya potencia eléctrica es semejante a la del gimnoto o el pez torpedo—, notópteros escamosos a rayas marrones y transversales, gados verdosos, diferentes variedades de gobios, etcétera. Había también otros peces de mayor tamaño: una caranga, con su cabeza prominente, que medía un metro de largo, unos hermosos bonitos que lucían sus maravillosos tonos azul y plata, y tres magníficos atunes que a pesar de su velocidad no habían podido escapar de la red.

Calculé que en aquella redada habría más de mil libras de pesca. Buena redada, pues, pero no sorprendente, ya que echadas las redes de arrastre durante varias horas, pueden encerrar con facilidad en su prisión de cuerdas todo un mundo acuático. No habrían de faltarnos víveres, y de excelente calidad, pues la rapidez del *Nautilus*, así como el poder de atracción de su luz eléctrica, se encargarían de renovar incesantemente nuestra provisión.

Todos aquellos productos del mar fueron introducidos al punto por un escotillón que los condujo a la despensa: unos para ser consumidos frescos, otros para ser conservados.

Concluida la pesca y renovada nuestra provisión de aire, supuse que el *Nautilus* iba a continuar su excursión submarina, y me disponía a regresar a mi camarote, cuando el capitán Nemo se volvió hacia mí y me dijo sin ningún preámbulo:

—Fíjese en este océano, profesor. ¿No le parece que está dotado de auténtica vida? ¿No se enternece a veces y no se encoleriza otras? Ayer se durmió como nosotros, y hoy se despierta tras una noche apacible.

Ni «buenos días» ni ningún otro tipo de saludo. Se diría que aquel extraño personaje continuaba una conversación conmigo que hubiéramos iniciado hacía rato.

—¡Mire cómo se despereza a las caricias del sol! —prosiguió—. Se dispone a revivir su existencia diurna. El estudio de su organismo y sus funciones es en verdad interesante. El océano tiene un pulso, arterias, espasmos, hasta el punto de que me parece sumamente real la concepción del profesor Maury, que descubría en él una circulación tan discernible como la circulación sanguínea en los animales.

El capitán Nemo no aguardaba de mí ninguna respuesta. Eso era seguro. Así que me pareció inútil prodigarle mis «En efecto», «Evidentemente», «Tiene usted razón», etcétera. Estaba hablando consigo mismo, dejando transcurrir una larga pausa entre frase y frase. Lo suyo era probablemente una meditación en voz alta.

—¡Sí! —continuó—. ¡El océano posee una circulación real! Para provocarla le ha bastado al Creador de todas las cosas multiplicar en él la cantidad de calor, la sal y los pequeños animales. La cantidad de calor origina, en efecto, distintas densidades, que son las que impulsan las corrientes y las contracorrientes. La evaporación, que es nula en las regiones hiperbóreas y muy activa en las ecuatoriales, da lugar a un intercambio permanente entre las aguas de los trópicos y las de los polos. He podido comprobar por mí mismo la existencia de estas corrientes que van de arriba abajo y de abajo arriba, y que constituyen la auténtica respiración del océano. He visto cómo la molécula de agua de mar, calentada en la superficie, vuelve a bajar hacia las profundidades, para alcanzar su máxima densidad a los dos grados centígrados sobre cero; y cómo luego, al enfriarse más, se vuelve más ligera y sube otra vez hacia la superficie. En los polos podrá usted comprobar las consecuencias de este fenómeno, y comprenderá la razón de que, gracias a una ley de la previsora naturaleza, las aguas solo puedan congelarse en la superficie.

Mientras el capitán Nemo concluía su frase, mi atención se había centrado en su mención del polo. ¡El polo! ¿Acaso aquel atrevido personaje se disponía a conducirnos allí?

Pero el capitán había vuelto a su silencio y sus miradas estaban fijas de nuevo en aquel elemento tan incesante y plenamente objeto de su estudio. Solo al cabo de un rato volvió a hablar.

—En el mar, profesor, hay una gran abundancia de sales. Si lograra usted extraer todas las que contiene en disolución, obtendría usted una masa de cuatro millones y medio de leguas cúbicas que, extendida uniformemente por todo el globo terráqueo, formaría una capa de diez metros de altura. Y no piense que la presencia de estas sales en el mar es un mero capricho de la naturaleza. En absoluto. Hacen que las aguas marinas se evaporen con menos facilidad e impiden que los vientos les arrebaten una cantidad excesiva de vapor de agua, ya que luego, al condensarse y derramarse en forma de lluvia, inundaría las zonas templadas. Su papel es importantísimo: ¡actuar como elemento moderador en la economía general de nuestro planeta!

El capitán Nemo interrumpió su discurso. Se incorporó, dio unos pasos por la plataforma y se colocó a mi lado.

—En cuanto a los infusorios —prosiguió—, a esos miles de millones de animalillos que se cuentan por millones en una gota de agua, y de los que hacen falta cerca de ochocientos mil para pesar un miligramo, su papel no es menos importante. Absorben las sales marinas, asimilan sus elementos sólidos y, verdaderos artífices de los continentes calcáreos, fabrican los corales y las madréporas. Y entonces la gota de agua, privada de su alimento mineral, se vuelve más liviana y sube a la superficie para absorber allí las sales abandonadas por la evaporación; ello hace que aumente su densidad y se haga más pesada, con lo que baja nuevamente a las profundidades para aportar a aquellos diminutos seres vivos más elementos minerales que estos transformarán. Así se crea una doble corriente ascendente y descendente, ¡y siempre el movimiento, siempre la vida! La vida, sí, más intensa que en los continentes, más exuberante, más infinita, una vida que se desborda en todos los puntos del océano. Algunos han visto en el mar un elemento de muerte para el hombre, ¡pero es un elemento de vida para miles y miles de animales... como lo es para mí mismo!

Cuando el capitán Nemo hablaba así parecía transfigurarse, y provocaba en mí una extraordinaria emoción.

—¡Aquí está! —prosiguió—. ¡He aquí la verdadera existencia! ¿Cómo no imaginar la fundación de ciudades submarinas, de aglomeraciones de casas bajo el mar que, al igual que el *Nautilus,* saldrían a la superficie de las aguas cada mañana para respirar..., ciudades libres, si alguna vez las hubo, ciudades independientes...? Pero ¡quién sabe si algún déspota...!

Concluyó su frase con un gesto violento. Luego, dirigiéndose a mí directamente, como para expulsar un pensamiento funesto, añadió:

—Señor Aronnax, ¿sabe usted cuál es la profundidad del océano?

—Conozco, capitán, los datos que nos han facilitado los principales sondeos.

—¿Le importaría resumírmelos? Quizá pueda corregirle algunos de ellos.

—Veamos los que me vienen a la memoria —respondí—. Si no recuerdo mal, en el Atlántico norte se ha encontrado una profundidad media de ocho mil doscientos metros, y de dos mil quinientos en el Mediterráneo. Los sondeos más notables se han realizado en el Atlántico sur, hacia los treinta y cinco grados, donde han podido señalarse profundidades de doce mil, catorce mil noventa y uno y quince mil ciento cuarenta y nueve metros. Se cree, en resumen, que si el fondo del mar se nivelara, su profundidad media sería de unos siete kilómetros.

—Bien, profesor —contestó el capitán Nemo—, confío en que podremos darle a conocer datos mucho mejores. De momento, por lo que se refiere a la región del océano Pacífico que ahora recorremos, permítame decirle que su profundidad es solo de unos cuatro mil metros.

Después de decir esto, el capitán Nemo se dirigió hacia la escotilla y desapareció por la escalera. Le seguí y fui a instalarme en el gran salón. La hélice se puso enseguida en movimiento, y la corredera señaló pronto una velocidad de veinte nudos.

Durante los días y las semanas que siguieron, el capitán Nemo fue muy parco en visitas. Solo le vi de tarde en tarde. Su segundo se encargaba de señalar regularmente en el mapa nuestra posición, de forma que yo pudiera conocer con exactitud la ruta del *Nautilus*.

Consejo y Ned Land pasaban largas horas conmigo. Consejo había contado a su amigo las maravillas de nuestro paseo subacuático, y el canadiense lamentaba no haber venido con nosotros. Pero yo confiaba en que volvería a presentarse otra oportunidad de visitar los bosques oceánicos.

Casi todos los días los paneles del salón se abrían durante unas horas, y nuestros ojos no se cansaban de penetrar en los misterios del mundo submarino.

El rumbo del *Nautilus* se mantenía fijo hacia el sudeste, navegando entre los cien y ciento cincuenta metros de profundidad. Cierto día, con todo, ignoro por qué causa, hundiéndose en diagonal por medio de sus planos inclinados, alcanzó las capas de agua situadas hacia los dos mil metros. El termómetro marcaba una temperatura de 4,25 grados centígrados, temperatura que, a aquella profundidad, parecía ser común a cualquier latitud.

El 26 de noviembre, a las tres de la madrugada, el *Nautilus* franqueó el trópico de Cáncer por el meridiano 172. El 27 pasó a la vista de las islas Sandwich, donde encontrara la muerte el ilustre capitán Cook el 14 de febrero de 1779. Habíamos cubierto cuatro mil ochocientas sesenta leguas desde nuestro punto de partida. Por la mañana, cuando subí a la plataforma, avisté Hawai a dos millas a sotavento, la mayor de las siete islas que forman aquel archipiélago. Pude ver claramente sus campos cultivados, las diversas cadenas montañosas que corren paralelas a la costa y sus volcanes, dominados por el Mauna Kea, que se alza a cinco mil metros sobre el nivel del mar. Entre otras especies de aquellos parajes, las redes capturaron flabelarios pavonados, pólipos comprimidos de forma graciosa que son típicos de esta región del océano.

El rumbo del *Nautilus* continuó fijo en el sudeste. Cruzó el ecuador el día 1 de diciembre, por el meridiano 142, y el 4 del mismo mes, después de una rápida travesía en la que no se registró ningún incidente, avistamos el archipiélago de las Marquesas. A una distancia de tres millas, a los 8° 57' de latitud sur y 139° 32' de longitud oeste, distinguí la punta de Martín de Nouka-Hiva, la isla principal de ese grupo que pertenece a Francia. Vi solamente sus montañas boscosas que se perfilaban en el horizonte, ya que al capitán Nemo no le gustaba nada aproximarse a tierra. Allí nuestras redes nos procuraron bellos ejemplares de peces: corifenos de aletas natatorias resplandecientemente azules y cola dorada, cuya carne no tiene rival en el mundo; hologimnosos casi completamente desprovistos de escamas, pero de un sabor exquisito; ostorrincos de mandíbula ósea, tásaros amarillentos que no tenían nada que envidiar al bonito, peces todos ellos dignos de hacer un estupendo papel en la cocina de a bordo.

Tras rebasar aquellas hermosas islas sobre las que ondea el pabellón francés, entre el 4 y el 11 de diciembre el *Nautilus* recorrió cerca de dos mil millas. Su navegación tuvo como hecho destacado el encuentro con un inmenso grupo de calamares, curiosos moluscos muy parecidos a la sepia. Los pescadores franceses los llaman *encornets,* y pertenecen a la clase de los cefalópodos y a la familia de los dibranquios, en la que se incluyen también las sepias y los pulpos. Estos animales fueron estudiados con particular atención por los naturalistas de la Antigüedad, y proporcionaron numerosas metáforas a los oradores del ágora, a la vez que constituyeron un excelente manjar en la mesa de los ciudadanos más ricos; eso es, por lo menos, lo que afirma Ateneo, un médico griego que vivió antes que Galeno.

El encuentro del *Nautilus* con aquel ejército de moluscos —que son predominantemente nocturnos— tuvo lugar en la noche del 9 al 10 de diciembre. Podían contarse por millones. Emigraban desde las zonas templadas hasta las más cálidas, siguiendo el itinerario de los arenques y de las sardinas. Los contemplábamos a través de los gruesos vidrios, viendo cómo nadaban hacia atrás, con extraordinaria rapidez, por medio de su tubo locomotor; perseguían a los peces y a los demás moluscos, comiéndose los pequeños y siendo comidos por los mayores, a la vez que agitaban en una indescriptible confusión los diez pies que la naturaleza ha implantado en sus cabezas como una cabellera de serpientes neumáticas. A pesar de su velocidad, el *Nautilus* navegó durante varias horas por en medio de aquel enjambre de animales, y sus redes capturaron una enorme cantidad de ellos, entre los que pude reconocer las nueve especies que d'Orbigny ha clasificado para las aguas del océano Pacífico.

El mar, en suma, nos prodigó durante aquella travesía sus más maravillosos espectáculos, uno detrás de otro. Era infinita su variedad. Cambiaba su decoración y su puesta en escena solo para dar gusto a nuestros ojos, y nos sentíamos llamados no solo a contemplar las obras del Creador en el elemento líquido, sino incluso a escrutar los más formidables misterios del océano.

Durante la jornada del 11 de diciembre, me hallaba yo enfrascado en la lectura, en el gran salón, mientras Ned Land y Consejo contemplaban las aguas iluminadas a través de los paneles entreabiertos. El *Nautilus* se encontraba inmóvil. Con sus tanques inundados, se mantenía a una profundidad de mil metros, región del océano poco habitada y en la que los grandes peces aparecen solo de cuando en cuando.

Leía en aquel momento un fascinante libro de Jean Macé titulado *Les serviteurs de l'estomac*, saboreando sus ingeniosas páginas, cuando Consejo interrumpió mi lectura.

—¿Tiene el señor la bondad de venir un instante? —me dijo con una extraña vibración en su tono de voz.

—¿Qué sucede, Consejo?

—Véalo por sí mismo el señor.

Me levanté de mi sillón, fui a los ventanales, y miré.

Bañada por la luz eléctrica, una enorme mole negruzca se mantenía inmóvil, suspendida en el seno del agua. La miré atentamente, procurando reconocer la naturaleza de aquel gigantesco cetáceo. De pronto, un pensamiento súbito me vino a la mente.

—¡Un barco! —exclamé.

—Sí —respondió el canadiense—, un barco destrozado que se ha ido a pique.

No se equivocaba Ned Land. Teníamos delante un navío, cuyos obenques cortados pendían todavía de sus cadenas. Su casco parecía hallarse en buen estado y su naufragio había tenido lugar a lo sumo hacía unas horas. Los tocones de sus tres mástiles, partidos a dos pies por encima del puente, demostraban que el buque, viéndose comprometido, había tenido que sacrificar su arboladura. Sin embargo, al escorar hacia uno de sus flancos, se había inundado y había volcado sobre su banda de babor. ¡Triste espectáculo el de aquel cascarón perdido bajo las olas, pero más triste aún la visión de algunos cadáveres en su puente, donde permanecían amarrados con cuerdas! Pude contar cuatro —cuatro hombres, uno de los cuales se hallaba todavía de pie ante el timón— y luego una mujer, que asomaba a medias por la claraboya de la toldilla y que sostenía a un pequeño entre sus brazos. Se trataba de una mujer joven. A la viva luz de los fanales del *Nautilus* pude distinguir sus rasgos, que todavía no había descompuesto el agua. ¡Con un supremo esfuerzo levantaba a su hijo por encima de su cabeza, mientras el pobre pequeño se agarraba con los brazos al cuello de su madre! La actitud de los cuatro marineros me pareció espantosa: atados como estaban, habían perecido entre movimientos convulsivos, haciendo un último esfuerzo para librarse de las ataduras que los sujetaban al barco. Solo el timonel, con el rostro sereno y grave enmarcado por unos cabellos canosos que se pegaban a sus sienes, daba una impresión más calmada. Con su mano crispada sobre la rueda del timón, ¡parecía conducir todavía su nave naufragada a través de las profundidades del océano!

¡Qué escena! Estábamos mudos, con el corazón palpitante, ante aquel reciente naufragio que veíamos como fotografiado en su último instante. ¡Y yo veía ya precipitarse sobre el barco, con sus ojos de fuego, unos grandes escualos, atraídos por aquel cebo de carne humana!

El *Nautilus*, entretanto, maniobró para dar una vuelta en torno al barco naufragado. Y por un instante pude leer en su popa: FLORIDA, SUNDERLAND.

XIX

Vanikoro

Aquel terrible espectáculo fue el primero de una serie de catástrofes marítimas que el *Nautilus* debía encontrar en su ruta. Desde el momento en que empezó a navegar por mares más frecuentados, fueron muchas las veces que tropezamos con cascos naufragados que se pudrían entre dos aguas y, a mayor profundidad, cañones, balas, áncoras, cadenas y otros mil objetos de hierro roídos por el orín.

Arrastrados siempre por el *Nautilus*, en el que vivíamos como aislados, el 11 de diciembre avistamos el archipiélago de las Pomotú, el antiguo «grupo peligroso» de Bougainville, que se extiende del este-sudeste al oeste-noroeste en un espacio de unas quinientas leguas, entre los 13° 30' y los 23° 50' de latitud sur, y los 125° 30' y 151° 30' de longitud oeste, desde la isla Ducie hasta la isla Lazareff. Este archipiélago cubre una superficie de más de trescientas setenta leguas cuadradas y está formado por unos sesenta grupos de islas entre los que destaca el grupo de las Gambier, al que Francia ha impuesto su protectorado. Son islas coralinas, que van levantándose lenta pero continuamente merced al trabajo incesante de los pólipos, de forma que algún día se unirán unas con otras. La nueva isla así formada seguirá creciendo hasta soldarse con el archipiélago próximo, y dentro de muchos, de muchísimos años, aparecerá un quinto continente que se extenderá desde Nueva Zelanda y Nueva Caledonia hasta las Marquesas.

El día que expuse esta teoría ante el capitán Nemo, me replicó este en tono glacial:

—No son nuevos continentes lo que le hace falta a la Tierra, sino otra clase de hombres.

Los azares de la navegación habían guiado al *Nautilus* precisamente hacia la isla de Clermont-Tonnerre, una de las más curiosas del grupo, descubierta en 1822 por el capitán Bell, de *La Minerve*. Pude entonces estudiar el sistema madrepórico al que deben su origen las islas de este océano.

Las madréporas, a las que no hay que confundir con los corales, tienen sus tejidos recubiertos de una costra calcárea. Las variedades de sus estructuras han sugerido a mi ilustre maestro Milne-Edwards su clasificación en cinco secciones. Los diminutos animalillos que segregan este pólipo viven por millares de millones en el fondo de sus celdillas. Son sus depósitos calcáreos los que se convierten en rocas, arrecifes, islotes e islas. Aquí forman un anillo circular, rodeando un pequeño lago interior que se comunica con el mar a través de cierto número de brechas. Más allá constituyen barreras de arrecifes semejantes a las que existen en las costas de Nueva Caledonia y en varias islas de las Pomotú. En otros lugares, como en las islas de la Reunión y Mauricio, alzan unos arrecifes recortados, altos murallones perpendiculares, junto a los cuales el océano alcanza grandes profundidades.

Mientras contorneábamos a pocos cables de distancia los acantilados de la isla de Clermont-Tonnerre, pude admirar la obra gigantesca realizada por aquellos agentes microscópicos. Aquellos farallones, en concreto, eran la obra de los madreporarios designados con los nombres de miléporas, poritas, astreas y meandrinas. Estos pólipos se desarrollan particularmente en las capas agitadas de la superficie marina y, por consiguiente, inician sus construcciones por la parte superior, moles que van hundiéndose luego poco a poco al ir acumulándose sobre ellas los restos de las secreciones que las sostienen. Tal es, al menos, la teoría de Darwin, que explica de este modo la formación de los atolones; teoría, a mi juicio, mucho más acertada que la que señala como base para las construcciones madrepóricas, hipotéticas cumbres de montañas o de volcanes sumergidos a unos pocos pies bajo el nivel del mar.

Pude observar de cerca aquellas curiosas murallas, pues en su asentamiento la sonda indicaba más de trescientos metros de profundidad y nuestra iluminación eléctrica provocaba vivos destellos en su brillante constitución calcárea y viva.

Respondiendo a una pregunta de Consejo, que se interesaba por el tiempo que había sido preciso para la formación de aquellas colosales barreras, lo dejé asombrado cuando le dije que los científicos habían evaluado su crecimiento en un octavo de pulgada por siglo.

—Por lo tanto, para elevar esos farallones habrán hecho falta...

—Ciento noventa y dos mil años, mi querido Consejo; lo que nos obliga a hacer retroceder considerablemente la fecha de la creación, que algunos intérpretes de la Biblia han situado demasiado cercana a nuestra era. Por otra parte, la formación de la hulla, es decir, la mineralización de los bosques arrasados por los diluvios, ha requerido un tiempo mucho mayor aún. Pero hay que añadir que los días de que nos habla la Biblia son propiamente épocas, y no el intervalo transcurrido entre dos salidas del sol. El propio texto bíblico nos sugiere esta interpretación cuando nos dice que el sol no fue creado el primer día de la creación.

Cuando el *Nautilus* salió de nuevo a la superficie del océano, pude abarcar con la mirada todo el conjunto de la isla de Clermont-Tonnerre, baja y cubierta de bosques. Sus rocas madrepóricas fueron fertilizadas, sin duda, por las trombas y las tempestades. Cierto día alguna semilla, arrebatada por el huracán a las tierras más próximas, cayó sobre las capas calcáreas, mezcladas ya con los detritus descompuestos de peces y de plantas marinas, que formaron un humus vegetal. Otro día alcanzó aquellas costas vírgenes una nuez de coco arrastrada por las olas. El germen echó raíces. El árbol, al crecer, fijó el vapor de agua. Así nació el primer arroyo. Luego la vegetación fue ganando terreno. Algunos animalillos —gusanos, insectos— arribaron en troncos que el viento había descuajado en otras islas. Las tortugas llegaron para poner sus huevos. Los pájaros anidaron en sus jóvenes árboles. Así siguió desarrollándose la vida animal, hasta que un día, atraído por el verdor y la fertilidad de la isla, apareció el hombre. De esta manera se formaron estas islas, obras inmensas de animales microscópicos.

Al atardecer la isla de Clermont-Tonnerre se difuminó en la lejanía y la ruta del *Nautilus* se alteró de un modo sensible. Después de haber tocado el trópico de Capricornio por el meridiano 135, se dirigió hacia el oeste-noroeste, remontando toda la zona intertropical. Aunque el sol del verano nos prodigaba con generosidad sus rayos, no experimentábamos en absoluto sensación de calor porque, a treinta o cuarenta metros por debajo del agua, la temperatura no rebasaba los diez o doce grados.

El 15 de diciembre dejamos por el este el fascinante archipiélago de la Sociedad y la graciosa Tahití, la reina del Pacífico. Por la mañana, unas millas a sotavento, divisé las altas cumbres de la isla. Sus aguas proporcionaron a las mesas de a bordo excelentes pescados: caballas, bonitos, albícoros y variedades de una serpiente de mar llamada munerofis.

El *Nautilus* había recorrido ocho mil cien millas. La corredera marcaba nueve mil setecientas veinte millas cuando nuestra nave pasó por entre el archipiélago de Tonga-Tabú —donde perecieron las tripulaciones del *Argo*, del *Port-au-Prince* y del *Duke of Portland*— y el archipiélago de los Navegantes, donde encontró la muerte el capitán de Langle, el amigo de La Pérouse. Luego se avistó el archipiélago de Viti, donde los indígenas asesinaron a los marineros del *Unión* y al capitán Bureau, de Nantes, al mando del *Aimable Joséphine*.

Este archipiélago, que se prolonga sobre una extensión de cien leguas de norte a sur y de unas noventa de este a oeste, se halla entre los 6 y los 2° latitud sur y entre los 174 y los 179° de longitud oeste. Lo forman cierto número de islas, islotes y arrecifes, entre los cuales merecen destacarse las islas de Viti-Levú, de Vanúa-Levú y de Kandubon.

Fue Tasman quien descubrió este grupo en 1643, el mismo

año en que Torricelli inventó el barómetro, y el año también en que Luis XIV ascendió al trono de Francia. Piense el lector cuál de estos tres hechos fue el más útil para la humanidad. Vinieron después Cook en 1714, d'Entrecasteaux en 1793 y, por fin, Dumont d'Urville en 1827, que puso un poco de orden en el caos geográfico de este archipiélago. El *Nautilus* se acercó a la bahía de Wailea, escenario de las terribles aventuras de aquel capitán Dillon, que fue el primero en resolver el misterio del naufragio de La Pérouse.

Esta bahía, que nuestras redes dragaron repetidas veces, nos proporcionó una abundante provisión de excelentes ostras. Nos dimos un hartón de ellas, abriéndolas en nuestra misma mesa según el conocido consejo de Séneca. Estos moluscos pertenecen a la especie conocida con el nombre de *Ostrea lamellosa,* que abunda también en Córcega. El banco de Wailea debía de ser muy grande y, ciertamente, de no mediar múltiples causas de destrucción, estas aglomeraciones acabarían por cegar la bahía, ya que un solo individuo de esa especie llega a producir hasta dos millones de huevos.

Y si Ned Land no tuvo que arrepentirse en esta ocasión de su glotonería fue porque la ostra es el único alimento que jamás provoca una indigestión. En efecto: se requieren no menos de dieciséis docenas de estos moluscos acéfalos para suministrar los trescientos quince gramos de sustancia nitrogenada que son precisos para la dieta diaria de un solo hombre.

El 25 de diciembre el *Nautilus* navegaba por en medio del archipiélago de las Nuevas Hébridas, que Quirós descubrió en 1606, que Bougainville exploró en 1768 y al que Cook dio su nombre actual en 1773. Este grupo consta de nueve grandes islas principales y forma una banda de ciento veinte leguas que corre del nor-noroeste al sur-sudeste, comprendida entre los 15 y los 2° de latitud sur y los meridianos 164 y 168°. Pasamos relativamente cerca de la isla de Aurú, que en el momento de las observaciones, a mediodía, se me ofreció como una masa de verdes bosques, dominada por una alta cumbre.

Aquel día era Navidad. Me pareció que Ned echaba mucho de menos la celebración navideña, esa auténtica fiesta familiar que es tan entrañable para los cristianos.

Había transcurrido más de una semana sin que se me hubiera presentado la oportunidad de ver al capitán Nemo, pero el 27 por la mañana entró en el gran salón, siempre con el aire de un hombre que acaba de dejarte hace cinco minutos. Estaba yo ocupado en seguir sobre el planisferio la ruta del *Nautilus*. El capitán se acercó, señaló con el dedo un punto sobre el mapa y pronunció una sola palabra:

—Vanikoro.

Fue una palabra mágica. Era el nombre de los islotes adonde fueron a naufragar las naves de La Pérouse. Me puse en pie de un salto.

—¿El *Nautilus* nos lleva a Vanikoro? —pregunté.

—Sí, profesor —respondió el capitán.

—¿Y podré visitar esas célebres islas donde se hundieron el *Boussole* y el *Astrolabe*?

—Si usted lo desea...

—¿Cuándo llegaremos a Vanikoro?

—Ya hemos llegado, profesor.

Seguido del capitán Nemo, subí a la plataforma, y desde allí mis ojos recorrieron ávidamente el horizonte.

Por el nordeste emergían dos islas volcánicas de desigual tamaño, rodeadas de un cinturón de arrecifes coralinos que medía unas cuarenta millas de perímetro. Teníamos ante nosotros la isla de Vanikoro propiamente dicha, a la que Dumont d'Urville bautizó con el nombre de isla de la Descubierta, y nos hallábamos precisamente ante el pequeño puerto de Vanu, situado a los 16° 4' de latitud sur y a los 164° 32' de longitud este. Las tierras parecían cubiertas de vegetación desde la playa hasta las cumbres del interior, dominadas por el monte Kapogo desde su altura de 476 toesas.

Tras franquear el cinturón exterior de los arrecifes por un estrecho paso, el *Nautilus* se encontró dentro de los rompientes, donde el mar tenía una profundidad de unos cincuenta a setenta metros. Bajo la verdeante sombra de los árboles distinguí unos salvajes que daban muestras de estupor ante nuestra presencia. ¿Creían ver en aquella mole negruzca que se acercaba a flor de agua la silueta de algún formidable cetáceo contra el que debían ponerse en guardia?

En aquel momento el capitán Nemo me preguntó qué sabía yo del naufragio de La Pérouse.

—Lo que todo el mundo sabe, capitán —respondí.

—¿Y podría usted explicarme qué es lo que sabe todo el mundo? —me preguntó con evidente tono de ironía.

—Por supuesto.

Y procedí a narrarle las conclusiones de los últimos trabajos de Dumont d'Urville, que resumiré aquí también sucintamente.

La Pérouse y su segundo de a bordo, el capitán De Langle, fueron enviados por Luis XVI, en 1785, a realizar un viaje de circunnavegación. Tenían bajo su mando las corbetas *Boussole* y *Astrolabe,* de las que nunca más se supo.

En 1791, el gobierno francés, justamente preocupado por la suerte que habían podido correr las dos corbetas, aparejó dos grandes navíos, el *Recherche* y el *Espérance,* que partieron de Brest el 28 de setiembre a las órdenes de Bruni d'Entrecasteaux. Dos meses después se supo, por las declaraciones de un tal Bowen, comandante del *Albermale,* que en las costas de Nueva Georgia habían sido avistados los restos de unos barcos naufragados. D'Entrecasteaux, sin embargo, desconocedor de esta información —bastante dudosa, por cierto—, se dirigió hacia las islas del Almirantazgo, que según datos facilitados por el capitán Hunter se tenían por escenario del naufragio de La Pérouse.

Sus pesquisas no obtuvieron ningún fruto. El *Espérance* y el *Recherche* pasaron incluso por delante de Vanikoro sin detenerse. Para colmo, su viaje estuvo marcado por la desgracia, porque costó la vida a d'Entrecasteaux, a dos de sus oficiales y a numerosos marineros de su tripulación.

El primero que encontró huellas indiscutibles de los desaparecidos fue un veterano capitán que había frecuentado muchas veces las rutas del Pacífico: Dillon. El 15 de mayo de 1824 su barco, el *Saint-Patrick,* pasó junto a la isla de Tikopia, una de las Nuevas Hébridas. En aquellas aguas le salió al paso un marinero indígena en una piragua, que le vendió una empuñadura de espada, de plata, en la que se veían ciertos caracteres grabados con buril. El indígena le explicó, además, que seis años atrás, durante su estancia en Vanikoro, había visto a dos europeos que pertenecían a la tripulación de unos navíos destrozados hacía mucho tiempo en los arrecifes de la isla.

Dillon adivinó que se trataba de los barcos de La Pérouse, cuya desaparición había conmovido a todo el mundo. Trató de dirigirse a Vanikoro, donde —siempre según aquel indígena— todavía podían hallarse muchos restos del naufragio; pero los vientos y las corrientes se lo impidieron.

Dillon regresó a Calcuta. Una vez allí acertó a interesar en su descubrimiento a la Sociedad Asiática y a la Compañía de las Indias, de forma que pusieron a su disposición un buque —al que dieron el nombre de *Recherche*—, con el que se hizo a la mar el 23 de enero de 1827. Con él viajaba un agente francés.

Tras haber hecho escala en diversos puntos del Pacífico, el *Recherche* vino a fondear ante Vanikoro el 7 de julio de 1827, precisamente en el puerto de Vanu, en el lugar donde ahora se encontraba el *Nautilus*.

Allí recogió numerosos restos del naufragio: utensilios de hierro, anclas, gazas de poleas, cañones, una bala del dieciocho, fragmentos de instrumentos astronómicos, un trozo del coronamiento de popa y una campana de bronce que ostentaba la siguiente inscripción: «Bazin me hizo», marca de la fundición del arsenal de Brest hacia 1785. Ya no cabía duda.

Con el propósito de completar su informe, Dillon permaneció en el lugar del siniestro hasta el mes de octubre. Luego partió de Vanikoro, puso rumbo a Nueva Zelanda, fondeó en Calcuta el 7 de abril de 1828 y zarpó para Francia, donde fue acogido con grandes muestras de simpatía por el rey Carlos X.

Pero a la sazón hacía ya algún tiempo que Dumont d'Urville, sin tener conocimiento de los trabajos de Dillon, había partido para localizar por su cuenta los restos del naufragio. La razón de esta marcha se debía a los informes de un ballenero, que afirmaba haber visto unas medallas y una cruz de San

Luis en manos de los salvajes de la Louisiade y de Nueva Caledonia.

Dumont d'Urville, pues, comandante del *Astrolabe,* se había hecho a la mar. Dos meses después de la marcha de Dillon de aguas de Vanikoro, el *Astrolabe* fondeaba en Hobart Town. Allí los expedicionarios se enteraron de los resultados obtenidos por Dillon y tuvieron noticia, además, de que cierto James Hobbs, segundo de a bordo del *Union,* de Calcuta, que había tocado tierra en una isla situada a los 8° 18' de latitud sur y 156° 30' de longitud este, había observado que los indígenas de aquellos parajes empleaban unas barras de hierro y telas encarnadas.

Dumont d'Urville quedó perplejo ante estos informes contradictorios, y como no sabía si debía confiar en la veracidad de aquellos relatos, que a él le llegaban a través de periódicos no muy dignos de crédito, se decidió a seguir las huellas de Dillon.

El 10 de febrero de 1828 el *Astrolabe* se presentó ante Tikopia, contrató como guía e intérprete a un desertor establecido en aquella isla y puso rumbo a Vanikoro, cuyas costas divisó el 12 de febrero. Hasta el 14 del mismo mes costeó sus arrecifes, y el 20, atravesada la barrera, fondeó en el puerto de Vanu.

El 23 algunos de sus oficiales hicieron un recorrido por la isla y comprobaron la existencia de algunos restos poco importantes. Los nativos, escudándose en reticencias y subterfugios, se negaron a guiarlos hasta el lugar del naufragio. Esta conducta tan sospechosa dio pie a la suposición de que habían maltratado a los náufragos y, en efecto, parecían temer que Dumont d'Urville hubiera acudido a vengar a La Pérouse y a sus infortunados compañeros.

El día 26, sin embargo, a fuerza de regalos y comprendiendo que no debían temer ninguna represalia, acompañaron al segundo de a bordo, Jacquinot, al escenario de los hechos.

Allí, a una profundidad de tres o cuatro brazas, entre los arrecifes de Pacu y Vanu, hallaron sumergidos anclas, cañones, trozos de plomo y de hierro incrustados en las concreciones calcáreas. La chalupa y la ballenera del *Astrolabe* fueron dirigidas hacia aquel punto, donde, a copia de no pocos esfuerzos, sus tripulantes lograron rescatar un ancla que pesaba mil ochocientas libras, un cañón del ocho de fundición de hierro, una masa de plomo y dos barras de cobre.

Interrogando a los nativos, Dumont d'Urville supo también que, tras la pérdida de sus naves, encalladas en los arrecifes de la isla, La Pérouse había construido una embarcación más pequeña, con la que partió para perderse de nuevo... ¿Dónde? Quién sabe.

El comandante del *Astrolabe* hizo erigir, entre la espesura de mangles, un cenotafio a la memoria del ilustre navegante y de sus camaradas. Era una sencilla pirámide cuadrangular, levantada sobre un basamento de corales, en la que se evitó emplear pieza de hierro alguna que pudiera tentar la codicia de los nativos.

Luego Dumont d'Urville quiso partir enseguida, pero sus hombres —y él mismo— habían enfermado de las fiebres que asolan esas costas malsanas, lo que le impidió hacerse a la mar antes del 17 de marzo.

Entretanto, el gobierno francés, temiendo que Dumont d'Urville no hubiera sido puesto al corriente de los trabajos de Dillon, había enviado a Vanikoro la corbeta *Bayonnaise*, al mando de Legoarant de Tromelin, que tenía su base en la costa occidental americana. La *Bayonnaise* fondeó ante Vanikoro unos meses después de la partida del *Astrolabe;* no halló ningún otro resto, pero comprobó que los salvajes habían respetado el mausoleo de La Pérouse.

Tal fue, en síntesis, mi relato de los hechos al capitán Nemo.

—¿Así que nadie sabe aún adónde fue a parar el tercer navío construido por los náufragos de la isla de Vanikoro? —me preguntó.

—Nadie lo sabe.

El capitán Nemo no respondió, pero me indicó con un gesto que le siguiera al gran salón. El *Nautilus* se sumergió unos metros por debajo de las aguas y los paneles se abrieron.

Me precipité hacia los ventanales. Allí, entre las masas de

corales, cubiertos de fungias, de sifónulas, de alciones, de cariofileas, entre miríadas de bellísimos peces —girelas, glifisidontes, ponféridos, diácopos, holocentros—, descubrí una serie de restos que las dragas no habían podido arrancar: abrazaderas de hierro, anclas, cañones, balas, el aparejo de un cabrestante, un estrave, objetos todos pertenecientes a buques naufragados y que ahora yacían en el fondo recubiertos de flores vivientes.

Y mientras contemplaba aquellos desolados despojos, el capitán Nemo me dijo con voz grave:

—El comandante La Pérouse partió el 7 de diciembre de 1785 con sus navíos *Boussole* y *Astrolabe*. Fondeó primero en Botany Bay, visitó el archipiélago de los Amigos, Nueva Caledonia, puso rumbo a Santa Cruz y arribó a Namouka, una isla del grupo de las Hapai. Luego las naves llegaron a los arrecifes de Vanikoro, hasta entonces desconocidos. La *Boussole*, que iba delante, encalló en la costa meridional. El *Astrolabe* acudió en su ayuda y encalló también. El primer barco quedó destruido casi inmediatamente, mientras que el segundo, varado a sotavento, resistió algunos días. Los nativos dispensaron a los náufragos una buena acogida, así que estos se instalaron en la isla e iniciaron la construcción de una nave más pequeña con los restos de las destruidas. Algunos marineros prefirieron quedarse en Vanikoro. Los restantes, debilitados y enfermos, partieron con La Pérouse. Pusieron rumbo a las islas Salomón, y allí, en la costa occidental de la mayor isla del grupo, entre los cabos Decepción y Satisfacción, naufragaron de nuevo y perecieron todos.

—¿Cómo sabe usted eso? —exclamé.

—Vea lo que encontré en el lugar de ese último naufragio.

El capitán Nemo me mostró una caja de hojalata que llevaba marcadas las armas de Francia, completamente corroída por las aguas salinas. La abrió y vi un manojo de papeles amarillentos, pero todavía legibles.

¡Eran las instrucciones del ministro de Marina al comandante La Pérouse, que el propio Luis XVI había completado con anotaciones al margen!

—¡Qué digna muerte para un marino! —comentó el capitán—. No hay tumba tan tranquila como esa tumba de coral. ¡Quiera el cielo que mis compañeros y yo reposemos algún día en una semejante!

XX

El estrecho de Torres

Durante la noche del 27 al 28 de diciembre el *Nautilus* abandonó las aguas de Vanikoro a mayor velocidad de la acostumbrada. Su rumbo era sudoeste, y en tres días cubrió las setecientas cincuenta leguas que separan el grupo de La Pérouse de la punta sudoriental de Papuasia.

El día 1 de enero de 1868, por la mañana temprano, Consejo acudió a reunirse conmigo en la plataforma.

—¿Me permite el señor que le desee un feliz año nuevo?

—¡Qué detalle, Consejo! ¡Como si estuviera en París, en mi despacho del Jardín Botánico! Acepto tus buenos deseos y te los agradezco de veras. Aunque quisiera que me explicaras qué es lo que entiendes tú por un «año feliz» en las circunstancias en que nos encontramos. ¿Un año que verá el fin de nuestra prisión, o un año en el que se prolongará este extraordinario viaje?

—Sinceramente —respondió Consejo— no sabría que decirle al señor. Es cierto que llevamos dos meses viendo curiosidad tras curiosidad, cosa que no nos ha dejado tiempo de aburrirnos. Y cada sorpresa es más asombrosa que la anterior. Si se mantiene esta progresión, no sé adónde iremos a parar... Pienso que jamás va a ofrecérsenos una oportunidad semejante.

—Nunca más, Consejo.

—Además, el señor Nemo, que hace honor a lo que su

nombre significa en latín, es como si no existiera en absoluto: no nos causa la más mínima molestia.

—Es bien cierto lo que dices, Consejo.

—Así que, a mi juicio, y si el señor no piensa de otro modo, un año feliz sería aquel en que nos estuviera permitido ver todo...

—¿Todo, Consejo? Mucho tiempo haría falta para eso. Pero ¿qué opina Ned Land?

—Ned opina exactamente lo contrario que yo —respondió Consejo—. Es un temperamento positivista, regido por el estómago. A él no le basta con contemplar los peces y alimentarse de ellos. La falta de vino, de pan, de carne es algo que no le va a un digno anglosajón acostumbrado a los bistecs y a beber de cuando en cuando una copita de coñac o ginebra.

—Pues a mí, Consejo, eso no me preocupa en absoluto. Me va de maravilla el régimen de a bordo.

—Y a mí. Tengo yo tantas ganas de quedarme como Ned de escapar. Lo que quiere decir que si el año que comienza no va a ser bueno para mí, lo será para Ned, y a la inversa. O sea que, en cualquier caso, por lo menos alguno de los dos quedará satisfecho. En fin, que deseo al señor lo que más agrade al señor.

—Muchas gracias, Consejo. Por mi parte quiero rogarte que me permitas posponer la cuestión del aguinaldo y sustituirlo provisionalmente por un buen apretón de manos. Es lo único que tengo ahora.

—El señor jamás ha sido tan generoso —respondió Consejo.

Y con estas palabras se despidió.

El 2 de enero habíamos cubierto ya 11.340 millas, es decir, 5.250 leguas, desde nuestro punto de partida en los mares del Japón. Frente al espolón del *Nautilus* se abrían los peligrosos parajes del mar del Coral, en la costa nororiental australiana. Nuestra nave costeaba a varias millas de distancia aquel temible banco en el que el 10 de junio de 1770 estuvieron a punto de naufragar los barcos de Cook. La nave en que iba este chocó contra una roca, y si no se hundió fue porque el fragmento de coral, desprendido con el golpe, permaneció clavado en el casco entreabierto.

Me hubiera agradado sobremanera visitar aquel largo arrecife —mide más de trescientas sesenta leguas de longitud— contra el cual el continuo oleaje del mar va a quebrarse con formidable intensidad, comparable a los fragores del trueno. Pero en aquel momento los planos inclinados del *Nautilus* nos dirigían hacia las grandes profundidades, por lo que nada pude ver de aquellas altas paredes coralígenas. Tuve que contentarme con los diversos especímenes de peces que cayeron en nuestras redes. Entre otros pude observar unos germones, especie de escombros grandes como atunes, con los costados azulados y rayados con bandas transversales que desaparecen a lo largo de la vida del animal. Estos peces nos salían al paso en tropel, y suministraron a nuestra mesa una carne delicadísima. Pescamos también muchos esparos vertores —de unos cinco centímetros—, que tenían el gusto de la dorada, pirápedos volantes, auténticas golondrinas submarinas que en las noches oscuras rayan alternativamente los aires y las aguas con sus trazos fosforescentes... En cuanto a moluscos y zoófitos, enredados en las mallas de la barredera encontré diversas especies de alcionarios, ursinos, martillos, espuelas, cuadrantes, coritas, hialas, etcétera. La flora estaba representada por hermosas algas flotantes —laminarias y macrocistes— impregnadas del mucílago que segregan sus poros; entre ellas recogí una admirable *Nemastoma geliniaroide*, que fue clasificada entre las curiosidades de la naturaleza reunidas en nuestro museo.

Dos días después de haber atravesado el mar del Coral, el 4 de enero, avistamos las costas de Papuasia. En aquella ocasión el capitán Nemo me informó de su intención de pasar al océano Índico por el estrecho de Torres. No dijo nada más. Ned vio con satisfacción que esta ruta le acercaba a los mares europeos.

El mencionado estrecho de Torres tiene muy mala fama, tanto por sus peligrosos escollos como por los salvajes habitantes de sus costas. Separa de Nueva Holanda la gran isla de Papuasia, conocida también como Nueva Guinea.

Nueva Guinea tiene cuatrocientas leguas de longitud por ciento treinta de anchura. Se encuentra situada entre los 0° 19' y los 10° 2' de latitud sur, y entre los 128° 23' y los 146° 15' de longitud. Al mediodía, mientras que el segundo de a bordo tomaba la altura del sol, distinguí a lo lejos las cumbres de los montes Arfalx, que se alzan sobre una serie de rellanos y terminan en afilados picachos.

Esta tierra, descubierta en 1511 por el portugués Francisco Serrano, fue visitada sucesivamente por don José de Meneses en 1526, por Grijalva en 1527, por el general español Álvaro de Saavedra en 1528, por Juigo Ortez en 1545, por el holandés Shouten en 1616, por Nicolas Sruick en 1753, por Tasman, Dampier, Fumel, Carteret, Edwards, Bougainville, Cook, Forrest, MacCluer..., por d'Entrecasteaux en 1792, por Duperrey en 1823 y por Dumont d'Urville en 1827. «Es el hogar primitivo de los negros que ocupan toda Malasia», ha escrito de ella el señor de Rienzi. Pero lo que menos pensaba yo era que los azares de nuestra navegación me llevarían a entrar en relación con los temibles andamaneses.

El *Nautilus*, pues, embocó la entrada del estrecho más peligroso del mundo, estrecho que los más audaces navegantes apenas se atreven a franquear, el mismo que Luis Paz de Torres afrontó a su regreso de los mares del Sur en la Melanesia, y en el que, en 1840, las dañadas corbetas de Dumont d'Urville estuvieron a punto de perderse, y con ellas la vida de sus tripulantes. El propio *Nautilus*, para el que tan poco contaban los peligros del mar, iba a tener, sin embargo, un tropiezo con los arrecifes coralinos.

El estrecho de Torres tiene unas treinta y cuatro leguas de anchura, pero se encuentra obstruido por innumerables islas, islotes, rompientes, escollos que lo hacen casi impracticable para la navegación. En consecuencia, el capitán Nemo adoptó todas las precauciones requeridas por la travesía. El *Nautilus*, emergiendo a flor de agua, avanzaba a moderada velocidad. Su hélice, semejante a la cola de un cetáceo, batía pausadamente las olas.

Aprovechando esta circunstancia, mis dos compañeros y

yo nos habíamos instalado en la plataforma, que permanecía desierta. Teníamos delante la cabina del timonel y, o mucho me equivoco, o el capitán Nemo en persona debía de encontrarse en ella, pilotando la nave.

Tenía yo a la vista las excelentes cartas del estrecho de Torres levantadas y dibujadas por el ingeniero hidrógrafo Vincendon Dumoulin y por el alférez de navío —hoy almirante— Coupvent-Desbois, que formaron parte del Estado Mayor de Dumont d'Urville durante su último viaje de circunnavegación. Dichas cartas, con las del capitán King, son las que mejor desembrollan la confusión de ese angosto paso, y yo las consultaba con escrupulosa atención.

En torno del *Nautilus,* el mar se agitaba con furia. La corriente del oleaje, que empujaba del sudeste al nordeste a una velocidad de dos millas y media, iba a quebrarse en los corales, cuya parte superior emergía en multitud de puntos.

—¡Mala mar es esta! —exclamó Ned Land.

—Pésima, en efecto —respondí yo—, y muy poco adecuada para una embarcación como el *Nautilus.*

—Ese condenado capitán tiene que estar muy seguro de su ruta, porque esto está lleno de masas de coral que partirían el casco en mil pedazos con solo rozarlas —añadió el canadiense.

La situación, en efecto, era comprometida. Pero el *Nautilus* parecía deslizarse como por arte de magia entre aquellos furiosos rompientes. No seguía con exactitud la ruta del *Astrolabe* y del *Zélée,* que fue fatal para Dumont d'Urville. Inició la suya más al norte, pasó ante la isla de Murray y torció luego hacia el sudoeste, hacia el paso de Cumberland. Pensé que iba a embocarlo directamente, pero vi que remontaba hacia el noroeste y que, pasando entre una gran multitud de islas e islotes poco conocidos, se dirigió hacia la isla Tung y el canal Malo.

Mientras me preguntaba si el capitán Nemo, imprudente hasta la locura, quería dirigir su navío por el paso donde casi colisionaron las dos corbetas de Dumont d'Urville; modificó por segunda vez su rumbo encarándose derecho al oeste, hacia la isla de Gueboroar.

Eran entonces las tres de la tarde. El oleaje rompía, la marea estaba casi en su punto álgido. El *Nautilus* se acercaba a aquella isla que todavía recuerdo con su orilla repleta de pandanos. Estábamos a menos de diez millas.

De pronto, un choque me derribó. El *Nautilus* acababa de dar contra un escollo. Pararon sus máquinas y quedó inmóvil, levemente escorado a babor.

Cuando me levanté, vi que el capitán Nemo y su segundo habían subido a la plataforma. Comprobaban el estado del barco e intercambiaban frases en su incomprensible idioma.

La situación era esta. A dos millas, por estribor, aparecía la isla de Gueboroar, cuya costa se redondeaba del norte hacia el oeste como un inmenso brazo. Por el sur y el este aparecían ya algunas puntas de coral, que el reflujo empezaba a descubrir. Habíamos embarrancado en alta mar, y en uno de esos mares donde las mareas son de escasa amplitud, circunstancia molesta para volver a poner a flote el *Nautilus*. Sin embargo, el barco no había sufrido daños; hasta tal punto era sólida la construcción de su casco. Pero aunque no podía hundirse ni sufrir una vía de agua, corría un serio peligro de quedar atascado para siempre en aquellos bajíos y de que este fuera el fin de la nave submarina del capitán Nemo.

Estas eran mis reflexiones, cuando vi aproximarse al capitán, frío y sereno, siempre dueño de sí. Sin dar muestras de emoción ni de contrariedad.

—¿Un accidente? —le pregunté.

—No. Un incidente solo —me respondió.

—Pero un incidente que quizá va a obligarle a volver a pisar esa tierra de la que usted ha huido... —repliqué.

El capitán Nemo me miró de un modo extraño e hizo un gesto negativo. Era como decirme con suficiente claridad que jamás circunstancia alguna lo obligaría a poner los pies en un continente. Luego dijo:

—Hoy, señor Aronnax, el *Nautilus* no va a perderse. Aún está en condiciones de transportarle a usted por el maravilloso océano. Nuestro viaje no ha hecho más que empezar y por mi parte no deseo verme privado tan pronto del honor de su compañía.

—Sin embargo, capitán —repliqué sin dar importancia al

tono irónico de sus palabras—, el *Nautilus* ha encallado en el momento de la pleamar. Usted sabe tan bien como yo que las mareas no son fuertes en el Pacífico... Así que, si no puede usted aligerarlo de lastre (cosa que me parece imposible de realizar), pienso que no habrá modo de volver a ponerlo a flote.

—Tiene usted razón, profesor —respondió el capitán Nemo—, las mareas no son fuertes en el Pacífico, pero en el estrecho de Torres se produce una diferencia de metro y medio entre los niveles de bajamar y pleamar. Hoy estamos a 4 de enero, y faltan cinco días para el plenilunio. Pues bien, me extrañará muy mucho que nuestro complaciente satélite no alce las masas de agua al nivel requerido, prestándome así un servicio que no quiero deber a ninguna otra causa.

Dicho esto, el capitán Nemo y su segundo volvieron a bajar al interior del *Nautilus*. En cuanto al barco, no se movía en absoluto: permanecía inmóvil como si los pólipos coralinos lo hubiesen englobado ya en su indestructible cemento.

—¿Y bien, señor? —me interrogó Ned Land, que se acercó a mí después de que se marchara el capitán.

—Nada, amigo Ned. Que aguardaremos tranquilamente la marea del día 9, porque parece ser que la luna va a tener la gentileza de devolvernos a flote.

—¿Así de sencillo?

—Así de sencillo.

—¿O sea que este condenado capitán no va a echar sus anclas en el fondo, no piensa emplear cadenas y la fuerza de su máquina, y poner todos los medios para halar el barco?

—¿Para qué? ¡Ya lo hará la marea! —replicó simplemente Consejo.

El canadiense lo miró de hito en hito; luego se encogió de hombros. El marino que había en él habló con rotundidad:

—Puede usted creerme, señor, si le digo que esta chatarra no volverá a navegar nunca más ni por encima ni por debajo de las aguas. Ya solo vale para venderlo a peso. Para mí que ha llegado el momento de despedirnos a la francesa del capitán Nemo.

—Amigo Ned —respondí—, yo no desespero como tú respecto a este valiente *Nautilus*. Dentro de cuatro días sabremos a qué atenernos acerca de las mareas del Pacífico. Por lo demás, tu consejo de huir pudiera ser oportuno si nos halláramos a la vista de los costas de Inglaterra o de Provenza, pero en estos parajes de Papuasia... Siempre tendremos tiempo de recurrir a ese extremo si el *Nautilus* no logra escapar de esta, porque la situación me parecerá entonces realmente grave.

—Pero ¿no valdría la pena explorar, al menos, el terreno? —insistió Ned—. Ahí hay una isla. Y árboles en ella. Y bajo los árboles habrá sin duda animales terrestres con costillitas y rosbifs, a los que me agradaría mucho hincarles el diente.

—En esto tiene razón el amigo Ned —dijo Consejo—, y me apunto a su idea. ¿No podría convencer el señor a su amigo el capitán Nemo de que nos transportara a tierra, aunque no sea más que por no perder el hábito de pisar las partes sólidas de nuestro planeta?

—Puedo pedírselo —respondí—, pero se negará.

—Arriésguese el señor —insistió Consejo—, y sabremos a qué atenernos respecto a la amabilidad del capitán.

Para mi gran sorpresa, el capitán Nemo me concedió el permiso que le solicitaba, y lo hizo con suma gentileza y deseo de complacerme, sin ni siquiera exigirme la promesa de regresar a bordo. Claro que una fuga a través de las tierras de Nueva Guinea hubiera resultado muy peligrosa, y jamás hubiera aconsejado yo a Ned Land que lo intentara. Era preferible continuar prisioneros en el *Nautilus* a caer en manos de los nativos de Papuasia.

Pusieron a nuestra disposición la lancha para la mañana siguiente. No intenté averiguar si nos acompañaría el capitán Nemo. Supuse incluso que no vendría con nosotros ningún miembro de la tripulación y que Ned Land se encargaría de dirigir el bote. Por otra parte, la tierra estaba a lo sumo a dos millas, y para el canadiense sería solo un juego guiar la embarcación a través de las líneas de arrecifes, tan funestas para los grandes navíos.

Al día siguiente, 5 de enero, el bote fue liberado del puente, desalojado de su hueco y lanzado al mar desde lo alto de la plataforma. Dos hombres bastaron para la operación. Los remos estaban ya dentro, así que no teníamos más que colocarnos en nuestro puesto.

A las ocho de la mañana, armados con fusiles y hachas, nos transbordamos al bote desde el *Nautilus*. El mar estaba bastante tranquilo. Soplaba una ligera brisa terrestre. Consejo y yo, puestos a los remos, bogábamos vigorosamente, mientras Ned gobernaba el timón por los angostos pasos que los rompientes dejaban entre ellos. El bote era muy manejable y se deslizaba con rapidez.

Ned Land no podía contener su júbilo. Era como un prisionero fugado de su cárcel, al que no se le ocurría pensar que tenía que volver a ella.

—¡Carne! —repetía—. ¡Vamos a comer carne! ¡Y qué carne! ¡Caza de la buena! ¡Nada de morralla! No es que yo desprecie el pescado, pero conviene no abusar de él. Un buen trozo de venado fresco, asado a la brasa, variará muy agradablemente nuestros menús.

—¡Sibarita! —replicaba Consejo—. ¡Logras que la boca se me haga agua!

—Falta por ver si hay caza en esos bosques —contesté yo—, y si la caza no es tal que pueda cazar al pretendido cazador...

—¡Bueno, señor Aronnax! —respondió el canadiense, cuyos dientes parecían afilarse como el corte de un hacha—. Comeré tigre, solomillo de tigre, si no hay otro cuadrúpedo en esa isla.

—El amigo Ned le pone a uno los pelos de punta —dijo Consejo.

—Sea como fuere —prosiguió Ned Land—, cualquier animal que se me ponga a tiro, ya sea de cuatro patas y sin plumas o de dos patas y con ellas, recibirá como saludo mi primer disparo.

—¡Vaya! —respondí—. ¡Ya empieza nuestro Ned con sus imprudencias!

—No tema, señor Aronnax, y reme fuerte. Solo le pido veinticinco minutos para poder ofrecerle un plato de los que a mí me gustan.

A las ocho y media el bote del *Nautilus* varaba suavemente en una playa arenosa, tras haber franqueado con fortuna el anillo de corales que rodea la isla de Gueboroar.

XXI

Unos días en tierra

Tocar tierra me produjo una viva impresión. Ned tanteaba el terreno con el pie, como para tomar posesión de él. Sin embargo solo hacía dos meses que éramos, por decirlo con palabras del capitán Nemo, «pasajeros» del *Nautilus*, y en realidad, prisioneros de su comandante.

En algunos minutos nos encontramos a un tiro de fusil de la costa. El suelo era casi por completo madrepórico, aunque ciertos cauces de torrentes ahora secos, cubiertos de restos graníticos, demostraban la formación primordial de la isla. La línea del horizonte se ocultaba tras un telón de maravillosos bosques. Árboles enormes, cuya altura alcanzaba a veces los cien pies, se unían unos a otros por medio de lianas, cuyas guirnaldas formaban verdaderas hamacas naturales, mecidas por una leve brisa. Eran mimosas, ficus, casuarinas, tecas, hibiscos, péndanos, palmeras, todos profusamente mezclados, y al abrigo de su bóveda verdeante, al pie de las gigantescas estípites, crecían las orquídeas, las leguminosas y los helechos.

Sin prestar atención a aquellos espléndidos ejemplares de la flora papúa, el canadiense abandonó lo agradable por lo útil. Divisó un cocotero, hizo caer algunos de sus frutos, los rompió y bebimos su leche y comimos su carne con una satisfacción tal que era toda una protesta contra el rancho del *Nautilus*.

—¡Excelente! —exclamaba Ned Land.

—¡Exquisito! —respondía Consejo.

—Imagino que el Nemo ese no se opondrá a que introduzcamos un cargamento de cocos en su nave... —dijo el canadiense.

—No lo creo —contesté—, ¡pero no querrá probarlos!

—¡Él se lo pierde! —dijo Consejo.

—¡Eso saldremos ganando! —replicó Ned—. ¡Tocaremos a más!

—Aguarda un momento, Ned —dije yo al arponero, al ver que se disponía a devastar otro cocotero—. No me parecen mal los cocos, pero antes de llenar la lancha de ellos, sería juicioso investigar si la isla produce alguna otra sustancia no menos útil. A la despensa del *Nautilus* no le irían nada mal unas legumbres frescas.

—Tiene razón el señor —admitió Consejo—. Propongo que reservemos tres lugares de la lancha: uno para las frutas, otro para las legumbres y el tercero para la caza, de la que no he visto todavía ni el menor rastro.

—No hay que desesperar, Consejo —replicó el canadiense.

—Prosigamos, pues, nuestra excursión —dije—, pero bien alerta. Aunque la isla parece deshabitada, pudiera ser que hubiera en ella individuos menos exigentes que nosotros respecto de la naturaleza de su caza...

—¡Ham, ham! —dijo Ned moviendo sus mandíbulas de un modo muy significativo.

—¿Qué es eso, Ned? —exclamó Consejo.

—¡Que empiezo a comprender los encantos de la antropofagia! —respondió el canadiense.

—¡Quita, quita, Ned! ¿Qué dices? —replicó Consejo—. ¿Antropófago tú? ¡En adelante no voy a sentirme seguro, yo que comparto tu camarote! ¿Y si un día me despierto devorado a medias...?

—Querido Consejo, te tengo en gran aprecio, pero no tanto como para comerte, de no ser en caso de necesidad.

—No las tengo todas conmigo —respondió Consejo—. ¡Vamos, vamos, adelante con la caza! Es del todo imprescindible que consigamos alguna pieza para satisfacer a este caníbal. De lo contrario, cualquier día de estos, el señor no encontrará más que unos restos de criado a su servicio.

Mientras intercambiábamos estas bromas habíamos penetrado bajo las sombrías bóvedas del bosque, y durante dos horas estuvimos recorriéndolo arriba y abajo.

El azar vino a satisfacer aquella búsqueda de vegetales comestibles y uno de los productos más útiles de las zonas tropicales nos procuró un alimento precioso que faltaba a bordo.

Me estoy refiriendo al árbol del pan, muy abundante en la isla de Gueboroar, donde encontré precisamente aquella variedad desprovista de semillas que los malayos llaman *rima*.

El árbol en cuestión se distinguía de los demás árboles por su tronco recto y de unos cuarenta pies de alto. Su copa, graciosamente redondeada y formada por grandes hojas multilobuladas, bastaba a los ojos de un naturalista para identificar un *Artocarpus*, esa planta tan bien aclimatada en las islas Mascareñas. Entre su masa de verdor destacaban unos grandes frutos globulosos, de unos diez centímetros, dotados por fuera de unas rugosidades dispuestas en forma de hexágono. Es un vegetal muy útil con el que la naturaleza ha favorecido a aquellas regiones en las que falta el trigo y que sin necesidad de cultivo alguno da frutos durante ocho meses al año.

Ned Land conocía bien esos frutos. Los había comido durante sus numerosos viajes y sabía cómo preparar su sustancia comestible. A su vista se le despertó el apetito, y ya no pudo contenerse por más tiempo.

—Profesor —me dijo—, me muero de ganas de probar un poquito de esta masa del árbol del pan.

—Come, Ned, come cuanto quieras. Hemos venido aquí en plan de tener experiencias nuevas, así que tengámoslas.

—No tardaré mucho —respondió el canadiense.

Valiéndose de una lente prendió fuego en un poco de leña seca, que chisporroteó alegremente. Entretanto, Consejo y yo escogimos los mejores frutos del *Artocarpus*. Algunos no estaban todavía del todo maduros y su espesa piel recubría una pulpa blanca pero fibrosa. Pero otros, muy abundantes, amarillentos y gelatinosos, no esperaban más que el momento de ser cogidos.

Estos frutos no tienen dentro ningún hueso. Consejo reunió una docena de ellos y se los llevó a Ned, quien los colocó sobre unas brasas tras cortarlos en gruesas rebanadas, mientras iba repitiendo al hacerlo:

—¡Ya verá, profesor, lo bueno que es este pan!

—Sobre todo cuando uno se ha visto privado de él durante tanto tiempo —dijo Consejo.

—¡Es algo más que pan! —añadió el canadiense—. ¡Repostería fina! ¿No lo ha probado nunca, señor?

—No, Ned.

—Pues prepárese para saborear algo suculento. ¡Si no repite usted, dejo de ser el rey de los arponeros!

Al cabo de unos minutos, la parte de los frutos expuesta al fuego quedó completamente carbonizada. En el interior aparecía una pasta blanca, semejante a la miga tierna, cuyo sabor recordaba al de la alcachofa.

Tuve que reconocer que aquel pan era excelente y me lo comí con sumo placer.

—Por desgracia esta pasta no puede conservarse fresca. Me parece inútil hacer provisión de ella para llevarla a bordo.

—¡Nada de eso, profesor! —exclamó Ned Land—. Habla usted como un naturalista, pero yo voy a hacer de panadero. Consejo, recolecta unos cuantos frutos para cargar con ellos a la vuelta.

—¿Y cómo los prepararás? —pregunté al canadiense.

—Elaborando con su pulpa una pasta fermentada que se conservará indefinidamente y sin corromperse. Cuando desee emplearla, la coceré en la cocina de a bordo. Tendrá un sabor ligeramente ácido, pero la encontrará usted excelente.

—O sea, Ned, que a este pan no le falta nada...

—Una cosa le falta, profesor —respondió el canadiense—: acompañarlo con algunas frutas o, por lo menos, con algunas legumbres.

—¡Pues a buscarlas se ha dicho!

Una vez realizada nuestra cosecha, nos pusimos en camino para completar aquella comida «terrestre».

Nuestra búsqueda no fue vana, y hacia el mediodía habíamos conseguido una abundante provisión de plátanos. Estos deliciosos productos de la zona tórrida maduran durante todo el año. Los malayos, que los llaman *pisang*, los comen sin cocerlos. Recogimos también unos frutos enormes llamados *jaks*, de sabor muy característico, sabrosos mangos y unas piñas tropicales de un tamaño inverosímil. En aquella cosecha invertimos una gran parte de nuestro tiempo, por lo demás muy bien aprovechado.

Consejo observaba a Ned. El arponero marchaba siempre en cabeza y mientras caminaba por el bosque cortaba con mano diestra excelentes frutas que debían completar su provisión de alimentos.

—¿Qué tal, amigo Ned? ¿Tienes ya de todo?

—Hum... —respondió el canadiense.

—¡Cómo! Pero ¿todavía te quejas?

—Todos estos vegetales no bastan para completar una comida —respondió Ned—. Son su parte final, el postre. Pero ¿y el potaje? ¿Y el asado?

—En efecto —intervine—, Ned nos había prometido unas chuletitas que me parecen muy problemáticas...

—Señor —respondió el canadiense—, nuestra caza no solo no ha concluido aún, sino que ni siquiera ha empezado. ¡Paciencia! Tarde o temprano daremos con algún animal de pluma o pelo; y si aquí no los hay, los buscaremos en cualquier otra parte...

—Y si no es hoy, será mañana —añadió Consejo—, porque conviene que no nos alejemos demasiado. Les propongo incluso que regresemos al bote.

—¡Cómo! ¿Ya? —exclamó Ned.

—Hemos de estar de vuelta antes de que caiga la noche —dije.

—Pues ¿qué hora es? —preguntó el canadiense.

—Por lo menos las dos —respondió Consejo.

—¡Cómo pasa el tiempo en tierra firme! —se lamentó Ned suspirando.

—¡En marcha! —respondió Consejo.

Volvimos, pues, sobre nuestros pasos a través del bosque y completamos nuestra recolección cosechando un montón de palmiches, que hay que arrancar de las copas de los árboles, unas pequeñas habichuelas que identifiqué como las llamadas *abru* por los malayos, y ñames de primerísima calidad.

Casi no podíamos con nuestra carga cuando llegamos al bote. Y sin embargo Ned no consideraba aún suficiente nuestra provisión. Pero la suerte vino en su ayuda. En el mismo momento de embarcar distinguió unos árboles de veinticinco a treinta pies de altura, pertenecientes a la especie de las palmeras. Estos árboles, tan útiles como el *Artocarpus*, brindan algunos de los productos más valiosos de Malasia.

Eran unos saguteros, plantas que crecen sin necesidad de cultivo y que se reproducen, como las moreras, por medio de vástagos y de semillas.

Ned conocía la manera de aprovecharlos. Tomó su hacha y, manejándola con vigor, pronto echó a tierra dos o tres saguteros, cuya madurez podía reconocerse por el polvillo blanco que espolvoreaba sus palmas.

Contemplaba yo su faena con ojos de naturalista, más que como hombre hambriento. Empezó por levantar de cada tronco una tira de corteza de una pulgada de grosor, que dejó al descubierto un entramado de fibras alargadas que formaban complicadísimos nudos, aglutinadas por una especie de harina gomosa. Dicha harina era el sagú, sustancia comestible que constituye la base de la alimentación de las poblaciones melanesias.

Por el momento Ned se contentó con cortar aquellos troncos en pedazos, como quien hace leña para el fuego, dejando para más adelante la tarea de extraer la harina, pasarla por un cedazo para separarla de sus ligamentos fibrosos, extenderla al sol para que se evapore su humedad y darle consistencia sólida en moldes.

Finalmente, hacia las cinco de la tarde, cargados con todo nuestro botín, abandonamos la orilla de la isla. Media hora después abordábamos el *Nautilus*. Nadie salió a recibirnos. El enorme cilindro de hierro parecía desierto. Una vez embarcadas nuestras provisiones, bajé a mi camarote. Allí encontré preparada mi cena. Comí, y no tardé en quedarme dormido.

Al día siguiente, 6 de enero, ninguna novedad a bordo. Ni un ruido en el interior, ni una señal de vida. El bote había permanecido al costado de la nave, en el mismo lugar donde lo habíamos dejado. Decidimos regresar a la isla de Gueboroar. Ned Land esperaba tener con la caza más suerte que la víspera, y deseaba visitar otra zona del bosque.

Amanecía cuando nos pusimos en marcha. El bote se vio impulsado hacia tierra por la fuerza misma de la corriente, de forma que alcanzamos la isla en unos instantes.

Desembarcamos al punto, y juzgando que lo mejor era dejarnos guiar por el instinto del canadiense, fuimos tras Ned, que amenazaba con dejarnos atrás con sus largas zancadas.

Ned remontó la costa hacia el oeste. Luego, vadeando el cauce de algunos torrentes, ascendió hacia la llanura superior, bordeada de admirables bosques. Algunos martín pescadores revoloteaban a lo largo de los cursos de agua, pero no permitían que nos acercáramos a ellos. Su desconfianza me demostró que aquellas aves sabían a qué atenerse con respecto a los bípedos de nuestra especie, de lo que deduje que, si la isla no estaba habitada, por lo menos era seguro que el ser humano la frecuentaba de cuando en cuando.

Después de atravesar una verdeante pradera, llegamos al lindero de un pequeño bosque, animado por los cantos y los revoloteos de innumerables pájaros.

—¡Son solo pájaros! —se lamentó Consejo.

—¡Pero algunos de ellos son comestibles! —respondió el arponero.

—Ni hablar, amigo Ned —replicó Consejo—. Los que yo veo allí no son más que loros.

—Consejo, amigo —replicó gravemente Ned—, el loro es el faisán de quienes no tienen otra cosa para comer.

—Y añadiré yo que esas aves, si se preparan convenientemente, bien merecen ser ensartadas en un espetón —dije yo.

En efecto, bajo el espeso follaje del bosque revoloteaba de

rama en rama todo un mundo de loros, que solo requerían una educación más esmerada para ponerse a hablar algún lenguaje humano. Por el momento se contentaban con parlotear en compañía de papagayos de todos los colores, de circunspectas cacatúas que parecían hallarse meditando algún grave problema filosófico, mientras los loros de un rojo brillante pasaban como un pedazo de gasa llevado por el viento, entre cálaos de vuelo ruidoso, papúas pintados con los más finos matices del azul, y una enorme variedad de encantadores volátiles, todos ellos escasamente comestibles.

En esta colección, sin embargo, faltaba un pájaro típico de esas tierras y que jamás ha abandonado los límites de las islas de Arrú y de la Papuasia. Pero la suerte me reservaba la ocasión de poder admirarlo muy pronto.

Después de atravesar un bosque no muy espeso, nos encontramos ante una llanura cubierta de zarzales. Vi entonces cómo alzaban el vuelo unos pájaros magníficos a los que la disposición de sus largas plumas obligaba volar contra el viento. Su vuelo ondulante, la gracia de sus piruetas aéreas, el centelleo de sus colores atraían y fascinaban nuestra mirada. No me costó ningún trabajo identificarlos.

—¡Aves del paraíso! —exclamé.

—Orden de las paseriformes, sección de los clistómoros —añadió Consejo.

—¿Familia de las perdices? —preguntó Ned Land.

—No creo, Ned. Pero confío en tu habilidad para atrapar uno de estos bellísimos ejemplares de la naturaleza tropical.

—Se hará lo que se pueda, profesor, aunque estoy más acostumbrado a manejar el arpón que el fusil.

Los malayos, que mantienen un importante comercio de estos pájaros con los chinos, se las ingenian de muchas maneras para capturarlos: a veces disponen lazos en la parte superior de los árboles más altos, donde viven preferentemente estas aves; otras veces se apoderan de ellos mediante una liga muy tenaz que paraliza sus movimientos; otras, en fin, llegan incluso a envenenar las fuentes en las que acostumbran a beber tales pájaros. Pero nosotros carecíamos de esos medios. Tan solo podíamos dispararles al vuelo, lo que nos dejaba muy escasas posibilidades de acertarlos. Y, en efecto, gastamos en vano una parte de nuestras municiones.

Hacia las once de la mañana habíamos franqueado la primera línea de montañas que forman el centro de la isla, y no habíamos conseguido cazar nada. El hambre nos aguijoneaba. Los cazadores habían confiado en lo que obtendrían de su caza, equivocándose de medio a medio. Pero por suerte Consejo mató dos pájaros de un tiro —y el primer sorprendido fue él— y aseguró con ellos nuestro almuerzo: abatió una paloma común y una torcaz que, tras ser rápidamente desplumadas y ensartadas en una espetera, empezaron a asarse en un ardiente fuego de leña seca. Mientras se cocinaban aquellos interesantes animales, Ned preparó los frutos del *Artocarpus*. Luego el pichón y la torcaz fueron devorados hasta los huesos y declarados excelentes. La nuez moscada con que suelen alimentarse da a su carne un perfume y un sabor deliciosos.

—Es como si las gallinas se alimentaran de trufas —dijo Consejo.

—Y ahora, Ned, ¿qué más nos falta? —pregunté al canadiense.

—Una pieza de cuatro patas, señor Aronnax —respondió Ned Land—. ¡Todos estos pichones no son más que el aperitivo y los entremeses! Así que no estaré satisfecho hasta que consiga dar muerte a un animal con chuletas.

—Ni yo tampoco, Ned, hasta hacerme con un ave del paraíso.

—Pues continuemos con la caza —respondió Consejo—, pero en dirección hacia el mar. Hemos llegado ya a las primeras pendientes de las montañas, y me parece que deberíamos descender otra vez hacia la región de los bosques.

Era un parecer muy sensato, y lo seguimos. Al cabo de una hora de marcha llegamos a un verdadero bosque de saguteros. A nuestro paso huían algunas serpientes inofensivas. Las aves del paraíso escapaban al aproximarnos a ellas, y yo desesperaba ya de alcanzar alguna cuando Consejo, que caminaba en cabeza, se agachó súbitamente, dejó escapar un grito de triunfo y se volvió hacia mí con un magnífico ejemplar en las manos.

—¡Bravo, Consejo! —exclamé.

—El señor exagera —respondió Consejo.

—¡En absoluto, muchacho! Lo tuyo ha sido un auténtico golpe maestro! ¡Capturar vivo uno de estos pájaros! ¡Y solo con la mano!

—Si el señor lo examina de cerca, advertirá enseguida que la cosa no tiene especial mérito.

—¿Por qué dices eso, Consejo?

—Pues porque este pájaro está borracho como una cuba.

—¿Borracho?

—Sí, señor, borracho de las nueces moscadas que estaba devorando bajo el arbusto donde lo capturé. ¡Ahí tienes, Ned, los monstruosos efectos de la intemperancia!

—¡Por cien mil diablos! —respondió el canadiense—. ¡Para la ginebra que he bebido yo en estos últimos dos meses...! ¡No irás a venirme con reproches!

Entretanto yo examinaba ya aquel curioso pájaro. No se equivocaba Consejo. Al pobre bicho se le había subido a la cabeza aquel zumo, y la embriaguez lo había reducido a la impotencia. No podía volar y caminaba a duras penas. Pero aquello me preocupó muy poco, así que le dejé dormir sus nueces moscadas.

El ejemplar pertenecía a la más bella de las ocho especies que se encuentran en Papuasia y en las islas vecinas: el ave del paraíso «gran esmeralda», una de las más raras. Medía treinta centímetros de largo. Su cabeza era relativamente pequeña y tenía los ojos —muy pequeños también— colocados muy cerca del pico. En él se daban cita los más admirables matices de color: el amarillo del pico y el marrón de las patas y uñas; el castaño de las alas, sombreado de púrpura en su extremo; el amarillo pálido de la cabeza y de detrás del pescuezo; el color verde esmeralda del cuello; y, en fin, el marrón oscuro del vientre y la pechuga. Por detrás de su cola sobresalían dos filamentos córneos y sedosos, rematados en levísimas plumas de admirable finura. Tal era, en suma, el aspecto de ese maravilloso pájaro al que los indígenas han dado el poético nombre de «pájaro del sol».

Yo tenía vivos deseos de poder llevarme a París aquel magnífico ejemplar de ave del paraíso para donarlo al Jardín Botánico, que no posee ningún ejemplar vivo.

—¿Tan raro es? —preguntó el canadiense, empleando el tono de un cazador al que preocupa muy poco el aspecto artístico de las piezas cobradas.

—Rarísimo en verdad, querido amigo. Y sobre todo muy difícil de capturar vivo. E incluso muertos estos pájaros son objeto de un importante tráfico comercial. Hasta el punto de que a los nativos se les ha ocurrido la idea de fabricarlos como se fabrican las perlas y diamantes falsos.

—¡Cómo! —exclamó Consejo—. ¿Que se fabrican falsas aves del paraíso...?

—Así es, Consejo.

—¿Y sabe el señor cómo se las arreglan los indígenas?

—Sin duda. Durante el monzón del este, las aves del paraíso pierden las magníficas plumas que rodean su cola y a las que los naturalistas llaman «plumas subalares». Los falsificadores de estas aves recogen precisamente estas plumas y las adaptan con habilidad a cualquier pobre loro previamente mutilado. Luego tiñen la sutura, dan una capa de barniz al pájaro y lo envían a los museos y a los coleccionistas de Europa.

—¡Vaya! —dijo Ned Land—. Aunque no se trate del mismo pájaro, son realmente sus plumas... Y puesto que no lo destinan a la mesa, no me parece que sea tan grave.

Con la posesión de aquella ave del paraíso mis deseos se habían visto ya satisfechos. No así los del canadiense. Por fortuna, hacia las dos, Ned Land logró abatir un magnífico cerdo salvaje, de los que los nativos llaman *bari-utang*. El animal vino de perlas para proporcionarnos auténtica carne de cuadrúpedo, y fue recibido con todos los honores. Ned Land pudo ufanarse de su disparo: tocado por el proyectil eléctrico, el cerdo cayó fulminado.

El canadiense lo despellejó y vació perfectamente sus entrañas; luego cortó media docena de chuletas destinadas a proporcionarnos una parrillada para nuestra cena. Y seguimos la caza, en la que todavía habrían de destacar nuevas hazañas de Ned y de Consejo.

En efecto, los dos amigos, batiendo los zarzales, levantaron un tropel de canguros, que huyeron saltando sobre sus patas elásticas. Pero los animales no escaparon con suficiente rapidez como para evitar que el proyectil eléctrico los detuviera en su carrera.

—¡Ah, profesor! —exclamó Ned Land, a quien la pasión de la caza empezaba a subírsele a la cabeza—. ¡Qué caza tan excelente, sobre todo estofada! ¡Y qué provisión para el *Nautilus*! ¡Dos, tres, cinco a tierra! Cuando pienso que toda esta carne será para nosotros solos y que esos imbéciles de a bordo no probarán ni un bocado...

Creo que, en su frenesí, y de no ser tan charlatán, el canadiense hubiera acabado con todo el grupo de canguros... Pero se contentó con una docena de aquellos curiosos marsupiales que, como nos explicó Consejo, constituyen el primer orden de los mamíferos aplacentarios.

Aquellos animales eran de pequeño tamaño. Se trataba de una especie de canguros-conejos, que viven habitualmente en los huecos de los árboles y que se desplazan a gran velocidad. Pero aunque no sean muy grandes, su carne es la más apreciada.

Estábamos, pues, más que satisfechos de los resultados de nuestra cacería. Ned, en el colmo de la felicidad, planeaba ya regresar al día siguiente a aquella isla encantada, a la que se proponía despoblar de todos sus cuadrúpedos comestibles. Pero no contaba con los imprevistos.

Hacia las seis de la tarde estábamos de nuevo en la playa. Nuestro bote se encontraba varado en el lugar de costumbre. El *Nautilus*, semejante a un largo bajío, sobresalía entre las olas a unas dos millas de la costa.

Sin perder un instante, Ned empezó a ocuparse del importante asunto de la cena. Se las arreglaba de maravilla en las tareas culinarias. Las chuletitas de *bari-utang*, asadas a la brasa, despidieron pronto un delicioso aroma que perfumó la atmósfera.

Pero estoy viendo que empiezo a cojear del mismo pie que el canadiense... Que estoy yo también en éxtasis ante mi descripción de aquella parrillada de cerdo. ¡Discúlpeme el lector, como yo he disculpado al bueno de Ned, y por idéntico motivo!

En resumen: la cena fue excelente. Dos torcaces completaron aquel extraordinario menú. La pasta de sagú, el pan del *Artocarpus,* algunos mangos, una media docena de piñas tropicales y el licor fermentado de determinadas nueces de coco nos hicieron sentir en la gloria. Creo, incluso, que las ideas de mis dignísimos compañeros no estaban todo lo claras que debían...

—¿Y si no regresáramos esta noche al *Nautilus*? —propuso Consejo.

—¿Y si no regresáramos nunca? —remachó Ned Land.

Pero en aquel instante una piedra vino a caer a nuestros pies, cortando en seco la proposición del arponero.

XXII

El rayo del capitán Nemo

Nos habíamos quedado mirando hacia el lado del bosque, sin levantarnos; yo con la mano a medio camino hacia la boca, Ned completando el movimiento con la suya.

—Una piedra no cae del cielo —dijo Consejo—, a menos que se trate de un aerolito.

Una segunda piedra, cuidadosamente redondeada, que arrancó de la mano de Consejo un sabroso muslo de torcaz, vino a dar mayor peso a su observación.

Puestos los tres en pie, con el fusil al hombro, nos dispusimos a repeler cualquier ataque.

—¿Son monos? —preguntó Ned.

—Poco más o menos —respondió Consejo—: son salvajes.

—¡Corramos al bote! —dije iniciando la marcha hacia el mar.

Teníamos que batirnos en retirada, porque una veintena de nativos, armados con arcos y hondas, habían surgido en la linde de un bosque que ocultaba el horizonte por la derecha, a cien pasos apenas.

Nuestro bote no distaría más de diez toesas.

Los salvajes se acercaban sin correr, pero nos prodigaban muestras de absoluta hostilidad. Llovían sobre nosotros piedras y flechas.

Ned Land no había querido abandonar sus provisiones. A pesar de la inminencia del peligro, había cargado con su cerdo y sus canguros, lo que no le impedía escapar a bastante velocidad.

En menos de dos minutos estuvimos en la playa. Cargar el bote con las provisiones y las armas, empujarlo hacia el mar y montar los dos remos fue cosa de un instante. Aún no nos habíamos alejado un par de cables, cuando un centenar de salvajes, aullando y gesticulando, se metieron también en el agua hasta la cintura. Traté de ver si su presencia atraía a la plataforma a algunos hombres del *Nautilus*. Pero ni por esas. El enorme barco, tendido en el mar, parecía absolutamente desierto.

Unos veinte minutos después subíamos a bordo. Las escotillas estaban abiertas. Amarramos el bote y penetramos en el interior del *Nautilus*.

Bajé al salón, de donde escapaban algunos acordes musicales. Allí estaba el capitán Nemo, inclinado sobre su órgano y sumergido en el éxtasis de la música.

—¡Capitán! —exclamé.

Ni siquiera me oyó.

—¡Capitán! —repetí tocándole la mano.

Se estremeció y se volvió hacia mí.

—¡Ah! ¿Es usted, profesor? —me dijo—. ¿Qué tal? ¿Han tenido ustedes buena caza? ¿Ha encontrado usted muchos ejemplares para su colección de botánica?

—Sí, capitán —respondí—, pero también hemos alborotado un rebaño de bípedos cuya proximidad me parece inquietante.

—¿Bípedos?

—Salvajes.

—¡Salvajes! —exclamó el capitán Nemo en tono de ironía—. ¿Y usted, profesor, se extraña de tropezar con salvajes nada más poner pie en alguna de las tierras del globo? ¿Dónde no hay salvajes? ¿O es que estos salvajes suyos son peores que los otros?

—¡Pero capitán...!

—Por mi parte puedo decirle, profesor, que he encontrado salvajes en todos los lugares.

—Pues bien —respondí—, a menos que quiera recibirlos

a bordo del *Nautilus*, hará usted bien en tomar algunas precauciones.

—Tranquilícese, profesor; no hay de qué preocuparse.

—¡Pero es que esos nativos son muy numerosos!

—¿Cuántos ha podido contar?

—Por lo menos un centenar.

—Señor Aronnax —respondió el capitán Nemo, cuyos dedos habían vuelto a apoyarse en las teclas del órgano—, aunque todos los indígenas de Papuasia se hubieran congregado en esa playa, el *Nautilus* no tendría nada que temer de sus ataques.

Los dedos del capitán se deslizaban ahora sobre el teclado del instrumento. Pude observar que solo pulsaba las notas negras, lo que daba a sus melodías una tonalidad típicamente escocesa. Pronto se olvidó de mi presencia y se sumergió en un ensueño que ya no traté de disipar.

Volví a la plataforma. La noche había caído ya, porque en esas latitudes bajas el sol se pone con rapidez y sin crepúsculo. La isla de Gueboroar se distinguía solo confusamente, pero un gran número de fogatas encendidas en la playa daban fe de que los nativos no tenían intención de abandonarla.

Permanecí solo durante algunas horas, unas veces pensando en aquellos indígenas —pero sin el menor temor, ya que se me había contagiado la imperturbable confianza del capitán—, otras olvidándolos para admirar la espléndida belleza de aquella noche tropical. Mis recuerdos volaban a Francia, a la zaga de aquellas estrellas zodiacales que deberían iluminarla al cabo de algunas horas. La luna resplandecía en medio de las constelaciones del cenit. Pensé entonces que aquel fiel y complaciente satélite regresaría a aquel mismo lugar pasados dos días, para levantar las olas y arrancar al *Nautilus* de su lecho de corales. Hacia la medianoche, viendo que todo estaba tranquilo, tanto en las aguas sombrías como bajo los árboles de la orilla, regresé a mi camarote y me quedé dormido apaciblemente.

La noche transcurrió sin ningún incidente. Los papúes debían de haberse asustado con solo ver el monstruo varado en la bahía; de otra forma, las escotillas, que seguían abiertas, les hubieran brindado un acceso fácil al interior del *Nautilus*.

A las seis de la mañana —era ya el 8 de enero— subí de nuevo a la plataforma. Las sombras del amanecer empezaban a clarear y la isla dejó pronto a la vista, a través de la bruma que iba disipándose lentamente, primero sus playas y después sus cumbres.

Los nativos continuaban en sus puestos, más numerosos que la víspera; serían quizá unos quinientos o seiscientos. Aprovechando la marea baja, algunos habían avanzado por los salientes de coral hasta situarse a menos de dos cables del *Nautilus*. Podía distinguirlos fácilmente. Eran auténticos papúes, de constitución atlética, espléndidos individuos de su raza, con la frente ancha y despejada, la nariz grande pero no achatada y los dientes muy blancos. Su cabello lanoso, teñido de rojo, destacaba sobre su cuerpo negro y reluciente como el de los nubios. Del lóbulo de sus orejas, cortado y distendido, colgaban unas cuentas de hueso. Aquellos salvajes iban casi todos desnudos. Entre ellos pude distinguir algunas mujeres, vestidas de la cintura a las rodillas con un faldellín de hojas, ceñido con un cinturón también vegetal. Algunos jefes adornaban su cuello con una media luna y con collares de cuentas rojas y blancas. Casi todos ellos iban armados con arcos, flechas y escudos, y llevaban al hombro una especie de red que contenía las piedras redondeadas que sus hondas arrojan con singular destreza.

Uno de aquellos jefes se había acercado bastante al *Nautilus* y lo examinaba con detenimiento. Debía de ser un *mado* de alto rango, pues se envolvía en una especie de túnica de hojas de banano, dentada en sus bordes y pintada de deslumbrantes colores.

Yo hubiera podido abatir fácilmente a aquel indígena, pues se encontraba a tiro; pero pensé que era preferible esperar a que dieran muestras de franca hostilidad. Cuando se enfrentan europeos y salvajes, conviene que los europeos no sean los primeros en atacar y que solo lo hagan si se ven atacados.

Mientras duró la marea baja, los indígenas rondaron cerca

del *Nautilus*, pero no se mostraron alborotadores. Les oí repetir frecuentemente la palabra *asai*, y por sus gestos comprendí que me invitaban a bajar a tierra, invitación que creí mi deber declinar.

Así pues, aquel día el bote no se apartó de la borda del *Nautilus*, con gran disgusto del buen Ned, que no pudo completar sus provisiones. El diestro canadiense empleó su tiempo en preparar las carnes y harinas que había traído de la isla de Gueboroar. En cuanto a los salvajes, hacia las once, cuando vieron que los salientes del coral empezaban a desaparecer bajo el flujo creciente de la marea, se volvieron a tierra. Sin embargo pude ver que su número aumentaba considerablemente en la playa. Parecía probable que vinieran de las islas próximas o de la Papuasia propiamente dicha, pero no había visto ni una sola piragua indígena.

Como no tenía nada mejor que hacer, pensé en dragar aquellas límpidas y hermosas aguas, que permitían ver bajo ellas una gran profusión de conchas, de zoófitos y de plantas pelágicas. Era, por otra parte, la última jornada del *Nautilus* en aquellos parajes, si se cumplía la promesa del capitán Nemo respecto a que la nave flotaría de nuevo con la pleamar del día siguiente.

Llamé, pues, a Consejo, que me trajo una pequeña draga semejante a las que se utilizan en la pesca de ostras.

—¿Y los salvajes? —me preguntó Consejo—. Que me dispense el señor, pero no me parecen demasiado fieros.

—Sin embargo son antropófagos, muchacho.

—Se puede ser antropófago y un buen hombre a la vez —respondió Consejo—, como se puede ser amante de la buena mesa y honrado. Una cosa no quita la otra.

—Está bien, Consejo, te concedo que sean unos honrados antropófagos y que devoren honradamente a sus prisioneros. Sin embargo, como no tengo ningún interés en que me devoren, por honradamente que lo hagan, me mantendré en guardia, ya que el comandante del *Nautilus* no parece tomar ninguna clase de precauciones. Y ahora, ¡manos a la obra!

Por espacio de un par de horas nuestra pesca se desarrolló activamente, pero sin que nos deparara ningún curioso espécimen. La draga se llenaba de orejas de Midas, de arpas, de melanias y, en especial, de los más hermosos martillos que jamás había visto yo hasta entonces. Cogimos también algunas holoturias, ostras perlíferas y una docena de pequeñas tortugas que fueron reservadas para la despensa de a bordo.

Pero en el momento en que menos lo esperaba, me encontré entre las manos una maravilla —mejor diría, una deformidad de la naturaleza— en verdad rarísima. Consejo acababa de lanzar la draga, y el instrumento subía repleto de conchas ordinarias cuando, de pronto, me vio meter rápidamente el brazo en la red, retirar una concha y lanzar un grito de conquiliólogo, es decir, el grito más agudo que pueda producir una garganta humana.

—¿Qué ocurre, señor? —preguntó Consejo, sorprendido—. ¿Ha mordido algo al señor?

—No, muchacho. ¡Aunque con gusto hubiera dado un dedo por mi descubrimiento!

—¿Qué descubrimiento?

—Esta concha —dije a la vez que le mostraba el objeto de mi triunfo.

—¡Pero si no se trata más que de una *Oliva porphyra*, género *Oliva*, orden de los pectinibranquios, clase de las gasterópodos, rama de los moluscos...!

—Sí, Consejo, pero, en vez de enrollarse de derecha a izquierda, ¡esta oliva lo hace de izquierda a derecha!

—¿Es posible? —exclamó Consejo.

—Sí, muchacho, ¡es una concha zurda!

—¡Una concha zurda! —repetía Consejo con el corazón desbocado.

—¡Mira, mira su espiral!

—¡Ah, señor! ¿Querrá crer el señor que jamás en mi vida había sentido una emoción tan grande? —y al decir esto su mano temblorosa se cerraba sobre aquella preciosa concha.

¡Motivo había para sentirse emocionado! Es sabido, en efecto —y lo han subrayado los naturalistas—, que la dextrorsidad es una ley de la naturaleza. Los astros y los satélites, en sus movimientos de traslación y rotación, se mueven de derecha a izquierda. El hombre se sirve más frecuentemente de su mano derecha que de su izquierda y, en consecuencia, sus instrumentos, aparatos, escaleras, cerraduras, resortes de reloj, etcétera; están diseñados para ser empleados de derecha a izquierda. Ahora bien, la naturaleza ha seguido de manera general esta ley en la espiralización de sus conchas. Son todas diestras, salvo rarísimas excepciones; y cuando, por azar, su espiral va de izquierda a derecha, los coleccionistas las pagan a peso de oro.

Consejo y yo estábamos, pues, absortos en la contemplación de nuestro tesoro, y ya me hacía yo ilusiones de enriquecer con él los fondos de nuestro museo, cuando una piedra, fatalmente arrojada por un indígena, vino a hacer pedazos el precioso objeto que Consejo sostenía en la mano.

¡Lancé un grito de desespero! Consejo echó mano de su fusil y apuntó a un salvaje que agitaba su honda a unos diez metros de nosotros. Traté de detenerlo, pero el disparo salió y fue a partir el brazalete de amuletos que colgaba del brazo del indígena.

—¡Consejo! —exclamé—. ¡Consejo!

—¿Pero no ve el señor que ese caníbal ha sido el primero en iniciar el ataque?

—¡Una concha no vale la vida de un hombre! —le dije.

—¡Desgraciado! —se lamentó Consejo—. ¡Hubiera preferido que me hubiera partido a mí el hombro!

Consejo era sincero al decir esto, pero yo no compartía su punto de vista. Sin embargo, la situación había cambiado desde hacía algunos instantes y nosotros no nos habíamos dado cuenta. Una veintena de piraguas rodeaban ahora al *Nautilus*. Estas embarcaciones, excavadas en troncos de árboles, alargadas y estrechas, muy marineras, se equilibran por medio de un doble balancín de bambú que flota en la superficie del agua, y las tripulaban expertos remeros semidesnudos, cuya aproximación advertí con cierta inquietud.

Era evidente que aquellos papúes habían tenido ya relación con los europeos y que conocían sus naves. Pero ¿qué pensarían de aquel largo cilindro de hierro tendido en la bahía, sin mástiles, sin chimeneas? Nada bueno, al principio; por eso se habían mantenido a una respetuosa distancia. Pero al verlo inmóvil, fueron cobrando confianza y trataban de familiarizarse con él. Pues bien, se trataba precisamente de impedir semejante familiaridad. Nuestras armas, que no producían ninguna detonación al disparar, debían de causar una mediocre impresión a aquellos indígenas, a los que solo el ruido les imponía respeto. Sin el retumbar del trueno, el rayo espantaría muy poco a los hombres, por más que el peligro esté precisamente en la chispa luminosa y no en el ruido.

En aquel momento las piraguas se aproximaron todavía más al *Nautilus*, y una nube de flechas se abatió sobre su casco.

—¡Diablos! ¡Está granizando!—exclamó Consejo—. ¡quizá un granizo envenenado!

—Hay que advertir al capitán Nemo —dije al tiempo que penetraba en la nave por la escotilla.

Bajé al salón. Allí no encontré a nadie. Me aventuré, pues, a llamar a la puerta que comunicaba con el camarote del capitán.

Una voz me respondió: «Entre». Abrí la puerta y encontré al capitán Nemo sumergido en un cálculo plagado de equis y de otros signos algebraicos.

—¿Interrumpo? —pregunté por cortesía.

—En efecto, señor Aronnax —me respondió el capitán—. Aunque supongo que alguna razón seria le habrá impulsado a venir a verme...

—Muy seria. Las piraguas de los nativos nos han rodeado, y dentro de unos minutos vamos a sufrir el asalto de unos centenares de salvajes.

—¡Ah! —dijo simplemente el capitán Nemo—. ¿O sea que se han acercado con sus piraguas?

—En efecto.

—Bien, profesor. Bastará con cerrar las escotillas.

—Eso es precisamente lo que venía a decirle.

—Nada más fácil —dijo el capitán Nemo. Y oprimiendo un botón eléctrico transmitió una orden a la sala de la tripulación—. Ya está, señor —añadió al cabo de unos instantes—.

La lancha está en su sitio, los paneles corridos. Supongo que no temerá usted que esos caballeros abran brecha en las paredes que no consiguieron abollar los proyectiles de su fragata...

—No, capitán, pero existe un peligro distinto.

—¿Cuál, señor?

—Pienso que mañana, más o menos a esta misma hora, habrá que abrir de nuevo las escotillas para renovar el aire del *Nautilus*...

—Indiscutiblemente, señor, puesto que nuestro barco respira como los cetáceos.

—Ahora bien, si en ese momento los papúes ocupan la plataforma, no veo yo cómo podrá usted impedirles que entren.

—O sea, señor, que supone usted que subirán a bordo.

—Estoy seguro de ello.

—Pues entonces, que suban. No veo ningún motivo para impedírselo. En el fondo, esos papúes son unos pobres diablos, y no deseo que mi visita a la isla de Gueboroar cueste la vida a uno solo de esos infelices.

Había dicho todo lo que tenía que decir, así que hice ademán de retirarme; pero el capitán Nemo me retuvo y me invitó a sentarme a su lado. Me preguntó, con interés, acerca de nuestras excursiones a tierra, de nuestras cacerías, aunque dio muestras de no comprender en absoluto la necesidad de carne que volvía loco a nuestro canadiense. Luego la conversación abordó temas diversos, y aunque no más comunicativo, el capitán Nemo se mostró sin duda más amable.

Entre otras cosas, la conversación derivó hacia la situación del *Nautilus*, embarrancado precisamente en el mismo estrecho en que Dumont d'Urville estuvo a punto de naufragar. A este propósito habló así el capitán:

—¡D'Urville fue desde luego uno de sus grandes marinos, uno de sus más inteligentes navegantes! Para ustedes los franceses es su capitán Cook. ¡Qué triste destino para un hombre de ciencia! Después de haber desafiado los hielos polares en la Antártida, los corales de Oceanía, los caníbales del Pacífico, ¡ir a morir miserablemente en un ferrocarril! Si aquel gran hombre, tan lleno de energía, pudo reflexionar durante los últimos segundos de su existencia, ¡imagínese usted cuáles debieron de ser sus sentimientos postreros!

Al hablar así, el capitán Nemo parecía conmovido, y anoto este detalle como dato a su favor.

Luego, con la carta náutica en la mano, revivimos los trabajos del navegante francés, sus viajes de circunnavegación, su doble tentativa de conquistar el Polo Sur, que condujo al descubrimiento de las tierras de Adelia y Luis Felipe, sus trazados hidrográficos de las principales islas de Oceanía...

—Lo que su d'Urville realizó en la superficie de los mares —prosiguió el capitán Nemo—, lo he realizado yo en el interior del océano, y con mayor facilidad, más a fondo que él. El *Astrolabe* y el *Zélée,* zarandeados incesantemente por los huracanes, no pueden ni compararse con el *Nautilus,* tranquilo laboratorio de trabajo, y siempre quieto bajo las aguas.

—Sin embargo, capitán —respondí—, hay un punto de semejanza entre las corbetas de Dumont d'Urville y el *Nautilus.*

—¿Qué semejanza, señor?

—Que el *Nautilus* ha embarrancado como aquellas.

—El *Nautilus* no ha embarrancado, señor —me respondió fríamente el capitán Nemo—. Ha sido diseñado para descansar en el lecho del mar. Y yo no tendré que recurrir a los penosos trabajos y maniobras que d'Urville se vio obligado a realizar para volver a poner a flote sus naves. El *Astrolabe* y el *Zélée* estuvieron a punto de hundirse, pero mi *Nautilus* no corre ningún riesgo. Mañana, en el día y a la hora previstos, la marea lo elevará suavemente y continuará su navegación a través de los mares.

—No lo pongo en duda, capitán...

—Mañana —añadió el capitán Nemo levantándose—, mañana, a las dos horas y cuarenta minutos de la tarde, el *Nautilus* flotará y abandonará sin ningún percance el estrecho de Torres.

Tras pronunciar estas palabras en un tono cortante, el capitán Nemo me hizo una leve inclinación de cabeza. Comprendí que me despedía, por lo que regresé a mi camarote.

Allí encontré a Consejo, ansioso por conocer el resultado de mi entrevista con el capitán.

—Muchacho —le dije—, cuando he dejado entrever que a mi juicio su *Nautilus* estaba amenazado por los nativos de Papuasia, el capitán casi se ha reído de mí. Solo puedo decirte una cosa: que confíes en él y te vayas a dormir tranquilamente.

—¿No me necesita el señor?

—No, amigo. ¿Qué está haciendo Ned Land?

—Con perdón del señor, el amigo Ned está preparando una terrina de canguro que será para chuparse los dedos.

Me quedé solo y me acosté, pero dormí bastante mal. Oía el ir y venir de los salvajes sobre la plataforma y sus continuos gritos ensordecedores. La noche transcurrió de esta forma y sin que la tripulación saliera de su inercia habitual. Su preocupación por aquellos salvajes caníbales no era mayor que la que podrían sentir los soldados de un fortín blindado por las hormigas que suben y bajan por sus murallones.

Eran las seis de la mañana cuando me levanté. Las escotillas seguían cerradas. Por consiguiente, no se había renovado el aire interior, aunque los depósitos de reserva, siempre llenos en previsión de cualquier contingencia, funcionaron en el momento oportuno y dejaron escapar algunos metros cúbicos de oxígeno en el aire viciado del *Nautilus*.

Estuve trabajando en mi camarote hasta el mediodía, sin haber visto ni un instante al capitán Nemo. Daba la impresión de que a bordo no se hacía ningún preparativo para la marcha.

Aguardé todavía algún tiempo y al fin me dirigí al gran salón. El reloj marcaba en aquel momento las dos y media. Al cabo de diez minutos la marea debería alcanzar su altura máxima, y si el capitán Nemo no había formulado una promesa temeraria, el *Nautilus* quedaría inmediatamente libre. De lo contrario, tendrían que pasar muchos meses antes de que pudiera abandonar su lecho de coral.

Pronto, sin embargo, se dejaron sentir en el casco de la nave algunos movimientos precursores y oí rechinar contra sus costados las asperezas calcáreas del fondo coralino. A las dos horas y treinta y cinco minutos, el capitán Nemo se presentó en el salón.

—Vamos a partir —dijo

—¡Ah! ¿Sí?

—He ordenado que abran las escotillas.

—¿Y los papúes?

—¿Los papúes? —respondió el capitán Nemo, encogiéndose levemente de hombros.

—¿No penetrarán en el interior del *Nautilus*?

—¿Cómo?

—¡Pues por las escotillas que usted ha mandado abrir!

—Señor Aronnax —respondió tranquilamente el capitán Nemo—, no se entra así como así por las escotillas del *Nautilus*, ni siquiera cuando se hallan abiertas.

Miré al capitán con cara de asombro.

—No lo entiende, ¿verdad? —me preguntó.

—En absoluto.

—Venga a verlo, pues.

Fui hacia la escalera central. Allí estaban ya Ned Land y Consejo que, muy intrigados, contemplaban a algunos tripulantes que se disponían a abrir las escotillas, sin parar mientes en los gritos de rabia y los espantosos aullidos que resonaban allá fuera.

Echaron hacia fuera las portas. Veinte horribles figuras aparecieron en lo alto. Pero el primer indígena que apoyó su mano en la barandilla de la escalera se vio rechazado hacia atrás por no sé qué fuerza invisible y salió huyendo entre gritos de espanto y brincos desmesurados.

Diez de sus compañeros le siguieron. Y los diez corrieron la misma suerte.

Consejo estaba boquiabierto. Ned Land, impulsado por su afán de violencia, se lanzó escaleras arriba. Pero él también cayó de bruces en el instante mismo de asir la barandilla con ambas manos.

—¡Mil diablos! —exclamó—. ¡Qué sacudida!

Aquella palabra me lo explicó todo. No se trataba de una barandilla, sino de un cable de metal que, cargado con la electricidad de a bordo, llegaba hasta la plataforma. Cualquiera que lo tocaba sentía una formidable sacudida. ¡Y sus efectos hubieran sido mortales si el capitán Nemo hubiera hecho circular por aquel cable toda la corriente eléctrica de sus máquinas! Se podía decir con toda propiedad que entre sus asaltantes y él había tendido una cortina eléctrica que nadie podía atravesar impunemente.

Los papúes, despavoridos y temblando de miedo, se habían batido en retirada. Nosotros, entretanto, sin poder contener la risa, consolábamos y dábamos friegas al pobre Ned Land, que juraba como un poseso.

Pero en aquel momento, el *Nautilus*, levantado por las últimas ondulaciones de la marea, abandonó su lecho de coral. Eran las dos y cuarenta minutos: el instante preciso fijado por el capitán. Su hélice batió las aguas con majestuosa lentitud. Poco a poco aumentó su velocidad y, navegando por la superficie del océano, abandonó sano y salvo los peligrosos pasos del estrecho de Torres.

XXIII

AEGRI SOMNIA

Al día siguiente, 10 de enero, el *Nautilus* reanudó su navegación entre dos aguas, pero a una notable velocidad que yo no vacilaría en estimar superior a los treinta y cinco nudos. Su hélice giraba tan deprisa que me resultaba imposible seguir sus vueltas y menos aún contarlas.

Cuando pensaba que aquel maravilloso agente eléctrico que dotaba al *Nautilus* de movimiento, de calor y de luz, servía además para protegerlo de ataques exteriores y lo transformaba en una especie de arca sagrada que ningún profanador podía tocar sin caer fulminado, mi admiración no tenía límites, y pasaba del aparato al ingeniero que lo había creado.

Navegábamos directamente hacia el oeste, de forma que el 11 de enero doblamos el cabo Wessel, situado hacia los 135° de longitud y a los 10° de latitud norte, cabo que forma la punta oriental del golfo de Carpentaria. Todavía abundaban los arrecifes, pero más espaciados, y estaban señalados en la carta con absoluta precisión. El *Nautilus* evitó con facilidad los rompientes de Money, dejándolos a babor, mientras quedaban a estribor los arrecifes Victoria, que se encuentran a 130° de longitud, sobre aquel paralelo décimo que seguíamos rigurosamente.

El 13 de enero, llegados al mar de Timor, el capitán Nemo pudo avistar la isla de ese nombre hacia los 122° de longitud. Dicha isla, de 1.625 leguas cuadradas de superficie, está gobernada por sus rajás. Estos príncipes se llaman a sí mismos «hijos del cocodrilo», con lo que se proclaman provenientes de la estirpe más insigne a la que pueda aspirar un ser humano. No es de extrañar, pues, que estos antepasados escamosos pululen en los ríos de la isla y sean objeto de particular veneración. Los protegen, los miman, los adulan, los alimentan e incluso les ofrecen jóvenes doncellas como pasto. ¡Y pobre del extranjero que se atreva a levantar la mano a esos sagrados reptiles!

Pero el *Nautilus* no entró en tratos con esos repugnantes animales. Timor solo fue visible un instante, a mediodía, mientras el segundo de a bordo comprobaba la posición de la nave. Apenas entreví también la pequeña isla de Roti, que forma parte del mismo grupo y cuyas mujeres, en los mercados malayos, han ganado fama de ser muy bellas.

A partir de aquel punto el rumbo del *Nautilus*, en latitud, se inclinó hacia el sudoeste. Pusimos proa al océano Índico. ¿Adónde iba a arrastrarnos el capricho del capitán Nemo? ¿Remontaría hacia las costas asiáticas? ¿Se acercaría a las europeas? Ambas resoluciones parecían poco probables para un hombre que rehuía los continentes habitados. Entonces, ¿qué? ¿Bajaría hacia el sur? ¿Trataría de doblar el cabo de Buena Esperanza y luego el cabo de Hornos para poner rumbo al Polo Antártico? ¿O regresaría por fin hacia los mares del Pacífico, en los que el *Nautilus* hallaba una navegación fácil e independiente? El tiempo lo diría.

Después de haber pasado a lo largo de los escollos de Cartier, de Hibernia, de Seringapatam y de Scott, últimas avanzadillas del elemento sólido contra el elemento líquido, el 14 de enero habíamos dejado atrás toda tierra. La velocidad del *Nautilus* se redujo considerablemente: parecía navegar según su capricho, unas veces sumergido, otras flotando en la superficie de las aguas.

Durante aquella etapa del viaje el capitán Nemo realizó interesantes experiencias acerca de las diversas temperaturas del mar a diferentes niveles. En condiciones ordinarias, estos datos se obtienen por medio de instrumentos muy complicados y aun así no son muy de fiar, ya se trate de sondas termométricas, cuyas paredes de vidrio se rompen muchas veces por la presión de las aguas, o de aparatos basados en la variación de la resistencia eléctrica de conductores metálicos. Los resultados que ofrecen son un tanto dudosos, porque no pueden ser verificados en grado suficiente. Por el contrario, el capitán Nemo iba a medir directamente aquellas temperaturas en las profundidades del mar, y sus termómetros, puestos en contacto con las diversas capas líquidas, le ofrecían el dato buscado con inmediatez y seguridad.

De esta forma, pues, lastrando sus depósitos o descendiendo oblicuamente por medio de sus planos inclinados, el *Nautilus* alcanzó sucesivamente profundidades de tres, cuatro, cinco, siete, nueve y diez mil metros, y el resultado definitivo de aquellas experiencias fue que el mar registraba una temperatura constante de cuatro grados y medio a una profundidad de mil metros en todas las latitudes.

Yo seguía estos estudios con vivo interés, pero el capitán ponía en ellos verdadera pasión. A menudo me preguntaba yo cuál sería el propósito de esas observaciones. ¿Las realizaba en provecho de sus semejantes? No parecía probable, porque un día u otro sus trabajos estaban destinados a perecer con él en cualquier mar ignoto. A menos que fuera yo el destinatario de aquellas experiencias... Pero ello equivalía a admitir que mi extraño viaje llegaría alguna vez a su término, un final que por el momento estaba muy lejos de prever.

Comoquiera que fuese, el capitán Nemo me dio a conocer diversos datos que había obtenido con anterioridad y que establecían una relación entre las densidades del agua en los principales mares del globo. Esta comunicación me dio la oportunidad de extraer una enseñanza personal que no tenía nada de científica.

Sucedió en la mañana del 15 de enero. El capitán y yo paseábamos por la plataforma cuando me preguntó si conocía las diferentes densidades que presentan las aguas del mar. Respondí negativamente, añadiendo que la ciencia carecía de observaciones rigurosas acerca de este punto.

—Yo he realizado esas observaciones —me dijo—, así que puedo fundamentar mis conclusiones con absoluta certeza.

—Bien —respondí—, pero el *Nautilus* es un mundo aparte, y los secretos de sus sabios no llegan a tierra.

—Tiene usted razón, profesor —añadió tras unos momentos de silencio—. Es un mundo aparte. Tan ajeno a la tierra como los planetas que acompañan a nuestro globo alrededor del sol. Jamás conoceremos las investigaciones de los sabios de Saturno o de Júpiter. Pero ya que el destino ha unido nuestras dos existencias, tengo la oportunidad de compartir con usted el resultado de mis observaciones.

—Soy todo oídos, capitán.

—Como usted sabe, profesor, el agua de mar es más densa que el agua dulce, pero esta densidad no es uniforme. En efecto, tomando como unidad la densidad del agua dulce, las aguas del Atlántico muestran una densidad de 1,28 milésimas, las del Pacífico, 1,26 milésimas y las del Mediterráneo, 1,30 milésimas...

«¡Vaya! ¿Así que se aventura a navegar por el Mediterráneo?», me dije.

—Aunque en el mar Jónico la densidad de las aguas es de 1,18 milésimas, y de 1,29 milésimas en el Adriático.

Decididamente el *Nautilus* no rehuía los mares frecuentados de Europa. Cabía esperar, pues, que nos condujera —quizá al cabo de poco— a continentes más civilizados. Pensé que Ned recibiría esta noticia con una satisfacción muy comprensible.

Durante varios días nuestra jornada transcurrió entre experimentos de todas clases, relativos al grado de salinidad de las aguas a diferentes profundidades, a su conductibilidad eléctrica, a su coloración, a su transparencia; y en todo momento el capitán Nemo dio muestras de un ingenio solo igualado por su buena disposición hacia mí. Luego vinieron unos días en los que no hizo acto de presencia y en el transcurso de los cuales me sentí nuevamente como aislado a bordo.

El 16 de enero el *Nautilus* pareció quedarse dormido a solo unos metros bajo la superficie. Sus aparatos eléctricos no funcionaban y su hélice, inmóvil, lo dejaba derivar al capricho de las olas. Supuse que la tripulación estaría ocupada en reparaciones internas, obviamente necesarias por la violencia de los movimientos mecánicos de las máquinas.

Mis compañeros y yo fuimos testigos entonces de un curioso espectáculo. Los paneles del salón estaban abiertos, y como el fanal del *Nautilus* estaba apagado, en el seno de las aguas reinaba una vaga oscuridad. El cielo, huracanado y cubierto de espesas nubes, no ofrecía a las primeras capas del océano más que una insuficiente claridad.

Contemplaba yo entonces el aspecto del mar en aquellas condiciones, bajo las cuales los peces más grandes se me representaban solo como sombras apenas definidas, cuando de pronto el *Nautilus* se encontró inmerso en una luz vivísima. En un primer momento pensé que se había encendido el fanal y que proyectaba su resplandor eléctrico en la masa líquida. Pero me equivocaba. Una observación más atenta me sacó de mi error.

El *Nautilus* flotaba en medio de una capa fosforescente, que en aquella oscuridad resultaba incluso deslumbradora. La producían miríadas de animalículos luminosos, cuyos centelleos aumentaban al roce con el casco metálico de la nave. En el seno de aquella masa luminosa sorprendí brillantes destellos, como coladas de plomo fundido en un horno ardiente o como masas metálicas calentadas al rojo blanco; hasta el punto de que, por contraste, algunas zonas luminosas parecían ensombrecidas en aquel medio ígneo del que toda sombra se hubiera dicho proscrita. ¡No, no era la irradiación uniforme de nuestro equipo de iluminación habitual! ¡Había allí un vigor y un movimiento insólitos! ¡Era una luz dotada de vida!

En efecto, se trataba de una aglomeración infinita de infusorios pelágicos, de noctilucas miliarias, verdaderos glóbulos de gelatina diáfana dotados de un tentáculo filiforme. En solo treinta centímetros cúbicos de agua se han llegado a contar veinticinco mil de estos diminutos seres vivos. Su luz se veía duplicada por esos resplandores típicos de las medusas, asterias, aurelias, fodelados y otros zoófitos fosforescentes, cuando se impregnan con la viscosidad de las materias orgánicas en descomposición presentes en el mar, y aun quizá con el mucus que segregan los peces.

Durante varias horas el *Nautilus* flotó en mitad de aquellas olas brillantes, y nuestra admiración se hizo todavía mayor cuando vimos que los grandes animales marinos acudían a solazarse en ellas como las salamandras en el fuego. Allí, en medio de ese otro fuego, que sin embargo no quemaba, pude ver elegantes y rápidos marsuínos —infatigables payasos de los mares—, e istióforos de tres metros de longitud, inteligentes animales que presienten los huracanes y cuya formidable espada venía a golpear a veces los ventanales de vidrio del salón. Luego aparecieron peces más pequeños, balistes de todas clases, escomberoides saltarines, nasones, y centenares más que acudían a rayar en su carrera la luminosa atmósfera.

¡Cuánta magia había en aquel espectáculo deslumbrante! ¿Contribuiría alguna particularidad atmosférica a aumentar la intensidad del fenómeno? ¿Sería, quizá, que en la superficie de las aguas se estaba desencadenando un huracán? Sin embargo, sumergido tan solo unos pocos metros, el *Nautilus* no sentía su furia y cabeceaba apaciblemente en el seno de unas aguas tranquilas.

Así transcurría nuestro viaje, llevados sin cesar de maravilla en maravilla. Consejo estudiaba y clasificaba los zoófitos, sus artrópodos, sus moluscos, sus peces... Los días transcurrían rápidamente, y yo perdí la cuenta. Fiel a sí mismo, Ned solo pensaba en variar el menú de a bordo. Como auténticos caracoles, nos estábamos habituando a nuestra concha... Y puedo afirmar que es sumamente fácil convertirse en un perfecto caracol.

Este género de vida nos resultaba fácil, natural, y ni siquiera se nos ocurría ya imaginar que existiera una vida diferente en la superficie del globo terrestre. Pero un repentino suceso nos obligó a recordar cuán extraña era nuestra situación.

El 18 de enero el *Nautilus* se hallaba a 105° de longitud y 15° de latitud meridional. El tiempo se presentaba amenazador, la mar difícil y movida. Soplaba del este un fuerte viento.

Y el barómetro, que llevaba varios días bajando, anunciaba una inminente lucha entre los elementos.

Había subido yo a la plataforma en el momento en que el segundo del capitán realizaba las mediciones de ángulos horarios. Como de costumbre, aguardaba a que fuera pronunciada la frase de rigor. Pero aquel día la frase fue reemplazada por otra no menos incomprensible para mí. Casi al instante vi aparecer al capitán Nemo, cuya mirada, auxiliada por un catalejo, se dirigió hacia el horizonte.

Durante unos minutos el capitán permaneció inmóvil, sin desviar su vista de la zona abarcada por el objetivo de su catalejo. Luego lo bajó y cambió unas cuantas palabras con su oficial, quien parecía presa de una emoción que se esforzaba en vano por contener. El capitán Nemo, más dueño de sí, se mantenía sereno. Daba la impresión de que planteaba a su segundo algunas objecciones, a las que respondía este ofreciendo toda clase de seguridades. Al menos esto es lo que creí deducir de sus distintas entonaciones y gestos.

Por mi parte, había aguzado la vista en la dirección indicada, pero no vi nada de particular. El cielo y el agua confluían en un horizonte nítidamente dibujado.

Sin embargo, el capitán Nemo caminaba arriba y abajo de la plataforma sin mirarme y hasta quizá sin verme. Sus pasos eran firmes, pero menos regulares que de costumbre. A veces se detenía, y con los brazos cruzados sobre el pecho, observaba el mar. ¿Qué buscaría en aquel inmenso espacio? ¡El *Nautilus* se hallaba a centenares de millas de la costa más próxima!

El segundo de a bordo había tomado de nuevo el catalejo y sondeaba con obstinación el horizonte, yendo y viniendo, golpeando el suelo con el pie, dando muestras de un nerviosismo que contrastaba con la serenidad de su comandante.

Fuera lo que fuese, el misterio se aclararía necesariamente, y a no tardar, puesto que, obedeciendo a una orden del capitán Nemo, las máquinas acrecentaron su potencia propulsora e imprimieron a la hélice una rotación más rápida.

En aquel momento el oficial atrajo de nuevo la atención del capitán. Este suspendió su paseo y enfocó el catalejo hacia el punto indicado. Lo observó un buen rato. Por mi parte, francamente intrigado, bajé al salón y tomé de allí un excelente anteojo que solía utilizar de ordinario. Luego, apoyándolo en el compartimiento del fanal de proa, que formaba un saliente en la plataforma, me dispuse a observar con él la línea del horizonte.

Pero aún no había aproximado mi ojo al ocular del instrumento, cuando me lo arrancaron violentamente de las manos.

Me volví. El capitán Nemo estaba delante de mí, pero parecía un hombre distinto. Su rostro se había transfigurado. Sus ojos, brillando con un fulgor sombrío, se ocultaban bajo un ceño fruncido. Sus dientes se notaban apretados a través de los labios entreabiertos. Con el cuerpo tenso, los puños cerrados y la cabeza hundida en los hombros, toda su persona parecía respirar un violento odio. Estaba inmóvil. Mi instrumento cayó de su mano y rodó hasta sus pies.

¿Acababa yo de provocar de forma involuntaria aquella actitud de cólera? ¿Imaginaba aquel incomprensible personaje que había sorprendido yo algún secreto prohibido a los huéspedes del *Nautilus*?

¡No! Yo no era objeto de su odio, pues ni siquiera me miraba; sus ojos continuaban obstinadamente fijos en aquel impenetrable punto del horizonte.

Al cabo el capitán Nemo recobró el dominio de sí mismo. Su rostro, tan profundamente alterado, volvió a mostrar su serenidad habitual. Dirigió a su oficial unas palabras en su extraña lengua y se encaró luego conmigo.

—Señor Aronnax —me dijo en un tono bastante imperioso—, voy a reclamar de usted la observancia de uno de los compromisos que lo atan a mí.

—¿De qué se trata, capitán?

—Es preciso que se dejen encerrar, usted y sus compañeros, hasta el momento en que yo juzgue conveniente devolverles la libertad.

—Es usted muy dueño —le respondí, mirándolo fijamente—. Pero ¿podría hacerle una pregunta?

—Nada de preguntas, señor.

No cabían, pues, discusiones. Había que obedecer, puesto que hubiera sido imposible resistirse.

Bajé al camarote ocupado por Ned y Consejo y les comuniqué la decisión del capitán. Ya se imaginará el lector cómo recibió Ned esa orden. No hubo lugar para mayores explicaciones: cuatro hombres de la tripulación nos estaban aguardando junto a la puerta y nos condujeron inmediatamente a la celda donde habíamos pasado nuestra primera noche a bordo del *Nautilus*.

Ned Land pretendió reclamar, pero por toda respuesta, la puerta se cerró en sus narices.

—¿Me dirá el señor qué significa todo esto? —preguntó Consejo.

Expliqué a mis camaradas lo que había sucedido. Y se quedaron tan extrañados como yo y sumidos en la misma ignorancia.

Sin embargo yo estaba abismado en multitud de reflexiones y aquel extraño cambio que había sorprendido en la fisonomía del capitán Nemo no se apartaba de mi mente. Era incapaz, con todo, de empalmar un par de ideas lógicas, y me estaba embarcando en las más absurdas hipótesis cuando unas palabras de Ned Land vinieron a sacarme de mis cavilaciones:

—¡Vaya! ¡Si han servido el almuerzo!

En efecto, la mesa estaba lista. Era evidente que el capitán Nemo había dado la orden de disponerla al tiempo que ordenó acelerar la marcha del *Nautilus*.

—¿Me permitirá el señor que le haga una recomendación? —me preguntó Consejo.

—¡Por supuesto que sí!

—Entonces, coma el señor. Es lo más prudente, ya que ignoramos lo que puede ocurrir.

—Tienes razón, Consejo.

—Por desgracia —dijo Ned Land—, solo nos han servido el menú de a bordo.

—Pero Ned —replicó Consejo—, ¿qué dirías si no hubiera ninguna clase de almuerzo?

Y esta reflexión tuvo la virtud de cortar en seco las recriminaciones del arponero.

Nos sentamos, pues, a la mesa. La comida discurrió en relativo silencio. Yo no comí gran cosa. Consejo, en cambio, se esforzó en hacerlo, siempre por prudencia, y Ned —a pesar de todo— rebañó su plato hasta dejarlo limpio. Concluido el almuerzo fuimos a tendernos cada uno en nuestro rincón.

En aquel momento el globo luminoso que alumbraba la celda se apagó y nos dejó sumidos en una profunda oscuridad. Ned no tardó en dormirse, pero lo que me pareció extraño fue que Consejo se abandonara igualmente a un pesado sopor. Estaba yo preguntándome cuál podría ser la causa que había provocado en él tan imperiosa necesidad de dormir, cuando noté que una espesa sensación de torpor invadía mi cerebro. Mis ojos, que yo quería mantener abiertos, se cerraban a pesar mío. Era presa de una dolorosa alucinación. ¡Estaba claro que habían mezclado algunas sustancias soporíferas con los alimentos que acabábamos de tomar! Para ocultar a nuestra vista la proyectos del capitán Nemo no bastaba la prisión: ¡era preciso el sueño!

Oí entonces que se cerraban las escotillas. Las ondulaciones del mar, que provocaban un leve movimiento de cabeceo, cesaron de pronto. Así pues, ¿había abandonado el Nautilus la superficie del océano? ¿Se había sumergido en la capa inmóvil de las aguas?

Traté de resistir al sueño. Imposible. Mi respiración se hizo más débil. Sentí un frío mortal que helaba mis miembros, haciéndolos pesados, paralizándolos. Mis párpados, pesados como el plomo, se cerraron sobre mis ojos. Ya no pude volver a abrirlos. Un sueño enfermizo, lleno de alucinaciones, se apoderó de todo mi ser. Luego desaparecieron las visiones, para dar paso al más completo aniquilamiento de mis facultades.

XXIV

El reino del coral

Al día siguiente por la mañana me desperté con la cabeza singularmente despejada. Me sorprendió encontrarme en mi habitación. Sin duda mis compañeros también habían sido devueltos a su camarote sin que se dieran cuenta. E ignorarían, como ignoraba yo, todo lo ocurrido durante aquella noche: un misterio que solo los azares del futuro podrían, quizá, descubrirme.

Se me ocurrió entonces abandonar mi cuarto. ¿Era de nuevo libre o me tenían prisionero? Libre, libre del todo. Abrí la puerta, tomé por los pasillos y subí por la escalera central. Las escotillas, cerradas la víspera, estaban ahora abiertas. Salí a la plataforma.

Ned Land y Consejo estaban allí, esperándome. Les interrogué. Nada sabían. Sumidos en un pesado sueño que no les había dejado ningún recuerdo, experimentaron la misma sorpresa que yo al encontrarse de nuevo en su camarote.

En cuanto al *Nautilus*, nos pareció tranquilo y misterioso como siempre. Flotaba en la superficie de las aguas, navegando a moderada velocidad. Nada parecía haber cambiado a bordo.

Con sus ojos penetrantes Ned observó la mar. Estaba desierta. El canadiense no divisó nada de particular en el horizonte, ni una vela ni tierra. Una brisa ruidosa soplaba del oeste, y las olas, largas y encabritadas por el viento, imprimían a la nave un acusado balanceo.

Tras renovar su atmósfera, el *Nautilus* se mantuvo a una profundidad media de quince metros, listo para emerger sin tardanza a la superficie, operación que, contra toda costumbre, fue practicada diversas veces durante aquella jornada del 19 de enero. En cada ocasión el segundo oficial subía a la plataforma y la frase ritual resonaba en el interior del navío.

No vi al capitán Nemo. De los restantes hombres de la tripulación tampoco pude ver a nadie, a excepción del imperturbable *steward*, que me sirvió con la habitual puntualidad y mutismo.

Hacia las dos me encontraba yo en el salón, ocupado en ordenar mis notas, cuando se abrió la puerta y apareció el capitán. Le di los buenos días, y me devolvió un saludo casi imperceptible, sin dirigirme la palabra. Volví, pues, a mi trabajo, esperando que quizá me daría alguna explicación acerca de los hechos que habían señalado la noche precedente, pero no hizo nada de eso. Le miré. Su rostro me pareció cansado; sus ojos enrojecidos no habían obtenido el alivio del sueño; podía leerse en ellos una tristeza profunda, una sincera pena. Iba y venía, tomaba asiento y se volvía a levantar, tomaba un libro al azar y lo abandonaba al cabo de un momento, consultaba sus instrumentos pero sin realizar las anotaciones de costumbre: parecía no poder estarse quieto ni un instante.

Por último se acercó a mí y me dijo:

—¿Es usted médico, señor Aronnax?

Tan poco me esperaba yo esa pregunta, que me quedé mirándolo sin responder.

—¿Es usted médico? —repitió—. Algunos de sus colegas han cursado estudios de medicina, como Gratiolet, Moquin-Tandon y otros.

—En efecto. Tengo el doctorado y he sido interno en varios hospitales. Ejercí bastantes años antes de ingresar en el museo.

—Bien, señor.

Estaba claro que mi respuesta había satisfecho al capitán Nemo. Pero como ignoraba adónde quería ir a parar, aguardé a que me hiciera alguna pregunta nueva, reservándome la respuesta según me aconsejaran las circunstancias.

—Señor Aronnax —prosiguió el capitán—, ¿consentiría usted en prestar sus cuidados a uno de mis hombres?

—¿Tiene usted un enfermo?

—Sí.

—Estoy dispuesto a acompañarle.

—Venga.

He de reconocer que el corazón me daba saltos. Ignoro por qué, pero veía cierta conexión entre aquella enfermedad de un hombre de la tripulación y los sucesos de la víspera, y el misterio me preocupaba tanto al menos como el enfermo.

El capitán Nemo me condujo hacia la popa del *Nautilus* y me hizo entrar en una cabina situada cerca de la sala de la tripulación.

Allí, en un lecho, descansaba un hombre cuya edad rozaba la cuarentena, un individuo de rostro enérgico indiscutiblemente anglosajón.

Me incliné sobre él. No se trataba de hecho de un enfermo, sino de un herido. Su cabeza, ceñida por vendas empapadas en sangre, descansaba sobre un almohadón. Empecé a retirar las vendas, y el herido me dejó hacer sin proferir una sola queja, mirándome con sus grandes ojos.

La herida era horrible. El cráneo, que algún instrumento contundente había fracturado, dejaba el cerebro al descubierto, y la propia sustancia cervical había sufrido una profunda lesión. En aquella masa que parecía desbordarse y que había adquirido un tinte vinoso se habían formado coágulos sanguíneos. Se habían producido a la vez contusión y conmoción cerebral. La respiración del enfermo era lenta y su cara se veía agitada por movimientos espasmódicos. La flegmasia cerebral era completa y provocaba la pérdida de sensibilidad y la parálisis.

Tomé el pulso al herido. Era intermitente. Tenía fríos los pies y las manos, y vi que se acercaba la muerte, sin que me pareciera posible hacer nada por evitarla. Después de vendar a aquel desdichado con el mismo vendaje que tenía, me volví hacia el capitán Nemo.

—¿Cómo se ha producido esta herida? —le pregunté.

—¿Qué importa? —respondió evasivamente el capitán—. Un choque del *Nautilus* ha partido una de las palancas de la máquina, y ha ido a golpear a este hombre. Pero ¿qué opina usted de su estado?

Dudaba en pronunciarme.

—Puede usted hablar —me insistió el capitán—. Este hombre no entiende el francés.

Eché una última mirada al herido y luego respondí:

—Habrá muerto en un par de horas.

—¿No se puede hacer nada para salvarlo?

—Nada.

La mano del capitán Nemo se crispó y unas lágrimas brotaron de sus ojos, de aquellos ojos que yo no creía capaces de llorar.

Durante unos instantes más seguí observando al moribundo, viendo cómo la vida se le escapaba poco a poco. Su palidez era todavía mayor bajo la luz eléctrica que bañaba su lecho de muerte. Contemplaba yo su rostro inteligente, surcado por arrugas prematuras que la desdicha, o quizá la miseria, habían ahondado en él mucho tiempo atrás. ¡Y trataba de sorprender el secreto de su vida en las últimas palabras que escaparan de sus labios!

—Puede usted retirarse, señor Aronnax —me dijo el capitán Nemo.

Dejé al capitán en la cabina del moribundo y regresé a mi camarote, muy conmovido por aquella escena. Durante todo el día me sentí agitado por siniestros presagios. Aquella noche dormí mal, y entre mis sueños —frecuentemente interrumpidos— me pareció oír suspiros lejanos y como una fúnebre salmodia. ¿Sería quizá una plegaria fúnebre, musitada en aquella lengua ininteligible para mí?

Al día siguiente por la mañana subí al puente del *Nautilus*. El capitán Nemo se me había adelantado. Nada más verme se me acercó.

—Profesor —me dijo—, ¿le interesaría efectuar hoy una excursión submarina?

—¿Con mis compañeros? —pregunté.

—Si ellos lo desean...

—Estamos a sus órdenes, capitán.

—Vayan a ponerse sus escafandras, por favor.

Ni una palabra del moribundo... o del muerto. Fui a reunirme con Ned Land y Consejo, para comunicarles la propuesta del capitán Nemo. Consejo se apresuró a aceptar y esta vez el canadiense se mostró muy interesado en seguirnos.

Eran las ocho de la mañana. A las ocho y media nos encontrábamos ya equipados para aquel nuevo paseo y provistos de los aparatos de alumbrado y respiración. Se abrió la doble compuerta y, acompañados del capitán Nemo y de una docena de hombres de la tripulación que lo seguían, hicimos pie a una profundidad de diez metros, en el lecho marino donde descansaba el *Nautilus*.

Un ligero declive desembocaba en un fondo accidentado, hacia unas quince brazas de profundidad. Aquel fondo era completamente distinto del que había visitado en mi primer paseo bajo las aguas del océano Pacífico. Nada de arena fina, praderas submarinas o bosques pelágicos: reconocí inmediatamente la región maravillosa que aquel día nos ponderara el capitán Nemo. Era el reino del coral.

En la rama de los zoófitos, clase de los alcionarios, destaca el orden de los gorgonarios, en el que se incluyen los tres grupos gorgonianos, isidianos y coralinos. A este último pertenece el coral, curiosa sustancia que ha sido alternativamente clasificada en los reinos mineral, vegetal y animal. Los antiguos lo consideraron como un remedio, los modernos como una joya, y su clasificación definitiva dentro del reino animal se debió al marsellés Peysonnel en 1694.

El coral es un conjunto de animalículos reunidos sobre un pólipo de naturaleza quebradiza y pétrea. Proceden de un generador único que los ha producido por gemación y poseen una existencia propia, a la vez que participan de la vida común de la colonia. Se trata, por consiguiente, de una especie de socialismo natural. Yo estaba al tanto de los últimos trabajos publicados acerca de ese curioso zoófito que se mineraliza arborizándose —como han descrito con gran exactitud los naturalistas—, por lo que la visita a una de esas selvas petrificadas que la naturaleza ha hecho crecer en el fondo del mar encerraba para mí un particular interés.

Accionamos los aparatos de Ruhmkorff y caminamos a lo largo de un banco de coral en proceso de formación, un banco que, con ayuda del tiempo, llegará un día a cerrar esa porción del océano Índico. El camino estaba bordeado por intrincados zarzales: aglomeración de arbustos entrelazados que aparecían cubiertos de florecillas en forma de estrellas con sus radios blancos. Solo que, al revés de lo que ocurre con las plantas terrestres, estas arborizaciones, fijas a las rocas del suelo, se dirigían todas de arriba a abajo.

La luz producía mil vistosos efectos al reflejarse en aquellas ramitas de vivos colores. La ondulación de las aguas parecía prestar movimiento a aquellos tubos membranosos y cilíndricos. Daban ganas de coger sus frescas corolas, adornadas de finos tentáculos, recién abiertas unas, en capullo otras. Los pececillos se deslizaban velozmente entre ellas, rozándolas a su paso como bandadas de pájaros. Pero si mi mano se aproximaba a esas flores vivientes, a esas sensitivas animadas, al punto se alertaba toda la colonia. Las corolas blancas se encerraban en sus estuches rojos, las flores se desvanecían ante mi vista, y el arbusto se transformaba en un bloque de protuberancias pétreas.

El azar me había deparado la contemplación de los más bellísimos ejemplares de ese zoófito. Este coral tenía un valor semejante al que se pesca en el Mediterráneo, en las costas de Francia, de Italia y de Berbería. Sus vivas tonalidades justificaban los poéticos nombres de «flor de sangre» o «espuma de sangre» que el comercio ha dado a sus más bellos productos. El coral llega a venderse hasta a quinientos francos el kilo, por lo que en aquel lugar las aguas recubrían la fortuna de toda una legión de pescadores. Esta preciosa materia, mezclada frecuentemente con otros políperos, formaba allí conjuntos compactos e inextricables, de los denominados *macciota*, sobre los cuales descubrí admirables ejemplares de coral rosado.

Pronto las matas se apretujaron, las arborizaciones se hicieron mayores. Ante nuestros pasos fueron abriéndose verdaderos bosques petrificados, largas bóvedas de una arquitectura fantástica. El capitán Nemo se introdujo por una oscura galería, cuya suave pendiente nos llevó hasta una profundidad de cien metros. La luz de nuestros aparatos producía a veces mágicos efectos al acercarse a las rugosas asperezas de aquellas arcadas naturales y a los colgantes similares a lámparas, en los que su destello parecía una llama. Entre los arbustos coralinos distinguí otros pólipos no menos curiosos: melitas, iris de ramificaciones articuladas, matas de coralinas —verdes o rojas—, esto es, auténticas algas incrustadas en sus sales calcáreas que los naturalistas han incluido finalmente en el reino vegetal tras largas discusiones. Pero como se ha dicho también, «ahí se encuentra, quizá, el punto real en el que la vida se alza oscuramente del sueño de la piedra, sin liberarse aún del todo de su rudo punto de partida».

Por último, y tras caminar durante dos horas, habíamos alcanzado una profundidad aproximada de trescientos metros, es decir, el límite extremo por encima del cual empieza a formarse el coral. Pero allí no había ya matas aisladas, ni modestos bosques de altura pequeña: era la selva inmensa, las grandes vegetaciones minerales, los árboles enormes petrificados, unidos unos a otros por guirnaldas de elegantes plumarias, esas lianas marinas ornadas de innumerables matices y reflejos. Pasábamos libremente bajo su elevado ramaje perdido en la sombra de las aguas, mientras que a nuestros pies los tubíporos, las meandrinas, las astreas, las fungias, las cariofilas formaban un tapiz de flores cuajado de gemas resplandecientes.

¡Era imposible describir semejante espectáculo! ¡Y que no pudiéramos comunicarnos nuestras sensaciones! ¿Por qué estábamos presos bajo aquella máscara de metal y de vidrio? ¿Por qué nos estaba vedado recurrir a las palabras? ¡Ojalá pudiéramos vivir, por lo menos, la vida de esos peces que pueblan el líquido elemento o, mejor aún, la de los anfibios, que durante horas y horas pueden recorrer a su antojo el doble dominio del mar y de la tierra!

El capitán Nemo se había detenido. Mis compañeros y yo nos detuvimos igualmente. Al volverme vi que los hombres de la tripulación formaban un semicírculo en torno a su jefe. Al mirarlos con mayor atención, observé que entre cuatro de ellos llevaban a hombros un objeto de forma rectangular.

El lugar en el que nos hallábamos era un amplio claro de aquel bosque submarino, rodeado de altísimos árboles. Nuestras lámparas proyectaban sobre aquel espacio una especie de claridad crepuscular que alargaba desmesuradamente las sombras en el suelo. En el límite del claro, la oscuridad volvía a hacerse profunda y solo destacaban en ella pequeñas chispitas reflejadas por las vivas aristas del coral.

Ned Land y Consejo estaban junto a mí. Los tres permanecíamos muy atentos. Fue entonces cuando se me ocurrió que iba a ser testigo de una extraña escena. Al observar el suelo vi que en algunos puntos había unos pequeños abultamientos recubiertos de una costra de depósitos calcáreos, los cuales se hallaban dispuestos con una regularidad tal que denotaba la mano del hombre.

En mitad del claro, sobre un pedestal de rocas amontonadas toscamente, se alzaba una cruz de coral que extendía sus largos brazos, que parecían de sangre petrificada.

A una señal del capitán Nemo, se adelantó uno de sus hombres y comenzó a excavar un agujero a pocos pasos de la cruz, valiéndose de un pico que descolgó de su cinto.

¡Entonces lo comprendí! ¡Aquel claro era un cementerio, aquel agujero una tumba, aquel objeto rectangular el cuerpo del hombre muerto durante la noche! El capitán Nemo y los suyos se disponían a enterrar a su compañero en aquella morada común, en el fondo de aquel océano inaccesible.

¡No! ¡Jamás mi ánimo sintió una excitación tan grande! ¡Jamás invadieron mi mente ideas más impresionantes! ¡No quería dar crédito a lo que estaban viendo mis ojos!

Sin embargo, la tumba iba ahondándose lentamente. Los peces, turbado su retiro, huían de acá para allá. Oía resonar sobre el suelo calcáreo el hierro del pico, que a veces arrancaba una chispa al dar contra algún fragmento de sílex perdido en el fondo de las aguas. El hoyo se alargaba, se ensanchaba, y pronto fue lo bastante profundo para recibir el cadáver.

Entonces se acercaron los que lo portaban. El cuerpo, envuelto en un tejido de biso blanco, fue bajado a su húmeda tumba. El capitán Nemo, con los brazos cruzados sobre el pecho, y todos los amigos de aquel que en vida les había profesado también su amistad, se arrodillaron en actitud de rezar... Mis dos compañeros y yo nos inclinamos respetuosamente.

La tumba fue recubierta entonces con los materiales arrancados al suelo, que formaron un leve abultamiento.

Hecho esto, el capitán Nemo y sus hombres se pusieron en pie; luego, aproximándose uno a uno a la tumba, doblaron la rodilla una vez más y extendieron su mano como señal de la suprema despedida...

El cortejo fúnebre se dirigió de nuevo hacia el *Nautilus*, volviendo a pasar bajo las arcadas del bosque, por en medio de los árboles, de los erizados arbustos de coral... subiendo siempre.

Por fin se divisaron las luces de a bordo. Su rastro luminoso nos guió hacia la nave, y a la una estábamos de vuelta.

Cuando me vi libre de mi equipo, subí a la plataforma y, atormentado por mil obsesivas ideas, fui a sentarme junto al fanal de proa.

El capitán Nemo se me acercó. Me levanté y le dije:

—Así pues, tal como yo temía, ese hombre falleció durante la noche...

—Sí, señor Aronnax —respondió el capitán.

—Y ahora descansa junto a sus camaradas en ese cementerio de coral...

—Sí, olvidado por todos, ¡pero no por nosotros! ¡Nosotros hemos excavado su tumba, y los pólipos se encargan de sellarla para toda la eternidad.

Y ocultando su rostro entre sus manos crispadas con un gesto brusco, el capitán Nemo trató en vano de reprimir un sollozo. Luego añadió:

—¡Ahí está nuestro tranquilo cementerio, a unos centenares de pies bajo la superficie de las aguas!

—Sus muertos descansan por lo menos en paz, capitán, a salvo de los ataques de los tiburones.

—En efecto, señor —respondió gravemente el capitán Nemo—. ¡A salvo de los tiburones y de los hombres!

SEGUNDA PARTE

I

El océano Índico

Comienza aquí la segunda parte de aquel viaje submarino. La primera concluyó con aquella emocionante escena del cementerio de coral, que ha dejado en mi alma una profunda huella. Así pues, el ciclo completo de la vida del capitán Nemo se desarrollaba en el seno de aquel inmenso mar, todo, incluso su propia tumba, dispuesta en el más impenetrable de los abismos. Ni siquiera los monstruos del océano vendrían a turbar el último sueño de los hombres del *Nautilus*, de esos amigos que descansaban juntos y próximos en la muerte como juntos y próximos estuvieron en vida. ¡Y tampoco lo turbaría ningún hombre!, como había añadido el capitán. ¡Siempre la misma desconfianza, feroz, implacable, hacia el género humano!

A mí ya no me bastaban las hipótesis que dejaban satisfecho a Consejo. El muchacho se empeñaba en no ver en el comandante del *Nautilus* más que a uno de esos sabios ignorados que devuelven a la humanidad desprecio por indiferencia. Según él, se trataría de un genio incomprendido que, harto de las decepciones de la tierra, no había tenido otro remedio que refugiarse en ese reino inaccesible, ancho campo para el despliegue de su personalidad. Pero a mi juicio semejante hipótesis no explicaba más que un aspecto del capitán Nemo.

El misterio de aquella última noche en la que fuimos encadenados en la prisión y el sueño, la precaución —tan violentamente adoptada por el capitán— de arrancarme de las manos el anteojo con el que me disponía a examinar el horizonte, la herida mortal de aquel hombre, debida a un inexplicable choque del *Nautilus*... todos estos detalles me sugerían otra vía de interpretación obvia: ¡No! ¡El capitán Nemo no se contentaba con huir de los hombres! Su formidable aparato no estaba solo al servicio de sus ansias de libertad, sino que quizá también lo utilizaba como instrumento de ignoradas y terribles represalias.

En el momento en que escribo estas líneas, lo veo todo confuso: tan solo débiles resplandores en el seno de las tinieblas. Debo, pues, limitarme a escribir al dictado de los acontecimientos.

Por otra parte, nada nos ata al capitán Nemo. Él sabe muy bien que es imposible escapar del *Nautilus*; por eso ni siquiera nos ha obligado a darle nuestra palabra de que no pretenderemos huir. No nos vemos sujetos a ningún compromiso de honor. Somos solo cautivos, prisioneros disimulados bajo el nombre de huéspedes para fingir cortesía. Pero Ned Land no ha renunciado a la esperanza de recobrar su libertad; es bien cierto que aprovechará la primera ocasión que el azar le depare. Yo haré lo mismo, sin duda. Pero no dejaré de sentir cierta añoranza de tantas cosas como la generosidad del capitán nos habrá permitido conocer de los misterios del *Nautilus*. Porque, en definitiva, ¿hay que aborrecer a ese hombre o admirarlo? ¿Es una víctima o un verdugo? Además, si he de ser sincero, antes de abandonarlo para siempre quisiera haber concluido esta vuelta al mundo submarina que ha comenzado tan magníficamente. Quisiera haber contemplado toda la serie de maravillas acumuladas bajo los mares del planeta. Quisiera haber visto lo que jamás ojos humanos vieron hasta ahora, aunque tuviera que pagar con la vida esta insaciable necesidad de aprender. ¿Qué he descubierto hasta el momento? Nada, o casi nada, porque aún no hemos recorrido más que seis mil leguas a través del Pacífico.

Sin embargo, me consta que el *Nautilus* se aproxima a tierras habitadas, y que si se nos brinda alguna oportunidad para salvarnos, sería cruel que yo sacrificara a mis amigos, llevado de mi pasión por lo desconocido. Tendré que seguirlos, que guiarlos incluso. Pero ¿se presentará esa oportunidad? Como hombre privado a la fuerza de mi libertad, lo deseo; como científico, como hombre dominado por el afán de saber, lo temo.

Aquel día, 21 de enero de 1868, a las doce, el segundo de a bordo se dispuso a tomar la altura del sol. Subí a la plataforma, encendí un cigarro y contemplé la operación. Me pareció evidente que aquel hombre no entendía el francés, porque en diversas ocasiones pronuncié algunos comentarios en voz alta que deberían haberle arrancado algún signo de atención involuntario si los hubiera comprendido, y en cambio permaneció impasible y mudo.

Mientras que él realizaba las mediciones con ayuda del sextante, uno de los marineros del *Nautilus* —aquel hombre fornido que nos había acompañado en nuestra primera excursión submarina a la isla de Crespo— subió a limpiar los vidrios del fanal. Examiné entonces la instalación de aquel aparato, cuya potencia se veía centuplicada por los anillos lenticulares de que estaba dotado, como los de los faros, y que mantenían su luz dentro del plano útil. La lámpara eléctrica estaba dispuesta de forma tal que su luminosidad fuera máxima. La luz, en efecto, se producía en el vacío, lo que aseguraba al mismo tiempo su regularidad y su intensidad. El vacío servía también para evitar el desgaste de las puntas de grafito entre las cuales se producía el arco luminoso: ahorro importante para el capitán Nemo, que no hubiera podido renovarlas con facilidad. Pero en aquellas condiciones apenas se desgastaban.

Cuando el *Nautilus* se disponía a reemprender su navegación submarina, regresé al salón. Se cerraron las escotillas y se puso rumbo directamente hacia el oeste.

Estábamos surcando las aguas del océano Índico, vasta llanura líquida que abarca unos quinientos cincuenta millones de hectáreas y cuyas aguas son tan trasparentes que dan vértigo a quien se inclina sobre su superficie. El *Nautilus* navegaba de ordinario por ellas a una profundidad de entre los cien y los doscientos metros. Así se mantuvieron las cosas durante algunos días. A otro que no fuera yo y no sintiera el amor que yo siento por el mar, las horas le hubieran parecido largas y monótonas; pero aquellas subidas diarias a la plataforma —que aprovechaba cada vez para templar mi cuerpo en el aire vivificante del océano—, el espectáculo de aquellas aguas ricas en especies a través de los paneles del salón, la lectura de los libros de la biblioteca y la redacción de mis apuntes empleaban todo mi tiempo y no me dejaban ni un minuto para el aburrimiento o el cansancio.

La salud de todos se mantenía en un estado muy satisfactorio. El régimen de a bordo era muy adecuado, y por mi parte me hubiera arreglado muy bien sin las variantes que Ned Land, por espíritu de protesta más que nada, se las ingeniaba para aportar. Además, en aquella temperatura constante no había peligro ni de pillar un resfriado. Y aun en el caso de pillarlo, hubiéramos tenido un remedio excelente contra la tos: las reservas que había a bordo del madreporario *Dendrophyllia* —al que en Provenza llaman «hinojo de mar»—, de cuyos pólipos se extrae una sustancia fundente que sirve para obtener una pasta antitusígena.

Durante algunos días vimos una gran multitud de aves acuáticas, palmípedas, golondrinas de mar, gaviotas. Algunas fueron diestramente abatidas, y preparadas luego de una forma especial, nos procuraron una caza marina muy aceptable. Entre los grandes voladores que se aventuran a largas distancias de la tierra y que de cuando en cuando se posan sobre el agua para descansar de las fatigas del vuelo, distinguí magníficos albatros, aves de la familia de las longipénnidas que emiten un grito discordante parecido al rebuzno del asno. La familia de las totipálmidas está representada por rápidas fragatas, hábiles pescadoras de los peces de la superficie, y por numerosos faetones entre los que destacaba el faetón de pelusilla roja, del tamaño de una paloma, cuyo blanco plumaje está matizado por tonos rosados que resaltan el color negro de las alas.

Las redes del *Nautilus* nos proporcionaron varias clases de tortugas marinas, del género carey, combadas por el dorso y cuya concha es sumamente apreciada. Estos reptiles se sumergen muy fácilmente y pueden mantenerse durante largo tiempo debajo del agua, cerrando a tal efecto la válvula carnosa que poseen en el orificio nasal, por su parte externa. Algunos de estos animales, cuando los pescamos, dormían encerrados en su caparazón, resguardados así de los animales marinos. Su carne era mediocre, por lo regular, pero sus huevos nos ofrecían un manjar exquisito.

En cuanto a los peces, suscitaban una y otra vez nuestra admiración cuando sorprendíamos, a través de los paneles abiertos, los secretos de su vida acuática. Me fijé en diversas especies que hasta entonces no me había sido dado observar.

Citaré en particular unos ostreidos que solo se encuentran en el mar Rojo, en las costas de la India y en la porción del océano que baña las costas de la América equinoccial. Estos peces, como las tortugas, los armadillos, los ursinos o los crustáceos, están protegidos por una coraza que no es ni caliza ni pétrea, sino de naturaleza auténticamente ósea, y que adopta una forma triangular o cuadrangular. Entre los triangulares descubrí algunos que medían como cinco centímetros, de carne excelente en calidad y sabor, pardos en la cola y con aletas amarillas, y cuya aclimatación recomiendo hasta para aguas dulces, a las que se acostumbran de modo relativamente fácil ciertos peces de mar. Mencionaré también otros ostreidos cuadrangulares, con cuatro gruesos salientes sobre el lomo; otros salpicados de puntos blancos en la parte inferior de su cuerpo, fáciles de domesticar como si se tratara de pájaros; trígonos provistos de aguijones formados por la prolongación de su concha ósea y a los cuales, debido al gruñido característico que emiten, se les ha dado el nombre de «cerdos de mar»; y por último, «dromedarios» de gruesas jorobas en forma de cono, cuya carne es dura y coriácea.

Repasando las notas tomadas diariamente por Consejo, recuerdo ahora también ciertos peces tetrodóntidos, típicos de esos mares; unos espenglerianos de lomo encarnado y pecho blanco, que se caracterizan por sus tres hileras longitudinales de filamentos; y los eléctricos, de casi siete pulgadas, adornados con los más vivos colores, etcétera. Y como representantes de otros géneros, citaré los ovoides, así llamados por asemejarse a un huevo: carecen de cola y su color marrón oscuro está surcado de bandas blancas; los diodontes u orbes espinosos, verdaderos puercoespines del mar, que están dotados de aguijones y pueden hincharse hasta adoptar la apariencia de una bola erizada de espinas; los hipocampos o caballitos de mar, muy repartidos por todos los océanos; los pegasos voladores de hocico prolongado, cuyas aletas pectorales, extendidas y dispuestas a manera de alas, les permiten dar saltos por el aire, ya que no propiamente volar; las palomas espatuladas, cuya cola aparece cubierta de numerosos anillos escamosos; los macrognatos de largas mandíbulas, peces excelentes que miden unos veinticinco centímetros y que brillan por la vivacidad de sus colores; los pálidos caliómoros, de cabeza rugosa; miles y miles de blenias saltarinas, de largas aletas pectorales que les permiten deslizarse por la superficie del agua a gran velocidad; fascinantes veleros que pueden utilizar sus aletas como velas desplegadas y abandonarse al impulso de las corrientes más favorables; kurtos espléndidos, en los que la naturaleza ha prodigado el amarillo, el azul celeste, los colores de la plata y el oro; tricópteros cuyas alas están formadas por filamentos; cotos, manchados siempre de color limón, que producen cierto zumbido a su paso; triglas, de cuyo hígado se extrae una sustancia venenosa; badianos que muestran ante los ojos como una visera móvil; y por último, fueles de hocico largo y tubulado, auténticos papamoscas del océano, armados de un fusil que no han diseñado ni los Chassepot ni los Remington y que matan a los insectos disparándoles con él una simple gota de agua.

En el octogésimo noveno orden de los peces, según la clasificación de Lacépède, que pertenece a la segunda subclase de los peces óseos, caracterizados por un opérculo y una membrana branquial, se incluye la escorpena, cuya cabeza está dotada de aguijones y que no posee más que una sola aleta dorsal; pude ver varios de estos animales, unos revestidos de pequeñas escamas y otros desprovistos de ellas, según el subgénero al que pertenecen. Del segundo subgénero observamos ejemplares de didáctilos, de treinta o cuarenta centímetros de longitud, rayados de amarillo y con una cabeza de aspecto fantástico. En cuanto al primer subgénero apareció representado por algunos ejemplares de ese pez singular al que justamente se llama «sapo de mar»: tiene este una cabeza desmesurada, aquí llena de senos profundos, allí de protuberancias, erizado de aguijones y sombreado de tubérculos; tiene, además, unos cuernos irregulares y horrorosos, su cuerpo y cola están llenos de callosidades y sus aguijones causan peligrosas heridas; es, en suma, un animal repugnante y horrible.

Del 21 al 23 de enero el *Nautilus* navegó a razón de doscientas cincuenta leguas diarias, esto es, quinientas cuarenta millas, a unos veintidós millas por hora. Si a nuestro paso reconocíamos las diversas especies de peces fue porque estos, atraídos por el resplandor eléctrico, trataban de acompañarnos. La mayor parte de ellos quedaban, sin embargo, rezagados, y solo unos pocos eran capaces de mantenerse durante algún tiempo en las proximidades del *Nautilus*.

El 24 por la mañana, a los 12° 5' de latitud sur y a 94° 33' de longitud, avistamos la isla Keeling, aglomeración madrepórica en la que crecían magníficos cocoteros. Esta isla había sido visitada por Darwin y por el capitán Fitz Roy. El *Nautilus* costeó a corta distancia los cantiles de esa isla desierta. Sus dragas trajeron a bordo numerosas muestras de pólipos y de equinodermos, así como curiosos ejemplares de la rama de los moluscos. Unos preciosos especímenes de la especie de las delfínulas vinieron a aumentar los tesoros del capitán Nemo, a los que pude yo añadir una astea puntífera, especie de políporo parásito que a menudo se fija a las conchas.

Pronto desapareció en el horizonte la isla Keeling y se dio la orden de virar rumbo al Noroeste, hacia la punta extrema de la península indostánica.

—¡Por fin tierras civilizadas! —me dijo aquel día Ned Land—. ¡Cuánto mejor esto que esas islas de Papuasia donde abundan más los salvajes que las cabras! En esa tierra india, profesor, hay carreteras, ferrocarriles, ciudades inglesas, francesas, hindúes. Siempre se encuentra uno con un compatriota en cinco millas a la redonda. ¿Qué? ¿Habrá llegado ya el momento de dejar plantado al capitán Nemo?

—No, Ned, no —respondí yo en un tono resuelto—. Dejémoslo correr, por ahora. El *Nautilus* se aproxima a los continentes habitados. Regresa hacia Europa y nos conduce allí. Cuando hayamos llegado a nuestros mares, veremos qué partido nos aconsejará tomar la prudencia. Además, no creo que el capitán Nemo nos permita ir de caza por las costas de Malabar o de Coromandel como nos permitió hacerlo en los bosques de Nueva Guinea...

—¿Y no podríamos prescindir de su permiso y obrar por nuestra cuenta?

Dejé la pregunta del canadiense sin respuesta. No quería discutir. En el fondo albergaba el deseo de apurar hasta el fin los caprichos del destino que me había llevado a bordo del *Nautilus*.

Desde que dejamos la isla Keeling nuestra marcha fue haciéndose más lenta. Fue también más caprichosa y a menudo nos vimos llevados a las grandes profundidades. En numerosas ocasiones se recurrió a los planos inclinados de la nave, cuyo grado de inclinación con respecto a la línea de flotación se podía variar mediante palancas interiores. Descendimos así hasta los dos mil y los tres mil metros, pero sin tocar jamás el fondo de ese océano Índico que las sondas de trece mil metros no han podido alcanzar. En cuanto a la temperatura de las capas bajas, el termómetro señaló siempre invariablemente los cuatro grados centígrados sobre cero. Pude observar, con todo, que en las capas superiores el agua estaba siempre más fría sobre los fondos elevados que en alta mar.

El 25 de enero, encontrándose el océano absolutamente desierto, el *Nautilus* pasó toda la jornada en la superficie, golpeando las olas con su potente hélice y levantándolas hasta gran altura. En estas condiciones, ¿quién no lo hubiera confundido con un gigantesco cetáceo? Pasé las tres cuartas partes de la jornada en la plataforma, con la vista fija en el mar. Nada en el horizonte. Solamente se dejó ver, a las cuatro de la tarde, la arboladura de un largo *steamer* por el oeste, que navegaba en dirección contraria. Ellos, sin embargo, no podían avistar al *Nautilus*, que apenas emergía de la superficie del agua. Supuse que aquel barco pertenecía a la línea Peninsular y Oriental, que tiene a su cargo el servicio de la isla de Ceilán a Sidney, con escalas en la punta del Rey Jorge y en Melbourne.

A las cinco de la tarde, poco antes del rápido crepúsculo que empalma el día con la noche en las zonas tropicales, Consejo y yo nos vimos asombrados por un curioso espectáculo.

Existe un bello animal que, según los antiguos, era presagio de buena suerte para quien lo encontraba. Aristóteles, Ateneo, Plinio y Opiano estudiaron sus costumbres y volcaron en él todo el caudal poético de los sabios griegos y latinos. Lo llamaron *Nautilus* y *Pompylius*, pero la ciencia moderna no ha mantenido estos nombres y lo conoce ahora con el de «argonauta».

Quien hubiera consultado a Consejo, habría podido enterarse por él de que la rama de los moluscos se divide en cinco clases; que la primera clase, la de los cefalópodos —cuyos individuos son desnudos unos y testáceos los otros—, comprende dos familias, la de los dibranquiados y la de los tetrabranquiados, que se distinguen por el número de sus branquias; que la familia de los dibranquiados abarca tres géneros —el argonauta, el calamar y la jibia—; y que la familia de los tetrabranquiados comprende un solo género, el del nautilus. Y si después de estas explicaciones tan precisas, algún espíritu duro de mollera se empeñara en confundir al argonauta —que es acetabulífero, esto es, portador de ventosas— con el nautilus —que es tentaculífero, es decir, portador de tentáculos—, su confusión no podría ampararse en ninguna excusa.

Pues bien, por la superficie del océano navegaba entonces un tropel de argonautas. Había centenares de ellos, todos pertenecientes a la especie de los argonautas tuberculados, que es propia del océano Índico.

Estos simpáticos moluscos se desplazan hacia atrás por medio de su tubo locomotor, por el que expulsan el agua que antes han aspirado. De sus ocho tentáculos, seis —más alargados y finos— flotaban sobre el agua, mientras que los otros dos, redondeados en forma de palma, se tendían al viento como si de una ligera vela se tratara. Distinguía perfectamente su concha espiraliforme y ondulada, que Cuvier ha comparado acertadamente con una elegante lancha. Y es, en efecto, un verdadero barco: transporta al animal que la ha segregado y que, sin embargo, no está adherido a ella.

—El argonauta es libre para dejar su concha —expliqué a Consejo—, pero jamás la abandona.

—Es justamente lo que hace el capitán Nemo —respondió muy atinadamente Consejo—. A su barco debería haberlo bautizado con el nombre de *Argonauta*, sería mucho más apropiado.

Durante cosa de una hora el *Nautilus* flotó entre aquella muchedumbre de moluscos. Luego pareció como si algo, ignoro qué, los espantara de repente: como a una señal, recogieron todos sus velas, replegaron sus brazos y contrajeron sus cuerpos; las conchas, al dar la vuelta, modificaron su centro de gravedad, y toda la flotilla desapareció bajo las aguas. Fue cosa de un instante: jamás los buques de una escuadra maniobraron tan perfectamente al unísono.

En aquel momento cayó de súbito la noche, y las olas, apenas levantadas por la brisa, se tendieron apaciblemente a los costados del *Nautilus*.

Al día siguiente, 26 de enero, cortamos la línea del ecuador por el meridiano 82, y entramos en el hemisferio boreal.

Durante aquella jornada nos dio escolta una formidable manada de escualos, terribles animales que pululan en esos mares y los hacen muy peligrosos. Había entre ellos escualos filipos, de lomo pardo y vientre blanquecino, armados de once hileras de dientes; escualos ojeteados, en cuyo cuello se distingue una gran mancha negra orlada de blanco que tiene toda la apariencia de un ojo; y escualos isabelos, de hocico redondeado y moteado de puntos oscuros. A menudo aquellos poderosos animales se precipitaban contra los vidrios del salón con una violencia poco tranquilizadora. Aquello sacaba de sus casillas a Ned Land: quería que saliéramos a la superficie para arponear a aquellos monstruos, en especial a determinados escualos emisoles, cuya boca está como pavimentada con dientes dispuestos en forma de mosaico, y a los grandes escualos atigrados, de cinco metros de longitud, que parecían provocarlo con particular insistencia. Pero el *Nautilus* incrementó su velocidad y muy pronto dejó atrás fácilmente a los más rápidos de aquellos tiburones.

El 27 de enero, a la entrada del vasto golfo de Bengala, encontramos en diferentes ocasiones un siniestro espectáculo: ¡cadáveres flotando en la superficie del agua! Eran de personas fallecidas en las ciudades indias, cuyos cuerpos son arrojados al Ganges y arrastrados por el río a alta mar. Los buitres, que son los únicos sepultureros que conoce el país, no habían acabado de devorarlos, pero no faltaban escualos que acudían a completar su fúnebre tarea.

Hacia las siete de la tarde el *Nautilus*, emergiendo a medias, empezó a navegar por un mar de leche. En toda la extensión que abarcaba la vista, el océano parecía haberse transformado en un líquido lechoso. ¿Era acaso el efecto de los rayos lunares? No, porque la luna, en su cuarto creciente desde hacía solo dos días, se hallaba aún perdida por debajo del horizonte en los rayos del sol. Todo el cielo, aunque iluminado por el resplandor de las estrellas, parecía absolutamente negro en contraste con la blancura del agua.

Consejo no podía dar crédito a sus ojos y me interrogaba acerca de las causas de aquel singular fenómeno. Por fortuna me hallaba en condiciones de satisfacer su curiosidad.

—Es lo que se conoce como un «mar de leche» —le dije—, una vasta extensión de olas blancas. Suele darse en las costas de Amboina y en estos parajes.

—Pero ¿podría explicarme el señor cuál es la causa que produce este efecto? ¡Porque supongo que el agua no se ha transformado en leche!

—No, muchacho. Este asombroso color blanco se debe a la presencia de miles de millones de infusorios, una especie de gusanillos luminosos, de aspecto gelatinoso e incoloro, que no son más gruesos que un cabello y apenas miden un par de décimas de milímetro. Se pegan unos a otros y cubren una extensión de varias leguas.

—¡Varias leguas! —exclamó Consejo.

—Sí, Consejo, y no trates de calcular su número: no lo conseguirías jamás. Si no me engaño, algunos navegantes afirman haber navegado por esos mares de leche durante más de cuarenta millas.

Ignoro si Consejo hizo o no caso de mi recomendación, porque pareció abismarse en profundas reflexiones, tratando sin duda de calcular cuántas décimas de milímetro puede haber en cuarenta millas cuadradas. Por mi parte, continué observando el fenómeno. Durante algunas horas, el *Nautilus* cortó con su espolón aquellas aguas blanquecinas, y advertí que se deslizaba sin ruido por aquella masa jabonosa, como si flotara en los remolinos de espuma que las corrientes y las contracorrientes de las bahías forman a veces entre sí.

Hacia la medianoche el mar recuperó su color de costumbre, pero por detrás de nosotros, hasta los límites del horizonte, el cielo, al reflejar la blancura de las olas, pareció durante largo tiempo impregnado con los vagos resplandores de una aurora boreal.

II

UNA NUEVA PROPUESTA DEL CAPITÁN NEMO

El 28 de febrero, cuando el *Nautilus* emergió a mediodía a la superficie, a 9° 4' de latitud norte, se halló a la vista de una tierra que quedaba a unas ocho millas por el oeste. Lo primero que vi fue una aglomeración de montañas, de unos dos mil pies de altitud, cuyos perfiles se recortaban caprichosamente. Determinada nuestra posición, regresé al salón, y una vez se indicó en la carta náutica el punto en que nos encontrábamos, advertí que la isla que teníamos delante era Ceilán, esa perla que cuelga del lóbulo inferior de la península indostánica.

Busqué en la biblioteca algún libro relativo a esa isla, una de las más fértiles del planeta. Pude hallar un volumen escrito por H. C. Sirr, *Esq.*, que llevaba por título *Ceylon and the Cingalese*. De vuelta al salón, consigné en primer lugar la situación de esa isla, a la que los antiguos prodigaron tantos nombres distintos. Se halla entre los 5° 55' y 9° 49' de latitud norte, y entre los 79° 42' y 82° 4' de longitud al este del meridiano de Greenwich; su longitud es de doscientas setenta y cinco millas; su anchura máxima es de ciento cincuenta; su circunferencia, novecientas millas; y su extensión, 24.448 millas, un poco inferior a la de Irlanda.

El capitán Nemo y su segundo se presentaron en aquel momento.

El capitán echó un vistazo al mapa.

—La isla de Ceilán es célebre por sus pesquerías de perlas —dijo luego, volviéndose hacia mí—. ¿Le agradaría, profesor, visitar una de esas pesquerías?

—Por supuesto que sí, capitán.

—Bien. No será difícil. El único inconveniente es que solo veremos las pesquerías y no a los pescadores. Aún no se ha iniciado la explotación anual. Pero no importa. Voy a dar orden de poner rumbo al golfo de Manaar. Llegaremos esta misma noche.

El capitán dio algunas instrucciones a su oficial, que abandonó la sala. Pronto el *Nautilus* se sumergió en el líquido elemento y el manómetro señaló que se mantenía a una profundidad de treinta pies.

Con el mapa a la vista, traté de localizar el golfo de Manaar. Lo encontré hacia el paralelo noveno, en la costa noroccidental cingalesa. Estaba formado por una prolongación de la pequeña isla del mismo nombre. Para llegar a él habría que remontar toda la ribera occidental de Ceilán.

—¿Sabe, profesor? —me dijo entonces el capitán Nemo—. Se pescan perlas en el golfo de Bengala, en el océano Índico, en los mares del Japón y de China, en los del sur de América, en el golfo de Panamá, en el de California... Pero es en Ceilán donde se consiguen los mejores resultados. Llegamos algo pronto, sin duda. Los pescadores se reúnen en el golfo de Manaar solo durante el mes de marzo; allí, durante treinta días, sus trescientos barcos se dedican a esta lucrativa explotación de los tesoros marinos. Cada barco lleva una tripulación de diez remeros y diez pescadores. Estos últimos se dividen en dos grupos, que se sumergen alternativamente y descienden hasta una profundidad de doce metros con ayuda de una pesada piedra que sujetan con los pies, unida al barco por una cuerda.

—¿Así que todavía se emplea ese procedimiento tan primitivo?

—Todavía —respondió el capitán Nemo—. Y eso que estas pesquerías pertenecen a la nación más industriosa de la tierra, a los ingleses, a los que les fueron cedidas por el Tratado de Amiens en 1802.

—Pues yo opino que la escafandra, tal como usted la usa, prestaría un gran servicio en semejante tarea.

—Sí, porque esos pobres pescadores no pueden permanecer mucho tiempo bajo el agua. El inglés Perceval afirma haber conocido en su viaje a Ceilán a un individuo capaz de permanecer cinco minutos sin remontarse a la superficie, pero el hecho me parece improbable. Sé que algunos de ellos aguantan cincuenta y siete segundos, y hasta ochenta y siete los más hábiles; pero lo consiguen muy pocos, y más de una vez, al regresar a bordo de la embarcación, esos desgraciados devuelven por la nariz y por los oídos agua teñida de sangre. Pienso que la media de tiempo que pueden aguantar esos pescadores es de treinta segundos, durante los cuales se apresuran a amontonar en una pequeña red todas las ostras perlíferas que arrancan. Pero generalmente esos pescadores no llegan a viejos; su vista se debilita; se forman úlceras en sus ojos y llagas en su cuerpo; y sucede con relativa frecuencia que sufren un ataque de apoplejía en el fondo del mar.

—Sí —dije—, es un triste oficio, y solo sirve para satisfacer algunos caprichos. Pero dígame, capitán, ¿cuántas ostras puede pescar un barco a lo largo de una jornada?

—De cuarenta a cincuenta mil. Incluso se asegura que en el año 1814, cuando el gobierno inglés se encargó directamente de la pesca, sus pescadores reunieron, en veinte días de trabajo, la friolera de setenta y seis millones de ostras.

—Por lo menos esos pescadores estarán bien pagados...

—Nada de eso, profesor. En Panamá solo ganan un dólar a la semana. Lo corriente es que les den un sol por cada ostra que contenga una perla. ¡Y son tantas las que no tienen ninguna!

—¿Un sol nada más para esas pobres gentes que labran la fortuna de sus amos? ¡Es odioso!

—En resumen, profesor —añadió el capitán Nemo—, usted y sus compañeros podrán visitar el banco perlífero de Manaar. Y si por casualidad anda por allí algún pescador tempranero, le veremos actuar.

—De acuerdo, capitán.

—Por cierto, señor Aronnax, ¿no tendrá usted miedo de los tiburones?

—¡Tiburones! —exclamé.

La pregunta me pareció, cuando menos, ociosa.

—¿No me contesta? —insistió el capitán.

—He de confesarle, señor, que no estoy aún familiarizado con esa clase de peces.

—Pero nosotros sí —replicó el capitán Nemo—, y con el tiempo usted también lo estará. Además, iremos armados; de camino quizá podamos cazar algún escualo. Es un tipo de caza muy interesante. Así que hasta mañana, profesor. Tendremos que madrugar.

Y como quien no quiere la cosa, el capitán abandonó el salón.

Si alguien os invitara a cazar osos en las montañas de Suiza, seguramente diríais: «¡Muy bien! Saldremos mañana a cazar osos». Si os invitaran a cazar leones en las llanuras del Atlas, o tigres en las junglas de la India, diríais: «¡Vaya, mañana vamos a cazar tigres o leones!». Pero si a alguien se le ocurriera invitaros a ir a dar caza al tiburón en su elemento natural, ¿no le pediríais algo de tiempo para reflexionar antes de aceptar su invitación?

A mí no me quedó otro remedio que pasarme la mano por la frente, perlada por gotitas de sudor frío.

«Meditemos —me dije—, y con calma. Cazar nutrias en los bosques submarinos, como hicimos en la isla de Crespo, pase. Pero pasearse por el fondo del mar cuando se tiene la casi completa seguridad de que encontraremos escualos, ¡es algo muy distinto! Ya sé que en algunos países, como en las islas Andamán, los nativos no vacilan en atacar a los tiburones, armados solo con un puñal y un lazo corredizo; pero también me consta que muchos de los que se enfrentan a esos terribles animales no regresan vivos. Por lo demás, yo no soy un nativo; y aunque lo fuera, pienso que una ligera vacilación por mi parte estaría más que justificada...»

¡Ahí estaba yo soñando con tiburones, imaginando sus enormes mandíbulas armadas con múltiples hileras de dientes y capaces de cortar a un hombre en dos mitades...! Sentía ya un cosquilleo en el estómago... ¡Y lo que más me sublevaba era la despreocupación con que el capitán Nemo me había hecho aquella deplorable invitación! ¡Como si se tratara de ir a perseguir en el bosque un inofensivo zorro!

«¡Bueno! —pensé—, Consejo no querrá de ningún modo venir, y eso me servirá de excusa para rechazar la invitación del capitán.»

En cuanto a Ned Land, he de reconocer que no me sentía yo tan seguro de su prudencia. Un peligro, por grande que fuera, ejercía siempre una poderosa atracción sobre su temperamento batallador.

Traté de proseguir mi lectura del libro de Sirr, pero pasaba las hojas maquinalmente, viendo siempre entre líneas mandíbulas espantosamente abiertas.

En aquel momento llegaron Consejo y el canadiense. Venían tranquilos y de buen humor. No sabían lo que les estaba esperando.

—¡Caramba, señor! —me dijo Ned Land—. Ese condenado capitán Nemo acaba de proponernos algo estupendo. ¡Eso es un detalle!

—¡Ah! —dije—. ¿Sabéis ya...?

—Si al señor no le parece mal —añadió Consejo—, el comandante del *Nautilus* nos ha invitado a visitar mañana, en compañía del señor, las magníficas pesquerías de Ceilán. Lo ha hecho con exquisita cortesía, como un auténtico caballero.

—¿Y no os ha dicho nada más?

—Nada, señor —respondió el canadiense—, salvo que ya había hablado con usted acerca de este pequeño paseo.

—Me ha hablado, así es, ¿Y no os ha dado ningún detalle de...?

—Ninguno, profesor. Nos acompañará usted, ¿verdad?

—¿Yo...? ¡Cómo no! Veo que eso te hace ilusión, ¿eh, Ned?

—¡Vaya que sí! Tiene que ser curioso, muy curioso.

—¿Y no será peligroso? —añadí en tono insinuante.

—¡Peligroso! —respondió Ned Land—. ¿Qué peligro va a haber en una simple excursión a un banco de ostras?

Decididamente el capitán Nemo había creído inútil mencionar la palabra «tiburones» a mis compañeros. Por mi parte los miraba con cierta aprensión, como si les faltara ya algún miembro. ¿Debería ponerlos en guardia? Sí, sin lugar a dudas. Pero no sabía cómo arreglármelas.

—Señor —dijo Consejo—, ¿querrá el señor darnos algunos detalles acerca de la pesca de perlas?

—¿Acerca de la pesca propiamente dicha —pregunté— o de los incidentes que pueden...?

—¡Sobre la pesca, sobre la pesca! —respondió el canadiense—. Es bueno conocer de antemano el terreno que hemos de pisar.

—Pues entonces, tomad asiento, amigos, y os explicaré lo que acabo de descubrir yo mismo gracias a este libro del inglés Sirr.

Ned y Consejo se sentaron en un diván. Y para empezar, el canadiense me hizo la primera pregunta:

—Señor, ¿qué es una perla?

—Mi querido Ned —respondí—, para el poeta la perla es una lágrima del mar; para los orientales, una gota de rocío solidificado; para las damas, una joya de forma esférica, brillo hialino y apariencia nacarada, que puede llevarse en el dedo, en el cuello o en la oreja; para el químico es una mezcla de fosfato y carbonato cálcico con un poco de gelatina; y, en fin, para el naturalista es una secreción patológica del órgano que produce el nácar en determinados bivalvos.

—Rama de los moluscos —dijo Consejo—, clase de los acéfalos, orden de los testáceos.

—Exactamente, profesor Consejo. Ahora bien, entre esos testáceos, la oreja de mar iris, las romboides, las tridacnias, las pinnas marinas, en una palabra, todos cuantos segregan nácar (esa sustancia azul, azulada, violeta o blanca que recubre el interior de sus valvas) pueden producir perlas.

—¿También los mejillones? —preguntó el canadiense.

—Sí, también. Por lo menos los que se encuentran en ciertas rías de Escocia, del País de Gales, de Irlanda, de Sajonia, de Francia, etcétera.

—¡Bueno es saberlo! Abriré bien los ojos en adelante —comentó el canadiense.

—Pero el molusco por excelencia que produce la perla es la ostra perlífera —continué—, la *Meleagrina margaritifera,* la preciosa margarita. La perla no es más que una concreción nacarada que se dispone en forma globulosa. A veces se adhiere a la concha de la ostra; otras se incrusta en los tejidos del animal. En las valvas, la perla es adherente; en los tejidos, libre. Pero siempre tiene por núcleo un cuerpecillo duro, ya sea un óvulo estéril o un granito de arena, alrededor del cual la materia nacarada va depositándose a lo largo de varios años, sucesivamente y en capas finas y concéntricas.

—¿Pueden encontrarse varias perlas en una misma ostra? —preguntó Consejo.

—Sí, muchacho. Hay algunas margaritas que son un verdadero joyero. Se cita incluso el dato de una ostra que contenía no menos de ciento cincuenta tiburones, aunque lo pongo en duda.

—¡Ciento cincuenta tiburones! —exclamó Ned Land.

—¿Tiburones he dicho? —corregí apresuradamente—. Quise decir ciento cincuenta perlas. Lo de tiburones no tendría sentido.

—En efecto, señor —dijo Consejo—. Pero ¿podría explicarnos el señor cómo son extraídas esas perlas?

—Se hace de diversas maneras. A veces, cuando las perlas se encuentran adheridas a las valvas, los pescadores las arrancan con unas pinzas. Pero lo más común es que las margaritas sean extendidas sobre esteras de esparto, a la orilla del mar. Mueren así, al aire libre, y al cabo de diez días se encuentran en suficiente estado de descomposición para las siguientes operaciones. Las sumergen en unos grandes depósitos de agua de mar, las abren y las lavan. A partir de este momento comienza el doble trabajo de los «raspadores». Primero separan las placas de nácar, conocidas en el comercio con los nombres de franca plateada, bastarda blanca y bastarda negra, según sus clases, y que se expiden en cajas de ciento veinticinco a ciento cincuenta kilogramos. Luego retiran el parénquima de la ostra, lo hierven y lo pasan a continuación por un tamiz al objeto de cerner hasta las más pequeñas perlas.

—¿Varía el precio de las perlas según su calibre? —preguntó Consejo.

—No solo por su calibre —respondí—, sino que depende también de su forma, de su «agua», es decir, de su tonalidad, y de su «oriente», esto es, el brillo aterciopelado y cambiante que las hace tan agradables a la vista. Las perlas más hermosas son llamadas perlas vírgenes; se forman aisladamente en el tejido del molusco; son blancas, a menudo opacas, pero otras veces muestran una transparencia opalina; su forma es, por lo regular, esférica o parecida a una pequeña pera. Con las esféricas se hacen collares, con las piriformes, colgantes, y las más preciosas se venden una a una. Las otras perlas, adheridas a la concha de la ostra y más irregulares en su forma, se venden a peso. En último término se clasifican las perlas diminutas, conocidas con el nombre de aljófar; se venden por medidas y se emplean particularmente para realizar los bordados en los ornamentos eclesiásticos.

—Pero ese trabajo de clasificación por tamaños será largo y difícil —dijo el canadiense.

—En absoluto, Ned. Se utilizan para realizarlo once tamices o cribas perforadas con un número variable de agujeros. Las perlas que se quedan en los tamices provistos de veinte a veinticuatro agujeros, son de primer orden. Las que no se cuelan por las cribas de cien a ochocientos agujeros, son de segundo orden. Y, por último, las perlas que se quedan en cribas de novecientos a mil agujeros constituyen el aljófar.

—Ingenioso sistema —comentó Consejo—, o sea que la separación y clasificación de las perlas se realiza mecánicamente... ¿Y podría decirme el señor qué beneficios se obtienen de la explotación de los bancos de ostras perlíferas?

—Según los datos del libro de Sirr —respondí—, las pesquerías de Ceilán están arrendadas en una suma anual de tres millones de tiburones.

—¡De francos! —corrigió Consejo.

—¡Ah, sí, de francos! Tres millones de francos —proseguí—. Aunque creo que estas pesquerías no rinden ya lo que rendían antes. Lo mismo sucede con las pesquerías americanas: en tiempos de Carlos V producían cuatro millones de francos, que ahora han quedado reducidos a los dos tercios. En síntesis, el rendimiento global de las explotaciones perlíferas puede evaluarse hoy en unos nueve millones de francos.

—¿Y qué hay de esas perlas célebres que han sido vendidas a precios elevadísimos? —preguntó Consejo.

—Que es cierto. Se dice, por ejemplo, que César ofreció a Servilia una perla valorada en ciento veinte mil francos actuales.

—Pues yo he oído contar que cierta dama antigua bebía perlas disueltas en vinagre —añadió el canadiense.

—Cleopatra —aseveró Consejo.

—Sabría a perros —dijo Ned.

—Peor que eso, amigo Ned —respondió Consejo—. Pero un vasito de vinagre que cuesta un millón y medio de francos, no se puede despreciar.

—Lamento no haberme casado yo con esa dama —dijo el canadiense, imitando en el aire el gesto de dar unos azotes.

—¡Ned Land casado con Cleopatra! —exclamó Consejo.

—Pues no creas, Consejo —respondió con seriedad el arponero—, estuve a punto de casarme, y no fue culpa mía que la cosa no resultara. ¡Hasta le había comprado un collar de perlas a Kat Tender, mi novia! Pero ella se casó con otro. Por cierto, no me costó más de un dólar y medio; y créame, profesor, las perlas que lo formaban era bien gruesas: no hubieran pasado ni por la criba de veinte agujeros.

—Mi querido Ned —le respondí riendo—, se trataría de perlas artificiales, simples cuentas de vidrio pasadas por un baño de esencia de Oriente.

—¡Anda! Pues esa esencia de Oriente debe de valer cara —insistió el canadiense.

—¡Prácticamente nada! No es más que la sustancia plateada que contienen las escamas de un pez llamado albur, que se recoge en el agua y se conserva en amoníaco. No tiene ningún valor.

—Quizá fue esa la causa de que Kat Tender se casara con otro —respondió filosóficamente Ned Land.

—Pero, volviendo al tema de las perlas más caras —les dije—, dudo de que ningún príncipe haya poseído una más valiosa que la del capitán Nemo.

—Esta —dijo Consejo, señalando la magnífica joya encerrada en la vitrina.

—Sí, y no creo equivocarme si estimo su valor en más de dos millones de...

—¡Francos! —añadió anticipándose Consejo.

—Sí, sí, de francos. Y al capitán solo le habrá costado el trabajo insignificante de recogerla.

—¡Y quién nos dice que mañana, durante nuestro paseo, no encontraremos otra semejante! —exclamó Ned.

—¡Bah! —dijo Consejo, como no dándole importancia.

—¿Y por qué no?

—¿De qué iban a servirnos todos esos millones a bordo del *Nautilus*?

—A bordo, no —dijo Ned Land—, pero fuera de aquí...

—¡Oh! ¡Fuera de aquí! —Y Consejo sacudió la cabeza con un gesto de duda.

—De hecho —intervine—, Ned tiene razón. Y si alguna vez nos presentamos en Europa o en América con una perla que vale millones, servirá por lo menos para dar autenticidad al relato de nuestras aventuras, y valor económico también.

—Bien lo creo —dijo el canadiense.

—Pero ¿resulta peligroso pescar perlas? —preguntó Consejo, volviendo siempre al lado instructivo de las cosas.

—No, no —respondí vivamente—, sobre todo si se adoptan ciertas precauciones.

—¿Qué riesgo puede haber en ese oficio? —dijo Ned—. ¡A lo sumo tragar unos sorbos de agua de mar!

—Lo que tú dices, Ned. A propósito —dije, intentando adoptar el tono intrascendente del capitán Nemo—, ¿te asustan los tiburones?

—¿Asustarme? ¿A mí, a un arponero de profesión? ¡Mi oficio es reírme de ellos!

—Es que no se trata de pescarlos con un anzuelo, subirlos al puente de un navío, cortarles la cola a hachazos, abrirles el vientre, arrancarles el corazón y arrojarlo al mar...

—Entonces, ¿se trata de...?

—Sí, de eso precisamente.

—¿En el agua?

—¡En el agua!

—¡Pues si puedo llevar conmigo un buen arpón...! ¿Sabe usted, profesor? Esos tiburones son bichos bastante defectuosos. Cuando quieren pegarte un bocado han de volverse sobre el vientre, y mientras lo hacen...

Ned Land pronunció la palabra «bocado» de una forma que me hizo sentir un escalofrío en la espalda.

—Y tú, Consejo, ¿qué piensas de esos escualos?

—Ya que el señor me lo pregunta, le responderé con sinceridad.

«¡Menos mal!», pensé.

—Si el señor está decidido a desafiar a los tiburones —añadió Consejo—, ¡no veo razón para que su fiel criado no los desafíe también y le acompañe!

III

UNA PERLA DE DIEZ MILLONES

Llegó la noche. Me acosté. Dormí bastante mal. Los tiburones jugaron un papel importante en mis pesadillas. Y me pareció muy justa —y muy injusta al propio tiempo— esa etimología que hace derivar la palabra francesa *requin* (tiburón) de la latina *requiem*.

A las cuatro de la madrugada del día siguiente vino a despertarme el *steward* que el capitán Nemo había puesto especialmente a mi servicio. Me levanté rápidamente, me vestí y pasé al salón.

El capitán Nemo estaba ya esperándome.

—¿Preparado para partir, profesor Aronnax? —me preguntó.

—Estoy listo.

—Sígame, por favor.

—¿Y mis compañeros, capitán?

—Ya han sido avisados y nos aguardan.

—¿Vamos a equiparnos con escafandras? —pregunté.

—Aún no. No he dejado que el *Nautilus* se acercara demasiado a esta costa. Estamos frente al banco de Manaar, pero a cierta distancia. He ordenado que preparen la lancha; nos llevará al punto preciso de desembarco, con lo que nos ahorraremos un largo trayecto a pie. Lleva también nuestros aparatos de inmersión, que nos pondremos en el momento de iniciar esta exploración submarina.

El capitán Nemo me precedió hacia la escalera central, cuyos peldaños conducían a la plataforma superior del *Nautilus*. Ned y Consejo se hallaban ya en ella, disfrutando de «la excursión de placer» que se preparaba. Cinco marineros del *Nautilus*, con los remos a punto, nos aguardaban en la lancha, botada al costado del barco.

Todavía era noche cerrada. Gruesas capas de nubes cubrían el cielo, de forma que a duras penas se veían estrellas. Dirigí mi vista hacia el lado de tierra, pero no distinguí más que una línea vacilante que ocultaba tres cuartas partes del horizonte, del sudoeste al noroeste. Tras haber navegado paralelamente a la costa occidental de Ceilán durante toda la noche, el *Nautilus* se encontraba al oeste de la bahía, o mejor dicho del golfo, formado por esta tierra y la isla de Manaar. Allá a lo lejos, bajo las oscuras aguas, se extendía el banco de ostras, inagotable campo de perlas cuya longitud es de más de veinte millas.

El capitán Nemo, Consejo, Ned Land y yo ocupamos un puesto en la parte trasera de la lancha. El patrón de la embarcación se puso al timón; sus cuatro compañeros se inclinaron sobre los remos; largaron la boza y al punto empezamos a alejarnos de la nave.

La lancha puso rumbo hacia el sur. Sus remeros no se apresuraban. Observé que los golpes de remo, recios y profundos, se sucedían de diez en diez segundos, conforme al método habitual en las marinas de guerra. Mientras la embarcación seguía su derrota, levantaba gotitas de agua que caían crepitando sobre el fondo negro de las olas, como rebabas de plomo fundido. Un leve mar de fondo, llegado de alta mar, imprimía a la lancha un pequeño cabeceo, y las crestas de algunas olas se rompían a proa cabrilleando.

Permanecíamos en silencio. ¿Qué estaría pensando el capitán Nemo? Quizá en esa tierra a la que se acercaba, demasiado próxima para él y demasiado lejana aún para el canadiense. Consejo, en tanto, no tenía otra preocupación que la de observar todo con curiosidad.

Hacia las cinco y media, la línea superior de la costa se

apreciaba con mayor nitidez, en contraste con los primeros tintes del horizonte. Era bastante llana por el este, y se elevaba algo más por el sur. Cinco millas nos separaban aún de ella, y su ribera se confundía con las aguas brumosas. Entre nosotros y ella, el mar desierto. Ni un barco, ni un pescador. Aquel lugar de cita para los pescadores de perlas se hallaba ahora sumido en la más completa soledad. Tal como me había indicado el capitán Nemo, llegábamos a aquellos parajes con un mes de adelanto.

A las seis se hizo súbitamente de día, con esa rapidez peculiar de las regiones tropicales, que no conocen aurora ni crepúsculo. Los rayos del sol atravesaron la espesa cortina de nubes acumuladas por el horizonte oriental, y el astro radiante se alzó en pocos momentos.

Pude ver entonces claramente la tierra, en la que divisé algunos árboles dispersos.

El bote avanzó hacia la isla de Manaar, que mostraba su forma redondeada por el sur. El capitán Nemo se había puesto en pie y observaba el mar.

A una señal suya arrojaron el ancla, cuya cadena apenas corrió ya que el fondo se encontraba a menos de un metro, formando en aquel lugar uno de los puntos más elevados del banco de ostras. La lancha empezó enseguida a bornear en torno a su ancla, empujada por la corriente que trataba de arrastrarla a alta mar.

—Ya hemos llegado, señor Aronnax —dijo entonces el capitán Nemo—. Observe esta cerrada bahía. Dentro de un mes se reunirán aquí todos los barcos de pesca de los perleros, y son estas las aguas que registrarán audazmente sus hombres. Es una bahía muy a propósito para esta clase de pesca. Se halla al abrigo de los vientos más fuertes y apenas se produce oleaje, circunstancia sumamente favorable para los pescadores que han de sumergirse. Equipémonos ahora con nuestras escafandras y comencemos enseguida nuestro paseo.

Sin decir nada y sin perder de vista aquellas sospechosas aguas, comencé a ponerme mi pesado equipo, ayudado por los marineros de la embarcación. El capitán Nemo y mis compañeros hicieron lo propio. Ninguno de los hombres del *Nautilus* iba a acompañarnos en esta nueva excursión.

Pronto estuvimos aprisionados hasta el cuello en nuestro vestido de caucho, y unos tirantes fijaron a nuestra espalda los depósitos de aire. Esta vez no llevábamos los aparatos Ruhmkorff. Antes de introducir mi cabeza en la escafandra de cobre, se lo hice notar al capitán.

—De nada nos servirían —me respondió él—. No descenderemos a grandes profundidades, por lo que los rayos del sol bastarán para iluminar nuestra marcha. Además, no sería prudente sumergirse en estas aguas llevando una linterna eléctrica: sus destellos podrían atraer inopinadamente a algún peligroso habitante de estos parajes.

Mientras el capitán Nemo pronunciaba estas palabras, me volví hacia Consejo y Ned Land. Pero mis dos amigos tenían ya la cabeza alojada en el casco metálico y no podían oír ni responder.

Aún tenía yo una última pregunta que hacer al capitán Nemo:

—¿Y las armas? —le pregunté—. ¿Y los fusiles?

—¿Fusiles? ¿Para qué? ¿No es más seguro el acero que el plomo? ¿No se valen de un simple puñal los habitantes de sus montañas para atacar al oso? Tenga esta hoja; es muy sólida. Pásela por su cinturón, y en marcha.

Miré a mis compañeros. Les habían dado la misma clase de arma que a mí, y Ned Land blandía además, un enorme arpón que había metido en el bote antes de abandonar el *Nautilus*.

Luego, siguiendo el ejemplo del capitán, me dejé encerrar en la pesada esfera de cobre, y al punto entraron en funcionamiento nuestros depósitos de aire.

Instantes después los marineros de la embarcación nos ayudaban a desembarcar uno al lado del otro, e hicimos pie en un fondo de arena compacta, donde el agua alcanzaba apenas una altura de metro y medio. El capitán Nemo nos hizo una señal con la mano. Fuimos tras él, y por una suave pendiente desaparecimos bajo las aguas.

Una vez allí, abandonaron mi mente todos los pensamientos que la asediaban. Me sentí extraordinariamente tranquilo. La facilidad de mis movimientos aumentó mi confianza, al tiempo que el extraordinario espectáculo que se ofreció a mis ojos cautivó mi imaginación.

El Sol enviaba ya bajo las aguas una claridad suficiente. Eran perceptibles los menores objetos. A los diez minutos de marcha la profundidad era de cinco metros y el fondo se había vuelto prácticamente llano.

A nuestro paso, como bandadas de patos en un pantano, se alzaban bandadas de curiosos peces, del género de los monópteros, cuyas especies se caracterizan por poseer únicamente una aleta, la caudal. Identifiqué al javanés, verdadera serpiente de unos ochenta centímetros de longitud y con el vientre blanquecino; sin las bandas doradas de sus flancos, se le confundiría fácilmente con el congrio. En el género de los estromatados, que tienen un cuerpo muy comprimido y en forma de óvalo, debían incluirse unos peces de brillantes colores que hicieron su aparición y cuya aleta dorsal tenía forma de hoz: son unos peces comestibles que, secos o en salmuera, constituyen un alimento excelente, al que se da el nombre de *karawade*. Vi también tranquebaros, del género de los apsiforoideos, cuyo cuerpo está recubierto de una protección escamosa que forma ocho placas longitudinales.

A medida que el sol ascendía en el firmamento, sus rayos iluminaban cada vez más la masa acuática. El fondo se transformaba también poco a poco: a la arena fina de antes vino a sucederla un verdadero pavimento de rocas redondeadas, cubiertas por un tapiz de moluscos y zoófitos. Entre los ejemplares de estas dos ramas pude ver unos placenos de valvas finas y desiguales —un tipo de ostráceos que se da en el mar Rojo y en el océano Índico—; lucinas anaranjadas de concha esférica, taladros subulados, algunas de esas púrpuras pérsicas que suministraban al *Nautilus* su admirable tinte, rocas cornudas de quince centímetros de largo que se alzaban bajo la superficie de las olas como manos dispuestas a cogernos, turbinelas cornígeras erizadas de espinas, língulos hyantos, anatinas —conchas comestibles muy abundantes en los mercados indios—, pelagias panópiras levemente luminosas, y por último, admirables oculinas flabeliformes, preciosos abanicos que forman una de las más ricas arborizaciones de esos mares.

Por en medio de todos estos animales en forma de plantas y bajo un dosel de hidrófitos corrían hacia atrás legiones de artrópodos, especialmente raninas dentadas —cuyo caparazón tiene la forma de un triángulo algo redondeado—, unas birgas peculiares de esos parajes, y parténopes horribles, cuyo aspecto repugnaba a la vista. Un animal no menos desagradable y que pude ver en varias ocasiones fue el enorme cangrejo observado y descrito por Darwin, al que la naturaleza ha dotado del instinto y la fuerza necesarios para alimentarse de nueces de coco: trepa a los árboles de la orilla, hace caer el coco —que se rompe con el golpe— y luego lo abre con sus poderosas pinzas. Allí, bajo las transparentes aguas, aquel cangrejo corría con una agilidad sin igual, dejando asombradas a las tortugas francas —de una especie que frecuenta las costas de Malabar— que se desplazaban lentamente entre las movedizas rocas.

Hacia las siete recorríamos ya el banco de ostras perlíferas, en el que estos animales se contaban por millones. Los preciosos moluscos aparecían adheridos a las rocas, agarrados fuertemente a ellas por un biso de color pardo que les impide desplazarse, por lo que estas ostras son inferiores hasta a los propios mejillones, a los que la naturaleza no ha negado cierta capacidad de locomoción.

La ostra *Meleagrina*, la madreperla, cuyas valvas son prácticamente iguales, se presenta bajo la forma de una concha redondeada, de paredes gruesas y muy rugosas por fuera. Algunas de estas conchas aparecían recorridas y surcadas por franjas verdosas, brillantes en su parte superior. Eran ostras jóvenes. Las demás, de superficie áspera y negra, algunas de las cuales medían hasta quince centímetros, eran ostras viejas, de diez años y más.

El capitán Nemo me señaló con la mano aquel amontonamiento prodigioso de ostras y comprendí que aquella mina era verdaderamente inagotable, porque la fuerza creadora de la naturaleza superaba allí al instinto destructor del hombre. Ned Land, fiel a ese instinto, se apresuraba a llenar con los más bellos moluscos una red que pendía de su costado.

Pero no podíamos detenernos. Teníamos que seguir al capitán, que parecía dirigirse por senderos que él solo conocía. El suelo se elevaba sensiblemente, y a veces me bastaba con levantar el brazo para sacarlo a la superficie del agua. Luego el nivel del banco volvía a bajar caprichosamente. En ocasiones teníamos que rodear altas rocas en forma de afiladas pirámides, y desde sus oscuros recovecos nos observaban con la mirada fija grandes crustáceos, plantados sobre sus altas patas como si fueran máquinas de guerra, y a nuestros pies culebreaban mirianas, gliceros, aricias y anélidos, que alargaban de un modo exagerado sus antenas y sus apéndices tentaculares.

En aquel momento se abrió frente a nosotros una vasta gruta excavada en un pintoresco amontonamiento de rocas, cubiertas por un tapiz de todas las variedades de la flora submarina. Al principio la gruta me pareció profundamente sombría. Los rayos solares parecían atenuarse en una degradación sucesiva, hasta extinguirse en su interior. Su vaga transparencia procedía de esa luz que iba a perderse en ella.

El capitán Nemo entró, y nosotros tras él. Mis ojos se acostumbraron pronto a aquella relativa oscuridad. Distinguí las ondulaciones caprichosamente contorneadas de la bóveda, que se apoyaba en pilares naturales de ancha base granítica, como las pesadas columnas de la arquitectura toscana. ¿Por qué nos arrastraba nuestro enigmático guía al interior de aquella cripta submarina? No tardaría mucho en saberlo.

Tras descender por una abrupta pendiente, nuestros pies se apoyaron en el fondo de una especie de pozo circular. Allí se detuvo el capitán Nemo y nos señaló con la mano un objeto que yo aún no había visto.

Era una ostra de extraordinarias dimensiones, una tridacna gigantesca, una enorme pila bautismal que hubiera podido contener todo un lago de agua bendita, un estanque cuya anchura superaba los dos metros; era, en fin, mucho mayor aún que la que adornaba el salón del *Nautilus*.

Me acerqué a aquel fenomenal molusco. Su biso lo adhería a una losa de granito. Allí, en las aguas tranquilas de la gruta, se desarrollaba aisladamente. Calculé que pesaría unos trescientos kilogramos, de los cuales quince serían de carne: ¡haría falta el estómago de un Gargantúa para poder tomar una docena de ostras como aquella!

Era obvio que el capitán Nemo conocía la existencia de aquel bivalvo. No era la primera vez que lo visitaba. Pensé que nos había conducido a aquel lugar simplemente para mostrarnos una curiosidad de la naturaleza. Pero me equivocaba: el capitán Nemo tenía un interés particular en comprobar el estado actual de aquella ostra.

Las dos valvas del molusco estaban entreabiertas. El capitán se acercó e introdujo su cuchillo entre las conchas para impedir que se cerraran; luego, con la mano, levantó la túnica membranosa con franjas en los bordes que constituía el manto del animal.

Allí, entre los pliegues foliáceos, distinguí una perla libre cuyo tamaño era igual al de una nuez de cocotero. Su forma esférica, su limpidez perfecta, su admirable oriente le convertían en una joya de incalculable precio. Llevado por la curiosidad, extendí la mano para cogerla, para sopesarla, para tocarla. Pero el capitán me detuvo, hizo un gesto negativo y, retirando su cuchillo con un movimiento rápido, dejó que las dos valvas se cerraran súbitamente.

Entonces comprendí el propósito del capitán Nemo. Al dejar aquella perla hundida bajo el manto de la ostra, permitía que siguiera creciendo insensiblemente. Cada año la secreción del molusco le añadía nuevas capas concéntricas. El capitán era la única persona que conocía la gruta donde «maduraba» aquel maravilloso fruto de la naturaleza; solo él lo «cultivaba», en espera de que llegara el día de llevarlo a su precioso museo. Quizá incluso, a ejemplo de lo que hacen los chinos y los indios, había provocado la formación de aquella perla introduciendo bajo los pliegues del molusco algún pedacito de vidrio o de metal, que poco a poco había sido recubierto por la materia nacarada. En cualquier caso, comparando aquella perla con las que conocía ya, con las que brillaban en la colección del capitán, estimé su valor en por lo menos diez millones de francos. ¡Soberbia curiosidad de la naturaleza y no lujosa joya, porque no sé qué orejas femeninas hubieran podido resistir su peso!

La visita a la opulenta ostra había concluido. El capitán Nemo abandonó la gruta y nos remontamos hacia el banco de ostras, en medio de aquellas aguas transparentes no turbadas aún por el trabajo de los pescadores.

Caminábamos cada uno por nuestro lado, como paseantes curiosos, deteniéndonos o alejándonos a capricho. Por mi parte, ni me acordaba ya de los peligros que mi imaginación había exagerado hasta la ridiculez. El fondo se aproximaba sensiblemente a la superficie del mar, hasta el punto de que pronto solo hubo un metro de agua y mi cabeza asomó por encima del nivel del océano. Consejo se reunió conmigo, y aproximando su grueso casco al mío, me dedicó un amistoso saludo con los ojos. Pero aquella elevación del fondo tenía nada más unas toesas, por lo que enseguida volvimos a sumergirnos en el líquido elemento... «Nuestro» elemento; me parece que a estas alturas puedo calificarlo de «nuestro» con justicia.

Diez minutos después, el capitán Nemo se detuvo de pronto. Pensé que hacía un alto para volver sobre sus pasos. Pero no. Con un gesto nos ordenó refugiarnos junto a él en el fondo de una vasta oquedad. Su mano señaló hacia un punto de la masa líquida, hacia el que dirigí mi vista atentamente.

A unos cinco metros de mí apareció una sombra, que descendió hacia el suelo. El recuerdo inquietante de los tiburones cruzó por mi mente. Pero me equivocaba; por esta vez, al menos, no teníamos que vérnoslas con aquellos monstruos del océano.

Se trataba de un hombre, de un hombre vivo, de un indio, un negro, un pescador, un pobre diablo, sin duda, que acudía a espigar antes de la cosecha. Distinguí el fondo de su bote, anclado a unos pocos pies por encima de su cabeza. Se sumergía y volvía a salir al cabo de un rato, una y otra vez. Una piedra tallada en forma cónica que apretaba entre sus pies y que estaba unida al bote mediante una cuerda le servía para bajar más rápidamente hasta el fondo del mar. Era todo su equipo. Una vez en el fondo —que en aquel lugar se hallaba a unos cinco metros por debajo de la superficie—, se ponía de rodillas y empezaba a llenar su saco de ostras cogidas al azar. Luego se remontaba a la superficie, vaciaba su saco, izaba la piedra y repetía la misma operación, que en total no duraba más de treinta segundos.

El pescador no nos veía: la sombra de la roca nos ocultaba a su vista. Por otra parte, ¿cómo iba a suponer aquel pobre indio que allí, bajo las aguas, había otros hombres, unos seres semejantes a él que espiaban sus movimientos y no se perdían ni un detalle de su pesca?

Se zambulló y volvió a la superficie varias veces. En cada inmersión no recogía más de una docena de ostras, porque tenía que arrancarlas del banco, al que se adherían por su robusto biso. ¡Y cuántas de aquellas ostras carecían de perla, de esas perlas por las que él arriesgaba su vida!

Yo lo observaba con profunda atención. Efectuaba su trabajo con regularidad, y durante una media hora no pareció amenazarlo ningún peligro. Me estaba familiarizando con el espectáculo de aquella interesante pesca cuando, de pronto, en un momento en que el indio se encontraba arrodillado en el suelo, le vi hacer un gesto de espanto, levantarse y tomar impulso para remontarse a la superficie de las aguas.

Comprendí su espanto: una sombra gigantesca aparecía por encima del desdichado pescador. Era un tiburón de gran tamaño, que avanzaba en diagonal con los ojos llameantes y las fauces abiertas.

Enmudecí de horror, incapaz de hacer ningún movimiento.

Con un vigoroso aletazo, el voraz animal se lanzó contra el indio, que se hizo a un lado y evitó la dentellada del tiburón, aunque no el golpe de su cola: el coletazo le alcanzó en pleno pecho y lo dejó tendido en el suelo.

Aquella escena había durado escasos segundos. El tiburón volvió; dio la vuelta sobre sí mismo y se disponía a partir al indio en dos cuando noté que el capitán Nemo, apostado junto a mí, se levantaba súbitamente. Luego, cuchillo en mano, fue directo contra el monstruo, dispuesto a luchar cuerpo a cuerpo con él.

En el momento en que el tiburón iba a devorar al infeliz pescador, advirtió la presencia de su nuevo adversario; giró sobre su vientre y avanzó rápidamente contra él.

Me parece estar viendo todavía al capitán Nemo. Agazapado, esperó con admirable sangre fría el ataque del formidable escualo, y cuando este se precipitó contra él, el capitán evitó el choque hurtando el cuerpo con prodigiosa agilidad, y le clavó el cuchillo en el vientre. Pero la cosa no acabó aquí: iba a entablarse un combate terrible.

El tiburón estaba ciego de ira. La sangre salía de su herida a borbotones. El mar se tiñó de rojo, con lo que perdió su transparencia y no pude ver más.

Cuando al momento siguiente volvieron a aclararse las aguas, distinguí al audaz capitán, asido a una de las aletas del animal, que luchaba cuerpo a cuerpo con el monstruo y clavaba una y otra vez su cuchillo en el vientre de su enemigo, aunque sin poder asestarle el golpe definitivo, es decir, clavárselo en mitad del corazón. El escualo, al debatirse, agitaba con furia las aguas, originando remolinos que amenazaban con derribarme al suelo.

Hubiera querido precipitarme en ayuda del capitán, pero el horror me tenía clavado al suelo, incapaz de moverme.

Contemplaba la escena con ojos azorados y abiertos como platos. Ante mi espanto iban modificándose las fases de la lucha. El capitán cayó al suelo, derribado por la masa enorme que pesaba sobre él. Luego las fauces del tiburón se abrieron prodigiosamente, semejantes a una enorme cizalla. Y aquel hubiera sido el fin del capitán Nemo sin la intervención de Ned Land: rápido como el pensamiento, con su arpón en la mano, Ned se precipitó contra el monstruo y lo hirió con su terrible punta.

Las aguas se mezclaron con una gran cantidad de sangre. Se agitaban con los movimientos del tiburón, que las golpeaba con indescriptible furia. Ned Land no había errado el golpe: eran los estertores de la agonía del monstruo. Herido en el corazón, se debatía en espantosos espasmos, uno de los cuales hizo caer de espaldas a Consejo.

Sin embargo, Ned había liberado ya al capitán. Y este, levantándose indemne, corrió hacia el indio, cortó de un tajo la cuerda que lo mantenía atado a su piedra, lo tomó entre sus brazos y con un vigoroso talonazo se remontó a la superficie del mar.

Los tres lo seguimos, y a los pocos instantes, salvados por milagro, alcanzamos la embarcación del pescador. El primer cuidado del capitán Nemo fue volver a la vida al pobre indio. No estaba yo seguro de que fuera a lograrlo. Por un lado, confiaba en ello, ya que la inmersión de aquel pobre diablo no había sido prolongada, pero por otro, el coletazo del tiburón podía haberle producido la muerte.

Por fortuna, bajo las vigorosas fricciones de Consejo y del capitán, el ahogado recobró lentamente el sentido. Abrió los ojos. ¡Cuál no sería su sorpresa, su terror incluso, cuando vio las cuatro enormes cabezas de cobre que se inclinaban sobre él!

Y sobre todo, ¿qué debió de pensar cuando el capitán Nemo sacó de uno de sus bolsillos un saquito de perlas y se lo puso en la mano? Aquella espléndida limosna del hombre de las aguas al pobre indio de Ceilán fue aceptada por este con mano temblorosa. Sus ojos azorados demostraban bien a las claras que ignoraba a qué seres sobrehumanos debía a la vez la fortuna y la vida.

A una señal del capitán regresamos al banco de ostras. Desde allí, por el mismo camino recorrido a la ida, emprendimos la vuelta, y al cabo de una media hora de marcha encontramos el ancla que mantenía fijo al fondo el bote del *Nautilus*.

Una vez embarcados, los marineros nos ayudaron a desembarazarnos de las pesadas escafandras de cobre.

Las primeras palabras del capitán Nemo fueron para el canadiense.

—Gracias, señor Land —le dijo.

—Era una deuda, capitán —respondió Ned Land—. Ya estamos en paz.

Una leve sonrisa se esbozó en los labios del capitán, y eso fue todo.

—Al *Nautilus* —dijo.

La lancha voló sobre las olas. Minutos más tarde vimos flotar en la superficie el cadáver del tiburón.

Por el color negro que marcaba la extremidad de sus aletas, reconocí al terrible melanóptero del océano Índico, de la especie de los tiburones propiamente dichos. Superaba los veinticinco pies de largo, y su enorme boca ocupaba un tercio de su cuerpo. Era un animal adulto, como se podía ver por las seis hileras de dientes de su mandíbula superior, dispuestos en forma de triángulos isósceles.

Consejo lo examinaba con un interés puramente científico; seguro que lo estaba clasificando, y muy correctamente, en la clase de los cartilaginosos, orden de los condropterigios de branquias fijas, familia de los selacios, género de los escualos.

Mientras estaba contemplando aquella mole inerte, de improviso aparecieron en torno a la embarcación una docena de aquellos voraces melanópteros; pero prescindieron de nosotros y se lanzaron sobre el cadáver, y se disputaron sus piltrafas.

A las ocho y media estábamos de vuelta a bordo del *Nautilus*.

Una vez en la nave me puse a reflexionar sobre los incidentes de nuestra excursión al banco de Manaar. Dos conclusiones se deducían inevitablemente: la una hacía referencia a la incomparable audacia del capitán Nemo; la otra, a su abnegación para salvar a un ser humano, a un representante de ese mundo del que pretendía huir refugiándose bajo los mares. Dijera lo que dijese, aquel hombre extraño no había llegado a aniquilar del todo los sentimientos del todo de su corazón.

Cuando le hice esta misma observación, me respondió con voz ligeramente conmovida:

—Ese indio, profesor, es un habitante del país de los oprimidos. ¡Y yo pertenezco también a ese país, y perteneceré a él hasta el último instante de mi vida!

IV

EL MAR ROJO

Durante la jornada del 29 de enero, la isla de Ceilán desapareció en el horizonte y el *Nautilus*, navegando a una velocidad de veinticinco nudos, se introdujo en el laberinto de canales que separan las Maldivas de las Laquedivas. Costeó también la isla de Kittan, tierra de origen madrepórico que fue descubierta en 1499 por Vasco da Gama y que es una de las diecinueve islas principales del archipiélago de las Laquedivas, situado entre los 10° y los 14° 30' de latitud norte y los 69° y 50° 72' de longitud este.

Habíamos recorrido hasta aquel momento 16.220 millas, esto es unas 7.500 leguas, desde nuestro punto de partida en el mar del Japón.

Al día siguiente —30 de enero—, cuando el *Nautilus* emergió a la superficie del océano, ya no había ninguna tierra a la vista. Su rumbo era nor-noroeste y se dirigía hacia el mar de Omán, cuya cuenca, abierta entre Arabia y la península india, sirve de desembocadura al golfo Pérsico.

Nos dirigíamos, evidentemente, hacia un callejón sin salida. ¿Adónde nos conducía el capitán Nemo? No hubiera podido decirlo. Así le respondí al canadiense cuando aquel día me preguntó adónde íbamos, y mi respuesta no le hizo ninguna gracia.

—Vamos, Ned —le dije—, a donde nos conduce el capricho del capitán.

—Pues este capricho no puede llevarnos muy lejos. El golfo Pérsico no tiene salida, así que si entramos en él, no tardaremos en volver sobre nuestros pasos.

—Claro que volveremos. Aunque, si después del golfo Pérsico el *Nautilus* quiere visitar el mar Rojo, ahí está el estrecho de Bab el-Mandeb para franquearle el paso.

—De sobra sabe usted, señor —respondió Ned Land—, que el mar Rojo tampoco tiene salida, porque aún no se ha completado el canal que atravesará el istmo de Suez. Y aunque ya hubieran concluido el canal, no creo yo que una nave tan misteriosa como la nuestra se atreviera a pasar por canales interrumpidos por esclusas. Por el mar Rojo no llegaremos a Europa, no.

—¡Pero yo no he dicho que estemos de camino hacia Europa!

—Entonces, ¿qué supone usted?

—Pienso que haremos una visita a esos curiosos parajes de Arabia y de Egipto, y que luego el *Nautilus* regresará al océano Índico y bajará hacia el cabo de Buena Esperanza bien por el canal de Mozambique o bien por las Mascareñas.

—¿Y una vez en el cabo de Buena Esperanza? —preguntó el canadiense con singular insistencia.

—Pues pasaremos al océano Atlántico, a esas aguas que aún no hemos recorrido. ¿Qué ocurre, amigo Ned? ¿Tanto te aburre este viaje submarino? ¿Te cansa este espectáculo incesantemente variado de las maravillas del fondo de los mares? Por lo que a mí respecta, te aseguro que sentiré que llegue el final de este viaje, un viaje que a tan pocos hombres les ha sido dado realizar.

—Pero ¿sabe usted, señor Aronnax, que pronto hará tres meses que estamos prisioneros a bordo del *Nautilus*? —respondió el canadiense.

—No, Ned, no lo sé, no quiero saberlo; no llevo la cuenta de los días ni de las horas.

—¿Y el final?

—Llegará en su momento. Además, no podemos hacer nada; estamos discutiendo en vano. Mira, Ned, si vinieras a decirme que existía una posibilidad de evadirnos, la examinaría contigo. Pero no es ese el caso. Si te he de ser sincero, dudo que el capitán Nemo se arriesgue a navegar por los mares de Europa.

Como se podrá apreciar por este corto diálogo, mi entusiasmo por el *Nautilus* empezaba a hacerme pensar como lo haría su capitán...

Por su parte, Ned concluyó la conversación con unas palabras en forma de monólogo:

—Todo esto está muy bien, pero a mi juicio, no existe placer sin libertad.

Durante cuatro días, hasta el 3 de febrero, el *Nautilus* exploró el mar de Omán, navegando a diferentes velocidades y a profundidad variable. Parecía navegar al buen tuntún, como si dudara qué ruta seguir, pero nunca rebasó el trópico de Cáncer.

Al dejar ese mar, divisamos por un instante Mascate, la ciudad más importante del país de Omán. Me admiró su aspecto extraño, en medio de las negras rocas que la rodean y sobre las cuales destaca la blancura de sus casas y fortificaciones. Distinguí la cúpula redondeada de sus mezquitas, la punta elegante de sus minaretes, sus frescas y verdeantes terrazas... Pero fue una visión fugaz, porque el *Nautilus* se sumergió al momento en las sombrías aguas de aquellos parajes.

Luego navegó paralelamente a la costa, pasando a una distancia de seis millas de las tierras árabes de Mahrah y de Hadramaut, cuyas montañas salpicadas de ruinas antiguas se divisaban a lo lejos como una línea ondulada. Por fin, el 5 de febrero desembocamos en el golfo de Aden, verdadero embudo introducido en el gollete de Bab el-Mandeb, que canaliza las aguas índicas hacia el mar Rojo.

El 6 de febrero el *Nautilus* se hallaba a la vista de Aden. La ciudad se encuentra encaramada en un promontorio que se une al continente por un estrecho istmo, y es una especie de Gibraltar inaccesible, cuyas fortificaciones han reconstruido los ingleses tras la toma de la ciudad en 1839. En otro tiempo, al decir del historiador Al-Idrisí, fue el emporio comercial más próspero de la costa, de lo que todavía daban fe sus minaretes octogonales visibles a lo lejos.

Yo estaba convencido de que el capitán Nemo, llegados a este punto, iba a retroceder; pero estaba en un error y me llevé una sorpresa al ver que seguíamos adelante.

Al día siguiente, 7 de febrero, embocamos el estrecho de Bab el-Mandeb, cuyo nombre significa en árabe «la puerta de las lágrimas. Con una anchura de apenas veinte millas, tiene solo cincuenta y dos kilómetros de longitud, por lo que el *Nautilus*, lanzado a toda velocidad, lo franqueó en menos de una hora. La verdad es que no pude ver nada, ni siquiera la isla de Perim, que el gobierno británico ha fortificado como protección para Aden. El paso en cuestión soportaba un tráfico demasiado intenso de *steamers* ingleses y franceses de las líneas de Suez a Bombay, a Calcuta, a Melbourne, a Bourbon y a Mauricio, para que el *Nautilus* se arriesgara a mostrarse. Así que se mantuvo prudentemente sumergido.

Eran las doce del mediodía cuando por fin surcábamos las aguas del mar Rojo.

¡El mar Rojo, lugar de tantas resonancias bíblicas! Esa especie de lago sobre el que apenas caen lluvias refrescantes, al que no llega el agua de ningún río que merezca tal nombre, que sufre incesantemente una evaporación excesiva que le hace perder cada año el equivalente de una capa líquida de metro y medio de altura... Singular golfo que, si estuviera cerrado como un lago, quizá llegaría a desecarse por completo. En esto es inferior a sus vecinos el mar Caspio o el Muerto, cuyo nivel ha descendido únicamente hasta el punto de equilibrio entre la cantidad de agua que evaporan y la suma de las aguas que reciben en su cuenca.

El mar Rojo tiene dos mil seiscientos kilómetros de longitud y una anchura media de doscientos cuarenta. En la época de los Ptolomeos y de los emperadores romanos fue la gran arteria comercial del mundo, y es de esperar que la apertura del istmo de Suez le devolverá su antigua importancia, ya recobrada en parte merced a los ferrocarriles que lo ponen en relación con el Mediterráneo.

No hice ningún esfuerzo por averiguar cuál podría ser la causa de aquel capricho del capitán Nemo que le impulsaba a arrastrarnos a aquel golfo. Pero agradecí de veras al *Nautilus* que hubiera entrado en él. Su velocidad se hizo moderada, unas veces navegando por la superficie, otras sumergiéndose para evitar a algún navío, así que pude observar aquel curioso mar desde el nivel de las aguas y desde dentro de ellas.

Desde las primeras horas del día 8 de febrero tuvimos a la vista Moka, una población ahora en ruinas, cuyas murallas se desmoronan nada más que con el estampido de los cañonazos, aunque siguen dando protección a unos cuantas palmeras que verdean aquí y allá. Fue antaño una ciudad importante, que contaba con seis mercados públicos y veintiséis mezquitas, y una muralla de alrededor de tres kilómetros de perímetro, defendida por catorce fortines.

Luego el *Nautilus* se aproximó a las costas africanas, donde la profundidad del mar es bastante mayor. Allí, entre las aguas transparentes como el cristal, los paneles abiertos de la nave nos permitieron contemplar admirables arbustos de brillantes corales, así como amplias superficies rocosas tapizadas de un espléndido manto verde de algas y de fucos. ¡Qué indescriptible espectáculo y qué variedad de aspectos y de paisajes en la base de los escollos e islotes volcánicos que lindan con la costa libia! Pero donde aquellas arborizaciones se mostraron con todo su esplendor fue en la proximidad de las riberas orientales, que el *Nautilus* no tardó en recorrer. Fue en las costas del Tehama, porque allí aquel despliegue de zoófitos no solo florecía bajo el nivel del mar, sino que se entrelazaba también pintorescamente y se desarrollaba hasta casi diez brazas por encima del agua. Las formas de estos últimos eran más caprichosas, pero su coloración era más apagada que la de los sumergidos, cuya humedad mantenían las aguas.

¡Cuántas horas de ensueño transcurrieron para mí, observando a través de las vidrieras del salón! ¡Cuántas nuevas especies de la flora y la fauna submarinas admiré a la luz de nuestro fanal eléctrico! Fungias agariciformes, actinias de color de pizarra —entre otras el *Thalassianthus aster*—, tubíporos dispuestos como flautas que no esperasen más que el aliento del dios Pan, conchas típicas de ese mar, de base contorneada por una breve espiral, que se desarrollan en las excavaciones madrepóricas, y finalmente miles y miles de ejemplares de un polípero que hasta entonces no había podido observar en su elemento: la vulgar esponja.

La clase de los espongiarios, primera del grupo de los pólipos, ha sido creada precisamente para incluir a este curioso producto de innegable utilidad. La esponja no es un vegetal, a pesar de lo que mantienen todavía algunos naturalistas, sino un animal del último orden, un polípero inferior al del coral. Su pertenencia al reino animal está fuera de duda y ni siquiera se puede estar conforme con la opinión de los antiguos que veían en ella un ser intermedio entre la planta y el animal. Debo añadir, con todo, que los naturalistas no se han puesto de acuerdo acerca de la forma de organización de la esponja. Para algunos de ellos es un polípero, mientras que para otros —entre los que se encuentra Milne-Edwards— es un individuo aislado y único.

La citada clase abarca alrededor de trescientas especies, que pueden hallarse en numerosos mares e incluso en algunas corrientes de agua dulce, en las que reciben la denominación de fluviátiles. Pero abundan preferentemente en el Mediterráneo —en aguas de los archipiélagos griegos y frente a la costa siria— y en el mar Rojo. Allí se reproducen y se desarrollan esas esponjas finísimas y suaves cuyo valor puede alcanzar los ciento cincuenta francos: la esponja amarilla de Siria, la esponja dura de Berbería, etcétera. Pero puesto que no podía contar con estudiar esos zoófitos en las aguas del Mediterráneo oriental, del que nos separaba el infranqueable istmo de Suez, me contenté con observarlas en aguas del mar Rojo.

Indiqué a Consejo que se acercara, mientras que el *Nautilus*, a una profundidad media de ocho a nueve metros, pasaba lentamente a corta distancia de aquellas admirables rocas de la costa oriental.

Allí crecían esponjas de todas las formas: pediculadas, foliáceas, globulosas, digitadas, justificando con bastante aproximación los nombres de «cestillos», «cálices», «husos», «cuernos de ciervo», «pies de león», «colas de pavo» y «guantes de Neptuno» con que las han llamado los pescadores, mucho más imaginativos que los hombres de ciencia. De su tejido fibroso, impregnado de una sustancia gelatinosa medio fluida, escapaban incesantemente finos hilillos de agua que, tras haber llevado la vida a cada célula, eran expulsados por un movimiento contráctil. Esta sustancia gelatinosa desaparece después de la muerte del pólipo, corrompiéndose y desprendiendo amoníaco. Solo quedan entonces las fibras córneas o gelatinosas que constituyen la esponja doméstica, que adquieren una coloración rosácea; luego se emplea para usos diversos, según sea su grado de elasticidad, de permeabilidad o de resistencia a la maceración.

Aquellos políperos se adherían a las rocas, a las conchas de los moluscos e incluso a los tallos de los hidrófitos. Tapizaban las más pequeñas anfractuosidades, unos extendiéndose como una alfombra, otros alzándose o pendiendo como excrescencias coralígenas. Expliqué a Consejo que las esponjas se pescan de dos maneras, con una draga o a mano. Este último método, que obliga al pescador a sumergirse, es preferible porque, al respetar el tejido del políbero, adquiere un valor muy superior.

Otros zoófitos pululaban también junto a los espongiarios. Eran principalmente medusas de una especie elegantísima. Los moluscos estaban representados por variedades de calamares; en concreto por unas que, según d'Orbigny, son típicas del mar Rojo y los reptiles por tortugas *virgata*, del género de los quelonios, que abastecieron nuestra mesa con un alimento sano y delicado.

En cuanto a los peces, había muchos y frecuentemente notables. He aquí algunos de los que trajeron a bordo las redes del *Nautilus*: rayas, y entre ellas limmas de forma ovalada, de color rojo ladrillo, con el cuerpo moteado de manchas azules desiguales e identificables por su doble aguijón en forma de sierra; *arnacks* de lomo plateado; pastinacas de cola llena de puntitos; *bockats* o peces manta de dos metros de largo que

ondulaban entre las aguas; aodontes, completamente desprovistos de dientes y que son unos peces cartilaginosos bastante
parecidos al tiburón; ostreidos-dromedarios, cuya joroba está
rematada por un aguijón curvo de un pie y medio; ofidias,
verdaderas murenas de cola plateada y lomo azul, con las aletas pectorales pardas ribeteadas de un listón gris; fiátolas, especie de estromatados que ostentan los tres colores de la bandera francesa y que tienen el cuerpo rayado con finas bandas de
oro; blémitos garamitos, de unos cuarenta centímetros; sober-
bios carangos de aletas azules y amarillas y escamas de oro y
plata, adornados con siete bandas transversales; centrópodos,
salmonetes oriflamas de cabeza amarilla, escaros, labras, balistes, gubios... y mil peces más, comunes a los océanos que ya
habíamos recorrido.

El 9 de febrero el *Nautilus* navegaba por la parte más ancha del mar Rojo, la comprendida entre Suakin, en la costa
occidental, y Quonfodah, en la oriental, distantes unas ciento
noventa millas.

Aquel día, después de ser tomada la posición a la hora de
costumbre, el capitán Nemo subió a la plataforma de la nave,
donde ya me encontraba yo. Me hice el propósito de no de-
jarle regresar sin por lo menos haberle sondeado acerca de sus
ulteriores proyectos. Se acercó a mí en cuanto me vio y, ofre-
ciéndome amablemente un cigarro, me dijo:

—¿Qué tal, profesor? ¿Le agrada el mar Rojo? ¿Ha observado con detención las maravillas que cubre con sus aguas,
sus peces y sus zoófitos, sus parterres de esponjas y sus bosques de coral? ¿Ha podido distinguir a lo lejos las poblaciones que hemos ido dejando a ambos lados de la costa?

—Sí, capitán —respondí—, y el *Nautilus* se ha prestado admirablemente para la realización de todos esos estudios. ¡Es
un barco muy inteligente!

—En efecto, señor: inteligente, audaz e invulnerable. No
le arredran ni las terribles tempestades del mar Rojo, ni sus corrientes, ni sus escollos.

—He oído citar este mar entre los más peligrosos y, si no
recuerdo mal, en la Antigüedad tenía una pésima reputación.

—Pésima, señor Aronnax. Los historiadores griegos y latinos dicen pestes de él. Estrabón señala que era particularmente difícil en la época de los vientos etesios y en la estación de las lluvias. El árabe Al-Idrisí, que se refiere a él con el nombre de «golfo de Colzum», cuenta que desaparecía un gran número de navíos en sus bancos de arena y que nadie se atrevía a navegar de noche por sus aguas. Según él es un mar sometido a espantosos huracanes, sembrado de islas inhóspitas, y que no ofrece nada bueno ni en sus profundidades ni en su superficie. E idéntica opinión puede encontrarse en los escritos de Arriano, Agatárquides y Artemidoro.

—¡Cómo se nota que esos historiadores no navegaron a bordo del *Nautilus*!

—Ciertamente —respondió el capitán con una sonrisa—. Y en ese aspecto los modernos no han avanzado mucho más que los antiguos. ¡Cuántos siglos han hecho falta para descubrir la potencia mecánica del vapor! ¡Quién sabe si pasarán otros cien años hasta que el mundo vea un segundo *Nautilus*! Los progresos son lentos, señor Aronnax.

—En efecto, capitán. Este barco se ha adelantado un siglo, o varios quizá, a su época. ¡Es una desgracia que semejante secreto deba morir con su descubridor!

El capitán Nemo permaneció en silencio, sin responderme. Luego, al cabo de unos minutos, prosiguió:

—Me hablaba usted acerca de las referencias de los historiadores antiguos sobre los peligros de la navegación por el mar Rojo...

—Es verdad —respondí—. Pero ¿no pecaban de exagerados en sus temores?

—Sí y no, señor Aronnax —me respondió el capitán Nemo, que daba la impresión de dominar a fondo el tema de «su mar Rojo»—. Lo que no es peligroso para un buque moderno, bien aparejado, sólidamente construido y dueño de su rumbo merced a la obediencia del vapor, encerraba un serio peligro para todas las naves de la Antigüedad. Hemos de imaginarnos a aquellos primeros navegantes aventurándose en barcas hechas de tablones unidos con cuerdas de palmera, calafateadas con pasta de resina e impregnadas en grasa de perros marinos. Carecían incluso de instrumentos para determinar su rumbo, y navegaban a la estima, en medio de corrientes que apenas conocían. En tales condiciones los naufragios eran, y debían serlo por fuerza, numerosos. En nuestra época, sin embargo, los *steamers* que cubren el servicio entre Suez y los mares del Sur no tienen ya nada que temer de las iras de este golfo, aunque soplen monzones contrarios. Sus capitanes y pasajeros no se preparan para la partida con sacrificios propiciatorios; y al regreso no acuden con guirnaldas y cintas doradas al templo más próximo para dar gracias a los dioses por una travesía feliz.

—Eso creo también yo. El vapor parece haber matado el sentimiento de gratitud en el corazón de los marinos. Pero, capitán, puesto que me da la impresión de que usted ha estudiado particularmente este mar, ¿me podría explicar a qué debe su nombre?

—Se han dado muchas explicaciones a este respecto, señor Aronnax. ¿Quiere usted conocer la de un cronista del siglo XIV?

—Me encantaría.

—Aquel hombre sumamente imaginativo pretendía que el nombre le había sido dado después del paso de los israelitas, cuando el faraón pereció en las olas que a la voz de Moisés volvieron a juntarse:

> *Y como signo de aquel gran prodigio*
> *el mar tiñóse de rojo y escarlata.*
> *Ya para siempre no supieron llamarlo*
> *de otro modo distinto que mar Rojo.*

—Explicación de poeta, capitán Nemo —respondí—. Yo no me contentaría con ella. Por eso le ruego que me dé su opinión personal.

—Con mucho gusto. A mi entender, señor Aronnax, hay que ver en ese apelativo de mar Rojo una traducción de la palabra hebrea *edrom*, que los antiguos le aplicaron a causa de la peculiar coloración de sus aguas.

—Pero hasta ahora solo he visto aguas límpidas y sin ninguna coloración especial...

—No lo dudo. Pero a medida que avancemos más hacia el fondo del golfo, advertirá usted esa singular apariencia. Yo recuerdo haber visto la bahía de Tor completamente roja, como un lago de sangre.

—Y esta coloración ¿a qué la atribuye? ¿A la presencia de algún alga microscópica?

—Exactamente. Es una materia mucilaginosa de color púrpura que producen unas diminutas plantas llamadas tricodesmias, de las que se precisan cuarenta mil para llenar el espacio de un milímetro cuadrado. Quizá podrá encontrarlas cuanto lleguemos a Tor.

—Entonces, capitán Nemo, ¿no es la primera vez que recorre usted el mar Rojo a bordo del *Nautilus*?

—No, profesor.

—En ese caso, ya que hablaba usted antes del paso de los israelitas y de la catástrofe de los egipcios, quisiera preguntarle si ha encontrado bajo las aguas alguna huella de ese gran hecho histórico.

—No, profesor, y por una razón obvia.

—¿Qué razón?

—La de que el lugar preciso por donde atravesó Moisés el mar Rojo con todo su pueblo se encuentra ahora tan cegado por la arena que los camellos apenas pueden mojarse las patas al pasar por allí. Ya comprenderá usted que mi *Nautilus* necesita algo más de agua para navegar.

—¿Y ese lugar...? —pregunté.

—Se halla situado un poco por encima de Suez, en un brazo que formaba antaño un profundo estuario, cuando el mar Rojo se extendía hasta el lago Amargo. En todo caso, milagroso o no, el hecho es que los israelitas debieron de pasar por ahí para alcanzar la tierra prometida y que el ejército del faraón sucumbió precisamente en ese lugar. Pienso que unas excavaciones practicadas en esas arenas sacarían a la luz una gran cantidad de armas y de utensilios de origen egipcio.

—Sin duda —respondí—, pero los arqueólogos tendrán

que esperar algún tiempo, hasta que se abra el canal de Suez y se creen ciudades nuevas en el istmo, lo que sucederá tarde o temprano. ¡Lástima que ese canal no tenga ningún interés para una nave como el *Nautilus*!

—No, no lo tiene, pero será muy útil para el mundo entero —dijo el capitán Nemo—. Los antiguos eran muy conscientes de que para sus operaciones comerciales era de la máxima importancia establecer una comunicación entre el mar Rojo y el Mediterráneo; pero jamás pensaron en abrir un canal por la ruta directa: tomaron como intermediario al Nilo. Si hemos de dar crédito a la tradición, el canal que comunicaba el Nilo con el mar Rojo se inició en tiempos del faraón Sesostris. Lo que se sabe con certeza es que en el año 615 antes de Jesucristo el faraón Necao inició los trabajos de un canal alimentado por las aguas del Nilo, a través de la llanura egipcia que se orienta hacia Arabia. El citado canal se remontaba en cuatro días, y su anchura era tal que podían pasar por él de frente dos trirremes. Fue continuado por Darío, hijo de Hystaspes, y concluido probablemente en el reinado de Ptolomeo II. Estrabón lo conoció ya abierto a la navegación; pero su escasa pendiente entre el punto de partida —próximo a Bubaste— y el mar Rojo lo hacía navegable solo unos pocos meses al año. Se utilizó para el comercio hasta el siglo de los Antoninos; luego fue abandonado, cegado por la arena y abierto de nuevo por orden del califa Omar. Pero el califa Al-Mansur mandó que fuera cegado definitivamente en el año 761 o 762, para impedir que por él recibiera víveres y socorros el rebelde Mohammed ibn Abdallah, con quien estaba en guerra. Durante la expedición a Egipto de su compatriota el general Bonaparte, este localizó las huellas del canal en el desierto de Suez y, sorprendido por la marea, estuvo a punto de perecer pocas horas antes de regresar a Hadjaroth, en el mismo lugar en que Moisés había acampado tres mil trescientos años antes que él.

—Pues bien, capitán, lo que los antiguos no se atrevieron a acometer, esta comunicación entre los dos mares que abreviará en nueve mil kilómetros la ruta de Cádiz a las Indias, lo ha hecho Ferdinand de Lesseps, quien dentro de muy poco habrá convertido África en una inmensa isla.

—En efecto, profesor Aronnax. Tiene usted derecho a sentirse orgulloso de su compatriota. Es un hombre que honra más a su patria que los más insignes soldados. Como tantos otros ha tenido que superar disgustos y contradicciones, pero ha triunfado porque le sobran talento y voluntad. Y sin embargo, ¡es triste pensar que esta obra, que debería haber sido el fruto de una colaboración internacional, que hubiera bastado para enaltecer un reinado, habrá sido posible únicamente gracias a la energía de un solo hombre! ¡Honor, pues, al señor de Lesseps!

—Sí, honor a ese gran ciudadano —respondí, algo sorprendido por el entusiasmo con que acababa de hablar el capitán Nemo.

—Desgraciadamente —prosiguió—, no podré conducirle a través de ese canal de Suez, pero podrá usted contemplar los largos diques de Port Said pasado mañana, cuando entremos en el Mediterráneo.

—¡En el Mediterráneo! —exclamé con estupor.

—Sí, profesor. ¿Le extraña?

—Lo que me extraña es que podamos encontrarnos pasado mañana en sus aguas.

—¿De veras?

—Muy de veras, capitán. Y eso que ya debiera haberme acostumbrado a no asombrarme de nada con el tiempo que llevo a bordo de su nave.

—Pero ¿por qué motivo se sorprende usted?

—Por la espantosa velocidad que tendrá usted que imprimir al *Nautilus* si debe encontrarse pasado mañana en el Mediterráneo tras haber contorneado toda África y doblado el cabo de Buena Esperanza.

—¿Y quién le dice, profesor, que contornearemos África? ¿Quién ha hablado de doblar el cabo de Buena Esperanza?

—Sin embargo, a menos que el *Nautilus* sea capaz de navegar por tierra firme o de pasar por encima del istmo...

—Por debajo, señor Aronnax.

—¿Por debajo?

—En efecto —respondió tranquilamente el capitán Nemo—. Hace muchísimos años que la naturaleza ha hecho bajo esa lengua de tierra lo que los hombres realizan hoy en su superficie.

—¡Cómo! ¿Existe un paso?

—Sí, un paso subterráneo que he bautizado con el nombre de «Arabian Tunnel» o túnel Arábigo. Se inicia por debajo de Suez y desemboca en el golfo de Pelusa.

—Pero ¿no está formado ese istmo solo por arenas movedizas?

—Hasta cierta profundidad, sí. Pero a partir de los cincuenta metros se encuentra un inquebrantable asentamiento de roca.

—¿Y qué le llevó a usted a descubrir ese paso, la casualidad?

—La casualidad y el razonamiento, profesor, y más el razonamiento que la suerte.

—Le estoy escuchando, capitán, pero confieso que mis oídos apenas dan crédito a lo que oyen.

—¡Ah, señor! El *aures habent et non audient* es de todos los tiempos. No solo existe ese paso, sino que lo he cruzado repetidas veces. De no ser así, no me hubiera aventurado hoy en este callejón sin salida que es el mar Rojo.

—¿Sería indiscreto preguntarle cómo fue que descubrió usted ese túnel?

—No puede haber secretos entre personas que siempre han de vivir juntas.

Pasé por alto la insinuación y me dispuse a escuchar con toda atención el relato del capitán Nemo.

—Fue una simple deducción de naturalista, profesor —me dijo—, la que me llevó a descubrir ese paso que conozco solo yo. Había observado que en el mar Rojo y en el Mediterráneo existía cierto número de especies de peces absolutamente idénticas: ofidias, fiátolas, girelas, persegas, joeles, sollos marinos, etcétera. Comprobado este hecho, me pregunté si existiría alguna comunicación entre los dos mares. De ser así, la corriente subterránea debería ir forzosamente del mar Rojo al Mediterráneo, debido a la diferencia de niveles. Pesqué, por consiguiente, un elevado número de peces en los alrededores de Suez, les pasé por la cola un anillo de cobre, y volví a arrojarlos al mar. Unos meses más tarde, frente a las costas de Siria, capturé algunos peces de los que había marcado con el anillo: era la demostración de que existía dicha comunicación entre ambos mares. La busqué con mi *Nautilus*, la descubrí, me aventuré por ella con mi nave. Y dentro de poco, profesor, ¡usted también habrá atravesado mi túnel Arábigo!

V

ARABIAN TUNNEL

Aquel mismo día narré a Consejo y a Ned Land la parte de esta conversación que les interesaba directamente a ellos. Cuando les dije que al cabo de dos días estaríamos en pleno Mediterráneo, Consejo batió palmas, pero el canadiense se encogió de hombros.

—¡Un túnel submarino! —exclamó—. ¡Una comunicación entre los dos mares! ¿Quién ha oído hablar alguna vez de eso?

—Amigo Ned —respondió Consejo—, ¿habías oído hablar tú alguna vez del *Nautilus?* ¡Claro que no! Y sin embargo existe. Así que no te encojas de hombros tan a la ligera y no niegues las cosas por el mero hecho de no haber oído hablar antes de ellas.

—¡Ya lo veremos! —replicó Ned Land sacudiendo la cabeza—. Por otra parte, nada me alegraría tanto como que ese individuo tuviera razón. ¡Quiera el cielo que nos conduzca efectivamente al Mediterráneo!

Aquella misma tarde, hacia los 21° 30' de latitud norte, el *Nautilus* se acercó a la costa árabe navegando en la superficie. Divisé Djeddah, importante centro comercial para Egipto, Siria, Turquía y las Indias. Distinguí con bastante claridad el conjunto de sus construcciones, los buques anclados a lo largo de los muelles y los que, por su calado, se veían obligados a anclar en la rada. El Sol, bastante bajo ya sobre el horizonte, daba de lleno sobre las casas de la ciudad y resaltaba su blancura. En el exterior, algunas cabañas de madera o cañizo indicaban el barrio habitado por los beduinos.

Pronto Djeddah desapareció borrada en las sombras de la noche y el *Nautilus* penetró en unas aguas ligeramente fosforescentes.

Al día siguiente, 10 de febrero, avistamos varios navíos que navegaban en dirección contraria a la nuestra. El *Nautilus* reemprendió su navegación submarina. Pero al mediodía, a la hora de tomar la posición, hallándose el mar desierto, emergió hasta su línea de flotación.

Acompañado de Ned y de Consejo, fui a sentarme en la plataforma. Por el este la costa se mostraba como una masa apenas delineada a través de una bruma húmeda.

Apoyados en un costado del bote, estábamos charlando de unas cosas y otras cuando Ned Land, tendiendo su mano hacia un punto del mar, me dijo:

—¿Ve usted algo allá, profesor?

—No, Ned —le respondí—, pero ya sabes que no tengo tu vista.

—Mire bien —insistió Ned—, hacia delante, por estribor, casi a la altura del fanal. ¿No ve como una masa que parece moverse?

—En efecto —dije tras una prolongada observación—, distingo como un cuerpo negruzco en la superficie del agua.

—¿Otro *Nautilus*? —preguntó Consejo.

—No —respondió el canadiense—. Pero, o mucho me equivoco, o se trata de algún animal marino.

—¿Hay ballenas en el mar Rojo? —preguntó Consejo.

—Sí, muchacho —respondí—, y no es raro encontrarse con alguna.

—No se trata de una ballena —contestó Ned Land, que no apartaba la vista del objeto en cuestión—. Las ballenas y yo somos viejos conocidos. Esos no son sus andares.

—Aguardemos entonces —dijo Consejo—. El *Nautilus* navega hacia ese lado y pronto sabremos a qué atenernos.

En efecto, aquel oscuro objeto estuvo pronto a menos de una milla de nosotros. Daba la impresión de ser un gran escollo plantado en alta mar. Pero ¿qué era en realidad? Aún no estaba en condiciones de pronunciarme.

—¡Ah! —exclamó Ned—. ¡Se mueve, se sumerge! ¡Mil diablos! ¿Qué clase de animal puede ser? No tiene la cola bifurcada como las ballenas o los cachalotes, y sus aletas parecen miembros truncados.

—Pues entonces... —empecé a decir.

—¡Ahora se pone de espaldas y muestra sus mamas al aire! —interrumpió el canadiense.

—¡Es una sirena, una sirena auténtica! —exclamó Consejo—. A menos que el señor opine de otro modo...

La palabra «sirena» me puso sobre la pista, y comprendí que aquel animal pertenecía a ese orden de seres marinos que la imaginación popular ha transformado en sirenas, esos seres fabulosos mitad mujer mitad pez.

—No, no es una sirena, Consejo, sino un curioso animal del que quedan poquísimos ejemplares en el mar Rojo: un dugongo.

—Orden de los sirénidos, grupo de los pisciformes, subclase de los monodelfos, clase de los mamíferos, rama de los vertebrados —añadió Consejo.

Y cuando así hubo hablado, yo no tuve nada más que decir.

Sin embargo, Ned Land seguía mirando. Sus ojos brillaban de codicia a la vista de aquel animal. Su mano parecía lista para arponearlo. Se hubiera dicho que aguardaba el momento de arrojarse al mar para atacarlo en su elemento.

—¡Oh, señor, jamás en mi vida se me ha presentado la oportunidad de arponear algo como «eso»! —me dijo con voz trémula de emoción.

Hablaba un arponero de los pies a la cabeza.

En aquel instante apareció el capitán Nemo en la plataforma. Vio el dugongo. Comprendió lo que pasaba por dentro del canadiense y, dirigiéndose directamente a él, le dijo:

—Si tuviera usted un arpón, le quemaría en la mano, ¿no es verdad, señor Land?

—Dice usted bien, señor.

—¿Y no le agradaría volver por una vez a su antiguo oficio de pescador y añadir este cetáceo a la lista de todos los que lleva cobrados?

—Me gustaría, sí.

—Bien. Pruebe a lograrlo.

—Gracias, señor —respondió Ned con los ojos centelleando.

—Solo una cosa: no falle. Lo digo en su propio interés.

—¿Es que es peligroso atacar al dugongo? —pregunté yo mientras el canadiense se encogía despectivamente de hombros.

—Sí, a veces —respondió el capitán—. Estos animales se revuelven contra sus atacantes y hacen zozobrar su embarcación. Pero para el señor Land ese peligro no existe: su ojo es certero, su brazo seguro. Si le encarezco que no falle a ese animal es porque lo miro justamente como una valiosa pieza de caza. Y me consta que el señor Land no desdeña los buenos bocados.

—¡Ah! —exclamó el canadiense—. ¿Con que esa bestia se da también el lujo de ser comestible?

—Sí, señor Land. Su carne, carne de verdad, es sumamente apreciada. En toda Malasia la reservan para la mesa de los príncipes. Eso explica que lo persigan tan encarnizadamente y que, al igual que el manatí, su congénere, esté en vías de extinción.

—Entonces, capitán —dijo seriamente Consejo—, si por casualidad resultara ser el último ejemplar de su especie, ¿no convendría respetarlo... en interés de la ciencia?

—En interés de la ciencia, quizá —replicó el canadiense—; pero en interés de la cocina es preferible darle caza.

—Adelante, pues, señor Land —respondió el capitán Nemo.

Al momento subieron a la plataforma siete hombres de la tripulación, silenciosos e impasibles como de costumbre. Uno de ellos llevaba un arpón y un cabo semejantes a los que emplean los pescadores de ballenas. La lancha fue botada al mar tras desprenderla de su hueco. Seis remeros se colocaron en sus bancos y el patrón se puso al timón. Ned, Consejo y yo tomamos asiento a popa.

—¿No viene usted, capitán? —le pregunté.

—No, profesor, pero les deseo una buena caza.

La lancha se separó del *Nautilus* e impulsada por sus seis remos se dirigió rápidamente hacia el dugongo, que flotaba entonces a unas dos millas de allí.

Llegados a unos cables de distancia del cetáceo, la lancha moderó su velocidad y los remos se hundieron sin hacer ruido en las tranquilas aguas. Ned Land, con el arpón en la mano, fue a colocarse de pie en la proa de la embarcación. El arpón que se emplea para pescar ballenas está atado generalmente a una larguísima cuerda, que corre rápidamente cuando el animal herido lo arrastra consigo. Pero en este caso el cabo no medía más que una decena de brazas, y su extremo estaba atado a un barrilillo que, al flotar, debía indicar el camino seguido por el dugongo bajo las aguas.

Yo también me había puesto de pie para observar con claridad al adversario del canadiense. Aquel dugongo —o balicoro, como también lo llaman— se asemejaba mucho al manatí. Su cuerpo cilíndrico concluía en una larga aleta caudal y sus aletas laterales terminaban en verdaderos dedos. Del manatí se diferenciaba en que tenía la mandíbula superior armada por dos dientes largos y puntiagudos, que formaban defensas divergentes a ambos lados de la boca.

El ejemplar que Ned Land se disponía a atacar tenía dimensiones colosales: no mediría menos de siete metros. Estaba inmóvil, como si durmiera en la superficie del mar, circunstancia que hacía más fácil su captura.

La lancha se aproximó con precaución hasta una distancia de tres brazas del animal. Los remos quedaron suspendidos en sus chumaceras. Yo me incorporé a medias. Ned Land, con el cuerpo echado ligeramente hacia atrás, blandía su arpón con mano diestra.

De pronto se oyó un silbido, y el dugongo desapareció. El arpón, arrojado con fuerza, pareció haber herido solamente el agua.

—¡Mil diablos! —exclamó el canadiense, furioso—. ¡Fallé!

—No —repliqué—, el animal está herido, sangra; pero el arpón se le ha desprendido del cuerpo.

—¡Mi arpón, mi arpón! —exclamó Ned Land.

Los marineros se pusieron nuevamente a remar y el patrón dirigió la lancha hacia el barril flotante. Una vez repescado el arpón, la lancha emprendió la persecución del dugongo.

El animal volvía de cuando en cuando a la superficie para respirar. Su herida no lo había debilitado, porque escapaba rapidísimamente. La embarcación, impulsada por brazos vigorosos, volaba tras sus huellas. Varias veces se le acercó hasta unas cuantas brazas de distancia, y el canadiense se disponía a arrojar de nuevo su arma. Pero el dugongo hurtaba el cuerpo sumergiéndose súbitamente y resultaba imposible alcanzarlo.

Júzguese cómo iría creciendo la cólera del impaciente Ned Land. Dedicaba al pobre animal los epítetos más enérgicos de la lengua inglesa. Por mi parte, empezaba a sentirme decepcionado al ver que el dugongo se burlaba de nuestros esfuerzos.

Lo perseguimos sin descanso durante una hora, y comenzaba yo a pensar que iba ser muy difícil capturarlo cuando al animal le vino un desdichado afán de venganza del que pronto tendría que arrepentirse. Dio media vuelta y se lanzó contra la lancha para asaltarla a su vez.

El canadiense se dio cuenta al punto de su maniobra.

—¡Atención! —dijo.

El patrón pronunció también algunas palabras en su extraña lengua, previniendo sin duda a sus hombres para que estuvieran en guardia.

Llegado a unos veinte pies de la lancha, el dugongo se detuvo y husmeó bruscamente el aire con sus dilatadas narices —abiertas no en el extremo, sino en la parte superior de su hocico—; luego tomó impulso y se precipitó contra nosotros.

La lancha no pudo evitar el choque; escorando hasta casi dar la vuelta, embarcó una o dos toneladas de agua que hubo que achicar. Pero, gracias a la habilidad del patrón y a que fue abordada de refilón y no de lleno, nos libramos de irnos a pique. Ned Land, agarrado a la roda, acribillaba a arponazos a la gigantesca fiera, que con sus dientes incrustados en la borda levantaba la embarcación fuera del agua, como un león haría con su presa. Habíamos caído los unos encima de los otros y no sé cómo hubiera acabado la aventura si el canadiense, que no dejaba de atacar al animal, no lo hubiera por fin herido en el corazón.

Pude oír el chirrido de sus dientes contra el metal, y el dugongo desapareció arrastrando consigo el arpón. Pronto, sin embargo, apareció el barril en la superficie, y momentos después divisamos el cuerpo del animal, flotando sobre su lomo. La lancha fue hacia allí y luego, remolcándolo, se dirigió de nuevo hacia el *Nautilus*.

Hubo que emplear unas potentes poleas para izar al dugongo hasta la plataforma. Pesaba unas cinco toneladas. Lo descuartizaron ante los ojos atentos del canadiense, que se empeñó en seguir todos los detalles de la operación. Aquel mismo día el *steward* me sirvió para la cena algunos filetes de su carne, hábilmente preparada por el cocinero de a bordo. La encontré excelente e incluso de mejor calidad que la de ternera y aun que la de buey.

Al día siguiente, 11 de febrero, la despensa del *Nautilus* se enriqueció con una nueva pieza de caza exquisita. Un tropel de golondrinas de mar se abatió sobre el *Nautilus*. Eran una variedad de la *Sterna nilotica,* típicas de Egipto, cuyo pico es negro, la cabeza gris y punteada, el ojo rodeado de puntos blancos, grisáceas la parte superior, las alas y la cola, vientre y cuello blancos y patas rojas. Cazamos también unas cuantas docenas de patos del Nilo, aves silvestres muy apetitosas que tienen el cuello y la parte superior de la cabeza blancos y con manchitas negras.

La velocidad del *Nautilus* volvía a ser moderada: navegaba como dando un paseo. Pude observar que a medida que nos aproximábamos a Suez el agua del mar Rojo era cada vez menos salobre.

Hacia las cinco de la tarde distinguimos por el norte el cabo de Ras Mohammed. Es el cabo que forma la punta de la Arabia Pétrea, esto es, la parte de la península comprendida entre los golfos de Suez y de Aqaba.

El *Nautilus* penetró en el estrecho de Jubal, que conduce al golfo de Suez. En la lejanía divisé claramente una alta montaña que, a medio camino entre ambos golfos, dominaba el cabo de Ras Mohammed: era el monte Horeb, el Sinaí, en cuya cima —que uno se imagina siempre coronada de rayos— Moisés contempló cara a cara a Dios.

A las seis el *Nautilus,* que a ratos navegaba sumergido y a ratos en la superficie, pasó por delante de Tor, recostada en el fondo de una bahía cuyas aguas parecían teñidas de rojo, tal como había anunciado de antemano el capitán Nemo. Luego cayó la noche en medio de un pesado silencio que solo rompían esporádicamente los chillidos del pelícano o de algunas aves nocturnas, el rumor de la resaca contra las rocas o el gemido lejano de un *steamer* que golpeaba las aguas del golfo con sus paletas sonoras.

Entre las ocho y las nueve el *Nautilus* se mantuvo a unos metros bajo la superficie. Calculé que debíamos de estar muy cerca de Suez. A través de los paneles del salón podía ver los fondos rocosos, brillantemente iluminados por nuestro fanal eléctrico. Me pareció que el estrecho iba haciéndose cada vez más angosto.

A las nueve y cuarto la nave había vuelto a la superficie, y aproveché para subir a la plataforma. Me moría de impaciencia por franquear el túnel del capitán Nemo, y eso me impedía estarme quieto; subí, pues, a respirar el aire fresco de la noche.

Entre las sombras nocturnas me pareció ver una luz mortecina, medio descolorida por la bruma, que brillaba como a una milla de nosotros.

—Un faro flotante —dijo una voz cerca de mí.

Me volví y vi que se trataba del capitán.

—Es el faro flotante de Suez —prosiguió—. No tardaremos en llegar a la entrada del túnel.

—No debe de ser fácil el acceso, ¿verdad?

—No, no lo es. Por eso tengo por costumbre ocupar el puesto del timonel para dirigir personalmente la maniobra. Y ahora, profesor Aronnax, ¿será usted tan amable de regresar abajo? El *Nautilus* va a sumergirse y no volverá a la superficie hasta después de que hayamos atravesado el Arabian Tunnel.

Seguí al capitán Nemo. Cerraron la escotilla, el agua penetró en los depósitos y la nave se sumergió una decena de metros.

En el momento en que me disponía a entrar en mi camarote, el capitán me detuvo.

—Profesor —me dijo—, ¿le agradaría acompañarme a la cabina del piloto?

—No me atrevía a pedírselo.

—Venga, pues. Así verá todo cuanto puede verse de esta navegación subterránea y submarina a la vez.

El capitán Nemo me condujo hacia la escalera central. A mitad de la misma, abrió una puerta, tomó por los pasillos superiores y llegó a la cabina del piloto, que como ya he explicado sobresalía en el extremo de la plataforma superior.

Era un cuartito que mediría apenas unos seis pies de lado, muy parecido al que ocupan los timoneles de los *steamboats* del Mississippi o del Hudson. En el centro se maniobraba una rueda dispuesta verticalmente, engranada sobre los guardianes del gobernalle que corrían hasta la popa del *Nautilus*. Cuatro ojos de buey de vidrios lenticulares permitían al timonel mirar en todas direcciones.

La cabina se hallaba a oscuras; pero pronto se acostumbraron mis ojos a la oscuridad reinante, de forma que pude ver al piloto, un hombre vigoroso que apoyaba sus manos en los radios de la rueda. Fuera, el mar aparecía vivamente iluminado por el fanal, cuya luz partía desde detrás, en el otro extremo de la plataforma.

—Y ahora —dijo el capitán Nemo, busquemos nuestro paso.

Unos cables eléctricos conectaban la cabina del timonel con la sala de máquinas, de forma que desde aquella el capitán podía controlar simultáneamente la dirección y la velocidad de su *Nautilus*. Apretó un botón de metal y al punto disminuyeron las revoluciones de la hélice.

Contemplaba yo en silencio la alta muralla cortada a pico paralelamente a la cual navegábamos en aquel momento: era la inquebrantable base del macizo arenoso de la costa. La seguimos así durante una hora, manteniendo una distancia de unos pocos metros. El capitán Nemo no apartaba la vista de la brújula suspendida en la cabina, con sus dos círculos concéntricos. Un simple gesto suyo bastaba para que el timonel modificara a cada instante la dirección del *Nautilus*.

Me había situado ante la ventanilla de babor, lo que me permitía ir viendo magníficas formaciones coralinas, zoófitos, algas y crustáceos que agitaban sus patas enormes sacándolas de entre las oquedades de la roca.

A las diez y cuarto el capitán Nemo se hizo cargo del timón. Ante nosotros se abría una ancha galería, negra y profunda. El *Nautilus* se aventuró por ella audazmente. Un ruido insólito resonaba en sus costados: eran las aguas del mar Rojo que por la pendiente del túnel se precipitaban hacia el Mediterráneo. El *Nautilus*, rápido como una flecha, era llevado por el torrente, a pesar de los esfuerzos de sus máquinas que, para resistir, batían las olas a contra hélice.

En los estrechos muros del pasadizo yo no veía ahora más que brillantes rayas, líneas rectas, surcos de fuego trazados por la velocidad de nuestra nave y sus destellos eléctricos. Mi corazón latía con tal fuerza que lo tenía que apretar con la mano para que no estallara.

A las diez treinta y cinco el capitán Nemo abandonó la rueda del timón y, volviéndose hacia mí, dijo:

—¡El Mediterráneo!

Arrastrado por aquel torrente, en menos de veinte minutos el *Nautilus* acababa de atravesar el istmo de Suez.

VI

El archipiélago griego

Al clarear el día siguiente, 12 de febrero, el *Nautilus* emergió nuevamente a la superficie. Me apresuré a subir a la plataforma. A tres millas al sur se dibujaba la vaga silueta de Pelusa. Un torrente nos había llevado de un mar a otro. Pero aquel túnel, de fácil descenso, debía de ser impracticable en sentido inverso.

Serían poco más o menos las siete cuando Ned y Consejo se reunieron conmigo. Los dos inseparables camaradas habían dormido tranquilamente, sin preocuparse en absoluto de las proezas del *Nautilus*.

—¿Qué tal, señor naturalista? —me preguntó el canadiense en un tono levemente burlón—. ¿Y ese Mediterráneo?

—Estamos navegando en sus aguas, amigo Ned.

—¡Cómo! —exclamó Consejo—. ¿Acaso esta noche...?

—Sí, esta noche pasada, y en unos pocos minutos, hemos franqueado ese istmo infranqueable.

—No me creo ni una palabra —respondió el canadiense.

—Pues haces mal, Ned. Mira esa costa baja que se redondea por el sur: es la costa de Egipto.

—A otro perro con ese hueso —replicó el testarudo arponero.

—Si el señor lo dice —terció Consejo—, tiene que ser verdad.

—Además, Ned, el capitán Nemo ha tenido la gentileza de

mostrarme su túnel. Estuve con él, en la cabina del timonel, viéndole dirigir personalmente el *Nautilus* a través de ese estrecho paso.

—¿Estás oyendo, Ned? —dijo Consejo.

—Y un arponero con tan buena vista como tú —añadí— podrá distinguir allá a lo lejos los diques de Port Said, adentrándose en el mar...

El canadiense miró con atención hacia donde le señalaba.

—En efecto —reconoció al cabo de un rato—, tiene usted razón, profesor, y el capitán es todo un maestro. Estamos en el Mediterráneo. Bien... Si les parece, pues, hablemos un poco de nuestros asuntillos, y de manera que nadie pueda oírnos.

Me di cuenta enseguida de adónde quería ir a parar el canadiense. Pero de todas formas, pensé que lo mejor era hablar, ya que él lo deseaba, así que fuimos a sentarnos los tres junto al fanal, donde estábamos menos expuestos a las salpicaduras de las olas.

—Te escuchamos, Ned —le dije—. ¿De qué querías hablarnos?

—Lo que quiero decirles es muy simple —respondió el arponero—. Estamos en Europa. Pues bien, antes de que los caprichos del capitán Nemo nos arrastren hasta el fondo de los mares polares o nos lleven de nuevo a Oceanía, propongo que abandonemos el *Nautilus*.

He de confesar que la discusión de este tema con el canadiense era algo que me causaba cierto embarazo. De ninguna manera quería coartar la libertad de mis compañeros, pero lo cierto era que yo no tenía el más mínimo deseo de abandonar al capitán Nemo. Gracias a él y a su nave, yo iba completando día a día mis estudios submarinos y rehacía mi libro sobre el fondo del mar desde el envidiable punto de vista de quien vive en el seno de ese mismo elemento. ¿Volvería a encontrar alguna vez una ocasión semejante para observar las maravillas del océano? ¡Ciertamente, no! De ahí que no pudiera hacerme a la idea de abandonar el *Nautilus* sin haber completado el ciclo de nuestras investigaciones.

—Vamos a ver, Ned, respóndeme con franqueza: ¿te resulta insoportable la vida a bordo? ¿Lamentas que el destino te haya puesto en las manos del capitán Nemo?

El canadiense permaneció unos instantes en silencio. Luego se cruzó de brazos y respondió:

—Francamente, no me arrepiento de este viaje submarino. Me agradará haberlo hecho. Pero «haberlo hecho» implica necesariamente que concluya. Ese es mi parecer.

—Algún día concluirá, Ned.

—¿Dónde y cuándo?

—¿Dónde? Lo ignoro. ¿Cuándo? No podría decírtelo. Supongo que acabará cuando los mares no tengan ya nada que enseñarnos. Todo lo que comienza tiene forzosamente un fin en esta vida.

—Soy de la misma opinión que el señor —intervino Consejo—. Y es muy posible que después de haber recorrido todos los mares de nuestro planeta, el capitán Nemo nos devuelva la libertad a los tres.

—¡La libertad! —exclamó el canadiense—. ¿Hablas realmente de libertad?

—No exageremos, Ned —repuse—. Aunque nada tenemos que temer del capitán Nemo, yo no comparto las ideas de Consejo. Conocemos los secretos del *Nautilus*, así que no confío en que su capitán, por concedernos la libertad, se resigne a verlos andar de boca en boca por todo el mundo divulgados por nosotros.

—Pero entonces, ¿qué es lo que espera usted? —preguntó el arponero.

—Que algún día se darán unas circunstancias de las que podremos... de las que deberemos aprovecharnos. Cosa que igual puede suceder hoy mismo que dentro de seis meses.

—¡Ja! ¿Y dónde estaremos nosotros dentro de seis meses? ¿Podría decírmelo, señor naturalista?

—Quizá aquí, quizá en China... Ya sabes que el *Nautilus* no teme las distancias. Atraviesa los océanos como una golondrina los aires o como un tren expreso los continentes. No le asustan los mares frecuentados. ¿Quién nos dice que no va a bordear las costas de Francia, de Inglaterra o de América, dónde cualquier tentativa nuestra para escapar contará con mayores posibilidades de las que tenemos ahora?

—Señor Aronnax —respondió el canadiense—, sus argumentos fallan por la base. Usted habla en futuro: «Estaremos aquí, estaremos allá...». Pero yo estoy hablando en presente: «Aquí estamos, ¡y hemos de aprovechar la oportunidad!».

Me sentía acorralado por la lógica de Ned Land, sabiendo que yo llevaba las de perder en ese terreno. No se me ocurrían argumentos a favor de mi postura.

—Profesor —continuó Ned—, supongamos por un imposible que el capitán Nemo le ofrece ponerlo en libertad hoy mismo. ¿Aceptaría usted?

—No lo sé —respondí.

—Y si añadiera que nunca más se le volverá a plantear ese ofrecimiento, ¿aceptaría usted en tal caso?

Guardé silencio.

—¿Y qué piensa el amigo Consejo? —prosiguió el arponero.

—El amigo Consejo —respondió sencillamente aquel excelente muchacho—, el amigo Consejo no tiene nada que decir. La cuestión le tiene absolutamente sin cuidado. Al igual que su señor, y como su camarada Ned, es soltero. No tiene mujer, ni padres, ni hijos que le aguarden en su patria. Está al servicio del señor, piensa como el señor, habla como el señor y, lamentándolo mucho, no se puede contar con él para decidir la cuestión por mayoría. Son solo ustedes dos quienes tienen que decidir: el señor por un lado, Ned Land por el otro. Y dicho esto, el amigo Consejo escucha y está listo para servirles como quien lleva la puntuación de una partida.

No pude evitar una sonrisa al ver cómo Consejo sacrificaba hasta tal punto su propia personalidad. En el fondo el canadiense debía de estar encantado de no tenerlo en contra.

—Entonces, señor —prosiguió Ned—, puesto que Consejo no cuenta, discutamos nosotros dos. He dicho lo que tenía que decir, y usted me ha comprendido perfectamente. ¿Qué me responde?

Había que ser consecuente y, por otra parte, me repugnan los subterfugios, así que repliqué:

—Amigo Ned, esta es mi respuesta: tienes toda la razón y mis argumentos no pueden competir con los tuyos. No hemos de hacernos ilusiones acerca de la buena voluntad del capitán Nemo, porque la más elemental prudencia le impide ponernos en libertad. Por el contrario, esa misma prudencia nos insta a aprovechar la primera ocasión que se nos ofrezca para abandonar el *Nautilus*.

—Así se habla, señor Aronnax.

—Pero he de hacerte una observación, solo una: esa ocasión tiene que ser clara. Es absolutamente preciso que tengamos éxito en nuestra primera tentativa de fuga, porque si fracasamos, no volveremos a tener ninguna oportunidad y el capitán Nemo no nos lo perdonará nunca.

—Todo eso es muy acertado —respondió el canadiense—. Pero fíjese, profesor, que su observación se aplica a cualquier intento de fuga, tanto si se presenta dentro de dos años como dentro de dos días. Por consiguiente, la cuestión sigue siendo esta: si se nos ofrece una oportunidad favorable, hemos de aprovecharla.

—De acuerdo. Pero dime, Ned, ¿qué consideras tú una oportunidad favorable?

—Aquella, por ejemplo, que en una noche oscura llevara al *Nautilus* a las proximidades de cualquier costa europea.

—¿Y tratarías de huir a nado?

—Sí, si nos halláramos suficientemente cerca de la costa y si nuestra nave se encontrara en la superficie. No, si estuviéramos lejos y si el *Nautilus* navegara sumergido.

—¿Y en este último caso...?

—En tal caso trataría de apoderarme de la lancha. Sé manejarla. Nos introduciríamos en ella y, tras soltar los pernos que la aguantan, saldríamos a la superficie sin que ni el propio timonel —que la tiene a la espalda— se diera cuenta de nuestra huida.

—Bien, Ned. Vigila por si se presenta una ocasión así. Pero no olvides que un fracaso sería nuestra ruina.

—No lo olvidaré, señor.

—Y ahora, ¿quieres que te diga todo lo que pienso acerca de tu proyecto?

—¡Claro que sí!

—Pues mira, pienso (y fíjate que no digo «espero»), pienso que esa oportunidad favorable no se presentará.

—¿Y eso por qué?

—Pues porque al capitán Nemo no puede ocultársele que no hemos renunciado a la esperanza de recobrar nuestra libertad, lo que hará que esté sobre aviso, y en particular mientras nos encontremos en los mares y frente a las costas europeas.

—Soy del parecer del señor —dijo Consejo.

—Ya veremos —replicó Ned Land, y meneó la cabeza con un gesto de resolución.

—Dejemos así las cosas —añadí—. Ni una palabra más. El día en que estés listo, nos avisas y nos iremos contigo. Confío plenamente en ti.

Así concluyó aquella conversación que, andando el tiempo, traería graves consecuencias. Y añadiré que los hechos parecieron confirmar mis previsiones, para gran desesperación del canadiense. ¿Desconfiaba de nosotros el capitán Nemo, o pretendía tan solo ocultarse a la vista de los numerosos barcos de todas las naciones que surcan incesantemente el Mediterráneo? Lo ignoro, pero lo cierto es que se mantuvo sumergido la mayor parte del tiempo y navegando siempre a mucha distancia de la costa. Cuando el *Nautilus* emergía, asomaba solo la cabina del timonel, pero lo más frecuente era que se adentrara en las grandes profundidades, ya que entre Asia Menor y los archipiélagos griegos alcanzábamos los dos mil metros sin tocar fondo.

Me quedé, pues, sin ver la isla de Cárpatos, una de las Espóradas, teniendo que contentarme con que el capitán Nemo me la señalara en el planisferio y me citara un verso de Virgilio:

Est in Carpathio Neptuni gurgite vates
caeruleus Proteus...

Se trataba, en efecto, de la antigua morada de Proteo, el viejo pastor de los rebaños de Neptuno, situada entre Rodas y Creta. Solo pude contemplar su basamento granítico a través de los paneles del salón.

Al día siguiente, 14 de febrero, me propuse emplear algunas horas en el estudio de los peces del archipiélago, pero por algún motivo los paneles del salón permanecieron herméticamente cerrados. Al observar el rumbo del *Nautilus* advertí que se dirigía hacia Candía, la antigua isla de Creta. Meses atrás, cuando me embarqué en el *Abraham Lincoln*, la citada isla acababa de alzarse en armas contra el despotismo turco. No tenía yo entonces idea de cuál había sido el curso posterior de la insurrección desde aquel momento. Me hubiera gustado saberlo, pero no podía interrogar a este respecto al capitán Nemo, sabiéndolo privado de cualquier comunicación con tierra.

Por lo tanto, cuando aquella tarde me encontré a solas con él en el salón, no le hice ninguna alusión a aquel acontecimiento. Le noté, por otra parte, taciturno, preocupado... Apartándose de la costumbre, dio orden de que fueran corridos los paneles del salón y empezó a examinar atentamente las aguas yendo de una vidriera a otra. ¿Con qué objeto? Me resultaba imposible adivinarlo. Aproveché el tiempo para estudiar los peces que pasaban ante mis ojos.

Pude reconocer, entre otros, esos gobios afisos que cita Aristóteles y que se conocen vulgarmente como lochas de mar; abundan sobre todo en las aguas salobres próximas al delta del Nilo. Junto a ellos corrían unos besugos semifosforescentes, especie de esparos a los que los egipcios tenían por animales sagrados, y cuya llegada a las aguas del río —anunciando sus fecundas inundaciones— se festejaba con ceremonias religiosas. Vi también queilinas de unos treinta centímetros, peces óseos de escamas transparentes cuyo color lívido está salpicado de manchas rojas; comen grandes cantidades de vegetales marinos, lo que da a su carne un gusto exquisito; de ahí que fueran muy buscados por los *gourmets* de la antigua Roma: sus entrañas, aderezadas con lechaza de murena, sesos de pavo y lenguas de fenicópteros, constituían ese plato divino que arrebataba a Vitelio.

Otro habitante de aquellos mares atrajo mi atención y llenó mi memoria con mil recuerdos de la Antigüedad: la rémora, ese pequeño pez que viaja agarrado al vientre de los tiburones. Decían los antiguos que ese pececillo, fijándose a la quilla de una nave, podía detener su marcha, y que uno de esos peces dio la victoria a Augusto en la batalla de Actium, al impedir el avance de la nave de Antonio. ¡De qué hechos tan insignificantes dependen los destinos de las naciones! También pude observar admirables antías, que pertenecen al orden de los lujanes, peces sagrados para los griegos pues les atribuían el poder de expulsar a los monstruos marinos de los mares frecuentados por ellos; su nombre significa «flor», y bien se lo merecen por sus irisados colores, por sus innumerables matices de rojo que van desde el rosa pálido hasta el brillante rubí, por los fugaces reflejos que tornasolan sus aletas dorsales. Mis ojos no podían apartarse de aquellos maravillosos seres submarinos, cuando de repente recibieron la profunda impresión de una aparición inesperada.

En medio de las aguas apareció un hombre que llevaba colgada a la cintura una bolsa de cuero. No era un cuerpo abandonado a las olas. Era una persona viva, que nadaba con vigorosas brazadas, que desaparecía un momento para ir a respirar a la superficie y que volvía a sumergirse al instante.

Me volví hacia el capitán Nemo, y con voz quebrada por la emoción le dije:

—¡Un hombre! ¡Un náufrago! ¡Hemos de salvarlo a toda costa!

El capitán no me contestó, pero vino a acercarse a la vidriera.

El hombre se había aproximado a su vez y nos miraba con la cara pegada al panel.

Mi sorpresa se hizo mayúscula cuando vi que el capitán Nemo le hacía una seña. El nadador respondió a ella con un gesto, se remontó inmediatamente hacia la superficie del mar y no reapareció.

—No se inquiete usted —me dijo el capitán—. Se trata de Nicolás, del cabo Matapán, a quien apodan el Pez. Es muy popular en las Cícladas, ¡y un buzo atrevidísimo! El agua es su elemento. Pasa más tiempo en ella que en la tierra, yendo incesantemente de una isla a otra, e incluso hasta Creta.

—¿Le conoce usted, capitán?

—¿Qué hay de raro en ello, señor Aronnax?

Tras haber dicho esto, el capitán Nemo fue hacia un mueble que había cerca del panel izquierdo del salón. Junto a él vi un cofre rodeado de flejes de hierro, en cuya tapa había una placa de cobre con la inicial del *Nautilus* y su divisa *Mobilis in mobile*.

Sin preocuparse por mi presencia, el capitán abrió el citado mueble, que era una especie de caja fuerte que contenía un gran número de lingotes.

Eran lingotes de oro. ¿Cuál sería la procedencia de aquel precioso metal, que constituía una inmensa fortuna? ¿De dónde obtenía el capitán ese oro y qué iba a hacer con él?

Yo no dije ni una sola palabra, y me limité a mirar. El capitán Nemo fue tomando uno a uno aquellos lingotes y colocándolos meticulosamente ordenados en el cofre, hasta llenarlo por completo. Calculé que contendría entonces más de mil kilogramos de oro, es decir, unos cinco millones de francos.

Una vez quedó el cofre sólidamente cerrado, el capitán escribió en la tapa una dirección, en lo que me parecieron caracteres de griego moderno.

Luego pulsó un botón que lo ponía en comunicación con la sala de la tripulación. Se presentaron cuatro marineros y se llevaron el cofre fuera del salón no sin grandes esfuerzos. A continuación oí que lo izaban por la escalera mediante unas poleas.

En aquel momento el capitán se volvió hacia mí.

—¿Decía usted, profesor...? —me preguntó.

—No decía nada, capitán.

—Entonces, señor, permítame que le desee las buenas noches.

Y dicho esto, el capitán Nemo abandonó el salón.

Ya se puede suponer lo intrigado que quedé yo. Regresé a mi camarote y traté en vano de dormir. Buscaba una relación entre la aparición de aquel nadador y el cofre lleno de oro.

Pronto advertí, por ciertos movimientos de cabeceos y bandazos, que el *Nautilus* abandonaba las capas inferiores y se remontaba a la superficie.

Luego oí ruido de pasos en la plataforma. Comprendí que desprendían la lancha y que la lanzaban al mar. Golpeó un par de veces los costados del *Nautilus* y de nuevo volvió a reinar el silencio.

Dos horas después se reprodujeron los mismos ruidos, las mismas idas y venidas. La embarcación fue izada a bordo, la aseguraron en su hueco y el *Nautilus* volvió a hundirse en las aguas.

Así pues, todos aquellos millones habían sido transportados a su punto de destino. ¿A qué punto del continente? ¿Quién sería el corresponsal del capitán Nemo?

A la mañana del día siguiente narré a Consejo y a Ned los acontecimientos de aquella noche, que tenían en ascuas mi curiosidad. Mis compañeros no se quedaron menos sorprendidos que yo.

—Pero ¿de dónde saca él esos millones? —preguntó Ned Land.

Su pregunta carecía de posible respuesta. Después del almuerzo pasé al salón y me puse a trabajar. Estuve redactando mis notas hasta eso de las cinco. Hacia esa hora empecé a sentir un calor insoportable, hasta el punto que me vi obligado a quitarme parte de mi ropa de biso. Pensé que quizá tenía algo de fiebre, porque navegábamos por latitudes templadas y porque, por otra parte, sumergido como iba el *Nautilus,* era imposible que le afectaran las elevaciones de la temperatura atmosférica. Me fijé en el manómetro: marcaba una profundidad de sesenta pies, así que era impensable que el clima influyera hasta ese punto.

Proseguí con mi trabajo, pero la temperatura continuaba aumentando hasta límites intolerables.

—¿Habrá fuego a bordo? —me pregunté.

Iba a abandonar el salón cuando entró en él el capitán Nemo. Se acercó al termómetro, lo consultó, y dijo dirigiéndose a mí:

—Cuarenta y dos grados.

—Ya lo he notado, capitán... Por poco que aumente este calor, no vamos a poder soportarlo.

—¡Oh, profesor! Este calor no aumentará si no lo deseamos.

—¿Puede usted controlarlo a voluntad?

—No, pero puedo alejarme del foco que lo produce.

—Entonces es que viene del exterior.

—Sin duda. Navegamos en una corriente de agua hirviendo.

—¿Es posible? —exclamé.

—Véalo por sí mismo.

Los paneles se abrieron y vi que el agua alrededor del *Nautilus* era completamente blanca. Una humareda de vapores sulfurosos se producía en su seno, y el mar estaba en ebullición como si fuera el agua de una caldera. Apoyé mi mano en una de las vidrieras, pero el calor era tal que tuve que retirarla al instante.

—¿Dónde nos encontramos? —pregunté.

—Cerca de la isla de Santorin, profesor —me respondió el capitán—, y precisamente en el canal que separa las islas de Nea Kamenni y Palea Kamenni. He querido ofrecerle el curioso espectáculo de una erupción submarina.

—Pensaba que la formación de esas islas nuevas había concluido —dije.

—Nada concluye nunca en los parajes volcánicos —replicó el capitán Nemo—, y la propia Tierra se ve continuamente modificada por el fuego subterráneo. Ya en el año 19 de nuestra era, según nos dicen Casiodoro y Plinio, apareció una isla nueva, a la que llamaron Theia la Divina, en el mismo lugar en que se formaron hace poco esos otros islotes. Luego se hundió bajo las aguas, surgió de ellas en el año 69 y volvió a hundirse posteriormente. Desde entonces los trabajos volcánicos parecieron quedar suspendidos. Pero el 3 de febrero de 1866 emergió un nuevo islote en medio de los vapores sulfurosos, junto a Nea Kamenni, y el 6 del mismo mes quedó soldado a ella. Siete días después, el 13 de febrero, apareció un nuevo islote, el Aphroessa, dejando entre Nea Kamenni y él un canal de diez metros. Yo me encontraba en estas aguas cuando se produjo el fenómeno, por lo que pude observar todas sus fases. El Aphroessa era de forma redondeada y medía unos treinta pies de diámetro por nueve de altura. Estaba constituido por lavas negras y vítreas, mezcladas con fragmentos feldespáticos. Por último, el 10 de marzo, surgió junto a Nea Kamenni un islote menor, el Reka. Desde entonces esos tres islotes quedaron soldados, y ahora no forman más que una sola isla.

—¿Y el canal donde nos encontramos ahora? —pregunté.

—Ahí lo tiene —respondió el capitán al tiempo que me mostraba una carta del archipiélago—. Observará usted que ya he cartografiado los nuevos islotes.

—Entonces, este canal se colmará algún día con nuevas tierras, ¿verdad?

—Es probable, señor Aronnax, porque desde 1866 hasta la fecha han surgido otros ocho pequeños islotes de lava frente al puerto de San Nicolás, en Palea Kamenni. Es evidente que las islas Nea y Palea acabarán uniéndose dentro de poco tiempo. Si en mitad del Pacífico son los infusorios los que forman los continentes, aquí realizan idéntico trabajo los fenómenos eruptivos. Mire, profesor; observe lo que está ocurriendo bajo las aguas.

Volví a acercarme a la vidriera. El *Nautilus* se había detenido. El calor aumentaba por momentos. Las aguas, antes blancas, aparecían ahora teñidas de rojo por la presencia de sales ferrosas. A pesar de que el salón estaba herméticamente cerrado, se notaba un insoportable olor sulfuroso en el ambiente y yo podía ver unas llamaradas escarlata cuya vivacidad anulaba el resplandor hasta de la propia luz eléctrica.

Sudaba a mares, me ahogaba, estaba a punto de cocerme... Sí, de verdad, ¡notaba que me estaba cociendo!

—No podemos quedarnos más tiempo en estas aguas hirvientes —le dije al capitán.

—No, no sería prudente —respondió él, impasible.

Al punto dio una orden y el *Nautilus* viró de bordo, alejándose de aquel horno que no podía ser desafiado impunemente. Un cuarto de hora más tarde salíamos a respirar a la superficie.

Se me ocurrió pensar entonces que si Ned hubiera escogido aquellos parajes para nuestra fuga, no hubiéramos salido con vida de aquel mar de fuego...

El día siguiente era el 16 de febrero. Siguiendo nuestra ruta abandonamos la cuenca mediterránea que, entre Rodas y Alejandría, llega a alcanzar profundidades superiores a los tres mil metros. El *Nautilus* pasó por alta mar frente a Cerigo y dejó atrás el archipiélago griego tras haber doblado el cabo Matapán.

VII

El Mediterráneo en cuarenta y ocho horas

El Mediterráneo, el mar azul por excelencia, el «gran mar» de los hebreos, el «mar» por antonomasia de los griegos, el *Mare Nostrum* de los romanos... ese mar bordeado de naranjos, áloes, cactus, pinos... saturado por el perfume de los mirtos, encuadrado por ásperas montañas, lleno de un aire puro y transparente, pero incesantemente atormentado por los fuegos de la tierra... ese mar es un auténtico campo de batalla en el que Neptuno y Plutón siguen disputándose el imperio del mundo. Así, en sus riberas y en sus aguas —como ha escrito Michelet—, el hombre se templa en uno de los climas más poderosos del globo.

Pero por bello que fuera, no pude echarle más que un rápido vistazo mientras surcábamos por la vía más corta sus dos millones de kilómetros cuadrados de superficie. Hallé a faltar incluso los conocimientos personales del capitán Nemo, porque el enigmático personaje ni se dejó ver una sola vez en el curso de nuestra velocísima travesía. Calculo que recorreríamos unas seiscientas leguas por ese mar, y el viaje se realizó en cuarenta y ocho horas. Tras haber dejado el 16 por la mañana las aguas de Grecia, el 18 de febrero, al amanecer, nos encontrábamos ya al otro lado del estrecho de Gibraltar.

Me pareció evidente que aquel Mediterráneo, apretado en las angosturas de esas tierra de las que él quería huir, disgustaba al capitán Nemo. Sus olas y sus brisas le traían demasiados recuerdos, añoranzas quizá. No gozaba aquí de la libertad de movimientos, de la independencia que le dejaban los océanos, y su *Nautilus* se sentía falto de espacio entre las costas de África y de Europa, tan próximas las unas a las otras.

Nuestra velocidad fue, pues, de unas veinticinco millas por hora, es decir, de unas doce leguas de cuatro kilómetros, Ni que decir tiene que Ned Land, muy disgustado, tuvo que renunciar a sus proyectos de fuga. No podía utilizar la lancha, que era arrastrada a una velocidad de doce o trece metros por segundo. Dejar el *Nautilus* en esas condiciones, hubiera sido como saltar de un tren que marchara a esa misma velocidad, maniobra imprudente donde las haya. Por otra parte, nuestro barco emergía solo de noche para renovar su provisión de aire, dirigiendo su rumbo con solo las indicaciones de la brújula y los datos facilitados por la corredera.

De aquel viaje por el interior del Mediterráneo vi únicamente lo que podría ver del paisaje que huye ante sus ojos el viajero de un tren expreso: los horizontes lejanos, y no los primeros planos, que pasan como un relámpago. Consejo y yo, sin embargo, pudimos observar algunos de los peces mediterráneos que, por la potencia de sus aletas natatorias, podían mantenerse unos instantes a la altura del *Nautilus*. Estuvimos al acecho ante las vidrieras del salón; de ahí que nuestras notas me permitan hoy dar unos cuantos detalles de la ictiología de ese mar.

De entre los diversos peces que lo habitan, a algunos los vi, a otros los entreví a lo sumo, y muchos escaparon a mi observación a causa de la velocidad del *Nautilus*. Permítaseme, pues, que haga uso de esta caprichosa clasificación, puesto que será la que mejor refleje lo que contemplé a toda velocidad.

En medio de la masa de las aguas, vivamente iluminadas por los resplandores eléctricos, serpenteaban algunas lampreas de un metro de longitud, que son comunes a todos los climas. Algunos oxirincos —una especie de rayas— de cinco pies de anchura, de blanco vientre y dorso gris ceniza con manchas, se impulsaban ondulándose como enormes chales llevados por las corrientes. Otras rayas pasaban tan deprisa que no podía apreciar si realmente merecían el nombre de águilas que les dieron los griegos, o esos otros calificativos —como ratones, sapos o murciélagos de mar— con que las conocen los pescadores modernos. Los escualos milandros, de casi doce pies de largo y muy temidos por los buzos, competían en rapidez entre ellos mismos. Vi zorros marinos, de unos ocho pies y dotados de un olfato finísimo, que se mostraban como grandes sombras azuladas. Vi también doradas, del género *Sparus*, algunas de las cuales medirían hasta un metro treinta, que se mostraban con su traje de plata y azul orlado de cintillas en contraste con el tono oscuro de sus aletas; son peces que estuvieron consagrados a Venus, y cuyos ojos parecen engastados en un círculo de oro; y es, en fin, una especie valiosísima, adecuada para cualquier tipo de aguas, dulces o saladas, que habita en los ríos, los lagos y los océanos, que vive en todos los climas, que soporta todas las temperaturas y cuya raza, que se remonta a las épocas geológicas de la Tierra, ha conservado toda su belleza de los primeros días. ¡Y qué decir de los magníficos esturiones, de hasta nueve o diez metros, animales dotados de gran velocidad que venían a golpear con su poderosa cola el vidrio de los paneles, mostrando su lomo azulado con manchitas pardas!; se parecen a los escualos, aunque no igualan su fuerza, y se encuentran en todos los mares; en la primavera les gusta remontar el curso de los grandes ríos y luchar contra las corrientes del Volga, del Danubio, del Po, del Rhin, del Loira o del Oder; se alimentan de arenques, de caballas, de salmones y gados; aunque se incluyen en la clase de los cartilaginosos, son peces exquisitos al paladar, que pueden consumirse frescos, secos, en salmuera o en salazón: en otro tiempo eran llevados en triunfo a la mesa de Lúculo y de otros sibaritas como él. Pero de entre todos aquellos peces que poblaban el Mediterráneo, los que mejor me fue dado observar —aprovechando las ocasiones en que el *Nautilus* se acercaba a la superficie— fueron los ejemplares de una especie incluida en el sexagésimo tercer orden de los peces óseos: los atunes, de lomo azul y negro, de vientre revestido de plata y cuyos radios dorsales dejan escapar destellos de oro; es fama que siguen a las naves en su curso, buscando la sombra fresca que les proporcionan, sobre todo en las ardientes regiones tropicales, y no la desmintieron: antes bien, acompañaron al *Nautilus* como algunos congéneres suyos acompañaron en su día a los barcos de La Pérouse. Durante largas horas compitieron en velocidad con nuestra nave, y yo no me cansaba de admirar a aquellos animales que parecían hechos a propósito para la carrera, con su cabeza pequeña y su cuerpo liso y fusiforme que en algunos de ellos pasaba de tres metros, además de unas aletas pectorales de notable vigor y de una cola en forma de horquilla. Nadaban en formaciones triangulares, como hacen algunas bandadas de pájaros, cuya rapidez igualan, lo que daba pie a los antiguos para decir que tenían conocimientos de geometría y estrategia. Y sin embargo, estos preciosos animales no escapan a la persecución que les tienen jurada los habitantes de la Provenza, que los estiman como lo hacían antes los de la Propóntide e Italia: a ciegas y como aturdidos, los atunes acuden y van a perecer por millares en las almadrabas de los marselleses.

Para dejar simplemente constancia, mencionaré algunos de los peces mediterráneos que Consejo y yo mismo logramos entrever: gimnotos fierásferos, de color blanquecino, que pasaron como vapores impalpables; murenas-congrios, serpientes de tres a cuatro metros, engalanadas con sus matices verdes, azules y amarillos; gados-meros, de unos tres pies, cuyo hígado es un bocado exquisito; cepolos-tenias, que flotaban como sutiles algas; triglas, bautizadas por los poetas como «peces-lira» y por la gente de mar como «peces silbadores», cuyo hocico está adornado con dos membranas triangulares y dentadas que semejan el instrumento del inmortal Homero; triglas-golondrinas, que nadan con la rapidez del pájaro que les presta su nombre; holocentros-meros, de cabeza roja, cuya aleta dorsal está guarnecida de filamentos; sábalos, salpicados de manchitas negras, grises, marrones, azules, amarillas, verdes..., que perciben los sonidos agudos de las campanillas; y por último, espléndidos rodaballos, esos faisanes del mar que tienen la forma de un rombo, están dotados de aletas amarillentas llenas de puntos oscuros, y cuyo costado superior —el izquierdo— suele estar veteado como un mármol de color pardo y amarillo. Y no puedo pasar por alto los bancos de salmonetes, auténticas aves del paraíso del océano, por los que los romanos llegaban a pagar hasta diez mil sextercios la pieza solo para verlos morir en la mesa y observar con cruel atención sus cambios de color, desde el rojo cinabrio de la vida hasta el blanco pálido de la muerte.

Y si no pude observar ni miraletes, ni balistes, ni tetrodontes, ni caballitos de mar, ni juanes, ni centriscos, ni blenias, ni barbos, ni labros, ni esperingues, ni sollos, ni anchoas, ni pajeles, ni bogas, ni orfos, ni ninguno de los principales representantes del orden de los pleuronectos —hipoglosos platijas, lenguados, acedias...—, comunes al Atlántico y al Mediterráneo, hay que imputarlo a la vertiginosa velocidad que impulsaba al *Nautilus* a través de aquellas aguas opulentas.

En cuanto a los mamíferos marinos, al pasar por donde se ensancha el Adriático creí distinguir dos o tres cachalotes, cuya aleta dorsal correspondía al género de los *Physeterus,* así como algunos delfines globicéfalos, típicos del Mediterráneo, con la parte anterior de la cabeza listada por finas líneas claras. Vi también una docena de focas de vientre blanco y pelaje negro, conocidas en estos lugares con el nombre de «monjes» y que tienen todo el aspecto de frailes dominicos de tres metros de altura.

Por su parte, Consejo creyó ver una tortuga que medía seis pies, adornada con tres aristas salientes en dirección longitudinal. Sentí no poder verla con mis propios ojos porque, por la descripción que me hizo Consejo de aquel reptil, creí reconocer en él al laúd, una especie muy rara. En cuanto a mí, confieso no haber visto más que algunos cacuanos de alargado caparazón.

Y para concluir, entre los zoófitos pude admirar por breves instantes una bellísima galeolaria anaranjada que se enganchó al vidrio del panel de babor: era un largo filamento muy sutil, que se arborizaba en un número infinito de ramas, formando en su remate el encaje más fino que jamás hubieran hilado las rivales de Aracne. Por desgracia no me fue posible pescar aquel admirable ejemplar. Y ningún otro zoófito mediterráneo se hubiera mostrado a mi vista si el *Nautilus* no hubiera reducido considerablemente su velocidad, cosa que ocurrió al atardecer del día 16. Permítaseme relatar las circunstancias.

Pasábamos entonces entre Sicilia y la costa de Túnez. En este espacio comprendido entre el cabo Bon y el estrecho de Mesina, el fondo marino sube de repente. Existe allí una auténtica cresta montañosa bajo las aguas, cuya profundidad sobre ella es de solo diecisiete metros, siendo así que a ambos lados de la misma se registran fondos de más de ciento setenta metros. El *Nautilus*, pues, tuvo que maniobrar con prudencia para evitar el choque con aquella barrera submarina.

Mostré a Consejo, sobre una carta del Mediterráneo, el emplazamiento de aquel largo arrecife.

—Si el señor me permite decirlo —observó Consejo—, me parece como un auténtico istmo que une Europa con África.

—Sí, muchacho —respondí—; cierra por completo el estrecho de Libia, y los sondeos de Smith han demostrado que ambos continentes estuvieron unidos en otro tiempo entre el cabo Boco y el cabo Furina.

—No me cuesta ningún trabajo creerlo.

—Y te diré, además —proseguí—, que entre Gibraltar y Ceuta existe una barrera semejante. En anteriores épocas geológicas, dicha barrera cerraba por completo el Mediterráneo.

—¿Y si algún día un levantamiento de naturaleza volcánica volviera a alzar esas barreras por encima del mar?

—No es probable, Consejo.

—Sin embargo, ¡menuda faena para el señor de Lesseps, que se está tomando tanto trabajo para abrir su istmo!

—No lo dudo, pero te repito, Consejo, que ese fenómeno no se producirá. La violencia de las fuerzas subterráneas va disminuyendo constantemente. Los volcanes, tan numerosos en los primeros días del mundo, se extinguen poco a poco; el calor interno se atenúa, la temperatura de las capas internas de la Tierra baja de un modo apreciable de siglo en siglo; y todo ello en detrimento de nuestro planeta, porque este calor es su vida.

—Sin embargo, el sol...

—El sol es insuficiente, Consejo. ¿Acaso puede devolver la vida a un cadáver?

—Que yo sepa, no.

—Pues bien, amigo mío: algún día la Tierra será un frío cadáver. Se tornará inhabitable y quedará deshabitada como la luna, que hace mucho tiempo que perdió su calor vital.

—¿Cuándo ocurrirá eso?

—Dentro de algunos centenares de miles de años.

—Entonces, nos dará tiempo para concluir nuestro viaje... a condición de que no nos complique las cosas el bueno de Ned Land.

Y, tranquilizado al respecto, Consejo se puso a estudiar el elevado fondo marino, que el *Nautilus* pasaba casi rozando, a velocidad moderada.

Allí, en un suelo rocoso y volcánico, se desarrollaba toda una flora viva compuesta por esponjas, holoturias, cidipas hialinas adornadas con filamentos rojizos y que emitían una leve fosforescencia, beroes —conocidos popularmente con el nombre de «cohombros de mar» y bañados con todos los reflejos del espectro solar—, comátulas ambulantes de un metro de anchura que enrojecían las aguas con su color púrpura, euríalos arborescentes de belleza sin igual, pavonáceas de larguísimos tallos, gran número de ursinos comestibles y actinias verdes —de tronco grisáceo y disco pardo— que se perdían entre la maraña olivácea de sus propios tentáculos.

Consejo se ocupó preferentemente de las observaciones relativas a los moluscos y los artrópodos. Y aunque la enumeración sea un poco árida, me parece injusto omitir aquí el resultado de su estudio.

Dentro de la rama de los moluscos, cita él en sus notas numerosos petúnculos pectiniformes, espóndilos pezuña de asno amontonados unos sobre otros, donáceas triangulares, hialas tridentadas de aletas amarillas y concha trasparente, anaranja-

dos pleurobranquios de huevos punteados por manchitas verdosas, aplisias —también llamadas «liebres de mar»—, dolabe-
las, áceros carnosos, umbelarias típicas del Mediterráneo, orejas
de mar —de cuya concha se obtiene un nácar muy apreciado—, petúnculas apenachadas, anomias —que los habitantes del Languedoc prefieren, según se dice, a las ostras—, chir-
las —tan apreciadas por los marselleses—, navajas dobles muy
blancas y gruesas, algunas de esas almejas que abundan en las
costas de América del Norte y de las que tanto consumo se
hace en Nueva York, peines operculares de variados colores,
litodónceas hundidas en sus agujeros —cuyo sabor fuerte y
pimentado pude saborear personalmente—, venericardias surcadas con la concha abombada por arriba y con los costados
salientes, cintias erizadas de tubérculos rojos, caniarias de punta retorcida y semejantes a estilizadas góndolas, férolas coro-
nadas, atlantes de concha espiraliforme, tetis grises moteadas
de blanco y recubiertas de su mantilla orlada, eólidas semejantes a pequeñas babosas, cavolinas que se arrastraban sobre
su dorso, aurículas —entre ellas la aurícula miosotis, de concha ovalada—, escalarias amarillas, litorinas, junturias, cinera-
rias, petrícolas, lamelarias, cabujones, pandoras, etcétera.

En cuanto a los articulados o artrópodos, Consejo, con
muy buen criterio, los divide en sus notas en seis clases, tres de
las cuales corresponden al mundo marino: son las de los crustáceos, los cirrópodos y los anélidos.

Los crustáceos se dividen en nueve órdenes, el primero de
los cuales es el de los decápodos, es decir, animales que muestran generalmente la cabeza y el tórax soldados, que tienen el
aparato bucal compuesto de varios pares de miembros y que
poseen cuatro, cinco o seis pares de patas torácicas o ambula-
torias. Consejo había seguido el método de nuestro maestro
Milne-Edwards, que distingue entre los decápodos tres secciones: braquiuros, macruros y anomuros. Estos nombres son
barbarismos, pero por otra parte son adecuados y precisos.
Entre los braquiuros, Consejo dice haber observado amatias
—cuya región frontal está armada con dos grandes cuernos
divergentes—, el inaco escorpión —que, ignoro por qué cau-

sa, era para los griegos el símbolo de la sabiduría—, lambros massena, lambros espinimanos —probablemente despistados a tan escasa profundidad, porque viven de ordinario en los grandes fondos—, jantos, pilumnos, romboides, calapianos granudos —muy fáciles de digerir, como anota Consejo—, codistos desdentados, ebalias, cimopolias, derripos lanudos, etcétera. Entre los macruros —que se subdividen en cinco familias: acorazados, cavadores, astacianos, salicocos y oquizópodos—, menciona las langostas comunes, la carne de cuyas hembras es muy apreciada, las cigalas, las gebias ribereñas y una gran variedad de especies comestibles; pero no dice nada de la división de los astacianos, en la que se incluye el bogavante, porque en vez de estos en el Mediterráneo hay langostas. Y entre los anomuros vio drocinas comunes —refugiadas tras la concha abandonada de la que se apoderan—, homolos de frente espinosa, ermitaños, porcelanas, etcétera.

En este punto se interrumpía el trabajo de Consejo. Le faltó tiempo para completar la clase de los crustáceos con observaciones sobre los estomápodos, anfípodos, homópodos, isópodos, trilobites, banquiópodos, ostrácodos y entomostráceos. Y, para concluir el estudio de los artrópodos marinos, hubiera debido citar la clase de los cirrópodos, que incluye los cíclopes y los argulos, y la clase de los anélidos, que con toda seguridad hubiera subdividido en tubícolas y dorsibranquios. Pero el *Nautilus* había rebasado ya los bajos fondos del estrecho de Libia y volvió a surcar aguas más profundas, navegando a su velocidad habitual. A partir de aquel momento ya no vimos moluscos, ni artrópodos, ni zoófitos; solo los grandes peces que pasaban a nuestro lado como fugaces sombras.

Durante la noche del 16 al 17 de febrero nos adentramos en la segunda cuenca mediterránea, cuyas mayores profundidades se encuentran hacia los tres mil metros. Impulsado por su hélice y deslizándose mediante sus planos inclinados, el *Nautilus* se sumergió hasta las más remotas capas del mar.

Allí, a falta de maravillas de la naturaleza, el medio acuático me ofreció la contemplación de escenas emocionantes y terribles. Estábamos atravesando, en efecto, una zona del mar Mediterráneo muy fecunda en siniestros marítimos. ¡Cuántas naves han naufragado, cuántos barcos han desaparecido entre las costas de Argelia y las riberas de Provenza! Comparado con las vastas extensiones líquidas del Pacífico, el Mediterráneo no es, ciertamente, más que un lago; pero un lago caprichoso, de olas cambiantes: hoy propicio para la frágil barca que parece flotar y ser acariciada entre el doble azul ultramar de las aguas y del cielo; mañana proceloso, atormentado, agitado por los vientos, capaz de hacer pedazos los más sólidos barcos con esas olas cortas que los golpean en rápida sucesión.

No es de extrañar, pues, el espectáculo que se ofreció a mi vista mientras atravesábamos fugazmente las capas profundas: ¡cuántos restos contemplé yaciendo en aquel fondo, unos recubiertos ya por colonias de corales, otros apenas revestidos de un manto de herrumbre! Áncoras, cañones, balas, guarniciones de hierro, palas de hélice, trozos de máquinas, cilindros rotos, calderas desfondadas, cascos que flotaban entre dos aguas, en posición normal o con la quilla arriba...

De entre todas aquellas naves naufragadas, unas habían perecido a consecuencia de una colisión mutua, otras por haberse estrellado contra algún escollo de granito. Algunas se habían ido a pique con la arboladura recta y todos sus aparejos se veían tiesos por efecto del agua: daban la impresión de hallarse ancladas en una inmensa y desconocida rada, aguardando el momento de partir. Cuando el *Nautilus* pasaba entre ellas y las envolvía con sus resplandores eléctricos, se diría que iban a enarbolar su pabellón para saludarle y darle a conocer su número de matrícula. Pero no: en aquel campo de catástrofes reinaban solo el silencio y la muerte.

Observé que los fondos mediterráneos estaban más poblados de esos siniestros pecios a medida que el *Nautilus* se aproximaba al estrecho de Gibraltar. En esa zona las costas de África y Europa están muy próximas, dejando un espacio cada vez más estrecho, en el que son más frecuentes los abordajes. Vi allí numerosas quillas de hierro, fantasmagóricas ruinas de *steamers* —unos acostados sobre el lecho marino, otros derechos— que se asemejaban a formidables animales. Uno de aquellos barcos, con los costados abiertos, ladeada su chimenea, rotas sus ruedas hasta no quedar más que el armazón, separado su timón del codaste —aunque todavía retenido por una cadena de hierro—, con su espejo de popa roído por las sales marinas, ofrecía un aspecto terrible. ¡Cuántas existencias aniquiladas en su naufragio! ¡Cuántas víctimas arrastradas bajo las olas! ¿Habría sobrevivido algún marinero para contar aquel terrible desastre, o guardaban todavía las olas el secreto de aquella desgracia? Ignoro por qué, pero me vino a la cabeza la idea de que aquel barco hundido en las aguas podía ser el *Atlas*, desaparecido veinte años atrás sin que jamás volviera a saberse nada de él. ¡Qué terrible historia sería la de los fondos mediterráneos, si algún día pudiera escribirse! ¡La historia de este vasto osario, donde se han perdido tantas riquezas, donde tantas víctimas han hallado la muerte!

Pero el *Nautilus*, indiferente y rápido, corría impulsado por la potencia de su hélice a través de todas esas ruinas. Y hacia las tres de la madrugada del 18 de febrero, se presentó a la entrada del estrecho de Gibraltar.

Hay en aquel estrecho dos corrientes: una superior —cuya existencia es conocida desde hace muchos años— que lleva las aguas del océano a la cuenca mediterránea, y una contracorriente inferior, en sentido inverso. La realidad de esta última, a la que se ha llegado por deducción, ha quedado demostrada en nuestra época. En efecto: la suma de las aguas del Mediterráneo, acrecentada incesantemente por las que le llegan del Atlántico y por las que le aportan los ríos que van a desembocar en él, debería elevar año tras año el nivel de ese mar, porque su evaporación es insuficiente para restablecer el equilibrio. Como esto no es así, se ha tenido que admitir lógicamente la existencia de una corriente inferior que, por el estrecho de Gibraltar, vierta en la cuenca del Atlántico el excedente de aguas del Mediterráneo.

El razonamiento se ajusta, en efecto, a la realidad. Y fue

precisamente esa contracorriente la que el *Nautilus* aprovechó para avanzar a toda velocidad por el estrecho paso. Solo durante un instante pude entrever las admirables ruinas del templo de Hércules —que, según cuentan Plinio y Avieno, se hundió con la isla baja en la que se alzaba—, y al cabo de unos minutos navegábamos por aguas del Atlántico.

VIII

La rada de Vigo

¡El Atlántico! ¡Inmenso manto de agua cuya superficie cubre veinticinco millones de millas cuadradas, que se extiende a lo largo de nueve mil millas, con una anchura media de dos mil setecientas! Y, pese a ello, un mar casi ignorado por los antiguos, a excepción quizá de los cartagineses, esos holandeses de la Antigüedad que en sus expediciones comerciales costearon las riberas occidentales de Europa y de África... ¡Océano cuyas costas sinuosas y paralelas abarcan un perímetro inmenso, alimentado por los mayores ríos del mundo: el San Lorenzo, el Mississippi, el Amazonas, el Plata, el Orinoco, el Níger, el Senegal, el Elba, el Loira, el Rhin..., que le aportan las aguas de los países más civilizados y de las regiones más salvajes del mundo! ¡Magnífica llanura surcada incesantemente por barcos de todas las naciones, señoreada por todos los pabellones del mundo, cerrada en sus dos extremos por dos terribles cabos que inspiran temor a cualquier navegante: el cabo de Hornos y el de las Tempestades!

El *Nautilus* hendía sus aguas con el filo de su espolón, tras haber realizado ya un trayecto de más de diez mil leguas en tres meses y medio, distancia superior a la longitud de un círculo máximo terrestre. ¿Adónde íbamos ahora y qué nos reservaba el futuro?

Tras cruzar el estrecho de Gibraltar el *Nautilus* se había adentrado en alta mar. Volvió a navegar en superficie, de modo que de nuevo pudimos gozar de nuestros diarios paseos por la plataforma.

En cuanto me fue posible, subí a ella acompañado de Ned Land y Consejo. A unas doce millas de distancia se dibujaba vagamente el cabo de San Vicente, punta suroccidental de la península Ibérica. Soplaba un viento racheado del sur. La mar era gruesa, atemporalada. Hacía dar violentos bandazos al *Nautilus*, por lo que era casi imposible mantenerse de pie en la plataforma, azotada por las olas a cada instante. En consecuencia, nos vimos obligados a abandonarla después de aspirar algunas bocanadas de aire fresco.

Regresé a mi camarote. Consejo hizo también lo propio, pero el canadiense, con cara de preocupación, me siguió. Nuestra rápida marcha por el Mediterráneo le había impedido poner en práctica sus proyectos, y no disimulaba su decepción.

Una vez cerrada la puerta de mi camarote, se sentó y se quedó mirándome en silencio.

—Amigo Ned —le dije—, me hago perfecto cargo de lo que sientes, pero no tienes nada que reprocharte. En las condiciones en que navegaba el *Nautilus*, hubiera sido una locura pensar siquiera en abandonarlo.

Ned no me respondió. Sus labios apretados, su ceño fruncido, denotaban bien a las claras su violenta obsesión en una idea fija.

—Veamos —proseguí—, la situación no es para desesperar. Estamos remontando la costa de Portugal. No nos encontramos lejos de Francia, de Inglaterra, donde nos resultaría fácil hallar refugio. Si al salir del estrecho de Gibraltar el *Nautilus* hubiera puesto rumbo al sur, si nos hubiera arrastrado a esas regiones donde no hay más que mar, yo compartiría tu inquietud. Pero sabemos ahora que el capitán Nemo no rehúye los mares civilizados... Pienso que dentro de unos días podrás actuar con un buen margen de seguridad.

Ned Land me miró con mayor fijeza aún. Luego, haciendo un esfuerzo para aflojar la tensión de sus labios, dijo:

—Será esta noche.

Me puse en pie de un salto. Reconozco que estaba yo muy

poco preparado para aquello. Hubiera querido responderle algo al canadiense, pero las palabras no acudieron a mi boca.

—Habíamos convenido que aguardaríamos una oportunidad —prosiguió Ned Land—. Pues bien, ya la tengo. Cuando oscurezca no estaremos más que a unas pocas millas de la costa española. La noche será sombría. El viento sopla de alta mar. Me dio usted su palabra, señor Aronnax, y confío en usted.

Como yo continuaba callado, el canadiense se incorporó y me dijo:

—Esta noche, a las nueve. Ya he avisado a Consejo. A esa hora el capitán Nemo estará encerrado en su camarote, y posiblemente se habrá puesto a dormir. Ni los mecánicos ni los hombres de la tripulación pueden vernos. Consejo y yo nos dirigiremos a la escalera central. Usted, profesor, se quedará en la biblioteca, a dos pasos de nosotros, aguardando una señal mía. El mástil, la vela y los remos están dentro de la lancha. E incluso he podido introducir en ella algunas provisiones. Me he agenciado también una llave inglesa para aflojar los pernos que unen la lancha al casco del *Nautilus*. Así que todo está dispuesto. Para esta noche.

—Hay mala mar —objeté.

—Lo reconozco —respondió el canadiense—, pero tendremos que correr ese riesgo. La libertad bien vale ese precio. Por otra parte, la embarcación es sólida. Será un juego recorrer unas cuantas millas con viento favorable. Y quién sabe, quizá mañana el *Nautilus* estará ya a cien leguas de la costa. Por poco que nos ayude la suerte, entre las diez y las once habremos desembarcado en algún punto de la costa... o habremos muerto. Así que ¡hasta esta noche y que Dios nos valga!

Con estas palabras se retiró el canadiense, dejándome casi estupefacto. Yo había imaginado que, llegado el caso, tendría tiempo de reflexionar, de discutir. Pero mi testarudo compañero no me daba lugar a ello. Aunque, después de todo, ¿qué hubiera podido decirle? Ned Land tenía más razón que un santo. Se presentaba una ocasión más o menos clara, y la aprovechaba. ¿Podía yo volverme atrás y asumir la responsabilidad de comprometer el futuro de mis compañeros por mi propio interés personal? ¿Acaso no era cierto que el capitán Nemo podía llevarnos al día siguiente a aguas muy alejadas de cualquier tierra?

En aquel momento se oyó un zumbido bastante fuerte, producido por el agua al inundar los depósitos, y el *Nautilus* se sumergió bajo las olas del Atlántico.

Permanecí en mi camarote. Quería evitar al capitán para que sus ojos no descubrieran la emoción que me embargaba. ¡Triste jornada aquella, que transcurrió para mí entre el deseo de recobrar mi libertad y la pena por tener que abandonar aquel maravilloso *Nautilus*, dejando a medio acabar mis estudios submarinos! ¡Dejar así aquel océano —«mi Atlántico», como me gustaba llamarlo— sin haber observado sus capas profundas, sin haberle robado los secretos que encierra de la misma manera que pude conocer los de los océanos Índico y Pacífico...! ¡Caía la novela de mis manos en el primer volumen; despertaba de mi sueño en su mejor momento! ¡Qué duras se me hicieron aquellas horas, tan pronto viéndome a salvo en tierra con mis compañeros, como suspirando —contra toda razón— por que alguna circunstancia imprevista viniera a estorbar la realización de los proyectos de Ned Land!

Dos veces fui al salón. Quería consultar la brújula. Comprobar si, en efecto, el rumbo del *Nautilus* nos acercaba a la costa o si, por el contrario, nos alejaba de ella. Pero no. El *Nautilus* seguía navegando por aguas portuguesas. Su proa apuntaba hacia el norte, manteniéndose paralelo a las riberas del océano.

Había que decidirse, pues, y preparar la huida. Mi equipaje no sería pesado: mis notas, nada más.

Me preguntaba también yo qué pensaría el capitán Nemo de nuestra evasión, qué inquietudes o perjuicios le causaría y cuál sería su actitud en la doble hipótesis de que tuviéramos o no éxito. Cierto que yo no tenía ningún motivo de queja contra él; todo lo contrario. Jamás hubo hospitalidad tan sincera como la suya. Pero tampoco se me podría tachar de ingrato por abandonarlo. No estábamos ligados a él por ningún juramento. Él contaba con retenernos para siempre a su lado, pero solo por la fuerza de los hechos, no porque le hubiéramos dado nuesra palabra de quedarnos. Y precisamente esta abierta pretensión suya de retenernos a bordo como eternos prisioneros justificaba nuestras tentativas de fuga.

No había vuelto a ver al capitán desde nuestro paso por la isla de Santorin. ¿Nos procuraría el azar un último encuentro antes de nuestra partida? Lo deseaba y lo temía a la vez. Me acerqué a la pared que separaba nuestras habitaciones contiguas y traté de escuchar sus pasos por el camarote. Debía de estar vacío, porque a mis oídos no llegó ningún ruido.

Me pregunté entonces si aquel extraño personaje se encontraría a bordo. Después de aquella noche en que la lancha del *Nautilus* marchó a realizar una misteriosa misión, mis ideas acerca del capitán empezaron a cambiar ligeramente. Ahora pensaba que, a pesar de sus afirmaciones en contra, el capitán Nemo mantenía con la tierra relaciones de peculiar naturaleza. ¿De verdad no dejaba jamás el *Nautilus*? A menudo pasaban días y semanas enteras sin que nos encontráramos... ¿Qué hacía él durante todo ese tiempo? Yo lo creía entonces presa de accesos de misantropía, pero ¿se hallaría quizá lejos del *Nautilus*, ocupado en actividades secretas cuya naturaleza no había descubierto yo aún?

Todas estas ideas, y mil más, me asaltaron a un tiempo. En la situación en que nos encontrábamos, el campo de las conjeturas tenía que ser necesariamente infinito. Sentía una insoportable desazón. Aquella jornada de espera me parecía eterna. Los minutos transcurrían con una lentitud exasperante.

Como de costumbre, me sirvieron la cena en mi propio camarote. Las preocupaciones no me dejaron comer, así que enseguida me levanté de la mesa. Eran las siete. Ciento veinte minutos me separaban aún del instante en que debería unirme a Ned Land. Empecé a contarlos uno a uno. Mi agitación subía de punto. El pulso se me aceleraba y crecía en intensidad. No podía estarme quieto: iba y venía, confiando calmar con el movimiento la turbación de mi espíritu. La idea de perecer en nuestra temeraria empresa era la que menos me preocupaba; pero se me alborotaba el corazón solo con pensar que nuestros planes fueran descubiertos antes de haber abandonado el *Nautilus* y que tuviera yo que comparecer en presencia de un capitán Nemo airado o, lo que me parecía todavía peor, dolido por mi deserción.

Quise ver el salón por última vez. Marché por los pasillos y llegué a aquel museo en que había pasado tantas horas agradables y útiles. Contemplé todas aquellas riquezas, todos aquellos tesoros, como un hombre en la víspera de un exilio perpetuo y que parte para no regresar. Iba a abandonar para siempre aquellas maravillas de la naturaleza, aquellas obras maestras del arte entre las cuales se concentraba mi vida como si jamás hubiera vivido en otra parte. Hubiera deseado fijar mi mirada en las aguas del Atlántico a través de las vidrieras del salón, pero los paneles estaban herméticamente cerrados y una plancha de acero me separaba de aquel océano que jamás llegaría a conocer.

Caminando de este modo por el salón, llegué junto a la puerta que lo comunicaba con el camarote del capitán. Con gran asombro mío, me di cuenta de que estaba entreabierta. Retrocedí involuntariamente. Si el capitán se encontraba dentro, podría verme con facilidad. A pesar de eso, como no se oía ningún ruido, me acerqué para mirar. La habitación estaba desierta. Empujé la puerta. Di algunos pasos por el interior... ¡Siempre el mismo aspecto severo, monacal!

En aquel instante llamaron mi atención unos aguafuertes colgados de la pared que no había advertido en mi primera visita. Eran retratos, retratos de grandes personajes históricos, caracterizados todos ellos por haber hecho de su existencia una completa entrega a un gran ideal humano: Kosciusko, el héroe caído al grito de *Finis Poloniae;* Botzaris, el Leónidas de la Grecia moderna; O'Connell, el defensor de Irlanda; Washington, el fundador de los Estados Unidos de América; Manin, el patriota italiano; Lincoln, asesinado por la bala de un esclavista; y por último, el mártir de la liberación de la raza negra, John Brown, colgado de la horca, tal como lo dibujó el implacable lápiz de Victor Hugo. ¿Qué relación existiría entre aquellas almas heroicas y la del capitán Nemo? ¿Podría yo, por fin, desentrañar el misterio de su vida a través de aquella colección de retratos? ¿Sería también el capitán Nemo un paladín de los pueblos oprimidos, un liberador de razas esclavizadas? ¿Habría tomado parte en las recientes conmociones políticas o sociales de nuestro siglo? ¿Fue quizá un héroe de la terrible guerra de Secesión americana, guerra lamentable pero en la que se escribieron tantísimas páginas gloriosas?

De repente dieron las ocho en el reloj. El golpe de la primera campanada me arrancó de mis sueños. Me sobresalté como si un ojo invisible hubiera podido penetrar hasta el más secreto de mis pensamientos, y salí corriendo del camarote.

Ya de vuelta en el salón, mi mirada se fijó nuevamente en la brújula. Nuestro rumbo continuaba fijo hacia el norte. La corredera señalaba una velocidad moderada, el manómetro una profundidad de unos sesenta pies. Todo favorecía los proyectos del canadiense.

Volví a mi camarote y empecé a vestirme con ropas de abrigo: botas de agua, gorro de piel de nutria, casaca de biso forrada de piel de foca... Ya estaba a punto. Aguardé. Solo el rumor de la hélice turbaba el profundo silencio reinante a bordo, pero yo escuchaba con todos mis sentidos alerta. ¿Llegarían de pronto a mis oídos algunas voces, para indicarme que Ned Land acababa de ser sorprendido en su intento de fuga? Una inquietud mortal se apoderó de mí, y traté en vano de recobrar mi sangre fría.

A las nueve menos unos minutos me aproximé a la puerta que daba al camarote del capitán y apliqué mi oreja a ella. Ningún ruido. Salí de mi habitación y regresé al salón, donde reinaban la penumbra y la soledad. Abrí la puerta que comunicaba con la biblioteca, oscura, desierta también. Fui a apostarme junto a la puerta que daba a la escalera central y aguardé la señal de Ned Land.

En aquel momento empezaron a disminuir sensiblemente las revoluciones de la hélice, hasta cesar por completo al cabo de un rato. ¿Cuál sería la causa de aquel cambio de velocidad del *Nautilus*? Aquella detención ¿favorecería o estorbaría los planes del canadiense? No hubiera sabido qué decir.

Ahora el silencio solo se veía turbado por los latidos de mi corazón.

De pronto se abrió la puerta del salón y entró por ella el capitán Nemo. Al verme, se dirigió a mí sin otro preámbulo.

—¡Ah, profesor! —dijo en un tono amable—, le estaba buscando. ¿Está usted fuerte en historia de España?

Ya puede uno conocer a fondo la historia de su propio país que, de hallarse en mi situación, con el espíritu turbado y la cabeza en las nubes, sería incapaz de recordar absolutamente nada de ella.

—¿Y bien? —repitió el capitán Nemo—. ¿No ha oído usted mi pregunta? Le decía que si se halla familiarizado con la historia de España.

—No mucho —respondí.

—¡Respuesta de sabio! ¡Jamás saben mucho de nada! Tome asiento, pues, que voy a contarle un curioso episodio de esa historia.

El capitán Nemo se recostó en un diván y yo, maquinalmente, me senté a su lado, en la penumbra.

—Présteme atención, profesor —me dijo—. Esta historia va a interesarle en algún aspecto, porque dará respuesta a una cuestión que sin duda no ha podido usted resolver.

—Le escucho, capitán —respondí, no sabiendo bien adónde querría ir a parar mi interlocutor y preguntándome a la vez si aquel incidente tendría algo que ver con nuestros proyectos de fuga.

—Si le parece, profesor, remontémonos al año 1702. Recordará usted, sin duda, que en aquella época su rey Luis XIV, creyendo que bastaría un gesto de potentado por su parte para extender su poder allende los Pirineos, había impuesto como rey a los españoles a su nieto Felipe de Anjou. Este príncipe, que reinaría sin pena ni gloria con el nombre de Felipe V, tuvo que hacer frente a una fuerte oposición, sobre todo en el exterior.

»En efecto, el año antes las casas reales de Holanda, Austria e Inglaterra habían firmado en La Haya un tratado de alianza, con el propósito de arrebatar la corona de España a

Felipe V para colocarla en las sienes de un archiduque austríaco, al que dieron prematuramente el nombre de Carlos III.

»España tuvo que hacer frente a aquella coalición, pese a hallarse casi desprovista de soldados y marineros. Dinero sí tenía, a condición de que pudieran seguir llegando a sus puertos los galeones cargados con el oro y la plata de América. Pues bien, en los últimos meses de 1702, los españoles aguardaban un rico convoy, al que venía dando escolta la armada francesa con una flota de veintitrés barcos, comandados por el almirante de Château-Renault, porque las marinas de los coaligados trataban de bloquear el Atlántico.

»El convoy debía dirigirse a Cádiz, pero el almirante tuvo noticia de que la flota inglesa merodeaba por aquellos parajes y decidió poner rumbo a algún puerto francés.

»Contra aquella decisión protestaron los comandantes españoles del convoy. Quisieron ser conducidos a un puerto español, y en concreto —ya que no podía ser a Cádiz—, a la rada de Vigo, situada en la costa noroccidental española, que estaba libre de bloqueo.

»El almirante de Château-Renault tuvo la debilidad de ceder a aquella presión, y los galeones entraron en la rada de Vigo.

»Desgraciadamente se trata de una rada abierta, que no puede ser defendida de ningún modo. Era preciso, pues, que la descarga de los galeones se hiciera con rapidez, antes de que pudieran llegar las naves de la coalición. Y hubiera habido tiempo de sobra, de no haber surgido de repente una miserable cuestión de rivalidad.

»¿Me sigue usted, profesor? —me preguntó el capitán Nemo.

—Perfectamente —respondí, ignorando aún cuál sería el motivo de aquella lección de historia.

—Continúo, pues. He aquí lo que ocurrió. Los comerciantes de Cádiz tenían un privilegio según el cual debían recibir todas las mercancías procedentes de las Indias occidentales. Así pues, desembarcar los lingotes de los galeones en el puerto de Vigo era ignorar ese derecho. Por consiguiente, hicieron llegar sus quejas a Madrid y obtuvieron del débil Felipe V la orden de que el convoy, sin proceder a su descarga, quedara embargado en la rada de Vigo hasta el momento en que se hubieran alejado las flotas enemigas.

»Mientras se tomaba esta decisión, el 22 de octubre de 1702 se presentaron los barcos ingleses en la rada de Vigo. A pesar de la inferioridad de sus fuerzas, el almirante de Cháteau-Renault se batió valerosamente. Pero cuando advirtió que las riquezas del convoy iban a caer en manos de los enemigos, incendió y desfondó sus propios barcos, que se hundieron con sus inmensos tesoros.

El capitán Nemo había hecho una pausa. Confieso que aún no se me ocurría qué interés podía tener para mí aquella historia.

—¿Y bien? —le pregunté.

—Pues que nos encontramos precisamente en la bahía de Vigo, profesor Aronnax —me respondió el capitán Nemo—, y que, si lo desea, está en su mano desentrañar sus secretos.

Dicho esto se levantó y me rogó que le siguiera. Repuesto ya, obedecí su indicación. El salón se hallaba a oscuras, pero a través de los vidrios transparentes se veían brillar las aguas del mar. Me acerqué a mirar.

En torno al *Nautilus,* en un radio de media milla, el mar aparecía bañado en luz eléctrica. El fondo arenoso se distinguía con nitidez y claridad. Algunos hombres de la tripulación, equipados con escafandras, se ocupaban en desembarazarlo de toneles medio podridos, de cajas reventadas, que se amontonaban entre otros restos ya ennegrecidos. De aquellas cajas, de aquellos barriles, escapaban lingotes de oro y plata, cascadas de monedas y joyas, que se desparramaban sobre el fondo de arena. Luego, cargados con aquel precioso botín, los hombres regresaban al *Nautilus,* descargaban su fardo y volvían a reanudar aquella inagotable pesca de oro y plata.

Entonces comprendí. Aquel era el escenario de la batalla del 22 de octubre de 1702. En ese mismo lugar se habían hundido los galeones cargados por cuenta del gobierno español. Allí acudía el capitán Nemo, cuando lo precisaba, a reunir los millones con los que lastraba su *Nautilus.* América había entregado sus preciosos metales a aquel hombre, ¡heredero directo y único de los tesoros arrebatados a los incas y a los vencidos por Hernán Cortés!

—¿Imaginaba usted, profesor, que el mar contuviera tantas riquezas? —me preguntó sonriendo.

—Sabía que se ha evaluado en dos millones de toneladas la plata que sus aguas tienen en suspensión —le respondí.

—Sin duda, pero los gastos de extracción de esa plata serían mucho mayores que el posible beneficio. Aquí, por el contrario, no tengo más que recoger lo que los hombres han perdido, y no solo en esta bahía de Vigo, sino también en los escenarios de mil otros naufragios, cuya situación está localizada en mi carta submarina. ¿Comprende usted ahora la razón de mi inmensa fortuna?

—Lo comprendo, capitán. Sin embargo, permítame que le diga que no es usted el único a quien se le ha ocurrido la idea de explotar precisamente esta bahía de Vigo: no ha hecho usted más que adelantarse a los trabajos de una compañía rival.

—¿Una compañía?

—Sí, una sociedad a la que el gobierno español ha concedido el privilegio de rescatar los galeones hundidos. Sus accionistas han sido captados con el cebo de un enorme beneficio, ya que se ha calculado en unos quinientos millones el valor de las riquezas sumergidas.

—¡Quinientos millones! —me respondió el capitán Nemo—. Los había, en efecto; pero ya no están ahí.

—Ya lo veo. En estas circunstancias, pienso que sería un acto de caridad advertir a esos accionistas. Aunque... ¡quién sabe si harían caso de la advertencia! Lo que más lamenta un jugador, generalmente, no es tanto la pérdida de su dinero como la de sus locas esperanzas. ¡Lo siento menos por ellos que por los miles de desheredados de la fortuna que se hubieran podido aprovechar de esas riquezas con un reparto justo, y en cambio no recibirán ningún fruto!

Aún no había acabado yo de hablar, cuando me di cuenta de que mi comentario había debido de herir al capitán Nemo.

—¡Ningún fruto! —replicó encrespándose—. ¿O sea que

usted cree que estas riquezas se han perdido porque soy yo quien se las lleva? ¿Le parece a usted que me tomo el trabajo de recoger esos tesoros en beneficio propio? ¿Y quién le ha dicho que yo no hago buen uso de ellos? ¿Piensa que ignoro que en el mundo hay personas que sufren, razas que se ven oprimidas, miserables que aliviar, víctimas que han de ser vengadas? ¿No ha comprendido usted que...?

El capitán Nemo no concluyó su frase. Lamentaba, quizá, haber hablado más de la cuenta. Pero ya lo había adivinado. Cualesquiera que fuesen los motivos que lo habían forzado a buscar su independencia bajo los mares, ¡seguía siendo un hombre! Su corazón se emocionaba con los sufrimientos de la humanidad, y su inmensa caridad tenía como destinatarios no solo individuos concretos, sino también razas sojuzgadas.

¡Y entonces comprendí cuál era el destino de los millones donados por el capitán Nemo cuando el *Nautilus* navegaba por las aguas de la Creta insurrecta!

IX

Un continente desaparecido

A la mañana del día siguiente, 19 de febrero, vi entrar al canadiense en mi camarote. Estaba aguardando su visita. Todo su aspecto reflejaba una gran decepción.

—¿Y bien, señor...? —me dijo.

—Nada, Ned, que ayer el azar se puso en contra nuestro.

—¡Ese condenado capitán...! ¡Mira que detenerse justo a la hora en que íbamos a escapar de su barco!

—Sí, Ned. Tenía una cita con su banquero.

—¡Su banquero!

—O, mejor dicho, con su banco. Y al hablar así me estoy refiriendo al océano, cuyas riquezas están más seguras en él de lo que podrían estarlo en las arcas de un Estado.

Narré entonces al canadiense los sucesos de la víspera, con la secreta esperanza de convencerlo de que no abandonara al capitán.

Pero mi relato no obtuvo otro resultado que el de provocar un enérgico comentario de Ned en el sentido de lamentarse de no haber podido dar un paseo por su cuenta por el campo de batalla vigués.

—¡Qué le vamos a hacer! —dijo—. Nada se ha perdido aún. Es un arponazo fallido. Lo intentaremos con éxito otra vez, esta misma noche si es preciso.

—¿Qué rumbo lleva el *Nautilus*? —pregunté.

—Ni idea —respondió Ned.

—Bueno, ya lo veremos a mediodía, cuando subamos a determinar nuestra posición.

El canadiense regresó junto a Consejo. Yo, después de vestirme, pasé al salón. Un vistazo a la brújula me dio que pensar: el rumbo del *Nautilus* era sur-suroeste; estábamos volviendo las espaldas a Europa.

Aguardé con cierta impaciencia a que la posición fuera señalada en el mapa. Hacia las once y media se vaciaron los depósitos y nuestra nave salió a la superficie. Al instante subí a la plataforma. Ned Land me había precedido y ya estaba allí.

No había tierra a la vista. Solo el mar inmenso. Se divisaban algunas velas en el horizonte, seguramente de naves que iban hasta el cabo de San Roque a buscar los vientos favorables que han de llevarlas a doblar el cabo de Buena Esperanza. El cielo estaba encapotado y se preparaba un temporal.

Ned, rabioso, intentaba atravesar con sus ojos el brumoso horizonte. Confiaba aún en que, detrás de aquellas nieblas, estuviera la deseada tierra.

Poco después de las doce el sol se mostró un instante. El segundo del capitán aprovechó aquel breve claro para medir su altura. Luego el estado del mar empeoró, por lo que tuvimos que abandonar la plataforma y cerrar la escotilla.

Una hora después, al consultar la carta, vi que la posición del *Nautilus* había sido señalada en los 16° 17' de longitud y 33° 22' de latitud, a ciento cincuenta leguas de la costa más próxima. Se desvanecían así nuestros planes de fuga, y ya se puede imaginar cómo se puso el canadiense cuando le comuniqué nuestra situación.

He de confesar que yo no lo sentí demasiado... Era como si me hubiesen quitado un peso de encima, y pude reemprender mis tareas habituales con relativa tranquilidad.

Aquella noche, hacia las once, el capitán Nemo, inesperadamente, vino a verme y me preguntó solícito si me sentía fatigado por haber pasado en vela la noche anterior. Le respondí que no, a lo cual añadió:

—Pues entonces, señor Aronnax, voy a proponerle una curiosa excursión.

—Usted dirá, capitán.

—Sus visitas a los fondos submarinos han sido hasta ahora solo de día, bajo la claridad del sol. ¿Le agradaría verlos en una noche oscura?

—¡Por supuesto!

—Le advierto que será un paseo fatigoso. Habrá que caminar mucho y subir a una montaña, y los caminos no están muy cuidados.

—Con todos esos comentarios, está usted picando mucho más mi curiosidad, capitán. Estoy listo para seguirle.

—Venga, pues, profesor. Vayamos a ponernos nuestras escafandras.

Ya en el vestuario advertí que en aquella excursión no nos iban a acompañar mis camaradas ni ningún otro miembro de la tripulación. El capitán Nemo ni siquiera me había propuesto invitar a Ned o a Consejo.

En unos pocos minutos estuvimos perfectamente equipados. Nos pusieron a la espalda los depósitos con abundante carga de aire, pero observé —y así se lo dije al capitán— que las lámparas no estaban preparadas.

—No nos servirían de nada —respondió.

Creí haber oído mal, pero no pude repetir mi observación porque la cabeza del capitán había desaparecido ya en el interior de su envoltura metálica. Recibí también yo las últimas piezas del equipo, entre ellas un bastón con contera de hierro que me colocaron en la mano, y momentos después, tras las habituales maniobras, hacíamos pie en el fondo del Atlántico, a una profundidad de trescientos metros.

Se acercaba la medianoche. Las aguas estaban profundamente oscuras, pero el capitán Nemo me indicó en la lejanía un punto rojizo, una especie de gran resplandor, que brillaba a unas dos millas del *Nautilus*.

Me hubiera sido imposible decir qué clase de fuego era aquel, de qué materia combustible se trataba, cómo y por qué ardía en el seno de la masa líquida. Lo cierto es que nos iluminaba, aunque no fuera más que vagamente; pero me acostumbré pronto a aquella singular penumbra y comprendí por qué me había dicho el capitán que los aparatos de Ruhmkorff serían inútiles en esta ocasión.

El capitán Nemo y yo caminábamos el uno al lado del otro, directamente hacia la fuente de aquella claridad. El suelo era liso y subía apenas. Dábamos grandes zancadas, ayudándonos con el bastón; pero nuestra marcha era lenta porque nuestros pies se hundían frecuentemente en una especie de limo de algas, lleno de piedras planas.

Mientras avanzábamos iba oyendo yo una especie de crepitación que procedía de encima de mi cabeza. El ruido se hacía a veces más intenso, produciendo como un chisporroteo continuo. Pronto comprendí su causa: era la lluvia que caía violentamente contra la superficie de las olas. Instintivamente se me ocurrió que iba a quedar empapado. ¡Por la lluvia, en medio del agua! No pude contener la risa ante la jugarreta de mi propia imaginación. Aunque, a decir verdad, envuelto en aquel traje submarino uno se daba apenas cuenta de que estaba en el líquido elemento: se sentía inmerso en una atmósfera algo más densa que la terrestre, tan solo eso.

Al cabo de una media hora de marcha, el suelo de arena se transformó en un pedregal. Las medusas, los crustáceos microscópicos y las pennátulas lo iluminaban levemente con sus resplandores fosforescentes, permitiéndome ver montones de piedras cubiertas por millones de zoófitos y marañas de algas. De cuando en cuando resbalaba en aquel viscoso tapiz vegetal, y más de una vez hubiera dado con mis huesos en tierra de no ser por el bastón. Al volver la vista atrás veía siempre el fanal blanquecino del *Nautilus*, que comenzaba a difuminarse en la lejanía.

Los montones de piedras a los que antes me refería se encontraban dispuestos en el fondo oceánico con cierta regularidad inexplicable. Distinguía también gigantescos surcos que iban a perderse en la lejana oscuridad y cuya longitud escapaba a cualquier cálculo. Y no era esa la única particularidad sorprendente. Me parecía, por ejemplo, que mis pesadas suelas de plomo se apoyaban en un lecho de huesos, que destrozaban a cada paso haciéndolos quebrarse con un chasquido seco.

¿Qué podría ser aquella vasta llanura? Hubiera querido interrogar al capitán Nemo, pero el lenguaje de signos que le permitía comunicarse con sus compañeros durante sus excursiones submarinas era aún incomprensible para mí.

Entretanto, la claridad rojiza que nos guiaba se hacía cada vez mayor e inflamaba el horizonte. La existencia de aquel foco luminoso bajo las aguas me tenía profundamente intrigado. ¿Sería la manifestación de algún efluvio eléctrico? ¿Tendría ante mí algún fenómeno natural desconocido aún por los sabios de la Tierra? ¿O acaso —porque también esta idea cruzó por mi mente— intervendría la mano del hombre en aquella hoguera, acaso la atizaba? ¿Iba a encontrarme, en aquellas aguas profundas, con compañeros, con amigos del capitán Nemo que compartían con él esa existencia extraña y a los cuales se disponía él a visitar? ¿Me encontraría allí con toda una colonia de exiliados que, hartos de las miserias de la Tierra, habían buscado y hallado una existencia independiente en lo más profundo del océano? Todas estas ideas, locas, inadmisibles, me asaltaban; en la disposición en que me hallaba, sobreexcitado por la incesante serie de maravillas que veía a diario, ¡no me hubiera extrañado encontrar en el fondo del mar una de aquellas ciudades submarinas con que soñaba el capitán Nemo!

Nuestra ruta se iluminaba progresivamente: el blanco resplandor irradiaba desde la cumbre de una montaña que se elevaba unos ochocientos pies. Pero lo que yo distinguía ahora no era más que una simple reverberación producida por las cristalinas capas de agua: el foco, la fuente de aquella inexplicable claridad, se hallaba en la ladera opuesta de la montaña.

El capitán Nemo avanzaba sin ninguna clase de vacilación entre aquel dédalo de piedras amontonadas en el fondo del Atlántico. Conocía aquel oscuro camino. Era evidente que lo había recorrido en otras ocasiones y que no podía perderse. Yo lo seguía con la tranquilidad que da una confianza inquebrantable. A mis ojos era un genio del mar, y al verlo caminar delante de mí, admiraba su considerable estatura, que se destacaba en negro sobre el fondo luminoso del horizonte.

Era la una de la madrugada. Habíamos llegado a las primeras estribaciones de la montaña. Para subir por ellas, teníamos que aventurarnos por los senderos difíciles de un extenso bosque.

He dicho un bosque, sí, un verdadero bosque. Pero un bosque de árboles muertos, sin hojas y sin savia, árboles mineralizados por la acción de las aguas, entre los que destacaban aquí y allá algunos pinos gigantescos. Me parecía estar contemplando un yacimiento de hulla con sus grandes árboles fósiles; pero estos estaban todavía de pie, aguantándose gracias a sus raíces en un suelo sin hierba, y sus ramas —como finísimos recortes de papel negro— se perfilaban nítidamente sobre el fondo luminoso del horizonte. Imagínese el lector un bosque del Harz, aferrado a la ladera de una montaña... E imagíneselo tragado por las aguas. Sus senderos se hallaban obstruidos por algas y fucos, entre los que pululaba una muchedumbre de crustáceos. Tenía que avanzar encaramándome a las rocas, dando a veces un salto para pasar por encima de un tronco caído, rompiendo las lianas marinas que se balanceaban de un árbol a otro, espantando a los peces que volaban de rama en rama... Arrastrado por el paso seguro de mi guía, que parecía no sentir la fatiga, avanzaba también yo sin notar el cansancio.

¡Qué espectáculo! Mas ¿cómo describirlo? ¿Cómo pintar el aspecto de aquellos bosques y rocas en el medio líquido, sombríos y agrestes por debajo, coloreados por arriba con los tonos rojizos de aquel resplandor que multiplicaba la reverberación de las aguas? Escalábamos rocas que se desmoronaban luego en enormes fragmentos con el sordo estrépito de la avalancha. A derecha e izquierda se abrían tenebrosas galerías en las que se perdía la mirada. Más allá aparecían amplios claros, como despejados por la mano del hombre, y yo me preguntaba a veces si se nos presentaría de repente algún habitante de aquellas regiones submarinas.

Pero el capitán Nemo continuaba subiendo, y yo, que no quería quedarme atrás, tenía que esforzarme en seguirle. Mi bastón me prestaba una gran ayuda. Hubiera sido peligroso un paso en falso: el sendero excavado en la ladera era muy estrecho y por debajo de él se abrían profundos abismos. Pero caminaba con paso firme, sin sentir la borrachera del vértigo. A veces daba un salto para atravesar una grieta cuya profundidad me hubiera hecho retroceder de hallarme en un glaciar de la tierra; otras veces tenía que aventurarme a cruzar un abismo pasando por el tronco de un árbol tendido entre sus dos paredes; pero ni entonces miraba a mis pies: solo tenía ojos para admirar los agrestes paisajes que me rodeaban. Allí unas monumentales rocas que basculaban sobre su base irregular parecían desafiar todas las leyes del equilibrio. Entre las articulaciones de las piedras, los árboles se alzaban como surtidores lanzados a formidable presión, aguantando a los que los aguantaban a su vez. Más allá, torres naturales, de flancos cortados a pico como anchas cortinas, se inclinaban en un ángulo que las leyes de la gravitación no hubieran consentido en las regiones terrestres.

¿Y acaso no sentía yo mismo esa diferencia, debida a la superior densidad del agua, cuando aun llevando mis pesadas ropas, mi cabeza de cobre, mis suelas de metal, me encaramaba por pendientes duras e impracticables y las superaba con la ligereza de una cabra o de un gamo?

Ahora, al escribir, me estoy dando cuenta de que mi relato de aquella excursión submarina parecerá forzosamente inverosímil. Soy un historiador de cosas en apariencia imposibles y que, sin embargo, son reales, indiscutibles. No las he soñado. ¡Las he visto y las he sentido!

Dos horas después de nuestra partida del *Nautilus*, habíamos rebasado ya la línea de los árboles. A unos treinta metros por encima de nuestras cabezas se alzaba el pico de la montaña, cuya proyección extendía una sombra sobre la luz que irradiaba de la vertiente opuesta. Algunos arbustos petrificados aparecían formando un retorcido zigzag que se extendía a uno y otro lado. A nuestro paso se alzaban en tropel los peces, como bandadas de pájaros sorprendidos entre la maleza. La mole rocosa estaba excavada por impenetrables anfractuosidades, grutas profundas, insondables hoyos en el fondo de los cuales se oían removerse seres formidables. La sangre se me agolpaba en el corazón cada vez que veía una enorme antena que me cortaba el paso o una espantosa pinza que se cerraba ruidosamente en la oscuridad de aquellas cavidades. Miles de puntos luminosos brillaban en medio de las tinieblas: eran los ojos de gigantescos crustáceos agazapados en su madriguera, de enormes bogavantes que se alzaban como alabarderos y agitaban sus patas produciendo un ruido de chatarra, de titánicos cangrejos montados como cañones en sus cureñas, de pulpos espantosos que entrelazaban sus tentáculos como una maraña viva de serpientes.

¿Qué mundo descomunal era aquel, que yo aún no conocía? ¿A qué orden pertenecían aquellos artrópodos para los que la roca era como un segundo caparazón? ¿Dónde había encontrado la naturaleza el secreto de su existencia vegetativa y cuántos siglos llevaban viviendo así en las últimas capas del océano?

Pero no podía detenerme a mirar. El capitán Nemo, familiarizado con aquellos terribles animales, no se preocupaba por ellos. Habíamos alcanzado un primer rellano, donde me aguardaban aún otras sorpresas. Se perfilaban allí unas pintorescas ruinas que denotaban la mano del hombre y no ya la del Creador. Eran vastos montones de piedras, en los que se podían apreciar las vagas formas de castillos, de templos, todos tapizados por una muchedumbre de zoófitos en flor, a los que, a falta de hiedra, las algas y los fucos revestían con un espeso manto vegetal.

¿Qué parte del mundo era aquella, hundida bajo las aguas por los cataclismos? ¿Quién había dispuesto aquellas rocas y piedras como dólmenes de los tiempos prehistóricos? ¿Dónde me hallaba, adónde me había arrastrado el capricho del capitán Nemo?

Hubiera deseado preguntárselo. No pudiendo hacerlo de palabra, lo tomé del brazo para que se detuviera. Pero él sacudió la cabeza y, mostrándome la cumbre de la montaña, pareció decirme:

«¡Siga, siga! No se detenga.»

Fui tras él con un último esfuerzo, y a los pocos minutos pisé la cumbre del pico que dominaba en una decena de metros toda aquella mole rocosa.

Miré hacia el otro lado. Por la ladera que acabábamos de superar, la montaña se elevaba solo unos setecientos u ochocientos pies por encima de la llanura; pero por la vertiente opuesta dominaba una altura por lo menos dos veces mayor sobre el fondo de aquella región del Atlántico. Extendí la vista a lo lejos, abarcando un amplio espacio iluminado por una fulguración violenta. Nuestra montaña era, en efecto, un volcán. A unos cincuenta pies por debajo del pico en que estábamos, en medio de una lluvia de piedras y de escorias, un gran cráter vomitaba torrentes de lava, que se dispersaban como una cascada de fuego en el seno de la masa líquida. Desde aquel lugar, el volcán, como una inmensa antorcha, iluminaba toda la llanura extendida a sus pies, hasta los últimos límites del horizonte.

He dicho que del cráter submarino brotaba lava, pero no llamas. Las llamas precisan el oxígeno del aire y no podrían originarse bajo las aguas; pero las coladas de lava, que tienen en sí mismas el principio de su incandescencia, pueden alcanzar la temperatura del hierro al rojo blanco, luchar victoriosamente contra el elemento líquido y vaporizarse a su contacto. Rápidas corrientes arrastraban todos aquellos gases en difusión, y los torrentes de lava se deslizaban hasta el pie de la montaña como las deyecciones de un nuevo Vesubio sobre otra Torre del Greco.

Allá abajo, en efecto, aparecía ante mis ojos una ciudad en ruinas, destruida, hundida en el abismo. Sus tejados se habían desplomado, abatido sus templos, dislocado sus arcos; sus columnas —en las que se percibían aún las sólidas proporciones de una arquitectura afín a la toscana— yacían en tierra; a lo lejos se veían los restos de un gigantesco acueducto; en primer plano, la cimentada elevación de una acrópolis, con las formas flotantes de un Partenón coronándola; a lo lejos, vestigios de un dique de algún antiguo puerto que hubiera abrigado antaño, a las orillas de un océano desaparecido, las naves mercantes y las trirremes de guerra. Y hasta donde la vista se perdía, largas líneas de murallas desmoronadas, amplias calles desiertas... ¡Era toda una Pompeya hundida bajo las aguas, que el capitán Nemo había resucitado ante mis ojos!

Pero ¿dónde estábamos? ¡Dónde! Deseaba saberlo a toda costa, quería hablar aunque para ello tuviera que arrancarme la esfera de cobre que aprisionaba mi cabeza...

El capitán Nemo se acercó y me detuvo con un gesto. Luego, recogiendo del suelo un pedazo de greda, se aproximó a una roca de basalto negro y escribió sobre ella esta sola palabra: «Atlántida».

¡Qué rayo de luz atravesó mi alma! ¡La Atlántida, la antigua Méropis de Teopompo, la Atlántida de Platón, el continente negado por Orígenes, Porfirio, Yámblico, D'Anville, Malte-Brun, Humboldt —para quienes la historia de su desaparición no era más que un relato legendario—, en contra de la opinión de Posidonio, Plinio, Ammiano-Marcelino, Tertuliano, Engel, Sherer, Tournefort, Buffon, d'Avezac...! ¡Lo tenía ahí, ante mis ojos mostrando aún las pruebas irrecusables de su catástrofe! Este era, pues, el país engullido por las aguas que existió más allá de Europa, de Asia, de Libia, al otro lado de las columnas de Hércules, donde vivía el pueblo poderoso de los atlantes, contra quienes sostuvo sus primeras guerras la antigua Grecia.

Fue el propio Platón quien consignó en sus escritos los grandes sucesos de aquellos tiempos heroicos. Su diálogo entre Timeo y Critias se halla inspirado en el poeta y legislador Solón.

Conversaba cierto día Solón con algunos sabios ancianos de Sais, una ciudad que tenía ya ochocientos años, como lo testimoniaban sus anales, grabados en el muro sagrado de sus templos. Uno de aquellos ancianos narró la historia de otra ciudad mil años más antigua. Era la primera ciudad ateniense, que había sido invadida y destruida en parte por los atlantes. Según se decía, este pueblo ocupaba un inmenso continente, mayor que África y Asia juntas, extendido entre los 12° y los 40° de latitud norte. El área de su dominación llegaba incluso a Egipto. Quisieron imponerla también sobre Grecia, pero la indomable resistencia de los helenos los obligó a retirarse. Pasaron los siglos. Y ocurrió un cataclismo, inundaciones, temblores de tierra... Una noche y un día bastaron para que fuera aniquilada la Atlántida, cuyas cimas más altas —Madeira, las Azores, las Canarias, las islas de Cabo Verde— emergen aún hoy.

Tales eran los recuerdos históricos que la inscripción del capitán Nemo había evocado en mi espíritu. Así pues, conducido por el más extraño de los destinos, me era dado pisar una de las montañas de aquel desaparecido continente. Tocaba con mis manos aquellas ruinas mil veces seculares, contemporáneas de épocas geológicas. Caminaba exactamente por el mismo lugar por donde habían caminado los contemporáneos del primer hombre. Aplastaba con mis pesadas suelas los esqueletos de animales de épocas fabulosas, los que antaño encontraron cobijo a la sombra de aquellos árboles ahora petrificados.

¡Lástima no tener tiempo para más! Hubiera querido descender por las abruptas pendientes de aquella montaña, recorrer de punta a cabo aquel continente inmenso que sin duda unía África y América, visitar sus grandes ciudades antediluvianas. Allí, quizá, ante mi vista, se hallaban Makhimos, la belicosa, Eusebés, la piadosa, cuyos gigantescos habitantes vivían siglos enteros y estaban dotados de la extraordinaria fuerza que requirió la tarea de amontonar aquellos bloques de piedra que aún resistían la acción de las aguas. ¡Ruinas tragadas por el mar, que acaso un día sean devueltas a la superficie por algún fenómeno eruptivo! Se ha señalado la existencia de numerosos volcanes submarinos en esta parte del océano, y son muchos los barcos que han sentido extraordinarias sacudidas a su paso por encima de estos fondos atormentados. Unos oyeron ruidos sordos que denotaban la lucha de los elementos en las profundidades; otros han recogido cenizas volcánicas proyectadas fuera del mar. Todo el subsuelo, hasta el ecuador, se encuentra aún sometido a la acción de las fuerzas plutonianas. No hay que negar, pues, la posibilidad de que dentro de muchos años, acrecentadas por las deyecciones volcánicas y por las sucesivas capas de lava, asomen a la superficie del Atlántico nuevas cumbres de montañas volcánicas.

Mientras me dejaba llevar por estos sueños, mientras procuraba fijar en mi memoria todos los detalles de aquel grandioso paisaje, el capitán Nemo permanecía inmóvil, como petrificado en silencioso éxtasis, acodado en una piedra plana cubierta de musgo. ¿Pensaba acaso en aquellas generaciones desaparecidas, como intentando conocer a través de ellas el secreto del destino del hombre? ¿Acudía a ese lugar aquel extraño personaje para empaparse en los recuerdos de la historia y revivir con el pasado, él que nada quería saber del presente? ¡Qué no hubiera dado yo por conocer sus pensamientos, por compartirlos, por comprenderlos!

Permanecimos en aquel lugar durante una hora larga, contemplando la vasta llanura bajo el resplandor de las lavas, que alcanzaban a veces una sorprendente intensidad. La ebullición interna se traducía en súbitos temblores que recorrían rápidamente la corteza de la montaña. Ruidos profundos, trasmitidos con perfecta nitidez en aquel medio líquido, retumbaban con majestuosa amplitud.

En aquel momento la luna apareció un instante a través de las aguas y bañó con sus pálidos rayos el continente sumergido. Fue solo una vaga luminosidad, pero de efecto indescriptible. El capitán se puso en pie, echó una última mirada a aquella inmensa llanura, y luego me hizo ademán de que le siguiera.

El descenso fue rápido. Después de atravesar el bosque mineral distinguí el fanal del *Nautilus*, que brillaba como una estrella. El capitán se dirigió hacia él en línea recta, y llegamos a bordo en el momento en que las primeras luces del alba hacían clarear la superficie del océano.

X

LOS YACIMIENTOS DE HULLA SUBMARINOS

Al día siguiente, 20 de febrero, me desperté muy tarde. Las fatigas de la noche prolongaron mi sueño hasta las once. Me vestí en un santiamén, deseoso de conocer cuanto antes el rumbo del *Nautilus*. Los instrumentos me indicaron que navegaba hacia el sur, a una velocidad de veinte nudos y una profundidad de cien metros.

A poco entró Consejo y le conté nuestra excursión nocturna. Como los paneles estaban abiertos, él también pudo entrever una pequeña parte del continente sumergido.

En efecto, el *Nautilus* navegaba a solo diez metros de la llanura de la Atlántida. Corría como un globo llevado por el aire sobre las praderas terrestres; aunque quizá sería más exacto decir que nos hallábamos en aquel salón como en el vagón de un tren expreso. Los primeros planos que pasaban ante nuestros ojos eran rocas recortadas fantásticamente, bosques de árboles pasados del reino vegetal al mineral* y cuya inmóvil silueta se retorcía bajo las olas. Eran también primeros planos de masas pétreas sepultadas bajo alfombras de axidias y anémonas, erizadas con largos hidrófitos verticales, o más allá bloques de lava extrañamente contorsionados, que evidenciaban en sus formas el furor de las expansiones plutonianas que los habían producido.

---

* El original dice «animal», posiblemente por error. *(N. del T.)*

Mientras aquellos parajes tan extraños resplandecían a la luz de nuestros aparatos eléctricos, narré a Consejo la historia de los atlantes que, desde un punto de vista puramente imaginario, inspiró a Bailly páginas bellísimas. Le hablé de sus heroicas guerras y le expuse la controversia en torno a la existencia de la Atlántida como hombre que ya no podía ponerla en tela de juicio. Pero me di cuenta de que Consejo estaba distraído y que apenas me prestaba atención. No me fue difícil averiguar la causa de su indiferencia ante mis explicaciones históricas.

En efecto, su mirada se sentía atraída por los peces que en gran número pasaban junto al *Nautilus*; y cuando pasaban peces, Consejo se abismaba en el universo de la clasificación y abandonaba el mundo real. Así que no tuve más remedio que seguirle y reemprender con él nuestros estudios ictiológicos.

Añadiré que aquellos peces del Atlántico no diferían sensiblemente de los que habíamos observado hasta entonces. Había descomunales rayas, de unos cinco metros de longitud y dotadas de gran fuerza muscular, que les permitía incluso saltar por encima de las olas; diversas especies de escualos, entre los que destacaré un glauco de cuatro metros y medio, con dientes agudísimos de forma triangular y tan transparente que resultaba casi invisible en el medio acuático; sagros oscuros, humantinos en forma de prisma y acorazados por una piel con numerosos bultos, esturiones semejantes a sus congéneres mediterráneos, syngnatos trompetas, de un pie y medio de longitud, de color pardo amarillento, desprovistos de dientes y de lengua, pero dotados de unas pequeñas aletas grises que les permitían deslizarse como serpientes finas y flexibles.

Entre los peces óseos, Consejo registró el paso de makairas negruzcos, de unos tres metros de longitud y con la mandíbula superior armada con una penetrante espada; arañas de mar de vivos colores —que en tiempo de Aristóteles eran llamadas «dragones marinos»—, que resultan muy peligrosas de coger debido a los aguijones de su aleta dorsal; corifemos de lomo pardo con finas rayas azules y orlado de oro; hermosas doradas; crisóstonas-lunas —como discos de azulados reflejos que, cuando el sol los ilumina desde lo alto, parecen manchas de plata— y, finalmente, sifias-espadones, peces que miden unos ocho metros y que se desplazan en grupo merced a sus aletas amarillentas cortadas en forma de hoz; están armados con una larga espada de casi seis pies y son unos animales intrépidos —más herbívoros que piscívoros— que obedecen a la menor señal de sus hembras, como maridos bien domados.

La observación de todas estas especies de la fauna marina no me impedía a mí seguir examinando las extensas llanuras de la Atlántida. El terreno mostraba de vez en cuando algunos accidentes caprichosos, que obligaban al *Nautilus* a moderar su marcha y a deslizarse con la seguridad de un cetáceo entre las estrechas gargantas formadas por las colinas. Si el laberinto era demasiado complicado, el *Nautilus* se elevaba como un globo y, una vez franqueado el obstáculo, volvía a reanudar su rápida carrera a unos pocos metros por encima del fondo. ¡Fascinante y asombrosa navegación que recordaba las maniobras de un paseo en globo, con la diferencia de que el *Nautilus* obedecía dócilmente al más mínimo movimiento de la mano de su timonel!

Por la tarde, a eso de las cuatro, el terreno —hasta entonces formado por un limo denso mezclado con ramas mineralizadas— empezó a transformarse poco a poco: se hizo progresivamente más pedregoso y apareció sembrado de conglomerados, tobas basálticas y fragmentos de lavas y obsidianas sulfurosas. Supuse que la región de las montañas iba a suceder pronto a la de las grandes llanuras y, en efecto, al realizar el *Nautilus* determinadas maniobras, pude divisar a lo lejos el horizonte meridional, cerrado por un alto murallón que parecía no tener ninguna salida. Su parte superior rebasaría, evidentemente, el nivel del océano. Debía de tratarse de un continente, o de una isla al menos, ya fuera alguna de las Canarias o de las de Cabo Verde.

Aquel día no habían señalado en el mapa nuestra posición —quizá a propósito—, por lo que yo ignoraba dónde estábamos. En cualquier caso, aquel murallón me pareció señalar el fin de la Atlántida, de la que solo habíamos recorrido una mínima parte.

La noche no interrumpió mis observaciones. Me había quedado solo, porque Consejo había vuelto a su camarote. Disminuyendo su velocidad, el *Nautilus* revoloteaba sobre las formas confusas del fondo, unas veces rozándolas, como si hubiera querido posarse en ellas, otras emergiendo caprichosamente a la superficie. En estas ocasiones podía distinguir a través de la delgada capa de agua, transparente como un cristal, algunas constelaciones brillantes, y en concreto cinco o seis de las estrellas zodiacales que componen la cola de Orión.

Aún hubiera seguido pegado al vidrio del panel durante horas, admirando las bellezas del cielo y del mar, pero de pronto se corrieron las planchas que lo cerraban. En aquellos momentos el *Nautilus* había llegado a la base del alto murallón. Me resultaba imposible adivinar cómo maniobraría. Regresé a mi habitación. El *Nautilus* se hallaba inmóvil, así que me dormí enseguida, aunque con el propósito de despertarme tras unas pocas horas de sueño.

Pero eran ya las ocho cuando al día siguiente entré de nuevo en el salón. Examiné el manómetro y pude ver que el *Nautilus* navegaba en superficie; el ruido de pasos que oí arriba, en la plataforma, me lo confirmó. Sin embargo, cosa curiosa, no se advertía ningún balanceo que denotara la ondulación de las aguas.

Subí hasta la escotilla. Estaba abierta. Pero en lugar de la claridad del día que esperaba encontrar, me vi rodeado de una profunda oscuridad. ¿Dónde estábamos? ¿Me había equivocado y sería aún de noche? ¡No! No brillaba ni una estrella y la noche, además, jamás ofrece unas tinieblas tan absolutas.

No sabía yo qué pensar, cuando una voz me dijo:

—¿Es usted, profesor?

—¡Ah, capitán Nemo! —respondí—. ¿Dónde nos encontramos?

—Bajo tierra, profesor.

—¡Bajo tierra! —exclamé—. ¿Y el *Nautilus* sigue navegando?

—En efecto.

—Pero entonces, no comprendo...

—Aguarde unos instantes. Dentro de un momento se encenderá el fanal. Si le agradan las situaciones claras, quedará satisfecho.

Subí hasta la plataforma y esperé. La oscuridad era tan completa que ni siquiera podía ver al capitán Nemo. Sin embargo, al mirar hacia el cenit, justo por encima de mi cabeza, me pareció captar un resplandor indeciso, una especie de luz crepuscular que penetraba por un orificio circular. En aquel momento se encendió súbitamente el fanal, y sus vivos destellos hicieron que se desvaneciera aquel vago resplandor.

Tuve que cerrar un momento los ojos, deslumbrado por la luz eléctrica; luego miré a mi alrededor. El *Nautilus* estaba inmóvil: flotaba como si se hallara adosado a los malecones de un muelle. El mar en el que se encontraba en aquel momento era un lago encerrado en un circo de montañas que mediría dos millas de diámetro, unas seis de perímetro. El nivel de dicho lago —tal como lo indicaba el manómetro— solo podía ser el mismo que el exterior, ya que debía existir necesariamente una comunicación entre el lago y el mar. Los altos murallones se inclinaban a partir de la base, cerrándose hacia arriba para formar una especie de bóveda semejante a un embudo invertido; su altura alcanzaría los quinientos o seiscientos metros. En lo alto se abría un agujero circular, por el cual había sorprendido yo aquella leve claridad, que no era otra cosa que la irradiación diurna.

Antes de examinar con mayor atención las características interiores de aquella enorme caverna, antes de preguntarme si era obra de la naturaleza o de manos humanas, me volví hacia el capitán Nemo.

—¿Dónde estamos? —le dije.

—En el mismo centro de un volcán apagado —me respondió el capitán—. Un volcán cuyo interior fue invadido por el mar a resultas de alguna convulsión del subsuelo. Mientras usted dormía, profesor, el *Nautilus* ha penetrado en esta laguna por un canal natural abierto a diez metros por debajo del nivel del océano. Aquí tiene su base, un puerto seguro, cómodo, misterioso, al amparo de todos los vientos. Le desafío a que me encuentre en las costas de sus continentes o islas un refugio tan seguro como este contra la furia de los huracanes.

—En efecto, capitán Nemo —respondí—. Aquí está usted completamente seguro. ¿Quién podría alcanzarle en el centro de un volcán? Pero aquello que se ve allá arriba ¿no es una abertura?

—Sí, el cráter del volcán. Un cráter lleno en otro tiempo de lavas, de vapores y llamas, y que hoy da paso al aire vivificante que respiramos.

—¿Y cuál es esta montaña volcánica?

—Forma parte de uno de los numerosos islotes que se hallan esparcidos por este mar. Para los barcos no es más que un simple escollo, pero para nosotros es una caverna inmensa. El azar me llevó a descubrirla, y el azar me prestó con ello un gran servicio.

—¿Sería posible descender por el orificio del cráter del volcán?

—Tan imposible como llegar a él desde aquí. La base interior de esta montaña es practicable hasta unos cien pies; pero por encima de esa altura las paredes son extraplomadas, lo que haría imposible una escalada.

—Veo, capitán, que la naturaleza está de su parte. En este lago goza usted de absoluta seguridad y es el único que puede visitar sus aguas. Pero ¿qué utilidad tiene este refugio? El *Nautilus* no necesita puerto.

—No, pero tiene necesidad de electricidad para moverse, de baterías para producir esa electricidad, de sodio para alimentar sus baterías, de carbón para fabricar el sodio y de yacimientos de hulla para extraer el carbón. Pues bien, profesor, precisamente aquí el mar recubre bosques enteros que verdearon en pasadas épocas geológicas y que ahora están mineralizados y transformados en hulla. Son para mí una mina inagotable.

—¿Así que sus hombres se dedican aquí al oficio de mineros?

—Exactamente. Estas minas se extienden bajo las aguas como los yacimientos de Newcastle. Aquí mis hombres, equipados con sus escafrandas, con picos y azadones, van a extraer esa hulla que no he necesitado pedir a las minas de la tierra. Y cuando quemo ese combustible para producir el sodio, la humareda que escapa por el cráter de esta montaña le da todavía la apariencia de un volcán en actividad.

—¿Podremos presenciar nosotros todos esos trabajos?

—No en esta ocasión, porque me urge continuar nuestra vuelta al mundo submarino. Me limitaré a hacer uso de las reservas de sodio que tengo almacenadas. Nos detendremos el tiempo necesario para embarcarlas, es decir, solo un día, y reemprenderemos nuestro viaje. Si le apetece recorrer esta caverna y dar la vuelta al lago, aproveche el día de hoy, señor Aronnax.

Di las gracias al capitán y fui a buscar a mis dos compañeros, que aún no habían salido de su camarote. Les invité a seguirme sin decirles dónde se hallaban.

Subieron a la plataforma. Consejo, que no se extrañaba de nada, consideró la cosa más natural del mundo despertarse bajo una montaña después de haberse dormido sobre las aguas. Pero a Ned solo le preocupaba buscar si la caverna ofrecía alguna salida.

Hacia las diez, después del desayuno, bajamos a la orilla.

—¡De nuevo en tierra! —exclamó Consejo.

—A esto no le llamo yo tierra —respondió el canadiense—. Además, no estamos «en» tierra, sino «bajo» tierra.

Entre la base de las paredes de la montaña y las aguas de la laguna había una ribera arenosa que mediría unos quinientos pies en el lugar de su máxima anchura. Siguiéndola, resultaba fácil dar la vuelta al lago. Pero el arranque de la ladera era un terreno atormentado, sobre el que yacían, en pintoresca acumulación, bloques volcánicos y enormes rocas de piedra pómez. Todas aquellas masas desprendidas, a las que la acción de los fuegos subterráneos había dotado de una superficie como esmaltada y pulida, resplandecían al recibir los rayos de luz eléctrica del fanal. Y el polvo de mica que levantaban nuestros pasos al caminar por la ribera, revoloteaba como una nube de chispas.

Al alejarse del tranquilo nivel de las aguas, el suelo se elevaba sensiblemente. Pronto llegamos a unas pendientes largas y sinuosas, auténticos repechones que nos permitían ir subiendo poco a poco; pero teníamos que caminar con precaución por entre aquellos conglomerados, no apelmazados por ningún cemento, y nuestros pies resbalaban sobre aquellas traquitas vítreas, formadas por cristales de feldespato y de cuarzo.

Cualquier indicio evidenciaba la naturaleza volcánica de aquella enorme excavación. Se lo hice observar así a mis compañeros.

—¿Os imagináis lo que sería este inmenso embudo cuando estaba lleno de lavas hirvientes y cuando el nivel de los materiales incandescentes se elevaba hasta el agujero de la cumbre, como el hierro fundido en las paredes de un crisol? —les pregunté.

—Me lo imagino perfectamente —respondió Consejo—. Pero ¿me podría explicar el señor por qué razón suspendió su actividad el gran fundidor y cómo pudo ser que este inmenso crisol haya venido a convertirse en receptáculo de las tranquilas aguas de un lago?

—Pues, probablemente, Consejo, porque alguna convulsión abrió bajo la superficie del océano la abertura que ha servido de pasadizo al *Nautilus*. Entonces debieron de precipitarse por ella las aguas del Atlántico, hasta el interior de la montaña. Debió de haber una lucha terrible entre los dos elementos, que concluiría con la ventaja de Neptuno. Pero desde aquella fecha han transcurrido muchos siglos y el volcán sumergido se ha transformado en una apacible gruta.

—Muy bien —respondió Ned Land—. Acepto la explicación, pero lamento, en interés nuestro, que esta abertura de la que habla el profesor no se haya producido por encima del nivel del mar.

—Pero, amigo Ned, ¡si el paso no hubiera sido submarino, el *Nautilus* no hubiera podido entrar por él! —observó Consejo.

—Y yo añadiré, Ned, que las aguas no se hubieran precipitado en tal caso bajo la montaña —dije—, y que el volcán seguiría siendo un volcán. Así que están de más tus lamentaciones.

Proseguimos nuestra ascensión. Las rampas iban haciéndose cada vez más empinadas y angostas. En ocasiones quedaban cortadas por profundas grietas que era preciso salvar. A veces nos veíamos obligados a bordear grandes rocas que pendían sobre nuestras cabezas en un ángulo de más de noventa grados. Teníamos que avanzar a gatas, arrastrándonos sobre el vientre. Pero superamos todos los obstáculos gracias a la habilidad de Consejo y a la fuerza del canadiense.

Al alcanzar una altura como de treinta metros, la naturaleza del terreno cambió, sin que ello quiera decir que resultara más practicable la subida. A los conglomerados y traquitas les sucedieron negros basaltos: aquí extendidos como capas llenas de abultamientos producidos por las burbujas hirvientes; más allá formando prismas regulares, dispuestos como una columnata que sostenía los arranques de aquella bóveda inmensa, obra maestra de la arquitectura natural. Por entre los basaltos serpenteaban largas coladas de lava enfriadas, incrustadas con vetas bituminosas, y en algunos lugares se extendían grandes alfombras de azufre. Avanzado ya el día, por el cráter penetraba una mayor claridad, que inundaba en su vago resplandor todas aquellas deyecciones volcánicas, sepultadas para siempre en el seno del volcán extinguido.

Pronto, sin embargo, infranqueables obstáculos interrumpieron nuestra ascensión. Habíamos alcanzado una altura de unos doscientos cincuenta pies. La curvatura interior de la pared se cerraba hacia adentro, así que se hacía imposible subir y solo cabía avanzar en círculo. A esta altura el reino vegetal comenzaba a luchar con el reino mineral. Algunos arbustos, e incluso algunos árboles, surgían de las escabrosidades de la pared. Distinguí algunos euforbios, de los que brotaba su jugo cáustico. Vi también heliotropos —que mal podrían dar cuenta de su nombre, ya que jamás llegaban hasta ellos los rayos del sol—, de los que colgaban tristemente sus racimos de flores, marchitos sus colores y debilitado su aroma. Aquí y allá retoñaban tímidamente algunos crisantemos, al pie de áloes enfermizos de largas hojas tristes. Pero entre los ríos de lava pude ver unas pequeñas violetas que conservaban aún algo de su aroma. Aspiré su perfume con enorme placer. Porque el perfume es el alma de la flor y las flores del mar, esos espléndidos hidrófitos, ¡carecen de alma!

Habíamos llegado al pie de un grupo de robustos dragoneros que separaban las rocas con el esfuerzo de sus poderosas raíces, cuando Ned exclamó:

—¡Ah, señor! ¡Una colmena!

—¿Una colmena? —repliqué haciendo ademán de perfecta incredulidad.

—¡Sí! Una colmena —repitió el canadiense— y con abejas zumbando a su alrededor.

Me acerqué y tuve que rendirme ante la evidencia. Allí, en el hueco excavado en el tronco de un dragonero, se afanaban miles de esos ingeniosos insectos, tan comunes en las islas Canarias, donde sus productos son particularmente apreciados.

Ni que decir tiene que el canadiense se empeñó en hacer su provisión de miel, y mal hubiera podido oponerme yo a ello. Tras reunir y mezclar con azufre un montoncillo de hojas secas, les prendió fuego con la chispa de su mechero y comenzó a ahumar a las abejas. Los zumbidos cesaron poco a poco, y el saqueo de la colmena nos proporcionó varias libras de una fragante miel. Ned Land llenó con ella su morral.

—Cuando haya mezclado esta miel con la pasta del *Artocarpus* —nos dijo—, podré ofrecerles un dulce exquisito.

—¡Estará para chuparse los dedos! —dijo Consejo.

—Pues nos los chuparemos —dije—; pero de momento prosigamos este interesante paseo.

Desde determinados recodos del sendero por el que caminábamos, el lago se mostraba en toda su extensión. El fanal del *Nautilus* iluminaba por completo su tranquila superficie, jamás rizada ni ondulada. La nave conservaba en sus aguas una perfecta inmovilidad. En su plataforma y en la orilla trabajaban afanosamente los hombres de la tripulación, sombras negras que aparecían nítidamente recortadas en el seno de aquella luminosa atmósfera.

En aquel momento contorneábamos la cresta más elevada de los primeros planos de rocas que servían de base a la bóveda. Pude ver entonces que en el interior del volcán las abejas no eran los únicos representantes del reino animal: algunas aves de presa planeaban y daban vueltas en la sombra, o escapaban de sus nidos colgados en picachos rocosos. Había milanos de vientre blanco y chillones cernícalos. Por las pendientes corrían también, con toda la rapidez que les prestaban sus zancas, hermosas y gordas avutardas. Poco cuesta imaginar cómo se excitó la codicia del canadiense al contemplar aquella caza tan apetitosa y cuáles fueron sus lamentaciones por no tener un fusil a mano... Trató de reemplazar el plomo de las balas por piedras y, después de varios intentos infructuosos, logró herir a uno de aquellos animales. No exagero si digo que arriesgó veinte veces su vida por conseguir apoderarse del ave, pero lo hizo tan bien, que al fin esta fue a reunirse en su morral con los panales de miel.

Tuvimos que descender entonces hacia la ribera, porque la cresta era del todo impracticable. Por encima de nosotros el cráter se nos mostraba como la amplia boca de un pozo vista desde dentro. Distinguíamos el cielo con bastante claridad, e incluso pude ver nubes que corrían y se amontonaban unas sobre otras impulsadas por el viento el oeste, y cuyos brumosos jirones eran arrastrados hacia la cumbre de la montaña: prueba evidente de que esas nubes no pasaban a gran altura, porque el volcán no se elevaría más de ochocientos pies por encima de la superficie del mar.

Había transcurrido una media hora desde la hazaña cinegética del canadiense, cuando nos encontramos de nuevo en la ribera interior. Sobre ella la flora se hallaba representada por anchas alfombras de cresta marina, una pequeña umbelífera —excelente para ser confitada— que se conoce también con los nombres de quebrantapiedras, pasapiedras e hinojo marino. Consejo recogió algunos manojos. En cuanto a la fauna, había allí miles de crustáceos de todas clases: bogavantes, cangrejos, palemones, misis, segadores, galateas, y un número prodigioso de conchas, porcelanas, rocas y pechinas.

Se abría en aquel lugar una magnífica gruta, y mis compañeros y yo nos dimos el gusto de tumbarnos sobre su fina arena. El fuego había pulido sus paredes, dejándolas como esmaltadas, y ahora centelleaban por el fino polvillo de mica que las recubría. Ned Land tanteaba las paredes como tratando de adivinar su espesor. No pude evitar una sonrisa al verlo. La conversación fue a recaer en sus eternos proyectos de evasión. A este propósito creí poder darle —sin temor a equivocarme— una buena noticia: la de que el capitán Nemo había puesto rumbo al sur solo para recalar allí y renovar su provisión de sodio. Suponía yo, pues, que después volvería a acercarse a las costas de Europa y de América, lo que permitiría al canadiense insistir con mejor éxito en su abortada tentativa de fuga.

Llevábamos ya como una hora tumbados en el interior de aquella agradable gruta. La conversación, animada al principio, empezaba a languidecer. Una cierta somnolencia estaba apoderándose de nosotros. Y como yo no veía ninguna razón para ofrecer resistencia al sueño, me abandoné a un profundo sopor. Soñaba —no escoge uno sus sueños...—, soñaba, digo, que mi existencia se reducía a la vida vegetativa de un simple molusco; me parecía que aquella gruta formaba la doble valva de mi concha...

De repente me despertó la voz de Consejo.

—¡Alerta! ¡Alerta! —gritaba.

—¿Qué ocurre? —pregunté, incorporándome a medias.

—¡Nos inunda el agua!

Me puse en pie de un salto. El mar se precipitaba como un torrente en nuestro refugio, y decididamente, como no éramos moluscos, teníamos que salir corriendo.

A los pocos minutos estuvimos a salvo en la parte superior de la propia gruta.

—¿Qué ha sucedido? —preguntó Consejo—. ¿Algún fenómeno nuevo?

—No, amigos míos —respondí—. Se trata simplemente de la marea. La marea, que ha estado a punto de sorprendernos como al héroe de Walter Scott. El océano asciende de nivel fuera y, por una ley de equilibrio naturalísima, sube también el nivel del lago. Nos hemos librado de un buen baño. Vayamos al *Nautilus* a cambiarnos de ropa.

Tres cuartos de hora después habíamos concluido nuestro paseo circular y regresábamos a bordo. La tripulación completaba en aquel momento el cargamento de la provisión de sodio, por lo que el *Nautilus* hubiera podido partir en ese mismo instante.

Sin embargo, el capitán Nemo no dio ninguna orden en este sentido. ¿Quería aguardar a la noche para salir secretamente por su pasadizo submarino? Quizá. Comoquiera que sea, al día siguiente el *Nautilus*, tras dejar su base, navegaba en alta mar y a unos metros por debajo de las olas del Atlántico.

XI

EL MAR DE LOS SARGAZOS

El rumbo del *Nautilus* no había variado. Por el momento, pues, había que abandonar toda esperanza de regresar a los mares europeos. El capitán Nemo mantenía la proa apuntando hacia el sur. ¿Adónde nos llevaría? No me atrevía a imaginarlo.

Aquel día el *Nautilus* atravesó una zona muy singular del océano Atlántico. Nadie ignora la existencia de una gran corriente de agua cálida que se conoce con el nombre de *Gulf Stream* o corriente del Golfo. Es sabido que, tras salir de los canales de Florida, se dirige hacia las Spitzberg. Pero antes de penetrar en el golfo de México —a unos 44° de latitud norte—, dicha corriente se ramifica en dos brazos: el principal marcha hacia las costas de Irlanda y de Noruega, mientras que el segundo se desvía hacia el sur a la altura de las Azores y luego, tras lamer las riberas africanas y describiendo un óvalo muy alargado, vuelve a las Antillas.

Ahora bien, este segundo brazo —al que mejor le iría el nombre de collar— rodea con sus anillos de agua cálida una porción del océano de aguas frías, tranquilas e inmóviles conocida como mar de los Sargazos. Se trata de un auténtico lago en pleno Atlántico, que las aguas de la gran corriente emplean no menos de tres años en rodear.

Hablando con propiedad, el mar de los Sargazos cubre toda la parte hundida de la Atlántida. Algunos autores han admitido que las numerosas hierbas que se encuentran en él provienen de las praderas de aquel antiguo continente, arrancadas por las aguas. Sin embargo, es más probable que sean hierbas, algas y fucos arrastrados hasta esa zona por el *Gulf Stream* tras arrancarlos de las costas de Europa y América. Esta fue una de las razones que llevaron a Colón a suponer la existencia de un nuevo mundo. Cuando las naves de aquel audaz descubridor llegaron al mar de los Sargazos, tuvieron alguna dificultad en navegar entre aquellas hierbas que entorpecían su marcha para espanto de las tripulaciones, y perdieron tres semanas largas en atravesar ese mar.

Tal era la región que el *Nautilus* visitaba en aquellos momentos: una auténtica pradera, un apretado tapiz de algas, fucos natantes, uvas del trópico; tan tupido y compacto que la roda de un barco no lo hubiera desgarrado sin esfuerzo. El propio capitán Nemo no quiso comprometer su hélice en aquella masa vegetal, por lo que se mantuvo a varios metros de profundidad por debajo de la superficie del agua.

El nombre de «sargazo» es de origen español y designa un tipo de alga que en otras partes se conoce como *varech o* porta baya; es la especie principal que forma ese inmenso banco. En cuanto a la razón por la que estos hidrófitos se acumulan en esa tranquila región del Atlántico, veamos lo que nos dice Maury en su *Geografía física del globo*:

> La explicación que se puede dar me parece que resulta de una experiencia que todo el mundo conoce. Si colocamos en una vasija fragmentos de corcho o cualesquiera cuerpos flotantes e imprimimos al agua de esa vasija un movimiento circular, veremos que los fragmentos dispersos se reúnen en grupo en el centro de la superficie líquida, es decir, en el punto menos agitado. En el fenómeno que nos ocupa, la vasija es el Atlántico; el *Gulf Stream* es la corriente circular, y el mar de los Sargazos el punto central adonde van a reunirse los cuerpos flotantes.

Comparto el criterio de Maury, y he podido estudiar directamente ese fenómeno in situ, allí donde rara vez penetran los barcos. Por encima de nosotros flotaban cuerpos procedentes de todas partes, amontonados en medio de las hierbas parduscas: troncos de árboles arrancados a los Andes o a las Montañas Rocosas y conducidos al mar por el Amazonas o el Mississippi, numerosos pecios, restos de quillas o de carenas, bordas destrozadas y tan llenas de conchas y anatifas que su peso les impedía remontarse a la superficie del océano. Y algún día el tiempo vendrá a dar la razón a otra idea de Maury, para quien todas estas materias, acumuladas a lo largo de siglos y siglos, acabarán mineralizándose bajo la acción de las aguas y darán lugar a inagotables yacimientos de hulla. Reserva preciosa que prepara la previsora naturaleza para cuando los hombres hayan agotado las minas de los continentes.

En medio de aquella maraña de hierbas y de fucos, observé bellos alciones estrellados de color rosa, actinias que arrastraban su larga cabellera de tentáculos, medusas verdes, rojas, azules, y en particular esos grandes rizóstomos de Cuvier cuya umbrela azulada está ribeteada por un festón de color violeta.

Pasamos todo aquel 2 de febrero en el mar de los Sargazos, donde los peces aficionados a las plantas marinas y los crustáceos encuentran alimento abundante. Al día siguiente el océano había recuperado su aspecto habitual.

Desde aquel momento y a lo largo de diecinueve días —del 23 de febrero al 12 de marzo— el *Nautilus* navegó por en medio del Atlántico a una velocidad constante de cien leguas diarias. Era evidente que el capitán Nemo deseaba cumplir su programa submarino, y yo estaba convencido de que, tras doblar el cabo de Hornos, tenía la intención de regresar a los mares australes del Pacífico.

Así pues, los temores de Ned estaban bien fundados. En aquellos vastos mares desprovistos de islas no era posible intentar la fuga. Ni tampoco había medio de oponerse a la voluntad del capitán Nemo. La única opción era someterse. Pero si bien no podía esperarse nada de la fuerza o de la astucia, algo podría obtenerse con la persuasión, confiaba yo. Una vez concluido el viaje, ¿consentiría el capitán Nemo en devolvernos la libertad bajo el juramento de no revelar jamás su existencia? Un juramento de honor que, por supuesto, nos sentiríamos obligados a respetar... Pero habría que tratar esta delicada cuestión con el capitán. Y ¿cómo me recibiría cuando le fuera con esa petición de libertad? ¿Acaso no había declarado ya él, desde el principio y taxativamente, que el secreto de su vida exigía nuestra prisión perpetua a bordo del *Nautilus*? Y mi silencio durante los pasados cuatro meses, ¿no debía de parecerle una aceptación tácita de la situación? Abordar aquel tema quizá tuviera como resultado inmediato la aparición de sospechas que podrían estorbar nuestros planes de fuga si en adelante se presentaba alguna oportunidad de ponerlos en práctica... Sopesaba yo todas estas razones, les daba vueltas interiormente y se las exponía a Consejo, quien no estaba menos confuso que yo. En resumen, aunque yo no soy muy dado al desaliento, me daba perfecta cuenta de que las posibilidades de volver a ver a mis semejantes disminuían día a día, sobre todo desde el instante en que el capitán Nemo corría temerariamente hacia el sur del Atlántico.

Durante los diecinueve días a los que me he referido antes, nuestro viaje no registró ningún incidente digno de mención. Vi poco al capitán. Pasaba su tiempo trabajando. A menudo encontraba en la biblioteca libros que él había dejado entreabiertos, sobre todo de historia natural. Mi trabajo sobre los fondos marinos, que él había hojeado, estaba plagado de notas al margen, que a veces contradecían mis teorías y sistemas. Pero el capitán se contentaba con la revisión de mi trabajo y solo raramente discutía conmigo. En ocasiones oía sonar los acordes melancólicos del órgano, que él tocaba con gran fuerza expresiva; pero ello ocurría solo por la noche, en medio de la oscuridad más secreta, cuando el *Nautilus* se dormía en el desierto océano.

Durante esta parte del viaje navegamos días enteros en superficie. Aquel parecía un mar abandonado: apenas algunos veleros en ruta hacia las Indias que iban a doblar el cabo de Buena Esperanza. Cierto día fuimos perseguidos por las chalupas de un ballenero, que nos tomó sin duda por una enorme ballena de gran valor. Pero el capitán Nemo no quiso que aquellos valientes perdieran su tiempo y sus esfuerzos, así que puso fin a aquella caza sumergiéndose bajo el agua. El incidente pareció interesar vivamente a Ned Land. No creo equivocarme si digo que el canadiense debió de lamentar que nuestro cetáceo de acero no cayera herido de muerte por los arpones de aquellos pescadores.

Los peces que pudimos observar Consejo y yo durante aquel período fueron poco distintos de los que habíamos estudiado en otras latitudes. Los principales fueron algunos especímenes del terrible género de los cartilaginosos, que se divide en tres subgéneros que agrupan treinta y tantas especies: escualos galoneados que medían cinco metros de longitud, cabeza hundida y más ancha que el cuerpo, aletas caudales redondeadas y dorso con cinco fajas anchas, paralelas y longitudinales, y escualos perlones provistos de una sola aleta dorsal que sobresale hacia la mitad de su cuerpo, un cuerpo de color ceniciento en el que hay siete aberturas branquiales.

Pasaron también grandes perros de mar. Son estos unos peces muy voraces. Los pescadores cuentan de ellos cosas increíbles, como por ejemplo lo que referiremos a continuación, que el lector estará en su derecho de poner en tela de juicio. Dicen que en el vientre de uno de estos animales se halló una cabeza de búfalo, amén de una ternera entera; en el de otro, dos atunes y un marinero vestido; en el de otro, un soldado y su sable, y en el de otro, en fin, un caballo con su jinete... He de decir que nada de esto es artículo de fe, aunque confieso que ningún animal de estos se dejó prender en las redes del *Nautilus,* por lo que me fue imposible verificar por mí mismo su voracidad.

Durante muchos días nos acompañaron manadas de elegantes y juguetones delfines. Iban en grupos de cinco o seis y cazaban juntos como los lobos en el campo. Y añadiré que su voracidad no es menor que la de los perros de mar: cierto profesor de Copenhague afirma haber hallado en el estómago de un delfín ¡trece marsopas y quince focas! Cierto que se trataba de una orca, perteneciente a la mayor especie conocida y cuya longitud rebasa en ocasiones los veinticuatro pies. Esta familia de los delfínidos engloba diez géneros, y los que yo observé pertenecían al género de los delfinorrincos, notables por su estrechísimo hocico, cuatro veces más largo que su cráneo. Su cuerpo, que medía tres metros, era negro por encima, mientras que por debajo presentaba un color blanco rosado con algunas manchitas.

Citaré también, como avistados en esos mares, curiosos ejemplares del orden de los acantopterigios y de la familia de los escienoides. Algunos autores, más poetas que naturalistas, insinúan que estos peces cantan melodiosamente y que sus voces reunidas ofrecen un concierto que ningún coro de voces humanas lograría igualar. No digo yo que no, pero aquellos animales no nos dieron ninguna serenata al pasar, y lo lamento.

Por último, Consejo clasificó también numerosos peces voladores. Nada hay tan curioso como ver a los delfines dándoles caza con maravillosa precisión. Cualquiera que fuese el alcance de su vuelo o la trayectoria descrita, aun por encima del *Nautilus*, el infortunado pez encontraba siempre la boca abierta del delfín, dispuesta a recibirlo. La mayoría de ellos eran pirápides o trigios milanos, de boca luminosa, que después de haber trazado ráfagas de luz en la atmósfera durante la noche, se sumergían en las aguas oscuras como si fueran estrellas errantes.

Hasta el 13 de marzo nuestra navegación se mantuvo en idénticas condiciones. Aquel día el *Nautilus* fue empleado para experiencias de sondeos que me interesaron vivamente.

Habíamos recorrido hasta entonces trece mil leguas desde nuestra partida de los mares del Pacífico. Nos encontrábamos ahora a 45° 37' de latitud sur y 37° 53' de longitud oeste. Eran los mismos parajes en los que el capitán Denham del *Herald* largó catorce mil metros de sonda sin encontrar el fondo. Allí también el teniente Parcker, de la fragata americana *Congress,* llegó hasta los quince mil ciento cuarenta metros, con idéntico resultado negativo.

El capitán Nemo decidió conducir su *Nautilus* hasta la máxima profundidad, con el fin de verificar aquellos sondeos. Me dispuse a anotar todos los resultados de la experiencia. Los paneles del salón se abrieron y comenzaron las maniobras para alcanzar aquellas profundidades tan distantes.

Como es de suponer, no fue cuestión simplemente de hundirse llenando los depósitos, pues quizá no hubieran podido acrecentar en grado suficiente el peso específico del *Nautilus*. Además, para remontarse después, hubiera sido necesario arrojar aquel sobrepeso de agua, y las bombas no habrían sido lo bastante potentes como para vencer la presión exterior.

El capitán Nemo resolvió ir a buscar el fondo oceánico adoptando una trayectoria en diagonal tan prolongada como fuera preciso. A tal fin, sus planos laterales fueron colocados en un ángulo de cuarenta y cinco grados respecto de la línea de flotación del *Nautilus*. Luego la hélice fue impulsada a su velocidad máxima, y sus cuatro aspas batieron las aguas con indescriptible violencia.

Sometido a ese poderoso impulso, el casco del *Nautilus* se estremeció como una cuerda sonora y empezó a hundirse progresivamente bajo las aguas. El capitán y yo, situados en el salón, seguíamos la aguja del manómetro, que se movía a gran velocidad. Pronto fue rebasada la zona habitable del océano, en la que residen la mayoría de los peces: si algunos de estos animales solo pueden vivir en la superficie de los mares o de los ríos, otros —menos numerosos— llegan a profundidades bastante grandes. Entre estos últimos observé al hexanco, especie de perro de mar provisto de seis hendiduras respiratorias; el pez telescopio, de ojos enormes; el malarmat acorazado, de aletas torácicas grises y pectorales negras, protegido por un peto de placas óseas de color rojo pálido; y citaré por último el granadero, que vive a unos mil doscientos metros de profundidad, soportando una presión de ciento veinte atmósferas.

Pregunté entonces al capitán Nemo si había podido observar peces a profundidades mayores.

—¿Peces? —me respondió—. Rara vez. Pero en el estado actual de la ciencia, ¿qué se sabe, qué se opina acerca de esto?

—Se lo resumiré, capitán. Se sabe que, a medida que profundizamos en las capas bajas del océano, la vida vegetal desaparece más aprisa que la vida animal. Se sabe que hay zonas profundas en las que se encuentran seres animados y en las que no vegeta ni un solo hidrófito. Se sabe también que las peregrinas, las ostras, viven a dos mil metros de profundidad y que Mac Clintock, el héroe de los mares polares, pescó una estrella de mar viva a una profundidad de dos mil quinientos metros. Y se sabe también que la tripulación del *Bull-Dog*, de la Marina Real, consiguió pescar una asteria a dos mil seiscientas veinte brazas, esto es, a más de una legua de profundidad. ¿Le parece a usted, capitán Nemo, que esto es no saber nada?

—No, profesor, no cometeré esa descortesía. Pero permítame una pregunta: ¿cómo explica usted que esos seres puedan vivir a tales profundidades?

—Por dos razones —respondí—. En primer lugar, porque las corrientes verticales, determinadas por las diferencias de salinidad y densidad de las aguas, producen un movimiento que basta para mantener la rudimentaria vida de las encrinas y las asterias.

—Cierto —afirmó el capitán.

—Y en segundo lugar, porque el oxígeno es la base de la vida, y se sabe que la cantidad de oxígeno disuelto en el mar aumenta con la profundidad en vez de disminuir, ya que la presión de las capas bajas contribuye a comprimirlo en ellas.

—¡Ah! ¿Se conoce ya esto? —preguntó el capitán Nemo ligeramente sorprendido, a juzgar por su tono—. Pues bien, profesor, hace bien en afirmarlo, porque es un hecho cierto. Y añadiré, por mi parte, que la vejiga natatoria de los peces contiene mayor cantidad de nitrógeno que de oxígeno cuando son pescados en la superficie, y por el contrario, más oxígeno que nitrógeno cuando se pescan a grandes profundidades. Ahí tiene usted una confirmación de su teoría. Pero prosigamos ahora con nuestras observaciones.

Mis miradas se dirigieron al manómetro. El instrumento marcaba una profundidad de seis mil metros. Nuestra inmersión duraba ya una hora y el *Nautilus*, deslizándose mediante sus planos inclinados, seguía hundiéndose. Las desiertas aguas eran de una transparencia admirable y de una profundidad tal que no es posible describir. Una hora después nos encontrábamos ya hacia los trece mil metros y el fondo del océano aún no anunciaba su presencia.

Al alcanzar los catorce mil metros, sin embargo, distinguí unos picos negruzcos que surgían en el seno de las aguas. Sin embargo, las tales cumbres podían pertenecer a montañas tan altas como el Himalaya o el Mont Blanc, o más altas incluso, lo que impedía calcular todavía la profundidad de aquellos abismos.

El *Nautilus* continuó bajando, a pesar de las poderosas presiones que tenía que soportar su casco. Sentía que sus planchas de hierro temblaban en las junturas, bajo los pernos; sus cuadernas se arqueaban; sus mamparos crujían; los vidrios del salón parecían combarse por efecto de la presión de las aguas. Aquella sólida nave hubiera cedido, sin duda, de no ser porque —como había afirmado su capitán— estaba diseñada para resistir como un bloque macizo.

Al pasar rozando las pendientes de las peñas, pude ver algunas conchas, tales como sérpulas y espinorbes vivos, y algunos ejemplares de asterias.

Pero pronto desaparecieron aquellos últimos representantes de la vida animal, y por debajo de las tres leguas el *Nautilus* rebasó los límites de la vida submarina, como lo hace el globo que se eleva en los aires hasta más allá de las zonas respirables de la atmósfera. Habíamos alcanzado una profundidad de dieciséis mil metros —cuatro leguas— y los costados del *Nautilus* soportaban entonces una presión de mil seiscientas atmósferas, es decir, ¡mil seiscientos kilogramos por cada centímetro cuadrado de su superficie!

—¡Qué situación! —exclamé—. ¡Recorrer estas regiones profundas a las que el hombre no ha llegado jamás! ¡Mire, capitán, vea esas rocas magníficas, esas grutas deshabitadas, esos últimos huecos del globo donde ya no es posible la vida! ¡Qué ignotos parajes! ¡Lástima que no podamos llevarnos de ellos nada más que el recuerdo!

—¿Le agradaría llevarse algo mejor que el mero recuerdo? —me preguntó el capitán Nemo.

—¿Qué quiere usted decir?

—Quiero decir que sería muy fácil tomar una fotografía de esta región submarina.

Aún no había tenido tiempo de expresar la sorpresa que me causaba aquella nueva proposición, cuando, a una orden del capitán Nemo, trajeron al salón un aparato fotográfico. Por los amplios paneles abiertos, iluminado eléctricamente, el medio líquido revelaba todos sus detalles con perfecta claridad: ninguna sombra, ninguna degradación de nuestra luz artificial. El sol no hubiera hecho más fácil una operación de esta naturaleza. Dominado por la inclinación de sus planos y sometido al impulso de su hélice, el *Nautilus* permanecía completamente inmóvil. La cámara fue enfocada sobre los fondos oceánicos, y a los pocos segundos habíamos obtenido un negativo de extraordinaria nitidez.

Tengo ante mí una copia positivada de aquel negativo. En ella se distinguen esas rocas primordiales que jamás han conocido la luz de los cielos, los granitos inferiores que forman los poderosos cimientos del globo, grutas profundas excavadas en la masa pétrea: perfiles todos de una incomparable pureza y cuyo trazo terminal se destaca en negro, como si lo hubiera pintado el pincel de algún maestro flamenco. Y en el fondo un horizonte de montañas, una admirable línea ondulada que compone los últimos planos del paisaje. Me resulta imposible describir ese conjunto de rocas lisas, negras, pulidas, en las que no se aprecia ni musgo, ni manchas, y cuyas formas se recortan extrañamente y se apoyan con solidez sobre la alfombra de arena que centellea bajo los rayos de la luz eléctrica.

Nada más obtenida aquella fotografía, el capitán Nemo dijo:

—Subamos, profesor. No conviene abusar de esta situación ni exponer al *Nautilus* durante mucho tiempo a tan altas presiones.

—¡Subamos, pues! —respondí.

—Agárrese bien.

Aún no había tenido tiempo de comprender el porqué de aquella recomendación del capitán, cuando caí de bruces sobre la alfombra.

Embragada la hélice a una orden del capitán, levantados los planos laterales verticalmente, el *Nautilus* subía con la velocidad del rayo, como un globo que se eleva en el aire. Cortaba la masa acuática con un gemido sonoro. No se podía ver nada. En cuatro minutos recorrió las cuatro leguas que lo separaban de la superficie, y tras haber emergido como un pez volador, volvió a caer en la superficie del mar haciendo saltar las aguas a prodigiosa altura.

XII

Cachalotes y ballenas

Durante la noche del 13 al 14 de marzo, el *Nautilus* volvió a poner rumbo al sur. Suponía yo que a la altura del cabo de Hornos pondría proa hacia el oeste con el fin de adentrarse en los mares del Pacífico y concluir así su vuelta al mundo. Pero en lugar de ello continuó bajando hacia las regiones australes. ¿Adónde quería llegar, pues? ¿Al polo? ¡Qué insensatez! Comenzaba a pensar que la loca temeridad del capitán justificaba de sobra las aprensiones de Ned Land.

Desde hacía algún tiempo el canadiense no me hablaba ya de sus proyectos de fuga. Se había vuelto menos comunicativo, taciturno casi. Era evidente que el prolongado encierro se le hacía muy duro. Me daba cuenta de que la cólera se iba acumulando en su interior cuando se encontraba con el capitán, sus ojos se encendían con un siniestro fuego, y yo temía continuamente que su natural violento lo arrastrara a alguna barbaridad.

Aquel día, el 14 de marzo, Consejo y él vinieron a verme a mi camarote. Les pregunté la razón de su visita.

—Quisiéramos plantearle una simple pregunta, señor —me respondió el canadiense.

—Tú dirás, Ned.

—¿Cuántos hombres cree usted que hay a bordo del *Nautilus*?

—No sabría decírtelo.

—Pues a mí me parece —prosiguió Ned— que para sus maniobras no requiere una tripulación numerosa.

—En efecto —concedí—, pienso que dadas sus condiciones deben de bastar unos diez hombres para tripularlo.

—Y si diez bastan, ¿por qué habría de haber más? —replicó el canadiense.

—¿Que por qué...? —miré fijamente a Ned Land, dándome perfecta cuenta de sus intenciones—. Pues porque si tengo que hacer caso de mi intuición —proseguí—, si he comprendido algo de la singular existencia del capitán Nemo, he de pensar que el *Nautilus* no es solamente un barco, sino también el refugio de hombres que, como su comandante, han roto todos sus vínculos con la tierra.

—Quizá sí —dijo Consejo—. Pero al fin y al cabo, la capacidad del *Nautilus* es limitada. ¿No podría el señor calcular el número máximo de hombres que pudieran encontrarse a bordo?

—¿Y eso cómo, Consejo?

—Por deducción. Dada la capacidad del barco, que el señor conoce, y conocida por consiguiente la cantidad de aire que encierra; sabiendo, por otra parte, lo que consume cada hombre en el acto de la respiración; y comparando estos datos con la necesidad que tiene el *Nautilus* de emerger cada veinticuatro horas...

Consejo no concluyó su frase, pero su idea estaba perfectamente clara.

—Ya te entiendo —dije—; pero, aun cuando resulta muy sencillo hacer ese cálculo, nos dará una cifra excesivamente dudosa.

—No importa —insistió Ned.

—Calculemos, pues —respondí—. Cada hombre consume en una hora el oxígeno contenido en cien litros de aire, lo que, en veinticuatro horas, da un total de dos mil cuatrocientos litros. Se trata de averiguar cuántas veces contiene el *Nautilus* esos dos mil cuatrocientos litros de aire.

—Eso mismo —dijo Consejo.

—Ahora bien, el *Nautilus* desplaza mil quinientas toneladas de agua, o lo que es igual un volumen de un millón quinientos mil litros, porque una tonelada de agua equivale a mil litros. Contendrá, pues, un millón quinientos mil litros de aire, que, divididos por dos mil cuatrocientos... —Hice unos rápidos cálculos a lápiz—... nos da un cociente de seiscientos veinticinco. Lo que equivale a decir que, en rigor, el aire contenido en el *Nautilus* podría bastar para la respiración de seiscientos veinticinco hombres durante veinticuatro horas.

—¡Seiscientos veinticinco! —repitió Ned.

—Pero tened por cierto —añadí— que, entre pasajeros, marinería y oficiales, no llegamos ni a la décima parte de esa cifra.

—¡Aún son demasiados para solo tres hombres! —murmuró Consejo.

—Así pues, mi pobre Ned, lo único que puedo hacer es aconsejarte que tengas paciencia.

—Y mejor que paciencia, resignación —añadió Consejo.

Consejo había empleado la palabra justa.

—Después de todo —prosiguió—, el capitán Nemo no podrá seguir navegando indefinidamente hacia el sur. Tendrá que detenerse, aunque no sea más que ante los hielos polares, y volver luego a mares más civilizados. Entonces llegará el momento de poner en práctica tus proyectos, Ned.

El canadiense negó con la cabeza, se pasó la mano por la frente y salió de la habitación sin responder.

—Permítame el señor que le haga una observación —me dijo entonces Consejo—. El pobre Ned suspira por todo lo que no puede tener. No hace más que añorar su vida pasada. Basta que algo nos esté prohibido, para que él lo eche de menos. Sus recuerdos lo agobian y está apesadumbrado. Hay que comprenderle. ¿Qué está haciendo él aquí? Nada. No es un científico como el señor, y tampoco podría sentir la misma afición que nosotros por las maravillas del mar. ¡Lo arriesgaría todo por poder entrar en una taberna de su tierra!

Era bien cierto que la monotonía de a bordo debía de hacérsele insoportable al canadiense, habituado a una vida libre y activa. Raros eran los hechos que podrían apasionarle.

Y sin embargo, aquel mismo día ocurrió un incidente que le hizo recordar sus días felices de arponero.

Hacia las once de la mañana, hallándose en la superficie del océano, el *Nautilus* se encontró de pronto en medio de una manada de ballenas. Aquel encuentro no me sorprendió en absoluto, porque sabía que estos animales, perseguidos implacablemente por los pescadores, han ido a refugiarse en las cuencas oceánicas de las altas latitudes.

Es importante el papel de la ballena en el mundo marino, así como su influencia en los descubrimientos geográficos. Al arrastrar en su persecución a los vascos, primero, y luego a los asturianos, los ingleses y los holandeses, los hizo atrevidos contra los peligros del océano y los condujo de uno a otro extremo de la tierra. Las ballenas gustan de frecuentar los mares australes y boreales. Antiguas leyendas pretenden, incluso, que estos cetáceos llevaron a los pescadores hasta solo unas siete leguas del Polo Norte. Si hoy por hoy esas leyendas son falsas, la realidad acabará dándoles la razón: será posiblemente yendo a la caza de la ballena por las regiones árticas o antárticas como los hombres alcanzarán el día menos pensado ese punto desconocido de nuestro planeta.

Estábamos sentados en la plataforma. El mar estaba en calma, pues marzo —el equivalente a nuestro mes de octubre en esas latitudes— nos ofrecía unos hermosos días otoñales. Fue Ned —y en él no cabía error— quien señaló la presencia de una ballena por el este, casi en la línea del horizonte. Mirando con atención podía verse su lomo negruzco, que se alzaba y se hundía alternativamente en las olas, a unas cinco millas del *Nautilus*.

—¡Ah! —exclamó el canadiense—. ¡Qué agradable encuentro si estuviera a bordo de un ballenero! Es un animal de gran tamaño. ¡Vean con qué fuerza lanzan sus espiráculos columnas de vapor y de agua! ¡Mil diablos! ¡Tener que verme encadenado a este pedazo de chatarra!

—¿Qué, Ned? —le pregunté—. ¿Aún no estás curado de tu vieja afición a la pesca?

—¿Acaso puede olvidar su antiguo oficio un pescador de

ballenas, señor? ¿Puede llegar a cansarse uno de las emociones de semejante caza?

—¿Has pescado alguna vez en estos mares, Ned?

—Nunca, señor. Lo he hecho solo en los mares boreales, y tanto en el estrecho de Bering como en el de Davis.

—Así que aún no te has enfrentado con la ballena austral. Hasta ahora has cazado la ballena franca, que no se atrevería a pasar por las aguas cálidas del Ecuador.

—¿Qué insinúa usted, profesor? —preguntó el canadiense en un tono que denotaba cierta incredulidad.

—Ni más ni menos que la realidad.

—¡Que se lo cree usted! Aquí mi menda, en el sesenta y cinco —hace dos años y medio—, capturé en las proximidades de Groenlandia una ballena que aún llevaba clavado en su costado el arpón de un ballenero de Bering. ¡Ya me explicará usted cómo, después de haber sido herida al oeste de América, vino a ponérseme a tiro en el este! Forzosamente tuvo que atravesar el Ecuador, ya sea para doblar el cabo de Hornos o el de Buena Esperanza.

—Estoy de acuerdo con el amigo Ned —dijo Consejo—, y no veo forma de que el señor pueda rebatir ese argumento.

—Os diré, amigos, que las ballenas se localizan, según sus especies, en determinados mares, y que no los dejan nunca. Si alguno de esos animales ha ido a parar del estrecho de Bering al de Davis, la única explicación posible es que existe un paso entre ambos mares, ya sea por el norte de América o por el norte de Asia.

—¿He de darle crédito? —preguntó el canadiense guiñándome un ojo.

—Siempre hay que dar crédito al señor —respondió Consejo.

—O sea que, según usted —continuó el canadiense—, como jamás he pescado en estos parajes, no sé nada de las ballenas que los frecuentan.

—Ya te lo he dicho, Ned.

—¡Razón de más para que te animes a conocerlas! —replicó Consejo.

—¡Miren, miren! —exclamó el arponero emocionándose—. ¡Se está acercando! ¡Viene sobre nosotros! ¡Se burla de mí! ¡Sabe que no puedo hacer nada contra ella!

Ned pegaba patadas en el suelo. Su mano temblaba como blandiendo un arpón imaginario.

—Y estos cetáceos —preguntó— ¿son tan grandes como los de los mares boreales?

—Por el estilo, Ned.

—¡Es que yo he visto ballenas realmente grandes, señor! ¡Ballenas que medían hasta cien pies de largo! E incluso he oído decir que el *hullamock* y el *ungallick* de las islas Aleutianas pasan a veces de los ciento cincuenta pies.

—Creo que exageran —respondí—. Esos animales no son más que ballenópteros provistos de aletas dorsales y, al igual que los cachalotes, suelen ser más pequeños que la ballena franca.

—¡Ah! —exclamó el canadiense, cuya mirada no se apartaba del océano—. ¡Se aproxima, viene a ponerse a nuestro alcance! —Luego, tomando de nuevo el hilo de la conversación, prosiguió—: Habla usted del cachalote como si se tratara de un animalillo... Y sin embargo, he oído hablar de algunos que tenían proporciones gigantescas. Son unos cetáceos muy listos. Dicen que algunos se camuflan con algas y fucos, de forma que se les toma por islotes; desembarca uno allí, se instala, enciende fuego...

—Construye casas —añadió Consejo.

—Sí, sí, no te burles —respondió Ned Land—. Y un buen día el animal se sumerge y arrastra a todos sus habitantes al fondo del abismo.

—¡Como en los viajes de Simbad el Marino! —repliqué riendo—. ¡Ah, Ned! Parece que te gustan las historias extraordinarias. ¡Menudos cachalotes los tuyos! Espero que no creas nada de eso.

—Señor naturalista —respondió muy serio el canadiense—, tratándose de ballenas, hay que creerlo todo. ¡Fíjense como corre esta, fíjense qué fintas! De aquellos animales se dice que pueden dar la vuelta al mundo en quince días.

—No digo yo que no.

—Pero lo que sin duda usted ignora, profesor, es que al comienzo del mundo las ballenas corrían todavía más.

—¿De veras, Ned? ¿Cómo es eso?

—Pues porque entonces tenían la cola como los demás peces, en posición vertical, y batían con ella el agua de derecha a izquierda y de izquierda a derecha. Pero el Creador, al darse cuenta de que eran demasiado rápidas, les retorció la cola. Y desde entonces baten las olas de arriba abajo, en detrimento de su velocidad.

—Bueno, Ned —dije, hablando como antes lo había hecho el canadiense—, ¿hemos de darte crédito?

—No mucho —replicó—. El mismo que si les dijera que hay ballenas de trescientos pies de longitud y cien mil libras de peso.

—Muchas libras son esas, en efecto. Y sin embargo, hay que reconocer que algunos cetáceos adquieren un desarrollo considerable puesto que, según se dice, llegan a proporcionar hasta ciento veinte barriles de aceite.

—De eso puedo dar fe, porque lo he visto con mis propios ojos —dijo el canadiense.

—Te creo, Ned, al igual que creo que algunas ballenas tienen el tamaño de cien elefantes. ¡Imagínate los efectos de semejante mole lanzada a toda velocidad!

—¿Es cierto que pueden hundir barcos? —preguntó Consejo.

—Barcos grandes no creo —respondí—. Sin embargo, se cuenta que en 1820, precisamente en estas aguas, una ballena se precipitó contra el *Essex* y lo hizo retroceder a una velocidad de cuatro metros por segundo. Las olas penetraron por la popa, y el *Essex* se fue a pique al momento.

Ned me miró con aire burlón.

—Por mi parte puedo decir que una vez recibí un coletazo de ballena (yendo en mi bote, por supuesto), y que mis compañeros y yo fuimos lanzados hasta una altura de seis metros. Claro que, al lado de la ballena del profesor, la mía no era más que un ballenato.

—¿Viven mucho tiempo esos animales? —preguntó Consejo.

—Mil años —respondió el canadiense sin dudarlo.

—¿Y cómo lo sabes, Ned?

—Porque es lo que se dice.

—¿Y por qué se dice?

—¡Toma! ¡Pues porque se sabe!

—No, Ned. No se sabe; se supone, simplemente. Pero esta suposición no carece de fundamento, que es el siguiente: hace cuatrocientos años, cuando los pescadores empezaron a capturar ballenas, estos animales tenían un tamaño superior al que tienen hoy la mayoría de ellos. Se piensa, pues, y con bastante lógica, que la inferioridad de las ballenas actuales se debe a que aún no han tenido tiempo de completar su desarrollo. Esto es lo que impulsó a Buffon a afirmar que los tales cetáceos podían y debían de vivir mil años. ¿Comprendes?

Pero Ned Land no comprendía; no escuchaba siquiera. La ballena seguía acercándose y él la devoraba con la mirada.

—¡Ah! —exclamó de pronto—. No es una ballena. ¡Son diez, son veinte, toda una manada! ¡Y que no pueda yo hacer algo! ¡Verme aquí atado de pies y manos...!

—Pero, amigo Ned —sugirió entonces Consejo—, ¿por qué no le pides al capitán Nemo que te deje cazar...?

Aún no había concluido su frase Consejo, cuando Ned había ya bajado por la escotilla y corría en busca del capitán. Momentos después aparecieron los dos en la plataforma.

El capitán Nemo observó la manada de cetáceos que correteaban en las aguas como a una milla del *Nautilus*.

—Son ballenas australes —dijo—. Ahí podría hacer fortuna toda una flota de balleneros.

—Entonces, señor —preguntó el canadiense—, ¿podría darles caza, aunque no fuera más que por no olvidar mi antiguo oficio de arponero?

—¿Con qué objeto? —respondió el capitán Nemo—. ¡Cazar por el mero afán de destruir! ¡Solo nos faltaría ponernos a hacer aceite de ballena a bordo!

—Pero señor... —replicó el canadiense—. En el mar Rojo usted nos autorizó a perseguir un dugongo...

—Se trataba entonces de procurar carne fresca a mi tripulación. Esto de ahora sería matar por matar. Ya sé que ese es un privilegio reservado al hombre, pero yo no admito esos pasatiempos sanguinarios. Al destruir a la ballena austral y a la ballena franca, seres inofensivos y útiles, los hombres de su oficio, señor Land, cometen una acción censurable. Es así como han despoblado ya toda la bahía de Baffin y así acabarán aniquilando esta valiosa especie. Deje tranquilos a estos pobres cetáceos. ¡Bastantes enemigos naturales tienen ya (cachalotes, espadones, peces-sierra), para que se convierta usted en uno más!

Imagínese el lector la cara del canadiense al escuchar esta lección de moral. Irle a un cazador con razones así era hablar en balde. Ned Land miraba al capitán Nemo, pero era evidente que no comprendía lo que quería decir este. Y sin embargo, al capitán le sobraba razón. El bárbaro y desconsiderado encarnizamiento de los pescadores hará que un día desaparezca la última ballena del océano.

Ned Land se puso a silbar entre dientes el *Yankee doodle*, se metió las manos en los bolsillos y nos volvió la espalda.

Sin embargo, el capitán Nemo seguía observando la manada de cetáceos y se dirigió a mí diciéndome:

—¡Bien decía yo que, sin contar al hombre, no les faltan a las ballenas enemigos naturales! Estas van a tener un grave encuentro dentro de muy poco. ¿Distingue usted, señor Aronnax, a unas ocho millas por sotavento, aquellos puntos negros que se mueven?

—Sí, capitán —respondí.

—Son cachalotes, unos animales terribles que a veces he encontrado en manadas de dos o trescientos. ¡Estas sí que son bestias crueles y dañinas que convendría exterminar!

Al oír estas palabras, el canadiense se volvió como impulsado por un resorte.

—Pues entonces, capitán, en interés de esas mismas ballenas, podría permitir usted que...

—No vale la pena arriesgarse, profesor. El *Nautilus* se basta para dispersar a esos cachalotes. Está armado con un espolón de acero que, pienso yo, no es inferior al arpón del señor Land.

El canadiense no se molestó siquiera en encogerse de hombros. ¡Atacar a los cetáceos a golpes de espolón! ¿Quién había oído hablar jamás de eso?

—Aguarde, señor Aronnax —dijo el capitán Nemo—. Voy a mostrarle una forma de caza que usted no ha visto aún. ¡No habrá piedad para esos feroces cetáceos que no son más que dientes y boca!

¡Dientes y boca! No se podría describir mejor el cachalote macrocéfalo, cuya longitud supera a veces los veinticinco metros. La cabeza enorme de ese cetáceo ocupa como un tercio de su cuerpo. Mejor armado que la ballena, cuya mandíbula superior está dotada únicamente de barbas, cuenta con veinticinco grandes dientes, de unos veinte centímetros de largo cada uno y que pesan diez libras, de forma cilíndrica y cónica en la punta. Es en la parte superior de esa enorme cabeza, en unas grandes cavidades separadas por cartílagos, donde se encuentran de tres a cuatrocientos kilogramos de ese valioso aceite conocido como «esperma de ballena». El cachalote es un animal desagradable y, como ha hecho notar Frédol, se parece más a un renacuajo que a un pez. Está «mal hecho», sobre todo por su parte izquierda, que es deforme, y apenas puede ver más que por el ojo derecho.

Aquella monstruosa manada seguía aproximándose. Habían advertido la presencia de las ballenas y se disponían a atacarlas. De antemano era previsible la victoria de los cachalotes, no solo porque están mejor preparados para el ataque que sus inofensivos adversarios, sino porque pueden permanecer por más tiempo bajo la superficie, sin emerger para respirar.

Era el momento de acudir en auxilio de las ballenas. El *Nautilus* se sumergió casi a flor de agua. Consejo, Ned y yo nos apostamos ante los paneles del salón, mientras el capitán iba a hacerse cargo del timón para dirigir su nave como una máquina de destrucción. Pronto noté que la hélice empezaba a girar más de prisa y que nuestra velocidad aumentaba.

Cuando llegó el *Nautilus* se había iniciado ya el combate entre los cachalotes y las ballenas. La nave maniobró para abrir brecha en la manada de los macrocéfalos. Estos, al principio, se inquietaron muy poco ante la presencia del nuevo monstruo que se mezclaba en la batalla. Pero muy pronto tuvieron que protegerse de sus golpes.

¡Qué lucha! El propio Ned Land, llevado del entusiasmo, no pudo contener sus aplausos. El *Nautilus* no era más que un formidable arpón blandido por su capitán. Se lanzaba contra aquellas moles carnosas y las atravesaba de parte a parte, dejando a su paso dos mitades palpitantes del animal. Ni siquiera sentía los formidables coletazos que golpeaban sus costados; como tampoco el choque de sus tremendos impactos. Exterminado un cachalote, corría hacia otro, viraba en un palmo para no perder su presa, iba hacia delante y hacia atrás, dócil al timón, sumergiéndose cuando el cetáceo ganaba las aguas profundas, remontándose con él cuando escapaba hacia la superficie, hiriéndolo de lleno o al sesgo, cortándolo, desgarrándolo, atravesándolo con su terrible espolón apuntando en todas direcciones y a cualquier velocidad.

¡Qué carnicería! ¡Qué estrépito en la superficie del mar! ¡Qué agudos silbidos y qué modo de bramar aquellos espantados animales! En aquellas aguas, tan apacibles de ordinario, sus coletazos levantaban imponentes olas.

Aquella homérica matanza se prolongó durante una hora, sin que los macrocéfalos lograran escapar. Hubo veces en que diez o doce, agrupados, intentaron aplastar al *Nautilus* con su mole. Por los paneles podía verse su enorme boca erizada de dientes, su ojo formidable... Incapaz de contenerse, Ned Land los amenazaba y los cubría de denuestos. Sentíamos que se agarraban a nuestra nave como perros que hacen presa en un jabato bajo el bosque. Pero el *Nautilus*, forzando su hélice, se los llevaba por delante, los arrastraba o los empujaba hacia el nivel superior de las aguas, sin preocuparse por su enorme peso ni por sus fuertes embestidas.

Por fin se fue aclarando aquella masa de cachalotes. Las

aguas se tornaron tranquilas. Sentí que nos remontábamos a la superficie del océano. Abrieron la escotilla y nos apresuramos a salir a la plataforma.

El mar estaba cubierto de cadáveres mutilados. Una explosión formidable no hubiera dividido, desgarrado, hecho trizas con mayor violencia aquellas moles de carne. Flotábamos en medio de cuerpos gigantescos, azulados en el lomo, blanquecinos bajo el vientre, llenos de enormes protuberancias. Algunos cachalotes, presos del espanto, huían por el horizonte. Las aguas estaban teñidas de rojo por espacio de varias millas y el *Nautilus* navegaba en un mar de sangre.

El capitán Nemo vino a reunirse con nosotros.

—¿Y bien, señor Land? —preguntó.

—¡Y bien, señor! —respondió el canadiense, calmado ya su entusiasmo—. Es un espectáculo terrible, en efecto. Pero yo no soy un carnicero, sino un cazador, y esto no es más que una carnicería.

—Es una matanza de animales dañinos —respondió el capitán—. El *Nautilus* no es tampoco el cuchillo de un carnicero.

—Prefiero mi arpón —replicó Ned Land.

—Cada cual con su arma —concluyó el capitán, mirando fijamente al arponero.

Temí que este se dejara llevar por un arrebato de violencia que hubiera podido tener deplorables consecuencias. Pero su cólera se desvió hacia la contemplación de una ballena a la que el *Nautilus* acababa de arrimarse.

El animal no había podido evitar los dientes de los cachalotes. Se trataba de una ballena austral, con la cabeza hundida, completamente negra. Anatómicamente se distingue de la ballena blanca y del Nord Caper o ballena franca por tener soldadas sus siete vértebras cervicales; cuenta, además, con dos costillas más que sus congéneres. El pobre cetáceo, tendido de lado, con el vientre agujereado por los mordiscos, estaba muerto. En el extremo de su mutilada aleta pendía aún un pequeño ballenato al que no había podido salvar de la masacre. Por su boca abierta dejaba escapar un chorro de agua, cuyo murmullo entre las barbas semejaba al de la resaca.

El capitán Nemo hizo que el *Nautilus* se pusiera inmediatamente al lado del cadáver del animal. Dos de sus hombres subieron al costado de la ballena y vi, no sin asombro, que extraían de sus mamas toda la leche que contenían, como unos dos o tres barriles.

No pude evitar un gesto de repugnancia cuando el capitán Nemo me ofreció luego una taza de aquella leche todavía caliente. Él me aseguró, sin embargo, que era excelente y que no se diferenciaba en absoluto de la leche de vaca. La probé, pues, y tuve que darle la razón. Sería para nosotros una reserva útil, puesto que, ya en forma de queso o de mantequilla salada, aportaría una agradable variación a nuestro menú.

Desde aquel día advertí con inquietud que la actitud de Ned Land hacia el capitán empeoraba progresivamente, así que resolví vigilar de cerca cada paso y cada gesto del canadiense.

XIII

Los bancos de hielo

El *Nautilus* había vuelto a tomar su imperturbable rumbo hacia el sur. Navegaba por el meridiano 50 a considerable velocidad. ¿Pretendía acaso llegar al Polo? No me parecía probable, porque hasta entonces habían fracasado todos los intentos por alcanzar ese punto del globo terráqueo. Además, estaba ya muy avanzada la estación, puesto que el 13 de marzo de las tierras antárticas corresponde al 13 de setiembre de las regiones boreales, esto es, a la época en que comienza el período equinoccial.

El 14 de marzo divisé hielos flotantes hacia los 55° de latitud, simples restos blanquecinos de unos veinte a veinticinco pies, que formaban escollos contra los que rompían las olas. El *Nautilus* se mantenía en la superficie del océano. Ned Land, que ya antes había pescado en los mares árticos, estaba familiarizado con el espectáculo de los icebergs, pero Consejo y yo era la primera vez que los veíamos.

En la atmósfera, hacia el horizonte meridional, se extendía una franja blanca de aspecto deslumbrante. Los balleneros ingleses le han dado el nombre de *ice-blink*. Anuncia la presencia de un paquete o banco de hielo y, por densas que sean las nubes, no pueden oscurecerla.

En efecto, pronto aparecieron bloques más grandes, cuyo brillo variaba según los caprichos de la bruma. Algunas de estas masas de hielo mostraban vetas verdes, como si aquellas líneas onduladas se debieran a la acción del sulfato de cobre.

Otras, semejantes a enormes amatistas, se dejaban penetrar por la luz. Unas reverberaban los rayos de la luz diurna sobre las mil facetas de sus cristales. Las más alejadas, matizadas con vivos reflejos de sus materiales calcáreos, hubieran bastado para la construcción de una casa de mármol.

A medida que descendíamos más al sur, aquellas islas flotantes eran cada vez mayores y más numerosas. Las aves polares anidaban en ellas a miles. Eran petreles, procelarias, frailecillos, etcétera, que nos ensordecían con sus gritos. Algunos, tomando al *Nautilus* por el cadáver de una ballena, venían a posarse en la nave y picoteaban sonoramente sobre sus planchas de hierro.

Durante aquella navegación entre los hielos, el capitán Nemo permaneció a menudo en la plataforma. Observaba con atención aquellos parajes abandonados. En ocasiones me parecía advertir un brillo especial en su mirada, de ordinario tranquila. ¿Pensaría entonces que navegaba a sus anchas por unos mares polares prohibidos al hombre, como por sus dominios, como señor de aquellos impenetrables espacios? Puede que sí. Pero no hablaba; permanecía largos ratos inmóvil, y solo salía de su ensimismamiento cuando le podían sus instintos de marino. Entonces tomaba personalmente el timón y dirigía su *Nautilus* con consumada pericia, evitando con habilidad chocar con aquellas masas de hielo, algunas de las cuales medían varias millas de largo y tenían una altura variable entre los setenta y los ochenta metros. Con frecuencia el horizonte parecía cerrado por completo. A la altura del sexagésimo grado de latitud daba la impresión de no existir ningún paso. Pero buscando con cuidado, el capitán Nemo encontraba pronto alguna estrecha abertura por la que introducir audazmente su nave, aun a sabiendas de que los hielos volverían a cerrarse tras él.

Guiado por su diestra mano, el *Nautilus* pudo atravesar todos aquellos bloques de hielo. Según su tamaño o su forma han sido bautizados de diversas maneras, con una precisión que encantaba a Consejo: *ice-bergs* o montañas, *ice-fields* o campos unidos y sin límites; *drift-ice* o bloques de hielo flotantes; *packs* o campos quebrados, llamados *palchs* cuando estos fragmentos tienen forma circular y *streams* si la tienen alargada.

La temperatura era bastante baja. Expuesto al aire del exterior, el termómetro marcaba dos o tres grados bajo cero. Pero nosotros íbamos bien abrigados con pieles, merced a la gentileza de focas y osos marinos. El interior del *Nautilus*, caldeado constantemente por medio de sus aparatos eléctricos, desafiaba los fríos más intensos. Por otra parte, le hubiera bastado sumergirse unos cuantos metros para encontrar una temperatura soportable en las aguas.

De haber llegado dos meses antes, hubiera disfrutado en aquellas latitudes de un día continuo; pero ahora las noches duraban ya tres o cuatro horas, y en las regiones circumpolares se impondrían pronto las sombras, que reinarían por espacio de seis meses.

El 15 de marzo rebasamos la latitud de las islas Shetland y Orcadas del Sur. El capitán me explicó que en otro tiempo habitaban esas tierras numerosos grupos de focas, pero que los balleneros ingleses y americanos, llevados por el ansia de destruir, habían sacrificado los ejemplares adultos y las hembras preñadas, dejando tras ellos un silencio de muerte donde antes existía la animación de la vida.

El 16 de marzo, hacia las ocho de la mañana, el *Nautilus* cortó el círculo polar antártico por el meridiano 55. Los hielos nos rodeaban por todas partes, cerrando el horizonte. Pero el capitán Nemo descubría cada vez un nuevo paso que le permitía seguir constantemente rumbo al sur.

—Pero ¿adónde va este hombre? —preguntaba yo.

—Siempre adelante —respondía Consejo—. Y cuando ya no pueda seguir, se detendrá y en paz.

—¡No estaría yo tan seguro!

Claro que, si he de ser sincero, aquella temeraria excursión no me desagradaba en absoluto. No sabría expresar hasta qué punto me sentía maravillado ante la belleza de esas regiones vírgenes. Los hielos adoptaban actitudes soberbias: aquí su conjunto daba la sensación de hallarse frente a una ciudad oriental, con sus innumerables minaretes y mezquitas; más allá recordaban una población destruida y desmoronada por algún cataclismo. Los paisajes variaban incesantemente según la oblicuidad de los rayos del sol, o se perdían en las brumas grises en medio de tempestades de nieve. Y por todas partes se oían estampidos de témpanos que caían o se desmoronaban, transformando su aspecto y la decoración como si fuera el paisaje de un diorama.

Si en el momento de producirse estos grandes desmoronamientos el *Nautilus* navegaba sumergido, el ruido se propagaba bajo las aguas con espantosa intensidad y la caída de aquellas grandes masas de hielo originaba temibles remolinos hasta en las capas más profundas del océano. El *Nautilus* cabeceaba y se balanceaba entonces como un barco abandonado a la furia de los elementos.

Con frecuencia, al no ver ninguna salida, pensaba yo que habíamos quedado aprisionados en el hielo, pero el menor indicio le bastaba al capitán Nemo para, guiándose por su instinto, descubrir un nuevo paso. Jamás se equivocaba, observando los finos hilillos de agua azulada que surcan los *ice-fields*. No me cabía la menor duda: aquella no era la primera vez que se aventuraba con su barco por los mares antárticos.

Sin embargo, en la jornada del 16 de marzo los campos de hielo nos cerraron por completo el camino. Todavía no se trataba del gran banco polar propiamente dicho, sino de extensos *ice-fields* unidos por el frío reinante. Aquel obstáculo no detendría al capitán Nemo, que lanzó su nave contra el *ice-field* con violencia. El *Nautilus* penetraba como una cuña en el seno de aquella masa quebradiza, dividiéndola entre terribles crujidos: era como un ariete impulsado por una potencia infinita. Los restos de hielo, proyectados hacia lo alto, caían luego sobre nosotros como granizo. Y el *Nautilus* iba abriéndose paso con la sola fuerza de su impulso. Y tan grande era este, que a veces se subía al campo de hielo y lo destrozaba con su peso, o se quedaba alojado dentro de él y lo dividía con un simple movimiento de balanceo, que originaba largas resquebrajaduras.

Durante aquellos días cayeron sobre nosotros violentos aguaceros. Nos vimos envueltos en espesas brumas que no permitían la visibilidad de una a otra punta de la plataforma.

El viento rolaba súbitamente en cualquier dirección. La nieve se acumulaba en capas tan duras que era menester romperla a golpes de pico. Bastaba una temperatura de cinco grados bajo cero, para que todas las partes exteriores del *Nautilus* se recubrieran de hielo. Hubiese sido imposible manejar cualquier aparejo, porque todos los cabos hubieran quedado atascados en la garganta de sus poleas. Solo un barco sin velas e impulsado por un motor eléctrico que no necesitaba carbón podía afrontar latitudes tan altas.

En aquellas condiciones, el barómetro se mantuvo generalmente muy bajo: la presión atmosférica descendió hasta los 73,5 cm. Las indicaciones de la brújula no ofrecían ninguna garantía: sus agujas giraban como locas, marcando direcciones contradictorias, debido a la proximidad del Polo Sur magnético, que no coincide con el sur geográfico. En efecto, según Hansten este polo magnético está situado aproximadamente a los 70° de latitud y 130° de longitud, aunque las observaciones de Duperrey lo fijan en los 70° 30' de latitud y 135° de longitud. No había otro remedio que utilizar varias brújulas, colocarlas en distintos puntos del barco, hacer numerosas observaciones y sacar la media de ellas. Pero con frecuencia se recurría a la estima para apreciar el rumbo seguido, método poco satisfactorio en medio de tales pasos sinuosos, cuyos puntos de referencia varían incesantemente.

Por fin, el 18 de marzo, después de una veintena de asaltos inútiles, el *Nautilus* se vio detenido definitivamente. No se trataba ya de *streams, palchs* o *ice-fields,* sino de una interminable e inmóvil barrera formada por grandes montañas soldadas unas a otras.

—¡El gran banco de hielo! —me dijo el canadiense.

Comprendí que para Ned Land, al igual que para todos los navegantes que nos habían precedido, este era el obstáculo infranqueable. El sol, que apareció un instante hacia el mediodía, permitió al capitán Nemo una medición bastante exacta de nuestra posición: 51° 30' de longitud y 67° 39' de latitud sur. Nos encontrábamos, pues, en un punto muy avanzado de las regiones antárticas.

De mar, de superficie líquida, no había ya ni rastro. Bajo el espolón del *Nautilus* se extendía una vasta llanura atormentada, en la que se amontonaban bloques confusos con ese revoltijo caprichoso que puede verse en la superficie de los ríos poco antes del deshielo y que tenía aquí proporciones gigantescas. Aquí y allá se divisaban picos agudos, agujas aisladas que se alzaban hasta una altura de doscientos pies; más a lo lejos, una serie de acantilados perpendiculares de matices grisáceos, pero que reflejaban como espejos algunos rayos del sol medio perdidos en la bruma. Y sobre aquella naturaleza desolada, el silencio, un silencio feroz apenas roto por el batir de alas de los petreles o de los frailecillos. Todo estaba helado; incluso el ruido.

El *Nautilus* tuvo pues que interrumpir su azarosa carrera en mitad de los campos de hielo.

—Bien, señor —me dijo aquel día Ned Land—, si vuestro capitán del demonio logra ir más lejos...

—¿Sí, Ned?

—Habrá que reconocer que es todo un maestro.

—¿Por qué lo dices?

—Pues porque nadie puede atravesar el gran banco. No le faltan agallas, no. Pero, ¡diablos!, la naturaleza es más fuerte que él, y cuando la naturaleza dice «¡basta!», no hay más remedio que aguantarse y parar.

—Tienes razón, Ned. Y sin embargo, ¡me hubiera gustado saber qué hay detrás de ese banco! ¡No hay cosa que me irrite más que tropezar con un muro!

—El señor tiene motivos suficientes para quejarse —dijo Consejo—. Los muros parecen haber sido inventados ex profeso para desesperar a los sabios. No debería haber muros en ninguna parte.

—¡Vamos, hombre! —replicó el canadiense—. De sobra sabemos lo que habrá detrás de ese banco.

—¿Qué habrá, Ned? —pregunté.

—¡Pues hielo! ¡Nada más que hielo!

—Tú estarás muy seguro, Ned —respondí—, pero yo no lo estoy tanto. Por eso quisiera ir a verlo.

—Tendrá usted que renunciar a esa idea, profesor. Ha llegado usted al gran banco —lo que ya es mucho—, pero no podrá ir más allá, ni usted, ni el capitán Nemo ese, ni su *Nautilus*. Quiéralo o no, tendremos que regresar hacia el norte, a donde viven las personas honradas.

Debo reconocer que Ned Land tenía razón. En tanto los barcos no estén hechos para navegar sobre los campos de hielo, tendrán que detenerse ante el gran banco.

Y, en efecto, a pesar de sus esfuerzos, a pesar de los potentes medios empleados para romper los hielos, el *Nautilus* se vio reducido a la inmovilidad. De ordinario, quien no puede ir más lejos tiene siempre el recurso de volver sobre sus pasos. Pero en esta ocasión era tan imposible avanzar como retroceder, porque los pasos que habíamos utilizado se habían cerrado detrás nuestro. Así, por poco que nuestro barco quedara detenido, no tardaría en ser bloqueado por el hielo. Fue lo que nos pasó hacia las dos de la tarde, cuando con asombrosa rapidez empezó a formarse hielo nuevo en los costados del *Nautilus*. Jamás me había parecido más imprudente la conducta del capitán Nemo.

Me encontraba en aquel momento en la plataforma. El capitán, que observaba la situación desde hacía algunos instantes, me preguntó:

—Bien, profesor, ¿qué piensa usted de esto?

—Pienso que estamos atrapados, capitán.

—¡Atrapados! ¿Qué quiere usted decir?

—Entiendo que no podemos ir hacia delante, ni hacia atrás, ni de lado... A eso se le llama «estar atrapado», por lo menos en mi tierra.

—¿Así que piensa usted, señor Aronnax, que el *Nautilus* no podrá liberarse?

—Lo veo muy difícil, capitán, porque la estación está ya demasiado avanzada como para que usted confíe en un deshielo.

—Señor profesor, ¡usted no tiene arreglo! —respondió el capitán Nemo en tono irónico—. ¡No ve más que impedimentos y obstáculos! Le aseguro que el *Nautilus* no solo se liberará, sino que nos conducirá todavía más lejos.

—¿Más lejos? ¿Hacia el sur...? —pregunté mirando con fijeza al capitán.

—En efecto, señor: hasta el polo.

—¡Hasta el polo! —exclamé sin poder evitar un gesto de incredulidad.

—Sí —respondió fríamente el capitán—, al Polo Antártico, a ese punto inexplorado donde se cruzan todos los meridianos del globo. Usted ya sabe que hago con mi *Nautilus* lo que quiero.

¡Lo sabía, sí! Sabía que aquel hombre era audaz hasta la temeridad. Pero vencer los obstáculos que cierran el camino al Polo Sur —más inaccesible aún que el Polo Norte, todavía no alcanzado por los más audaces navegantes—, ¿no era acaso una empresa por completo insensata que solo el espíritu de un loco podía concebir? Se me ocurrió entonces preguntarle al capitán Nemo si había descubierto ya aquel polo, donde jamás había puesto los pies ninguna criatura humana.

—No, señor —respondió—. Vamos a descubrirlo juntos. Yo no fracasaré donde tantos otros han fracasado. Cierto que jamás he llevado mi *Nautilus* tan lejos por los mares australes, pero se lo repito, aún tiene que ir más lejos.

—Nada, capitán, le creo —contesté con cierta ironía—. ¡Le creo! Sigamos adelante. No hay ningún obstáculo ante nosotros. ¡Rompamos el gran banco! ¡Hagámoslo saltar en mil pedazos! Y si resiste, ¡pongamos alas al *Nautilus* para que pueda pasar por encima de él!

—¿Por encima, profesor? —respondió tranquilamente el capitán Nemo—. Por encima no: ¡por debajo!

—¡Por debajo! —exclamé.

Una súbita revelación de los proyectos del capitán acababa de iluminar mi mente. ¡Ahora lo comprendía! Las maravillosas cualidades del *Nautilus* iban a servirle en aquella empresa sobrehumana.

—Veo que comenzamos a entendernos, profesor —me dijo el capitán esbozando una sonrisa—. Entrevé usted ya la posibilidad, la certeza, diría yo, de que nuestra tentativa tenga éxito. Lo que es impracticable con un buque ordinario es fácil para el *Nautilus*. Si hay algún continente en el polo, se detendrá ante él. Pero si, por el contrario, no hay allí más que mar, arribará hasta el mismo polo.

—En efecto —dije, arrastrado ya por los razonamientos del capitán—. Aunque la superficie del mar esté solidificada por el hielo, sus capas inferiores estarán libres, por esa razón providencial que hace que la densidad máxima del agua del mar se dé a una temperatura superior a la de su congelación. Y si no me engaño, la parte sumergida de este gran banco de hielo debe ser tres veces mayor que la que emerge, ¿no es así?

—Poco más o menos, profesor. Por cada pie que emergen los *icebergs* sobre la superficie del mar, tienen tres bajo ella. Así que, como esas montañas de hielo no rebasan una altura de cien metros, no se hundirán más allá de los trescientos. ¿Y qué son trescientos metros para el *Nautilus*?

—Nada, capitán.

—Incluso podrá descender a una profundidad mayor, en busca de la temperatura uniforme de las aguas marinas, donde desafiaremos impunemente los treinta o cuarenta grados bajo cero que habrá en la superficie.

—Así es, así es —respondí entusiasmándome.

—La única dificultad —prosiguió el capitán Nemo— es que tendremos que permanecer varios días sumergidos, sin renovar nuestra provisión de aire.

—¿Solo eso? —repliqué—. Los depósitos del *Nautilus* son muy amplios. Podemos llenarlos al máximo y nos proporcionarán todo el oxígeno que necesitemos.

—Buena idea, señor Aronnax —respondió el capitán con una sonrisa—. Pero como no quiero que usted pueda acusarme de temeridad, me parece justo exponerle de antemano todas mis objeciones.

—¿Hay más aún?

—Solo una. Si hay mar en el Polo Sur, es posible que sus aguas estén completamente heladas y que, por consiguiente, no podamos volver a la superficie.

—¡Pero capitán! ¿Olvida usted que el *Nautilus* está armado con un temible espolón? ¿No podríamos lanzarlo en diagonal contra esos campos de hielo? ¡Seguro que se abrirían con el choque!

—¡Vaya, señor profesor, hoy está usted ocurrente!

—Además, capitán —añadí, dejándome llevar más y más por el entusiasmo—, ¿quién nos dice que no va a haber mar libre en el Polo Sur y en el Polo Norte? Los puntos de máximo frío no coinciden con los polos de la Tierra ni en el hemisferio austral ni en el boreal. Hasta tanto no se demuestre lo contrario, se debe suponer que en ellos debe de haber un continente o un mar libre de hielos.

—También creo yo eso, profesor Aronnax. Pero me asombra que después de haber puesto usted tantas objeciones a mi proyecto, me abrume ahora con argumentos en su favor...

Tenía razón el capitán Nemo. ¡Ahí estaba yo superándole en audacia! ¡Era yo quien lo arrastraba al polo, quien me anticipaba, quien lo dejaba atrás! Pero no... ¡Pobre loco! El capitán Nemo conocía mejor que tú los pros y los contras de la cuestión y se divertía viéndote llevado por las ensoñaciones de lo imposible...

Sin embargo, él no perdía el tiempo. A una señal suya compareció el segundo de a bordo. Los dos hombres conversaron brevemente en su incomprensible lengua y, ya sea porque el oficial hubiera sido prevenido de antemano, o porque encontrara factible el proyecto, lo cierto es que no dio muestras de sorpresa.

Con todo, por impasible que fuese el oficial, no lo fue más que Consejo cuando anuncié a aquel valiente muchacho nuestra intención de avanzar hasta el Polo Sur. Un «como el señor guste» acogió mis palabras, y no le pude sacar de ahí.

En cuanto a Ned Land, no hubo jamás gesto de mayor desdén que el que hizo el canadiense encogiéndose de hombros.

—Mire, señor —me dijo—, usted y su capitán Nemo me dan lástima.

—Iremos al polo, Ned.

—Puede ser. ¡Pero no volverán!

Y el canadiense regresó a su habitación «para no hacer un disparate», como dijo al marcharse.

434

Ya habían comenzado los preparativos para la audaz empresa. Las potentes bombas del *Nautilus* introducían aire en los depósitos, almacenándolo a alta presión. Hacia las cuatro el capitán Nemo me anunció que las escotillas de la plataforma iban a ser cerradas. Eché un último vistazo al espeso banco de hielo que íbamos a franquear. El tiempo era claro, la atmósfera bastante pura y el frío vivo, a unos doce grados bajo cero; pero como el viento se había calmado, la temperatura no parecía insoportable.

Una docena de hombre se encaramaron a los costados del *Nautilus*, y con los picos de que iban provistos rompieron el hielo a su alrededor, hasta dejarlo libre. La operación se llevó a cabo rápidamente, porque la capa de hielo era aún reciente y delgada. Una vez concluida entramos todos en la nave. El agua entró en los depósitos de maniobra de la forma habitual, y el *Nautilus* no tardó en sumergirse.

Me había aposentado en el salón, en compañía de Consejo. Por los paneles abiertos contemplábamos los dos las capas inferiores del océano austral. El termómetro iba subiendo, mientras que la aguja del manómetro indicaba una mayor presión exterior.

Al alcanzar los trescientos metros aproximadamente, nos encontramos ya bajo el techo ondulado del gran banco; era lo que había previsto el capitán Nemo. Pero el *Nautilus* prosiguió su descenso hasta los ochocientos metros de profundidad. La temperatura del agua, que era de menos doce grados en la superficie, había subido a menos diez. Habíamos ganado, pues, dos grados. Ni que decir tiene que la temperatura del interior del *Nautilus*, elevada por sus aparatos de calefacción, era muy superior. Todas las maniobras se iban llevando a cabo con precisión extraordinaria.

—Si me permite decirlo el señor, pasaremos —me dijo Consejo.

—¡Eso espero! —respondí, empleando un tono de profunda convicción.

Bajo aquel mar libre, el *Nautilus* había tomado directamente el rumbo del polo, sin apartarse del meridiano 52. De los

67° 30' en que nos encontrábamos, hasta los 90°, nos quedaban por recorrer veintidós grados en latitud, lo que equivalía a un poco más de quinientas leguas. El *Nautilus* alcanzó una velocidad media de veintiséis millas por hora, la velocidad de un tren expreso. Si la conservaba, le bastarían cuarenta horas para alcanzar el polo.

Durante parte de la noche, la novedad de la situación hizo que Consejo y yo nos quedáramos pegados a las vidrieras del salón. El mar se iluminaba bajo los rayos eléctricos del fanal. Pero estaba desierto: los peces no habitaban en aquellas aguas prisioneras; a lo sumo las utilizarían como un paso para ir del océano Antártico al mar libre del polo. Nuestra marcha era rápida: se notaba en las vibraciones del largo casco de acero de la nave.

Hacia las dos de la madrugada fui a tomarme unas horas de descanso. Consejo me imitó. Al pasar por los pasillos no encontré al capitán Nemo, por lo que supuse que se hallaba en la cabina del timonel.

Al día siguiente, 19 de marzo, a las cinco de la madrugada, ocupé de nuevo mi puesto en el salón. La corredera eléctrica me indicó que la velocidad del *Nautitus* se había reducido. Estaba remontándose hacia la superficie, pero con prudencia, vaciando lentamente sus depósitos.

Mi corazón latía con fuerza. ¿Íbamos a emerger y a hallar la atmósfera libre del polo?

No. Un choque me demostró que el *Nautilus* había golpeado contra la superficie inferior del banco de hielo, muy espeso aún a juzgar por el ruido sordo que produjo. En efecto, habíamos «tocado fondo» —para hablar en lenguaje marinero—, pero en sentido inverso, por arriba, a unos mil pies de profundidad, lo que daba un espesor de la capa de hielo de unos dos mil pies, de los cuales unos mil quedarían fuera del agua. El gran banco tenía, pues, una altura superior a la que habíamos observado en sus bordes, circunstancia poco tranquilizadora para nosotros.

Durante aquella jornada el *Nautilus* repitió varias veces la misma experiencia y siempre fue a chocar con el techo de hielo. En ocasiones lo encontró a novecientos metros de profundidad, lo que revelaba mil doscientos metros de espesor y unos doscientos emergidos. Era el doble de la altura que ofrecía en el momento en que el *Nautilus* se sumergió bajo los hielos.

Fui anotando cuidadosamente estas diversas profundidades, lo que me permitió obtener el perfil submarino de esta cadena montañosa que se desarrollaba por debajo de las aguas.

Cayó la tarde sin que nuestra situación experimentara ningún cambio. El hielo seguía alcanzando entre los cuatrocientos y los quinientos metros de profundidad. Era una disminución evidente, ¡pero qué espesor aún entre nosotros y la superficie del océano!

Eran ya las ocho. Hacía ya cuatro horas que, según la costumbre habitual, el aire del interior del *Nautitus* hubiera debido ser renovado. No sentía, sin embargo, ninguna molestia, aunque el capitán Nemo no había hecho uso aún de la reserva de oxígeno almacenada en los depósitos.

Mi sueño fue muy agitado aquella noche. El temor y la esperanza me asaltaban por turnos. Me levanté varias veces, y comprobé que continuaban los tanteos del *Nautilus*. Hacia las tres de la madrugada observé que la superficie inferior del gran banco se hallaba solo a unos cincuenta metros por debajo del nivel del mar. Solo ciento cincuenta pies nos separaban de la superficie del mar. El banco se transformaba poco a poco en un *ice-field*, en un campo de hielo; la montaña se convertía en llanura.

Mis ojos no podían apartarse ya del manómetro. Íbamos hacia arriba, en diagonal, siguiendo la superficie inferior del hielo, que brillaba bajo la luz eléctrica. El banco disminuía en suave pendiente, tanto por arriba como por abajo. Se hacía cada vez más delgado.

Por fin, a las seis de la mañana de aquel memorable 19 de marzo, se abrió la puerta del salón y entró por ella el capitán Nemo.

—¡El mar libre! —me dijo.

XIV

El Polo Sur

Me dirigí hacia la plataforma.

Efectivamente, era el mar libre. Apenas se veían algunos témpanos; de cuando en cuando flotantes icebergs; en lontananza, la extensión del agua; en el espacio, un tropel de aves; y miles de peces bajo las aguas que variaban, según los fondos, del más intenso azul al verde aceitunado. El termómetro marcaba tres grados sobre cero. Era como una primavera relativa, encerrada detrás del mar de hielo, cuyas lejanas masas se perdían en el horizonte septentrional.

—¿Estamos en el polo? —pregunté al capitán, con el corazón palpitante.

—No lo sé. Al mediodía determinaremos nuestra posición.

—Pero ¿lucirá el sol a través de estas brumas?

—A poco que se despejen, será suficiente.

A diez millas del *Nautilus,* en dirección sur, se elevaba un islote desierto a una altura de doscientos metros. Marchamos hacia él, pero con prudencia, porque aquel mar podía estar sembrado de escollos.

Una hora más tarde llegábamos al islote y, pasadas otras dos, lo habíamos rodeado completamente. Medía de cuatro a cinco millas de circunferencia. Un angosto canal lo separaba de una amplia extensión de territorio, tal vez un continente, cuyos límites no acertábamos a ver. La existencia de aquel territorio parecía confirmar la hipótesis de Maury.

Este científico norteamericano ha observado que entre el Polo Sur y el paralelo 70 el mar está cubierto de hielos flotantes de grandes dimensiones, que no se ven nunca en el Atlántico norte. De este hecho ha deducido que el círculo antártico encierra considerables territorios, ya que los icebergs no se pueden formar en alta mar, sino en las costas. Según sus cálculos, la masa de hielo que rodea al Polo Austral constituye un gran casquete, cuya anchura debe de llegar a los cuatro mil kilómetros.

Ante el temor de que embarrancara el *Nautilus*, se hizo alto a tres cables de un arenal dominado por unas rocas amontonadas. Se botó la lancha, embarcamos en ella el capitán, dos de sus subordinados, Consejo y yo. Eran las diez de la mañana. El arponero no se dejó ver.

Unos golpes de remo impulsaron el bote hasta la arena, en la que quedó encallado. En el momento en que Consejo se disponía a saltar a tierra, le retuve.

—Capitán Nemo —dije al comandante del *Nautilus*—, a usted corresponde ser el primero en pisar este territorio.

—Crea usted, señor Aronnax —respondió el capitán—, que si no vacilo en hollar con mi pie esta tierra del polo es debido a que, hasta el presente, ningún ser humano ha dejado aquí la huella de sus pasos.

Y dicho esto, saltó con ligereza sobre la arena. Lo embargaba una intensa emoción. Se encaminó a un picacho que coronaba un pequeño promontorio y, desde allí, cruzado de brazos, centelleándole la mirada, inmóvil y mudo, pareció tomar posesión de aquellas regiones australes. Permaneció como extasiado por espacio de unos cinco minutos, luego se volvió hacia nosotros.

—Cuando usted guste, señor Aronnax —me dijo gritando.

Seguido de Consejo, desembarqué, dejando a los dos marineros en el bote.

En un amplio espacio, el terreno estaba cubierto por una toba roja parecida a cascotes de ladrillos, mezclada con escorias, regueros de lava y piedra pómez. No cabía duda de que el origen de aquel islote era volcánico. En varios sitios, algunas tenues humaredas que despedían un olor sulfuroso testimoniaban que los fuegos interiores seguían en posesión de su potencia expansiva. No obstante, y situado en una escarpadura a la cual subimos, no conseguí divisar ningún volcán en un radio de varias millas. Ya se sabe que en aquellas regiones antárticas James Ross descubrió los cráteres del Erebus y del Terror en plena actividad, en el meridiano 167 y a los 77° 32' de latitud.

La vegetación de aquel extraño continente me pareció en extremo limitada. Algunos líquenes, ciertas plantas microscópicas, diatomeas rudimentarias, especie de células dispuestas entre dos conchas de cuarzo; largos fucos purpúreos y carmíneos aguantados por ligeras vejigas natatorias y que la resaca arrojaba a la costa, formaban la escasísima flora de la región.

La playa estaba sembrada de moluscos: pequeñas almejas, lapas, bucarlas lisas en forma de corazón y, en especial, olíos de cuerpo oblongo y membranoso, cuya cabeza consiste solo en dos lóbulos redondeados. Vi a miles de estos olíos boreales de tres centímetros de longitud que las ballenas engullen a montones. Los terópodos, verdaderas mariposas marinas, alegraban las aguas libres en la orilla.

En las grandes profundidades aparecían, entre otros, zoófitos, arborescencias coralíferas que, según James Ross, viven en los mares antárticos hasta mil metros bajo su superficie; pequeños alciones pertenecientes a la especie *Procellaria pelagica* y gran número de asterias específicas de aquellos climas y de estrellas de mar que constelaban el suelo.

Pero era en el aire donde la vida se desbordaba. Por él surcaban y revoloteaban a miles las más variadas especies de aves, que nos ensordecían con sus graznidos. Otras llenaban las rocas y nos contemplaban con confianza, apiñándose familiarmente a nuestro lado. Eran pingüinos, tan ágiles y flexibles en el agua, donde se les suele confundir con los veloces bonitos, como torpes y pesados en tierra; lanzaban chillidos y formaban grupos numerosos, parcos en sus movimientos, pero generosos en su algarabía.

Entre otras aves, vi a los quinís, de la familia de las zancudas, del tamaño de las palomas, de color blanco, pico corto y cónico y ojos encerrados en un círculo rojizo. Consejo realizó una buena provisión de estas aves que, preparadas convenientemente, brindan un sabroso manjar. También atravesaban el aire fuliginosos albatros de cuatro metros de envergadura, llamados muy justamente «los buitres del océano»; enormes petreles, y entre ellos los conocidos como «quebrantahuesos», curvados de alas y grandes consumidores de focas; dameros, especie de patos cuyo plumaje blanco y negro se parece a un tablero de ajedrez, y toda una colección, en fin, de aves marítimas propias de aquellas regiones, y tan oleosas algunas de ellas, como observó Consejo, que los nativos de las islas Feroe las utilizan a modo de luz adaptándoles una mecha.

—Por un poco más serían lámparas en toda regla —dijo Consejo—. Pero realmente no puede pedirse a la naturaleza que nazcan ya con mecha...

Media milla más adentro, el terreno se hallaba completamente acribillado por los nidos de los mancos, especie de madrigueras preparadas para la cría, que resultaba muy abundante. El capitán Nemo hizo cazar luego algunos centenares, pues si bien su carne es algo negruzca, es bastante comestible. Esos animales, del tamaño de ocas, de un color pizarroso por encima, blancos por debajo y apretado el cuello por una corbata amarilla, proferían graznidos parecidos a un rebuzno y se dejaban matar a pedradas sin intentar huir.

Pero la bruma no desaparecía y a las once aún no lucía el sol en el horizonte. La invisibilidad de este astro no dejaba de preocuparme, porque sin él no nos era posible hacer las observaciones. ¿Cómo precisar, de otro modo, si habíamos llegado al polo?

Cuando me reuní otra vez con el capitán Nemo, lo hallé acomodado en la roca, mirando silenciosamente el cielo. Parecía estar impaciente y contrariado. Pero ¿qué se podía hacer? Aquel hombre, tan poderoso, tan osado, no podía dominar el sol como lo hacía con el océano.

Llegó por fin el mediodía sin que hubiese brillado la luz del sol. No era posible ni siquiera adivinar la posición que ocupaba tras la densa cortina que lo ocultaba, que no tardó en deshacerse en forma de copiosa nevada.

—Aplacemos la observación hasta mañana —dijo sencillamente el capitán Nemo.

Y volvimos al *Nautilus*, envueltos en los torbellinos de la tempestad.

Las redes habían sido tendidas durante nuestra ausencia y contemplé, muy interesado, los peces que acababan de ser halados a bordo. Los mares antárticos son el refugio de un gran número de animales que emigran huyendo de las tempestades de zonas menos elevadas para perecer en las fauces de marsopas y focas. Vi algunos cotos australes de un decímetro de longitud, especie de peces cartilaginosos blanquecinos con rayas amarillas y provistos de aguijones; quimeras antárticas de tres pies de longitud, cuerpo muy alargado, dorso dotado de tres aletas y hocico acabado en una trompa que se dirige hacia la boca. Probé su carne y la hallé insípida, contra el parecer de Consejo, a quien le supo a gloria.

La tempestad de nieve duró hasta el día siguiente, imposibilitando la permanencia en la plataforma. Desde el salón, donde me hallaba ordenando las notas acerca de nuestra expedición al continente antártico, podía oír los graznidos de los petreles y los albatros que corrían en medio del temporal.

El *Nautilus* no estaba inmóvil, sino que avanzó unas diez millas más al sur, entre aquella vaga claridad debida a la luz del sol al rebasar los límites del horizonte.

El día siguiente, 20 de marzo, terminó la nevada. El frío era un poco más intenso. El termómetro indicaba dos grados bajo cero. Las nieblas se aclararon, infundiéndome la esperanza de que aquel día nos sería posible llevar a cabo nuestras observaciones.

No habiéndose presentado aún el capitán Nemo, Consejo y yo embarcamos en la lancha, que nos llevó a tierra. La naturaleza del suelo continuaba siendo la misma, volcánica. En todas partes vestigios de lavas, de escorias, de basaltos, sin que nos fuera posible divisar el cráter que los había formado. Como en el anterior sitio en el que desembarcamos, millares de aves pululaban en aquella porción del continente polar, pero se repartían su dominio con numerosas manadas de mamíferos marinos, que nos contemplaban aburridamente. Eran focas de varias especies; unas tendidas en el suelo, otras colocadas sobre hielos a la deriva, y otras que se chapuzaban en la orilla. Desconociendo en su aislamiento el peligro que pudiera resultar para ellas la aproximación del hombre, no huyeron cuando nos acercamos. Había tantas que hubieran podido aprovisionar perfectamente a algunos cientos de buques.

—En verdad es una suerte que no nos acompañe Ned Land —observó Consejo.

—¿Por qué?

—Porque, siguiendo sus instintos de cazador, no habría dejado títere con cabeza.

—Tanto como eso, tal vez no; pero, en efecto, creo que no nos hubiera sido posible evitar que nuestro amigo arponease a algunos de estos cetáceos, lo cual habría molestado al capitán Nemo, que no es partidario de verter sin necesidad la sangre de inofensivos animales.

—Y tiene razón.

—Es verdad. Pero dime, Consejo, ¿no has clasificado aún estas soberbias muestras de la fauna del océano?

—Como el señor sabe muy bien —replicó Consejo—, no estoy muy versado en la práctica, pero si el señor me indica el nombre de estos animales...

—Son focas y morsas.

—Dos géneros que se hallan comprendidos en la familia de los pinnípedos —apresuróse a contestar Consejo—, orden de los carnívoros, grupo de los unguiculados, subclase de los monodelfos, clase de los mamíferos, rama de los vertebrados.

—Muy bien, Consejo —le dije—, pero estos dos géneros se dividen en especies y, si no me engaño, nos será posible ver ambas aquí. Pero continuemos nuestro camino.

Eran las ocho de la mañana. Disponíamos, por consiguiente, de cuatro horas hasta que nos fuese posible comprobar con utilidad la posición solar. Encaminé mis pasos hacia una vasta bahía abierta en el granítico acantilado de la costa.

Desde allí, y en toda la extensión que alcanzaba la vista, la tierra firme y los témpanos se hallaban repletos de mamíferos marinos, lo que involuntariamente me hizo buscar al viejo Proteo, quien, según la mitología, se encargaba de guardar los inmensos rebaños del rey Neptuno. Lo que más abundaba eran las focas. Machos y hembras componían grupos distintos; el padre vigilaba a la familia; la madre amamantaba a los pequeñuelos, de los cuales algunos, ya más fuertes, empezaban a emanciparse a corta distancia. Cuando deseaban trasladarse de lugar, lo hacían mediante cortos saltitos, contrayendo el cuerpo y valiéndose, con bastante torpeza, de su deficiente aleta, que en el manatí, que es su congénere, viene a hacer las funciones de un verdadero brazo; pero en el agua, que es su verdadero elemento, aquellos bichos de espina dorsal flexible, pelvis estrecha, pelaje liso y tupido y patas palmeadas, nadan a la perfección. En reposo y en tierra firme adoptan actitudes sumamente graciosas. Por esta causa los antiguos, al observar la calma de su fisonomía, su expresiva mirada, con la cual no rivalizaría la más encantadora mirada de mujer, sus ojos dulces y aterciopelados y el atractivo abandono de sus posturas, las poetizaron a su manera, metamorfoseando a los machos en tritones y a las hembras en sirenas.

Hice observar a Consejo el extraordinario desarrollo de los lóbulos cerebrales de aquellos inteligentes cetáceos. Ningún mamífero, exceptuando al hombre, está mejor dotado de materia encefálica. Esta hace que las focas sean susceptibles de sufrir cierta educación; se las domestica con facilidad, y opino, como algunos naturalistas, que, adiestradas convenientemente, podrían prestar excelentes servicios como perros de pesca.

La mayoría de aquellos mamíferos reposaban sobre las rocas o sobre la arena. Entre las focas propiamente dichas, que carecen de apéndices auriculares —a diferencia de los otarios, cuyas orejas son visibles—, pude ver algunas especies de estenorrincos, de tres metros de largo, pelaje blanco, cabeza de perro y armados de diez dientes en cada mandíbula. Ninguno se retiró al aproximarnos.

—¿Son peligrosos estos bichos? —preguntó Consejo.

—No, a no ser que se les ataque —respondí—. Cuando una foca defiende su cría, su ira es terrible, y no pocas veces han hecho pedazos una canoa.

—Creo que están en su perfecto derecho —dijo Consejo.

—No te digo que no.

Dos millas más allá, nuestro camino se vio interceptado por el promontorio que resguardaba la bahía frente a los vientos del sur. Caía perpendicularmente sobre el mar, formando lenguas de espuma ante los ataques de la resaca. Al otro lado se oían fuertes mugidos parecidos a los proferidos por un rebaño de vacunos.

—¡Caramba! —exclamó Consejo—. Parece un concierto de toros.

—No, es de morsas —le respondí.

—¿Se pelean?

—Riñen o bien juegan.

—Si no causase molestia al señor, podríamos ir a verlas.

—Vamos allá.

Y he aquí que nos encontramos trepando por las negras rocas, entre súbitos derrumbamientos y pisando pedruscos que el hielo hacía sumamente resbaladizos. En más de una ocasión di con mi cuerpo en tierra, con gran disgusto de mis riñones. Consejo, más prudente o más fuerte que yo, andaba casi sin tropiezo y me levantaba, exclamando:

—Si el señor tuviera la bondad de abrir las piernas, conservaría mucho mejor el equilibrio.

Llegado a la arista superior del promontorio, pude ver una vasta llanura blanca repleta de morsas. Los animales retozaban entre sí y sus alaridos eran de gran alegría, no de cólera.

Las morsas se parecen a las focas en la forma de sus cuerpos y en la disposición de sus miembros, pero carecen de dientes en su mandíbula inferior y sus caninos superiores son dos largas defensas de ochenta centímetros, que miden treinta y tres de circunferencia en su alvéolo. Estas defensas, de marfil compacto y sin estrías, más duro que el de los elefantes y con menos propensión a amarillear, son solicitadísimas. Por esta causa dichos animales son objeto de una persecución sin cuartel, que acabará con la especie en poco tiempo, pues los cazadores matan sin distinción de clase a las hembras preñadas y a las crías jóvenes, destruyendo cada año más de cuatro mil ejemplares.

Al pasar junto a aquellos extraños animales me fue posible examinarlos a mis anchas, porque no se ocultaban a nuestras miradas. Su piel era gruesa y rugosa, de color castaño tirando a rojo, y su pelo corto y claro. Algunos alcanzaban una longitud de cuatro metros. Más tranquilos y menos temerosos que sus compañeros del norte, no tenían colocados centinelas encargados de la vigilancia de los alrededores del campamento.

Una vez examinado aquella población de morsas, creí llegado el momento de desandar lo andado. Eran las once y, si el capitán Nemo hallaba favorables las condiciones para la tan deseada observación, yo quería presenciar la operación. Sin embargo, no confiaba en la aparición del astro rey aquel día. Las nubes, amontonadas en el horizonte, seguían manteniéndolo oculto a nuestra vista, como si el sol, celoso, se negase a revelar a seres humanos aquel punto inabordable del mundo.

A pesar de todo, decidí regresar al *Nautilus*. Seguimos un estrecho sendero que corría a lo largo de la cumbre del acantilado, y a las once y media nos encontramos en el lugar del desembarco. La lancha, varada ya en la playa, había llevado a tierra al capitán Nemo. Pude verlo en pie sobre una roca de basalto. Sus instrumentos se encontraban junto a él. Su mirada estaba fija en el horizonte septentrional, cerca de cuyos límites describía por entonces el sol su continuada curva.

Me coloqué a su lado esperando, sin pronunciar palabra. Llegó el mediodía, y como el día anterior, las nubes taparon el sol.

Era una desgracia. La observación se frustraba de nuevo, y de no realizarla al día siguiente, habríamos de renunciar definitivamente a conocer nuestra situación.

En efecto, nos encontrábamos ya a 20 de marzo. Al día siguiente, 21, correspondiente al equinoccio, sin tener en cuenta la refracción, el sol se iría del horizonte por espacio de seis meses, y con su ida empezaría la larga noche polar. Desde el equinoccoccio de septiembre había ido surgiendo del horizonte septentrional y elevándose por extensas espirales hasta el 21 de diciembre. A partir de esta fecha, solsticio de las comarcas boreales, había empezado su descenso y, al día siguiente, debía lanzar sus postreros rayos.

Transmití mis observaciones y mis temores al capitán Nemo.

—Tiene usted razón, señor Aronnax: si mañana no consigo la altura del sol, no podré realizar esta operación hasta pasados seis meses. En cambio, y justamente por habernos traído los azares de la navegación a estos mares, el 21 de marzo será más fácil determinar nuestra posición si el sol se muestra a mediodía.

—¿Por qué, capitán?

—Porque cuando el astro diurno describe espirales muy prolongadas, es muy difícil medir con exactitud su altura sobre el horizonte, y los instrumentos se ven expuestos a sufrir graves errores.

—Entonces, ¿cómo trabajará usted?

—Usando solo el cronómetro —me respondió el capitán Nemo—. Si mañana, día 21 de marzo, al mediodía, el disco del sol, teniendo en cuenta la refracción, se encuentra cortado exactamente por el horizonte norte, estamos en el Polo Sur, en el Polo Antártico.

—En efecto —le contesté—, pero esta indicación no es matemáticamente exacta, porque el equinoccio no coincide al segundo con el mediodía.

—Efectivamente, señor Aronnax. No obstante este error no llegará a cien metros, y no necesitamos más. Hasta mañana, entonces.

El capitán Nemo regresó a bordo. Consejo y yo continuamos paseando por la playa hasta las cinco, observando y estudiando. No recolecté ningún objeto notable, excepto un huevo de pingüino, curioso por su tamaño, y por el que un coleccionista hubiese abonado por lo menos mil francos. Su tonalidad avellana, los trazos y las marcas que lo cruzaban, como otros tantos jeroglíficos, lo convertían en un verdadero objeto de adorno. Lo confié a las manos del prudente Consejo, quien lo transportó intacto hasta el *Nautilus* como si se tratara de una delicada porcelana china.

Una vez en el *Nautilus*, deposité la curiosidad en las vitrinas del museo. Cené con mucho apetito un buen trozo de hígado de foca, cuyo sabor me recordó el de la carne de cerdo, y me acosté, no sin antes invocar, como los indios, los favores del esplendoroso astro.

A las cinco de la mañana del 21 de marzo me encontraba ya en la cubierta. El capitán Nemo se me había adelantado.

—El tiempo tiende a despejar. Tengo grandes esperanzas —me comunicó—. Después de almorzar nos trasladaremos a tierra para elegir un buen puesto de observación.

Convenido así, fui en busca del canadiense para que viniera con nosotros. El tozudo Ned Land rehusó la invitación, manifestando claramente que su malhumor y su taciturnidad iban en aumento de día en día. Pensándolo bien, no lamenté su terquedad en aquella ocasión. En realidad, había demasiadas focas en tierra y no era sensato someter a un cazador como él a semejante tentación.

Acabado el almuerzo, emprendimos el camino hacia tierra. El *Nautilus* se había internado unas cuantas millas durante la noche. Se encontraba en alta mar, como a una legua o más de una costa larga, dominada por un afilado picacho de cuatrocientos a quinientos metros de altura. La lancha transportaba al capitán Nemo, a dos marineros y los instrumentos, que consistían en su anteojo, un barómetro y un cronómetro.

Durante nuestra travesía pude ver numerosas ballenas pertenecientes a las tres especies propias de los mares australes: la ballena franca o *rightwale* de los ingleses, que carece de aleta dorsal; el *hump-back*, ballenóptero de rugoso vientre, con grandes aletas de color blanquecino, que, a pesar de su nombre, no afectan la forma de alas, y el *fin-back*, de color pardusco amarillento; es el más poderoso de los cetáceos. Este potente animal se deja oír de muy lejos, cuando proyecta a gran altura columnas de aire y de vapor, parecidas a torbellinos de humo. Todos aquellos mamíferos retozaban libremente en aquellas tranquilas aguas, haciéndome comprender que la cuenca del Polo Antártico servía en la actualidad de refugio a aquellos animales acosados sin piedad por los pescadores.

Igualmente observé largos cordones blancuzcos de salpos, especie de moluscos agregados, y medusas de gran volumen que se agitaban entre los remolinos que formaban las aguas.

Hacia las nueve atracamos en tierra firme. El cielo aclaraba, las nubes corrían hacia el sur abandonando así la helada superficie de las aguas. El capitán Nemo se encaminó hacia el pico que dominaba la costa, en el cual, sin duda, quería instalar su observatorio. Fue una penosa ascensión sobre las lavas cristalizadas en punta y la piedra pómez, y entre una atmósfera saturada frecuentemente por las emanaciones sulfurosas de las fumarolas. El capitán, a pesar de haber perdido la costumbre de caminar por tierra, trepaba por las más rudas pendientes con una ligereza y agilidad que me era imposible igualar y que hubiera envidiado un cazador de gamuzas.

Dos horas invertimos en coronar la cumbre de aquel picacho, mezcla de pórfido y basalto. Desde aquel lugar, nuestras miradas abarcaban una dilatada extensión del mar que, hacia el norte, marcaba con toda nitidez su línea terminal en el fondo del cielo. A nuestros pies, campos de blancura irresistible. Sobre nosotros, el pálido azul del cielo, limpio de brumas. Al norte el disco solar, como una bola de fuego cercenada por el horizonte. Del seno de las aguas se elevaban cientos de bellos surtidores naturales. A los lejos se hallaba el *Nautilus,* como un cetáceo en reposo. A nuestra espalda y en dirección sur y este, un territorio grandioso y un amontonamiento caótico de rocas y de hielos, cuyo final no alcanzaba la vista.

El capitán Nemo, al llegar a la cima del pico, calculó con toda minuciosidad su altura mediante el barómetro, por ser este un dato que debía tener en cuenta en su observación.

A las doce menos cuarto el sol, visto hasta entonces solamente por refracción, apareció como un aurífero disco y dispersó sus últimos rayos sobre aquel abandonado continente y aquellos mares aún no atravesados por el hombre.

El capitán, provisto de un anteojo de retículas que mediante el auxilio de un espejo corregía la refracción, examinó el astro que transponía con lentitud el horizonte siguiendo una diagonal muy marcada. Yo sostenía el cronómetro. Mi corazón saltaba en el pecho. Si la desaparición del semidisco solar coincidía con las doce del cronómetro, nos hallábamos en el mismo polo.

—¡Las doce! —grité.

—¡El Polo Sur! —respondió el capitán Nemo, con acento solemne, pasándome el anteojo a través de cuyos cristales se divisaba el astro del día cortado exactamente en dos mitades iguales por el horizonte.

Contemplé los postreros rayos que coronaban el pico mientras paulatinamente las sombras ascendían por sus laderas.

En aquel momento, el comandante del *Nautilus* apoyó su mano en mi hombro, diciendo:

—Señor Aronnax, en 1600, el holandés Gheritk, precipitado por las corrientes y las tempestades, llegó a los 64° de latitud meridional y descubrió las islas de New-Shetland. El 12 de enero de 1773, el eximio Cook, siguiendo el meridiano 38, avanzó hasta los 67° 30' de latitud, y el 30 de enero de 1774, en el meridiano 109, hasta los 71° 15'. En 1819, el ruso Bellinghausen cruzó el paralelo 69, y en 1821, el 66 a los 111° de longitud oeste. En 1820, el inglés Brunsfield se vio detenido en el grado 65. En este mismo año, el americano Morrel, cuyas explicaciones son algo confusas, remontando por el meridiano 42, descubrió el mar libre a los 70° 14' de latitud. En 1825 el inglés Powell no pudo rebasar los 62°. En el mismo año, un simple pescador de focas, el inglés Weddel, ascendió por el meridiano 35 hasta los 72° 14' de latitud y por el 36 hasta los 74° 15'. En 1829 el inglés Forster, comandante del *Chanticleer*, tomó posesión del continente antártico a los 62° 26' de latitud y 6° 26' de longitud. El 1 de febrero de 1831, el inglés Biscoe descubrió la tierra de Enderbey, a los 68° 50' de latitud, y la tierra de Adelaida a los 67°, y el 21 de febrero, la tierra de Graham, a los 64° 45' de latitud. En 1838 el francés Dumont d'Urville, aprisionado por los hielos a los 62° 57 de latitud, divisó la tierra de Luis Felipe. Dos años más tarde, en una nueva expedición al sur, dio nombre al territorio de Adelia, situado a los 66° 33', el 21 de febrero, y ocho días después, a los 64° 40', abordó la costa de Clarie. En el citado año 1838, el inglés Wilkes avanzó hasta el paralelo 69, en el meridiano 100. En el año 1839, el inglés Balleny descubrió el territorio de Sabrina, en el límite del círculo polar. Por último, en 1842, el inglés James Ross, comandando el *Erebus* y el *Terror,* dio con la isla Victoria el 12 de enero, a los 73° 56' de latitud y a los 171° 7' de longitud oeste; el día 23 del mismo mes llegó al paralelo 74, el punto más alto alcanzado hasta entonces; el 27 se encontraba a los 76° 8'; el 28, a los 77° 32'; el día 2 de febrero, a los 78° 4'; y en el mismo 1842 regresó al grado 71, que no pudo atravesar. Pues bien, yo, el capitán Nemo, he llegado al grado 90, o sea, al Polo Sur, hoy, día 21 de marzo de 1868, y tomo posesión de esta parte del globo, que equivale al sexto de los continentes conocidos.

—¿En nombre de quién, capitán?

—En el mío, señor profesor.

Y, al decir esto, el capitán Nemo desplegó una bandera negra con una N de oro bordada en su centro. Después, volviéndose hacia el brillante astro, cuyos últimos destellos lamían el horizonte del mar, exclamó con voz alta, casi estentórea:

—¡Adiós, sol! ¡Ocúltate, esplendoroso astro! ¡Desaparece bajo ese mar libre y deja envuelto en las sombras de una noche de seis meses mi nuevo territorio!

XV

¿ACCIDENTE O INCIDENTE?

A las seis de la mañana del día siguiente, 22 de marzo, comenzaron los preparativos para la marcha. Los últimos destellos del crepúsculo se fundían en el horizonte. El frío era intenso. Las constelaciones resplandecían con sorprendente intensidad. En el cenit brillaba la Cruz del Sur, la estrella polar de las regiones antárticas.

El termómetro señalaba doce grados bajo cero, y cuando el viento aumentaba su fuerza producía un vivo escozor. Los témpanos se sucedían en las aguas libres. El mar tendía a compactarse. Las numerosas placas negruzcas que se acumulaban en la superficie anunciaban nuevas formaciones de hielo. Sin duda alguna, la cuenca austral, helada durante el largo invierno polar, era completamente inaccesible. ¿Qué sería de las ballenas durante aquel período? A buen seguro se deslizarían por debajo del mar solidificado, en busca de mares más benignos. En lo que respecta a las focas y a las morsas, acostumbradas a habitar en los climas más inhóspitos, continuarían en aquellas regiones heladas. Los citados animales tienen la costumbre de abrir agujeros en el *icefield* y los mantienen siempre abiertos a fin de salir a respirar por ellos. Cuando, ahuyentadas por el frío, las aves emigran hacia el norte, quedan como únicos dueños del continente polar los mamíferos marinos.

Una vez llenos los depósitos de agua, el *Nautilus* descendió poco a poco, hasta alcanzar los mil pies. Su hélice batió las aguas y la nave se encaminó directamente hacia el norte, a una velocidad de quince millas por hora. Al anochecer, flotaba ya bajo el inmenso banco de hielo.

Los paneles del salón habían sido cerrados prudentemente, porque era posible que el casco de la embarcación chocase con algún témpano sumergido. Así pues, dediqué la tarde a poner en limpio mis notas. Los recientes recuerdos del polo llenaban por completo mi cerebro. Habíamos llegado a tan inaccesible punto del globo sin fatiga, sin peligros, como si nuestro vagón flotante se hubiera deslizado por unos raíles de hierro. A la sazón empezaba verdaderamente el regreso. ¿Todavía me depararía el azar sorpresas semejantes? Tal era mi creencia, dado lo inagotable de las maravillas del mar. De momento, hacía cinco meses y medio que la casualidad nos había encerrado a bordo de aquel aparato submarino y ya llevábamos recorridas catorce mil leguas, en cuyo trayecto, más largo que el Ecuador terrestre, se había desarrollado un cúmulo de incidentes, ya curiosos, ya terribles, que habían amenizado nuestro crucero: la cacería en los bosques de la isla de Crespo, el varamiento en el estrecho de Torres, el cementerio de coral, las pesquerías de perlas de Ceilán, el túnel arábigo, los fuegos de Santorin, los millones de la bahía de Vigo, la Atlántida, el Polo Sur... Durante toda la noche, todos estos recuerdos, pasando de un sueño a otro, no dejaron un momento en paz mi cerebro.

A las tres de la madrugada me despertó un fuerte choque. Me incorporé sobresaltado en el lecho y prestaba oído atento en medio de la oscuridad cuando, bruscamente, me sentí lanzado al centro de la habitación. Sin duda, el *Nautilus* había escorado después del encontronazo.

Arrimándome a las paredes me deslicé por los pasadizos hasta el salón, alumbrado por su plafón luminoso. Los muebles se encontraban derribados. Afortunadamente, las vitrinas, sujetas con mucha solidez en su base, habían resistido. Truncada la verticalidad, los cuadros de estribor aparecían sujetos a la pared, en tanto que los de babor se hallaban separados de ella cosa de un pie por su borde inferior. El *Nautilus,* por consiguiente, estaba tumbado hacia estribor y además inmóvil por completo.

En su interior oí ruido de pasos y voces confusas, pero no pude ver al capitán Nemo. Cuando salía del salón, me tropecé con Ned Land y Consejo.

—¿Qué sucede? —les pregunté en el acto.

—Eso mismo quería preguntar al señor —me respondió Consejo.

—¡Por cien mil demonios! —rugió el arponero—. ¡No hay que calentarse el cerebro para saberlo! Que el *Nautilus* ha encallado y que, a juzgar por su grado de inclinación, no creo que salgamos tan bien librados de esta como en el estrecho de Torres.

—Pero supongo que habremos regresado a la superficie... —observé.

—Lo ignoro, señor —respondió Consejo.

—Es muy sencillo averiguarlo —dije.

Y me aproximé al manómetro, y me quedé estupefacto: indicaba una profundidad de trescientos sesenta metros.

—¿Qué significa esto? —exclamé.

—Habrá que interrogar al capitán Nemo —respondió Consejo.

—¡Cualquiera lo encuentra ahora!

—Seguidme —dije a mis compañeros.

Y abandoné el salón. En la biblioteca no había nadie. Supuse que el comandante del *Nautilus* estaría en la cabina del timonel. Lo más conveniente era aguardar. Así lo creíamos, y regresamos los tres al salón.

No haré mención de las exclamaciones de Ned Land, ya que tenía motivo para justificar sus arrebatos. Le dejé desahogar su cólera sin responderle.

Pasados veinte minutos, durante los cuales intentamos captar los menores ruidos, entró en el salón el capitán Nemo. Parecía no habernos visto. Su cara, por lo general tan impasible, demostraba cierta inquietud. Observó en silencio la brújula y el manómetro, y apoyó luego el índice en un punto del planisferio, en la parte que estaban los mares australes.

No quise decir nada. Solo cuando se volvió hacia mí, pasados unos instantes, le pregunté, devolviéndole una expresión empleada por él en el estrecho de Torres:

—¿Un incidente, capitán?

—No, profesor —respondió—. Esta vez es un accidente.

—¿Muy grave?

—Tal vez.

—¿Es inmediato el peligro?

—No.

—¿Ha encallado el *Nautilus*?

—Sí.

—¿Y el accidente proviene...?

—De un capricho de la naturaleza, no de un fallo de los hombres. No se ha cometido un solo error en las maniobras, pero ha sido imposible evitar las consecuencias del equilibrio. Es posible oponerse a las leyes humanas, pero no a las naturales.

Original ocasión la elegida por el capitán Nemo para exponer esta reflexión filosófica. En resumen, su respuesta no me sacaba de dudas.

—Pero ¿puedo saber cuál ha sido la causa de que el buque haya encallado, capitán? —le pregunté.

—Un tremendo témpano de hielo —me respondió—, una montaña entera que se ha derrumbado. Cuando los icebergs están socavados en su base por el contacto de aguas más templadas o por choques continuados, se eleva su centro de gravedad. Entonces pierden el equilibrio y dan una vuelta de campana. Esto es lo que ha ocurrido ahora. Una de esas montañas, al dar la vuelta, ha chocado con el *Nautilus,* que flotaba tranquilamente entre las aguas. Se ha deslizado por debajo de su casco y, levantándolo con un empuje irresistible, lo ha llevado a aguas menos densas, donde se encuentra encallado.

—¿Pero no es posible aligerar al *Nautilus* vaciando sus depósitos a fin de que recupere su equilibrio?

—Eso estamos haciendo. Desde aquí podrá usted oír cómo funcionan las bombas. Mire usted la aguja del manómetro: indica que el *Nautilus* está subiendo. Pero al mismo tiempo asciende el témpano, y mientras ningún obstáculo no frene su subida, no variará nuestra situación.

Efectivamente, el *Nautilus* seguía escorado por su banda de estribor. Con toda seguridad se enderezaría cuando el témpano se parase, pero quién sabía si antes no toparíamos con la parte inferior del banco, quedando espantosamente prensados entre las dos superficies de hielo.

En tanto que yo reflexionaba acerca de todas las consecuencias de nuestra situación, el capitán Nemo no separaba la mirada del manómetro. Desde la caída del iceberg el *Nautilus* se había remontado unos ciento cincuenta pies, pero seguía formando el mismo ángulo con la perpendicular.

De repente, el casco hizo un ligero movimiento. Era evidente: el *Nautilus* iba recuperando poco a poco su posición correcta. Los objetos suspendidos de las paredes del salón volvían también sensiblemente a su posición normal. Las paredes se acercaban a la línea vertical. Nadie decía una palabra. Dominados por la ansiedad, todos nos mirábamos siguiendo las oscilaciones del barco. El suelo se ponía horizontal bajo nuestros pies. Así pasaron diez minutos.

—¡Al fin hemos recobrado la posición horizontal! —exclamé.

—En efecto —afirmó el capitán Nemo, dirigiéndose a la puerta.

—Pero ¿llegaremos a flotar? —le interrogué.

—Por supuesto —respondió—. En cuanto los depósitos se hayan vaciado, el *Nautilus* subirá a la superficie del mar.

El capitán salió, y a los pocos momentos, obedeciendo sus órdenes, quedaba interrumpida la marcha ascendente de la nave. De no hacerlo así, no habría tardado en topar con la parte inferior del banco de hielo, y era preferible mantenerlo entre dos aguas.

—¡De buena nos hemos librado! —exclamó entonces Consejo.

—Tienes razón —le respondí—. Podríamos haber quedado aplastados entre esas montañas de hielo o por lo menos em-

paredados. Y en este caso, la imposibilidad de renovar el aire...
¡Sí! ¡De buena nos hemos librado!

—¡Si es que acaban aquí los obstáculos! —murmuró el arponero.

No quise entablar con él una discusión inútil y me callé. Además, en aquel instante se abrieron los paneles del salón y la luz exterior entró a través de la vidriera. Como ya he dicho, estábamos en aguas libres; pero a diez metros de distancia de cada uno de los costados del barco se elevaba una resplandeciente pared de hielo. Por encima y por debajo había otras barreras parecidas: por encima, ya que la parte inferior del banco de hielo se extendía como un enorme techo; por debajo, porque la mole derrumbada, deslizándose lentamente, había hallado en las paredes laterales dos puntos de apoyo que la mantenían retenida en su nueva posición. El *Nautilus* estaba encajonado en un verdadero túnel helado, de unos veinte metros de anchura, lleno de agua tranquila. Era, pues, fácil salir de allí, ya fuera avanzando, ya fuera retrocediendo, y descender luego unos centenares de metros hasta encontrar un paso libre bajo el banco.

A pesar de haberse apagado el plafón del techo, una luz intensa inundaba el salón. Ocurría que la enorme reverberación de las murallas de hielo devolvía con gran violencia los haces luminosos del fanal. Es imposible describir el efecto que los rayos luminosos hacían en aquellas enormes masas de variados contornos, en las que cada ángulo, cada arista, cada faceta irradiaba un fulgor diverso, según fuese la naturaleza de las vetas que surcaban el hielo. Parecían minas resplandecientes de piedras preciosas, en especial de zafiros, que combinaban sus azules destellos con los verdes de la esmeralda. Por todas partes los más delicados matices opalinos se entremezclaban con puntos incandescentes, como diamantes de fuego, y el ojo no podía soportar su resplandor. La potencia luminosa del reflector aparecía centuplicada, como la de una lámpara a través de las láminas lenticulares de un faro de primer orden.

—¡Qué maravilla! ¡Qué maravilla! —exclamó emocionado Consejo.

—Sí —añadí yo—. Es un espectáculo digno de admiración. ¿No es cierto, Ned?

—¡Por cien mil demonios! —contestó el arponero—. Aunque me cuesta reconocerlo, he de admitir que sí. ¡Es estupendo! Pero este espectáculo podría costarnos caro. Y para ser franco, creo que estamos viendo cosas que Dios ha querido ocultar a la vista del hombre.

Ned tenía razón. No se podía imaginar mayor belleza. De repente, una exclamación de Consejo me hizo volver la cabeza.

—¿Qué ocurre? —le pregunté.

—¡Le ruego al señor que cierre los ojos! ¡No mire!

Y al formular la advertencia, Consejo se tapaba los ojos con las manos.

—Pero ¿qué te sucede, muchacho?

—¡Estoy deslumbrado, estoy ciego!

Mis ojos se dirigieron involuntariamente a la vidriera, pero no pude resistir el refulgente centelleo del cristal.

Comprendí lo que había pasado. El *Nautilus* había emprendido su marcha a gran velocidad y los tranquilos reflejos de las paredes de hielo se habían transformado en surcos fulgurantes donde se combinaban los destellos de miríadas de diamantes. El *Nautilus,* impelido por su hélice, navegaba envuelto en rayos.

La vidriera se cerró. Nosotros seguimos frotándonos los ojos, impregnados de esos destellos concéntricos que flotan en la retina cuando la hieren con demasiada viveza los rayos del sol. Hubo de pasar un largo rato hasta que se sosegó nuestra mirada.

—¡Jamás lo hubiera creído! —dijo Consejo.

—Yo no lo creo aún —respondió el canadiense.

—Cuando volvamos a tierra —continuó Consejo, afectado todavía por tanta magnificencia de la naturaleza—, ¿qué nos parecerán los miserables continentes y las pobres obras producidas por la mano humana? ¡No! ¡Ya no es digno de nosotros el mundo habitado!

Estas palabras en boca de un imperturbable flamenco demostraban bien a las claras a qué grado de efervescencia se había elevado nuestro entusiasmo. Pero el arponero no podía por menos que verter sobre él su jarro de agua helada.

—¡El mundo habitado! —replicó, meneando la cabeza—. ¡Descuida, amigo Consejo, que no volveremos a verlo!

Eran las cinco de la mañana. En aquel instante se produjo un topetazo a proa. Me di cuenta de que el espolón del buque había tropezado con una masa de hielo. Debió de ser consecuencia de una falsa maniobra, ya que el túnel submarino obstruido por los témpanos no ofrecía una navegación fácil. Pensé que el capitán Nemo, rectificado el rumbo, sortearía aquellos obstáculos o que seguiría las sinuosidades del túnel, pero que no se detendría el avance. Contra mi suposición, el *Nautilus* inició un pronunciado movimiento de retroceso.

—¿Navegamos hacia atrás? —preguntó Consejo.

—Sí —respondí—. Por lo visto, el túnel está cerrado por este lado.

—¿Entonces...?

—Es cuestión de un sencillo cambio de maniobra. Daremos marcha atrás y saldremos por la boca sur. No es más que eso.

Al expresarme así aparentaba una tranquilidad que estaba lejos de sentir. Mientras tanto, se aceleraba el movimiento de retroceso del *Nautilus*, que, navegando a contra hélice, nos arrastraba a tremenda velocidad.

—Esto significa un nuevo retraso —murmuró Ned.

—¿Qué importan unas horas más o menos, si al fin salimos? —le objeté.

Y empecé a pasear del salón a la biblioteca. Mis amigos se quedaron sentados en silencio. A los pocos momentos me dejé caer sobre el diván y tomé un libro que mi vista recorrió maquinalmente.

Un cuarto de hora más tarde, Consejo se acercó a mí y me preguntó:

—¿Es interesante lo que lee el señor?

—Muy interesante —le respondí.

—No lo dudo. El señor está leyendo su propio libro.

—¿Mi libro?

En efecto, sin darme cuenta siquiera, tenía en mis manos mi obra *Los misterios de las grandes profundidades submarinas*. Cerré el libro y continué mis paseos.

Ned y Consejo se levantaron como para retirarse.

—Quedaos —les dije para retenerlos—. Estemos juntos hasta que salgamos de este atolladero.

—Como quiera el señor —respondió Consejo.

Pasaron varias horas durante las cuales observé frecuentemente los instrumentos colgados en la pared del salón. El manómetro señalaba que el *Nautilus* se mantenía a una profundidad constante de trescientos metros; la brújula, que navegábamos hacia el sur; la corredera, que marchaba a una velocidad de veinte millas por hora, una velocidad excesiva para un espacio tan pequeño. Pero el capitán Nemo sabía que toda rapidez era poca y que en aquellas circunstancias cada minuto valía un siglo.

A las ocho y cinco se produjo un nuevo choque, esta vez a popa. Palidecí. Mis amigos se acercaron. Estreché con fuerza la mano de Consejo y los dos nos interrogamos con la vista, más directamente que si las palabras hubiesen interpretado nuestro pensamiento.

En aquel momento entró el capitán en el salón. Me adelanté a su encuentro.

—¿Está interceptado también el camino por el sur? —le pregunté.

—Sí, señor —me respondió—. El iceberg, al derrumbarse, ha tapado por completo todas las salidas.

—Entonces, ¿estamos bloqueados?

—Sí.

XVI

Sin aire

De manera que el *Nautilus* estaba rodeado por un infranqueable muro de hielo. Estábamos atrapados. El arponero descargó un tremendo puñetazo sobre la mesa. Consejo permaneció en silencio y yo contemplé al capitán, cuya fisonomía había recobrado su acostumbrada impasibilidad. Estaba cruzado de brazos meditando. El *Nautilus* no se movía.

El capitán hizo uso de la palabra.

—Señores —dijo con voz serena—, en las condiciones en que nos hallamos, podemos morir de dos maneras distintas.

El impenetrable capitán tenía el aire de un profesor de matemáticas explicando un teorema a sus alumnos.

—La primera —continuó— consiste en morir aplastados. La segunda, en fallecer por asfixia. No hablo de la posibilidad de morir de hambre, ya que las provisiones que llevamos durarán con toda seguridad más que nosotros. Preocupémonos, pues, de las posibilidades de aplastamiento o de asfixia.

—La asfixia no es de temer —respondí—, ya que los depósitos están llenos.

—Es cierto —dijo el capitán—. Pero no tienen aire más que para dos días y hemos de tener en cuenta que hace ya treinta y seis horas que estamos bajo el agua y que se impone la necesidad de renovar la atmósfera, que está ya muy viciada. En consecuencia, dentro de cuarenta y ocho horas habremos agotado nuestras reservas.

461

—Pues bien, capitán, evitemos el peligro antes de cuarenta y ocho horas.

—Lo intentaremos al menos, perforando la pared que nos rodea.

—¿Por qué lado? —le interrogué.

—Esto nos lo dirá la sonda. Voy a varar el *Nautilus* en el banco inferior y mis tripulantes, provistos de escafandras, agujerearán el iceberg por su parte menos consístente.

—¿Se puede abrir la vidriera del salón?

—No hay inconveniente, ya que estamos parados.

El capitán Nemo salió. Al poco tiempo unos silbidos me indicaron que el agua se metía en los depósitos. El *Nautilus* descendió con lentitud hasta descansar sobre la masa de hielo a una profundidad aproximada de trescientos cincuenta metros.

—Amigos míos —arengué a Consejo y a Ned—, la situación es grave, pero confío en vuestro valor y en vuestra firmeza.

—Señor Aronnax —me contestó el arponero—, sería muy feo importunarle con mis recriminaciones en estos instantes. Estoy dispuesto a cuanto sea necesario en beneficio de la salvación común.

—¡Bien, Ned! —le contesté, estrechándole la mano.

—He de advertirle —agregó el arponero— que soy tan diestro en el manejo del pico como en el del arpón. Si el capitán cree que puedo serle útil, puede disponer de mí.

—No rehusará tu ayuda. Vamos a verle, amigo Ned.

Llevé al canadiense al sollado, donde los tripulantes del *Nautilus* se ponían sus escafandras, y le expliqué al capitán el ofrecimiento de Ned, que fue aceptado. El arponero se endosó su traje de buzo y estuvo listo al mismo tiempo que sus compañeros de trabajo. Todos llevaban a la espalda los aparatos Rouquayrol, que habían rellenado con abundante cantidad de aire puro de los depósitos. Carga importante, pero absolutamente indispensable, tomada de la reserva del *Nautilus*. En cuanto a las lámparas Ruhmkorff, resultaban inútiles en aquellas aguas iluminadas y saturadas de rayos eléctricos.

Cuando Ned estuvo vestido, volví al salón, y situado al lado de Consejo, contemplé a través del ventanal las capas que rodeaban al *Nautilus.*

Pocos momentos después pisaban el banco de hielo doce hombres de la tripulación, entre los cuales se distinguía a Ned Land por lo elevado de su estatura. Les acompañaba el capitán Nemo.

Antes de proceder a taladrar las paredes heladas, el capitán mandó que se practicaran sondeos, a fin de asegurar la buena dirección de las maniobras a realizar. Se introdujeron largas sondas en las paredes laterales; pero a los quince metros tropezaron con la compacta muralla. Era inútil tantear la superficie superior, ya que la constituía el propio banco de hielo, que medía más de cuatrocientos metros de altura. El capitán mandó sondear entonces la superficie inferior, y comprobó que nos separaban del agua unos diez metros de pared. Este era el espesor del iceberg. Así pues, había que excavar un espacio de perímetro igual a la línea de flotación del *Nautilus,* o sea, arrancar unos seis mil quinientos metros cúbicos de hielo, más o menos, a fin de abrir un agujero que nos permitiera deslizarnos por debajo del campo de hielo.

Inmediatamente se dio comienzo a la tarea, y se trabajó con incansable tenacidad. En vez de excavar en torno del *Nautilus,* lo cual hubiera acarreado grandes dificultades, el capitán Nemo hizo trazar la extensa fosa a ocho metros de la banda de estribor. Después, los marineros taladraron simultáneamente en varios puntos de su circunferencia. A los pocos momentos el pico atacó con vigor aquella materia compacta, separando grandes trozos de la masa. Por un curioso efecto del peso específico, los trozos de hielo, menos pesados que el agua, volaban, por así decirlo, hacia la techumbre del túnel, que engrosaba por arriba lo que adelgazaba por abajo, pero esto no tenía importancia, en tanto que la pared inferior disminuyese de espesor. Después de dos horas de continuado y brioso trabajo, Ned Land se retiró agotado, así como sus compañeros, y los sustituyeron otros operarios, entre los que figurábamos Consejo y yo, bajo la dirección del segundo del *Nautilus.*

El agua me pareció en exceso fría, pero el manejo del pico obró en mí una inmediata reacción. Mis movimientos eran ágiles, a pesar de realizarse bajo una presión de treinta atmósferas.

Cuando volví al *Nautilus*, acabadas mis dos horas de trabajo, para procurarme algún alimento y descanso, hallé una notoria diferencia entre el aire puro que me había suministrado el aparato Rouquayrol y el ambiente interior del navío, cargado ya de anhídrido carbónico. Hacía cuarenta y ocho horas que no se había renovado el aire y sus cualidades vivificadoras estaban en extremo mermadas. Y el caso era que en doce horas solo habíamos rebajado un metro de la superficie delineada, o sea, unos seiscientos metros cúbicos. Suponiendo que ejecutáramos el mismo trabajo cada doce horas, precisaríamos cinco noches y cuatro días para llevar a feliz término la empresa.

—¡Cinco noches y cuatro días! —dije a mis amigos—. ¡Y no tenemos aire más que para dos!

—Sin contar que una vez fuera de esta maldita prisión, quedaremos todavía prisioneros bajo el banco de hielo y sin comunicación posible con la atmósfera —replicó el arponero.

La reflexión no podía ser más acertada. ¿Quién era capaz de calcular el tiempo mínimo preciso para nuestra liberación? ¿No moriríamos asfixiados antes de que el *Nautilus* hubiese podido volver a la superficie del mar? Estaría destinado a sucumbir en aquella tumba de hielo con todos sus tripulantes? La situación era para infundir espanto; pero todos y cada uno la afrontaban resignados, decididos a cumplir con su deber hasta el final.

Conforme a mis cálculos, durante la noche se profundizó un metro más en el enorme hoyo; pero por la mañana, cuando revestido de mi escafandra recorrí el agua a una temperatura de seis a siete grados bajo cero, observé que las murallas laterales se acercaban poco a poco. Las capas de agua alejadas de la zanja, no caldeadas por el trabajo de los hombres y la acción de la herramientas, presentaban una marcada tendencia a solidificarse. En presencia de este nuevo e inminente peligro, ¿qué posibilidades de salvación nos quedaban, y cómo evitar la solidificación del agua, que hubiera hecho saltar en añicos como un cristal el casco del buque?

No di cuenta a mis dos amigos del nuevo peligro. ¿Qué sacaría de exponerme a debilitar la energía que desplegaban en el penoso trabajo de salvamento? Sin embargo, cuando volví a bordo, le di a conocer al capitán esta grave complicación.

—Ya lo sé —me respondió con su calma habitual, que no alteraban las más terribles fatalidades—. Es un peligro más, pero no veo el modo de evitarlo. La única posibilidad de salvarnos es ir más rápidos que la solidificación. No hay más solución que adelantarnos a ella.

¡Adelantarnos! ¡Vaya una solución! Realmente, ya debiera haberme acostumbrado a las respuestas del capitán.

Aquel día trabajé con la piqueta por espacio de varias horas con verdadero ahínco. El trabajo me alentaba. Por otra parte, trabajar era estar fuera del *Nautilus*, era respirar directamente el aire puro entregado por los depósitos y suministrado por los aparatos, era abandonar un ambiente enrarecido y viciado.

Al llegar la noche se había excavado un metro más de agujero. Cuando volví a bordo estuvieron a punto de asfixiarme las emanaciones del anhídrido carbónico que impregnaban el aire. ¡Qué conveniente hubiera sido poder usar procedimientos químicos para purificar aquella atmósfera deletérea! Nos sobraba oxígeno. El agua lo contenía en cantidad considerable, y descomponiéndolo por medio de nuestras potentes pilas nos habría restituido el fluido vivificador. Ya había pensado en ello, pero ¿qué resolveríamos si el anhídrido carbónico producido por nuestra respiración había invadido todos los espacios del buque? Para absorberlo hubiera sido preciso llenar recipientes de potasa cáustica y agitarlos sin cesar. A bordo carecíamos de dicha materia y nada podía remplazarla.

Aquella misma noche, el capitán Nemo tuvo que abrir las espitas de sus depósitos y dar salida a algunas columnas de aire puro. Sin esta precaución, no nos habríamos despertado.

Al día siguiente, 26 de marzo, reanudé mi trabajo de minero, agujereando el metro número cinco. Las paredes laterales y la base del banco de hielo engrosaban visiblemente. Era indudable que se juntarían antes de que el buque pudiera romper aquel círculo de hielo. La desesperación me asaltó por un instante y el pico casi se escapó de mis manos. ¿Para qué continuar cavando, si había de morir ahogado, estrujado por el agua trocada en piedra, víctima de un suplicio que ni la ferocidad de los salvajes hubiera ideado? Me parecía encontrarme entre las mandíbulas de un monstruo que se cerraban inapelablemente.

En aquel instante, el capitán Nemo, que dirigía los trabajos sin importarle trabajar como uno de tantos, pasó junto a mí. Le toqué con la mano y le señalé las murallas de nuestra prisión. El muro de estribor había avanzado hasta menos de cuatro metros del casco del navío.

El capitán me entendió y me hizo una seña para que le siguiera. Volvimos a bordo, nos quitamos las escafandras y pasamos al salón.

—Profesor —me dijo—, tenemos que apelar a algún recurso heroico, o quedaremos emparedados en el hielo como si fuera cemento.

—Es verdad —respondí—, pero ¿cuál?

—¡Ah! —exclamó el capitán—. ¡Si el *Nautilus* fuera lo bastante fuerte para soportar esta presión sin quedar aplastado!

—¿Qué? —le pregunté sin acertar a descifrar su pensamiento.

—¿No entiende usted que la congelación del agua se convertiría en un auxiliar para nosotros? ¿No ve usted que al solidificarse estallarían estas moles de hielo que nos aprisionan como hace estallar al helarse las piedras más duras? ¿No cree usted que sería una salvación en lugar de significar una destrucción?

—Es posible, capitán, pero por mucha que sea la resistencia del buque, no podrá resistir esa espantosa presión, que lo laminaría como una placa metálica.

—Estoy convencido, señor profesor. No podemos contar

con el auxilio de la naturaleza sino con nuestros propios medios. Hay que oponerse a la solidificación. Es menester contenerla. Ya no solo se acercan las paredes, también se va estrechando el espacio libre a proa y a popa del *Nautilus*. La congelación gana terreno por todos los costados.

—¿Para cuánto tiempo tenemos aire en los depósitos? —pregunté.

El capitán me miró con firmeza.

—¡Pasado mañana estarán completamente vacíos! —respondió.

Un sudor frío invadió todo mi cuerpo. Y no obstante, la respuesta no debía sorprenderme. El *Nautilus* se había hundido en las aguas libres del polo el día 22 de marzo y estábamos a 26. Hacía, por lo tanto, cinco días que vivíamos de las reservas almacenadas a bordo.

Lo que quedaba del aire respirable era preciso conservarlo para los trabajadores. De tal manera quedó grabada en mi pensamiento la impresión de aquellos momentos que, al relatarlos, me siento involuntariamente aterrado y aún creo experimentar las angustia de la asfixia.

El capitán Nemo se quedó pensativo durante unos instantes, en silencio y sin moverse. En su imaginación era notorio que bullía una idea. Pero parecía rechazarla respondiéndose negativamente a sí mismo. Al fin se escaparon unas palabras de su boca.

—¡Agua hirviendo! —murmuró.

—¿Agua hirviendo? —exclamé.

—Sí, señor. Estamos encerrados en un espacio relativamente pequeño. ¿No cree usted que si las bombas arrojaran continuamente chorros de agua hirviendo, elevarían la temperatura de esta masa líquida y por lo tanto retardarían la congelación?

—Vamos a probarlo —dije con resolución.

El termómetro marcaba siete grados bajo cero en el exterior. El capitán Nemo me llevó a las cocinas del *Nautilus*, donde funcionaban los aparatos destiladores que nos proporcionaban el agua potable por evaporación. Se llenaron de agua y se transmitió todo el calor de las pilas a través de los serpentines. A los pocos minutos el agua llegó a los cien grados. Entonces se condujo hacia las bombas, en tanto que el agua fría penetraba nuevamente en los depósitos a medida que salía la caliente. El calor desarrollado por las pilas era tan intenso que el agua fría recogida en el mar llegaba hirviendo a los cuerpos de las bombas con solo atravesar los aparatos.

A las tres horas de comenzar la operación, el termómetro marcaba seis grados bajo cero. Se había ganado un grado. Dos horas después el termómetro ascendió a cuatro.

—Lograremos nuestro propósito —dije al capitán, después de seguir y comprobar con toda minuciosidad los progresos de la operación.

—Así lo espero —respondió—. Por lo menos no moriremos aplastados. Solo nos amenaza el peligro de la asfixia.

Durante la noche, la temperatura llegó a un grado bajo cero. Las descargas no la pudieron hacer subir más. Pero como la congelación del agua del mar no se produce sino a los dos grados bajo cero, me tranquilicé respecto a los peligros de la solidificación.

Al día siguiente, 27 de marzo, se habían extraído ya seis metros de hielo de la zanja. Tan solo faltaban cuatro, lo cual significaba un trabajo de cuarenta y ocho horas. La atmósfera del *Nautilus* no podía renovarse, por lo que la situación fue empeorando a lo largo del día.

Me sentí dominado por un irresistible torpor. A las tres de la tarde aquella sensación llegó al límite. Los bostezos dislocaban mis mandíbulas, mis pulmones estaban jadeantes, buscando el fluido indispensable para la respiración, que se acababa rápidamente.

El fiel Consejo, aunque afectado por los mismos síntomas, sufriendo los mismos padecimientos, no se apartaba de mi lado. Me agarraba las manos, me daba ánimos con palabras afectuosas, en las que su cariño hacia mí era bien patente; y en más de una ocasión le oí murmurar:

—¡Ah, si me fuera posible no respirar para dejar más aire al señor!

Las lágrimas me inundaban los ojos al oírle expresarse así. Era tan insoportable la situación general para todos los hombres que estábamos a bordo que nos embutíamos en nuestras escafandras para comenzar nuestro turno de trabajo con una precipitación y una alegría desmesuradas. Los brazos se fatigaban, las manos se despellejaban, pero ¿qué importancia tenían aquellas fatigas y qué importancia aquellas heridas? ¡El aire vivificante penetraba en los pulmones! ¡Podíamos respirar!

Sin embargo, nadie alargaba su trabajo más allá de su turno prefijado. Acabado este, cada cual entregaba a su jadeante camarada el depósito que debía darle nueva vida. El comandante del *Nautilus* daba ejemplo, siendo el primero en someterse a esta disciplina. Llegada la hora, cedía a otro su aparato y regresaba a la viciada atmósfera de a bordo, siempre tranquilo, sin demostrar el menor desaliento ni formular la más leve queja.

Aquel día se redobló el esfuerzo. Tan solo faltaban dos metros por ahondar en la superficie total de la excavación. Pero los depósitos de aire estaban casi agotados y la escasa cantidad recogida en ellos era necesaria para los trabajadores. ¡Ni un solo átomo para el *Nautilus*!

Cuando regresé a bordo, a punto estuve de caer sofocado. ¡Qué noche! Es inútil intentar describirla, porque faltan palabras para relatar tales sufrimientos. Por la mañana, mi respiración era muy anhelante. A los dolores de cabeza se unían atolondramientos y mareos que se parecían a los de un beodo. Mis queridos compañeros experimentaban las mismas sensaciones. Algunos tripulantes emitían ronquidos parecidos al estertor.

Nos hallábamos en el sexto día de reclusión. El capitán Nemo, juzgando muy lenta la obra de los azadones y picos, decidió hacer saltar de un golpe la capa congelada que nos apartaba de la superficie líquida. Aquel hombre conservaba su serenidad y sus energías, domando, mediante su gran fuerza moral, los sufrimientos físicos. Pensaba, hacía proyectos, actuaba.

Según sus órdenes, la nave fue aligerada y levantada de la masa de hielo por medio de un cambio en su peso específico.

Una vez estuvo a flote, la marinería la haló hasta situarla precisamente encima de la zanja abierta a la medida de su perímetro. Después se llenaron los depósitos de agua y el *Nautilus* descendió, quedando ajustado en el hoyo.

Entonces toda la dotación del *Nautilus* se trasladó a bordo y se cerró la doble puerta de comunicación. El *Nautilus* gravitaba entonces sobre una capa helada que apenas mediría un metro de espesor y que estaba agujereada en varios sitios por las sondas.

Abiertas por completo las válvulas de los depósitos, se precipitaron en su interior cien metros cúbicos de agua, que aumentaron en cien mil kilogramos el peso de nuestro buque.

Estábamos tensos, a la escucha, olvidado nuestro sufrimiento y abiertos a la esperanza. Estábamos jugando la última carta de nuestra salvación.

A pesar de los ruidos que resonaban en mi cabeza, noté un chasquido bajo el casco del *Nautilus*. A poco se produjo un desnivel. El hielo crujió con un sonido singular, parecido al de un papel que se rasga, y el *Nautilus* descendió.

—Pasamos —exclamó Consejo a mi oído.

No me fue posible responderle. Tomé su mano y la apreté con contracción involuntaria.

Repentinamente, el *Nautilus*, arrastrado por el exceso de peso, se hundió en las aguas como una bala de plomo, es decir, cayó en vertical, como a través del vacío.

Entonces se transmitió la totalidad de la corriente eléctrica a las bombas, que de inmediato empezaron a desalojar el agua de los depósitos. A los pocos minutos pudo contenerse la caída, convirtiéndose esta en ascenso, que marcó el manómetro. La hélice, girando a toda velocidad, hizo temblar el casco de acero hasta sus remaches y nos impelió hacia el norte.

Pero ¿cuánto tiempo continuaría nuestra navegación bajo el hielo, hasta poder hallar mar libre? ¿Un día aún? Entonces seguramente ya habría muerto.

Tendido a medias sobre un diván de la biblioteca, me ahogaba. Mi rostro estaba amoratado, mis labios cárdenos, mis facultades insensibles. Ya no veía ni oía. Había perdido la noción del tiempo y no me era posible contraer los músculos.

Ignoro cuántas horas transcurrieron de este modo, pero tuve conciencia del principio de mi agonía. Comprendí que iba a morir.

De repente, volví en mí. Habían penetrado en mis agotados pulmones unas bocanadas de aire. ¿Estábamos en la superficie de las aguas? ¿Habíamos conseguido atravesar el banco helado?

¡No! Eran mis dos abnegados camaradas Ned y Consejo que se sacrificaban para conseguir salvarme. Habían encontrado un aparato en cuyo fondo aún había unos átomos de aire, y en vez de respirarlo, lo reservaban para mí. Mientras ellos se asfixiaban, me devolvían la vida gota a gota. Quise apartar el aparato, pero me sujetaron las manos y por espacio de algunos instantes respiré voluptuosamente.

Mis ojos se dirigieron al reloj. Eran las once de la mañana. Debíamos de encontrarnos a 28 de marzo. El *Nautilus* avanzaba a la prodigiosa velocidad de cuarenta millas por hora, vibrando todo él al romper las aguas.

¿Dónde estaba el capitán Nemo? ¿Había perecido? ¿Habían sucumbido con él sus compañeros?

En aquel momento el manómetro indicaba que nos hallábamos solamente a veinte pies de la superficie. Tan solo nos separaba del oxígeno una pequeña superficie de hielo. ¿No sería posible romperla? ¡Quizá! En todo caso, el *Nautilus* iba a intentarlo.

Noté que tomábamos una posición oblicua, bajando la popa y subiendo el espolón.

La entrada de una masa de agua había bastado para truncar el equilibrio. Después, impulsado por su potente hélice, embistió por debajo el *ice-field* como un poderoso ariete, perforándolo poco a poco. Retrocedió para repetir su acometida a toda velocidad hasta que, impelido por un supremo arranque, se lanzó sobre la capa de hielo y la aplastó bajo su peso.

Se abrió o, mejor dicho, se forzó la escotilla, y el aire puro penetró a oleadas en el interior del *Nautilus*.

XVII

Del cabo de Hornos al Amazonas

No puedo explicar cómo me encontré de nuevo en la plataforma. Tal vez me llevó a ella el canadiense. Pero respiraba, absorbía el aire vivificante del mar. A mi lado, mis dos compañeros se emborrachaban con aquellas frescas moléculas. Quienes desgraciadamente se han visto faltos de alimentos por largo tiempo, no pueden lanzarse sin más sobre los primeros que se pongan a su alcance. Nosotros, por el contrario, no teníamos por qué moderarnos: nos era posible aspirar, a pleno pulmón, los átomos de aquella atmósfera, y era la brisa, la misma brisa, la que nos proporcionaba tan delicioso placer.

—¡Ah! —exclamó Consejo—, ¡qué bien sabe el oxígeno! No tema respirar el señor. Hay en abundancia y para todos.

Ned Land no decía nada, solo abría una boca capaz de infundir pavor al mayor de los escualos. ¡Qué inspiraciones! El arponero «tiraba» como una estufa a plena carga.

No tardamos en recobrar nuestras fuerzas, y al mirar a mi alrededor vi que estábamos solos en la cubierta; no asomó la cabeza ningún tripulante: ni tan siquiera el capitán Nemo. Los enigmáticos tripulantes del *Nautilus* se conformaban con el aire que circulaba por el interior del buque, sin acudir a deleitarse al aire libre.

Las primeras palabras que salieron de mi boca fueron de reconocimiento y gratitud a Ned Land y a Consejo. Ellos habían prolongado mi vida durante aquellas largas horas de agonía. Todo hubiera sido poco para pagar tanta abnegación.

—¡Bah! —respondió el canadiense—. ¡Eso no vale ni la pena recordarlo! ¿Qué mérito tenemos? Ninguno en absoluto. Era simple cuestión de aritmética. La vida de usted valía más que la nuestra, y por consiguiente, había que conservarla.

—No, amigo Ned —le respondí—, no valía más. No hay nada superior a un hombre tan generoso y bueno como tú.

—Bueno, bueno —dijo Ned Land, algo confuso.

—Y tú, fiel Consejo —dije, dirigiéndome al buen criado—, ¡cuánto has sufrido!

—Un poco —respondió el aludido—. Si he de ser franco al señor, confesaré que hubo momentos en que eché a faltar unas bocanadas de aire, pero creo que habría concluido por acostumbrarme a ello. Además, veía desfallecer al señor, cosa que quitaba las ganas de respirar; como se dice, me cortaba el resue...

Consejo se calló, confuso por haber incurrido en una vulgaridad.

—Amigos míos —les dije conmovido—, estamos ligados los tres para siempre y tenéis sobre mí ciertos derechos...

—De los que abusaré —interrumpió el arponero.

—¡Cómo! —exclamó Consejo.

—Sí —continuó diciendo el arponero—, reclamaré el derecho que tengo a llevármelo conmigo en cuanto pueda abandonar este aparato infernal.

—A propósito —dijo Consejo—, ¿hemos tomado buen rumbo?

—Sí —respondí—, ya que nos encaminamos hacia el sol que, en este caso especial, es el norte.

—No está mal —replicó Ned—, pero falta saber si vamos en dirección al Pacífico o al Atlántico, o sea, si vamos hacia mares concurridos o solitarios.

No podía contestar, aunque me temía que el capitán prefiriera llevarnos al amplio océano que baña a la vez las costas de Asia y de América. Así completaría su vuelta al mundo submarino y regresaría a los mares en los que gozaría de perfecta independencia. Y si volvíamos al Pacífico, lejos de todo continente habitado, ¿en qué quedarían los planes de Ned Land?

En breve sabríamos a qué atenernos sobre punto tan importante. El *Nautilus* navegaba velozmente. No tardó en atravesar el círculo polar, enfilando la proa en dirección al cabo de Hornos, a cuya vista cruzamos el 31 de marzo, a las siete de la tarde.

Habíamos dado ya al olvido nuestras pasadas penalidades y el recuerdo de nuestra prisión entre los hielos se iba borrando poco a poco. Únicamente pensábamos en el futuro. El capitán Nemo no había vuelto a aparecer por el salón ni por la plataforma. La determinación de la posición, ejecutada diariamente por el segundo y marcada en el planisferio, me permitía conocer con exactitud la dirección del *Nautilus*. Aquella tarde quedó claro, para gran satisfacción mía, que volvíamos al norte por el camino del Atlántico.

Al punto di cuenta al arponero y a Consejo del resultado de mis observaciones.

—La noticia es buena, efectivamente —respondió el canadiense—. Pero ¿adónde nos lleva el *Nautilus*?

—¡Ah! Eso lo ignoro.

—¿No se le ocurrirá a su capitán abordar el Polo Norte, después de haber llegado al Polo Sur, y volver al Pacífico por el famoso paso del Noroeste?

—No lo digas muchas veces —respondió Consejo.

—Pues bien —dijo el arponero—, antes de que esto suceda, le daremos el esquinazo.

—De todas maneras —agregó Consejo—, el capitán Nemo es un hombre valiente y no hay por qué lamentar haberlo conocido.

—¡Sobre todo, cuando lo hayamos perdido de vista! —respondió el canadiense.

Al día siguiente, primero de abril, cuando el *Nautilus* emergió a la superficie, pocos minutos antes del mediodía, distinguimos una costa en dirección oeste. Era la Tierra del Fuego, a la que nombraron así sus primeros descubridores al ver las numerosas columnas de humo que se elevaban de las chozas de los indígenas. La Tierra del Fuego está formada por una amplia aglomeración de islas que se extienden en un espacio de treinta leguas de largo por ochenta de ancho, entre los 53° y 55° de latitud sur y los 67° 50' y 77° 15' de longitud oeste. La costa me pareció baja, pero a lo lejos se levantaban altas montañas. Incluso creí divisar el monte Sarmiento, a dos mil setenta metros sobre el nivel del mar; bloque de pizarra en forma de pirámide, muy agudo en su vértice, que según esté tapado por las nubes o descubierto «anuncia mal o buen tiempo», según me dijo el canadiense.

—¡Vaya un barómetro! —le respondí.

—Un barómetro natural que no me ha fallado nunca, cuando he navegado por los pasos del estrecho de Magallanes —replicó el arponero.

En aquel momento, el pico aparecía perfectamente delineado en el azul del cielo. Era presagio de buen tiempo, cosa que se cumplió.

Sumergido nuevamente, el *Nautilus* se aproximó a la costa, que bordeó a muy pocas millas. Desde el mirador del salón vi largos bejucos y fucos gigantes, algunos de los cuales crecían también en el mar libre del polo; sus filamentos lisos y viscosos llegaban a medir hasta trescientos metros de largo, formando verdaderos cables, más gruesos que el pulgar, muy fuertes, tanto que, en ocasiones, sirven de amarras a los barcos. Vi también otra planta conocida con el nombre de *velp*, cuyas hojas de cuatro pies de largo, empotradas en las masas coralinas, tapizaban los fondos. La planta servía de nido y de alimento a miles de crustáceos y de moluscos, de cárabes y de sepias. Allí las focas y las nutrias se entregaban a espléndidos banquetes combinando la carne de pescado con las hortalizas marinas, según el uso inglés.

El *Nautilus* pasó a mucha velocidad sobre aquellos fértiles y lujuriantes fondos. Al anochecer se acercó al archipiélago de las Malvinas, cuyas escarpadas cimas reconocí al día siguiente. La profundidad del mar no era mucha, cosa que me hizo suponer, con algún fundamento, que aquellas dos islas, rodeadas de numerosos islotes, habían formado parte en otra época de las tierras de Magallanes. Las Malvinas, según parece, fueron descubiertas por el célebre John Davis, quien les puso el nombre de Davis Southern Islands. Más tarde, Richard Hawkins las llamó Maiden Islands o islas de la Virgen. Poco después, a principios del siglo XVIII, los pescadores de Saint-Malo las llamaron Malvinas y, por último, los ingleses, sus actuales propietarios, les han aplicado el nombre de Falkland.

En aquellos lugares nuestras redes recogieron estupendos ejemplares de algas y en especial de ciertos fucos, cuyas raíces estaban llenas de mejillones, que son los mejores del mundo. Desde la plataforma abatíamos docenas de ocas y ánades, que acto seguido pasaron a nuestra despensa. Por lo que a peces se refiere, abundaba un pez óseo, perteneciente al género gobio.

También tuve ocasión de admirar multitudes de medusas, entre ellas las más bellas del género, las crisauras, que únicamente existen en las aguas de las Malvinas. Unas parecían una sombrilla semiesférica, listada de líneas de un rojo oscuro y terminada en doce festones regulares; otras se parecían a una canastilla invertida, de cuyos bordes colgaban graciosamente anchas hojas y largos tallos rojos. Nadaban agitando sus cuatro brazos foliáceos y abandonando a la deriva su opulenta cabellera de tentáculos. Hubiera deseado conservar algunas muestras de estos delicados zoófitos, pero no son más que nubes, sombras, apariencias que se funden y se evaporan fuera de su medio normal de vida.

Cuando las postreras cumbres de las Malvinas desaparecieron tras el horizonte, el *Nautilus* se hundió a una profundidad de veinticinco metros y siguió bordeando la costa americana. El capitán Nemo no se dejaba ver.

Hasta el día 3 de abril no abandonamos los parajes de la Patagonia, ya navegando sumergidos, ya en superficie. La nave había dejado atrás el amplio estuario formado por la desembocadura del Río de Plata, y el 4 de abril pasaba frente a Uruguay, pero a cincuenta millas mar adentro. Mantenía su rumbo al norte, bordeando la costa meridional. Habíamos cubierto dieciséis mil leguas desde nuestro encuentro en el mar del Japón.

Hacia las once de la mañana cruzamos el trópico de Capricornio en el meridiano 37 y pasamos por delante de cabo

Frío. Para gran contrariedad del canadiense, al capitán Nemo no debía de gustarle la proximidad de las costas habitadas de Brasil, ya que marchábamos con vertiginosa velocidad. Ningún pez, ninguna ave, por rápidos que fuesen, hubieran podido seguirnos, y las curiosidades naturales de aquellos mares escaparon a todas las observaciones.

Aquella velocidad se sostuvo durante varios días y, en la tarde del 9 de abril, avistamos la punta más oriental de América del Sur, formada por el cabo de San Roque. Pero el *Nautilus* se internó nuevamente, yendo a buscar a mayores profundidades un valle submarino abierto entre dicho cabo y Sierra Leona, en la costa africana. Este valle se bifurca a la altura de las Antillas y acaba al norte en una enorme fosa de nueve mil metros de profundidad, donde el corte geológico del océano muestra, hasta las pequeñas Antillas, un acantilado de seis kilómetros, cortado a pico, y a la altura de las islas de cabo Verde, otra muralla no menos importante; queda así encerrado todo el continente sumergido de la Atlántida. El fondo de este inmenso valle es accidentado, y las montañas dan un aspecto sumamente original al lecho submarino. Al hacer esta descripción me baso sobre todo en los mapas manuscritos que existían en la biblioteca del *Nautilus,* mapas que se debían, con toda seguridad, a la mano del capitán Nemo y levantados según sus observaciones personales.

Durante dos días visitamos aquellas aguas solitarias y profundas, utilizando los planos inclinados. El *Nautilus* daba largas bordadas diagonales que lo conducían a diferentes profundidades. Pero el 11 de abril ascendió súbitamente, y de nuevo avistamos tierra en la desembocadura del río Amazonas, amplísimo estuario cuyo caudal es tan considerable que desala el mar en una extensión de varias leguas.

Habíamos cruzado el Ecuador. Veinte millas al oeste quedaban las Guayanas, un territorio francés en el que hubiéramos hallado un fácil refugio, pero soplaba una fuerte brisa y las embravecidas olas no habrían permitido el paso de una frágil embarcación como era la lancha. Ned Land debió de verlo así, porque no me hizo la menor alusión a la fuga. Por lo que a mí toca, me guardé bien de referirme a sus proyectos de evasión, pues no quería empujarle a ninguna tentativa condenada al fracaso.

Me resarcí con facilidad de este aplazamiento dedicándome a interesantes estudios. Durante las jornadas del 11 y del 12 de abril el *Nautilus* permaneció en la superficie de las aguas y sus redes recogieron zoófitos, peces y reptiles de diferentes especies en cantidad verdaderamente asombrosa.

Algunos zoófitos habían sido recogidos por la cadena de las barrederas; eran, en su mayoría, bellos fictalinos pertenecientes a la familia de las actinias y, entre otras especies, el *Phytalis protexta,* pequeño cilindro truncado, surcado por rayas verticales, salpicado de motas rojas y coronado por un magnífico penacho de tentáculos. En cuanto a los moluscos, eran ejemplares que yo ya había observado con anterioridad: turritelas, olivas-pórfidos, de líneas entrecruzadas con regularidad, cuyas manchas rojizas destacaban vivamente sobre un fondo color carne; pteróceros fantásticos, semejantes a escorpiones petrificados; hialas translúcidas; argonautas, sepias de carne excelente y ciertas especies de calamares, que los naturalistas de la Antigüedad clasificaban entre los peces voladores y que se emplean principalmente como cebo en la pesca del bacalao.

Respecto a los peces de aquellas latitudes que aún no había tenido ocasión de estudiar, anoté diferentes especies. Entre los cartilaginosos, teromizones, semejantes a anguilas de unas quince pulgadas, cabeza verde, aletas violeta, dorso gris azulado y vientre plateado, sembrado de vistosas manchas, y el iris de los ojos encerrado en un círculo de oro, curiosos animales a los que la corriente del Amazonas había debido de arrastrar hasta el mar, pues son peces de agua dulce; rayas tuberculadas, armadas de un largo aguijón dentado, de puntiagudo hocico y cola delgada y larga; pequeños escualos de un metro, de piel grisácea, cuyos dientes, dispuestos en varias hileras, se inclinaban hacia atrás; lorios, especie de triángulos isósceles rojizos, de medio metro, cuyos pectorales están unidos por una membrana carnosa que les da aspecto de murciélagos, pero a los que su apéndice córneo, situado junto a las fosas nasales, les ha hecho merecedores del nombre de unicornios marinos; por último, varias especies de ballestas, como el curasino, cuyos moteados flancos refulgen con dorados reflejos, y el caprisco, de un violeta claro, con irisaciones parecidas a las del cuello de la paloma.

Acabaré esta nomenclatura, algo árida pero muy exacta, consignando los peces óseos que observé: pasenos, pertenecientes al género de los apteronotos, de hocico aplastado y blanco como la nieve, cuerpo de un negro intenso y provistos de un filamento carnoso muy largo y flexible; odontognatos de aguijón, parecidos a sardinas pero de tres centímetros de longitud y de un intenso brillo plateado; escombros, provistos de dos aletas caudales; centrópodos negros, cuya pesca se realiza atrayéndolos con la luz de hachones encendidos, de dos metros de largo, carne jugosa, blanca y firme, que tiene, en fresco, el sabor de la de anguila, y en seco, el del salmón ahumado; rosados labros con escamas únicamente en las aletas dorsales y caudales; cripsópteros, en los que se combinan los reflejos dorados y plateados con los del rubí y del topacio; esparos de cola dorada, cuya carne es finísima y cuyas propiedades fosforescentes delatan su presencia; escianos de dorados apéndices caudales, acanturos negruzcos, anableptos de Surinam, etcétera.

Este etcétera no me impedirá citar también otro pez, del cual Consejo se acordará durante mucho tiempo, y con motivo.

Una de las redes trajo una especie de raya muy aplanada, que, de no haber tenido cola, hubiera sido un disco perfecto, y que pesaría sus buenos veinte kilos. Era blanca por debajo, roja por encima, con grandes manchas redondeadas azul oscuro y orladas de negro, piel muy lisa y acabada en una aleta trilobulada. Extendida sobre la plataforma se agitó, intentando volverse, con movimientos tan convulsivos y realizando esfuerzos tan violentos que una suprema contracción la hubiera precipitado al mar si Consejo, atento a su presa, no se hubiera lanzado sobre ella cogiéndola con las dos manos antes de que ninguno de los presentes pudiéramos evitarlo.

Inmediatamente cayó de espaldas, con las piernas en alto, paralizado de medio cuerpo, y gritando:

—¡Señor! ¡Señor! ¡Ayúdeme!

Por primera vez en su vida, el pobre muchacho no me hablaba en tercera persona.

El arponero y yo lo levantamos y le dimos enérgicas friegas; al recobrar el uso de sus sentidos, este eterno clasificador murmuró con voz entrecortada:

—Clase de los cartilaginosos, orden de los condopterios, de branquias fijas, suborden de los lacios, familia de las rayas, género de los torpedos.

—Sí, amigo —le respondí—. Un torpedo es el que te ha puesto en tan deplorable estado.

—¡Ah! —exclamó el buen muchacho—. ¡Me vengaré de ese animal! Ya lo puede creer el señor.

—Pero ¿cómo lo harás?

—Comiéndomelo.

Y, en efecto, aquella misma tarde lo cumplió, pero por pura venganza, pues su carne es coriácea.

El desdichado Consejo se las había tenido que ver con un torpedo de la especie más peligrosa: la cumana. Este original bicho, actuando en un elemento tan buen conductor como es el agua, mata a los peces desde varios metros de distancia; tan grande es la fuerza de su órgano eléctrico, cuyas dos superficies principales no miden menos de veintisiete pies cuadrados.

Durante la jornada siguiente, el 12 de abril, el *Nautilus* costeó la Guayana holandesa, junto a la desembocadura del Maroni. Allí vivían en familia varios grupos de manatíes, pertenecientes, como el dugongo, al orden de los sirénidos. Aquellos bellos animales, mansos e inofensivos, de seis a siete metros de longitud, debían de pesar como mínimo cuatro mil kilos. Expliqué a Ned Land y a Consejo que la previsora naturaleza había otorgado un importante papel a estos animales: ellos, como las focas, pacían en las praderas submarinas y eliminaban los acúmulos de plantas que obstruyen la desembocadura de los ríos tropicales.

—¿Y sabéis lo que ha pasado desde que los hombres han

eliminado casi por completo estas especies útiles? —añadí—. Pues que las plantas descompuestas han viciado el aire, y que este aire viciado es el responsable de la fiebre amarilla que asola estas admirables regiones. Las vegetaciones venenosas se han multiplicado en estos mares tórridos, y la enfermedad se ha extendido desde la desembocadura del Río de la Plata hasta La Florida.

Si se ha de creer a Toussenel, esta invasión no es nada comparada con la que sufrirán nuestros descendientes cuando los mares queden despoblados de ballenas y de focas. Entonces, repletos de pulpos, de medusas, de calamares, se convertirán en vastos focos de infección, puesto que sus aguas ya no contendrán «estos amplios estómagos a los que Dios había encargado espumar la superficie de los océanos».

Mientras tanto, y sin despreciar estas teorías, la tripulación del *Nautilus* se apoderó de media docena de manatíes, con el exclusivo objeto de proveer la despensa de una carne estupenda, superior a la de buey y a la de ternera. La caza no proporcionó ningún detalle interesante. Los manatíes se dejaron cazar sin defenderse y se almacenaron varios miles de kilos de carne, destinada a convertirse en cecina.

Otra pesca muy practicada en aquellas aguas tan generosas vino a aumentar aquella misma jornada las reservas del *Nautilus*. Las redes cogieron entre sus mallas cierto número de peces cuya cabeza estaba coronada por una placa ovalada, de rebordes carnosos. Eran equídnidos de la tercera familia de los malacopterigios subranquiales. Su disco aplanado está formado por láminas cartilaginosas transversales móviles, entre las que el animal puede hacer el vacío, circunstancia que le permite adherirse a los objetos como una ventosa.

La rémora, que yo había observado en el Mediterráneo, pertenece a esta especie. Pero el animal al que ahora me refiero es el equídnido osteóquero, propio de estos mares. Nuestros marineros, a medida que los cogían, los iban depositando en unas tinas llenas de agua.

Terminada la pesca, el *Nautilus* se acercó a la costa. En aquel lugar, en la superficie del agua, dormían varias tortugas marinas. Hubiera sido difícil apoderarse de aquellos preciosos reptiles, porque el menor ruido los despierta, y además su sólida concha es a prueba de arpón. Pero el equídnido lograría su captura con seguridad y precisión extraordinarias. Efectivamente, este animal es un anzuelo vivo que haría la dicha y la fortuna de un modesto pescador de caña.

Los hombres del *Nautilus* ataron a la cola de estos peces un anillo lo suficientemente amplio para no dificultar sus movimientos, y a esta argolla un largo cabo amarrado a bordo por el otro extremo.

Los equídnidos, una vez lanzados al mar, empezaron prontamente su cometido yendo a fijarse en el peto de las tortugas. Su adherencia era tal que se hubieran destrozado antes que abandonar su presa. Se los izó a bordo, y con ellos, las tortugas a las que estaban pegados.

De esta manera se cogieron varias caguamas de un metro de ancho, que pesaban doscientos kilos. Su caparazón, formado por grandes placas córneas delgadas, transparentes y oscuras, moteadas de blanco y de amarillo, las hacía muy valiosas. Además, eran excelentes desde el punto de vista culinario, como todas las tortugas francas, que son de un sabor exquisito.

Con esta pesca se dio fin a nuestra estancia en los parajes del Amazonas y, llegada la noche, el *Nautilus* se internó de nuevo en el mar.

XVIII

LOS PULPOS

Por espacio de varios días el *Nautilus* se mantuvo en todo momento alejado de la costa americana. Indudablemente, no quería visitar las aguas del golfo de México ni del mar de las Antillas. No por falta de calado, ya que la profundidad media de estos mares es de mil ochocientos metros, sino porque estos parajes, sembrados de islas y surcados por *steamers*, no convenían al capitán Nemo.

El 16 de abril pasamos a cosa de unas treinta millas de la Martinica y de la Guadalupe, cuyos elevados picos distinguí por un momento en el horizonte.

El arponero, que contaba con realizar sus planes de evasión al encontrarse en el golfo, ya fuera acercándose a tierra, ya fuera abordando una de las numerosas embarcaciones que hacen el cabotaje entre aquellas islas, estaba confuso y decepcionado. La fuga hubiera sido posible de haber podido Ned Land apoderarse de la lancha sin que el capitán se diera cuenta, pero en pleno océano no cabía ni pensar en ello.

El canadiense, Consejo y yo mantuvimos una larga conversación sobre este asunto. Hacía seis meses que estábamos prisioneros a bordo del *Nautilus*. Habíamos recorrido diecisiete mil leguas y, como decía Ned Land, aquello no tenía visos de acabar. Me hizo entonces una propuesta que yo no esperaba: preguntarle a las claras al capitán Nemo si pensaba retenernos indefinidamente a bordo de su barco.

Semejante gestión me repugnaba, ya que, en mi opinión, estaba condenada al fracaso. Nada se podía esperar del comandante del *Nautilus*, teníamos que arreglárnoslas nosotros solos. Por otra parte, hacía cierto tiempo que aquel hombre se mostraba preocupado, retraído, mucho menos sociable. Me daba la impresión de que esquivaba mi presencia y solamente de tarde en tarde nos encontrábamos. Antes disfrutaba explicándome las maravillas submarinas; ahora me abandonaba a mis estudios, sin aparecer en ningún momento por el salón.

¿Qué cambio se había operado en él? ¿Por qué motivo? Yo no tenía nada que reprocharme. ¿Le fatigaría nuestra presencia a bordo? En cualquier caso, yo no lo creía hombre capaz de devolvernos la libertad.

Rogué, por tanto, al canadiense que me dejara meditar antes de tomar una resolución. Si mi gestión no daba el resultado deseado, podía reavivar sus sospechas, empeorar nuestra situación y perjudicar por consiguiente los planes de Ned Land. He de agregar que no era posible, de ninguna manera, alegar motivos de salud. A excepción de la ruda prueba bajo los hielos del Polo Sur, nunca habíamos estado tan saludables ninguno de los tres. Aquella alimentación sana, aquel ambiente salubre, aquella vida regular, aquella temperatura uniforme, no eran propicios para enfermar, y para un hombre que no echaba de menos la tierra, para un capitán Nemo que estaba en su propia casa, que iba a donde se le antojaba por vías misteriosas, tan solo por él conocidas, que caminaba derecho a su objetivo, una existencia así me resultaba del todo comprensible. Pero nosotros no habíamos roto con la humanidad. Por lo que a mí respecta, no quería llevarme a la tumba mis recientes estudios, tan originales como curiosos. Me había ganado el derecho a escribir el verdadero libro del mar, y deseaba que, cuanto antes, viera la luz.

Incluso allí, en aguas de las Antillas, a diez metros bajo la superficie de las olas, a través de los cristales de la vidriera, ¡cuántos datos interesantes pude consignar en mi diario! Entre otros zoófitos había galeras, conocidas con el nombre de filasías pelágicas, especie de grandes vejigas oblongas de nacarados reflejos que extendían su membrana al aire y dejaban flotar sus tentáculos azules, parecidos a hebras de seda, y medusas de encantador aspecto, verdaderas ortigas al tacto que destilan un líquido corrosivo. Entre los artrópodos, anélidos de metro y medio de longitud, armados de una trompa rosácea y provistos de mil setecientos órganos de locomoción que serpenteaban bajo las aguas, arrojando a su paso todos los resplandores del espectro solar. Entre los peces, rayas molubares, enormes cartilaginosos de diez pies de largo y seiscientas libras de peso, con la aleta pectoral triangular, el centro del cuerpo algo combado y los ojos emplazados en los extremos de la cara anterior de la cabeza; ballestas americanas en las que la naturaleza no ha hecho uso de más colores que el blanco y el negro; gobios plumeros alargados y carnosos, con aletas amarillas y mandíbula muy saliente; escombros de dientes cortos y aguzados, cubiertos de ligeras escamas; nubes de barbos, teñidos por franjas doradas de la cabeza a la cola, que agitaban sus resplandecientes aletas; verdaderas obras maestras de bisutería consagradas en épocas remotas a Diana, muy solicitados por los potentados romanos y de los que el proverbio decía así: «Me verás, pero no me catarás». Pocamantos dorados con listas de color esmeralda, ataviados de terciopelo y seda, que desfilaban ante nuestra mirada como personajes de Veronés; esparos espolonados, que se escondían bajo su rápida aleta torácica; clupanodontes de quince pulgadas envueltos en su brillo fosforecente; mugiles que agitaban las aguas con su gruesa cola carnosa; corégonos encarnados que parecían segar las aguas con su cortante pectoral y argénteos selenios, dignos de su nombre, que resaltaban en el horizonte de las ondas como otras tantas lunas de pálidos destellos.

Hubiera podido observar otros muchos ejemplares maravillosos si el *Nautilus* no hubiera descendido poco a poco a mayores profundidades. Sus planos inclinados lo llevaron hasta fondos de dos mil y hasta de tres mil quinientos metros. Allí la vida animal ya no estaba representada más que por encrinas, estrellas de mar, bellas pentacrinas de cabeza de medusa, cuyo tallo recto sostenía un pequeño cáliz; unos trocos, algunas quenotas sangrientas y ciertas fisurelas, moluscos litorales de gran calidad.

El 20 de abril nos mantuvimos a una profundidad media de unos mil quinientos metros. La tierra más cercana era entonces el archipiélago de las Lucayas, cuyas islas parecían un amontonamiento de guijarros diseminados sobre la superficie de las aguas. En este lugar se encuentran gigantescos acantilados submarinos, paredones verticales de piedras superpuestas, dispuestos en anchas hileras, entre las que se abrían negras cuevas cuyo fondo no llegaban a iluminar los rayos de nuestro fanal eléctrico.

Estas rocas estaban tapizadas de enormes plantas: laminarias gigantes, fucos enormes, una verdadera espaldera de hidrófitas, digna de un mundo de titanes.

Hablábamos Consejo, Ned y yo de las gigantescas plantas y la conversación nos llevó, naturalmente, a referirnos a los animales gigantescos del mar, deduciendo que las unas están destinadas a la alimentación de los otros. No obstante, a través del mirador del *Nautilus*, casi parado en aquel momento, apenas veíamos transitar entre los largos filamentos a los principales artrópodos de la división de los braquiuros: algunas arañas de mar de largas patas, algunos cámbaros violáceos, y clíos peculiares del mar de las Antillas.

Serían poco más o menos las once, cuando Ned Land me hizo reparar en un formidable revuelo que se había producido entre la exuberante vegetación.

—Es natural —le respondí—. Esos antros deben de ser verdaderas madrigueras de pulpos y no me extrañaría ver por aquí alguno de esos monstruos.

—¿Cómo? —exclamó Consejo—. ¿Calamares, simples calamares de la clase de los cefalópodos?

—No —le contesté—. Pulpos de gran tamaño. Pero creo que el amigo Ned se ha equivocado, porque yo no veo nada.

—Lo siento —objetó Consejo—. Me gustaría contemplar frente a frente uno de esos pulpos de los que tanto he oído hablar y que son capaces de arrastrar un barco al fondo del mar. Estos animales se llaman krak...

—Di mejor «cuento» —respondió irónicamente el canadiense.

—Krakens —prosiguió Consejo, terminando su vocablo sin hacer caso de la broma de su compañero.

—Nunca me harán creer que existen tales bichos.

—¿Y por qué no? —respondió Consejo—. ¡Bien que creímos nosotros en el narval del señor!

—Nos equivocamos, Consejo.

—¡Evidentemente! Pero seguro que todavía hay muchos que creen en él.

—Posiblemente, Consejo, pero, por mi parte, yo no admitiré que existen esos monstruos hasta que los haya disecado con mi propia mano.

—¿De manera que el señor no cree en los pulpos gigantes? —me interrogó Consejo.

—¡Y quién diablos va a creer en ellos! —exclamó el canadiense.

—Pues muchas personas, amigo Ned.

—Seguro que ningún pescador. Algún sabio... quizá.

—Perdona, Ned, pescadores y sabios.

—Pues yo mismo —afirmó Consejo con un aire de la mayor seriedad— recuerdo haber visto una gran embarcación arrastrada hacia las profundidades por los tentáculos de un cefalópodo.

—¿Que los has visto? —preguntó el canadiense.

—Sí, Ned.

—¿Con tus propios ojos?

—Con mis propios ojos.

—¿Dónde, por favor?

—En Saint-Malo —respondió el impasible Consejo.

—¿En el puerto? —interrogó irónicamente Ned Land.

—En una iglesia.

—¡En una iglesia! —gritó el canadiense.

—Sí, amigo Ned. Era un cuadro que representaba al pulpo en cuestión.

—¡Vaya! —exclamó Ned Land estallando en carcajadas—. El señor Consejo me ha tomado bien el pelo.

—Pues tiene razón, en efecto —dije—. He oído hablar de ese cuadro. Pero el hecho que representa está tomado de una leyenda, y ya sabes el crédito que merecen las leyendas en materia de historia natural. Además, cuando de monstruos se trata, la imaginación se desboca a placer. No solo se ha afirmado que estos pulpos podían llevar barcos a pique, sino que incluso un tal Olaus Magnus nos habla de un cefalópodo de una milla de longitud, que más parecía una isla que un animal. También se cuenta que un día el obispo de Nidros levantó un altar encima de una roca inmensa. Terminada la misa, la roca empezó a caminar y se internó en el mar. Era un pulpo.

—¿Y eso es todo? —preguntó el canadiense.

—Todavía hay más —respondí—. Otro obispo, Pontoppidan de Bergen, hace mención de un pulpo sobre el que podía maniobrar un regimiento de caballería.

—¡Buenos estaban los obispos de aquellos tiempos! —replicó Ned Land.

—Finalmente —proseguí—, los naturalistas de la Antigüedad mencionan unos monstruos cuyas fauces parecían un golfo y cuyo tamaño era tan enorme que no podían atravesar el estrecho de Gibraltar.

—¡Menos mal! —exclamó el canadiense.

—¿Qué hay de verdad en todos estos relatos? —preguntó Consejo.

—Nada, amigos míos. Nada, al menos, de aquello que rebasa los límites de lo verosímil para caer de lleno en el terreno de la fábula o de la leyenda. No obstante, la imaginación de los fabuladores precisa, si no una causa, sí al menos un punto de apoyo. No se puede negar que existen pulpos y calamares de tamaño muy considerable, pero de dimensiones inferiores a las de los cetáceos. Aristóteles constató las dimensiones de un calamar de cinco codos, o sea, de tres metros y diez centímetros. Nuestros pescadores ven con frecuencia algunos cuyo tamaño sobrepasa el metro ochenta. Los museos de Trieste y Montpellier conservan restos de pulpos que alcanzaban dos metros. Además, y según los cálculos efectuados por los naturalistas, uno de esos animales de tan solo seis pies de longitud tendría unos tentáculos que medirían veintisiete pies, y esto ya es suficiente para convertirlo en un monstruo considerable.

—¿También se pescan ahora? —preguntó el canadiense.

—Si no los pescan, al menos los marineros los ven. Un amigo mío, el capitán Paul Bos, de Le Havre, me ha asegurado en diversas ocasiones que había hallado uno de esos monstruos de tamaño colosal en los mares de la India. Pero el suceso más sorprendente y que demuestra con toda certeza la existencia de estos enormes animales ocurrió hace pocos años, en 1861.

—¿Qué pasó? —preguntó Ned Land.

—Lo siguiente. En el año 1861, al nordeste de Tenerife y a una latitud aproximada a la que ahora nos hallamos, la tripulación del navío *Alecton* descubrió un monstruoso calamar que nadaba en sus aguas. El comandante Bouguer se acercó al animal y lo acometió a arponazos y a tiros, sin obtener ningún resultado, porque las balas y los arpones atravesaban aquellas carnes blandas con la misma facilidad que si fueran de gelatina. Después de numerosas tentativas sin éxito, la tripulación pudo pasar un nudo corredizo alrededor del cuerpo del molusco. El nudo resbaló hasta las aletas caudales y se detuvo allí. Entonces intentaron izar el monstruo a bordo, pero su peso era tan considerable que la cola se partió bajo la tracción de la cuerda, y el animal, privado de su apéndice, desapareció bajo las aguas.

—Bueno, esto ya es un hecho —dijo Ned Land.

—Un hecho indiscutible, mi bravo Ned. Tanto que incluso se propuso designar a ese pulpo con el nombre de «calamar de Bouguer».

—¿Y qué tamaño tenía? —preguntó el canadiense.

—¿No mediría cerca de seis metros? —dijo Consejo que, situado ante el ventanal, examinaba nuevamente las anfractuosidades del acantilado.

—Precisamente —le contesté.

—¿Tenía una cabeza coronada por ocho tentáculos, que se agitaban en el agua como un nido de serpientes?

—Precisamente.

—¿Y unos ojos, colocados en la parte superior de la cabeza, de un tamaño considerable?

—Sí, Consejo.

—Y su boca, ¿era como un pico de loro, pero de un tamaño formidable?

—Efectivamente, Consejo.

—Bueno. Pues con permiso del señor —respondió sosegadamente Consejo—, aquí tenemos, si no al calamar de Bouguer, al menos a uno de sus hermanos.

Miré a Consejo. Ned Land corrió hacia el ventanal.

—¡Qué animal tan espantoso! —exclamó.

Miré a mi vez y no pude disimular un movimiento de repulsión. Ante mi vista se agitaba un horrible monstruo digno de figurar en las leyendas teratológicas.

Se trataba de un calamar de dimensiones colosales. Tendría unos ocho metros de longitud. Marchaba reculando a gran velocidad en la dirección del *Nautilus*, clavando en él sus ojos enormes de tintes verdosos. Sus ocho brazos, o mejor sus ocho pies, implantados en la cabeza, lo que ha valido a estos animales el nombre de cefalópodos, tenían un tamaño dos veces mayor que el de su cuerpo, y se retorcían como la cabellera de las Furias. Se veían con claridad las doscientas cincuenta ventosas distribuidas en la cara interna de los tentáculos en forma de cápsulas semiesféricas. Varias veces estas ventosas se adhirieron al cristal de la claraboya haciendo el vacío. La boca de este monstruo —un pico córneo semejante en su forma al de un loro— se abría y se cerraba verticalmente. Su lengua, de sustancia córnea también, armada de múltiples hileras de agudos dientes, salía vibrante de aquella verdadera cizalla. ¡Qué capricho de la naturaleza! ¡Un pico de pájaro para un molusco! Su cuerpo, fusiforme y abultado en su parte media, formaba una masa de carne que pesaría de veinte a veinticinco mil kilos. Su variable color, que cambiaba con extremada rapidez según la irritación del animal, pasaba sucesivamente del gris claro al pardo rojizo.

¿Qué enfurecía a ese molusco? Sin la menor duda, la presencia del *Nautilus*, más formidable que él y contra el que no podían hacer nada ni sus brazos succionadores ni sus mandíbulas. No obstante, ¡qué vitalidad ha dado el Creador a estos pulpos monstruosos, qué vigor en sus movimientos, pues poseen tres corazones!

La casualidad nos había deparado aquel encuentro y no quise perder la ocasión de estudiar con toda la minuciosidad posible aquel ejemplar de los cefalópodos. Me sobrepuse al horror que me inspiraba su aspecto y, cogiendo un lápiz, empecé a dibujarlo.

—Quizá sea el mismo del *Alecton* —dijo Consejo.

—No —respondió el canadiense—, porque este está entero y aquel había perdido la cola.

—Eso no sería ningún obstáculo —respondí—. Los brazos y la cola de estos animales se vuelven a formar por regeneración, y en siete años la cola del calamar de Bouguer ha tenido el tiempo suficiente para volver a salir.

—Por otra parte —replicó Ned—, si no es este, puede serlo alguno de estos otros.

Efectivamente, acababan de aparecer otros pulpos por el ventanal de estribor. Pude contar siete. Todos ellos escoltaban al *Nautilus* y se oía el rechinar de sus picos contra el blindaje de acero. Nuestra curiosidad podía considerarse satisfecha.

Proseguí mi trabajo. Los monstruos se mantenían en nuestras aguas con tal precisión que parecía que no se movieran. Los hubiera podido calcar sobre el cristal reduciendo su tamaño, ya que nuestra marcha era bastante moderada.

De repente se paró el *Nautilus*. Un fuerte topetazo hizo trepidar toda su estructura.

—¿Hemos encallado? —interrogué.

—Tal vez sí —me respondió el canadiense—; pero hemos debido de soltarnos, porque flotamos.

El *Nautilus* flotaba, pero estaba parado. Las palas de su hélice no azotaban las aguas. Pasado un minuto entró en el salón el capitán Nemo, seguido de su segundo.

Ya hacía tiempo que no lo veía. Me pareció que estaba preocupado. Sin dirigirnos la palabra, tal vez sin vernos, se dirigió a la vidriera, observó a los pulpos y cambió algunas frases con su segundo.

Este salió. Al cabo de un momento se cerró el ventanal y se iluminó el techo.

Me dirigí hacia el capitán.

—Original colección de pulpos —le dije con el tono despreocupado que adoptaría un aficionado ante el cristal de un acuario.

—Ciertamente, señor naturalista —me respondió—, y vamos a luchar contra ellos cuerpo a cuerpo.

Miré al capitán, creyendo que no le había entendido bien.

—¿Cuerpo a cuerpo? —repetí.

—Sí. La hélice está parada. Creo que las mandíbulas córneas de uno de estos calamares se han enredado entre sus paletas y nos impiden avanzar.

—¿Y qué va a hacer?

—Subir a la superficie y exterminar a toda esta plaga.

—La empresa va a ser difícil.

—Efectivamente. Las balas eléctricas no pueden producir ningún efecto en esas carnes blandas, pues no encuentran suficiente resistencia para estallar. Los atacaremos a hachazos.

—Y a arponazos, capitán —dijo el canadiense—, si usted acepta mi ayuda.

—La acepto, señor Land.

—Les acompañaremos —agregué. Y siguiendo al capitán Nemo, nos dirigimos hacia la escalera central.

Allí aguardaban diez marineros armados con hachas de abordaje y preparados para el ataque. Consejo y yo tomamos dos hachas y Ned Land un arpón.

El *Nautilus* estaba ya en la superficie. Uno de los marineros, colocado en los últimos escalones, destornillaba las bisagras de la escotilla. Pero apenas se hubieron retirado las tuercas, la trampilla se levantó con gran violencia, atraída por las ventosas del tentáculo de un calamar.

Al momento, uno de los brazos se introdujo por la abertura como una serpiente, mientras otros veinte se agitaban por encima. El capitán Nemo cortó de un solo tajo el brazo del molusco, que cayó por los escalones retorciéndose horriblemente.

En el momento en que nos abalanzábamos en tropel para salir a la plataforma, otros dos brazos, cortando el aire, alcanzaron al marinero que iba delante del capitán Nemo y lo arrebataron con una violencia irresistible.

El capitán Nemo lanzó un grito y se precipitó afuera. Nosotros lo seguimos apresuradamente.

¡Qué escena! El desdichado, atrapado por el monstruo y adherido a sus ventosas, se balanceaba en el aire al capricho de aquella enorme trompa. Jadeaba, se ahogaba, pedía auxilio. Sus palabras, pronunciadas en francés, me llenaron de estupor: ¡Tenía un compatriota a bordo, tal vez muchos! Yo no olvidaré jamás aquel lamento desgarrador.

El infortunado estaba perdido. ¿Quién podría arrancarle de aquel tremendo abrazo? Sin embargo, el capitán Nemo se precipitó sobre el pulpo, descargó un nuevo hachazo y le cortó otro de sus brazos. Su segundo luchaba con furor contra otros monstruos que se arrastraban por los costados del *Nautilus*. Toda la tripulación manejaba el hacha. El canadiense, Consejo y yo hundimos nuestras armas en aquellas masas carnosas. La atmósfera estaba impregnada de un intenso olor a almizcle. Era horrible.

Por un instante creí que el desdichado apresado por el pulpo podría salvarse de su poderosa succión. De los ocho brazos del animal, le habían cortado siete; el único que le quedaba se balanceaba en el aire, blandiendo a su víctima como a una pluma. Pero en el momento en que el capitán Nemo y su segundo volvían a arremeter contra él, arrojó un chorro de líquido negro, segregado de una bolsa que tenía en el abdomen, y nos cegó. Cuando se disipó la nube, el calamar había desaparecido ¡y con él mi infortunado compatriota!

¡Con qué rabia acometimos entonces a los gigantescos pulpos! Nadie era capaz de dominarse. Diez o doce pulpos se habían apoderado de la plataforma y de los costados del *Nautilus*. Todos rodábamos enredados entre aquellos restos aún palpitantes que se agitaban sobre la plataforma entre oleadas de sangre y de tinta. Parecía como si aquellos viscosos tentáculos renacieran como las cabezas de la hidra. El arpón de Ned Land, a cada golpe, se hundía en los verdes ojos de los calamares y los reventaba. Pero mi audaz amigo fue súbitamente derribado por los brazos de un monstruo, cuyo latigazo no pudo evitar a tiempo.

¡Ah! ¡De poco no se me partió el corazón de emoción y de horror! El formidable pico del calamar se abría amenazadoramente sobre el cuerpo de Ned Land. Me precipité en su ayuda, pero el capitán Nemo se me adelantó. Su hacha se sepultó entre aquellas inmensas mandíbulas y el canadiense, milagrosamente salvado, se alzó al instante y hundió el arpón hasta la empuñadura en el triple corazón del monstruo.

—¡Tenía pendiente esta deuda! —dijo el capitán Nemo al arponero.

Ned se inclinó sin responderle.

El combate había durado un cuarto de hora. Los monstruos, vencidos, mutilados, heridos mortalmente, abandonaron la lucha y desaparecieron bajo las aguas.

El capitán Nemo, bañado en sangre, inmóvil junto al fanal, contemplaba el mar que le acababa de arrebatar a uno de sus compañeros, y de sus ojos corrieron abundantes lágrimas.

XIX

El Gulf Stream

Jamás podrá olvidar ninguno de nosotros la terrible escena del 20 de abril. La he narrado bajo la impresión de una emoción violenta. Luego he revisado el relato. Se lo he leído a Consejo y a Ned, y los dos lo han encontrado exacto en cuanto a los hechos, pero insuficientemente expresivo. Para pintar cuadros así, haría falta la pluma del más ilustre de nuestros poetas: la del autor de *Los trabajadores del mar*.

He dicho que el capitán Nemo lloraba contemplando las aguas. Su dolor fue inmenso: era el segundo compañero que perdía desde nuestra llegada a bordo. ¡Y qué espantosa muerte! ¡Aquel amigo estrujado, ahogado, destrozado por el formidable brazo de un pulpo, triturado en sus mandíbulas de hierro, jamás descansaría con sus camaradas en las tranquilas aguas del cementerio de coral!

Pero lo que a mí me había partido el corazón era el grito de desesperación de aquel desgraciado en mitad de la lucha. Aquel pobre francés, olvidando su lenguaje convencional, había vuelto a hablar la lengua de su país y de su madre para lanzar una suprema petición de socorro. Entre cuantos formaban la tripulación del *Nautilus*, entre aquellos hombres asociados en cuerpo y alma al capitán Nemo y que, como él, rehuían el contacto con los seres humanos, ¡había un compatriota mío! ¿Era el único que representaba a Francia en aquella misteriosa asociación, formada evidentemente por individuos de diversas nacionalidades? ¡He ahí uno de los insolubles problemas que se planteaban sin cesar en mi mente!

El capitán Nemo se encerró en su camarote y no le vi durante cierto tiempo. Pero ¡cuán triste, desesperado e indeciso debía de estar, a juzgar por el comportamiento de su barco, del que era el alma y que, a su vez, acusaba todas sus reacciones. El *Nautilus* no mantenía ningún rumbo determinado: iba, venía, flotaba como un cadáver al capricho de las olas. Su hélice funcionaba ya libremente, sin embargo apenas recurría a ella. Navegaba al azar, como si le costara abandonar el teatro de su postrera lucha, como si no pudiera dejar aquel mar que había devorado a uno de los suyos.

Así pasaron diez días. Por fin, el primero de mayo, el *Nautilus* volvió a tomar decididamente el rumbo hacia el norte, tras avistar las Lucayas al salir del canal de Bahama. Seguíamos entonces la corriente del mayor río del mar, que tiene orillas, peces y temperatura propios. Me estoy refiriendo a la corriente del Golfo, al *Gulf Stream*.

Es un río, en efecto, que corre libremente por en medio del Atlántico y cuyas aguas no se mezclan con las aguas oceánicas. Es un río salado, más salado que las aguas del mar en que se encuentra. Su profundidad y su anchura medias son, respectivamente, de tres mil pies y sesenta millas. En algunos puntos su corriente lleva una velocidad de cuatro kilómetros por hora. Y el caudal invariable de sus aguas es más considerable que el de todos los ríos del globo.

La auténtica fuente del Gulf Stream —tal como ha señalado el comandante Maury— o, si se quiere, su punto de partida, se sitúa en el golfo de Vizcaya. Allí empiezan a formarse sus aguas, aún bajas de temperatura y color. Corre luego hacia el sur, paralela a las costas del África ecuatorial, calienta sus aguas con los rayos de la zona tórrida, atraviesa el Atlántico, alcanza el cabo de San Roque en la costa brasileña, y se bifurca en dos ramas, una de las cuales va a saturarse con las cálidas moléculas del mar de las Antillas. Es entonces cuando el Gulf Stream, encargado de restablecer el equilibrio entre las temperaturas y de mezclar las aguas de los trópicos con las boreales, comienza a desarrollar su papel. Tras caldearse hasta casi hervir en el golfo de México, sube hacia el norte siguiendo las costas americanas y avanza hasta Terranova; allí se desvía por el empuje de la corriente fría del estrecho de Davis, vuelve a tomar la ruta del océano, siguiendo la línea loxodrómica sobre uno de los círculos máximos del globo, y se divide en dos brazos al alcanzar los 43° de latitud; uno de estos brazos, ayudado por el alisio del nordeste, vuelve al golfo de Vizcaya y a las Azores, mientras que el otro —tras templar las costas de Irlanda y Noruega— va hasta más allá de las Spitzberg a formar el mar libre del polo: para entonces su temperatura ha descendido hasta los cuatro grados.

Por este río del océano navegaba ahora el *Nautilus*. A su salida del canal de Bahama, con catorce leguas de anchura y trescientos cincuenta metros de profundidad, el Gulf Stream corre a razón de ocho kilómetros por hora. Esta velocidad disminuye regularmente a medida que avanza hacia el norte; y es de desear que dicha regularidad persista, porque si su velocidad o su dirección llegaran a modificarse —como se ha creído advertir—, los climas europeos quedarían sometidos a perturbaciones de incalculables consecuencias.

Hacia el mediodía Consejo y yo estábamos en la plataforma. Le hablé del Gulf Stream y de sus particularidades. Y al concluir mis explicaciones, le invité a que sumergiera sus manos en la corriente.

Consejo obedeció y se quedó muy extrañado al ver que no experimentaba sensación de calor ni de frío.

—Esto se debe a que la temperatura de las aguas del Gulf Stream al salir del golfo de México difiere muy poco de la de la sangre —le dije—. El Gulf Stream es un enorme calefactor, que permite a las costas de Europa adornarse de perenne verdor. Y si hemos de dar crédito a Maury, el calor de esta corriente —si se aprovechara íntegramente— bastaría para mantener en estado de fusión un río de hierro fundido tan grande como el Amazonas o el Missouri.

En aquel momento la velocidad del Gulf Stream era de 2,25 metros por segundo. Su corriente es tan distinta del océano que sus aguas pasan como comprimidas, sobresaliendo ligeramente por encima del nivel oceánico: hay como un desnivel entre ellas y las aguas frías. Y como son oscuras y ricas en sustancias salinas, contrastan con su fuerte color azul sobre las aguas verdes que las rodean. Tan clara es la línea de separación entre unas y otras que, a la altura de las Carolinas, pudo verse que el espolón del *Nautilus* surcaba las aguas de la corriente, en tanto que su hélice batía aún las del océano.

Aquella corriente arrastraba consigo todo un mundo de seres vivos. Los argonautas, tan comunes en el Mediterráneo, viajaban por ella en grandes bancos. Entre los peces cartilaginosos, los más dignos de mención eran las rayas; su cola, muy fina, abarca aproximadamente una tercera parte del cuerpo, lo que les da el aspecto de grandes rombos de más de veinticinco pies. Debo mencionar también unos pequeños escualos que medirían como un metro; tenían la cabeza grande, con el hocico corto y redondeado, unos dientes puntiagudos dispuestos en diversas hileras, y el cuerpo aparentemente cubierto de escamas.

Entre los peces óseos que vi había labros-grisones típicos de estos mares; esparos sinagros, cuyo iris brillaba como fuego; cienas de un metro de longitud con una boca ancha erizada de pequeños dientes, que dejaban escapar como un leve grito; negros centrópodos, a los que ya me he referido en otro lugar; azules corifenos, adornados de oro y plata; peces loro, verdaderos arcos iris del océano que rivalizan en color con las aves más bellas de los trópicos; blemias-bosquianos de cabeza triangular; rombos azulados desprovistos de escamas; batracoides, recubiertos de una banda amarilla en sentido transversal que recuerda la forma de una tau griega; enjambres de díminutos góbidos punteados con manchitas marrones; dipterodontes de cabeza plateada y cola amarilla; diversas variedades de salmones; mugilomoros de cuerpo esbelto que brilla con suave luminosidad —peces que dedicó Lacépède a la amable compañera de su vida—; y por último, un hermoso pez que ha recibido el nombre de «caballero americano» y que, ostentando las cintas de toda clase de órdenes y condecraciones, frecuenta las costas de esa gran nación, que en tan poca estima tiene unas y otras.

Añadiré que durante la noche las aguas fosforescentes del Gulf Stream rivalizaban con el brillo eléctrico de nuestro fanal, sobre todo en tiempo de borrasca, que nos amenazaba con frecuencia.

El 8 de mayo navegábamos aún frente al cabo Hatteras, a la altura de Carolina del Norte. El Gulf Stream tiene allí una anchura de unas setenta y cinco millas, y su profundidad es de doscientos diez metros. El *Nautilus* seguía errando a la aventura. Todo tipo de vigilancia parecía haber sido proscrito a bordo. He de convenir en que, en tales condiciones, podía tener éxito una tentativa de evasión. En efecto, las costas estaban habitadas y ofrecían un fácil refugio en cualquier punto. El mar se veía incesantemente surcado por numerosos *steamers* de los que cubren el servicio entre Nueva York o Boston y el golfo de México, y recorrido día y noche por las pequeñas goletas que se dedican al cabotaje entre los diversos lugares de la costa americana. Cabía esperar que nos recogieran. La ocasión se presentaba, pues, como muy favorable, a pesar de las treinta millas que separaban al *Nautilus* de las costas estadounidenses.

Pero una fastidiosa circunstancia contrariaba por completo los planes del canadiense. Hacía muy mal tiempo. Nos estábamos acercando a unos parajes en que son frecuentes las tempestades, a la patria de las trombas y de los ciclones, engendrados precisamente por la corriente del Golfo. Desafiar una mar arbolada en una frágil lancha era correr a una muerte cierta. Hasta el propio Ned lo reconocía. Tascaba así su freno, presa de una curiosa nostalgia que solo la huida hubiera podido sanar.

—Señor —me dijo aquel día—, hemos de poner fin a esto. Yo ya no aguanto más. El tal Nemo se está apartando de las tierras y remonta hacia el norte. Pero créame, yo ya he tenido bastante con el Polo Sur y no estoy dispuesto a seguirle al Polo Norte.

—¿Y qué podemos hacer, Ned? En las actuales circunstancias no hay forma de escapar.

—Vuelvo a mi primitiva idea: hay que hablar con el capitán. Usted no quiso hacerlo cuando nos encontrábamos en los mares de su país. Pero ahora estamos en aguas de mi patria, y yo sí pienso hablarle. Dentro de unos días el *Nautilus* se hallará a la altura de Nueva Escocia... ¡Cuando pienso que allí se abre una amplia bahía en dirección a Terranova, que en esa bahía desemboca el San Lorenzo, y que el San Lorenzo es mi río, el río de Quebec, la ciudad donde nací...! ¡Solo con pensarlo se me ponen los pelos de punta y se me enciende el rostro de ira! Mire usted, señor, si es preciso, ¡me arrojaré al mar! ¡Aquí no me quedo! ¡Me ahogo!

Era evidente que la paciencia del canadiense había llegado a su término. Su vigorosa naturaleza no podía adaptarse a aquella prolongada prisión. Ello se notaba hasta en la progresiva alteración de su fisonomía. Se le iba agriando más y más el carácter. No me costaba comprender cómo sufría él, porque yo mismo me veía afectado por la nostalgia. Habían transcurrido casi siete meses sin recibir ninguna noticia de tierra. Además, el aislamiento del capitán Nemo, su profundo cambio de humor —sobre todo después del combate con los pulpos—, su taciturnidad... todo me hacía ver las cosas de un modo diferente. Ya no sentía el entusiasmo de los primeros días. ¡Había que ser de Flandes, como Consejo, para aceptar aquella situación en un medio reservado a los cetáceos y a los demás habitantes de la mar! Si aquel valiente muchacho hubiera tenido branquias en lugar de pulmones, no dudo de que habría hecho un notable papel como pez.

—¿Qué dice usted, señor? —prosiguió Ned Land, al ver que yo callaba.

—Así pues, Ned, quieres que le pregunte al capitán Nemo cuáles son sus intenciones con respecto a nosotros, ¿cierto?

—Eso mismo.

—¿A pesar de que ya nos las ha dado a conocer?

—Sí. Deseo saber a qué atenerme definitivamente. Háblele usted en mi nombre, solo en mi nombre, si lo prefiere así.

—¡Pero es que le veo tan de tarde en tarde...! Me evita, incluso.

—Razón de más para ir a verle.

—Se lo preguntaré, Ned.

—¿Cuándo? —insistió el canadiense.

—Cuando lo vea.

—Señor Aronnax, ¿prefiere usted que vaya a buscarlo yo mismo?

—No, Ned, déjalo... Mañana...

—Hoy.

—Está bien. Le veré hoy mismo —respondí al canadiense, sabiendo que si le dejaba actuar por su cuenta lo hubiera echado todo a perder.

Me quedé solo. Puesto que el asunto estaba decidido, resolví pasar cuanto antes el mal trago. Si había que hacerlo, mejor cuanto antes.

Regresé a mi camarote. A través de la pared se podían oír los pasos del capitán en el suyo. Convenía que no dejara escapar aquella oportunidad para verle. Llamé a su puerta. No obtuve respuesta. Volví a llamar, girando al propio tiempo el picaporte. La puerta se abrió.

Entré. El capitán se encontraba allí, en efecto, inclinado sobre su mesa de trabajo. No me había oído. Resuelto a no marchar sin haber hablado con él, fui hacia donde se hallaba. Levantó bruscamente la cabeza, frunció el ceño y me preguntó en un tono más bien rudo:

—¡Usted aquí! ¿Qué quiere?

—Hablar con usted, capitán.

—Pues estoy ocupado, señor, trabajando. ¿Acaso no puedo gozar yo de la misma libertad que le concedo a usted para aislarse?

El recibimiento era bastante descorazonador. Pero yo estaba decidido a escuchar lo que fuera con tal de poder hablar sin ambages.

—Señor —respondí fríamente—, tengo que hablarle de un asunto que no consiente demora.

—¿Qué asunto, profesor? —contestó él con ironía—. ¿Ha descubierto usted algo que yo ignore? ¿Le ha revelado nuevos secretos el mar?

Ciertamente no era esa la cuestión. Pero antes de que yo hubiera podido responderle, me mostró un manuscrito que tenía abierto sobre su mesa y adoptando un tono más grave, me dijo:

—Aquí tiene, señor Aronnax, un manuscrito redactado en varias lenguas. Contiene el resumen de mis estudios sobre el mar. Si Dios quiere, no perecerá conmigo. Firmado con mi nombre y con la historia completa de mi vida, será encerrado en un pequeño aparato insumergible. El último superviviente a bordo del *Nautilus* arrojará ese aparato al mar, e irá a parar a donde lo lleven las olas.

¡El nombre del capitán! ¡Su historia escrita por él mismo! ¿Llegaría, pues, a revelarse algún día su secreto? Sin embargo, en aquel momento no vi en sus palabras más que un camino para entrar en materia.

—Capitán —le respondí—, no puedo menos que aprobar su decisión de obrar así. Es preciso que no se pierda el fruto de sus estudios. Pero el medio que va usted a emplear me parece primitivo. ¿Quién sabe adónde llevarán los vientos ese aparato, en qué manos caerá...? ¿No se le ocurre nada mejor? Quizá usted mismo, o alguno de sus hombres, podría...

—Jamás, señor —me interrumpió con viveza el capitán.

—Mis compañeros, y yo mismo, estaríamos dispuestos a conservar reservadamente ese manuscrito, y si nos devolviera la libertad...

—¡La libertad! —exclamó el capitán Nemo, irguiéndose.

—Sí, señor. Y de esto precisamente venía a hablarle. Llevamos siete meses a bordo del *Nautilus*. En nombre de mis compañeros, y en el mío propio, le pregunto si tiene el propósito de retenernos aquí para siempre.

—Señor Aronnax, le responderé hoy lo mismo que le dije hace siete meses: quien entra en el *Nautilus* no lo abandonará nunca.

—¡Pero eso equivale a imponernos una auténtica esclavitud!

—Llámelo como quiera.

—Y el esclavo conserva el derecho de recobrar su libertad,

por los medios que sean... Cualquiera puede parecerle bueno...

—¿Quién les ha negado a ustedes ese derecho? —respondió el capitán Nemo—. ¿Acaso he pretendido encadenarlos con un juramento?

El capitán me miraba, cruzado de brazos.

—Señor —le dije—, ni a usted ni a mí nos agradaría volver de nuevo sobre este tema. Pero puesto que lo hemos abordado, lleguemos hasta el fondo. Le repito que no se trata solamente de mi persona. En mi caso, el estudio es una ayuda, una diversión poderosa, un aliciente, una pasión que puede hacerme olvidar todo lo demás. Soy, como usted, un hombre hecho para una vida ignorada, oscura, con la frágil esperanza de legar un día al futuro el resultado de mis trabajos, aunque no sea más que por medio de un aparato hipotético confiado al azar de las olas y de los vientos. En una palabra: puedo admirarle, seguirle incluso gustosamente en ciertos aspectos de su vida, que soy capaz de comprender; pero en otros aspectos entreveo esa vida suya rodeada de complicaciones y de misterios que, hasta el presente, ni mis compañeros ni yo hemos sido llamados a compartir en absoluto. Por consiguiente, aun cuando nuestro corazón ha podido emocionarse en ocasiones con el dolor del suyo o entusiasmarse con sus arranques de valor o de genialidad, nos hemos visto obligados a esconder en nosotros hasta el más mínimo testimonio de la simpatía que nace de la contemplación de lo bueno o hermoso, ya venga de un amigo o de un enemigo. Pues bien, este sentimiento de que somos ajenos a todo cuanto a usted le concierne es lo que hace de nuestra situación algo inaceptable, imposible... Es así para mí, pero lo es, sobre todo, para Ned Land. Todo hombre, por el hecho mismo de serlo, merece que se piense en él... ¿Se ha preguntado usted lo que el amor a la libertad, el odio de la esclavitud, pueden hacer brotar en una naturaleza como la del canadiense? ¿Los proyectos de venganza que concebiría, lo que podía pensar, arriesgar, intentar...?

Callé al llegar a este punto. El capitán Nemo se puso en pie.

—¡Que Ned Land piense, arriesgue e intente lo que quiera! ¿Qué me ha de importar eso? Yo no le fui a buscar, ni está a bordo por mi gusto. En cuanto a usted, señor Aronnax, usted es de los que pueden comprenderlo todo, aun el silencio. No tengo nada más que decirle. Que esta sea la primera y la última vez que me venga usted a hablar de este asunto. Si hubiera otra, ni siquiera podría escucharle.

Me retiré. A partir de aquel día, nuestra situación fue muy tensa. Narré aquella conversación a mis compañeros.

—Ahora sabemos que no podemos esperar nada de ese hombre —dijo Ned—. El *Nautilus* se aproxima a Long Island. Escaparemos, haga el tiempo que haga.

Pero el cielo se presentaba cada vez más amenazador. Empezaban a manifestarse síntomas de huracán. La atmósfera adquiría un tinte blanquecino y lechoso. Los finos haces de cirros habían sido sustituidos por capas de nimbocúmulos. Otras nubes bajas huían rápidamente. La mar se hacía gruesa, abombándose en grandes olas. Desaparecían las aves, a excepción de las que preludian las tempestades. El barómetro bajaba notablemente, señalando una extrema tensión entre los vapores del aire. La mezcla de *stormglass* se descomponía bajo la influencia de la electricidad que saturaba la atmósfera. Se aproximaba la lucha de los elementos.

La tempestad estalló en la jornada del 18 de mayo, precisamente cuando el *Nautilus* navegaba a la altura de Long Island, a escasas millas de los pasos de Nueva York. Puedo hoy describir aquel combate entre vientos y agua porque el capitán Nemo, por un capricho inexplicable, quiso desafiarlo en superficie, en vez de rehuirlo refugiándose en las profundidades del mar.

El viento soplaba del sudoeste. Al principio era un viento frescachón, esto es, de una velocidad de quince metros por segundo; pero hacia las tres de la tarde soplaba ya a veinticinco metros por segundo, cifra que es ya de viento tempestuoso.

El capitán Nemo, inconmovible frente a las fuertes ráfagas, se había situado en la plataforma. Para resistir el formidable embate de las enormes olas, se había atado hasta medio cuerpo. Yo subí también, y me hice atar del mismo modo; mi admiración iba de la tempestad a aquel hombre incomparable que le plantaba cara.

El arbolado mar se veía barrido por grandes jirones de nubes que bajaban a empaparse en sus aguas. Ya no podía distinguir esas pequeñas olas intermedias que se forman en el fondo de los grandes senos: solo largas ondulaciones fuliginosas, cuya cresta ni siquiera se rompe por lo compactas que son. Aumentaba su altura, excitándose unas olas a otras. El *Nautilus* se balanceaba y cabeceaba espantosamente, unas veces escorando hasta tenderse de lado, otras poniéndose perpendicular como un mástil.

Hacia las cinco comenzó a caer una lluvia torrencial, que no apaciguó ni el viento ni el oleaje. El huracán se desencadenó a una velocidad de cuarenta y cinco metros por segundo, esto es, a unas cuarenta leguas por hora. Un viento así derriba casas, hunde las tejas de los tejados en las puertas, rompe rejas de hierro, desplaza cañones del veinticuatro... Y sin embargo, en medio de la tormenta el *Nautilus* hacía justicia a aquel dicho de un sabio ingeniero: «No hay mar que no pueda ser desafiado por un casco bien construido». No se trataba, en efecto, de una sólida roca que las olas hubieran acabado por demoler, sino de un huso de acero, obediente y móvil, sin aparejos, sin mástiles, capaz de arrostrar su furia sin sufrir daño alguno.

Contemplaba yo, entretanto, las olas desencadenadas. Medían hasta quince metros de altura por una longitud de ciento cincuenta a ciento setenta y cinco metros; su velocidad de propagación era de unos quince metros por segundo, la mitad de la del viento. Su volumen y su fuerza aumentaban con la profundidad de las aguas. Comprendí entonces cuál era el papel de esas olas que aprisionan el aire en sus costados y lo sepultan hasta el fondo de los mares, levándoles la vida con el oxígeno. Su enorme presión sobre la superficie batida puede elevarse —según se ha calculado— a unos tres mil kilogramos por pie cuadrado. Son olas como estas las que en las Hébridas han desplazado un bloque que pesaba casi cuarenta toneladas, o las que, en la tempestad del 23 de diciembre de 1864, después de haber derruido parte de la ciudad japonesa de Yeddo, fueron a romper aquel mismo día en las costas de América.

La intensidad de la tempestad aumentó durante la noche. Como ocurriera en la isla de Reunión durante el ciclón de 1860, el barómetro descendió por debajo de los 710 milímetros. Al caer la tarde vi pasar por el horizonte un gran barco, que luchaba penosamente. Capeaba con las máquinas al mínimo, a fin de mantenerse firme en las olas. Debía de ser uno de los *steamers* de las líneas de Nueva York a Liverpool o a Le Havre. Pronto se perdió de vista en las sombras.

A las diez de la noche el cielo parecía fuego. Violentos relámpagos cruzaban la atmósfera. Mis ojos no podían resistir su fulgor, pero el capitán Nemo, mirándolos cara a cara, parecía aspirar en ellos el alma de la tempestad. Un estruendo terrible, complejo, llenaba los espacios, confundiéndose en él los mugidos del viento, el ruido de las olas al romperse y los estampidos del trueno. El viento rolaba a todos los puntos del horizonte, y el ciclón que partía del este volvía a este punto tras pasar por el norte, el oeste y el sur, en sentido inverso a como giran las tempestades semejantes en el hemisferio austral.

¡El Gulf Stream...! ¡Qué bien justificaba su nombre de rey de las tempestades! Porque es él quien crea estos formidables ciclones a causa de las diferencias de temperatura de las capas de aire que se superponen a sus corrientes.

La lluvia se trocó en un chaparrón de fuego. Centellas fulminantes sustituyeron a las gotas de agua. Se hubiera dicho que el capitán Nemo pretendía caer fulminado por un rayo, buscando una muerte digna de él. Con un espantoso cabeceo, el *Nautilus* alzó al aire su espolón de acero como si fuera la aguja de un pararrayos, y vi brotar de él numerosas chispas.

Tendido, agotado hasta el límite de mis fuerzas, me arrastré hacia la escotilla, la abrí y bajé al salón. El huracán alcanzaba en aquellos momentos su intensidad máxima. Era imposible mantenerse de pie en el interior del *Nautilus*.

Hacia la medianoche entró también el capitán Nemo. Oí que los depósitos se llenaban poco a poco, y el *Nautilus* se hundió suavemente bajo la superficie.

Por los ventanales abiertos del salón vi pasar grandes peces asustados, como fantasmas en aquellas aguas de fuego. ¡Algunos fueron fulminados ante mis propios ojos!

El *Nautilus* seguía bajando. Supuse que encontraría el mar calmado a una profundidad de quince metros. Pero no. Las capas superiores estaban agitadas con demasiada violencia. Hubo que ir a buscar la tranquilidad en las entrañas del mar, hasta los cincuenta metros. Y una vez allí, ¡qué tranquilidad, qué silencio, qué paz! Nadie hubiera dicho que en aquel momento se estaba desencadenando un terrible huracán en la superficie del océano.

XX

A LOS 47° 24' DE LATITUD Y 17° 28' DE LONGITUD

A consecuencia de aquella tempestad habíamos sido empuja-
dos hacia el este. Se había desvanecido así toda esperanza de
escapar en las proximidades de Nueva York o del San Lorenzo. El pobre Ned, desesperado, se aisló como el capitán Nemo.
Consejo y yo estábamos siempre juntos.

He dicho que el *Nautilus* había sido empujado hacia el
este. Para ser más exacto, debería haber dicho hacia el nordeste. Durante algunos días navegó errante, sumergido o en superficie, por entre aquellas brumas tan temidas por los hombres de mar. Se deben estas, principalmente, al deshielo, que
mantiene un alto grado de humedad en la atmósfera. ¡Cuántos
barcos se han perdido en estos parajes al tratar de guiarse por
las luces inciertas de la costa! ¡Cuántos naufragios a causa de
estas nieblas opacas! ¡Cuántos choques contra los escollos, al
quedar cubierto el rumor de las olas en sus rompientes por
el ruido del viento! ¡Cuántos abordajes entre navíos, a pesar
de sus luces de posición, a pesar de las advertencias de sus sil-
batos y de sus campanas de alarma!

No es de extrañar, pues, que el fondo de aquellos mares ofreciera el aspecto de un campo de batalla, en el que
yacían aún cuantos habían sido vencidos por el océano: unos
viejos y amazacotados; otros recientes, que reflejaban los
destellos de nuestro fanal sobre sus herrajes y sus carenas de
cobre. Y entre ellos, ¡cuántos barcos perdidos, con su carga,

con sus tripulaciones, con los innumerables emigrantes que transportaban, en los puntos negros que señalan las estadísticas: el cabo Race, la isla de San Pablo, el estrecho de Belle Ille, el estuario del San Lorenzo...! Y para no hablar más que de los últimos años, ¡cuántas víctimas añadidas a esa fúnebre relación por los barcos de las líneas del Royal Mail, Inmann, Montreal: el *Solway,* el *Isis,* el *Paramatta,* el *Hungarian,* el *Canadian,* el *Anglo-Saxon,* el *Humboldt,* el *United-States* —hundidos todos ellos—, el *Artic,* el *Lyonnais* —que se fueron a pique tras colisionar—, el *Président,* el *Pacific,* el *City-of-Glasgow,* desaparecidos por causas que se desconocen...! Hoy eran solo restos sombríos, por entre los cuales navegaba el *Nautilus* como si estuviera pasando revista a los muertos.

El 15 de mayo estábamos en el extremo meridional del banco de Terranova. Este banco es el resultado de aluviones marinos, en el que se amontonan grandes cantidades de detritos orgánicos, bien sea traídos de las regiones ecuatoriales por el Gulf Stream, bien procedentes del Polo Boreal y conducidos por la contracorriente de agua fría que va a lo largo de la costa americana. Ahí se acumulan también los bloques erráticos liberados por el deshielo. Y ahí se ha formado, por último, un inmenso osario de peces, de moluscos y de zoófitos, que mueren a miles de millones en esas aguas.

En el banco de Terranova la profundidad del mar es escasa, a lo sumo de unos centenares de brazas. Pero hacia el sur se abre súbitamente una profunda depresión, un agujero de tres mil metros. Allí se ensancha el Gulf Stream, desbordando sus cauces; pierde velocidad y temperatura, para convertirse en un mar. Entre los peces que el *Nautilus* espantó a su paso, mencionaré al cicióptero, un pez que mide un metro, que tiene el lomo negruzco y el vientre anaranjado, y que da a sus congéneres un raro ejemplo de fidelidad conyugal; un *unernack* de gran tamaño, que es una especie de murena de color verde esmeralda y que tiene un sabor exquisito; *karraks* de grandes ojos, cuya cabeza recuerda un poco la del perro; blenias ovovivíparas como las serpientes; gobios chaparrudos o gobios negros de unos veinte centímetros; y macruros de larga cola que reluce irradiando un brillo plateado, peces rápidos que se habían aventurado lejos de los mares hiperbóreos.

En las redes cayó también un pez atrevido, audaz, vigoroso, de fuerte musculatura, armado de espinas en la cabeza y de aguijones en las aletas: un verdadero escorpión de dos a tres metros, enemigo encarnizado de las blenias, los gados y los salmones. Me estoy refiriendo al coto de los mares septentrionales, que tiene el cuerpo lleno de protuberancias, de color tostado, con las aletas rojas. A los pescadores del *Nautilus* no les fue fácil apoderarse de ese animal que, gracias a la conformación de sus opérculos, protege sus órganos respiratorios del contacto desecante de la atmósfera y puede vivir algún tiempo fuera del agua.

Citaré —para dejar constancia simplemente— unos pececillos, los bosquianos, que acompañan a los barcos en los mares boreales; los ablos oxirrincos, propios del Atlántico norte; las rescazas... Y me he de referir por último a los gados, y principalmente a una de sus especies, el bacalao, a los que sorprendí en sus aguas preferidas: en el inagotable banco de Terranova.

Puede decirse que los bacalaos son peces de las montañas, puesto que Terranova no es más que una montaña submarina. Cuando el *Nautilus* se abrió camino por entre sus apretadas falanges, Consejo no pudo contener esta observación:

—¡Anda! ¡Bacalaos! —dijo—. ¡Pero si yo creía que los bacalaos eran aplastados como las platijas o los lenguados!

—¡Si serás ingenuo...! —exclamé yo a mi vez—. El bacalao solo es así en la tienda de comestibles, donde los muestran abiertos y extendidos. Pero en el agua son fusiformes como los sargos, perfectamente adaptados para deslizarse en las aguas.

—Si lo dice el señor... —respondió Consejo—. ¡Pero qué multitud, qué hormiguero!

—¡Y más habría si no fuera por sus enemigos, las rescazas y los hombres! ¿Sabes cuántos huevos se han contado en una sola hembra?

—Tiraré largo —respondió Consejo—. ¿Quinientos mil?

—Once millones, amigo mío.

—¡Once millones! Si nos los cuento por mí mismo, no lo creo.

—Pues cuéntalos, Consejo. Aunque acabarás antes si me crees. Además, piensa que los franceses, los ingleses, los americanos, los daneses y los noruegos los pescan a millares. Se consumen en cantidades prodigiosas, lo que causaría su pronta extinción en los mares de no ser por su asombrosa fecundidad. Solo en Inglaterra y América se dedican a la pesca del bacalao cinco mil barcos, tripulados por setenta y cinco mil marineros. Cada pesquero vuelve con unos cuarenta mil ejemplares, por término medio, lo que hace un total de veinticinco millones. Y parecido resultado se obtiene frente a las costas de Noruega.

—Bien —respondió Consejo—. Me fío del señor. No los contaré.

—No contarás, ¿qué?

—¡Los once millones de huevos! Pero debo hacer una observación.

—Tú dirás.

—Pues que si todos los huevos prosperasen, bastarían cuatro bacalaos para alimentar a Inglaterra, América y Noruega juntas.

Al pasar rozando los fondos del banco de Terranova vi perfectamente los largos sedales armados de doscientos anzuelos que cada barco tiende por docenas. Cada sedal, atado por uno de sus extremos y mediante una pequeña grapa, quedaba retenido desde la superficie por un cabo fijo a un trozo de corcho. El *Nautilus* tuvo que maniobrar diestramente entre aquella red submarina.

Por otra parte, no tardó en abandonar esos parajes frecuentados. Subió hasta el grado 42 de latitud, a la altura de San Juan de Terranova y de Heart's Content, donde se encuentra uno de los extremos del cable transatlántico.

En vez de proseguir su marcha hacia el norte, el *Nautilus* puso rumbo hacia el este, como si quisiera seguir por la planicie donde descansa el cable telegráfico, un fondo cuyo relieve se conoce con extrema exactitud por los numerosos sondeos que allí se han realizado.

Fue el 17 de mayo, a unas quinientas millas de Heart's Content y a dos mil ochocientos metros de profundidad, cuando vi el cable tendido en el fondo. Consejo, que no sabía nada del asunto, lo tomó al punto por una gigantesca serpiente de mar y se dispuso a clasificarla según su metodología habitual. Pero yo me apresuré a sacar de su error a aquel buen muchacho, y para consolarlo de su sinsabor, le expliqué diversas particularidades del tendido del cable.

El primer cable se puso entre los años 1857 y 1858; pero tras haber servido para transmitir unos cuatrocientos telegramas, dejó de funcionar. En 1863 los ingenieros construyeron un nuevo cable, que medía tres mil cuatrocientos kilómetros y tenía un peso de cuatro mil quinientas toneladas, y lo embarcaron en el *Great-Eastern*. Aquella tentativa fracasó también.

Pues bien, el 25 de mayo, el *Nautilus*, sumergido a tres mil ochocientos treinta y seis metros de profundidad, se hallaba precisamente en el punto en que se produjo la ruptura del cable que causó la ruina de aquella empresa. Sucedió a seiscientas treinta y ocho millas de la costa de Irlanda. A las dos de la tarde se advirtió que acababan de interrumpirse las comunicaciones con Europa. Los técnicos a bordo del *Great-Eastern* decidieron cortar el cable antes de repescarlo, y hacia las once de la noche habían conseguido ya subir a bordo la parte averiada. Se hizo un empalme y se reforzó la unión; luego se sumergió de nuevo. Pero el cable se rompió cuatro días después y ya no hubo manera de rescatarlo de las profundidades del océano.

Los americanos no se desanimaron. El audaz Cyrus Field, promotor de la empresa, que arriesgaba en ella toda su fortuna, propugnó una nueva suscripción que fue cubierta inmediatamente. Se fabricó otro cable, mejorando sus características. El haz de hilos conductores, aislados en una envoltura de gutapercha, quedaba protegido por un acolchamiento de materias textiles contenido en una armadura metálica. El *Great-Eastern* volvió a hacerse a la mar el 13 de julio de 1866.

La operación se desarrolló con fortuna. Ocurrió, sin embargo, un incidente: al ir desenrollando el cable, los técnicos observaron en diferentes ocasiones que se habían hundido recientemente en él unos clavos, con el propósito de deteriorar el alma. El capitán Anderson, sus oficiales y sus ingenieros se reunieron, deliberaron y se fijaron carteles en los que se decía que si el culpable era sorprendido a bordo, sería arrojado al mar sin más forma de juicio. Desde aquel momento no volvió a repetirse la criminal tentativa.

El 23 de julio, el *Great-Eastern* se encontraba a solo ochocientos kilómetros de Terranova cuando le fue telegrafiada desde Irlanda la noticia del armisticio acordado entre Austria y Prusia a raíz de la batalla de Sadowa. Cuatro días después avistaba entre las brumas el puerto de Heart's Content. La empresa había sido rematada felizmente. Y en su primer mensaje, la joven América dirigió a la vieja Europa estas sabias palabras, si bien tan pocas veces comprendidas: «Gloria a Dios en las alturas, y en la tierra paz a los hombres de buena voluntad».

No esperaba yo encontrar el cable eléctrico en su estado primitivo, tal como era cuando salió de los talleres en que fue fabricado. La larga serpiente, recubierta de restos de conchas, erizada de foraminíferos, estaba incrustada en una masa pétrea que la protegía de los moluscos perforadores. Descansaba tranquilamente, al abrigo de los movimientos del mar, sometido a una presión que es favorable para la transmisión de la chispa eléctrica que pasa de América a Europa en treinta y dos centésimas de segundo. La durabilidad de semejante cable será infinita, sin duda, porque se ha observado que la envoltura de gutapercha mejora con la permanencia en el agua del mar.

Por otra parte, en aquella planicie escogida con tan buen tino, el cable no alcanza nunca profundidades tales que puedan provocar su ruptura. El *Nautilus* lo siguió hasta su más bajo fondo, situado hacia los cuatro mil cuatrocientos treinta y un metros de profundidad, donde lo vimos descansar sin estar sometido a ningún esfuerzo de tracción. Luego nos acercamos al lugar en que había ocurrido el accidente de 1863.

El fondo oceánico formaba entonces un amplio valle de unos ciento veinte kilómetros, sobre el cual hubiera podido plantarse el Mont Blanc sin que su cumbre emergiera a la superficie de las aguas. Este valle se encuentra cerrado hacia el este por un murallón de dos mil metros cortado a pico. Llegamos allí el 28 de mayo; el *Nautilus* estaba a solo ciento cincuenta kilómetros de Irlanda.

¿Pensaba remontarlo el capitán Nemo para acercarse a tierra por encima de las islas Británicas? No. Para mi gran sorpresa, bajó hacia el sur, en ruta hacia los mares europeos. Al contornear la isla Esmeralda divisé por un instante el cabo Clear y el faro de Fastenet, que brinda su luz a los miles de barcos que parten de Glasgow o de Liverpool.

Se me planteó entonces una importante cuestión. ¿Se atrevería el *Nautilus* a penetrar en el canal de la Mancha? Ned Land, que se había vuelto a dejar ver desde que navegábamos paralelamente a la costa, me hacía esa misma pregunta una y otra vez. ¿Cómo darle respuesta? El capitán Nemo no daba señales de vida. Después de haber dejado entrever al canadiense las costas de América, ¿iba a hacer lo propio conmigo, mostrándome las costas de Francia?

Sin embargo, el *Nautilus* seguía bajando hacia el sur. El 30 de mayo pasó a la vista de Land's End, entre la punta extrema de Inglaterra y las Sorlingas, que dejó a estribor.

Si su intención era entrar en el canal, debería virar decididamente hacia el este. Pero no lo hizo.

Durante toda la jornada del 31 de mayo el *Nautilus* describió en el mar una serie de círculos que me intrigaron sobremanera. Parecía buscar un lugar de localización difícil. A mediodía el propio capitán Nemo vino a determinar personalmente nuestra posición. No me dirigió la palabra. Parecía más sombrío que nunca. ¿Qué podía entristecerlo así? ¿Acaso el estar cerca de las costas de Europa? ¿Le acometía el recuerdo de su abandonada patria? Y si así fuera, ¿qué sentía entonces? ¿Remordimientos? ¿Nostalgias? Durante largo tiempo esta idea ocupó mi mente, y tuve como el presentimiento de que el azar no tardaría mucho en traicionar los secretos del capitán.

Al día siguiente, primero de junio, el *Nautilus* siguió navegando de la misma forma. Era evidente que trataba de localizar un punto preciso en el océano. Como lo había hecho la víspera, el capitán Nemo vino a tomar personalmente la altura del sol. La mar estaba serena, el cielo puro. A ocho millas por el este un gran barco de vapor se dibujaba en la línea del horizonte. No ondeaba ningún pabellón en su popa, por lo que me fue imposible averiguar su nacionalidad.

Minutos antes de que el sol pasara por el meridiano, el capitán Nemo tomó el sextante y empezó a observar con meticulosidad extrema. La absoluta calma de las aguas facilitaba su operación. El *Nautilus* se mantenía completamente inmóvil, sin acusar el menor cabeceo o bandazo.

Yo me hallaba también en la plataforma. Al concluir sus mediciones, el capitán Nemo pronunció nada más dos palabras:

—Es aquí.

Y bajó por la escotilla. ¿Había visto el barco que modificaba su rumbo y parecía acercarse a nosotros? No sabría decirlo.

Regresé al salón. Cerraron las escotillas y oí el silbido del agua al deslizarse dentro de los depósitos. El *Nautilus* empezó a hundirse siguiendo una perfecta vertical, pues su hélice había sido trabada para que no le comunicara ningún movimiento.

Minutos más tarde se detuvo al tocar fondo, a una profundidad de ochocientos treinta y tres metros.

El plafón luminoso del salón se apagó entonces, se abrieron los paneles y a través de las vidrieras pude ver el mar iluminado vivamente en un radio de media milla por la luz del fanal. Miré a babor, y solo vi la inmensidad de las tranquilas aguas.

Pero por estribor, sobre el fondo, se destacaba un gran bulto que atrajo mi atención. Parecían ruinas sepultadas bajo una capa de conchas blanquecinas, semejantes a un manto de nieve. Al examinar atentamente aquella masa, me pareció reconocer las formas engrosadas de una nave desarbolada, que debía de haberse hundido de proa. Aquel naufragio databa, ciertamente, de mucho tiempo atrás, porque, para haber recibido todas aquellas incrustaciones calizas en el seno de las aguas, tenía que haber pasado aquel pecio muchos años en el fondo del océano.

¿Qué barco era aquel? ¿Por qué acudía el *Nautilus* a visitar su tumba? ¿Quizá no se hundió a consecuencia de un naufragio y fue otra la causa que lo arrastró bajo las aguas?

Me estaba preguntando todo esto cuando oí la voz reposada del capitán Nemo a mi lado.

—En otro tiempo este barco se llamó el *Marsellés*. Armaba setenta y cuatro cañones y fue botado en 1762. El 13 de agosto de 1778, al mando de La Poype-Vertrieux, se batió valerosamente contra el *Preston*. En 1779, el 4 de julio, participó con la escuadra del almirante D'Estaing en la toma de la isla de Granada. Dos años después, el 5 de setiembre de 1781, intervino en la acción del conde de Grasse en la bahía de Chesapeak. En 1794, la República francesa le cambió el nombre. El 16 de abril de aquel mismo año se unió en Brest a la escuadra de Villaret-Joyeuse, encargada de dar escolta a un convoy de trigo que venía de América al mando del almirante Van Stabel. Entre el 11 y el 12 pradial del año II de la República, dicha escuadra se encontró con los barcos ingleses. Señor, hoy es el 13 pradial, primero de junio de 1868. Hace setenta y cuatro años, día por día, en este preciso lugar, a los 47° 24' de latitud y 17° 28' de longitud, aquel mismo barco, tras haber sostenido un combate heroico, desarbolado de sus tres mástiles, con el agua inundando sus sollados y con la tercera parte de la tripulación fuera de combate, prefirió hundirse con sus 356 seis marineros que rendirse; clavó su pabellón en la popa y desapareció bajo las olas al grito de: «¡Viva la República!»

—¡El *Vengador*! —exclamé.

—En efecto, señor. El *Vengador*. ¡Hermoso nombre! —murmuró el capitán Nemo cruzando los brazos sobre el pecho.

XXI

Una hecatombe

Aquel modo de hablar, lo inesperado de aquella escena, su relato de la historia de aquel navío patriota, la emoción con que el enigmático personaje había pronunciado las últimas palabras, el nombre de *Vengador* —cuyo significado y doble sentido percibía yo claramente.... todo se juntó para causar una profunda impresión en mi espíritu. No podía apartar mis ojos del capitán, mientras que él, con los brazos tendidos hacia el mar, contemplaba aquellos gloriosos restos. Le brillaba la mirada. Quizá no llegaría yo nunca a saber quién era, de dónde venía, adónde iba, pero cada vez más veía yo en él al hombre tras la apariencia del sabio. No era una misantropía común la que había encerrado en los costados del *Nautilus* al capitán Nemo y sus compañeros, sino un odio monstruoso o sublime que el tiempo no era capaz de debilitar.

¿Era un odio sediento aún de venganza? Pronto iba a saberlo.

Ahora el *Nautilus* se remontaba lentamente a la superficie del mar y vi cómo desaparecían poco a poco las formas confusas del *Vengador*. Pronto un ligero movimiento de balanceo me indicó que habíamos salido al aire libre.

En aquel momento se oyó una sorda detonación. Miré al capitán, pero no sorprendí en él ningún movimiento.

—Capitán —lo llamé.

Silencio absoluto.

Lo dejé y subí a la plataforma. Consejo y el canadiense me habían precedido.

—¿Qué ha sido esa detonación? —pregunté.

—Un cañonazo —respondió Ned Land.

Miré en la dirección en la que había visto antes el barco. Se había acercado al *Nautilus* y se notaba que estaba forzando el vapor. Seis millas lo separaban de nosotros.

—¿Qué tipo de barco es, Ned?

—Por su aparejo y por la altura de los mástiles —respondió el canadiense—, apostaría que se trata de un buque de guerra. ¡Ojalá pueda venir sobre nosotros y hundir, si es preciso, este maldito *Nautilus*!

—Amigo Ned —respondió Consejo—, ¿qué daño le puede hacer al *Nautilus*? ¿Lo atacará bajo las aguas? ¿Irá a cañonearlo al fondo del mar?

—Dime, Ned —pregunté—, ¿podrías reconocer la nacionalidad de ese barco?

El canadiense frunció sus cejas, entrecerró sus párpados, encogió los ángulos de sus ojos y durante unos instantes enfocó en el barco todo el poder de su penetrante mirada.

—No, señor —respondió—. No sabría decirle a qué nación pertenece. No enarbola su pabellón. Pero puedo afirmar que es un buque de guerra por el largo gallardete que llamea en la punta de su palo mayor.

Durante un cuarto de hora continuamos observando aquel barco que se dirigía hacia nosotros. No podía admitir, sin embargo, que hubiera avistado al *Nautilus* a aquella distancia, y aún menos que lo hubiera identificado como una nave submarina...

Pronto me anunció el canadiense que se trataba de un gran buque de guerra, provisto de espolón: un acorazado de dos puentes. Una espesa humareda negra escapaba de sus dos chimeneas. Sus velas amainadas se confundían con la línea de las vergas. En la popa no llevaba ningún pabellón. La distancia impedía aún distinguir los colores de su gallardete, que ondeaba como una estrecha cinta.

Avanzaba rápidamente. Si el capitán Nemo lo dejaba acercarse, se nos ofrecería una oportunidad de salvarnos.

—Señor —me dijo Ned Land—, como ese barco pase a una milla de nosotros, yo me lanzo al mar; y le aconsejo que haga lo mismo.

Nada respondí a la propuesta del canadiense, y seguí con la vista fija en el barco, que iba agrandándose a ojos vistas. Ya fuera inglés, francés, americano o ruso, no dejarían de acogernos si conseguíamos abordarlo.

—Recuerde el señor —dijo entonces Consejo— que tenemos ya alguna experiencia de natación... Puede confiarme el cuidado de remolcarlo hacia ese barco, si le parece oportuno seguir al amigo Ned.

Iba yo a responder, cuando una nubecilla de humo blanco brotó de la proa del buque de guerra. Después, unos segundos más tarde, las aguas turbadas por la caída de un cuerpo pesado salpicaron la popa del *Nautilus*. Casi en el mismo instante llegó a mis oídos una detonación.

—¡Cómo! ¡Disparan contra nosotros! —exclamé.

—¡Bravo por ellos! —murmuró el canadiense.

—¡Pero entonces es que no nos toman por unos náufragos que se aferran a los restos de un barco!

—No se lo tome a mal el señor... ¡Vaya! —dijo Consejo, sacudiéndose el agua que un nuevo proyectil había hecho saltar hacia él—. No se lo tome a mal... Han reconocido al narval, y lo están cañoneando.

—¡Pero de sobra deben de ver que están tratando con hombres! —exclamé.

—¡Quizá por ello nos atacan! —respondió Ned Land mirándome con fijeza.

Toda una revelación se abrió paso en mi espíritu. Sin duda sabían ahora a qué atenerse con respecto a la existencia del pretendido monstruo. En su abordaje con el *Abraham Lincoln*, cuando el canadiense lo golpeó con su arpón, ¿se habría dado cuenta el comandante Farragut de que el narval era una nave submarina, más peligrosa que un cetáceo sobrenatural?

Sí, debía de ser eso... ¡Y ahora estarían persiguiendo por todos los mares a aquella terrible máquina de destrucción!

Porque era terrible, en efecto, si, como se podía suponer,

el capitán Nemo empleaba su *Nautilus* para llevar a cabo una venganza. Durante aquella noche en medio del océano Índico, cuando de nuevo nos encerró en nuestra celda, ¿habría atacado a algún otro barco? El hombre enterrado en el cementerio de coral, ¿habría sido víctima del choque provocado por el *Nautilus*? Sí, lo repito: debía de ser eso. Se descorría el velo sobre una parte de la misteriosa existencia del capitán Nemo. Y aunque no era conocida su identidad, ¡por lo menos las naciones se habían unido contra él y daban caza no ya a un ser quimérico, sino a un hombre que les profesaba un odio implacable!

Todo este pasado formidable apareció como un relámpago ante mis ojos. ¡En lugar de encontrar amigos en el buque que se aproximaba, solo podíamos hallar enemigos implacables!

Los proyectiles se multiplicaban a nuestro alrededor. Tras chocar con la superficie líquida, algunos rebotaban e iban a perderse a una considerable distancia. Pero ninguno alcanzó al *Nautilus*.

El acorazado se encontraba apenas a tres millas. A pesar del violento cañoneo, el capitán Nemo no aparecía en la plataforma. Y, sin embargo, si uno cualquiera de aquellos proyectiles cónicos daba de lleno en el casco del *Nautilus*, resultaría fatal.

—Señor, debemos intentarlo todo para salir de este atolladero —dijo entonces el canadiense—. ¡Hagamos señales! ¡Por cien mil demonios! ¡Quizá comprendan que somos gente honrada!

Ned Land tomó su pañuelo para agitarlo en el aire. Pero apenas lo había desplegado cuando, abatido por una mano de hierro, el arponero cayó sobre el puente, a pesar de su fuerza prodigiosa.

—¡Miserable! —exclamó el capitán—. ¿Quieres que te ensarte con el espolón del *Nautilus* antes de que me precipite contra ese barco?

Si terribles eran las palabras del capitán Nemo, más terrible era todavía su aspecto. Su rostro había palidecido por efecto de los espasmos de su corazón, que debía de haber dejado de latir durante un instante. Sus pupilas se habían contraído espantosamente. Su voz no hablaba: rugía. Con el cuerpo inclinado hacia delante, sus manos retorcían los hombros del canadiense.

Pero pronto lo abandonó y se volvió hacia el barco de guerra que arrojaba aquella granizada de fuego contra él.

—¡Ah! —exclamó con voz potente—. ¡Sabes quién soy, barco de una nación maldita! ¡Y yo no necesito ver tus colores para reconocerte! ¡Mira! ¡Voy a mostrarte los míos!

Y el capitán Nemo desplegó en la parte delantera de la plataforma un pabellón negro, semejante al que había plantado en el Polo Sur.

En aquel momento un proyectil fue a dar oblicuamente contra el casco del *Nautilus*, rebotó en él sin dañarlo y, pasando muy cerca del capitán, fue a perderse en el mar.

El capitán Nemo hizo un gesto de desdén.

—Baje —dijo, dirigiéndose entonces a mí en un tono seco—; vayan abajo usted y sus compañeros.

—Pero, señor —exclamé—, ¿va usted a atacar a ese barco?

—Voy a hundirlo, señor.

—¡No lo hará!

—Lo haré —respondió fríamente el capitán Nemo—. Y no trate de juzgarme, profesor. La fatalidad va a mostrarle algo que no debería usted ver. Hemos sido atacados. La respuesta será terrible. Vaya adentro.

—¿Qué barco es ese?

—¡Ah! ¿No lo sabe usted? ¡Tanto mejor! Su nacionalidad seguirá siendo un secreto para usted. Baje.

El canadiense, Consejo y yo no tuvimos más remedio que obedecer. Unos quince marineros del *Nautilus* rodeaban a su capitán y contemplaban con un implacable sentimiento de odio el barco que avanzaba hacia ellos. Se sentía que todos ellos estaban animados por el mismo aliento de venganza.

Entré por la escotilla en el instante mismo en que un nuevo proyectil arañaba el casco del *Nautilus*, y oí exclamar a su capitán:

—¡Hiere, navío insensato! ¡Prodiga tus inútiles balas! No

escaparás al espolón del *Nautilus*. Pero no es en este lugar donde debes perecer. ¡No quiero que tus despojos vayan a confundirse con los restos del *Vengador*!

Volví, pues, a mi camarote. El capitán y su segundo se habían quedado en la plataforma. La hélice se puso en movimiento y el *Nautilus*, alejándose rápidamente, se colocó fuera del alcance de los proyectiles del buque. Pero la persecución continuó y el capitán Nemo se contentó con guardar la distancia.

Hacia las cuatro de la tarde, incapaz de contener la impaciencia y la inquietud que me devoraban, volví a la escalera central. La escotilla estaba abierta, así que me arriesgué a subir a la plataforma. El capitán Nemo seguía paseando por ella, dando muestras de gran agitación. Contemplaba al navío, que quedaba a unas cinco o seis millas por sotavento. Daba una vuelta a su alrededor como una fiera salvaje y, atrayéndolo hacia el este, se dejaba perseguir por él. Pero no lo atacaba. ¿Quizá dudaba aún?

Quise intervenir por última vez. Pero apenas había interpelado al capitán Nemo, cuando este me impuso silencio, diciéndome:

—¡Yo soy el derecho, la justicia! ¡Soy el oprimido, y ahí está el opresor! ¡Por su culpa he visto perecer todo cuanto he amado, querido, venerado: patria, mujer, hijos, mi padre, mi madre ...! ¡Todo cuanto odio está ahí! ¡Cállese!

Lancé una última mirada al buque de guerra, que navegaba a toda máquina. Acto seguido me reuní con Ned Land y Consejo.

—¡Tenemos que escapar! —exclamé.

—¡Bien! —dijo Ned—. ¿De qué nacionalidad es ese barco de guerra?

—Lo ignoro. Pero, cualquiera que sea, será hundido antes de que anochezca. De todas formas, es preferible perecer con él que hacernos cómplices de unas represalias cuya equidad no estamos en condiciones de medir.

—Es lo que pienso yo —respondió fríamente el canadiense—. Aguardemos a que oscurezca.

Llegó la noche. A bordo reinaba un profundo silencio. La

brújula indicaba que el *Nautilus* no había alterado su rumbo. Oía el ruido de la hélice, que batía las olas con rápida regularidad. La nave se mantenía en la superficie, y un leve balanceo lo hacía inclinarse alternativamente a uno y otro bordo.

Mis compañeros y yo habíamos decidido huir en el momento en que el buque se hubiera acercado a nosotros lo suficiente como para lograr que nos oyeran o que nos vieran sus tripulantes, porque la luna, que sería llena al cabo de tres días, ahora resplandecía. Una vez a bordo del barco, si no estaba en nuestra mano evitar el golpe que lo amenazaba, por lo menos haríamos todo cuanto nos permitieran intentar las circunstancias. En varias ocasiones creí que el *Nautilus* se disponía a atacar, pero se contentaba con dejar que se aproximara su adversario y adoptaba poco después su derrota de fuga.

Parte de la noche transcurrió sin ningún incidente. Espiábamos la ocasión de actuar. La emoción nos impedía malgastar las palabras. Ned Land hubiera querido precipitarse en el mar enseguida. Pero yo le obligué a esperar. A mi entender, el *Nautilus* debería atacar al acorazado en la superficie del mar; la huida no solo resultaría posible entonces, sino incluso fácil.

A las tres de la madrugada, inquieto, subí a la plataforma. El capitán Nemo seguía aún en ella. Estaba de pie, en la proa, junto a su pabellón, que una ligera brisa desplegaba por encima de su cabeza. No perdía de vista al buque. Su mirada, de extraordinaria intensidad, parecía atraerlo, fascinarlo, arrastrarlo con más fuerza que si lo hubiera llevado a remolque.

La luna pasaba entonces por el meridiano. Júpiter se elevaba por el este. En medio de aquella apacible naturaleza, el cielo y el océano rivalizaban en tranquilidad y el mar ofrecía al astro de la noche el más bello espejo que jamás haya reflejado su imagen.

Y cuando yo comparaba aquella calma profunda de los elementos con la cólera que se estaba incubando en las entrañas apenas visibles del *Nautilus*, un escalofrío recorría todo mi ser.

El buque se mantenía a unas dos millas de nosotros. Se

había acercado, marchando siempre hacia la luminosidad fosforescente que señalaba la presencia del *Nautilus*. Podía ver sus luces de posición, verde y roja, y su fanal blanco suspendido del gran estay de mesana. Una vaga reverberación iluminaba su aparejo e indicaba que las calderas trabajaban forzadas al máximo. La atmósfera se llenaba de estrellas con los haces de chispas que escapaban por sus chimeneas con las escorias del carbón inflamado.

Permanecí así hasta las seis de la mañana, sin que el capitán Nemo diera muestras de haber advertido mi presencia. El buque se encontraba ahora a milla y media de distancia, y con las primeras luces del alba reanudó su cañoneo. No podía estar ya muy lejano el momento en que, cuando el *Nautilus* fuera a atacar a su adversario, mis compañeros y yo abandonaríamos para siempre a aquel hombre a quien no me atrevía a juzgar.

Me disponía a bajar para prevenirlos, cuando subió a la plataforma el segundo de a bordo. Lo acompañaban varios marineros. El capitán Nemo no los vio o no quiso verlos. Fueron tomadas diversas disposiciones para lo que bien hubiera podido llamarse el «zafarrancho de combate» del *Nautilus*. Eran muy simples: se abatió el cordaje que formaba como una barandilla alrededor de la plataforma; se escamotearon dentro del casco los alojamientos del fanal y del timonel, de forma que no sobresalieran apenas de la cubierta del mismo. La superficie de aquel largo cigarro de acero no ofreció ya ninguna parte saliente que pudiera estorbar su maniobra.

Regresé al salón. El *Nautilus* seguía navegando en superficie. Algunos resplandores matutinos se infiltraban en la masa líquida. Bajo ciertas ondulaciones de las olas, las vidrieras se animaban con los rubores del sol naciente. Amanecía aquel terrible 2 de junio.

A las siete la corredera me advirtió que el *Nautilus* estaba moderando su velocidad. Me di cuenta de que trataba de dejarse alcanzar. Además las detonaciones se oían con mayor violencia, y los proyectiles de los cañones alborotaban el agua a nuestro alrededor, hundiéndose en ella con un silbido distintivo.

—¡Amigos ha llegado el momento! —les dije—. Un apretón de manos, ¡y que Dios nos ampare!

Ned Land estaba decidido, Consejo, tranquilo, y yo, nervioso, conteniéndome apenas.

Pasamos a la biblioteca. Pero en el momento en que empujaba la puerta que daba a la caja de la escalera central, oí que la escotilla superior se cerraba bruscamente.

El canadiense se precipitó por los escalones, pero yo lo detuve. Un silbido familiar me indicaba que el agua estaba entrando en los depósitos de a bordo. Y, en efecto, a los pocos instantes el *Nautilus* se sumergió a unos metros por debajo de la superficie del mar.

Comprendí su maniobra. Era demasiado tarde para actuar. El *Nautilus* no se proponía golpear los dos puentes del acorazado en su impenetrable blindaje, sino por debajo de la línea de flotación, donde el caparazón metálico no protegía su costado.

De nuevo éramos prisioneros, testigos forzosos del siniestro drama que se gestaba. Por otra parte, no nos quedó tiempo para reflexionar. Nos refugiamos en mi camarote y nos mirábamos sin pronunciar palabra. Un profundo estupor se había apoderado de mi espíritu. El curso de los pensamientos se había detenido en mí. Me hallaba en esa penosa actitud que precede a la espera de una espantosa detonación. Esperaba, escuchaba, ¡todo mi ser parecía centrado en el sentido del oído!

Noté que la velocidad del *Nautilus* se incrementaba sensiblemente. Tomaba impulso. Todo su casco se estremecía.

De repente dejé escapar un grito. Se había producido un choque, aunque relativamente ligero. Sentí la fuerza penetrante del espolón de acero. Oí arañazos, chirridos... Pero el *Nautilus*, empujado por su poderosa fuerza impulsora, pasaba a través de la mole del barco como la aguja del marino a través de la vela que cose.

No pude contenerme. Loco, desesperado, me precipité fuera de mi camarote y corrí al salón.

Allí estaba el capitán Nemo, observando a través del panel de babor, en silencio, con ojos sombríos e implacables.

Una enorme masa oscura se veía bajo las aguas, y para no perderse nada de su agonía, el *Nautilus* descendía al abismo con ella. A unos diez metros de mí pude ver el casco entreabierto, en el que el agua penetraba con el estruendo de un trueno; luego, la doble línea de cañones y los empalletados... El puente aparecía cubierto de sombras que se agitaban.

El agua subía. Aquellos desgraciados se encaramaban a los obenques, se agarraban a los mástiles, se retorcían bajo las aguas. ¡Era como un hormiguero sorprendido por la invasión del mar, un hormiguero humano!

¡Y allí estaba yo contemplándolo, paralizado, rígido de tanta angustia, con los pelos de punta y los ojos desmesuradamente abiertos, conteniendo la respiración, sin aliento, sin voz! ¡Una irresistible atracción me mantenía pegado al vidrio!

El enorme buque se hundía lentamente. El *Nautilus* lo seguía, espiando todos sus movimientos. De repente se produjo una fuerte explosión. La presión del aire comprimido en el interior del barco hizo volar sus puentes, como si el fuego hubiera prendido en su santabárbara. Y fue tal el empuje de las aguas, que el propio *Nautilus* se desvió.

Después el desdichado barco se hundió más rápidamente aún. Aparecieron bajo el agua sus cofas, cargadas de víctimas, luego sus crucetas, doblándose bajo el peso de los hombres refugiados en ellas, por fin la punta de su palo mayor. Y al cabo la oscura masa desapareció, y con ella toda una tripulación de cadáveres arrastrados por un formidable remolino...

Me volví hacia el capitán Nemo. Como un terrible ejecutor de la justicia, como un auténtico arcángel del odio, seguía contemplando su obra. Cuando todo hubo concluido, se encaminó a la puerta de su camarote, la abrió y entró por ella.

Mis ojos lo siguieron. En la pared del fondo, por debajo de los retratos de sus héroes, vi el de una mujer joven todavía con dos niños pequeños. El capitán Nemo lo miró durante unos instantes, tendió sus brazos hacia él y, arrodillándose, se deshizo en sollozos.

XXII

Las últimas palabras del capitán Nemo

Los paneles se cerraron ante esta horrible visión, pero el salón siguió a oscuras. Las tinieblas y el silencio imperaron en el interior del *Nautilus*, que se alejaba con gran rapidez de aquel lugar de desolación, navegando a cien pies de profundidad. ¿Adónde se dirigía? ¿Al norte o al sur? ¿Hacia dónde escapaba aquel hombre tras su horrible represalia?

Me retiré a mi habitación, en la que se encontraban Ned y Consejo, mudos y pensativos. El capitán Nemo me inspiraba una irrefrenable aversión. Por mucho que fuera el daño que le habían infligido los hombres, no tenía derecho a irrogar un castigo semejante. Y a mí me había convertido, si no en cómplice, al menos en testigo de sus venganzas. ¡Aquello era demasiado!

A las once volvió la iluminación eléctrica. Pasé al salón y lo hallé desierto. Consulté los diversos instrumentos: el *Nautilus* huía hacia el norte a una velocidad de veinticinco millas por hora, unas veces a flor de agua y otras a treinta pies de la superficie.

Realizada la oportuna comprobación sobre el mapa, vi que pasábamos frente a la entrada del canal de la Mancha, marchando a toda máquina hacia los mares boreales.

Apenas pude distinguir, en nuestra rápida marcha, un escualo de morro alargado, el pez martillo, y algunas lijas que frecuentan estas aguas, verdaderas águilas del mar; bandadas

527

de hipocampos, parecidos al caballo del ajedrez; anguilas que se agitaban como las culebrillas de los fuegos artificiales; ejércitos de cangrejos que huían caminando oblicuamente y cruzando sus pinzas sobre el caparazón; y por último, tropeles de marsopas, que competían en rapidez con el *Nautilus*. Pero no era el momento de observar, de estudiar y de clasificar.

Al anochecer habíamos surcado unas doscientas leguas del Atlántico. Cayó la noche y el mar quedó en tinieblas hasta que salió la luna.

Regresé a mi habitación. No pude dormir, me asaltaban las pesadillas. Una y otra vez volvía a mi mente la horrible escena de destrucción que había presenciado.

A partir de aquel día, ¿quién sabría decirnos hasta dónde nos arrastró el *Nautilus* en aquella cuenca del Atlántico norte? ¡Siempre a gran velocidad, siempre envuelto en brumas hiperbóreas! ¿Tocó en las salientes de Spitzberg y en los cantiles de Nueva Zembla? ¿Recorrió mares apenas conocidos, el mar Blanco, el mar de Kara, el golfo del Obi, el archipiélago de Liarov y las desconocidas costas de la parte asiática? No me atrevería a asegurarlo. No podía precisar el tiempo transcurrido, pues los relojes de a bordo estaban parados. Parecía que la noche y el día, como en las regiones polares, no seguían su curso regular. Me sentía arrastrado al reino de lo fantástico, en el que tan a sus anchas se manejaba la imaginación exaltada de Edgar Poe. A cada momento pensaba que aparecería ante mis ojos, como ante los de Gordon Pym, «aquella figura humana, envuelta en un sudario, muchísimo mayor en sus proporciones que cualquier morador de entre los hombres» que se alzaba ante el abismo de la catarata que impide llegar al polo.

Creo —aunque tal vez me equivoque— que la alocada carrera del *Nautilus* se prolongó por espacio de quince o veinte días, y no sé lo que habría durado sin la catástrofe que puso fin a este viaje. Del capitán Nemo, ni rastro; de su segundo, tampoco. Ni siquiera volvimos a ver a uno solo de los tripulantes. El *Nautilus* navegaba casi constantemente sumergido y cuando se remontaba a la superficie de las aguas para renovar el aire, las escotillas se abrían y se cerraban automáticamente. Ya nadie marcaba nuestra posición en el planisferio. Yo ignoraba dónde nos hallábamos.

Agregaré que el arponero, agotadas su energía y su paciencia, tampoco se dejaba ver. Consejo no conseguía arrancarle una sola palabra y temía que, en un acceso de delirio y bajo los dictados de su incontenible añoranza, pusiera fin a su vida. Le vigilaba, pues, constantemente con abnegada solicitud.

Como bien se puede comprender, la situación era inaguantable en estas condiciones.

En las primeras horas de una mañana cuya fecha no puedo asegurar, me encontraba amodorrado, sumido en un sopor intranquilo y penoso. Al despertarme, vi a Ned Land, que se inclinaba sobre mí al tiempo que me decía en voz baja:

—¡Vamos a huir!

—¿Cuándo? —le pregunté, poniéndome rápidamente en pie.

—Esta noche —me respondió el arponero—. Parece que ya no hay vigilancia en el *Nautilus,* como si solo el estupor reinara a bordo. ¿Está preparado?

—Sí. ¿Dónde estamos?

—A la vista de tierra firme. La acabo de distinguir esta madrugada, entre las brumas, a unas veinte millas al este.

—Pero ¿qué tierra es esa?

—No lo sé, pero sea la que sea, nos refugiaremos en ella.

—Sí, amigo Ned, sí; huiremos esta noche, aunque nos haya de tragar el mar.

—La mar está gruesa y el viento sopla fuerte, pero no me espantan veinte millas en una embarcación tan ligera como es la lancha del *Nautilus.* Ya he guardado en ella algunos comestibles y algunas cantimploras de agua sin que nadie lo haya advertido.

—Iré contigo.

—Por lo demás, si me sorprenden, pienso defenderme hasta la muerte.

—Moriremos juntos, amigo Ned.

Estaba dispuesto a todo. Cuando el canadiense me dejó, subí a la plataforma, sobre la cual a duras penas me pude sostener a causa del embate de las olas. El aspecto del cielo era amenazador. Pero si la tierra estaba allí, tras aquellas espesas brumas, teníamos que huir. No podíamos perder ni un día ni una hora.

Volví al salón, temiendo y deseando a la vez encontrarme con el capitán Nemo, queriendo y no queriendo verlo. ¿Qué podría decirle? ¿Podría ocultarle el involuntario horror que me inspiraba? ¡No! Era mejor no encontrarnos cara a cara. ¡Más valía olvidarlo! Y sin embargo...

¡Qué largo se me hizo aquel día, el postrero que debía pasar a bordo del *Nautilus*! Permanecí solo. Ned Land y Consejo no quisieron hablarme por miedo a traicionar nuestros propósitos.

A las seis cené sin apetito. Debía hacerlo por fuerza, a pesar de mi repugnancia, para no debilitarme.

A las seis y media el arponero entró en mi habitación y me dijo:

—Ya no nos veremos hasta el momento de la marcha. A las diez todavía no habrá salido la luna y aprovecharemos la oscuridad. Vaya a la lancha; allí le esperaremos Consejo y yo.

Hecha esta advertencia, el canadiense salió sin darme tiempo para responderle.

Quise comprobar la dirección del *Nautilus* y me trasladé al salón. Marchábamos norte-nordeste a una velocidad vertiginosa y a cincuenta metros de profundidad.

Dirigí una última mirada a aquellas maravillas de la naturaleza, a aquellas riquezas artísticas acumuladas en el museo, a aquella colección única en el mundo destinada a morir algún día en el fondo de las aguas junto con aquel que la había recopilado. Quise grabar en mi interior una impresión suprema y permanecí allí por espacio de una hora, bañado en los efluvios del techo luminoso, pasando revista a las riquezas que refulgían en las vitrinas. Después volví a mi habitación.

Allí me vestí con un buen traje de mar, recogí mis apuntes y los guardé con cuidado. Mi corazón latía violentamente y yo no podía controlar sus agitadas pulsaciones. Con toda seguridad, mi turbación y mi inquietud me hubieran delatado ante el capitán Nemo.

¿Qué haría el capitán en aquel instante? Pegué el oído a la puerta de su habitación y pude percibir el ruido de unos pasos. El capitán Nemo estaba allí y no se había acostado. A cada momento creía verle aparecer y preguntarme por qué intentaba huir. Experimenté continuas alarmas, acrecentadas por mi imaginación. Esta impresión llegó a ser tan punzante que me pregunté si sería mejor entrar en la habitación del capitán, mirarle cara a cara y adoptar ante él una actitud desafiante.

Era una locura. Por fortuna, me contuve y me eché sobre la cama para dominar la agitación de mi cuerpo. Mis nervios se calmaron un poco pero por mi excitado cerebro pasaron en rápida sucesión todos los recuerdos de mi estancia a bordo del *Nautilus,* todos los incidentes, buenos y malos, que me habían acaecido desde mi desaparición del *Abraham Lincoln*: las cacerías submarinas, el estrecho de Torres, los salvajes de la Papuasia, el encallamiento, el cementerio de coral, el canal de Suez, la isla de Santorin, el buzo cretense, la rada de Vigo, la Atlántida, el gran banco austral, el Polo Sur, la prisión entre los hielos, el combate con los pulpos, la tempestad del Gulf Stream, el *Vengador,* y la horrible escena del barco echado a pique con toda su tripulación... Todos estos sucesos pasaron ante mis ojos como los decorados por el foro de un teatro. Y en medio de todo este cuadro destacaba la figura del capitán Nemo, agrandándose y adquiriendo un tamaño colosal. No era un individuo de mi especie, era el hombre de las aguas, el genio de los mares.

Eran ya las nueve y media. Me tuve que aguantar la cabeza entre las manos porque creía que me iba a estallar. Cerré los ojos: no quería pensar. ¡Otra media hora de espera! ¡Media hora de pesadilla que acabaría por volverme loco!

En aquel instante percibí los vagos acordes del órgano, una armonía triste sobre un motivo indescifrable, verdaderos lamentos de un alma deseosa de romper sus ligaduras terrenas. Puse mis cinco sentidos en aquella música, respirando apenas, sumido, como el capitán Nemo, en un éxtasis musical que elevaba fuera de los límites de este mundo.

Una repentina idea me aterrorizó: el capitán Nemo había salido de su habitación y se encontraba en el salón que yo debía atravesar para iniciar la huida. Allí lo encontraría por última vez. ¡Me vería, me hablaría tal vez! Uno solo de sus gestos podría anonadarme; una palabra de sus labios me encadenaría a bordo.

Pero iban a dar las diez. Había llegado el momento de abandonar mi habitación y reunirme con mis compañeros. No debía vacilar, aunque el mismo capitán Nemo me cerrara el camino. Abrí la puerta con precaución, sin ruido, por más que a mí me pareciera que sus goznes chirriaban estruendosamente. Tal vez aquel ruido no existiera sino en mi imaginación. Avancé con sigilo por los sombríos pasillos del *Nautilus*, deteniéndome a cada paso para calmar los latidos de mi corazón.

Llegué a la puerta angular del salón y la abrí con cuidado. La habitación estaba sumida en una oscuridad absoluta. Los acordes del órgano resonaban débilmente. El capitán Nemo estaba allí, pero no me veía. Creo incluso que, a plena luz, no se hubiera percatado de mi presencia, pues su éxtasis lo absorbía por entero.

Me deslicé por la alfombra evitando el menor tropiezo, cuyo ruido me hubiera denunciado. Tardé cinco minutos en alcanzar la puerta del fondo que comunicaba con la biblioteca.

Ya me disponía a atravesarla cuando un suspiro del capitán Nemo me dejó paralizado en el sitio. Comprendí que se levantaba, incluso lo entreví, porque algunos resplandores de la iluminación de la biblioteca llegaban hasta el salón. Vino hacia mí, con los brazos cruzados, en silencio, deslizándose más que andando, como un espectro. Su pecho se agitaba entre fuertes sollozos. Y le oí pronunciar estas palabras, las últimas que llegarían a mis oídos:

—¡Dios Todopoderoso! ¡Basta, basta!

¿Era la voz de los remordimientos que se imponían en la conciencia de ese hombre?

Perdido el tino, me precipité en la biblioteca, subí la escalera central y, siguiendo el pasadizo superior, llegué a la lancha; penetrando en ella por la abertura que ya había dado paso a mis dos amigos, exclamé:

—¡Vámonos! ¡Vámonos!

—¡Al momento! —respondió el arponero.

Antes cerramos y atornillamos el agujero abierto en el casco del *Nautilus*, empleando una llave inglesa que se había procurado Ned Land. Cerramos también la abertura de la lancha y el arponero empezó a desatornillar los pernos que todavía nos sujetaban a la nave submarina.

De pronto se oyó un ruido en el interior. Unas voces respondían a otras con viveza. ¿Qué estaba sucediendo? ¿Se habían dado cuenta de nuestra fuga? Sentí que Ned Land me deslizaba un cuchillo en la mano.

—¡Sí! —murmuré—. ¡Sabremos morir!

El canadiense había interrumpido su trabajo. Pero una palabra, veinte veces repetida, una horrible palabra, me reveló la causa de la agitación que se propagaba a bordo del *Nautilus*. ¡No éramos nosotros la causa por la que maldecía la tripulación!

—¡El *maelström*, el *maelström*! —exclamaban.

¡El *maelström*! ¿Podía resonar en nuestros oídos un nombre más espantoso y en una situación más espantosa que la nuestra? ¿Nos hallábamos, pues, en aquellos peligrosos parajes de la costa noruega? ¿Acaso el *Nautilus* se veía arrastrado por aquel remolino, en el preciso instante en que nuestra lancha iba a desprenderse de su costado?

Es conocido el hecho de que, en el momento del flujo, las aguas comprendidas entre las islas Feroe y las Lofoten se precipitan con irresistible violencia. Forman entonces un torbellino del que jamás ha podido salir ningún navío. Desde todos los puntos del horizonte acuden olas monstruosas y forman ese vórtice, justamente llamado el «ombligo del océano», cuyo poder de atracción se extiende hasta una distancia de quince quilómetros. En él son tragados no solo los barcos, sino también las ballenas y aun los osos blancos de las regiones boreales.

A aquel punto, pues —quizá involuntariamente, o quizá a propósito—, el capitán Nemo había conducido su *Nautilus*. La nave describía una espiral, cuyo radio iba disminuyendo progresivamente. Y al igual que ella la lancha, todavía fija a su costado, se veía llevada con vertiginosa velocidad. Todos mis sentidos lo advertían. Experimentaba el relativo mareo que acompaña a un movimiento de rotación demasiado prolongado. ¡Éramos presa del espanto, del horror llevado al límite, paralizada la sangre en nuestras venas, aniquilado el dominio de nuestros nervios, empapados en sudores fríos como los de la agonía! ¡Y qué estruendo alrededor de nuestra frágil lancha! ¡Qué mugidos que el eco repetía hasta una distancia de varias millas! ¡Qué estrépito el de esas aguas que rompían contra las afiladas rocas del fondo, allí donde los cuerpos más duros se quiebran, donde son destrozados los troncos de los árboles hasta convertirse —como dicen los noruegos— en «manto de pelo»!

¡Qué situación! Nos sentíamos lanzados de un lado a otro. El *Nautilus* se defendía como un ser humano. Crujían sus músculos de acero. A veces se enderezaba, ¡y nosotros con él!

—¡Hay que agarrarse y volver a atornillar los pernos! —dijo Ned—. Si nos mantenemos unidos al *Nautilus*, quizá podamos salvarnos...

Aún no había acabado de hablar, cuando se produjo un crujido. Fallaron los pernos, y la lancha, arrancada de su hueco, fue lanzada por el torbellino como la piedra de una honda.

Mi cabeza chocó contra una cuaderna de hierro y, por efecto del violento golpe, perdí el conocimiento.

XXIII

CONCLUSIÓN

Y llegamos al final de nuestro viaje submarino. Lo que ocurrió durante aquella noche, cómo escapó la lancha del formidable remolino del *maelström*, cómo logramos salir de la vorágine Ned Land, Consejo y yo... no sabría decirlo. Pero cuando recobré el sentido me hallé acostado en la cabaña de un pescador de las islas Lofoten. Mis dos compañeros, sanos y salvos, estaban junto a mí y apretaban mis manos. Los tres nos unimos en un inmenso abrazo.

En estos momentos no podemos ni pensar en trasladarnos a Francia. Los medios de comunicación entre el norte y el sur de Noruega son escasos. Me veo forzado, pues, a aguardar la llegada del vapor que efectúa el servicio bimensual del cabo Norte y que hace escala aquí.

Entre estas buenas gentes que nos han recogido, he releído la narración que he ido escribiendo de nuestras aventuras. Es exacta. No se ha omitido ningún hecho, no se ha exagerado ningún detalle. Es el relato fiel de esta inverosímil expedición bajo un elemento inaccesible para el hombre de hoy, pero cuyas rutas hará algún día libres el progreso.

¿Me creerán? No lo sé. Después de todo, poco importa. Lo que puedo afirmar ahora es mi derecho a hablar de esos mares bajo los cuales he recorrido veinte mil leguas en menos de diez meses; de esa vuelta al mundo submarino que me ha revelado tantas maravillas a través del Pacífico, el océano Índico, el mar Rojo, el Mediterráneo, los mares australes y boreales.

¿Y qué habrá sido del *Nautilus*? ¿Resistió los embates del *maelström*? ¿Vive aún el capitán Nemo? ¿Prosigue bajo el océano sus espantosas represalias o les habrá puesto fin con la última hecatombe? ¿Nos traerán algún día las olas el manuscrito que contiene la historia completa de su vida? ¿Sabré, por fin, su verdadero nombre? La nacionalidad del buque de guerra desaparecido ¿nos permitirá deducir la nacionalidad del capitán Nemo?

Eso espero. Como espero también que su poderosa máquina haya vencido al mar en su más terrible remolino y que el *Nautilus* se haya salvado allí donde se hundieron tantas y tantas naves. Si es así, si el capitán Nemo sigue habitando el océano, su patria adoptiva, ¡ojalá se calme el odio en su fiero corazón! ¡Que la contemplación de tantas maravillas apague en él el espíritu de venganza! ¡Que desaparezca el justiciero y que el sabio prosiga la exploración pacífica de los mares! Porque, si extraño es su destino, también es sublime. Así lo he comprendido también yo. ¿Acaso no he vivido durante diez meses esa existencia extranatural? Por eso, a la pregunta planteada hace seis mil años por el *Eclesiastés*: «¿Quién ha podido sondear jamás las profundidades del abismo?», hay dos hombres, y solo dos en todo el mundo, que ahora tienen el privilegio de responder: el capitán Nemo y yo.

GLOSARIO

A barlovento   En la dirección del viento.

A sotavento   En contra del viento.

Abordar   Tomar posesión de un navío; empleado también en el sentido de capturar.

Argolla   Anilla grande de hierro.

Azafrán   Parte vertical del timón que surca el agua.

Bao   Pieza transversal que sostiene el puente de una embarcación o que mantiene los dos flancos a la distancia deseada. El gran bao o bao maestro indica la anchura máxima del barco.

Barbiquejo   Cabos o cadenas que sujetan el bauprés al tajamar o a la roda.

Batayola   Conjunto de planchas colocadas transversalmente que sirven de balaustrada.

Bauprés   Mástil inclinado u horizontal que se encuentra en la proa de una embarcación.

Bornear   Dícese de una embarcación que ejecuta un movimiento de rotación sobre su ancla, cuando cambia el viento o el oleaje.

Boza   Cabo de cuerda fijado a la proa de las embarcaciones, que sirve para amarrar un objeto.

Braza   Medida de longitud equivalente a 5 pies o aproximadamente 1,62 metros.

Cable   Distancia igual a 120 brazas, o unos 200 metros.

Castillo de proa   Extremo elevado del puente superior situado en proa, en oposición a la toldilla.

Cintas   Cinturón de las bordas que sirve para reforzar el casco de una embarcación.

Codaste   Pieza de madera situada detrás de la quilla, que sostiene el timón.

Comprometido   Se dice de la embarcación que está inclinada sobre el flanco.

Corbeta   Navío de guerra más pequeño que la fragata.

Corredera   Instrumento compuesto por una parte flotante fija, atada a una línea dividida por nudos a partes iguales, que sirve para medir la velocidad de una embarcación.

Cortado a pico   Referido a una costa elevada, vertical o muy inclinada.

Cruceta   Piezas que soportan las partes superiores de los mástiles.

Cubierta   Puente superior de una embarcación.

Escotilla   Abertura fija que se encuentra sobre el agujero de la escalera, en el puente de una embarcación.

Espejo de popa   Parte plana de la popa donde se encuentra el nombre de la embarcación.

Fragata   Navío de guerra de tamaño mediano, forma alargada y buena marcha.

Gaza Lazo del cabo que se ajusta en la ranura de una polea.

Goleta Embarcación ligera de dos mástiles.

Guardián Cabo que se usa para la maniobra del timón.

Juanete Mástil fijado en la gavia y que soporta una vela cuadrada.

Mesana Mástil o palo menor de un navío.

Nudo Unidad que sirve para medir la velocidad de una embarcación. Equivale a una milla marina por hora, es decir, 1.852 metros.

Obenque Cuerda o cable que sirve para sujetar un mástil.

Reflujo Marea decreciente.

Rumbo Cada una de las 32 divisiones que parten por igual el círculo del horizonte, y que indican la dirección del viento o de la embarcación. El conjunto de todos los rumbos forma la rosa de los vientos.

Toldilla Cubierta parcial de una embarcación, situada en popa y más elevada que el resto del puente.

Trinca Cabo provisto de un gancho que sirve para sujetar los objetos de a bordo.

Verga Percha del mástil de mesana donde se iza el pabellón nacional.

ÍNDICE DE CONTENIDOS

PRIMERA PARTE